# Guide to Books for Children

## 2000 Works
## of
## Japanese Classics

Compiled by
Nichigai Associates, Inc.

©2014 by Nichigai Associates, Inc.
Printed in Japan

本書はディジタルデータでご利用いただくことができます。詳細はお問い合わせください。

●編集担当● 小川 修司

# 刊行にあたって

　2008年3月告示の小学校新学習指導要領以降、それまで「文語の調子に親しむ」にとどめられていた小学校の国語科において、「伝統的な言語文化と国語の特質に関する事項」が新設され、中学校で取りあげるとされていた古文・漢文などを取り扱うことが定められた。既に弊社では、国語の本をまとめて調べられるツールとして、2011年8月に「子どもの本　国語・英語をまなぶ2000冊」を刊行しているが、こうした日本の古典などについては取り扱いがなかった。

　本書は、1980年代以降に出版された小学生を対象とした「日本の古典」について書かれた図書、および音読・朗読向け等も含む教師用指導書・解説書、あわせて2,426冊を収録した図書目録である。本文は「日本の古典」のほか「古典全般」「中国の古典」「日本近代文学」を加え、さらにテーマ別に見出しを設けて図書を分類し、現在手に入れやすい本がすぐわかるように出版年月の新しいものから順に排列した。ただし、昔話・民話については収録を割愛した。また、選書の際の参考となるよう目次と内容紹介を載せ、巻末には書名索引と事項名索引を付して検索の便を図った。

　本書が公共図書館の児童コーナーや小学校の学校図書館の場などで、本の選定・紹介・購入に幅広く活用されることを願っている。

　　2014年5月

　　　　　　　　　　　　　　　　　　　日外アソシエーツ

# 凡　　例

1. 本書の内容

　　本書は、小学生を対象とした日本の古典について書かれた図書を集め、テーマ別にまとめた図書目録である。

2. 収録の対象

　1) 小学生を対象とした日本の古典について書かれた図書（学習漫画・学習参考書を含む）、および音読・朗読向け等も含む教師用指導書・解説書、あわせて2,426冊を収録した。
　2) 原則1980年以降に日本国内で刊行された図書を対象とした。

3. 見出し

　　各図書を「古典全般」「日本の古典」「中国の古典」「日本近代文学」に大別し、さらにテーマごとに小見出しを設けて分類した。

4. 図書の排列

　　各見出しのもとに出版年月の新しい順に排列した。出版年月が同じ場合は書名の五十音順に排列した。

5. 図書の記述

　　書名／副書名／巻次／各巻書名／各巻副書名／各巻巻次／著者表示／版表示／出版地＊／出版者／出版年月／ページ数または冊数／大きさ／叢書名／叢書番号／副叢書名／副叢書番号／叢書責任者表示／注記／定価（刊行時）／ISBN（Ⓘで表示）／NDC（Ⓝで表示）／目次／内容

　　＊出版地が東京の場合は省略した。

6．書名索引

　各図書を書名の読みの五十音順に排列して著者名を補記し、本文での掲載ページを示した。

7．事項名索引

　本文の各見出しの下に分類された図書に関する用語・テーマなどを五十音順に排列し、その見出しと本文での掲載ページを示した。

8．書誌事項の出所

　本目録に掲載した各図書の書誌事項等は主に次の資料に拠っている。
　データベース「BOOKPLUS」
　JAPAN/MARC

# 目　次

**古典全般** ……………………… 1

　ことわざ・慣用句 ……………… 13
　四字熟語 ………………………… 42
　故事成語 ………………………… 53

**日本の古典** …………………… 58

　古語辞典 ………………………… 69
日本神話 …………………………… 71
　古事記 …………………………… 77
　アイヌ神話・民話 ……………… 82
物語 ………………………………… 85
　竹取物語 ………………………… 87
　伊勢物語 ………………………… 90
　落窪物語 ………………………… 90
　源氏物語 ………………………… 91
　とりかへばや物語 ……………… 95
　堤中納言物語 …………………… 95
歴史物語 …………………………… 95
　大鏡 ……………………………… 95
　吾妻鏡 …………………………… 95
軍記物語・軍記物 ………………… 96
　平家物語 ………………………… 96
　　源平盛衰記 …………………… 103
　太平記 …………………………… 103
　曽我物語 ………………………… 106
　義経記 …………………………… 106

　太閤記 …………………………… 106
説話文学 …………………………… 107
　日本霊異記 ……………………… 110
　今昔物語 ………………………… 110
　宇治拾遺物語 …………………… 115
　御伽草子 ………………………… 115
浮世草子 …………………………… 117
　井原西鶴 ………………………… 117
戯作 ………………………………… 118
　雨月物語 ………………………… 118
　東海道中膝栗毛 ………………… 120
　椿説弓張月 ……………………… 122
　南総里見八犬伝 ………………… 123
随筆 ………………………………… 127
　枕草子 …………………………… 128
　方丈記 …………………………… 130
　徒然草 …………………………… 130
　耳嚢 ……………………………… 131
日記・紀行文学 …………………… 132
　土佐日記 ………………………… 133
　更級日記 ………………………… 133
絵巻物 ……………………………… 133
　東大寺大仏縁起絵巻 …………… 133
　稲生物怪録 ……………………… 134
詩歌 ………………………………… 134
　歳時記・季語事典 ……………… 141
　和歌 ……………………………… 145
　　万葉集 ………………………… 146
　　古今和歌集 …………………… 147
　　百人一首 ……………………… 147

良寛 …………… 156
短歌 …………… 156
俳句 …………… 160
　松尾芭蕉 …………… 170
川柳 …………… 173
古典芸能 …………… 174
　雅楽 …………… 176
　能楽 …………… 176
　　能 …………… 177
　　　道成寺 …………… 178
　　狂言 …………… 178
　　　東海道四谷怪談 …………… 180
　歌舞伎 …………… 181
　落語 …………… 183
　　咄本 …………… 202
　　牡丹灯籠 …………… 205
　　大喜利 …………… 206
　　寄席 …………… 206
　浄瑠璃 …………… 208
　　文楽 …………… 209
　　近松門左衛門 …………… 209
　　竹田出雲（二世） …………… 210
　　　菅原伝授手習鑑 …………… 210
　　　義経千本桜 …………… 210
　　　仮名手本忠臣蔵 …………… 211
　講談 …………… 211

# 中国の古典 …………… 216

漢詩 …………… 220
論語 …………… 223
小説 …………… 230
　封神演義 …………… 230
　三国志 …………… 230
　水滸伝 …………… 242
　西遊記 …………… 243
　聊斎志異 …………… 252

# 日本近代文学 …………… 254

小泉八雲 …………… 271
坪内逍遙 …………… 275
森鷗外 …………… 275
伊藤左千夫 …………… 276
正岡子規 …………… 277
夏目漱石 …………… 277
幸田露伴 …………… 281
巌谷小波 …………… 282
国木田独歩 …………… 282
樋口一葉 …………… 283
岡本綺堂 …………… 283
島崎藤村 …………… 284
徳田秋声 …………… 284
泉鏡花 …………… 284
与謝野晶子 …………… 284
北原白秋 …………… 286
石川啄木 …………… 287

書名索引 …………… 289
事項名索引 …………… 313

# 古典全般

『沖縄から考える「伝統的な言語文化」の学び論』 村上呂里, 萩野敦子編 広島 溪水社 2014.2 292p 21cm 4800円 ①978-4-86327-250-7
|目次| 序章 「伝統的な言語文化」の学び論—沖縄から考える, 第1章 「伝統的な言語文化」と地域—国語教科書の実際と沖縄における学びの可能性, 第2章 昔話の学びの創造—「物言う魚」を教材とした学びの提案として, 第3章 国語科における沖縄古典芸能の教材化の視点と意義—「伝統的な身体文化」と「伝統的な言語文化」, 第4章 伝統と記憶の交差する場所—文学表現にみられる記憶の言葉と伝統文化の力, 第5章 沖縄の「伝統的な言語文化」の教材化の歴史と学びの構想—『おもろさうし』を中心に, 終章 "根"から"普遍"への道を求めて

『ちびまる子ちゃんの古典教室』 さくらももこキャラクター原作, 貝田桃子著 集英社 2014.2 205p 19cm (満点ゲットシリーズ) 850円 ①978-4-08-314059-4
|目次| 第1章 古代の文学(古事記と日本書紀, 万葉集 ほか), 第2章 武士の時代と文学(新古今和歌集, 方丈記 ほか), 第3章 江戸の文学(おくのほそ道, 俳諧 ほか), 第4章 中国の古典(論語, 三国志演義 ほか)
|内容| だれもが一度は読んでおきたい古典文学がやさしく読める! 古典の代表的な作品を多数収録!

『古典が好きになる—まんがで見る青山由紀の授業アイデア10』 青山由紀著, 吉永直子漫画 光村図書出版 2013.4 167p 20×22cm 1400円 ①978-4-89528-683-1
|目次| 1の巻 竹取物語—中・高学年, 2の巻 昔話・桃太郎—中学年, 3の巻 枕草子—高学年, 4の巻 平家物語—高学年, 5の巻 季節の童謡・唱歌—中学年, 6の巻 春の短歌・俳句—高学年, 7の巻 俳句を作る—高学年, 8の巻 ことわざ・故事成語—中学年, 9の巻 漢詩—高学年, 10の巻 論語—高学年
|内容| 筑波大学附属小学校・青山由紀の授業をまんがで紹介。小学校古典指導のポイントが具体的にわかる。コピーして使える資料も満載。

『目指せ! 国語の達人 魔法の「音読ネタ」50』 堀裕嗣, 山下幸編, 研究集団ことのは著 明治図書出版 2013.4 135p 21cm (教室ファシリテーションへのステップ 1) 1960円 ①978-4-18-104127-4
|目次| 第1章 音読でつながる! 音読で学ぶ!—教室ファシリテーションへのステップ・音読編(音読を通してつながる! 音読を通してつなげる!, 音読指導の基本過程を身につける), 第2章 日常的に音読を練習する(リレー音読, スラスラリレー音読 ほか), 第3章 音読と言語事項・言語文化を結ぶ(早口言葉読み, 早口一斉音読 ほか), 第4章 音読で文章を味わう(クレシェンド/デクレシェンド音読, ローテーション音読—役者音読1 ほか), 第5章 さまざまに音読を楽しむ(戦場カメラマン読み—加重音読, 動作化読み ほか)
|内容| 「理解としての音読」と「表現としての音読」の両者をバランス良く提案。実践ネタは, すべて「音読をうまくなる」「上手に音読として表現する」だけでなく, 学習活動として子どもたちを"つなげる"ことに配慮している。

『小学校国語科 教室熱中! 「伝統的な言語文化」の言語活動アイデアBOOK』 渡辺春美編著 明治図書出版 2012.12 147p 26cm 2600円 ①978-4-18-052353-5
|目次| 第1章 言語活動を通した「伝統的な言語文化」に親しむ授業づくりのポイント(「伝統的な言語文化」の教育の目的, 「伝統的な言語文化」に親しむ授業づくりの方法), 第2章 「伝統的な言語文化」に親しむ授業例(第1・2学年が楽しく取り組む授業例

古典全般

一読み聞かせと音読中心で盛り上がる，第3・4学年が楽しく取り組む授業例―声が弾む！遊びで楽しむ！，第5・6学年が楽しく取り組む授業例―表現活動を通じて楽しむ），第3章 「伝統的な言語文化」を生かす学習指導のポイント（指導計画のポイント，教材開発の観点，「伝統的な言語文化」の活用），付録 資料編

『声に出して読む文学』 筑波大学附属小学校国語研究部著 東洋館出版社 2012.11 103p 19cm （音読・暗唱テキスト 初級） 1100円 ①978-4-491-02638-1 Ⓝ918

|目次| 現代文編（やまなし/宮沢賢治，蜘蛛の糸/芥川竜之介，あいたくて/工藤直子 ほか），古文編（俳句，小倉百人一首，因幡の白兎 ほか），漢文編（春暁/孟浩然，江雪/柳宋元，良薬は口に苦けれども，病に利あり。/孔子家語 ほか）

『小学校「古典の扉をひらく」授業アイデア24』 田中洋一編著 明治図書出版 2012.7 110p 26cm 2160円 ①978-4-18-041610-3

|目次| 第1章 小学校で求められる古典学習（小学校で古典を指導する意味，小学校の古典学習で学ばせること，学習指導要領における古典指導のねらいと内容，古典の授業のポイント），第2章 伝統的な言語文化を楽しもう！小学校古典の授業アイデア24（昔話を音読しよう（役割読み），昔話の読み聞かせを聞いて感想を交流しよう，お気に入りの昔話を読み聞かせしよう，昔話音読劇をつくろう，もし私が主人公なら…「昔話を考える」 ほか）

|内容| 古典には，日本人が長い間培ってきた日本のよさが溢れています。古典の学習を通じて，子どもたちは日本的な情緒や感性を感じ取り，価値観を継承していきます。本書には，言語活動を取り入れた活用型の授業例，教師の留意点，支援や評価の方法など，伝統的な言語文化の授業に必要な情報を満載しました。

『新しい国語科教育―基本指導の提案：伝統的な言語文化の指導を中心に』 岩崎淳著 さくら社 2012.3 143p 21cm 1800円 ①978-4-904785-53-9 Ⓝ375.82

『斎藤孝の親子で読む古典の世界』 斎藤孝著 ポプラ社 2012.3 129p 22cm （斎藤孝の親子で読む詩・俳句・短歌・古典 4） 1000円 ①978-4-591-12791-9 Ⓝ918

|目次| 古文（『竹取物語』，『古事記』，『枕草子』（清少納言） ほか，名言（『歎異抄』（親鸞），『風姿花伝』（世阿弥），『五輪書』（宮本武蔵） ほか，能・狂言・歌舞伎（能『羽衣』，狂言『神鳴』，歌舞伎『弁天娘女男白浪』（河竹黙阿弥） ほか）

|内容| 古典には，昔の日本人の心がつまっています。古典を読むと，ああ，昔のひとはこんなことを考えていたんだなあとか，こんなふうに感じていたんだなあっていうことがわかり，おもしろいです。くりかえし読んで覚えてください。

『新教材・伝統的な言語文化をどう授業化するか』 日本言語技術教育学会編 明治図書出版 2012.3 142p 21cm （言語技術教育 第21号） 1800円 ①978-4-18-018739-3

|目次| 第1部 提案 新教材・伝統的な言語文化をどう授業化するか（三つの提案―論理的文章の評価方法，古文の朗読，学習指導案の現代化，近代文学の古典的作品にも目をつける，伝統的な言語文化「序破急」を学ぶ，新国語科授業論と「伝統的な言語文化と国語の特質に関する事項」―何のために・何を・どのように授業化するのか ほか），第2部 提案授業大会テーマ解明行と提言等（授業者による大会テーマの解明と授業提案，大会テーマを深める授業力・言語技術とは），第3部 第二〇回大会の報告

|内容| 第1部で，新教材・伝統的な言語文化をどう授業化していけばよいのか。付けたい力とそこで貫く言語活動の明確な位置づけを識者が示す。第2部では第21回大会の授業提案をもとに教材選択の目，授業づくりの方法などを詳述。他に言語技術とはの論述あり。

『日本の美しい言葉と作法―幼児から大人まで：音読・道徳教科書』 野口芳宏著 改訂版 大阪 登竜館 2012.2 79p 21cm 500円 Ⓝ150

『ことわざ・故事成語・慣用句を中心とした学習指導事例集』 花田修一監修・編著，千葉一成編集協力 明治図書出版 2011.11 133p 21cm （伝統的な言語

## 古典全般

文化の学習指導事例集 2）1760円 ①978-4-18-047212-3
[目次] 第1章 これからの「伝統的な言語文化」の学習指導をどのように創出するか（これからの「伝統的な言語文化」の学習指導のあり方，ことわざ・故事成語・慣用句を中心とした学習指導のあり方，「伝統的な言語文化」の継承と学校教育への期待），第2章 「伝統的な言語文化」の学習指導の実際（「ことわざ」を中心とした学習指導，「故事成語」を中心とした学習指導，「慣用句」を中心とした学習指導），第3章 資料編

『古文・漢文を中心とした学習指導事例集』 花田修一監修・編著，岩崎淳編集協力 明治図書出版 2011.11 130p 21cm （伝統的な言語文化の学習指導事例集 3）1760円 ①978-4-18-047316-8
[目次] 第1章 これからの「伝統的な言語文化」の学習指導をどのように創出するか（これからの「伝統的な言語文化」の学習指導のあり方，古文・漢文を中心とした学習指導のあり方，「伝統的な言語文化」の継承と学校教育への期待），第2章 「伝統的な言語文化」の学習指導の実際（「古文」を中心とした学習指導，「漢文」を中心とした学習指導），第3章 資料編

『詩歌・唱歌・芸能を中心とした学習指導事例集』 花田修一監修・編著，日高辰人編集協力 明治図書出版 2011.11 129p 21cm （伝統的な言語文化の学習指導事例集 4）1760円 ①978-4-18-047410-3
[目次] 第1章 これからの「伝統的な言語文化」の学習指導をどのように創出するか（これからの「伝統的な言語文化」の学習指導のあり方，詩歌・唱歌・芸能を中心とした学習指導のあり方，「伝統的な言語文化」の継承と学校教育への期待），第2章 「伝統的な言語文化」の学習指導の実際（「詩歌」を中心とした学習指導，「唱歌」を中心とした学習指導，「芸能」を中心とした学習指導），第3章 資料編

『昔話・神話・伝承を中心とした学習指導事例集』 花田修一監修・編著，広瀬修也編集協力 明治図書出版 2011.11 133p 21cm （伝統的な言語文化の学習指導事例集 1）1760円 ①978-4-18-047118-1
[目次] 第1章 これからの「伝統的な言語文化」の学習指導をどのように創出するか（これからの「伝統的な言語文化」の学習指導のあり方，昔話・神話・伝承を中心とした学習指導のあり方，「伝統的な言語文化」の継承と学校教育への期待），第2章 「伝統的な言語文化」の学習指導の実際（「昔話」を中心とした学習指導，「神話」を中心とした学習指導，「伝承」を中心とした学習指導），第3章 資料編

『小学校国語 みんなで親しむ「伝統的な言語文化」―作品のイメージを育む授業づくり』 植松雅美編著 東洋館出版社 2011.9 109p 26cm 1900円 ①978-4-491-02720-3
[目次] 第1章 解説編（授業のねらい，「伝統的な言語文化」をどう指導するか，各学年における「伝統的な言語文化」に関する取り組み，授業で扱う「伝統的な言語文化」），第2章 実践編―低学年（昔話に親しむ，神話に親しむ），第3章 実践編―中学年（俳句に親しむ，短歌・百人一首に親しむ，ことわざ・慣用句・故事成語に親しむ），第4章 実践編―高学年（古文に親しむ，漢文・漢詩に親しむ，近代文学に挑戦する），第5章 実践編―その他（日本の童謡や唱歌を歌う，落語を楽しむ，狂言に親しむ）

『小学校 古典指導の基礎・基本―国語指導必携』 田中洋一著 図書文化社 2011.7 79p 26cm 1800円 ①978-4-8100-1589-8
[目次] 1 古典指導について，2 古典指導の基礎知識，3 神話・昔話・伝承の指導，4 短歌の指導の基礎・基本，5 俳句の指導の基礎・基本，6 物語・随筆等の指導の基礎・基本，7 漢文・漢詩の指導の基礎・基本，8 ことわざ・慣用句・故事成語の指導の基礎・基本，9 伝統芸能の指導の基礎・基本，10 音楽で学ぶ伝統的な言語文化
[内容] 新設された「伝統的な言語文化」の指導に対応。小学校古典指導のための基礎知識と授業のヒントを厳選。

『国語の力―「伝統的な言語文化と国語の特質に関する事項」の言語活動』 村田伸宏，「群馬・国語教育を語る会」著 三省堂 2011.4 154p 26cm 1900円 ①978-4-385-36527-5
[目次] 第1章 言語活動を生かした「古典」の授業（むかし話をみんなで読もう（小2/かさ

古典全般

こじぞう），落語発表会をしよう（小4/落語「じゅげむ」ほか），第2章 言語活動を生かした「言葉の特徴・きまり」の授業（日常生活に結びつけて文を作ろう（小1/は・へ・をの学習），見つけたものの紹介文を書こう（小3/くわしくする言葉）ほか），第3章 言語活動を生かした「文字・漢字」の授業（身近な漢字の仲間分けをしよう（小2/仲間の漢字），ローマ字名人になろう！（小4/ローマ字）ほか），第4章 言語活動を生かした「書写」の授業（世界に一つだけの「さんすうドリル」を作ろう！（小2/かたかなの書き方），運動会への意気込みを書こう！（小3/漢字よりかなは小さめに）ほか

『5分で音読する古典』 横山験也編　ほるぷ出版　2011.3　111p　22cm　（100人の先生が選んだこども古典）〈文献あり〉2300円　Ⓘ978-4-593-56993-9　Ⓝ918

目次　昔話 みんながよく知っているお話——一寸法師，昔話 昔々，浦島は——浦島太郎，昔話 1000年以上も前に書かれたお話——竹取物語，随筆 日本は四季のあるとても素敵な国——春はあけぼの，随筆 思いこみ＆失敗をしちゃった——猫また，随筆 旅の様子や俳句を書きつづった——奥の細道，小説・落語 映画やドラマになる——坊っちゃん，小説・落語 長すぎる名前——寿限無，生き方や学問 二宮金次郎も読んで勉強した本——先ずその心を正す，生き方や学問 いやなことが良いことのもとになる——人間訓〔ほか〕

内容　全国から100人を超える小学校の先生たちが小学生のみなさんに読んでほしい古典を選びました。美しく豊かな日本語の表現を、ぜひ声にだして読んでみてください。ひとつひとつの古典に込められたメッセージをすくいとり、みなさんへ伝えることに努めたシリーズです。

『1分で音読する古典』 横山験也編　ほるぷ出版　2011.2　111p　22cm　（100人の先生が選んだこども古典）〈文献あり〉2300円　Ⓘ978-4-593-56992-2　Ⓝ918

目次　随筆・物語（ひとつの挑戦——土佐日記，いやなことばかり続く時——方丈記 ほか），孔子と老子（人生の目安になっている言葉——十有五にして学に志ざす，生まれつきの天才はいない——古を好み敏にして ほか），わらべ歌（手をつないでトンネルを作って——通りゃんせ，お母さんかおばあちゃんに聞いて

ごらん——ずいずいずっころばし ほか），生き方・考え方（コマーシャルにも使われた言葉——草枕，体調をくずさないようにする——養生訓 ほか），中国の詩（リズムに引きこまれてしまった——春望，お昼近くなって目が覚めることもある——春眠暁を覚えず ほか）

『音読・朗読の指導——伝統的な言語文化と詩・物語 小学校国語』 光村図書出版　2011.2　269p　26cm　4000円　Ⓘ978-4-89528-561-2

『ひとことで音読する古典』 横山験也編　ほるぷ出版　2011.1　111p　22cm　（100人の先生が選んだこども古典）〈文献あり〉2300円　Ⓘ978-4-593-56991-5　Ⓝ918

目次　論語——なぜ、勉強をするの？，論語——どうして、昔の古いことを勉強するの？，論語——最高の行い，論語——知っているような顔をして，論語——あと5分がんばろう！，論語——読書をしたらその後で，どういう気持ちで勉強をすると良いか，論語——敬語も多すぎると失礼ですよ，論語——立派な人とそうでない人には、ちがいがある，論語——しかられるにはそれなりの理由がある〔ほか〕

内容　全国から100人を超える小学校の先生たちが小学生のみなさんに読んでほしい古典を選んだ。美しく豊かな日本語の表現を、ぜひ声にだして読んでみよう。

『光村の国語はじめて出会う古典作品集　6　近代小説・近代詩・現代詩・童謡・唱歌・名句・名言・漢詩・漢文・故事成語』 青山由紀ほか編　光村教育図書　2010.12　111p　27cm　3500円　Ⓘ978-4-89572-770-9

目次　近代小説（冒頭），近代詩・現代詩，童謡・唱歌，名句・名言，漢詩・漢文

『陰山メソッド徹底反復「音読プリント」2』 陰山英男［著］ 小学館　2010.3　98p　19×26cm　（教育技術mook）500円　Ⓘ978-4-09-105858-4

『「伝統的な言語文化」を深める授業力とは——あなたの言語力で子どもが育つ』 日本言語技術教育学会編　明治図書出版　2010.3　114p　21cm　（言語技術教育第19号）1800円　Ⓘ978-4-18-320027-3

目次　第1部 提案　「伝統的な言語文化」を

古典全般

深める授業力とは(音読一番,暗誦二番,「伝統的な言語文化」とは,何なのか,「言語文化」を学習者に浸透させる音読力 ほか),第2部 模擬授業提案と求められる授業力・言語力(模擬授業提案者によるテーマの解明と提案,大会テーマを深める授業力・言語力とは),第3部 第一八回大会(新潟大会)報告(日本言語技術教育学会第一八回大会の報告)

『表現力・思考力も身に付く伝統的な言語文化の授業づくり』 難波博孝,東広島市立原小学校著 明治図書出版 2009.12 173p 21cm (国語科・授業改革双書No.7) 2060円 ①978-4-18-332510-5
目次 1 伝統的な言語文化の授業の理論(伝統的な言語文化の授業づくりのために,各学年の伝統的な言語文化の授業づくり,伝統的な言語文化の授業について考えるべきこと),2 伝統的な言語文化の授業の実際(本校の概要,研究の内容,めざせ！ ことばあそび名人(第1学年),昔話のおもしろさをあじわおう(第2学年)—〇〇太郎編,おあとがよろしいようで(第3学年)—落語の世界へようこそ ほか)

『楽しい "伝統的な言語文化" の授業づくり 5・6年』 大森修編 明治図書出版 2009.10 121p 21cm 1600円 ①978-4-18-300716-2
目次 1 素読を活用した授業(「竹取物語」(古文)の授業,「枕草子」(古文)の授業,「春望」(杜甫)の授業 ほか),2 『伝統的な言語文化ワーク』を活用した授業(古文の授業—「竹取物語」,古文の授業—「枕草子」,漢詩の授業—「絶句」 ほか),3 漢字文化の授業(千年も前からある字謎遊びをすることで,漢字の組み立てや組み合わせのおもしろさを知る,もとの漢字に一画加えた漢字を探しながら,漢字辞典の使い方に慣れる,「とり」の漢字文化から成り立ちや意味がわかり,漢字のおもしろさを知る ほか)
内容 日本語のすばらしさを素読で体験させるのに適した教材はどれか。竹取物語・枕草子・論語・春望の実例を紹介しながら,古文・漢詩をはじめ,近現代詩までの授業化のノウハウを実例で紹介。昔の日本人を理解する楽しい漢字文化の授業もあり。

『楽しい "伝統的な言語文化" の授業づくり 3・4年』 大森修編 明治図書出版 2009.10 128p 21cm 1700円 ①978-4-18-300612-7
目次 1 遊びを活用した授業(百人一首の授業(三年)—「試合」でリズムを,「授業」で情景を,百人一首の授業(四年)—百人一首がはじめて！ という学級の指導はこうする,「いろはカルタ」の授業(三年)—「犬も歩けば…」ばかりが「いろはカルタ」ではない ほか),2 短歌・俳句の授業(短歌(和歌)を教えるには「百人一首」がうってつけだ,短歌のリズムを教える,ワークを活用した俳句の授業(三年) ほか),3 漢字文化の授業(はじめての漢字文化の授業は,習った数字を使って,「青」のつく漢字の仲間探し,長さの単位を漢字で表す授業をつくる ほか)
内容 百人一首を授業で取り上げたいと思ったら,どういう組み立てにすればいいのか。学級の指導はどうすればいいのか。いろはカルタ・ことわざ・慣用句・故事成語・短歌・俳句・漢字文化など,伝統的言語を授業に取り入れるノウハウを網羅。

『楽しい "伝統的な言語文化" の授業づくり 1・2年』 大森修編 明治図書出版 2009.10 123p 21cm 1600円 ①978-4-18-300518-2
目次 1 読み聞かせによる授業(次を予想させながら読み聞かせる—神話の授業(一年)「うみひこやまひこ」,神話だって,肩の力を抜いて,さっと読み始めるとよい—神話の授業(二年)「いなばの白うさぎ」 ほか),2 ワークを活用した昔話・神話の授業(昔話の授業(一年)—「したきりすずめ」,昔話の授業(二年)—「ぶんぶく茶がま」 ほか),3 アニマシオンの戦術を使った授業(「前かな,後ろかな」の戦術を使った神話の授業(一年)—「ヤマタノオロチ」,「これ,だれのもの？」の戦術を使った神話の授業(二年)—「ウミサチとヤマサチ」 ほか),4 外国の話と比べる授業(神話の似ているところを探そう！ (一年)—日本,ギリシャ,中国の神話,「夫婦の神様とあの世のお話」神話の授業(二年)—日本とギリシャの神話を比べる ほか),5 漢字文化の授業(象形文字を楽しむ,記号化した意味を楽しむ ほか)
内容 低学年の子どもは,語呂合わせの暗記・暗唱が大好き。昔話や神話の読み聞かせなど,教室がシーンとなることが受け合い。そんな授業を展開する創意工夫の観点を中心に紹介。アニマシオンの手法を使った事例など実践例も沢山あり。

『新国語科の重点指導 第9巻 「伝統的な言語文化」を教える3・「漢字文化」』

子どもの本 日本の古典をまなぶ2000冊 5

古典全般

市毛勝雄編　明治図書出版　2009.9　165p　26cm　2560円　①978-4-18-382916-0

[目次] 1 総論新国語科の重点指導，2 「伝統的な言語文化」の指導とは何か，3 「漢字文化」の指導とは，4 漢字学習の基礎，5 漢字学習の指導例，6 漢字ドリルの指導例，7 古典教材の指導例，8 現代の漢字ドリル

『新国語科の重点指導　第8巻　「伝統的な言語文化」を教える2・「敬語文化」』　市毛勝雄編　明治図書出版　2009.9　120p　26cm　2160円　①978-4-18-382812-5

[目次] 1 総論新国語科の重点指導(国語学力とは何か，新学習指導要領と新国語科の役割，新国語科の八つの指導と評価の観点)，2 「伝統的な言語文化」の指導とは何か(世界は多極化の時代になった，日本文化の特色は，「伝統的な言語文化」の意義，「伝統的な言語文化」とは何か)，3 「敬語文化」の指導とは(日常生活における敬語，企業で使われている敬語の背景，間違って使われている敬語，1敬語指導の現状，敬語指導の授業)，4 「敬語」の重点指導項目(敬語の種類，謙譲語，尊敬語，丁寧語，「お」「ご」の正しい使い方，人の呼び方，あいさつの練習，間違った敬語を正しく直す，敬語を使った会話の練習，敬語を使った電話の練習，改まった手紙の書き方の練習，面接の練習，自己紹介，二重敬語)，5 モデル教材を使った敬語の指導例(1～3—小学校低学年，4～6—小学校中学年，小学校高学年，中学校一年，中学校二年，中学校三年)

『新国語科の重点指導　第7巻　「伝統的な言語文化」を教える1・「伝承文化・やまとことば文化」』　市毛勝雄編　明治図書出版　2009.9　162p　26cm　2560円　①978-4-18-382718-0

[目次] 1 総論 新国語科の重点指導(国語学力とは何か，新学習指導要領と新国語科の役割，新国語科の八つの指導と評価の観点)，2 「伝統的な言語文化」の指導とは何か(世界は多極化の時代になった，日本文化の特色は，「伝統的な言語文化」の意義，「伝統的な言語文化」とは何か)，3 「伝承文化」の指導，「伝承文化」の指導例，4 「やまとことば文化」(「やまとことば文化」の指導，「やまとことば」学習の基礎，「短歌・長歌」学習の指導例，「随筆・紀行文」学習の指導例，「物語」学習の指導例)

『小学校国語『伝統的な言語文化』の授業ガイド—ワークシート付き26の単元プラン』　大熊徹，藤田慶三編著　東洋館出版社　2009.8　204p　26cm　2500円　①978-4-491-02497-4

[目次] 1 解説『伝統的な言語文化』指導のポイント，2 実践『伝統的な言語文化』の単元づくり(昔話，神話・伝承，短歌・俳句，ことわざ・慣用句，故事成語，古文，漢文，近代以降の文語調の文章，古典の解説文を読む)

『知っているときっと役に立つ古典学習クイズ55』　杉浦重成，神吉創二，片山壮吾，井川裕之著　名古屋　黎明書房　2009.7　126p　21cm　1500円　①978-4-654-01826-0　Ⓝ910.2

[目次] 1 短歌(和歌)のクイズ(短歌いきなりクイズ—枕詞を見つけよう，あかあかやあかあかあかや—短歌の成り立ち1 ほか)，2 俳句のクイズ(俳句いきなりクイズ—俳句の中の地名をあてよう，俳句入門クイズ—五・七・五で考えよう ほか)，3 古文のクイズ(古文いきなりクイズ—パズルで古語を覚えよう，古文入門クイズ1—昔と今を比べてみよう(文語表現) ほか)，4 漢文のクイズ(漢文いきなりクイズ—二度読む字，漢文入門クイズ—漢文を読むには，まず送り仮名をつけよう ほか)

[内容] 小学生から大人まで気軽に古典を学べる一冊。短歌(和歌)，俳句，古文，漢文の工夫をこらしたクイズで古典の世界に触れ，そのすばらしさを味わえる。くわしい解説もついている。

『小学校 知っておきたい古典名作ライブラリー32選—豊かな「伝統的な言語文化」の授業づくり』　石塚修編著　明治図書出版　2009.4　147p　21cm　1900円　①978-4-18-323115-4

[目次] 1 いま求められる「古典に親しむ態度」(小学校で「古典に親しむ態度」を養うために，「伝統文化」を小学校の古典教育でどう教えるか)，2 古典に親しむ名作・名場面ライブラリー(「古文」編，「漢詩・漢文」編)

[内容] 日本で古くから親しまれてきている古典作品の中でも，子どもが興味・関心をもちやすい場面を中心に，原文とあらすじを収めた。これだけは知っておきたいという基礎知識と，子どもが楽しめる授業づくり・単元づくりのヒントが満載。

## 古典全般

『田村操の朗読教室』 田村操著 子どもの未来社 2009.4 225p 30cm 1600円 ①978-4-901330-93-0
[目次] 第1章 朗読の魅力，第2章 朗読してみましょう，第3章 最初のころの朗読は，第4章 本格的に表現，第5章 朗読しましょう，第6章 国語教育と朗読

『「昔話、神話・伝承」の指導のアイデア30選』 大越和孝編，泉宜宏，浜上悦子，宮絢子著 東洋館出版社 2009.4 190p 21cm 2100円 ①978-4-491-02448-6
[目次] 1 国語教育としての昔話、神話・伝承の読み聞かせ（今，なぜ昔話、神話・伝承か，昔話、神話・伝承の特質と区分 ほか），2 昔話の指導のアイデア18選（藁しべ長者（展開例提示），あたまにかきの木 ほか），3 神話の指導のアイデア5選（やまたのおろち（展開例提示），いなばのしろうさぎ ほか），4 伝承の指導のアイデア7選（赤神と黒神（展開例提示），カムイチカプ ほか）

『「伝統的な言語文化」を活かす言語技術』 日本言語技術教育学会編 明治図書出版 2009.3 101p 21cm （言語技術教育 第18号） 1600円 ①978-4-18-319913-3
[目次] 第1部 提案 「伝統的な言語文化」を活かす言語技術と国語科授業改革（「伝統的な言語文化」の内容をしっかり見よう，伝統的文化のすぐれた教育力を生かす，教室音読による「伝統的言語文化」の感得 ほか），第2部 授業者による提案—大会テーマを実践的に深める（授業者による提案，大会テーマに関わる提案授業），第3部 第一七回大会報告と資料—新学習指導要領と「伝統的言語文化」（日本言語技術教育学会第一七回大会の報告，資料・新学習指導要領の「伝統的な言語文化」）

『伝統的な言語文化ワーク 3 5・6年で使える"古文・漢文・文語調の文章"ワーク』 大森修編 明治図書出版 2009.3 121p 19×26cm 2060円 ①978-4-18-385326-4

『伝統的な言語文化ワーク 2 3・4年で使える"俳句・短歌・百人一首・ことわざ・慣用句・故事成語"ワーク』 大森修編 明治図書出版 2009.3 111p 19×26cm 1900円 ①978-4-18-385217-5

『伝統的な言語文化ワーク 1 1・2年で使える"昔話・神話・伝承"ワーク』 大森修編 明治図書出版 2009.3 147p 19×26cm 2200円 ①978-4-18-385113-0

『活用力を育てる音声、作文、言語、古文・漢文の授業アイデアベスト70—この教え方で楽しく言葉の力をつける』 全国国語授業研究会，青山由紀編著 東洋館出版社 2008.8 167p 26cm （活用力シリーズ 3） 2400円 ①978-4-491-02367-0
[目次] 第1章 活用力を育てる言葉の授業とは？，第2章 活用力を育てる音声，作文，言語，古文・漢文の授業づくり（音声，作文，言語，古文・漢文），ワークシート

『声を届ける—音読・朗読・群読の授業』 高橋俊三著 三省堂 2008.4 230p 21cm 〈付属資料：CD1〉 2400円 ①978-4-385-36359-2
[目次] 第1章 音読・朗読・群読の基本（声を届ける，声を受けとめる，黙読と音読と朗読，朗読する楽しさ・聞く楽しさ，群読する楽しさ，群読への導入，群読の作品創り），第2章 いろいろな作品の音読・朗読・群読（説明的文章の音読・朗読・群読，物語・小説の音読・朗読・群読，韻文の音読・朗読・暗誦・群読，古典の音読・朗読・暗誦・群読），第3章 音読・朗読・群読の技術（呼吸法・発声法・発音練習（滑舌），アーティキュレーション（アクセント／イントネーション／ポーズ／チェンジ・オブ・ペース／プロミネンス／トーン），群読の「せめぎ合い」，朗読譜・群読譜），第4章 朗読・群読と関連する読みの形態（読み聞かせ・ブックトーク，リーディング・シアター），第5章 音読・朗読・群読と教育（教師の朗読と範読，音読・朗読の教育的効果と指導上の留意点，群読の教育的効果と指導上の留意点，戦後，音読・朗読・群読の教育史）
[内容] 意味をとらえ、声を届ける。それが音読・朗読である。

『小学校で覚えたい古文・漢文・文語詩の暗唱50選』 大越和孝編，安達知子，安部朋世，西田拓郎著 東洋館出版社 2007.3 138p 21cm 1600円 ①978-4-491-02249-9
[目次] 1 国語教育としての暗唱を（今，なぜ

子どもの本 日本の古典をまなぶ2000冊　7

古典全般

暗唱か，音読・黙読・微音読・唇読 ほか），2 古文の暗唱15選（万葉集（抄），古今和歌集（仮名序）ほか），3 漢文の暗唱15選（春望，黄鶴楼にて孟浩然の広陵に之くを送る ほか），4 文語詩の暗唱20選（鯉のぼり，海 ほか）

『伴一孝「向山型国語」で力をつける 第5巻 どの子も伸びる漢字・音読指導のステップ』 伴一孝著 明治図書出版 2007.3 213p 21cm 2500円 ⓘ978-4-18-303522-6
[目次] 1 どの子も「スラスラ読める」子どもに育てる（音読指導には「原則」がある，伴一孝の音読指導二日間連続公開！＆VTR審査―日常的指導からポイントをさぐる，音読指導Q&A（テープ起こし）），2 漢字を「書く」力を九〇％以上マスターさせる指導法（ユースウェアを身につける，伴一孝の漢字指導完全再現！＆VTR審査，漢字指導Q&A（テープ起こし））

『声に出して書く日本の詩歌』 甲斐睦朗監修 講談社 2006.11 163p 21×19cm 1300円 ⓘ4-06-213775-5
[目次] 和歌・短歌（倭建命，舒明天皇 ほか），俳句（松尾芭蕉，与謝蕪村 ほか），詩（島崎藤村，土井晩翠 ほか），論語・荀子（孔子，荀子），漢詩（陶淵明，孟浩然 ほか）
[内容] 鉛筆でなぞり書く「日本の詩歌」！教科書で習ったはずの和歌・短歌。覚えたはずのあの俳句。時に諳んじたあの漢詩。胸ときめいたあの名詩。思い出の名歌・名句・名詩を心に刻んで下さい。

『向山型国語＝暗唱・漢字文化・五色百人一首』 向山洋一著 明治図書出版 2006.7 218p 21cm （教え方のプロ・向山洋一全集 77）2300円 ⓘ4-18-825710-5
[目次] 1 基礎学力を保障する向山型漢字指導（教育技術学会漢字学力調査は，漢字を宿題ですませている教師が，学力破壊の元凶であることを明らかにした，すぐれた教材・教具は，子どもを伸ばし，クラスをまとめ，教師の仕事を支えてくれる ほか），2 二一世紀型の漢字の教え方「漢字文化の授業」（向山型国語のパーツ 漢字文化の授業を検定．上海師大附属小で受けた「漢字文化」の授業―日中漢字文化検定を準備中！ ほか），3 ドラマが次々と生まれる五色百人一首（五色百人一首―子どもが熱中してクラスがまと

まる，「学級がまとまる」五色百人一首を幅広くするために！ ほか），4 国語の能力を高める向山式暗唱・直写・読書指導（日本で初めて公開された暗唱の授業，新卒以来三二年間，ずっと続けた名文詩文向山の暗唱指導 ほか），5 向山が答えるこれからの国語教育Q&A（国語の授業で教えるのは言語技術である，中学を卒業するまでに国語の授業で教えるべきこと ほか）

『力のつく古典入門学習50のアイディア―気軽に楽しく短い時間で』 教育文化研究会編 三省堂 2004.9 218p 21cm 2200円 ⓘ4-385-36170-3
[目次] 1 冒頭を覚える，2 とびらを開く，3 響きを楽しむ，4 名文を読む，5 ことばで表す，6 文化に親しむ，7 漢文の世界を行く
[内容] 教室ですぐに使える，ユニークな発想による古典入門学習のアイディア集。小学校高学年から，中学生，高校生まで楽しみながら学習できる。

『陰山メソッド徹底反復「音読プリント」』 陰山英男［著］ 小学館 2004.8 98p 19×26cm （教育技術mook）500円 ⓘ4-09-104475-1

『音読の響き合う町―田口小国語教室からの発信』 高橋俊三監修，愛知県設楽町立田口小学校著 明治図書出版 2003.11 201p 21cm （21世紀型授業づくり 82）2200円 ⓘ4-18-924114-8
[目次] 第1章 声のパワー（いつでも，どこでも，だれにでも，音読と子どものやる気 ほか），第2章 教室からの響き合い―国語学習からの発信（『サラダでげんき』でサラダ記念日を祝おう，『かさこじぞう』で音読の会をひらこう ほか），第3章 全校での響き合い―全校群読（みんなが群読づくりの主役，みんなが主役になるために ほか），第4章 町の人との響き合い―かかわる活動（音読カードで家族と学ぶ，音読集『ひばり』は，声と心の架け橋 ほか）

『音読・朗読・暗唱で国語力を高める―基礎・基本・統合発信力を獲得する授業づくり』 瀬川栄志監修，福本菊江編著 明治図書出版 2003.2 150p 21cm （21世紀の学校づくり 4）2000円 ⓘ4-18-112801-6
[目次] 1 国語力を高める音読・朗読・暗唱

## 古典全般

（国語力は万学の基礎である（国語教育の体系化），音読・朗読・暗唱で生き生き授業づくり（指導法の組織化），音読・朗読指導の学年系統表），2 音読で「基礎的技能」が定着する授業づくり（定着させたい音読スキル，授業展開と絶対評価（単一技能の定着）），3 音読・朗読で「基本的能力」を高める授業づくり（絶対評価を押さえた授業展開（基本的能力を高める学習）），4音読・朗読・群読で「統合発信力」を獲得する授業づくり，5 学校・家庭・地域との連携で「言語行動力」を育てる授業づくり（目指す価値ある言語行動力，協力・協調力と自己表現力を駆使した言語行動「生きる力に連動」）

[内容] 本書は，教師としての生きがい発見の書であり，日本語の美しさに共感・感動する書である。また，国語力を確実に獲得させる指導理論と技術を授業で実証できる教育者必携の書でもある。

『子どもを伸ばす音読革命―ぐんぐん国語力がついてくる驚異の「日本語一音一音法」』 松永暢史著　主婦の友社，角川書店〔発売〕　2001.11　95p　21cm〈付属資料：CD1〉1600円　⒤4-07-232555-4

[目次] 第1章 この音読法の発見まで（「よこはま・たそがれ」を一音一音切って読んでみると，語学の天才・シュリーマンも音読をしていた！，「できない子」を豹変させるには国語力をつけるしかない ほか），第2章 音読の部屋（よこはま・たそがれ，竹取物語，舟弁慶 ほか），第3章 国語力と音読について（なぜ子どもたちは「国語」が苦手になっていくのか？，音読は小学校低学年までに始めるのがいい，「国語力」というのは，いったい何のことだろう ほか）

[内容] 本書は，音読を通じて日本人の潜在的国語力をその根源からよみがえらせる最新の言語能力開発メソッドである。

『音読で国語力を確実に育てる―子どもの声と笑顔があふれる学校』 高橋俊三監修，愛知県設楽町立田口小学校著　明治図書出版　2001.10　182p　21cm　（21世紀型授業づくり 42）2060円　⒤4-18-357915-5

[目次] 第1章 音読による授業づくり（音読のよさとその効果，音読を生かした授業を支えるもの），第2章 音読による授業の実際（「導入」での音読，「展開」での音読，「まとめ」での音読，授業改善への効果），第3章 音読による発展学習の実践（「お話ランド」でブックトーク，音読を楽しむおはなし会・読み聞かせ会，音読を通して地域の人とのふれあい，全校群読を自分たちの手で！）

[内容] 第1章は，音読指導の意義や基礎技術について述べる。特に「音読の基礎技術の指導」は，価値が高い。音読の基礎技術を抽出し，指導法のポイントを列挙する。すぐに活用できる。第2章では，「導入での音読」「展開での音読」「まとめでの音読」と授業過程の中に位置づけ，各過程での指導の仕方を説くところが興味深い。同一教材で指導するときだけでなく，各過程における音読指導の在り方が明らかになるだろう。第3章は，発展編である。この章には，全校群読を，教師ではなく六年生が作り上げていく過程が詳細に述べられている。

『音声コミュニケーションの教材開発・授業開発―国語科から総合的学習へ　3　小学校高学年編』 高橋俊三編著　明治図書出版　2000.8　168p　26cm　2800円　⒤4-18-360921-6　Ⓝ375.8

[目次] 1 理論編（音声言語指導の教材開発・授業開発，高学年国語科における音声言語指導の基礎・基本，高学年言語活動例の展開への視点，総合的学習への発展，高学年年間指導計画の立て方），2 実践編（話すこと，聞くこと，話し合うこと，朗読・群読，言語事項，総合的な学習）

[内容]「音声言語のよき教材は，音声言語のよき授業をとおして生み出される。総合的学習を支える国語科としての基礎・基本は，コミュニケーション能力の育成にある」という編者の理念の上に立って，どのようにしてコミュニケーション能力を技能的・言語技術的に身に付けるかを，豊富な実践事例を網羅して，具体的に，授業の工夫を提案・解明した。

『音声コミュニケーションの教材開発・授業開発―国語科から総合的学習へ　2　小学校中学年編』 高橋俊三編著　明治図書出版　2000.8　160p　26cm　2700円　⒤4-18-360827-9　Ⓝ375.8

[目次] 1 理論編（音声言語指導の教材開発・授業開発，中学年国語科における音声言語指導の基礎・基本，中学年言語活動例の展開への視点，総合的学習への発展，中学年年間指導計画の立て方），2 実践編（話すこと，聞くこと，話し合うこと，朗読・群読，言語事項，総合的な学習）

古典全般

|内容|「音声言語のよき教材は、音声言語のよき授業をとおして生み出される。総合的学習を支える国語科としての基礎・基本は、コミュニケーション能力の育成にある」という編者の理念の上に立って、どのようにしてコミュニケーション能力を技能的・言語技術的に身に付けるかを、豊富な実践事例を網羅して、具体的に、授業の工夫を提案・解明した。

『音声コミュニケーションの教材開発・授業開発─国語科から総合的学習へ 1 小学校低学年編』 高橋俊三編著 明治図書出版 2000.8 192p 26cm 2700円 Ⓘ4-18-360738-8 Ⓝ375.8
|目次| 1 理論編(音声言語指導の教材開発・授業開発、低学年国語科における音声言語指導の基礎・基本、低学年の言語活動例の展開への視点、生活科への発展、低学年年間指導計画の立て方)、2 実践編(話すこと、聞くこと、話し合うこと、朗読・群読、言語事項、生活科の言語学習)
|内容|「音声言語のよき教材は、音声言語のよき授業をとおして生み出される。総合的学習を支える国語科としての基礎・基本は、コミュニケーション能力の育成にある」という編者の理念の上に立って、どのようにしてコミュニケーション能力を技能的・言語技術的に身に付けるかを、豊富な実践事例を網羅して、具体的に、授業の工夫を提案・解明した。

『音声言語授業の年間計画と展開 小学校編』 巳野欣一監修、奈良県国語教育研究協議会編 明治図書出版 1997.5 193p 21cm (国語科授業改革双書12) 2050円 Ⓘ4-18-355815-8
|目次| 第1部 音声言語指導論、第2部 音声言語授業の指導計画、第3部 音声言語指導の実践展開

『音声言語指導のアイデア集成 3 小学校高学年』 高橋俊三編著 明治図書出版 1996.8 209p 26cm 2709円 Ⓘ4-18-476808-2 Ⓝ375.8
|目次| 第1章 高学年の音声言語指導(音声言語の特徴、音声言語の指導、高学年の指導の重点、高学年の年間指導計画)、第2章 アイデアと展開のポイント(話すことの指導アイデア、聞くことの指導アイデア、話し合うことの指導アイデア、朗読・群読の指導アイデア、言語事項の指導アイデア)

『音声言語指導のアイデア集成 2 小学校中学年』 高橋俊三編著 明治図書出版 1996.8 195p 26cm 2709円 Ⓘ4-18-476704-4 Ⓝ375.8
|目次| 第1章 中学年の音声言語指導(音声言語の特徴、音声言語の指導、中学年の指導の重点、中学年の年間指導計画)、第2章 アイデアと展開のポイント(話すことの指導アイデア、聞くことの指導アイデア、話し合うことの指導アイデア、音読・群読の指導アイデア、言語事項の指導アイデア)

『音声言語指導のアイデア集成 1 小学校低学年』 高橋俊三編著 明治図書出版 1996.8 197p 26cm 2709円 Ⓘ4-18-476600-5 Ⓝ375.8
|目次| 第1章 低学年の音声言語指導(音声言語の特徴、音声言語の指導、低学年の指導の重点、低学年の年間指導計画)、第2章 アイデアと展開のポイント(話すことの指導アイデア、聞くことの指導アイデア、話し合うことの指導アイデア、音読・群読の指導アイデア、言語事項の指導アイデア)

『古典から現代まで126の文学─名作アルバム 6 ま～わ』 桜井信夫編著 PHP研究所 1995.10 39p 31cm 2600円 Ⓘ4-569-58966-9

『古典から現代まで126の文学─名作アルバム 5 な～ほ』 笠原秀編著 PHP研究所 1995.10 39p 31cm 2600円 Ⓘ4-569-58965-0

『古典から現代まで126の文学─名作アルバム 4 た～と』 森下研編著 PHP研究所 1995.10 39p 31cm 2600円 Ⓘ4-569-58964-2

『古典から現代まで126の文学─名作アルバム 3 さ～そ』 三浦はじめ編著 PHP研究所 1995.10 39p 31cm 2600円 Ⓘ4-569-58963-4

『古典から現代まで126の文学─名作アルバム 2 か～こ』 藤森陽子編著 PHP研究所 1995.10 39p 31cm 2600円 Ⓘ4-569-58962-6

『古典から現代まで126の文学─名作アル

## 古典全般

バム　1　あ～お』　三田村信行編著　PHP研究所　1995.10　39p　31cm　2600円　①4-569-58961-8

『子供が創る「音読・朗読・群読」の学習　高学年編』　全国小学校国語教育研究会編，新潟音読研究会著　明治図書出版　1995.10　189p　21cm　（授業への挑戦137）　2370円　①4-18-649907-1
[目次]　1　子供が創る「音読・朗読・群読」の学習，2　高学年における音読・朗読の基礎学習，3　第五学年の音読・朗読学習の創造，4　第六学年の音読・朗読学習の創造，5　高学年における朗読・暗唱・群読の学習

『子供が創る「音読・朗読・群読」の学習　中学年編』　全国小学校国語教育研究会編，北九州国語教育研究会著　明治図書出版　1995.10　185p　21cm　（授業への挑戦136）　2370円　①4-18-649803-2
[目次]　1　子供が創る「音読・朗読・群読」の学習，2　中学年における音読の基礎学習，3　第三学年の音読学習の創造，4　第四学年の音読学習の創造，5　中学年における朗読・暗唱・群読の学習

『子供が創る「音読・朗読・群読」の学習　低学年編』　全国小学校国語教育研究会編，愛知音読研究会著　明治図書出版　1995.10　191p　21cm　（授業への挑戦135）　2370円　①4-18-649709-5
[目次]　1　子供が創る「音読・朗読・群読」の学習，2　低学年における音読の基礎学習，3　第一学年の音読学習の創造，4　第二学年の音読学習の創造，5　低学年における音読・朗読・暗唱・群読の学習

『本選び術―よみたい本が必ず探せる　小学校版　第5巻　なみだと笑いとこわい話，昔話や古典文学，活躍する動物たち，ドラマ，続き物・シリーズ物』　リブリオ出版　1995.4　288,6p　27cm　〈監修：図書館資料研究会〉　①4-89784-435-5,4-89784-430-4

『古典の入門期における学習指導の研究―小学校高学年及び中学校での学習内容を視座に据えた指導方法の改善』　石島勇著　石島勇　1995.3　190p　30cm　（東京都教員研究生研究報告書　平成6年度）〈参考文献：p155～156〉　Ⓝ375.8

『音声言語の教材開発と指導事例　小学6年』　愛媛国語研究会著　明治図書出版　1994.7　160p　21cm　〈監修：瀬川栄志〉　1760円　①4-18-645603-8

『音声言語の教材開発と指導事例　小学5年』　岩手県小学校国語教育研究会著　明治図書出版　1994.7　161p　21cm　1760円　①4-18-645509-0
[目次]　序文　新しい学力観に立つ音声言語教育，まえがき　未来社会を拓く国語科教育の創造，第1章　新しい教育観と音声言語の教育，第2章　音声言語の指導内容と教材開発，第3章　音声言語の指導と評価，第4章　音声言語の教材開発と授業展開，第5章　豊かな音声言語生活と環境構成

『音声言語の教材開発と指導事例　小学4年』　東京都小学校国語教育研究会著　明治図書出版　1994.7　169p　21cm　1860円　①4-18-645405-1
[目次]　序文　新しい学力観に立つ音声言語教育，まえがき　未来社会を拓く国語科教育の創造，第1章　新しい教育観と音声言語の教育，第2章　音声言語の指導内容と教材開発，第3章　音声言語の指導と評価，第4章　音声言語の教材開発と授業展開，第5章　豊かな音声言語生活と環境構成

『音声言語の教材開発と指導事例　小学3年』　浜松音声言語教育研究会著　明治図書出版　1994.7　175p　21cm　〈監修：瀬川栄志〉　1860円　①4-18-645301-2

『音声言語の教材開発と指導事例　小学2年』　鹿児島県小学校教育研究会国語部会著　明治図書出版　1994.7　164p　21cm　1760円　①4-18-645207-5
[目次]　序文　新しい学力観に立つ音声言語教育，まえがき　未来社会を拓く国語科教育の創造，第1章　新しい教育観と音声言語の教育，第2章　音声言語の指導内容と教材開発，第3章　音声言語の指導と評価，第4章　音声言語の教材開発と授業展開，第5章　豊かな音声言語生活と環境構成

『音声言語の教材開発と指導事例　小学1年』　熊本市小学校国語教育研究会著

古典全般

明治図書出版　1994.7　168p　21cm　1860円　⓪4-18-645103-6
|目次|　序文 新しい学力観に立つ音声言語教育，まえがき 未来社会を拓く国語科教育の創造，第1章 新しい教育観と音声言語の教育，第2章 音声言語の指導内容と教材開発，第3章 音声言語の指導と評価，第4章 音声言語の教材開発と授業展開，第5章 豊かな音声言語生活と環境構成

『朗読を楽しもう』　松丸春生著，永井泰子絵　さ・え・ら書房　1994.4　175p　22cm　（さ・え・ら図書館/国語）　1370円　⓪4-378-02220-6　Ⓝ809
|目次|　第1章 朗読のとびらをひらいてみると―詩の朗読，第2章 声には表情があって―童話の朗読，第3章 言葉は生きていて―民話の朗読，第4章 読みひとつでまるで変わってしまい―説明文の朗読，第5章 楽しく朗読の世界にあそんでいると―セリフの朗読，第6章 日本語のリズムもここちよく―俳句と短歌の朗読，第7章 むかしのひびきもなつかしく―古典の朗読，第8章 心ひかれてまうでしょう，朗読に―小説の朗読，終章 もっともっと朗読を
|内容|　この本を読みすすめていくと，印刷された文字が表情のある生き生きとした声となって，心の中にあふれてくるようになります。あなたの心に朗読の世界が生まれたのです。それを，できるだけ心の中のとおりに，声に出してみましょう。聞く人の胸に，あなたの声で，その世界をとどけてください。朗読って，するのも聞くのも，とってもすてきなものなのです。

『古典との対話』　串田孫一著　筑摩書房　1990.12　219p　19cm　（ちくまプリマーブックス 47）　980円　⓪4-480-04147-8
|目次|　1 人間とは何か（考える葦―パスカルの『パンセ』，故に我あり―デカルトの『方法序説』，知りたがる心―プルタルコスの『モラリア』，偽りのない書物―モンテーニュの『随想録』，食欲と美味と快楽―ブリア・サヴァランの『味覚の生理学』，心の貧しき者―マタイによる福音書，太陽と死―ラ・ロシュフコーの『省察と箴言』，運命の女神―マキアヴェリの『君主論』），2 自分とのたたかい（隠れて生きること―エピクロスの一断片，孤独と法悦―アミエルの『日記』，遁世者の心―鴨長明の『方丈記』，空言多き世―兼好法師の『徒然草』，憂愁の天才―ショーペンハウアーの『意志と表象としての世界』），3 生きる道を求めて（処世の要諦―千字文，仁者は山を楽しむ―論語，心に在るもの―詩経，内直而外曲―荘子，善の欠如―アウグスティヌスの『告白録』），4 古典と共に（宇宙国家の同胞―マルクス・アウレリウスの『自省録』，虫の黙示録―ファーブルの『昆虫記』，孤児と共に―ルソーの『エミール』，怠惰な多忙―セネカの『道徳論集』，理想郷―トマス・モアの『ユートピア』）
|内容|　少年のころからくり返し読みつづけ，今もたま折りにふれてはページをめくる。日記に書きこみ，何度も味わい，考える。自分の流儀でつき合ってきた23冊をめぐる，深く静かなエッセイ23篇。

『音声言語の指導　1-6年』　本堂寛，川上繁編　明治図書出版　1990.3　139p　21cm　（新学習指導要領の指導事例集小学校国語科 5）　1204円　⓪4-18-340709-5　Ⓝ375.82
|目次|　音声言語 1-6年の指導内容と重点，生き生きとした学習活動をつくる音声言語年間指導計画，第1学年 話す・聞く指導事例，第2学年 話す・聞く指導事例，第3学年 話す・聞く指導事例，第4学年 話す・聞く指導事例，第5学年 話す・聞く・朗読の指導事例，第6学年 話す・聞く・朗読の指導

『小学校 音読・朗読・黙読』　石田左久馬編著　改訂版　東京書籍　1990.1　205p　21cm　（東書TMシリーズ）　1700円　⓪4-487-73703-6
|目次|　第1章 読みとりにおける音読の役割，第2章 音読の技能をのばす，第3章 表現としての朗読，第4章 黙読指導の留意点，第5章 音読・朗読指導の実際

『音読・朗読・暗唱を活用する指導』　岩崎保編　明治図書出版　1989.3　89p　21cm　（新学習指導要領小学校国語科のキーワード 9）　950円　⓪4-18-334105-1
|目次|　1 新教育課程における音読・朗読・暗唱―国語科学習の成立を支える基礎的言語能力として，2 声に出す喜びを知る音読指導，3 気に入って表現で音読を楽しむ指導，4 音読ができて理解したと自信がもてる指導，5 自ら求めて音読・暗唱に挑戦させる指導，6 好きな文や詩を選んで，朗読したり暗唱したりする指導，7 収集した情報を紹介するために，自分の考え方や感動を朗

古典全般　　　　　　　　　　　　　　　　　　　　　　　　　ことわざ・慣用句

読によって伝える指導

『言語感覚を育てる音読・朗読・暗唱』
東京都中野区立鷺宮小学校著　明治図書出版　1989.3　194p　21cm　（国語科授業の新展開 50）　1900円　ⓘ4-18-333102-1
[目次] 第1章 「豊かな心を持ちたくましく生きる」子供の育成（新教育課程の基本理念と国語科教育の方向，豊かな言語感覚と国語を愛する心，言語感覚を育てる音読・朗読・暗唱，基礎・基本・発展学習の体系的指導，研究法の実践と子供の変容），第2章 言語感覚と音読・朗読の指導内容・系統（言語感覚と音読・朗読技能の実態と課題，言語感覚を育てる音読・朗読の指導内容の系統，指導計画の作成と行動学習法を導入した指導法），第3章 音読・朗読・暗唱を取り入れた授業実践，第4章 音読タイムの実践，第5章 言語感覚を育てる環境構成

## ことわざ・慣用句

『歌ってみるみる覚える 九九・ことわざ・えと―CDつき』　学研教育出版編　学研教育出版,学研マーケティング〔発売〕　2014.2　64p　20×16cm〈付属資料：CD1〉　1200円　ⓘ978-4-05-203929-4
[目次] 算数（大きな数，九九って何？，九九，長さのたんい，重さのたんい，かさのたんい，九九クイズ），国語（ものの数え方，「本」と「ひき」，日にちの言い方，えと，昔の月の名前，ことわざ，慣用句，四字熟語）
[内容] 九九・ことわざ・えと。長さの単位・四字熟語なども知っている曲だからすぐ歌える！　小学校低学年向け。

『金田一先生と日本語を学ぼう　3　ことわざと慣用句』　金田一秀穂監修　岩崎書店　2014.1　47p　29cm〈索引あり〉　3000円　ⓘ978-4-265-08293-3　Ⓝ810
[目次] ことわざに昔の人の知恵を学ぶ，この本の特ちょう，ことわざと「いろはがるた」，天気のことわざ・季節のことわざ，お金にまつわることわざ，動物のことわざ，人生の教えのことわざ，健康についてのことわざ，おもしろい表現のことわざ，反対の意味のこ

とわざ，似た意味のことわざ，外国のことわざ，ことわざ―英語との比かく，中国の歴史から生まれた―故事成語，中国の古典から生まれた―故事成語，西洋の歴史や古典から生まれたことわざ，慣用句という言葉，体の部分を使った慣用句，動物や植物を使った慣用句，意味の似ていることわざと慣用句

『慣用句・ことわざ』　新装版　学研教育出版,学研マーケティング〔発売〕　2013.11　159p　21cm　（中学入試まんが攻略BON！　14―国語）　1000円　ⓘ978-4-05-304025-1

『トムとジェリーのまんが「ことわざ」辞典』　ワーナー・ブラザースコンシューマープロダクツ,大熊徹監修，小山内理絵,野坂恒カバーイラスト，まんが,本文イラスト　講談社　2013.11　191p　19cm　（トムとジェリーのまんがで学習シリーズ）〈索引あり〉　1200円　ⓘ978-4-06-218532-5　Ⓝ814.4
[目次] 第1章 ねことねずみのことわざ，第2章 妖怪と動物のことわざ，第3章 体と食べ物のことわざ，第4章 数字とお金・宝のことわざ，第5章 人づきあいのことわざ，第6章 幸せになれることわざ
[内容] 「ことわざ」は，一見古くてむずかしそう。でも，じつはリズムがあって覚えやすく，ユーモアがたっぷり。そんなことわざと，トムとジェリーの楽しさがぴったり合って，子どもたちでもあっという間に読みこなせる一冊です。ことわざ，ギュッと378種！　まんがだから，意味がすぐにわかる！

『わくわくすることわざ』　学研教育出版編　学研教育出版,学研マーケティング〔発売〕　2013.9　159p　23×22cm（絵で見て学ぶシリーズ）　1800円　ⓘ978-4-05-203839-6
[目次] 第1話 ももたろう，第2話 白雪ひめ，第3話 十二支の話，第4話 うら島たろう，第5話 赤ずきん，第6話 さるかに合戦，第7話 ジャックと豆の木，第8話 シンデレラ，第9話 ブレーメンの音楽隊，仲間でわけよう！　ことわざ村
[内容] ことわざには，昔の人の知恵や教えがたっぷりつまっています。子どもに親しみのあるお話が舞台なので，楽しく覚えられます。ことわざをもっと身近に感じられるので，今に活かせます。小学校中学年から。

子どもの本 日本の古典をまなぶ2000冊

ことわざ・慣用句　　　　　　　　　　　　　　　　　　　　　　　　　　　　古典全般

『小学生からのことわざ教室　2』　よこたきよし文　教育評論社　2013.8　119p　20cm　〈索引あり〉　1400円　Ⓘ978-4-905706-79-3　Ⓝ814.4
[目次] 類は友をよぶの巻, 泣く子と地頭には勝てぬの巻, 親孝行したいときには親はなしの巻, 立っているものは親でも使えの巻, 短気は損気の巻, 相撲に勝って勝負に負けるの巻, 百日の説法屁一つの巻, 明日は明日の風が吹くの巻, 明日の百より今日の五十の巻, 鯛の尾より鰯の頭の巻〔ほか〕
[内容] ことわざには, 今でも役に立つ昔の人の知恵がぎっしりつまっています。ことわざをただ覚えるだけではなく, どんどん日常でも使ってみましょう。

『10分でわかる！ことわざ』　青木伸生監修, ことわざ能力検定協会著　実業之日本社　2013.7　191p　21cm　(なぜだろうなぜかしら)　900円　Ⓘ978-4-408-45440-5　Ⓝ814.4
[目次] 教室のことわざ(縁の下の力持ち, 同じかまの飯を食う　ほか), 遊びのことわざ(頭かくして尻かくさず, 雨降って地固まる　ほか), 家族のことわざ(赤子の手をひねる, 秋なす嫁に食わすな　ほか), くらしのことわざ(お茶の子さいさい, 帯に短したすきに長し　ほか)
[内容] 朝の読書でことわざもバッチリおぼえられる！ 実際に使用するシチュエーションがよくわかる。ことわざ102コ掲載！

『小学　自由自在Pocket　ことわざ・四字熟語』　深谷圭助監修　大阪　受験研究社　2013.6　287p　19cm　1150円　Ⓘ978-4-424-24002-0
[内容] 小学1年〜中学入試まで対応できるよう, ことわざ・慣用句・四字熟語・故事成語を, 約1900語収録。楽しいマンガを見ながら意味や使い方が自然に身につきます。理解が深まるよう, すべての語句に意味と用例をつけ, また, 語句の由来や語源の説明, 類似や対照の語句も示しました。

『クレヨンしんちゃんのまんがことわざ辞典』　臼井儀人キャラクター原作, 造事務所編集・構成　新版　双葉社　2013.5　207p　19cm　(クレヨンしんちゃんのなんでも百科シリーズ)〈文献あり〉　840円　Ⓘ978-4-575-30531-9　Ⓝ814.4

[目次] 悪事千里を走る, あしたはあしたの風がふく, 当たってくだけろ, 頭隠してしり隠さず, 後は野となれ山となれ, 危ない橋を渡る, あぶはち取らず, 雨降って地固まる, 案ずるより産むがやすし, 青は藍より出でて藍より青し／赤子の手をひねる／秋の日はつるべ落とし〔ほか〕
[内容] 意味や由来, 使い方まで完全マスター！ ことわざを使いこなそう。300以上のことわざをくわしく紹介。

『マンガでおぼえることわざ・慣用句—これでカンペキ！』　斎藤孝著　岩崎書店　2013.5　159p　21cm　1100円　Ⓘ978-4-265-80211-1　Ⓝ814.4
[目次] 1章 顔にかんすることわざ・慣用句(あごを出す, 一目置く　ほか), 2章 体にかんすることわざ・慣用句(揚げ足をとる, 足が棒になる　ほか), 3章 数にかんすることわざ・慣用句(悪事千里を走る, 石の上にも三年　ほか), 4章 動物・植物にかんすることわざ・慣用句(魚心あれば水心, 馬の耳に念仏　ほか), 5章 その他のことわざ・慣用句(石橋をたたいて渡る, お茶をにごす　ほか)
[内容] 中学入試にもよく出る, ことわざ・慣用句500。

『国語であそぼう！　2　慣用句』　佐々木瑞枝監修　山本美芽文　ポプラ社　2013.4　127p　23cm　〈索引あり〉　2000円　Ⓘ978-4-591-13256-2,978-4-591-91340-6　Ⓝ810

『国語であそぼう！　1　ことわざ』　佐々木瑞枝監修　斉藤道子文　ポプラ社　2013.4　127p　23cm　〈索引あり〉　2000円　Ⓘ978-4-591-13255-5,978-4-591-91340-6　Ⓝ810

『まんがよく使うことば「慣用句」事典—親子でちゃんと知っておきたい』　よだひでき著　ブティック社　2013.1　159p　26cm　(ブティック・ムックno.1047)〈文献あり　索引あり〉　1000円　Ⓘ978-4-8347-7147-3　Ⓝ814.4

『慣用句ショウ』　中川ひろたか文, 村上康成絵　ハッピーオウル社　2012.12　64p　24cm　〈索引あり〉　1400円　Ⓘ978-4-902528-45-9　Ⓝ814.3

14

古典全般　　　　　　　　　　　　　　　　　　　　　　　　　　　　ことわざ・慣用句

内容　慣用句って、いろいろあるんだけど、どれも、おそらく、気のきいた一人のだれかさんが言いはじめたこと。その言い方に「うまい」と感心した人が、こぞってつかいはじめ、ひろめ、ひろまっていった。そして、今もなお、つかわれつづけているのがすごい。ほんと、昔の人はうまいことを言ったもんだ。おまちかね、『慣用句ショウ』のはじまりです。

『マイ辞典ワーク―チャレンジ辞書引き道場　3　慣用句編』　多摩　ベネッセコーポレーション　2012.12　127p　26cm　743円　①978-4-8288-6605-5
目次　「うれしい」慣用句，「がんばる」慣用句，「好き」を表す慣用句，「感動する」慣用句，「一生懸命」慣用句，「夢中」な慣用句，「いそがしい」慣用句，「おどろく」慣用句，「おこる」慣用句，「心配する」慣用句〔ほか〕
内容　慣用句を意味や使う場面ごとに分類。似ている慣用句や慣用句の使い方がわかる。慣用句の意味を辞典で調べて書き込んだり、用例を自分で作ったり、頭と手を動かして、30テーマ分のワークを完成。巻末には、『チャレンジ小学国語辞典　第五版』収録の約1,100項目の慣用句を音順で掲載。

『国語　慣用句・ことわざ』　学研教育出版，学研マーケティング〔発売〕　2012.10　95p　15cm　（中学入試の最重要問題―出る速チェック　1）　600円　①978-4-05-303827-2

『小学生からの慣用句教室　2　動物・植物編』　よこたきよし文　教育評論社　2012.10　119p　20cm〈索引あり〉　1400円　①978-4-905706-75-5　Ⓝ814.4
目次　動物の慣用句　犬，動物の慣用句　猫，動物の慣用句　牛・馬，動物の慣用句　馬，動物の慣用句　馬・鹿，動物の慣用句　虎，動物の慣用句　猿，動物の慣用句　ねずみ，動物の慣用句　いたち・狼・狐，動物の慣用句　うさぎ・獅子（ライオン）〔ほか〕
内容　慣用句は、だれもが毎日、何気なく使っているものです。この本では、中でも「動物と植物」に関係したものを取り上げています。慣用句を学んで、日常でも使ってみましょう。

『豆しばカードブック　ことわざ』　学研教育出版編　学研教育出版，学研マーケ

ティング〔発売〕　2012.7　120p　19cm〈付属資料：CD1〉　1280円　①978-4-05-303755-8
目次　悪事千里を走る，頭隠して尻隠さず，後は野となれ山となれ，あぶはち取らず，雨降って地固まる，案ずるより産むが易い，石の上にも三年，石橋をたたいて渡る，医者の不養生，急がば回れ〔ほか〕
内容　2種類の遊び方ができるカードつきで、遊びながら楽しくことわざを覚えられる！豆しば88のことわざと意味を読んだCDつき！「ことわざ単語カード」で、難しい言葉の意味もばっちりわかる。

『たのしいことわざ―おぼえる！　学べる！』　北村孝一監修　高橋書店　2012.5　190p　21cm　800円　①978-4-471-10320-0
目次　明日はきっと別の自分　成長のことわざ（まかぬ種は生えぬ，失敗は成功のもと　ほか），毎日が楽しくなる　くらしのことわざ（棚から牡丹餅，絵に描いた餅　ほか），ふしぎ！　だけどためになる　伝説のことわざ（獅子の子落とし，逆鱗に触れる　ほか），動物から人間が見える　生き物のことわざ（猫の手も借りたい，犬も歩けば棒に当たる　ほか），小さくたっていいじゃないか　生き物のことわざ2（井の中の蛙大海を知らず，蛇ににらまれた蛙　ほか）

『クレヨンしんちゃんのまんが慣用句まるわかり辞典』　臼井儀人キャラクター原作，りんりん舎編集・構成　双葉社　2012.4　207p　19cm　（クレヨンしんちゃんのなんでも百科シリーズ）〈文献あり　索引あり〉　840円　①978-4-575-30418-3　Ⓝ814.4
目次　1章　人の体に関係する慣用句，2章　生き物に関係する慣用句，3章　その他の慣用句
内容　「大船に乗ったよう」「我を忘れる」など、470の慣用句の意味を解説。まんがで楽しく覚えちゃおう。由来、類句、対句などの関連情報も充実。索引を使い、自分で意味を調べることができる。

『辞書びきえほん　クイズブック100ことわざ漢字―国語』　大阪　ひかりのくに　2012.4　127p　19cm　880円　①978-4-564-00941-9　Ⓝ814.4
内容　ことわざ、漢字、シリーズ2冊の内容が1冊にぎゅっとつまったクイズブック。

ことわざ・慣用句　　　　　　　　　　　　　　　　　　　　古典全般

『小学生からの慣用句教室　1　人間の体編』　よこたきよし文　教育評論社　2012.4　119p　20cm　〈索引あり〉　1400円　Ⓘ978-4-905706-66-3　Ⓝ814.4
[目次]　頭の慣用句，髪・つむじの慣用句，顔の慣用句，額・まゆの慣用句，目の慣用句，耳の慣用句，鼻の慣用句，口の慣用句，唇・歯・舌の慣用句，ほお・あごの慣用句〔ほか〕
[内容]　慣用句は，だれもが毎日，何気なく使っているものです。この本では，中でも「人の体」に関係したものを取り上げています。慣用句を学んで，日常でも使ってみましょう。

『にゃんの助といっしょに学ぶ！　生きるヒントがつまったことわざ350』　溝本摂著　幻冬舎ルネッサンス　2012.3　175p　17×13cm　743円　Ⓘ978-4-7790-0798-9
[目次]　第1章「身の周りのいろんな人」編，第2章「自分とココロをきたえる」編，第3章「大切な友だちづきあい」編，第4章「甘くて切ない恋心」編，第5章「夢に向かってレッツ努力」編，第6章「世の中のしくみ」編，第7章「幸せな生き方のヒント」編
[内容]　みんな，知ってるかにゃー？　にゃんの助と本町三丁目ネコ軍団がくりひろげるオモシロことわざワールド。楽しく学べることわざ350点収録。

『親子でおぼえることわざ教室―マンガ』　時田昌瑞監修　ハローケイエンターテインメント，ベストセラーズ〔発売〕　2012.2　191p　21cm　〈索引あり〉　1500円　Ⓘ978-4-584-13378-1　Ⓝ814.4
[目次]　ことわざマンガ，ことわざを分類する，ことわざ検定に挑戦！
[内容]　小学生に必要なことわざ・慣用句・四字熟語・故事成語がマンガで楽しくわかる。知っておきたいことわざを含む約800語を掲載。この一冊で中学生まで使える。

『ことわざ・慣用句―きみの日本語，だいじょうぶ？』　山口理著　偕成社　2012.2　207p　22cm　（国語おもしろ発見クラブ）〈索引あり　文献あり〉　1500円　Ⓘ978-4-03-629810-5　Ⓝ814.4
[目次]　ことわざ（「体」にまつわることわざ，「食べもの」にまつわることわざ，「場所」にまつわることわざ，「数」にまつわること

わざ，「人づきあい」にまつわることわざほか），慣用句（「体」にまつわる慣用句，「食べもの」にまつわる慣用句，「動物」にまつわる慣用句，「自然」にまつわる慣用句，「身近なもの，身近なこと」にまつわる慣用句　ほか）
[内容]　「ことわざ」と「慣用句」は，古くから日本で使われてきた短い言葉。そのなかには，おもしろい表現や「なるほど！」といった意味を持つものが，たくさんあるよ。この本では，そんな表現力ゆたかな言葉を紹介しよう。小学校中学年から。

『―新迷解―もっと！　ポケモンおもしろことわざ』　げゑせんうえの文，あさだみほ絵，篠崎晃一監修　小学館　2011.12　87p　18cm　〈索引あり　文献あり〉　1000円　Ⓘ978-4-09-227155-5　Ⓝ814.4
[内容]　新しい冒険の舞台，イッシュ地方のポケモンもたくさん登場！　元になったことわざと，その意味を，わかりやすく説明！　かわいいポケモンの絵もいっぱい！　楽しくて，ためになる。

『わざわざことわざ』　五味太郎作　絵本館　2011.12　127p　15×21cm　1300円　Ⓘ978-4-87110-073-1
[内容]　五味太郎のだじゃれ絵本。

『小学生のためのことわざをおぼえる辞典』　川嶋優監，五味太郎絵　旺文社　2011.11　319p　21cm　〈索引あり〉　1000円　Ⓘ978-4-01-077630-8　Ⓝ813.4
[目次]　相づちを打つ，青菜に塩，青は藍より出でて藍よりも青し，秋の日はつるべ落とし，悪事千里を走る，悪銭身につかず，悪は延べよ，揚げ足を取る，浅い川も深く渡れ，頭隠して尻隠さず〔ほか〕
[内容]　新学習指導要領対応。すべての漢字にふりがなつき。教科書や中学入試によく出ることわざ・慣用句・故事成語を600項目掲載。「つかってみよう」欄の会話文で，つかわれる場面がイメージできます。同じいみの「英語のことわざ」を掲載，外国の文化との違いを知ることができます。五味太郎さんのたのしい「ことわざコラム」つき。

『標準ことわざ慣用句辞典』　旺文社編，雨海博洋監修　新装版　旺文社　2011.11　447p　18cm　〈年表あり　索引あり〉　1600円　Ⓘ978-4-01-077609-4　Ⓝ813.4

古典全般　　　　　　　　　　　　　　　　　　　　　ことわざ・慣用句

内容　見やすい紙面、大きな見出しで必要十分な3,500項目を収録。ことばの理解が深まる、身近な用例の「短文」「会話」欄、由来や起源がわかる「語源」欄、くわしい説明の囲み記事「故事」欄、こんな使い方に注意、「注意」欄。付録「主要出典・人名解説」「主要ことわざ・慣用句索引」つき。

『新レインボー写真でわかる慣用句辞典』　学研教育出版,学研マーケティング〔発売〕　2011.10　87p　27cm　〈索引あり〉　1400円　①978-4-05-303400-7　Ⓝ814.4
目次　青田買い,ありのはい出るすきもない,一目置く,先手を打つ,駄目を押す,一石を投じる,糸を引く,いばらの道,いもを洗うよう,うだつが上がらない〔ほか〕
内容　慣用句を写真とともに説明、『見る』慣用句辞典。

『4コマまんがでわかることわざ160』　よだひでき著　ブティック社　2011.7　165p　21cm　（ブティック・ムックno.955）〈『4コマまんがでわかることわざ150』(2006年刊)の改訂版〉857円　①978-4-8347-5955-6　Ⓝ814.4

『知ってびっくり！ことわざはじまり物語』　汐見稔幸監修　学研教育出版,学研マーケティング〔発売〕　2011.5　183p　21cm　800円　①978-4-05-203416-9
目次　生活にかかわることわざ,学ぶことにかかわることわざ,親子や友人にかかわることわざ,考え方にかかわることわざ,人の心にかかわることわざ,生きることにかかわることわざ
内容　ことわざには「はじまり」がある。知ってなっとく、発見がいっぱい！「ことわざのはじまり」の大発見55話。

『知っておきたい慣用句　3（自然・生活編）』　面谷哲郎文,高村忠範絵,松田正監修　汐文社　2011.4　79p　22cm　〈索引あり〉　1500円　①978-4-8113-8776-5　Ⓝ814.4
目次　天地に関係のある慣用句（雲をつかむよう,台風の目　ほか）,動物に関係のある慣用句（犬の遠ぼえ,鵜の目鷹の目　ほか）,植物に関係のある慣用句（青菜に塩,いもを洗うよう　ほか）,衣食住に関係のある慣用句（朝飯前,味をしめる　ほか）,道具に関係のある慣用句（相槌を打つ,後の祭り　ほか）

『検定クイズ100　ことわざ―国語』　検定クイズ研究会編　ポプラ社　2011.3　175p　18cm　（図書館版　ポケットポプラディア　7）1000円　①978-4-591-12349-2

『知っておきたい慣用句　2（人のからだ手足・胴体編）』　面谷哲郎文,高村忠範絵,松田正監修　汐文社　2011.3　79p　22cm　〈索引あり〉　1500円　①978-4-8113-8775-8　Ⓝ814.4
目次　手や腕に関係のある慣用句（後ろ指をさされる,腕が鳴る　ほか）,足に関係のある慣用句（あげ足をとる,足が地につかない　ほか）,肩や胸に関係のある慣用句（肩で風を切る,肩の荷がおりる　ほか）,腹や尻に関係のある慣用句（肝をつぶす,尻に火がつく　ほか）,からだや心の働きに関係のある慣用句（泡を食う,息が合う　ほか）

『わらえる!!やくだつ??ことわざ大全集』　ながたみかこ作,いけだほなみ絵　ポプラ社　2011.3　159p　18cm　（大人にはないしょだよ　65）700円　①978-4-591-12387-4　Ⓝ814.4
目次　第1章　こんなときにつかおう！必殺ことわざ,第2章　超おもしろ！慣用句であそぼ,第3章　超パニック！にた意味&反対の意味のことわざ,第4章　メチャウケ！ことわざあるあるマンガ

『知っておきたい慣用句　1（人のからだ頭・顔編）』　五十嵐清治文,高村忠範絵,松田正監修　汐文社　2011.2　79p　22cm　〈索引あり〉　1500円　①978-4-8113-8774-1　Ⓝ814.4
目次　頭や顔に関係のある慣用句（あごで使う,あごを出す　ほか）,目に関係のある慣用句（目が利く,目が肥える　ほか）,鼻に関係のある慣用句（木で鼻をくくる,鼻が高い　ほか）,耳に関係のある慣用句（寝耳に水,耳が痛い　ほか）,口に関係のある慣用句（口がうまい,口が軽い　ほか）

『写真で読み解くことわざ大辞典』　倉島節尚監修　あかね書房　2011.2　143p　31cm　〈索引あり〉　4700円　①978-4-251-06642-8　Ⓝ813.4
目次　仲間のことわざ（鳥のことわざ,猫の

ことわざ、魚のことわざ、植物のことわざ、食べ物のことわざ（料理編、食卓編）、手のことわざ、着物のことわざ、相撲のことわざ、戦の道具のことわざ、囲碁・将棋のことわざ）、五十音順ことわざ辞典

[内容] 知っておきたいことわざ・慣用句・四字熟語・故事成語を五十音順に収録し、写真とともに解説。さくいんから引いて調べることができます。言葉の意味や語源、使い方の用例はもちろんのこと、ふだん聞きなれないものの名前や、知っているようで知らないことがらについて、より理解を深める「まめ知識」も充実しています。故事成語が生まれた背景をくわしく知ることができる読みもの、「故事成語のお話」を収録しています。

『小学生からのことわざ教室』　よこたきよし文　教育評論社　2010.12　119p　20cm　〈索引あり〉　1400円　①978-4-905706-56-4　Ⓝ814.4

[目次] 習うより慣れよ（暑さ寒さも彼岸までの巻、石橋をたたいて渡るの巻、急がば回れの巻、井の中の蛙大海を知らずの巻、馬の耳に念仏の巻　ほか）、少年老い易く学なり難し（雨降って地固まるの巻、石の上にも三年の巻、一寸の虫にも五分の魂の巻、うそも方便の巻、海老で鯛を釣るの巻　ほか）

『子どもが夢中になる「ことわざ」のお話100―1分で読み聞かせ』　福井栄一著　PHP研究所　2010.7　237p　21cm　〈『子どもが喜ぶことわざのお話』（2006年刊）の改題、加筆・再編集　索引あり〉　1200円　①978-4-569-79055-8　Ⓝ814.4

[目次] 第1章　「大切なこと」の巻（案ずるより産むがやすし、石の上にも三年　ほか）、第2章　「よーく気をつけよう」の巻（当たるも八卦当たらぬも八卦、過ちを改むるにはばかることなかれ　ほか）、第3章　「へぇー、なるほど」の巻（油を売る、一を聞いて十を知る　ほか）、第4章　「からだのあちこち」の巻（頭かくして尻かくさず、顔に泥を塗る　ほか）、第5章　「いきものバンザイ」の巻（一寸の虫にも五分の魂、犬も歩けば棒にあたる　ほか）

『ことわざショウ　続』　中川ひろたか文、村上康成絵　ハッピーオウル社　2010.6　56p　24cm　〈索引あり〉　1400円　①978-4-902528-36-7　Ⓝ814.4

[内容] どうしても。やってしまう。ついつい、くりかえしてしまう。人のそんな行いを笑ってみたり、いましめてみたり。それが、ことわざ。ことばの、わざ。好評いただきまして『ことわざショウ』の再演です。

『こんなにあった！国語力が身につくことわざ1000』　学習国語研究会著　メイツ出版　2010.6　128p　21cm　（[まなぶっく]）〈並列シリーズ名：MANA BOOKS〉　1000円　①978-4-7804-0832-4　Ⓝ814.4

[内容] 知っていると役立つ「ことわざ」がいっぱい。楽しく覚えて読解力や表現力もアップする。意味や由来はもちろん、イラストつきの用例や豆知識でわかりやすく解説します。

『絵でわかる「慣用句」―小学生のことば事典』　どりむ社編著、たつみ都志監修　PHP研究所　2010.3　127p　22cm　〈索引あり〉　1200円　①978-4-569-78034-4　Ⓝ814.4

[目次] あ行の慣用句（相づちを打つ、あごで使う　ほか）、か行の慣用句（顔が広い、顔から火が出る　ほか）、さ・た行の慣用句（さじを投げる、さばを読む　ほか）、な・は行の慣用句（二の足をふむ、二の句がつげない　ほか）、ま〜わ行の慣用句（まゆをひそめる、水に流す　ほか）

[内容] 小学生が知っておきたい慣用句を厳選。大きなイラストで、慣用句の使い方を紹介。似た意味、反対の意味の慣用句なども掲載。

『のこりものにはふくがある』　いもとようこ文絵　金の星社　2010.2　1冊（ページ付なし）　29cm　（いもとようこのことわざえほん）　1300円　①978-4-323-03285-6　Ⓝ814.4

[内容] たのしくわらって、ことわざがみにつく、いもとようこのことわざえほん。

『なるほど！ことわざじてん』　ことばハウス編　西東社　2010.1　159p　19cm　〈索引あり〉　680円　①978-4-7916-1743-2　Ⓝ814.4

[内容] 150のことわざが面白いほどよくわかる。

『まんがで学ぶ慣用句』　山口理著、やま

古典全般　　　　　　　　　　　　　　　　　　　　　　　　　　ことわざ・慣用句

ねあつしまんが　国土社　2010.1　143p　22cm〈索引あり〉1500円　①978-4-337-21509-2　Ⓝ814.4
[目次]体にまつわる慣用句，食べものにまつわる慣用句，動物にまつわる慣用句，気もちにまつわる慣用句，植物にまつわる慣用句，数字にまつわる慣用句，人づきあいにまつわる慣用句，身のまわりのもにまつわる慣用句，その他よくつかわれる慣用句

『いそがばまわれ』　いもとようこ文・絵　金の星社　2009.12　1冊（ページ付なし）29cm　（いもとようこのことわざえほん）　1300円　①978-4-323-03284-9　Ⓝ814.4
[内容]たのしくわらって、ことわざがみにつく。いちにちひとつおぼえよう。よみきかせにもぴったり。いもとようこのことわざえほん。

『希望をつなぐ七色通信―ことわざの話　国語』　安達知子監修　数研出版　2009.12　127p　21cm　（チャートブックス学習シリーズ）1100円　①978-4-410-13922-2　Ⓝ814.4

『金田一先生と学ぶ小学生のためのまんがことわざ大辞典』　金田一秀穂監修　すばる舎　2009.12　175p　26cm〈索引あり〉1800円　①978-4-88399-868-5　Ⓝ813.4
[内容]小学生が知っておきたい1300のことわざが身に付く。楽しいまんがやクイズで、ことわざのほかに慣用句・故事成語・四字熟語を解説。

『三省堂例解小学ことわざ辞典』　川嶋優編　特製版　三省堂　2009.12　411p　19cm　1429円　①978-4-385-13957-9
[内容]ことわざ・慣用句・故事成語・四字熟語など3500項目を収録。すべての漢字にふりがな付き。小学校1年生から使える。ていねいな意味説明、的確な用例、詳しい故事・語源説明、類義語・対義語や同義語で、幅広く奥深くことわざ学習ができる。意味説明を補う楽しいイラスト多数。

『三省堂例解小学ことわざ辞典』　川嶋優編　三省堂　2009.12　411p　19cm〈索引あり〉1500円　①978-4-385-

13955-5　Ⓝ813.4
[内容]ことわざ慣用句・故事成語・四字熟語など3500項目を収録。すべての漢字にふりがな付き。小学校1年生から使える。ていねいな意味説明、的確な用例、詳しい故事・語源説明、類義語・対義語や同義語で、幅広く奥深くことわざ学習ができる。意味説明を補う楽しいイラスト多数。

『三省堂例解小学ことわざ辞典』　川嶋優編　ワイド版　三省堂　2009.12　411p　22cm〈索引あり〉1700円　①978-4-385-13956-2　Ⓝ813.4
[内容]ことわざ・慣用句・故事成語・四字熟語など3500項目を収録。すべての漢字にふりがな付き。小学校1年生から使える。ていねいな意味説明、的確な用例、詳しい故事・語源説明、類義語・対義語や同義語で、幅広く奥深くことわざ学習ができる。意味説明を補う楽しいイラスト多数。

『わざわざことわざ ことわざ事典　4　かずの巻』　国松俊英文，たかいよしかず絵　童心社　2009.12　79p　21cm　1500円　①978-4-494-01126-1
[目次]当たるも八卦当たらぬも八卦，一か八か，一難去ってまた一難，一文惜しみの百知らず，一を聞いて十を知る，一挙両得，一刻千金，一所懸命，一寸の虫にも五分の魂，海千山千〔ほか〕
[内容]一挙両得、十人十色、千里の道も一歩から…数のことわざが、もりだくさん。

『わざわざことわざ ことわざ事典　3　せいかつの巻』　国松俊英文，たかいよしかず絵　童心社　2009.12　79p　21cm　1500円　①978-4-494-01125-4
[目次]後の祭り，石橋を叩いて渡る，急がば回れ，嘘から出たまこと，うどの大木，鬼の目に涙，蛙の子は蛙，亀の甲より年の功，怪我の功名，転んでもただでは起きぬ〔ほか〕
[内容]急がば回れ、笑う門には福来る…くらしのなかで役立つことわざ。ことわざマンガもますます楽しい。

『親子で楽しむこどもことわざ塾』　西田知己著　明治書院　2009.11　111p　21cm　（寺子屋シリーズ　2）〈索引あり〉1500円　①978-4-625-62411-7　Ⓝ814.4

子どもの本 日本の古典をまなぶ2000冊　19

ことわざ・慣用句　　　　　　　　　　　　　　　　　　　　　　　　　　　　　　　古典全般

|目次| い―犬も歩けば棒に当たる、ろ―論より証拠、は―花より団子、に―二階から目薬、ほ―骨折り損のくたびれもうけ、へ―下手の長談義、と―年寄りの冷や水、ち―塵も積もれば山となる、り―綸言汗のごとし、ぬ―ぬかに釘〔ほか〕

|内容| 「和」の文化に学ぶ"生きる力""生きる知恵"江戸のいろはがるたをベースに、昔ながらのことわざを楽しく紹介。全47話のおはなし例文で楽しむ、江戸のことわざ遊びワールド。

『わざわざことわざ ことわざ事典 2 からだとたべものの巻』 国松俊英文,たかいよしかず絵　童心社　2009.11　79p　21cm　1500円　①978-4-494-01124-7

|目次| あいた口がふさがらぬ、青菜に塩、頭かくして尻かくさず、あばたもえくぼ、合わせる顔がない、後ろ髪を引かれる、嘘を言えば舌を抜かれる、うちの米の飯よりとなりの麦飯、瓜のつるに茄子はならぬ、海老で鯛を釣る〔ほか〕

|内容| 棚からぼたもち、頭かくして尻かくさず…体のことわざ、食べもののことわざがたくさん！ さあことばのわざをマスターしよう。

『わざわざことわざ ことわざ事典 1 いきものの巻』 国松俊英文,たかいよしかず絵　童心社　2009.11　79p　21cm　1500円　①978-4-494-01123-0

|目次| 犬も歩けば棒にあたる、井の中の蛙大海を知らず、烏合の衆、牛の歩みも千里、鵜の目鷹の目、飼い犬に手をかまれる、鴨がねぎをしょってくる、烏は神様のお使い、雉も鳴かずば打たれまい、狐につままれたよう〔ほか〕

|内容| この本を読めばきみもことわざはかせ！ いろんないきものの秘密もわかっちゃう。さあいっしょにことわざたんけんにGO。

『絵でわかる「ことわざ」―小学生のことば事典』 どりむ社編著,たつみ都志監修　PHP研究所　2009.10　127p　22cm　〈索引あり〉　1200円　①978-4-569-78004-7　Ⓝ814.4

|目次| 青菜に塩、頭かくして尻かくさず、暑さ寒さも彼岸まで、雨垂れ石をうがつ、雨降って地固まる、案ずるより産むが易い、石

の上にも三年、石橋をたたいてわたる、急がば回れ、一寸の虫にも五分の魂〔ほか〕

|内容| 小学生が知っておきたいことわざを厳選。大きなイラストで、ことわざの使い方を紹介。似た意味、反対の意味のことわざなども掲載。

『たなからぼたもち』 いもとようこ文・絵　金の星社　2009.9　1冊（ページ付なし）　29cm　（いもとようこのことわざえほん）　1300円　①978-4-323-03283-2　Ⓝ814.4

|内容| いもとようこのことわざえほん。たのしくわらって、ことわざがみにつく。

『中学入試でる順ポケでる国語慣用句・ことわざ』 旺文社編　改訂版　旺文社　2009.9　175p　15cm　680円　①978-4-01-010840-6

『はなよりだんご』 いもとようこ文絵　金の星社　2009.8　1冊（ページ付なし）　29cm　（いもとようこのことわざえほん）　1300円　①978-4-323-03282-5　Ⓝ814.4

|内容| かわいい絵と、いもと流の楽しい解釈で、ことわざ・ことば・慣用句を、かんたんに覚えられます。

『ことわざ・慣用句クイズ―めざせ！日本語クイズマスター』 北原保雄編　ハンディ版　金の星社　2009.6　126p　19cm　700円　①978-4-323-05632-6　Ⓝ814.4

|目次| 1 初級編（ことわざのまちがいさがし、おなじことばがはいるよ！、ちがう意味のことわざはどれ？　ほか）、2 中級編（ことわざしりとりめいろ、慣用句にならないのはどれ？、慣用句をつくろう！　ほか）、3 上級編（ことわざのパズル、ことわざをこたえよう！、どのことばがはいる？　ほか）

|内容| 知れば知るほどうれしくなって、うまく使えれば使えるほど、楽しくなる日本語。バラエティゆたかなクイズで、キミの日本語力をきたえちゃおう。

『ねこにこばん』 いもとようこ文絵　金の星社　2009.6　1冊（ページ付なし）　29cm　（いもとようこのことわざえほん）　1300円　①978-4-323-03281-8

古典全般　　　　　　　　　　　　　　　　　　　　　　　　　　　　　　ことわざ・慣用句

Ⓝ814.4

内容　ねこにこばん、ねこをかぶる、ねこばば、ねこもしゃくしも、ねこなでごえ、どろぼうねこ、ねこかわいがり、ねこのひたい、ねこのめ、ねこはさんねんのおんをみっかでわすれる、ねこのてもかりたい、など、いもとようこはじめてのことわざえほん、第1巻は「ねこ」のことわざやことば。

『小学生の新レインボーことばの結びつき辞典』　金田一秀穂監修　学習研究社　2009.4　287p　21cm〈索引あり〉1300円　Ⓘ978-4-05-302814-3　Ⓝ813.4

内容　ことばはこんなにおもしろい！　ことばの結びつき約2800項目！　作文や発表での「書く・話す」力がアップ。用例とイラストでスッキリ明解。習熟度チェックができる赤フィルター付き。

『新レインボー写真でわかることわざ辞典』　学習研究社　2009.4　87p　27cm〈索引あり〉1400円　Ⓘ978-4-05-302900-3　Ⓝ813.4

目次　青菜に塩，一寸の虫にも五分のたましい，雨後のたけのこ，うり二つ，虎視眈々，五里霧中，コロンブスの卵，さんしょうは小つぶでもぴりりとからい，順風満帆，高ねの花〔ほか〕

内容　ことわざ・慣用句・四字熟語・故事成語がよくわかる。『見る』ことわざ辞典。

『ことわざ・慣用句クイズ―国語力アップめざせ！　日本語クイズマスター』　北原保雄編　金の星社　2009.3　126p　22cm　2000円　Ⓘ978-4-323-05622-7　Ⓝ814.4

目次　1 初級編（ことわざのまちがいさがし，おなじことばがはいるよ！，ちがう意味のことわざはどれ？　ほか），2 中級編（ことわざしりとりめいろ，慣用句にならないのはどれ?，慣用句をつくろう！　ほか），3 上級編（ことわざのパズル，ことわざをこたえよう！，どのことばがはいる？　ほか）

内容　私たちが使っている言葉は、いろいろなきまりから成り立っています。また、言葉には、さまざまな文化や歴史が込められています。そういう言葉のきまりや文化・歴史に関する知識を学ぶことは、国語力アップに役立ちます。全5巻、広く深くいろいろな切り口から言葉について考えるように構成しました。楽しみながら問題に挑戦

して、言葉の名人をめざしてください。

『辞書びきえほん　ことわざ』　陰山英男監修　大阪　ひかりのくに　2009.3　240p　27×13cm〈文献あり　索引あり〉1800円　Ⓘ978-4-564-00844-3　Ⓝ813.4

内容　この本は、子どもたちがふだん本やテレビなどで見たり聞いたりしていたり、親子の会話などにもよくつかわれることわざを集めています。ことわざのほかにも、慣用句、故事成語、四字熟語なども紹介しています。6才から。

『親野智可等の楽勉カルタブック　ことわざ』　親野智可等監修　学習研究社　2008.12　1冊　19cm　900円　Ⓘ978-4-05-302850-1

内容　切り取り線にそって切りはなせば、カルタになります。ケースつきですので、使わないときにはケースに入れて持ち歩けます。カルタで遊んでいると、自然にことわざが覚えられるというすぐれものです。カルタをやらないときは、暗記用学習カードにもなります。たくさんあることわざの中から、ぜひとも知っておきたい身近なことわざを106点厳選して収録しました。

『光村の国語わかる、伝わる、古典のこころ　3　ことわざ・慣用句・故事成語を楽しむ14のアイデア』　青山由紀，小瀬村良美，岸田薫編，工藤直子，高木まさき監修　光村教育図書　2008.11　63p　27cm〈索引あり〉3200円　Ⓘ978-4-89572-745-7,978-4-89572-746-4　Ⓝ810.7

目次　ことわざ，慣用句，故事成語，名句・名言，四字熟語，ことば遊び，口上

内容　昔から受けつがれ人びとの生きる知恵がたくさんつまったことわざや慣用句、故事成語を楽しみながら、より深く知るための、14のアイデアを紹介。

『ちびまる子ちゃんの続ことわざ教室』　さくらももこキャラクター原作，時田昌瑞著，相川晴ちびまる子ちゃんまんが・絵　集英社　2008.7　205p　19cm（満点ゲットシリーズ）850円　Ⓘ978-4-08-314044-0　Ⓝ814.4

目次　青は藍より出でて藍より青し，悪事千里を行く，悪銭身につかず，あしたはあした

の風がふく，当たってくだけろ，当たらずとも遠からず，当たるも八卦当たらぬも八卦，暑さ寒さも彼岸まで，羹にこりて膾をふく，あばたもえくぼ〔ほか〕

内容 あの『ことわざ教室』の続編が誕生。まるちゃんの4コマまんがが，由来や使い方がよくわかる解説，コラムで，ことわざやことばの知識がよくわかる。知恵の宝石，ことわざをさらに豊かに学ぼう。

『飛んで火に入ることわざばなし―親子いっしょにひざを打つ』 福井栄一著
大阪 日本教育研究センター 2008.5
180p 19cm 1200円 ①978-4-89026-135-2 Ⓝ814.4

目次 1「たとえば」ことわざ（悪事千里を走る，後の祭り ほか），2「なるほど」ことわざ（明日は明日の風がふく，一度あることは二度ある ほか），3「からだ」ことわざ（足元を見る，親の顔が見たい ほか），4「生きもの」ことわざ（あぶはち取らず，あわを食う ほか）

内容 日本語の魅力を再発見！親子いっしょに読んで笑って楽しくことわざを身に付ける一冊。大人も子どもも楽しめる，「おもしろ"ことわざ"50選―大人のための読みもの付き」を収録。親子でさまざまな楽しみ方ができる一冊です。

『まんがで学ぶことわざ』 青山由紀著，やまねあつしまんが 国土社 2008.5
109p 22cm 1500円 ①978-4-337-21506-1 Ⓝ814.4

目次 ここ一番の勝負どきの巻，ものごとは慎重にの巻，辛抱がかんじんの巻，ひょんなこともあるものだの巻，世渡りの知恵の巻，人づきあいの心得の巻，お金の取扱いに注意の巻，悪だくみにご用心の巻，本当のかっこよさっての巻，どうにもならないこともあるの巻，それでも努力と根性だの巻，いろいろなたとえの巻

内容 本書にのせたことわざは，くらしの中でよく使われ，知っておくと便利なものばかりです。また，「オリジナルことわざ」はすべて，筑波大学附属小学校二部四年の子どもたちが考えたものです。みなさんもぜひ，生活の中でことわざを使ったり「オリジナルことわざ」を作ったりしてください。

『理科・算数・生物のことば』 江川清監修 偕成社 2008.4 143p 22cm
（ことば絵事典 探検・発見授業で活躍する日本語 10） 2000円 ①978-4-03-541400-1 Ⓝ814

目次 生物のことば（生物の文類，生物の起源 ほか），物理のことば（磁石の力，電磁石のしくみ ほか），運動のことば（てこの働き，てこの種類 ほか），物質のことば（物質の状態変化，物質の構成 ほか），算数と数学のことば（算数と数学，自然数と整数 ほか）

内容 日本人が培ってきたことばから，進歩し続けている科学の新しいことばまで，広い分野にわたる日本語を集成し，絵と文章でわかりやすく説明した日本語絵事典。

『ことわざ―慣用句・故事成語・四字熟語』 倉島節尚監修 ポプラ社 2008.3
215p 29cm （ポプラディア情報館） 6800円 ①978-4-591-10087-5,978-4-591-99950-9 Ⓝ813.4

目次 1章 基礎編（失敗は成功のもと，ことわざとは，慣用句とは，故事成語とは，四字熟語とは，表現を豊かに），2章 ことわざ，3章 慣用句（からだ，生き物，植物，自然，数，気持ち，食べ物，もの・道具，その他），4章 故事成語・四字熟語（故事成語，四字熟語）

内容 だれもが知っておきたいことわざ約500を，五十音順に収録し，イラストや写真資料とともに解説。日常で使う慣用句約600のほか，故事成語や四字熟語まで，幅広くとりあげました。にた意味のことばや，反対の意味のことばにどんなものがあるか，参照できます。五十音順のほか，キーワードでも探せる便利なさくいんつき。

『政治・産業・社会のことば』 江川清監修 偕成社 2008.3 143p 22cm
（ことば絵事典 探検・発見授業で活躍する日本語 7） 2000円 ①978-4-03-541370-7 Ⓝ814

目次 国と国民のことば（国土と領域，日本国憲法 ほか），国と政治のことば（三権分立，国会のしくみ ほか），経済と産業のことば（経済活動のしくみ，産業の種類 ほか），社会とくらしのことば（社会保障と福祉，ユニバーサルデザイン ほか）

内容 『ことば絵事典』シリーズは，日本人が培ってきたことばから，進歩し続けている科学の新しいことばまで，広い分野にわたる日本語を集成しています。6巻から10巻では，1巻から5巻で取り上げることができなかったことばの他に，交通記号などに代

表される絵記号も取り上げています。全10巻に集めた物の名前や成句（慣用句やことわざ）などは、国語だけでなく、算数、理科、社会科、音楽、体育など、あらゆる教科に出てくる大事な古くて新しいことばです。このシリーズではそれらのことばを、絵と文章で分かりやすく説明してあります。小学校中級から。

『地理・地図・環境のことば』　江川清監修　偕成社　2008.3　143p　22cm　（ことば絵事典 探検・発見授業で活躍する日本語 9）　2000円　①978-4-03-541390-5　Ⓝ814

目次　日本の地理のことば，世界の地理のことば，地形のことば(1)海域の地形，地形のことば(2)陸上の地形，地図のことば，地球と環境のことば

内容　日本人が培ってきたことばから、進歩し続けている科学の新しいことばまで、広い分野にわたる日本語を集成、絵と文章でわかりやすく説明した日本語絵事典。

『使ってみたくなる言い回し1000―10才までに表現力アップ！　書きこみ式』　深谷圭助監修，小学館国語辞典編集部編　小学館　2008.3　111p　26cm　（きっずジャポニカ・セレクション）　1000円　①978-4-09-227112-8　Ⓝ814.7

内容　「それって、たいして違わないよね」と、ものが似ている様子を言いたいとき、キミならなんて言う？「どんぐりの背比べ」「大同小異」「五十歩百歩」などの言葉を聞いたことはないかな？　この本では、こういった表現を広げる言い回しを1000問集めました。言葉を「ただ、伝わればいい」というのではなく、いろいろな言い回しを覚えて、表現の広がりを自分のものにしてください。

『歴史・文化・行事のことば』　江川清監修　偕成社　2008.3　143p　22cm　（ことば絵事典 探検・発見授業で活躍する日本語 8）　2000円　①978-4-03-541380-6　Ⓝ814

目次　歴史のことば（時代区分，政治のしくみ，地位・身分 ほか），文化のことば（文化史，旧石器遺跡，縄文遺跡 ほか），しきたりのことば（大安・仏滅，吉日・悪日，赤ちゃんの祝い ほか）

内容　『ことば絵事典』シリーズは、日本人が培ってきたことばから、進歩し続けてい

る科学の新しいことばまで、広い分野にわたる日本語を集成しています。6巻から10巻では、1巻から5巻で取り上げることができなかったことばの他に、交通記号などに代表される絵記号も取り上げています。全10巻に集めた物の名前や成句（慣用句やことわざ）などは、国語だけでなく、算数、理科、社会科、音楽、体育など、あらゆる教科に出てくる大事な古くて新しいことばです。このシリーズではそれらのことばを、絵と文章で分かりやすく説明してあります。小学校中級から。

『ことわざ・慣用句のひみつ』　井関義久監修，くぼやすひとまんが　学習研究社　2008.2　140p　23cm　（学研まんが新ひみつシリーズ）　880円　①978-4-05-202926-4　Ⓝ814.4

内容　よく使われることわざ百十一本を選び、それぞれ一ページすづわかりやすく説明。

『ことわざのえほん』　西本鶏介著，高部晴市画　すずき出版　2008.1　28p　50cm　（大きな絵本）　9000円　①978-4-7902-5178-1

『ことわざ・漢字遊びの王様』　田近洵一監修，小山恵美子著　岩崎書店　2007.12　95p　22cm　（ことば遊びの王様 4）　1300円　①978-4-265-05044-4　Ⓝ814.4

目次　ことわざクイズ（動物のことわざ，鬼のことわざ，神や仏のことわざ，数字のことわざ ほか），漢字クイズ（漢字の部首，漢字の音と訓，熟語，送りがな ほか）

内容　ことわざ・四字熟語・故事成語・漢字…。どれも、古くから使われていることばや文字です。「難しいなぁ」と思う前に、まずは楽しく遊びましょう。この本には、ことわざや漢字のクイズがいっぱい。

『中学入試にでることわざ慣用句四字熟語400―保存版』　日能研，松原秀行監修，梶山直美漫画　講談社　2007.11　259p　21cm　1500円　①978-4-06-214225-0

目次　中学入試にでることわざ・慣用句ベスト100，中学入試にでることわざ・慣用句分類・実践編（体の一部で表現いろいろ，動物集まれ！楽しい言葉，鳥・虫・植物が出てくるもの，食べ物に関わるもの，数字の入ったもの ほか），中学入試にでる四字熟語ベ

ことわざ・慣用句　　　　　　　　　　　　　　　　　　　　古典全般

スト100，中学入試にでる四字熟語分類・実践編（数字いろいろ合わせていくつ，「一」のつくものいろいろあるぞ，同じ漢字のくり返し，反対の字の組み合わせ，こんな話知ってる？　故事成語　ほか）
[内容] 青い鳥文庫の『パスワード』シリーズの仲間と四コマでイッキに覚える。最新中学入試問題付き。

『まんがで覚えることわざ』　三省堂編修所編　三省堂　2007.7　191p　21cm　（ことばの学習）〈『知っておきたいことわざ』（1996年刊）の改題新装版〉900円　①978-4-385-23814-2　Ⓝ814.4
[目次] 青は藍より出でて藍より青し，秋の日はつるべ落とし，悪事千里を行く，悪銭身につかず，明日の百より今日の五十，頭隠して尻隠さず，頭でっかち尻すぼみ，あちら立てればこちらが立たぬ，暑さ寒さも彼岸まで，あつものにこりてなますを吹く〔ほか〕
[内容] 小学生に覚えてほしい一五八のことわざを取り上げ，意味，由来，ことばの解説とともに，楽しい四コマまんががついてます。入試にも役立つように，関連したことわざの解説も加え，全部で約四五〇のことわざを収録。

『ねこのことわざえほん』　高橋和枝著　ハッピーオウル社　2007.6　61p　21cm　1300円　①978-4-902528-21-3
[内容] 人の場合は『百聞は一見にしかず』ですが，ねこの場合は『百見は一嗅ぎにしかず』。ことわざの知識が身について，ねこの生態もよくわかる本。

『ことわざ絵本―「はなよりだんご」他24』　西本鶏介編・文　すずき大和絵　チャイルド本社　2007.4　52p　25cm　1500円　①978-4-8054-2970-9　Ⓝ814.4
[目次] はなよりだんご，いぬもあるけばぼうにあたる，あたまかくしてしりかくさず，いしばしをたたいてわたる，えびでたいをつる，いぬのなかのかわずたいかいをしらず，はやおきはさんもんのとく，うんをてんにまかす，くちはわざわいのもと，ころばぬさきのつえ，しっぱいはせいこうのもと，うそからでたまこと，ななころびやおき，まけるがかち，しらぬがほとけ，なくこはそだつ，うそつきはどろぼうのはじまり，らいねんのことをいえばおにがわらう，えにかいたもち，わらうかどにはふくきたる，おにのいぬまにせんたく，ねこにこばん，ちりもつもれば

やまとなる，わざわいてんじてふくとなす
[内容] ことわざの意味が手にとるようにわかる絵本。

『からだことば絵事典』　ことばと遊ぶ会編，すがわらけいこ絵　あすなろ書房　2007.3　87p　22cm　（日本語おもしろ絵事典　2）　1500円　①978-4-7515-2247-9　Ⓝ814.4
[目次] 頭のつくことば，顔のつくことば，目のつくことば，鼻のつくことば，口のつくことば，歯・あごのつくことば，息・舌のつくことば，耳のつくことば，首・肩のつくことば，手のつくことば，足・ひざのつくことば，胸のつくことば，腹のつくことば
[内容] 頭・顔・目・口など，「体の部分」になぞらえた慣用句。慣用句というのは，二つ以上のことばがあわさって，もとの意味とはちがう意味になることばだよ。いろいろな使い方をおぼえておこう。

『ことわざ絵事典』　ことばと遊ぶ会編著，すがわらけいこ絵　あすなろ書房　2007.3　79p　22cm　（日本語おもしろ絵事典　3）　1500円　①978-4-7515-2248-6　Ⓝ814.4
[目次] 悪事千里を走る，浅い川も深くもわたれ，足もとから鳥が立つ，頭かくして尻かくさず，暑さ寒さも彼岸まで，あとは野となれ山となれ，あぶはち取らず，雨だれ石をうがつ，雨降って地かたまる，ありの穴から堤もくずれる〔ほか〕
[内容] 昔からつたわる生活に役立つ知恵や，人生の教えを説いたことばを「ことわざ」という。よく使われることばがでているよ。おぼえておいて使ってみよう。

『ことわざまんが―タクヤの毎日』　藤井ひろし著　山海堂　2007.3　151p　21cm　1200円　①978-4-381-02239-4　Ⓝ814.4
[目次] 第1部　かんたんなことわざ（あいた口がふさがらない，青は藍より出でて藍より青し，後は野となれ山となれ，案ずるより産むがやすし　ほか），第2部　むずかしいことわざ（羹にこりて膾を吹く，暗中模索，一張一弛，因果応報　ほか）

『新迷解ポケモンおもしろことわざ』　げゑせんうえの企画構成・文，あさだみほ絵，篠崎晃一監修　小学館　2006.12

89p　18cm　1000円　①4-09-227103-4　Ⓝ814.4

|目次| 蛇蜂取らず，雨降って地固まる，一難去ってまた一難，犬も歩けば棒に当たる，枝を切って根を枯らす，縁の下の舞，(思う) 念力岩をも通す，河童の川流れ，壁に耳あり障子に目あり，果報は寝て待て〔ほか〕

|内容| みんなの大好きなポケモンが，ことわざの中にかくれていたぞ！　元になったことわざや，その意味もわかりやすく説明。かわいいポケモンの絵ももりだくさんで，楽しさ百点満点。

『十二支のことわざえほん』　高畠純［著］
教育画劇　2006.10　1冊（ページ付なし）19×24cm　1000円　①4-7746-0690-1　Ⓝ814.4

『ことわざショウ』　中川ひろたか文，村上康成絵　ハッピーオウル社　2006.9　55p　24cm　1400円　①4-902528-14-2　Ⓝ814.4

|内容| ことばは、わざ。ことわざ。ことばの、わざ。ことわざ。日本人の心、ことわざがお芝居になった。『ことわざショウ』のはじまり、はじまり。

『馬の耳に念仏』　はたこうしろう作，斎藤孝編　ほるぷ出版　2006.8　1冊　22×22cm　（声にだすことばえほん）1200円　①4-593-56052-7

|内容| おばけマンションの最上階に、らーめんの出前に行くことになった兄弟が、「百聞は一見に如かず」「猫に小判」「頭隠して尻隠さず」など、ことわざをつかった会話をしながら、だいぼうけん。ぶじにらーめんを届けられるでしょうか？　声に出して読んで楽しい、こさわざ絵本です。

『4コマまんがでわかることわざ150』　よだひでき著　ブティック社　2006.8　157p　21cm　（ブティック・ムックno.586）857円　①4-8347-5586-X　Ⓝ814.4

『季節・暦・くらしのことば』　江川清監修　偕成社　2006.4　143p　22cm　（ことば絵事典 探検・発見授業で活躍する日本語 1）2000円　①4-03-541310-0　Ⓝ814.3

|目次| 植物の名前とことば，生き物の名前とことば，気象や天気の名前とことば，太陽や月や星の名前とことば，海や山や川の名前とことば，衣食住の季節の名前とことば，年中行事や暦の名前とことば

|内容| この『ことば絵事典』シリーズは、日本人が培ってきたことばから、進歩し続けている科学の新しいことばまで広い分野にわたる日本語を集成したシリーズです。全5巻に集めた物の名前や成句（慣用句やことわざ）などは、国語だけでなく、算数、理科、社会科、音楽、体育などあらゆる教科に出てくる大事な古くて新しいことばです。それらのことばをこのシリーズでは、絵と文章で分かりやすく説明してあります。小学中級から。

『単位・数え方・色・形のことば』　江川清監修　偕成社　2006.4　143p　22cm　（ことば絵事典 探検・発見授業で活躍する日本語 2）2000円　①4-03-541320-8　Ⓝ814.3

|目次| 単位の名前とことば(時間，長さ ほか)，数え方と数える物の名前とことば(枚，個 ほか)，色の名前とことば(赤，黄 ほか)，形の名前とことば(三角形，四角形 ほか)

|内容| この『ことば絵事典』シリーズは、日本人が培ってきたことばから、進歩し続けている科学の新しいことばまで広い分野にわたる日本語を集成したシリーズです。全5巻に集めた物の名前や成句（慣用句やことわざ）などは、国語だけでなく、算数、理科、社会科、音楽、体育などあらゆる教科に出てくる大事な古くて新しいことばです。それらのことばをこのシリーズでは、絵と文章で分かりやすく説明してあります。小学校中級から。

『禍を転じて…』　吉川豊作・画　理論社　2006.4　107p　22cm　（まんがことわざ研究所 爆笑しながら読む日本語 5）1000円　①4-652-01595-X　Ⓝ814.4

|目次| 禍を転じて福となす，捨てる神あれば拾う神あり，さわらぬ神にたたりなし，人はパンのみにて生くるにあらず，門前の小僧，習わぬ経を読む，石の上にも三年，壁に耳あり障子に目あり，立ち鳥跡をにごさず，明日は明日の風が吹く，初心忘るべからず，去る者は日々に疎し，冬来たりなば春遠からじ

|内容| 笑っているうちに、もう「ことわざ博士」。日本語を楽しく学ぶ本。

ことわざ・慣用句　　　　　　　　　　　　　　　　　　　　　古典全般

『子どもが喜ぶことわざのお話―読み聞かせにぴったりの、面白小ばなし50選』
福井栄一著　PHP研究所　2006.3　111p　26cm　1200円　Ⓘ4-569-64950-5　Ⓝ814.4
[目次] 1「大切なこと」の巻(七転び八起き, 早起きは三文の徳 ほか)、2 「よーく気をつけよう」の巻(売り言葉に買い言葉, 君子は危うきに近寄らず ほか)、3 「へぇー、なるほど」の巻(子どもは風の子, 清水の舞台から飛び降りる ほか)、4 「体のあちこち」の巻(目から鼻へ抜ける, すねをかじる ほか)、5 「いきものバンザイ」の巻(捕らぬたぬきの皮算用, 袋のねずみ ほか)

『語彙力アップおもしろ言葉がいっぱい!3(反対語・慣用句ほか)』
ながたみかこ文と絵　汐文社　2006.3　95p　22cm　1400円　Ⓘ4-8113-8077-0　Ⓝ814

『マンガでわかる小学生のことわざじてん』梅沢実監修　世界文化社　2006.3　287p　26cm　1800円　Ⓘ4-418-06818-X　Ⓝ814.4
[目次] ようこそことわざの世界へ!、人にかかわることわざ・慣用句, 気や心にかかわることわざ・慣用句, 体の名前にかかわることわざ・慣用句―(1) 顔・頭編, 体の名前にかかわることわざ・慣用句―(2) その他の体編, 動物にかかわることわざ・慣用句, 植物にかかわることわざ・慣用句, 数字にかかわることわざ・慣用句, 神仏にかかわることわざ・慣用句, 物にかかわることわざ・慣用句 〔ほか〕
[内容] ことわざ・慣用句・四字熟語1000語。みぢかなエピソードや用法が満載で、正しい意味・使い方がすぐわかる。50音順で見やすく、すぐに調べられる。

『語彙力アップおもしろ言葉がいっぱい!2(ことわざ・名言・難読漢字ほか)』
ながたみかこ文と絵　汐文社　2006.2　95p　22cm　1400円　Ⓘ4-8113-8076-2　Ⓝ814
[目次] 俳句季語あてクイズ, 百人一首, 名言と迷言?, ことわざ, 年齢、別のよびかた, 先祖と子孫のよびかた, 賀寿, これ、なにどし?, 結婚○周年、なんてよぶ?, 陰暦 〔ほか〕

『楽あれば…』　吉川豊作・画　理論社　2006.1　107p　22cm　(まんがことわざ研究所　爆笑しながら読む日本語 4)　1000円　Ⓘ4-652-01594-1　Ⓝ814.4
[目次] 楽あれば苦あり、苦あれば楽あり, 朱に交われば赤くなる, 犬が西向きゃ尾は東, 絵に描いたモチ, エビでタイを釣る, 馬の耳に念仏, スズメ百まで踊り忘れず, ミイラ取りがミイラになる, まかぬ種は生えぬ, のど元過ぎれば熱さを忘れる, 正直者がバカをみる, 亀の甲より年の劫

『小学生のまんが慣用句辞典』　金田一秀穂監修　学習研究社　2005.12　255p　21cm　1000円　Ⓘ4-05-302118-9　Ⓝ814.4
[目次] 第1章 覚えておこう! よく使う慣用句(相づちを打つ, あおりを食う, あげ足を取る, あごで使う ほか)、第2章 まだまだあるよ! いろいろな慣用句(頭が上がらない, 頭が固い, 頭に来る, 頭を痛める ほか)
[内容] まんがで慣用句を楽しくおぼえる辞典。小学生が知っておきたい約330語をえらんでのせてあります。

『好きこそ物の…』　吉川豊作・画　理論社　2005.10　107p　22cm　(まんがことわざ研究所　爆笑しながら読む日本語 3)　1000円　Ⓘ4-652-01593-3　Ⓝ814.4
[目次] 好きこそ物の上手なれ, となりの芝生は青い, 石橋をたたいて渡る, 上には上がある, アメとムチ, 百聞は一見にしかず, 棚からボタモチ, ほれた病に薬なし, 同じ穴のムジナ, 先んずれば人を制す, 両雄並び立たず, 年寄りの冷や水

『みんなが知りたい!「ことわざ」がわかる本』　国語学習研究会著　メイツ出版　2005.9　128p　21cm　(まなぶっく)　1500円　Ⓘ4-89577-941-6　Ⓝ814.4
[目次] 第1章 人の体や人の生活にたとえたことわざ(体編, 生活編)、第2章 自然にたとえたことわざ(動物編, 植物編, 自然・天候・季節・虫編)、第3章 数字が入ったことわざ(一を聞いて十を知る, 一年の計は元旦にあり, 一事が万事 ほか)

『続・ことわざのえほん』　西本鶏介編・文, 高部晴市絵　鈴木出版　2005.7　1冊　27×22cm　(ひまわりえほんシリーズ)　1100円　Ⓘ4-7902-5131-4

古典全般　　　　　　　　　　　　　　　　　　　　ことわざ・慣用句

[内容] 大好評『ことわざのえほん』第2弾がついに登場。この2冊がそろえばことわざについては「鬼に金棒」！ 子どもたちといっしょにおとなも楽しみながらことわざに親しめます。

『笑う門には…』　吉川豊作・画　理論社　2005.7　107p　22cm　（まんがことわざ研究所　爆笑しながら読む日本語 2）　1000円　ⓘ4-652-01592-5　Ⓝ814.4
[目次] 笑う門には福来たる，目は口ほどに物を言う，親しき仲にも礼儀あり，あちらを立てればこちらが立たぬ，時は金なり，失敗は成功のもと，人は見かけによらぬもの，くさいものにフタをする，船頭多くして船山へのぼる，知らぬが仏，所変われば品変わる，情けは人のためならず

『犬も歩けば…』　吉川豊作・画　理論社　2005.5　108p　22cm　（まんがことわざ研究所　爆笑しながら読む日本語 1）　1000円　ⓘ4-652-01591-7　Ⓝ814.4
[目次] 犬も歩けば棒に当たる，急がばまわれ，サルも木から落ちる，ネコに小判，寝耳に水，おぼれる者はわらをもつかむ，ちりもつもれば山となる，灯台下暗し，捕らぬタヌキの皮算用，ウソつきはどろぼうのはじまり，鬼に金棒

『ことわざとことば遊び』　金田一春彦，金田一秀穂監修，深光富士男原稿執筆　学習研究社　2005.3　48p　27cm　（金田一先生の日本語教室 5）　2800円　ⓘ4-05-202170-3　Ⓝ814.4
[目次] ことわざ（なにげなく使っているけど，「ことわざ」っていったい何？，ことわざに似てるけど，「慣用句」って何？，昔のできごとや，本に書かれたことから生まれた「故事成語」，国語学者の金田一秀穂先生にことわざについて聞いたよ！　ほか），ことば遊びのいろいろ（ことば遊び歌，しりとり，早口ことば，アナグラム　ほか）

『チャレンジ！　ことわざ大王101』　横山験也著　ほるぷ出版　2005.2　207p　19cm　1300円　ⓘ4-593-59373-5　Ⓝ814.4
[目次] 動物の章，神仏・妖怪の章，食べ物の章，体の部分の章，数字の章，天気・季節の章，自然の章，親子・人間関係の章，行いの章，仕事・人生の章

[内容] ことわざは，人びとの生活のなかで言い伝えられてきたことや教え，生活の知恵などを，短い言葉でまとめたものです。ことわざを知っていると，とても役に立つよ。ここには学校や家庭などのちょっとした場面で使えることわざを101問あつめました。

『小学生のまんがことわざ辞典』　金田一春彦監修　学習研究社　2004.11　303p　21cm　（小学生のまんが辞典シリーズ）　1000円　ⓘ4-05-301821-8
[目次] 開いた口がふさがらない，相づちを打つ，阿吽の呼吸，青菜に塩，悪事千里を走る，揚げ足をとる，あごが外れる，あごで使う，あごを出す，朝起きは三文の徳〔ほか〕
[内容] オールカラー。まんがで，ことわざ・慣用句・四字熟語を楽しくおぼえる辞典。小学生に必要な600語をえらんでのせてあります。中学入試にも役立つよ。

『国語慣用句・ことわざ224』　学研編　学習研究社　2004.10　192p　15cm　（要点ランク順　中学受験 1）〈付属資料：シート1枚〉　720円　ⓘ4-05-301777-7

『にせニセことわざずかん』　荒井良二作　のら書店　2004.10　53p　13×20cm　1200円　ⓘ4-931129-20-X
[目次] 猫に小判・豚に真珠，嘘から出た実，馬の耳に念仏，棚から牡丹餅，石の上にも三年，蛙の子は蛙・竹馬の友，とどのつまり・団栗の背比べ，捨てる神あれば拾う神あり，瓢箪から駒，旅は道連れ・隣の花は赤い，時は金なり・苦しい時の神頼み〔ほか〕
[内容] 著者がにせてつくったことわざで，わらいながらたのしもう！　ことわざであそぼうよ。

『親子で挑戦！　おもしろ「ことわざ」パズル』　学習パズル研究会著　メイツ出版　2004.9　128p　21cm　（まなぶっく）　1050円　ⓘ4-89577-788-X　Ⓝ814.4
[目次] 動物のことわざ，見ざる聞かざる言わざる（まちがいさがし），ならべかえパズル，ひょうたんからこま，ことわざ迷路，よくあることわざの表現，数のことわざ，このことわざ，どんな意味？，ことわざしりとり迷路，ことわざつなぎ〔ほか〕
[内容] ことわざは，時間をかけて磨かれてきた，文字通り「ことば」の「わざ」です。本書では，そのようなことわざを，日々の生活

子どもの本　日本の古典をまなぶ2000冊　27

ことわざ・慣用句　　　　　　　　　　　　　　　　　　　　　　古典全般

の中でよく聞いたり、目にしたりするものを中心に、パズル・クイズを通して紹介しています。勉強の間の気分転換に、また、単にひまつぶしにでも、ともかく気楽にパズルやクイズに取り組んでみてください。

『中学入試でる順ポケでる国語慣用句・ことわざ―ポケット版』　旺文社編　旺文社　2004.9　175p　15cm〈付属資料：シート1枚〉　680円　Ⓘ4-01-010805-3

『小学生のことわざ絵事典―教科書によく出る！』　どりむ社編集部編　京都　PHP研究所　2004.4　159p　18cm　1000円　Ⓘ4-569-63426-5　Ⓝ814.4

『頭をひねってことば遊び』　白石範孝監修　学習研究社　2004.3　47p　27cm（「話す力・聞く力」を伸ばすことば遊び　2）　2500円　Ⓘ4-05-201865-6　Ⓝ807.9
目次　顔や手や足が慣用句になってるよ、魚や鳥もことわざになってるよ、見て分かる慣用句・ことわざを作ろう、おもしろ創作漢字でことば遊び、おもしろ創作四字熟語作り、名前読みこみ文で自己しょうかい、いろいろな読みこみ文を作ってみよう、ことばのサンドイッチ、あべこべことば図かん、あべこべことばにチャレンジ！〔ほか〕

『よくわかる慣用句』　山口仲美監修，面谷哲郎文，中村陽子漫画　集英社　2003.11　159p　22cm（集英社版・学習漫画）　1200円　Ⓘ4-08-288087-9　Ⓝ814.4
目次　頭や顔に関係のある慣用句、口に関係のある慣用句、手や足に関係のある慣用句、胸や腹に関係のある慣用句、体や心のはたらきに関係のある慣用句、動物や植物のでてくる慣用句、自然に関係のある慣用句、衣食住に関係のある慣用句、道具のでてくる慣用句、数字のでてくる慣用句
内容　どんどん広がる慣用句の世界。調べ学習にも役だつ！生き生きしたイメージ。オーバーでユーモラスなたとえ。慣用句を味わってみましょう。

『ことわざの大常識―これだけは知っておきたい　1』　江口尚純監修　ポプラ社　2003.9　143p　21cm　880円　Ⓘ4-591-07650-4
目次　悪事千里を走る、浅い川も深くわたれ、頭かくして尻かくさず、後は野となれ山

となれ、虻蜂取らず、雨だれ石をうがつ、雨降って地固まる、蟻の穴から堤もくずれる、案ずるより産むがやすい、石の上にも三年〔ほか〕
内容　ことわざってなんだろう!?「かわいい子には旅をさせよ」ってどんな意味!?「医者の不養生」と同じ意味のことわざは!?こんな場面、あんな場面で使えることわざは!?など、知ってるとトクすることわざ徹底攻略。小学校4年生から、よみがな対応。

『ことわざのえほん』　西本鶏介編・文，高部晴市絵　鈴木出版　2003.6　29p　27×22cm　（ひまわりえほんシリーズ）　1100円　Ⓘ4-7902-5097-0
内容　「鬼に金棒」「すずめの涙」「猿も木から落ちる」など、子どもにもわかりやすいことわざを楽しく紹介！ユニークな絵が魅力的で、ことばのイメージがぐんぐん広がります。4～5歳から。

『クレヨンしんちゃんのまんがことわざクイズブック』　永野重史監修，造事務所編集・構成　双葉社　2003.4　207p　19cm　（クレヨンしんちゃんのなんでも百科シリーズ）　800円　Ⓘ4-575-29551-5　Ⓝ814.4
目次　なくて七くせ・五本の指に入る、さるも木からおちる・かっぱの川ながれ、さわらぬ神にたたりなし・石橋をたたいてわたる、腕をみがく・腕を上げる、くさってもたい・えびでたいをつる、あいた口がふさがらない・あごで使う、きつねにつままれる・かめの甲より年の功、ふくろのねずみ・ねこに小判、かわいい子には旅をさせよ・薬もすぎれば毒となる、舌をまく・ごまをする〔ほか〕
内容　本書に収めた、ことわざや慣用句、四字熟語は、一生役に立ちます。しかも、オモシロイし、勉強にもなる！なぜかというと、(1)言ってみて口調がよい、(2)「なぞなぞ」のようなところがあって、頭を使う、(3)昔から伝わっていることばが多いので、知らず知らずのうちに、文語に親しめる、(4)人生の知恵、昔の人たちの自然観が盛り込まれている、(5)ことばによる表現がいきいきしてくるなどの特徴があるからです。短いセンテンスなので、すぐに覚えられます。四字熟語なら、目でも覚えられます。勉強というより、ことば遊びといった感覚で、ことわざや慣用句、四字熟語に触れましょう。

『三省堂こどもことわざじてん』　三省堂

古典全般　　　　　　　　　　　　　　　　　　　　　　　　　ことわざ・慣用句

編修所編　三省堂　2003.4　223p　26×21cm　（SANSEIDOキッズ・セレクション）2000円　Ⓘ4-385-14306-4
内容　あいうえお順の配列で、ことわざ・慣用句・故事成語・四字熟語約1,100項目を収録。巻末には、「なかまのことわざ」として、ことばの知識を深める、テーマ別さくいんを収録。

『おもしろからだことば　体編』　石津ちひろ文，大島妙子絵　草土文化　2003.3　79p　17cm　1300円　Ⓘ4-7945-0858-1　Ⓝ814.4
目次　胸，肩，腹，手，腰，尻，膝，足

『おもしろからだことば　頭編』　石津ちひろ文，石井聖岳絵　草土文化　2003.2　79p　17cm　1300円　Ⓘ4-7945-0857-3　Ⓝ814.4
目次　頭（頭がかたい，頭が古い　ほか），目（目がこえる，目に入れてもいたくない　ほか），鼻（鼻が高い，鼻がへこむ　ほか），口（口がかたい，口がまがる　ほか），耳（耳がこえている，耳が遠い　ほか），首（首がとぶ，首に縄をつける　ほか），顔（顔から火が出る，顔が売れる　ほか）

『ことわざ辞典』　時田昌瑞著　アリス館　2003.2　159p　19cm　（ことわざの学校 5）1200円　Ⓘ4-7520-0220-5　Ⓝ814.4
内容　おもなことわざの意味、使い方の例などを解説。

『おっと合点承知之助』　斎藤孝文，つちだのぶこ絵　ほるぷ出版　2003.1　1冊（ページ付なし）22×22cm　（声にだすことばえほん）1200円　Ⓘ4-593-56045-4　Ⓝ807.9

『ことわざで遊ぶ』　伊藤高雄著　アリス館　2002.12　142p　19cm　（ことわざの学校 4）1200円　Ⓘ4-7520-0219-1　Ⓝ814.4
目次　第1章 ことわざで遊べるの？（しんけんでも遊び？，ことば遊びとしてのことわざ　ほか），第2章 いろはカルタをさかのぼる（東京と大阪の思い出，北国の子供たちといろはカルタ　ほか），第3章 いろはカルタ探検（カルタ屋さんへ行ってみる！，ハナ・鼻・花??―大石天狗堂さん訪問　ほか），第4章 オモシロいろはカルタ（いろはカルタの魅力―なぜ長く用いられたのか？，子供から老人まで―とらせことばとリハビリ　ほか），第5章 ことわざ遊びアラカルト（さすが浅草―伝法院通り商店街の街灯，地口行灯の伝統―東京都東久留米市南沢の獅子舞　ほか）
内容　いろはカルタを中心に、ことわざをめぐる遊びのさまざまについてさぐります。

『外国のことわざ』　北村孝一著　アリス館　2002.11　142p　19cm　（ことわざの学校 3）1200円　Ⓘ4-7520-0218-3
目次　第1章 日本語に入った外国のことわざ（外国にもことわざはあるのだろうか…，豚に真珠…　ほか），第2章 外国のことわざの知恵を学ぼう（もらった馬の口にはのぞくな…，魚と客は三日めにはにおう…　ほか），第3章 ことわざで探検しよう（肉はかんでこそ味わいがあり、ことばはいってこそ味わいがある…，大工が多いと、ゆがんだ家を建てる…　ほか），終章 ことわざをもっと知るために（ことわざノートをつくる…，外国人に直接聞いてみる…　ほか）
内容　ことわざって、いったい何だろう。いつ生まれたのだろう。外国には、どんなことわざがあるのだろう。そして、ことわざは、わたしたちのくらしのなかで、どのように役立っているのだろう。そんな疑問に答えます。

『ことわざの探検』　時田昌瑞著　アリス館　2002.10　142p　19cm　（ことわざの探検 2）1200円　Ⓘ4-7520-0217-5
目次　第1部 身のまわりでことわざをさがす（幼稚園児でも使えることわざ，長女が拾い出したことわざ，現代のマンガや絵ではどうだろう，街のなかや駅で　ほか），第2部 歴史の旅をたどってみよう（ことわざの由来をたずねて，歴史の旅のなかから，むかしの生活のなかでは，干支の世界では　ほか）
内容　ことわざは、くらしの中でどのように使われているのかを探る。

『ちびまる子ちゃんの慣用句教室―慣用句新聞入り』　川嶋優著　集英社　2002.10　205p　19cm　（満点ゲットシリーズ）〈キャラクター原作：さくらももこ〉850円　Ⓘ4-08-314019-4　Ⓝ814.4
目次　相づちを打つ，揚げ足をとる，あごを出す，朝飯前，足が地につかない，足が出る，足が棒になる，味もそっけもない，足を

ことわざ・慣用句　　　　　　　　　　　　　　　　　　　　　　　　古典全般

洗う，味をしめる〔ほか〕

『NHKおじゃる丸ことわざ辞典―花よりだんご・プリンよりことわざ』　藤田隆美監修　日本放送出版協会　2002.10　191p　19cm　760円　①4-14-011185-2
[目次]　1 動物や植物のことわざ，2 人やからだのことわざ，3 数のことわざ，4 物や行いのことわざ，5 反対のことばのことわざ，6 自然や場所のことわざ
[内容]　本書では，NHKの人気アニメ「おじゃる丸」のキャラクターたちの活躍する四コママンガで知らず知らずのうちに，ことわざの意味が理解できるようになっている。楽しみながら「ことわざ」を読み，それを生活のしかたのヒントや物ごとを考えるときの教訓として生かしてほしいと思う。

『ことわざの秘密』　武田勝昭著　アリス館　2002.9　144p　19cm　（ことわざの学校 1）　1200円　①4-7520-0216-7
[目次]　第1章 ことわざの知恵，第2章 ことわざと科学，第3章 俳句，川柳，標語とことわざ，第4章 ことわざの形式，第5章 ことわざのたとえ，第6章 ことわざの遊び，第7章 ことわざの使いかた，第8章 ことわざの変化
[内容]　ことわざの成り立ち，種類，形などいろいろな見方から解き明かす。

『新レインボーことわざ絵じてん』　学習研究社　2002.4　239p　26cm　1600円　①4-05-301165-5
[目次]　ことわざ絵じてん（まんがページ），体のことわざ・かんようくのいろいろ，動物のことわざ・かんようくのいろいろ，ことわざ・まんがクイズ，かんようく・まんがクイズ，ことわざ・絵ときクイズ，ことわざ・動物クイズ，ことわざ・なぞなぞあそび，ことわざ・数字クイズ
[内容]　小学生に必要なことわざ・慣用句・四字熟語などを610収録。漫画で解説しているので，楽しく読める。ことわざ・慣用句・四字熟語・故事成語とは何か―詳しい説明がある。人体のことわざ，動物のことわざなど，おもしろい分野別ページも設けてある。楽しいことわざクイズも多数収録。小学校全般向き。

『例解学習ことわざ辞典』　小学館国語辞典編集部編　第2版　小学館　2002.1　415p　19cm　1300円　①4-09-501652-3

『知っておきたいことわざ―ポケット版』　三省堂編修所編　三省堂　2001.10　191p　15cm　（ことば学習まんが）　600円　①4-385-13771-4
[目次]　青は藍より出でて藍より青し，秋の日はつるべ落とし，悪事千里を行く，悪銭身につかず，明日の百より今日の五十，頭隠して尻隠さず，頭でっかち尻すぼみ，あちら立てればこちらが立たぬ，暑さ寒さも彼岸まで，あつものにこりてなますを吹く〔ほか〕
[内容]　授業で教科書の補いや「ことばの一斉学習」にすぐ役立つ。まちがえやすい漢字・熟語を効果的に習得できる。ことばの生活を豊かにし，「作文」「研究発表」に応用できる。「中学入試」の準備学習や「期末テスト」の参考書として活用できる。夏休みや冬休みなどの「自由研究」の資料として役立つ。小学校高学年以上。

『イラストことわざ辞典』　金田一春彦監修　改訂新版　学習研究社　2001.4　343p　21cm　1280円　①4-05-300774-7
[内容]　学習上や日常生活に必要な，ことわざ・慣用句・四字熟語などを約3,400語収録。意味のわかりにくい言葉には，イラストつきで内容がわかりやすい。用例を示してあるので，文章やスピーチでの活用法がわかる。英語のことわざも併記。

『ことわざ物語 三年生』　西本鶏介編著　改訂版　偕成社　2001.3　166p　21cm　（学年別・新おはなし文庫）　780円　①4-03-923290-9
[目次]　青菜に塩，悪銭身につかず，あちら立てればこちらが立たぬ，あぶはち取らず，言うはやすく行うはかたし，生き馬の目をぬく，医者の不養生，一事が万事，一石二鳥，井の中のかわず大海を知らず〔ほか〕
[内容]　ことわざには，庶民の暮らしのなかから生まれた生活の知恵が，いっぱいつまっています。本書では，ことわざにはどんな意味があり，どんな時に，どんなふうにつかったらよいか，いろいろな例をあげて，わかりやすく説明します。

『ことわざものがたり 二年生』　西本鶏介著　改訂版　偕成社　2001.3　165p　21cm　（学年別・新おはなし文庫）　780円　①4-03-923190-2
[目次]　暑さ寒さも彼岸まで，あと足ですなをかける，あとの祭り，あばたもえくぼ，雨

古典全般　　　　　　　　　　　　　　　　　　ことわざ・慣用句

ふって地かたまる，ありの穴から堤もくずれる，石の上にも三年，一難さってまた一難，一寸の虫にも五分のたましい，一銭をわらうものは一銭に泣く〔ほか〕
|内容| ことわざには，庶民の暮らしのなかから生まれた生活の知恵が，いっぱいつまっています。ことわざにはどんな意味があり，どんな時に，どんなふうにつかったらよいか，いろいろな例をあげて，わかりやすく説明します。小学二年生向き。

『ことわざものがたり 一年生』 西本鶏介編著　改訂版　偕成社　2001.3　155p　21cm　（学年別・新おはなし文庫）　780円　①4-03-923090-6
|目次| 頭かくして尻かくさず，石橋をたたいてわたる，急がばまわれ，一年の計は元旦にあり，犬もあるけば棒にあたる，うそからでたまこと，うそつきはどろぼうのはじまり，えびでたいをつる，大ぶろしきをひろげる，鬼に金棒〔ほか〕
|内容| ことわざには，庶民の暮らしのなかから生まれた生活の知恵が，いっぱいつまっています。ことわざにはどんな意味があり，どんな時に，どんなふうにつかったらよいか，いろいろな例をあげて，わかりやすく説明します。

『グループでおぼえることわざ』 三省堂編修所編　三省堂　2001.1　191p　21cm　（ことば学習まんが）　1000円　①4-385-13764-1
|目次| 1 からだの名前の出てくることわざ，2 動物・植物の名前の出てくることわざ，3 数字の出てくることわざ，4 自然に関する言葉の出てくることわざ，5 衣食住や物などに関することわざ，6 心・言葉・神などに関することわざ，7 人間関係に関することわざ
|内容| 一四八のことわざを七つのグループ分け。「意味」「使い方」「語の意味」「由来」で，だいじなことがズバリわかるようにしてある。

『新レインボーことわざ辞典―オールカラー』 学研辞典編集部編　改訂最新版　学習研究社　2000.12　303p　21cm　1000円　①4-05-300934-0

『試験に役立つ まんがことわざ・慣用句事典』 国広功監修，岡本まさあき作画　成美堂出版　2000.11　143p　21cm　800円　①4-415-01082-2
|内容| 入試の出題傾向を完全予想!!入試に出ることわざ130精選収録!!まんがを楽しみながらことわざの意味がわかる。

『ちびまる子ちゃんのことわざ教室』 さくらももこキャラクター原作，島村直己監修　集英社　2000.10　205p　19cm　（満点ゲットシリーズ）　760円　①4-08-314009-7
|目次| 頭隠して尻隠さず，後は野となれ山となれ，蛇蜂取らず，雨垂れ石をうがつ，雨降って地固まる，案ずるより産むが易し，石の上にも三年，石橋をたたいて渡る，医者の不養生，急がば回れ〔ほか〕
|内容| これだけは知っておきたいことわざ約350といっぱいのことば遊び。

『ことわざ辞典』 川嶋優著　小峰書店　2000.4　199p　27cm　（たのしくわかることばの辞典 2）　3500円　①4-338-16602-9,4-338-16600-2
|目次| 開いた口がふさがらない，相づちを打つ，青菜に塩，青は藍より出でて藍より青し，赤子の手をひねる，秋の日はつるべ落とし，悪事千里を走る，悪銭身につかず，朝飯前のお茶の子さいさい，当たるも八卦当たらぬも八卦〔ほか〕
|内容| 小学生向けの，ことわざや学校で習う慣用句を収録した辞典。五十音順に配列し，巻末に「体のことわざ・慣用句」も収録。「たのしくわかることばの辞典」シリーズの第2巻。

『たのしく学ぶことわざ辞典』 林四郎監修　日本放送出版協会　2000.1　280p　21cm　1400円　①4-14-011123-2
|目次| いざ鎌倉，石に立つ矢，一炊の夢，おごる平家は久しからず，小田原評定，臥薪嘗胆，株を守りてうさぎを待つ，画竜点睛，韓信のまたくぐり〔ほか〕
|内容| 生活の中でよく使われる，ことわざ・慣用句・故事成語を約1200項目収録したことわざ辞典。約50項目におはなし欄を設ける。800以上のイラストを付す。

『子どもことわざ辞典―ことばはともだち』 庄司和晃監修　講談社　1999.11　220p　26cm　1900円　①4-06-265317-6
|内容| 小学校3年生から高学年までに知って

子どもの本　日本の古典をまなぶ2000冊　31

## ことわざ・慣用句　　　　　　　　　　　古典全般

ほしいことわざ約550を収録した辞典。配列は50音順。それぞれのことわざの表の意味と裏の意味を説明し、そのことわざの意味をヒントに小学生が作った「創作ことわざ」を掲載。

『**クイズ ことわざ**』　内田玉男作・画，横山驗也監修　あかね書房　1999.9　111p　21cm　（まんがで学習）1300円　①4-251-06606-5

[目次] 体に関することわざ（頭・顔のつくそのほかのことわざ，口・鼻のつくそのほかのことわざ，目のつくそのほかのことわざ ほか），人や人生に関することわざ（親に関するそのほかのことわざ，子どもに関するそのほかのことわざ，学問に関するそのほかのことわざ ほか），動物や植物などに関することわざ（動物に関するそのほかのことわざ，河童・鬼に関するそのほかのことわざ，昆虫に関するそのほかのことわざ ほか），天気や季節に関することわざ，数字に関することわざ

[内容] 「ことわざ」は，むかしからいいならわされてきたことがらを，短い文に表したことばです。その意味には，世の中の教えやいましめ，生活の知恵や知識，また人をひにくったり，物事をおもしろくたとえたりしたものなど，いろいろあります。本書は，楽しいクイズを解きながら，ことわざの意味や使い方がおぼえられるように工夫してあります。ことわざを調べる辞典としても役立つようになっています。

『**ドラえもんのことわざ辞典**』　栗岩英雄著　改訂新版　小学館　1999.8　211p　19cm　（ドラえもんの学習シリーズ―ドラえもんの国語おもしろ攻略）〈索引あり〉　760円　①4-09-253103-6

[内容] 小学生にわかりやすいようにドラえもんのまんがで紹介したことわざ辞典。さくいん付き。

『**イラストで学ぶ「話しことば」 2 ことわざ・格言・慣用句**』　日本話しことば協会編，髙村忠範絵　汐文社　1999.3　101p　21cm　1400円　①4-8113-7262-X

『**クレヨンしんちゃんのまんがことばことわざ辞典**』　永野重史監修，造事務所編集・構成　双葉社　1999.3　207p　19cm　（クレヨンしんちゃんのなんでも百科シリーズ）800円　①4-575-28944-2

[目次] 開いた口がふさがらない，愛のむち，青は藍より出でて藍より青し，あごで使う，足が棒になる，頭でっかち尻すぼみ，頭をかかえる，あちら立てればこちらが立たぬ，雨が降ろうと槍が降ろうと，過ちてはすなわち改むるに〔ほか〕

[内容] 195のことわざ，慣用句，四字熟語を解説した辞典。掲載項目は，ことばの意味，由来，使い方など。それぞれの見出し語に「クレヨンしんちゃん」のまんがが付き。

『**ことわざ―ボク＆わたし知っているつもり？**』　槌田満文監修，高橋由美子文　ポプラ社　1998.10　207p　19cm　（知識の王様 4）750円　①4-591-05815-8

[内容] 「うそも方便」とは，大うそつきをさすことば？「目くそ鼻くそを笑う」って，どういうことかな？「水魚の交わり」とは，どんな関係のこと？　などことわざに関するおもしろクイズがいっぱい！　ことわざ博士をめざして，きみもチャレンジしよう。

『**まんが 慣用句なんでも事典**』　山田繁雄監修，北山竜絵　金の星社　1998.2　143p　20×16cm　（まんが国語なんでも事典シリーズ）1200円　①4-323-06002-5

[目次] 人の体に関係する慣用句，人の生活に関係する慣用句，人の気持ちや動作・状態に関係する慣用句，動物や植物に関係する慣用句，そのほかの慣用句

[内容] 大きなイラストで慣用句の意味や使い方がわかる小学生向けの慣用句事典。100語以上の言葉を人の体など身近なものに分けて収録。

『**まちがいさがし―ことわざボックス**』　このみひかる作，モピートさんさん絵　偕成社　1997.12　79p　21cm　900円　①4-03-439210-X

[内容] ねこの手もかりたい，おにに金棒，雨ふって地かたまる，なんてことわざが，おもしろい絵になっているよ。かっぱのボータンといっしょに，まちがいさがしや，めいろであそんで，ことわざけんきゅうしちゃおう。

『**クレヨンしんちゃんのまんがことわざ辞典**』　永野重史監修，造事務所編集・構成　双葉社　1997.7　208p　19cm

古典全般　　　　　　　　　　　　　　　　　　　　　　　　　　　　　　ことわざ・慣用句

（クレヨンしんちゃんのなんでも百科シリーズ）〈索引あり〉762円　Ⓓ4-575-28747-4
目次 この本の見方，青菜に塩，赤子の手をひねる，秋の日はつるべ落とし，悪事千里を走る，あげ足を取る，頭かくして尻かくさず，暑さ寒さも彼岸まで，あつものにこりてなますを吹く，後の祭り〔ほか〕
内容 195のことわざ全かいせつ！　よくわかるまんがつき。

『ことわざ物語　三年生』　西本鶏介著　偕成社　1997.6　221p　21cm　（学年別・おはなし文庫）680円　Ⓓ4-03-907800-4
目次 青菜に塩，赤子の手をひねる，悪銭身につかず，当たるも八卦　当たらぬも八卦，あちら立てれば　こちらが立たぬ，あぶはち取らず，嵐の前の静けさ，案ずるより産むがやすし，言うはやすく　行うはかたし，生き馬の目をぬく〔ほか〕
内容 ことわざは，庶民の生活のなかから生まれた，暮らしの知恵です。本書のなかには，ふだんよくつかわれることわざをあつめました。どんな時にどんなふうにつかったらよいか，わかりやすく説明してあります。学校や家でつかってみましょう。

『ことわざにうそはない？』　木下哲生著　アリス館　1997.4　142p　21cm　（ことばの探検―7　ことわざと慣用句）1800円　Ⓓ4-7520-0069-5
目次 ことわざ（ことわざは，どんな形をしているの？，ことわざは，どんな意味をもっているの？，ことわざは，どのようにして伝えられてきたの？，ことわざは，どのような意味で使われているの？，ことわざはどこで，どのように作られたの？　ほか），慣用句（慣用句ってどんなもの？，慣用句にはどんなはたらきがあるの？，慣用句を意味から分類してみよう，慣用句はどのようにできたの？，慣用句にはどんなことばが使われている？，慣用句は新しく作られている？）

『ことわざのお話100』　やすいすえこ文，関口準監修　フレーベル館　1997.4　225p　26×21cm　2000円　Ⓓ4-577-01710-5
目次 頭隠して尻隠さず，後の祭り，雨降って地固まる，過ちてはすなわち改むるにはばかることなかれ，案ずるより産むがやすし，言うはやすく行うは難し，怒りは敵と思え，石の上にも三年，石橋をたたいて渡る，急がば回れ〔ほか〕

『ことばの達人―ことわざ・慣用句・四字熟語』　石田佐久馬著　講談社　1997.2　207p　21cm　（国語学習なっとく事典）1442円　Ⓓ4-06-208472-4
目次 第1章　おもしろいことば，第2章　身近なことば，第3章　ことばの移り変わり，第4章　ことばの広がりと敬語

『ことわざものがたり　二年生』　西本鶏介著　偕成社　1996.9　194p　21cm　（学年別・おはなし文庫 20）700円　Ⓓ4-03-907500-5
目次 あたらずといえども遠からず，暑さ寒さも彼岸まで，後足で砂をかける，後の祭り，あばたもえくぼ，雨降って地固まる，アリの穴からつつみもくずれる，石の上にも三年，一難去ってまた一難，一寸の虫にも五分のたましい〔ほか〕
内容 この本のなかには，ふだんよくつかわれていることわざをあつめました。どんな時にどんなふうにつかったらよいか，わかりやすく説明してあります。

『ことわざものがたり　一年生』　西本鶏介編著　偕成社　1996.8　196p　21cm　（学年別・おはなし文庫）700円　Ⓓ4-03-907200-6
目次 頭かくして尻かくさず，石橋をたたいてわたる，急がばまわれ，一年の計は元旦にあり，一富士二鷹三なすび，一を聞いて十を知る，犬も歩けば棒にあたる，上には上がある，うそからでたまこと，うそつきはどろぼうのはじまり〔ほか〕
内容 ことわざは，庶民の生活のなかから生まれた，暮らしの知恵です。この本のなかには，ふだんよくつかわれることわざをあつめました。どんな時にどんなふうにつかったらよいか，わかりやすく説明してあります。

『まんがことわざ100事典』　田森庸介漫画　講談社　1996.5　127p　21cm　980円　Ⓓ4-06-259102-2
目次 馬の耳に念仏，猫に小判，さるも木から落ちる，石の上にも三年，月とすっぽん，泣き面にはち，のれんにうでおし，石橋をたたいてわたる，井の中のかわず大海を知らず，知らぬが仏，立つ鳥あとをにごさず，すずめのなみだ〔ほか〕
内容 開成・麻布・武蔵・桜蔭・女子学院・

子どもの本　日本の古典をまなぶ2000冊　　33

ことわざ・慣用句　　　　　　　　　　　　　　　　　　　　　　　　　古典全般

双葉・慶応・早実・早稲田など，有名中学入試出題頻度数上位100の「ことわざ」を厳選した事典。

『レインボーことわざ辞典』　学研辞典編集部編　改訂新版　学習研究社　1996.1　303p　21cm　1000円　①4-05-300200-1

内容　児童向けのことわざ辞典。小・中学校の教科書に頻出することわざ・慣用句・故事成語・四字熟語1800語の解説，用例を掲載する。イラスト多数。巻末に動物のことわざ，人体のことわざ・慣用句，似た意味のことわざ，反対の意味のことわざの一覧を掲載，索引としても利用できる。

『慣用句びっくりことば事典──ドラえもんの国語おもしろ攻略』　小学館　1995.7　191p　19cm　（ドラえもんの学習シリーズ）　780円　①4-09-253156-7

内容　児童向けの慣用句辞典。日常使われる慣用句450語をテーマ別に収録し，各句に意味，例文，マンガ「ドラえもん」のキャラクターによる用例を示す。巻末に五十音索引がある。

『食べ物のことわざ探偵団』　国松俊英著，藤本四郎画　童心社　1995.6　124p　18cm　（フォア文庫）　540円　①4-494-02738-3

目次　えびでたいを釣る，たらふく食う，さばを読む，土用にうなぎを食うと夏負けしない，大豆は畑の肉，まめに暮らす，手前みそ，豆腐にかすがい，怒って大根おろしをすると辛くなる，瓜のつるに茄子はならぬ〔ほか〕

『虫のことわざ探偵団』　国松俊英著，藤本四郎画　童心社　1995.6　124p　18cm　（フォア文庫）　540円　①4-494-02741-3

目次　虫の居所が悪い，一寸の虫にも五分の魂，蓼食う虫もすきずき，小の虫を殺して大の虫を助ける，虫も殺さない，蜂の巣をつついたよう，泣きっつらに蜂，鹿の角を蜂がさす，ありのはいでる所もない，ありの穴から堤も崩れる〔ほか〕

『例解学習ことわざ辞典』　小学館国語辞典編集部編　小学館　1995.5　416p　19cm　1300円　①4-09-501651-5

内容　ことわざ，慣用句，四字熟語，故事成語など約3300語を収録する小・中学生向きの辞典。語源・由来のほか用例も掲載する。巻末に「中学入試予想問題集」と「漢数字を含んだ語句索引」がある。──学習と中学受験に最適。

『まちがいだらけの言葉づかい　3　ことわざ・格言』　瀬尾七重著　ポプラ社　1995.4　111p　22cm　2000円　①4-591-04728-8

目次　第1章　意味をとりちがえやすいことわざ（「犬も歩けば棒に当たる」の意味は？，「情けは人のためならず」の意味は？　ほか），第2章　意味のわかりにくいことわざ（「石の上にも三年」って？，「一富士，二鷹，三なすび」って？　ほか），第3章　意味をまちがいやすいことわざ（×きじも飛ばずば打たれまい→○きじも鳴かずば打たれまい，×火のないところに炎はたたず→○火のないところに煙はたたず　ほか），第4章　まちがってつかいやすい慣用句（×青田刈り→○青田買い，×取りつく暇もない→○取りつく島もない　ほか），第5章　こんなつかい方は，要注意！（「他山の石」のつかい方，「どんぐりの背くらべ」のつかい方　ほか）

内容　日常生活の中で，まちがってつかいやすい言葉づかいを集めています。それら，まちがったつかい方を例にあげながら，わかりやすく解説しています。

『顔のことわざ探偵団』　国松俊英著，藤本四郎画　童心社　1995.3　124p　18cm　（フォア文庫）　540円　①4-494-02740-5

目次　頭かくして尻かくさず，頭から湯気をたてる，頭でっかち尻つぼみ，頭寒足熱，顔から火がでる，合わせる顔がない，口は口ほどに物をいう，目には目を歯には歯の中にいれても痛くない，目の上のこぶ〔ほか〕

内容　本書を読むと，「頭の回転が速く」なること受け合いです。ことわざには，生活の知恵が，たっぷり含まれているからです。本書には，頭と，顔の部分にある，目，鼻，口や，耳，髪までが収載されています。

『国語要点ランク順慣用句・ことわざ210』　学研編　学習研究社　1995.1　175p　15cm　（国立・私立中学受験合格ブック）　700円　①4-05-300113-7

『常識のことわざ探偵団』　国松俊英著，藤本四郎画　童心社　1994.11　124p　18cm　（フォア文庫　B164）　550円

古典全般　　　　　　　　　　　　　　　　　　　　　ことわざ・慣用句

ⓄＩ4-494-02711-1
［目次］地獄の沙汰も金しだい，三日坊主，爪に火を点す，ミイラ取りがミイラになる，笑う門には福来たる，元の木阿弥，ねずみの嫁入り，月とすっぽん，笛吹けど踊らず，石橋を叩いて渡る〔ほか〕
［内容］ことわざって、こんなにおもしろい。この本を読んだら、家でも、学校でも、きみは、ことわざ博士。小学校中・高学年向き。

『数字のことわざ探偵団』　国松俊英著，藤本四郎画　童心社　1994.9　124p　18cm　（フォア文庫）550円　ⓄＩ4-494-02710-3
［内容］ことわざって、こんなにおもしろい。この本を読んだら、家でも、学校でも、きみは、ことわざ博士。

『鳥のことわざ探偵団』　国松俊英著，藤本四郎画　童心社　1994.5　124p　18cm　（フォア文庫）540円　ⓄＩ4-494-02739-1
［目次］すずめ百まで踊りわすれず，すずめのぬか喜び，すずめの涙，はとに豆鉄砲，烏合の衆，からすの雲助，からすは神様のお使い，うの真似をするからす，つばめが巣をつくるとその家は繁盛する，梅にうぐいす〔ほか〕

『お金の国』　木暮正夫文　俄成出版社　1993.12　107p　21cm　（ことわざランド　2）1200円　ⓄＩ4-333-01669-X
［目次］地獄のさたも金しだい，金は天下の回りもの，雁は八百，矢は三文，金に糸目をつけない，座して食らえば山もむなし〔ほか〕
［内容］人はお金をめぐって、ないたりわらったりで、だれもが人生ゲームの主人公。どうすればお金持ちになれるかなんて、むずかしく考えこまなくても、この本がおしえてくれる。

『からだの国』　木暮正夫文　俄成出版社　1993.12　107p　21cm　（ことわざランド　3）1200円　ⓄＩ4-333-01670-3
［目次］頭かくしてしりかくさず，目からうろこが落ちる，耳にたこができる，なこうど口は半分に聞け，毛を吹いてきずをもとむ，あごふり三年〔ほか〕
［内容］頭のてっぺんから足のさきまで、からだじゅうのことわざがいっぱい。どれも耳よりでからだによいおもしろいことわざの大集合。

『どうぶつの国』　木暮正夫文　俄成出版社　1993.12　107p　21cm　（ことわざランド　1）1200円　ⓄＩ4-333-01668-1
［目次］ねずみが塩をなめる，角を矯めて牛をころす，虎は死して皮をとどめ，人は死して名をのこす，二兎をおうものは一兎をもえず，画竜点晴を欠く〔ほか〕
［内容］生まれ年の十二支のどうぶつをはじめ、きつね、たぬき、かっぱなど、たくさんのどうぶつがでてくるおもしろいことわざがいっぱい。

『ことわざおもしろ探偵団　4　顔のことわざ』　国松俊英著，藤本四郎画　童心社　1993.9　124p　18cm　（フォア文庫　B146）520円　ⓄＩ4-494-02694-8
［目次］頭かくして尻かくさず，頭から湯気をたてる，頭でっかち尻つぼみ，頭寒足熱，顔から火が出る，合わせる顔がない，目は口ほどに物をいう，目には目を歯には歯を，目の中にいれても痛くない，目の上のこぶ〔ほか〕

『ことわざおもしろ探偵団　3　鳥のことわざ』　国松俊英著，藤本四郎画　童心社　1993.6　124p　18cm　（フォア文庫　B145）520円　ⓄＩ4-494-02693-X
［内容］「つるの一声」「うのめたかの目」など鳥のことわざがいっぱい。この本を読めば、きみは、究極のことわざ博士。

『ことわざおもしろ探偵団　2　食べもののことわざ』　国松俊英著，藤本四郎画　童心社　1993.6　124p　18cm　（フォア文庫　B144）520円　ⓄＩ4-494-02692-1
［内容］「棚からぼたもち」「えびでたいを釣る」など食べもののことわざがいっぱい。この本を読んだきみは、すでに、ことわざ博士。

『犬もあるけば夢しばい―新いろはことわざ童話集』　関英雄，北川幸比古編　国土社　1993.4　187,8p　21cm　（ことわざ童話館　7）1600円　ⓄＩ4-337-09207-2
［目次］犬もあるけば夢しばい（関英雄），しお風にのってすーいすい（佐藤ふさゑ），ヒロくん、見てろ（高橋美代子），とうめいの舌にご用心！（草谷桂子），ミノルの虫かご（杉みき子），おとうさんの宝くじ（丘修三），けん玉宇宙人きたる（鬼塚りつ子），チミさん、モウリョウさん（杉みき子），ない

子どもの本　日本の古典をまなぶ2000冊　　35

しょのなやみ(竹内もと代)、めずらしい鳥見つけた(国松俊英)、中古車センター本日オープン(佐々木赫子)、右手もがんばれ(杉みき子)、やったぁ！ハワイだ(山脇あさ子)、キクの花コンクール(佐々木るり)、大きなシイの木の下で(高橋蝶子)、長い目で見てほしいの(あかねるつ)、株式会社ABT(北川幸比古)、黄色いチョウとオカリナ(稲田純子)、ごんすけさんの鐘(大石美代子)、へんな棒(風森スウ)、のら犬クッチャネ(横田ひろ子)、おにわらい(杉みき子)、九ばんめの男(那須正幹)、ふたりはおばけ(風森スウ)、南の島の旅行会(岩崎京子)、ジャガイモも口八丁(望月正子)、やぶをつついた知事(森下真理)、マユツバの葉っぱ(高橋忠治)、うらみっこなし(高橋美代子)、サルヒト合戦(望月正子)、こんどかえします(杉みき子)、とらたまさん(小林陽子)、鳥とチョウと人間と(門倉まさる)、ひいばあちゃんの水雷(竹田道子)、おばあちゃんの草むしり(杉みき子)、三千両のつぼ(杉みき子)、空家のピアノ(杉みき子)、山からサトルがやってきた(望月正子)、三日ぶんの夏やすみ日記(阿部正子)、みどり山をちょうだい(林朝子)、ふしぎなふしあな(杉みき子)、月をおともにおまわりさん(高橋蝶子)、やねの上のネコとニワトリ(関英雄)、いびきの市助(杉みき子)

『とらぬたぬきのペア旅行―わらい・お金・地域のことわざ童話集』 関英雄, 北川幸比古編　国土社　1993.4　178p　21cm　（ことわざ童話館 6）1600円　①4-337-09206-4

目次　やくそく(丘修三)、ママのぶんもいただきます(山末やすえ)、ゾウのうんちは(山脇あさ子)、あみかけのセーター(井浦みずገ)、どんがら峠(浅見美穂子)、小さい店長さん(前田絢子)、だって…(牧野節子)、にげろチュンスケ(山口当子)、初恋もだめし(緒島英二)、青いらかんさん(山口節子)、ヒキガエルのドンさん(反町昭子)、こびとのパン屋(反町昭子)、フルーツけしゴム(植木雅子)、校庭さいばん(植木雅子)、とらぬたぬきのペア旅行(もりみつこ)、せかさんのしっぱい(もりみつこ)、ちゃっかり虫(長坂孝子)、赤いバッチンどめ(長坂孝子)、よめごがほしい(古世古和子)、金玉寺のタヌキおしょう(古世古和子)、あら、雨かしら？(関谷ただし)、愛を魚に(西沢杏子)、どうぞ、足をおあげください(西沢杏子)、黒めがねのサボイ(なかじまこの)、やっぱりジョンは野犬(望月

武人)、とりかえっこ(さはしやよい)、いなかからの手紙(九谷彬夫)、カラスさん(さかきかずこ)、ガラスのエース(田中信彦)、車内放送(田中信彦)

『井戸の中のコンピューター―鳥・虫・魚・人の心・植物のことわざ童話集』 関英雄, 北川幸比古編　国土社　1993.3　185p　21cm　（ことわざ童話館 5）1600円　①4-337-09205-6

目次　スッポンのお月見(鬼塚りつ子)、おそろい金魚のゆかたきて(鬼塚りつ子)、井戸の中のコンピューター(鬼塚りつ子)、カエルのピンピン症(鬼塚りつ子)、ひっこしロボットあとをにごさず(鬼塚りつ子)、つった魚にえさをやったら(鬼塚りつ子)、魚があいさつにきた(鬼塚りつ子)、あいさつをしない男(鬼塚りつ子)、ぼくはトビウオ？(鬼塚りつ子)、木のつくえには、おまけの時計(秦詩子)、にいちゃんは名キーパー(秦詩子)、クラスのボスの売りことば(中川なをみ)、浅田くんがすき(中川なをみ)、ネックレスをしたキリンソウ(高浜直子)、大イノシシ、車にのる(古本博之)、花のしま(広畑玉紀)、ぼくの船長さん(戸沢たか子)、たのしいゆめは空の上(いずみだまさこ)、鉄砲くれの木(陶山公子)、手のひらにのった足(竹田道子)、人文字の森(国定伊代子)、見知らぬ人からのおくりもの(安斉美津子)、もうひとつの馬ふみ川(小玉暢子)、ふかいねむり(中川なをみ)、熊太郎氏のコンサート(阿部正子)、おとうさんがもらったもの(茨木英津子)、しごとしょうかい所(池上ともね)、根ほりのくま(森下真理)、大介くんのスピーチ(森下真理)、コロッセオのネコ(高橋蝶子)

内容　みじかく読みやすいフレッシュ童話。どこからでもすぐ読める！お話を読むだけで、ことわざがわかる。小学中級以上向。

『鬼のいぬまの火の用心―ふしぎ・数字・なぞと推理のことわざ童話集』 関英雄, 北川幸比古編　国土社　1993.3　181p　21cm　（ことわざ童話館 4）1600円　①4-337-09204-8

目次　地ごくの門からさようなら(杉みき子)、たそがれは、ふしぎな時間(杉みき子)、鬼のいぬまの火の用心(杉みき子)、ゆめはどこへいった(杉みき子)、よっぱらい大六(杉みき子)、だれかがあとからついてくる(杉みき子)、カッパ問答(杉みき子)、おとなりは書道じゅく(杉みき子)、だれ

ばちがあたったか (杉みき子)、三ど先生 (杉みき子)、イエローハウスのおばけ (松本聡美)、といち屋のおばあちゃん (松本聡美)、ぼくのうわさはたいせつなのに… (松本聡美)、パパのララバイ (今野いせ子)、まんぷくぬまのトト (助川睦枝)、おかの上のコンサート (鈴木レイ子)、ニワトリ音頭 (鈴木レイ子)、お料理教室しませんか (才田きよこ)、メロンどろぼうをつかまえろ (本木洋子)、UFOできた転校生 (本木洋子)、だれが花をとどけたか (高橋忠治)、ぽこぺん屋のむすめ (高橋忠治)、白か黄か (牛丸仁)、うめられたリンゴ (のの・しょうこ)、春まで、いざさらば (のの・しょうこ)、タケノコによきによき一億本 (のの・しょうこ)、もちはついたかぁ (寺島俊治)、エミ子はタレントの子？ (はまみつを)、ヘビにかまれたふくめん男 (高橋忠治)、どっちが学校なの？ (宮下和男)

内容 みじかく読みやすいフレッシュ童話、どこからでもすぐ読める。お話を読むだけで、ことわざがわかる、じょうずにつかえるようになる。ものしりになる、ためになる、友だちにおしえてあげられる。つかいやすい50音順、特製の分類別〔ことわざ童話辞典〕つき。小学中級以上向。

『どんぐりトリオの背くらべ—男の子と女の子・勉強・かしこくなることわざ童話集』 関英雄, 北川幸比古編 国土社 1993.2 174p 21cm 〈ことわざ童話館 3〉〈ことわざ類別辞典付〉 1600円 ①4-337-09203-X

目次 あたしのにいちゃん (那須正幹)、サークルワンしゅうげき (大塚篤子)、白いせなか (大塚篤子)、ドウラとチュリの恋物語 (かとうけいこ)、手のべさげてもピクニック (丹羽扶三江)、まっていたはなよめ (久保田正子)、月の光とオルゴール (竹内もと代)、ないしょの話は… (野村一秋)、美人はつらいね (野田道子)、スキー・すきずき (加藤多一)、どんぐりトリオの背くらべ (川越文子)、イワシも空をとべるかな (横田ひろ子)、ぼくは名選手 (酒井勝己)、漢字ぎらいは親ゆずり (加藤昭子)、糸くりばなし (石井和代)、三年一組のひろし (丹羽はる子)、地蔵さんの左手 (高山栄香)、ゴンゴーンのうわさ (わたなべ園子)、タケノコ山は (村田幸子)、げきごっこ (岩崎京子)、ぜしご用心 (あかねるつ)、モアおばさんのかんちがい (奥田みえこ)、子どものまつりだ、ワッショイ！ (林みちよ)、ジャガイモ畑は緑 (木村公代)、ルーと、とっておき

のおきて (なかむらもとこ)、カミナリなんて、へっちゃらだい (にしむらひろみ)、ナマズのひととび (山田もと)、ウータンのおなかは七分め (小林玲子)、タヌキのほこり (野田文子)、ハッピー・バースデー・ディア・オカアサン (大竹みさき)

『かわいい子にはちょっとぼうけん—人のからだ・親子・友だちのことわざ童話集』 関英雄, 北川幸比古編 国土社 1992.12 177p 21cm 〈ことわざ童話館 1〉 1600円 ①4-337-09201-3

目次 ひみつネコ、ニンジャ (望月正子)、まいったまいった (すがやよしのぶ)、どきどき、ホームステイ日記 (いけやあきこ)、カタクリの花を見に (水島まさよ)、おばあちゃん、わらって (大石美代子)、食べものでてこーい (青島のりえ)、ロボットあみちゃんはアイドルです (小桜みずほ)、ザ・せんきょ (鈴木みさ)、みさき町の三人組 (草谷桂子)、男のえくぼはエッチか (望月正子)、南のしまのクェボーさんの話 (望月正子)、お花ちょうだい (神戸淳吉)、人形づくり忠兵衛 (神戸淳吉)、この道、近道 (神戸淳吉)、太郎は一着 (神戸淳吉)、トラベエと子ネコ (高木あき子)、けちんぼかあさん (高木あき子)、のぶこの学芸会 (高木あき子)、かわいい子にはちょっとぼうけん (高木あき子)、おさとさんの小石 (鶴見正夫)、まこうよ友だちのたね (白井さやか)、友だちロボットがやってきた (田村理江)、ネコ先生のおくりもの (五十嵐秀男)、一輪車の友 (安中栄子)、ふたりとも一等 (八田由起子)、旅のとちゅうのコンサート (まごめやすこ)、スーパーおばあさんだ (林朝子)、スミレと少女 (鬼塚りつ子)、いい子になったら (鬼塚りつ子)、のんびり村をかえたのは？ (鬼塚りつ子)

内容 みじかく読みやすいフレッシュ童話、どこからでもすぐ読める。お話を読むだけで、ことわざがわかる、じょうずにつかえるようになる。つかいやすい50音順、特製の分類別「ことわざ童話辞典」つき。小学中級以上向。

『ねこの手もかりたいケイおばさん—動物・自然・勝負のことわざ童話集』 関英雄, 北川幸比古編 国土社 1992.12 163p 21cm 〈ことわざ童話館 2〉 1600円 ①4-337-09202-1

目次 ソルトババリッチ夫人の話 (風森スウ)、弓太と死神 (三好三千子)、シーラのド

ことわざ・慣用句　　　　　　　　　　　　　　　　　　　　　　　　　　　　　　　古典全般

レス（佐々木るり），五平さんとカラス（宇都宮みち子），カメやしきがきえる…（三好三千子），ネコにわらわれた一日（宇都宮みち子），今夜はぼんおどり（三好三千子），ネコの手もかりたいケイおばさん（藤田かおる），夢次郎さんのゆめ（風森スウ），夕方は気をつけて（風森スウ），それでも，と・も・だ・ち（小林陽子），歌まね一ばん，ものまねニばん（佐藤ふささぇ），ポイすてママとゴミためおばあちゃん（太田京子），レモンってよんで！（京極寿満子），けっこん式とギックリごし（植松あけみ），寒のもどりに気をつけて（古田島由起子），大霊界の玉（太田京子），遠足はポン太におまかせ（古田島由起子），おとうさんのじゅぎょうさんかん（小林陽子），しあわせなライオン（大塚邦彦），バレンタインデー（大塚邦彦），不動明王の絵（小島光雄），三つめ（桂ゆう子），助太刀つかまつる（高橋美代子），クロマツ（丹治明子），おぼんにおくれてきた人（鷹羽和子），クロのさんぽ（田中すみ子），とべ！イモムシブローチ（木村セツ子），しょっぱいなみだ（木村セツ子）
[内容] みじかく読みやすいフレッシュ童話，どこからでもすぐ読める。お話を読むだけで，ことわざがわかる，じょうずにつかえるようになる。つかいやすい50音順，特製の分類別「ことわざ童話辞典」つき。小学校中級以上向。

『慣用句なんてこわくない！』　前沢明著，藤井博司画　実業之日本社　1992.11　166p　21cm　（まんがで攻略）980円　①4-408-36126-7
[内容] まんがを読んだだけでも慣用句がわかる。小中学生向きに，やさしく楽しく書いてある。

『おぼえておきたいきまりことば「慣用句」事典』　内田玉男著　あかね書房　1992.10　127p　21cm　（まんがで学習）1200円　①4-251-06544-1
[目次] 体に関係する慣用句，衣食住や道具に関係する慣用句，動植物に関係する慣用句，自然に関係する慣用句，文芸や娯楽に関係する慣用句，人間の動作や状態，感情などに関係する慣用句
[内容] テストによく出る慣用句重要102語。

『ことわざおもしろ探偵団　1　動物』　国松俊英著，藤本四郎画　童心社　1992.9　124p　18cm　（フォア文庫　B137）520円　①4-494-02689-1
[内容] ことわざって，こんなにおもしろい。この本を読んだら，家でも，学校でも，きみは，ことわざ博士だよ。

『動物のことわざ探偵団』　国松俊英著，藤本四郎画　童心社　1992.9　124p　18cm　（フォア文庫）540円　①4-494-02737-5
[目次] 犬もあるけば棒にあたる，飼い犬に手をかまれる，猫に小判，猫をかぶる，窮鼠猫をかむ，ねずみがいる家は栄える，とらぬ狸の皮算用，狸寝入り，狐につままれたよう，虎の威を借る狐〔ほか〕

『今どき　ことわざランド』　高嶋和男作，高松良己絵　国土社　1992.4　158p　18cm　（てのり文庫　057）530円　①4-337-30025-2
[内容] "所変われば品変わる"というけれど，時代が変わればことわざだって「みたかきいたか・うそかまことか・なるほどもっとも・びっくりぎょうてん」と，ゲラゲラ・ドッキリ大変身。笑って，遊んで，ことわざがわかっちゃう本。

『かぎばあさんのことわざ教室』　手島悠介作，岡本颯子絵　岩崎書店　1992.1　78p　23×20cm　（あたらしい創作童話　54）980円　①4-265-91654-6
[内容] 三年二組の山田卓のあだ名は「モンキー校長」。なぜ，こんなあだ名がついたか，わかりますか。それは，ヒミツ（この本を読めば，すぐにわかります）。さて，この卓くんは，学校で，ことわざずきでゆうめいです。友だちと話していても，ことわざがぽんぽんとびだしてきます。そのために，ノコ，マコ，緑の三人にきらわれて，思わぬことになってしまいました。2・3年生向き。

『ドラえもんのことわざ辞典』　栗岩英雄，さいとうはるお著　小学館　1991.12　211p　19cm　（メディアライフ・シリーズ）780円　①4-09-104419-0

『おもしろことわざまんが館』　やまだ三平漫画　小学館　1991.8　190p　18cm　（てんとう虫ブックス）500円　①4-09-230544-3
[目次] ことわざ動物園，ことわざ植物園，こ

古典全般　　　　　　　　　　　　　　　　　　　　　　　　　　　　ことわざ・慣用句

とわざ水族館，ことわざ昆虫園，ことわざ妖怪ランド，ことわざバードウォッチング，数字ことわざ，からだことわざ，ことわざの家，ことわざ神社，ことわざ寺，ことわざクリニック，ことわざレストラン，ことわざでがんばろう，おこづかい獲得作戦，計画・準備もバッチリ，ことわざでつきあい上手，元気が出ることわざ，クイズ（ことわざなぞなぞ，カード合わせ，言葉さがし，絵文字ことわざ），クイズの答え

[内容] キミが知ってることわざ、いくつある？　だれだい、『腹がへっては戦ができぬ』だけ、なんて言ってるのは？　では、4コマまんがで笑いながら覚えられる特選ことわざ150本をプレゼントしよう。キミはもう、『ことわざ博士』まちがいなしさ！

『ことわざ大発見』　川路一清文，今井雅巳画　ポプラ社　1991.4　143p　21cm　（おもしろ国語ゼミナール　7）　1650円　①4-591-03807-6

[目次] 元気の出ることわざ，知恵のつくことわざ，がまん強くなることわざ，ムム、これはできる！，やったね、ラッキー！，ああ、大失敗！，失敗をしないために，失敗をしてしまったら，好きになってしまったら，友だちとうまくやっていくために，ワルにおくことば，一発必中、敵のハートをぐさり！，どっちがホント？　ことわざ大合戦，いろはガルタ，西・東

『ぽこぽんのことわざ絵じてん』　サンリオ　1990.7　47p　16cm　（サンリオギフトブック）　480円　①4-387-89255-2

『学生ことわざ辞典』　教学研究社編集部編　大阪　教学研究社　〔1990.5〕　269p　19cm　630円　①4-318-02308-7

[内容] この本は、対象を小・中学生中心に考え、生活・学習の中で活用できることわざや故事成語を精選して、わかりやすく、おもしろく解説したものです。

『ことわざに学ぶ生き方　西洋編』　荒井洌著　あすなろ書房　1990.3　77p　23cm　（名言・名作に学ぶ生き方シリーズ　4）　1500円　①4-7515-1384-2

[目次] あした、あしたと言っていては何事もできない，嵐の後にはよい天気，追い風の時に帆をあげよ，遅くなっても、やらないよりはまし，希望の泉は枯れず，今日考えたことは、明日になってから話せ，空腹は最良の

ソースなり，時間厳守は仕事のたましい，失敗は成功を教える，死にそうだ、などと決して口にするな，自慢話はポケットにしまっておけ，十分過ぎるということは、多過ぎるということ〔ほか〕

『ことわざに学ぶ生き方　東洋編』　稲垣友美著　あすなろ書房　1990.3　77p　23cm　（名言・名作に学ぶ生き方シリーズ　3）　1500円　①4-7515-1383-4

『ことわざ親子で楽しむ300話　10』　山主敏子，岡上鈴江編　ぎょうせい　1990.1　125p　21cm　1300円　①4-324-01934-7

[内容] 300のことわざを、楽しい物語と豊富なイラストで50音順に紹介。親子で楽しみながら学べます。

『ことわざ親子で楽しむ300話　9』　山主敏子，岡上鈴江編　ぎょうせい　1990.1　125p　21cm　1300円　①4-324-01933-9

[内容] 300のことわざを、楽しい物語と豊富なイラストで50音順に紹介。親子で楽しみながら学べます。

『ことわざ親子で楽しむ300話　8』　山主敏子，岡上鈴江編　ぎょうせい　1989.12　125p　21cm　1300円　①4-324-01932-0

[目次] 灯台もと暗し，遠いしんせきより近くの他人，時は金なり，どくをもってどくをせいす，所かわれば品かわる，トビがタカを生む，トビにあぶらげをさらわれる，とぶ鳥を落とす，とらぬタヌキの皮算用，トラのいをかるキツネ，とんで火に入る夏の虫，なき面にハチ，なく子も地頭には勝たれぬ，なさけは人のためならず，七ころび八起き，七度たずねて人をうたがえ，名をすてて実をとる，二階から目薬，にがした魚は大きい，にくまれ子世にはばかる，にげるが勝ち，二兎を追うものは一兎をもえず，ぬかにくぎ〔ほか〕

[内容] 300のことわざを楽しい物語と豊富なイラストで50音順に紹介。親子で楽しみながら学べます。

『ことわざ親子で楽しむ300話　7』　山主敏子，岡上鈴江編　ぎょうせい　1989.12　125p　21cm　1300円　①4-324-01931-2

[目次] そんしてとくとれ，大事のまえの小事，大同小異，大の虫を生かして小の虫をころす，他山の石とする，多数に無勢，たたけばほこりが出る，ただより高いものはない，

ことわざ・慣用句　　　　　　　　　　　　　　　　　　　　　　　　古典全般

立つ鳥あとをにごさず，立てばシャクヤクわればボタン，たなからぼたもち，旅のはじはかきすて，旅は道づれ世はなさけ，竹馬の友，朝三暮四，朝令暮改，ちりもつまれば山となる，月日のたつのは早いもの，つみをにくんで人をにくまず，ツルの一声，ツルは千年カメは万年，亭主のすきな赤烏帽子，鉄はあついうちに打て〔ほか〕
[内容] 300のことわざを楽しい物語と豊富なイラストで50音順に紹介。親子で楽しみながら学べます。

『ことわざ親子で楽しむ300話　5』山主敏子，岡上鈴江編　ぎょうせい　1989.12　125p　21cm　1300円　①4-324-01929-0
[目次] 君子あやうきに近よらず，芸術は長く人生は短し，芸は身をたすく，けがの功名，けんか両成敗，コイの滝のぼり，光陰矢のごとし，後悔先に立たず，孝行のしたい時分に親はなし，郷に入っては郷にしたがう，弘法にも筆のあやまり，弘法筆をえらばず，紺屋の白ばかま，呉越同舟，虎穴に入らずんば虎子をえず，五十歩百歩，子はかすがい，ころばぬ先のつえ，ころんでもただは起きぬ，歳月人をまたず，サルも木から落ちる，去るものは日びにうとし，三寒四温〔ほか〕
[内容] 300のことわざを楽しい物語と豊富なイラストで50音順に紹介。親子で楽しみながら学べます。

『ことわざ親子で楽しむ300話　6』山主敏子，岡上鈴江編著　ぎょうせい　1989.11　125p　21cm　1300円　①4-324-01930-4
[内容] 300のことわざを楽しい物語と豊富なイラストで50音順に紹介。

『ことわざ親子で楽しむ300話　4』山主敏子，岡上鈴江編　ぎょうせい　1989.10　125p　21cm　1300円　①4-324-01928-2
[目次] かべに耳ありしょうじに目あり，果報はねてまて，カメの甲より年の功，カラスの行水，画竜点晴をかく，かりるときの地蔵顔なすときの閻魔顔，かわいい子には旅をさせよ，かんにんぶくろの緒がきれる，きいて極楽見て地獄，きくは一時のはじきかぬは一生のはじ〔ほか〕
[内容] 300のことわざを楽しい物語と豊富なイラストで50音順に紹介。子どもたちに心をこめて贈るお話の数々。お話を読んで，ことわざを身近に感じて下さい。

『ことわざ親子で楽しむ300話　3』山主敏子，岡上鈴江編　ぎょうせい　1989.10　125p　21cm　1300円　①4-324-01927-4
[目次] 大風がふけば桶屋がよろこぶ，おごる平家はひさしからず，小田原評定，おなじあなのキツネ，おなじ釜の飯を食う，鬼に金棒，鬼のいぬまにせんたく，鬼のかくらん，鬼の目にもなみだ，おびに短したすきに長し〔ほか〕
[内容] 300のことわざを楽しい物語と豊富なイラストで50音順に紹介。子どもたちに心をこめて贈るお話の数々。お話を読んで，ことわざを身近に感じて下さい。

『ことわざ親子で楽しむ300話　2』山主敏子，岡上鈴江編　ぎょうせい　1989.9　125p　21cm　1300円　①4-324-01926-6
[目次] 一蓮托生，一をきいて十を知る，一寸先はやみ，一寸の虫にも五分のたましい，一石二鳥，いつまでもあると思うな親と金，犬の遠ぼえ，犬も歩けばぼうに当る，井のなかの蛙大海を知らず，イモのにえたもごぞんじない〔ほか〕
[内容] 300のことわざを楽しい物語と豊富なイラストで50音順に紹介。親子で楽しみながら学べます。子どもたちに心をこめて贈るお話の数々。お話を読んで，ことわざを身近に感じて下さい。

『ことわざ親子で楽しむ300話　1』山主敏子，岡上鈴江編　ぎょうせい　1989.9　125p　21cm　1300円　①4-324-01925-8
[目次] 合縁奇縁，会うはわかれのはじめ，青菜にしお，青は藍より出でて藍より青し，悪事千里を走る，悪銭身につかず，あしたはあしたの風がふく，当たってくだけよ，頭かくして尻かくさず，新しき酒は新しき革ぶくろにもれ〔ほか〕
[内容] 300のことわざを楽しい物語と豊富なイラストで50音順に紹介。親子で楽しみながら学べます。子どもたちに心をこめて贈るお話の数々。お話を読んで，ことわざを身近に感じて下さい。

『ぽこぽんのことわざ絵じてん』サンリオ　1989.9　47p　15cm　（ギフトブックシリーズ）480円　①4-387-89255-2
[内容]「ぽこぽんのことわざ絵じてん」は，むかしから人の口から口へと，いいつたえられてきたことわざを，ぽこぽんといっしょにおぼえていく楽しい本です。ことわ

古典全般　　　　　　　　　　　　　　　　　　　　　　　　　　　　ことわざ・慣用句

ざは、おぼえやすく、したしみやすく、みじかいことばの中で、いろいろなことを教えてくれます。人の話の中に、知っていることわざがつかわれていたら、よく聞いて、正しいつかい方をおぼえましょう。4～8歳。

『マンガ教科書ことわざ辞典』　新学習指導研究会編著，うえおきよこ，小西恒光絵　大阪　むさし書房　1989.4　207p　19cm　780円　①4-8385-0586-8

[内容]　小学生にとって必要と思われることわざ・故事約600余を厳選しました。ことわざの説明は平易にし、だれにでも理解できるように努めました。

『小学ことわざ辞典―チャレンジコミック』　福武書店辞典部編　福武書店　1988.1　222p　19cm　800円　①4-8288-0395-5

[内容]　小学生の生活や学習に役にたつたいせつなことわざや慣用句を約1500のせ、わかりやすく説明しました。これ1冊できみもことわざ博士。

『ことわざ絵本　PART-2』　五味太郎著　岩崎書店　1987.8　211p　21cm　880円　①4-265-80040-8

[内容]　好評の『ことわざ絵本』につづくPART-2。前作と同様に旧来のことわざと五味流解釈による、現代版ことわざを並列し、ユーモラスなことばの"落差"によって、いっそう、その意義や意味をきわだたせている。ことわざ100項目収録。

『まんがでべんきょう　ことばものしり事典　5』　武田恭宗文，田島真由美絵　ポプラ社　1987.3　127p　18cm　（ポプラ社・コミック・スペシャル　25）450円　①4-591-02472-5

[目次]　たとえことば・きまりことばの巻（遊びにふける，熱いものがこみあげる，あっけにとられる，あとをくらます　ほか），ことばのおこりをさぐるの巻（赤の他人，今川やき，得体がしれない，大風呂敷を広げる　ほか）

[内容]　「とどのつまり」ってどんな意味かな？　ボラは生長しながら名まえがかわり、最後にトドとよばれることから、「けっきょくのところ」という意味になります。このようにコトバには、それぞれ、その意味や使い方があります。この本でいろいろなコト

バを学んでみましょう。

『まんがでべんきょう　ことばものしり事典　4』　馬場正男文，阿部高明絵　ポプラ社　1987.3　127p　18cm　（ポプラ社・コミック・スペシャル　24）450円　①4-591-02420-2

[目次]　たとえことば・きまりことばの巻（揚げ足を取る，あごが干上がる，後をひく，穴があく　ほか），ことばのおこりをさぐるの巻（青二才，アリバイ，あんばい，うそ，岡目八目　ほか）

[内容]　しっぽがないのに、しっぽを出せなんて、むりだよね。でも、大むかしの人間は？　長い目で見る。じゃあ、短い目で見ると？　さあ、大きな目でことばの魔術の種明しを。

『ことわざ　3　大博士編』　木下邦茂監修，山内ジョージ漫画　くもん出版　1986.11　120,5p　20×15cm　（くもんのまんがおもしろ大研究シリーズ　8）580円　①4-87576-306-9

[内容]　『ことわざ(3)』は、知っているとためになることわざをとりあげ、その意味をわかりやすく説明しています。まんがを楽しく読みながら、ことわざの意味、使い方を勉強することができます。この本の終わりには、四字熟語をわかりやすく説明した、楽しいミニブックがついています。

『ことわざ・慣用句おもしろ辞典』　村山孚著，加藤英夫絵　さ・え・ら書房　1986.10　247p　22cm　（さ・え・ら図書館）1500円　①4-378-02208-7

[内容]　ことわざや慣用句は、おたがいの気持ちをつたえあうために、人びとがむかしからくふうをつみ重ねて生みだしてきたものです。こうしたことばを大切に使って、人と人との関係をギスギスしたものにならないようにしながら、自分の気持ちもきちんとあいてにつたえて生きてきたのです。日本のことわざや慣用句は、日本のことばの文化遺産といってもいいでしょう。

『ことわざ　2　ものしり編』　木下邦茂監修，山内ジョージ漫画　くもん出版　1986.9　120p　20cm　（くもんのまんがおもしろ大研究シリーズ　6）580円　①4-87576-294-1

[内容]　この本は、たくさんあることわざのな

四字熟語　　　　　　　　　　　　　　　　　古典全般

かから、日ごろよく使うことわざをえらん
で、その意味がよくわかるようまんがで説
明しています。この本をいつもみなさんの
身近において、毎日の生活に役だててほし
いと思います。

『ことわざ絵本』　五味太郎著　岩崎書店
1986.8　211p　21cm　880円　①4-265-
80037-8
|内容| 日本人のくらしの中で、ながい間使わ
れつづけてきた「ことわざ」を、見開きの片
ページでその意味や使われ方を紹介した上
で、もう片ページで、五味流の現代的解釈に
よる、新しい「ことわざ」再創造の冴えを見
せている。古くから使われてきたがゆえに、
子供にとって馴じみにくいことわざを、今
の子供のくらしにとけ込ませて再創造した
ところが面白い。たとえば、「船頭多くして
船山にのぼる」は、「主役ばかりじゃ芝居に
ならぬ」―というように…。イラストによ
る表現は、いっそう「ことわざ」のもつ、意
味や意義をきわだたせている。―百聞は一
見にしかず―!

『ことわざ　1　なるほど編』　木下邦茂監
修，山内ジョージ漫画　くもん出版
1986.5　120p　20cm　（くもんのまん
がおもしろ大研究シリーズ　6）580円
①4-87576-270-4

『少年少女ことわざ辞典』　小学館　1986.
4　255p　21cm　（小学館版学習まん
が）〈監修：北原保雄〉950円　①4-09-
501841-0
|内容| ことわざ・慣用句・故事成語などが
1400項目。ゆかいなまんがで楽しくおぼえ
られる。使いやすい50音順（あいうえお順）

『イラストことわざ辞典』　学研辞典編集
部編　学習研究社　1985.1　296p
21cm　980円　①4-05-100191-1

『まんがことわざ辞典　人生思考編』　ら
くがき舎編著　角川書店　1984.3
288p　21cm　〈監修：小松左京〉980円

『まんがことわざ辞典　青春行動編』　ら
くがき舎編著　角川書店　1984.3
336p　21cm　〈監修：小松左京〉980円

『小学生の学習ことわざ辞典』　教育研究

所編著　文進堂　1984.2　172p　21cm
800円　①4-8308-1125-0

『小学生の絵で見ることわざ辞典―よくわ
かる・楽しい・ためになる』　阿久根靖
夫著　永岡書店　1984.1　254p　19cm
780円　①4-522-08379-3

『小学生のイラストことわざ辞典―チャレ
ンジ』　有泉喜弘著　福武書店　1983.11
125p　21cm　〈監修：菅野雅雄〉700円
①4-8288-0359-9

『マンガでおぼえる小学ことわざ辞典』
旺文社編　旺文社　1982.4　255p
19cm　750円


## 四字熟語

『そうだったのか！　四字熟語』　ねじめ正
一文，たかいよしかず絵　童心社
2014.1　151p　21cm　1980円　①978-
4-494-01424-8
|目次| 悪戦苦闘，意気投合，異口同音，以心
伝心，一期一会，一日千秋，一喜一憂，一心
同体，一世一代，一石二鳥〔ほか〕
|内容| この本を読めばそうだったのか！と
思わずわらっちゃう。さあいっしょに四字
熟語たんけんにGO！

『四字熟語』　新装版　学研教育出版，学研
マーケティング〔発売〕　2013.11
159p　21cm　（中学入試まんが攻略
BON！　13―国語）1000円　①978-4-
05-304024-4

『四字熟語のひみつ』　青木伸生監修，み
ちのくまんが　学研教育出版，学研マー
ケティング〔発売〕　2013.10　128p
23cm　（学研まんが新ひみつシリーズ）
〈文献あり　索引あり〉880円　①978-4-
05-203737-5　Ⓝ814.4
|目次| 四字熟語って何？，この本の見方，四
字熟語写真館，数字が使われている四字熟
語，数・大小に関係する四字熟語，同じ漢字

が二度使われている四字熟語, 反対または対の漢字が使われている四字熟語, 自然に関係する四字熟語, 色に関係する四字熟語, 似た意味の熟語を組み合わせた四字熟語〔ほか〕

『書いて覚える四字熟語』 卯月啓子監修 小学館クリエイティブ, 小学館〔発売〕 2013.7 127p 26cm （きっずジャポニカ学習ドリル）〈付属資料：CD-ROM1〉 1200円 ①978-4-7780-3761-1
目次 漢数字が入る四字熟語, 行動が入る四字熟語, 体の部分や人が入る四字熟語, 空間・時間が入る四字熟語, 生活に身近な四字熟語
内容 5つのテーマに分けた210の四字熟語を書いて覚える！ 四字熟語の意味を解説, 使い方（例文）も紹介！ まちがいやすい四字熟語は「まちがいさがし」でチェックできる！ CD-ROMには書き取り問題シートがすべて収録。だから, 何度でもできる！

『10分でわかる！ 四字熟語』 柏野和佳子, 平本智弥著 実業之日本社 2013.7 191p 21cm （なぜだろうなぜかしら） 900円 ①978-4-408-45441-2 Ⓝ814.4
目次 学校の四字熟語（意気投合, 異口同音 ほか）, 遊びの四字熟語（意気消沈, 意気揚揚 ほか）, 家族の四字熟語（以心伝心, 一念発起 ほか）, くらしの四字熟語（悪戦苦闘, 一網打尽 ほか）
内容 朝の読書で四字熟語もバッチリおぼえられる！ 本・新聞・雑誌の使用程度もわかる「コーパス」対応。四字熟語102コ掲載！

『小学 自由自在Pocket ことわざ・四字熟語』 深谷圭助監修 大阪 受験研究社 2013.6 287p 19cm 1150円 ①978-4-424-24002-0
内容 小学1年～中学入試まで対応できるよう, ことわざ・慣用句・四字熟語・故事成語を, 約1900語収録。楽しいマンガを見ながら意味や使い方が自然に身につきます。理解が深まるよう, すべての語句に意味と用例をつけ, また, 語句の由来や語源の説明, 類似や対照の語句も示しました。

『国語であそぼう！ 3 四字熟語・故事成語』 佐々木瑞枝監修 脇坂敦史文 ポプラ社 2013.4 127p 23cm 〈索引あり〉 2000円 ①978-4-591-13257-9, 978-4-591-91340-6 Ⓝ810

『熟語博士の宇宙探険』 五味太郎作 絵本館 2013.4 1冊（ページ付なし） 21×21cm 1300円 ①978-4-87110-083-0 Ⓝ814.4
内容 よじじゅくごがすきなはかせの, なんともわけのわからない, うちゅうのたび。

『国語 四字熟語』 学研教育出版, 学研マーケティング〔発売〕 2012.10 87p 15cm （中学入試の最重要問題―出る速チェック 2） 600円 ①978-4-05-303828-9

『おぼえる！ 学べる！ たのしい四字熟語』 青山由紀監修 高橋書店 2012.5 190p 21cm 〈索引あり〉 800円 ①978-4-471-10321-7 Ⓝ814.4
目次 みつけた！ くらしの四字熟語（老若男女, 百戦錬磨 ほか）, いろいろ！ 教室の四字熟語（十人十色, 一喜一憂 ほか）, びっくり！ 遊園地の四字熟語（一期一会, 取捨選択 ほか）, わくわく！ 夏休みの四字熟語（一日千秋, 晴耕雨読 ほか）, がんばれ！ スポーツの四字熟語（花鳥風月, 意気投合 ほか）

『マンガでおぼえる四字熟語―これでカンペキ！』 斎藤孝著 岩崎書店 2012.5 167p 21cm 1100円 ①978-4-265-80206-7 Ⓝ814.4
目次 1 カンタン四字熟語（意気消沈, 意気投合, 異口同音 ほか）, 2 頭よさそう四字熟語（悪戦苦闘, 一網打尽, 奇想天外 ほか）, 3 おとなもびっくり四字熟語（一期一会, 因果応報, 共存共栄 ほか）
内容 2コマまんがとわかりやすい解説でおぼえる四字熟語の本。小学生が知っておきたい四字熟語250。

『三省堂例解小学四字熟語辞典』 田近洵一, 近藤章編 ワイド版 三省堂 2012.4 283p 22cm 〈索引あり〉 1500円 ①978-4-385-14291-3 Ⓝ813.4
内容 小学生のための初の本格的四字熟語辞典。新指導要領で重視される「伝統的な言語文化」の習得に役立つ四字熟語1600項目を収録。わかりやすくていねいな解説と意味にぴったりの用例を多数掲載。最重要語100項目は, 特にていねいに囲み記事で強調して解説。類義・対義の四字熟語も掲載し, ことばの世界がいっそう広がる。イラスト

四字熟語　　　　　　　　　　　　　　　　　　　　　　古典全般

やコラムを多数掲載し、四字熟語を楽しく学べる。

『三省堂例解小学四字熟語辞典』　田近洵一, 近藤章編　三省堂　2012.4　283p　19cm〈索引あり〉1300円　Ⓘ978-4-385-14290-6　Ⓝ813.4

[内容]　小学生のための初の本格的四字熟語辞典。新指導要領で重視される「伝統的な言語文化」の習得に役立つ四字熟語1600項目を収録。わかりやすくていねいな解説と意味にぴったりの用例を多数掲載。最重要語100項目は、特にていねいに囲み記事で強調して解説。類義・対義の四字熟語も掲載し、ことばの世界がいっそう広がる。イラストやコラムを多数掲載し、四字熟語を楽しく学べる。

『親子でおぼえる四字熟語教室―マンガ』　師尾喜代子編著, 向山洋一監修　ハローケイエンターテインメント, ベストセラーズ〔発売〕　2012.3　191p　21cm〈索引あり〉1400円　Ⓘ978-4-584-13391-0　Ⓝ814.4

[目次]　四字熟語マンガ, 四字熟語クイズに挑戦

[内容]　小学生に必要な四字熟語がマンガ&パズルで楽しくわかる。中学入試によくでる四字熟語を厳選。暗記のコツもバッチリ。四字熟語をおぼえるのに役立つ早おぼえ例文つき。

『ちびまる子ちゃんの続四字熟語教室―さらに四字熟語にくわしくなれる!』　さくらももこキャラクター原作, 川嶋優著　集英社　2012.3　205p　19cm（満点ゲットシリーズ）850円　Ⓘ978-4-08-314055-6　Ⓝ814.4

[目次]　青息吐息, 阿鼻叫喚, 暗中模索, 意気消沈, 意気投合, 意気揚揚, 意志薄弱, 一汁一菜, 一病息災, 一部始終〔ほか〕

[内容]　ちびまる子ちゃんの4コマまんがで、おもしろく学べる。四字熟語の意味や使い方がよくわかる解説。さらに多くの四字熟語やことばの知識が広がるコラム。

『まんが四字熟語辞典―親子で楽しくまるわかり全555熟語』　よだひでき著　ブティック社　2012.1　159p　26cm（ブティック・ムック no.984）1000円　Ⓘ978-4-8347-5984-6　Ⓝ814.4

『写真で読み解く四字熟語大辞典』　江口尚純監修　あかね書房　2011.12　143p　31cm〈索引あり〉4700円　Ⓘ978-4-251-06643-5　Ⓝ813.4

[目次]　仲間の四字熟語（「猛獣」の四字熟語,「家畜」の四字熟語,「鳥」の四字熟語,「植物」の四字熟語,「風景」の四字熟語,「乗り物」の四字熟語,「刀・戦い」の四字熟語,「神様・仏様」の四字熟語,「鬼・妖怪」の四字熟語,「美人」の四字熟語,「喜怒哀楽」の四字熟語）, 五十音順四字熟語辞典

[内容]　知っておきたい四字熟語を五十音順に収録し、写真とともに解説。さくいんから引いて調べることができます。言葉の意味や語源、使い方の用例はもちろんのこと、ふだん聞きなれないものの名前や、知っているようで知らないことがらについて、より理解を深める「まめ知識」も充実しています。また、四字熟語が生まれた理由や背景がわかる「この言葉のお話」も豊富です。

『おはなしで身につく四字熟語』　福井栄一著　毎日新聞社　2011.10　167p　21cm　1200円　Ⓘ978-4-620-32089-2　Ⓝ814.4

[目次]　悪戦苦闘, 意気投合, 異口同音, 以心伝心, 一期一会, 一石二鳥, 一長一短, 右往左往, 温故知新, 画竜点睛〔ほか〕

[内容]　四字熟語は、魔法のことばです。たった四文字で、あらゆることがらを言いあらわしてしまいます。人間の思いや気持ち、動植物のこと、天気のこと、町や国のこと、世界のこと…。四字熟語ということばの魔法を、本書を通じて身につけたら、あなたの毎日が、より楽しく豊かになること、うけあいです。

『小学生からの四字熟語教室』　よこたきよし文　教育評論社　2011.10　119p　20cm〈索引あり〉1400円　Ⓘ978-4-905706-64-9　Ⓝ814.4

[内容]　たった四つの漢字で多くのことを表現し、伝える事ができる言葉、それが四字熟語です。この本では四字熟語の意味や使い方を、わかりやすいマンガと文で解説しました。324の四字熟語を収載。

『四字熟語ショウ　続』　中川ひろたか文, 村上康成絵　ハッピーオウル社　2011.4　63p　24cm〈索引あり〉1400円

『検定クイズ100 四字熟語—国語』 検定クイズ研究会編，金田一秀穂監修　図書館版　ポプラ社　2011.3　175p　18cm　〈ポケットポプラディア 3〉〈索引あり〉1000円　Ⓘ978-4-591-12345-4,978-4-591-91221-8　Ⓝ814.4

『金田一先生と学ぶ小学生のためのまんが四字熟語大辞典』　金田一秀穂監修　すばる舎　2011.2　159p　26cm〈索引あり〉1600円　Ⓘ978-4-88399-995-8　Ⓝ813.4

目次　金田一先生の四字熟語(サッカー)教室，四字熟語について，ランクAの四字熟語，ランクBの四字熟語，三字熟語も知っておこう，四字熟語の数字の話，四字熟語の中の歴史がある言葉，四字熟語クイズ，三字熟語クイズ，入試問題にチャレンジ

内容　2011年度から実施の新しい学習指導要領のねらいに沿った四字熟語の辞典です。新しい学習指導要領では，昔の人の知恵を知り，日本の伝統や文化を尊重する心を育てるため，3年生から四字熟語などいわれのある言葉を習うことになっています。また，最近の国立・私立中学入試でも四字熟語の出題が増えています。本書は，まんがで楽しく四字熟語が学べます。また，くわしい用例や解説が付いていますので，文章や話の中で的確に使えるようになります。

『新レインボー写真でわかる四字熟語辞典』　学研教育出版，学研マーケティング〔発売〕　2010.9　87p　27cm　1400円　Ⓘ978-4-05-303166-2　Ⓝ814.4

目次　あつものにこりてなますをふく，異口同音，一部始終，一望千里，山紫水明，断崖絶壁，人跡未踏，一網打尽，一蓮托生，一刀両断〔ほか〕

内容　四字熟語や故事成語を写真とともにわかりやすく説明。

『なるほど！　四字熟語じてん』　ことばハウス編　西東社　2010.8　159p　19cm　680円　Ⓘ978-4-7916-1822-4　Ⓝ814.4

内容　150の四字熟語が面白いほどよくわかる。

『四字熟語プリント—小学校1〜6年』　大達和彦著　小学館　2010.7　96p　26cm　(Eduコミュニケーションmook—勉強ひみつ道具プリ具 11)　1100円　Ⓘ978-4-09-105321-3

『絵でわかる「四字熟語」—小学生のことば事典』　どりむ社編著，たつみ都志監修　PHP研究所　2010.1　127p　22cm〈索引あり〉1200円　Ⓘ978-4-569-78017-7　Ⓝ814.4

内容　小学生が知っておきたい四字熟語を厳選！　大きなイラストで，四字熟語の使い方を紹介！　似た意味，反対の意味の四字熟語なども掲載。

『検定クイズ100 四字熟語—国語』　検定クイズ研究会編，金田一秀穂監修　ポプラ社　2009.10　175p　18cm　(ポケットポプラディア 3)〈索引あり〉780円　Ⓘ978-4-591-11185-7　Ⓝ814.4

『熟語クイズの王様』　赤堀貴彦，野中三恵子著　岩崎書店　2009.10　111p　22cm　(漢字遊びの王様 5)〈シリーズの監修者：田近洵一〉1500円　Ⓘ978-4-265-07755-7　Ⓝ814.4

目次　レッスン1 熟語の読み方と意味(熟語の読み方，同音異義語，熟語の構成，類義語・対義語，四字熟語)，レッスン2 漢字の読み方(音読み・訓読み，熟字訓)，レッスン3 熟語の使い方(熟語の使い方)，レッスン4 漢字の部首(いろいろな漢字の部首)，レッスン5 送りがなとかなづかい(送りがな，かなづかい)，レッスン6 漢字検定にチャレンジ(王様の漢字検定)

内容　熟語の読み方・対義語や類義語・四字熟語…。この本は，はじめから終わりまで漢字についていっぱい。漢字の熟語などのいろいろなクイズに挑戦して，みんなで楽しく学びましょう。クイズを解いて，漢字のおもしろさに気づいてきたら，きみも熟語クイズの王様。

『中学入試でる順ポケでる国語漢字・熟語』　旺文社編　改訂版　旺文社　2009.9　159p　15cm　680円　Ⓘ978-4-01-010839-0

『中学入試でる順ポケでる国語四字熟語、

『反対語・類義語』旺文社編　旺文社　2009.9　159p　15cm　680円　Ⓣ978-4-01-010841-3

『知っておきたい四字熟語　レベル3』桐生りか文，多田歩実絵　汐文社　2009.8　79p　22cm〈索引あり〉1500円　Ⓣ978-4-8113-8582-2　Ⓝ814.4
[目次]人の行動にかかわる言葉，人の態度を表す言葉，人の性質を表す言葉，言葉や心にかかわる言葉，物事の状況や性質を表す言葉，教訓や真理を表す言葉，自然や方向，時間の流れにかかわる言葉〔ほか〕

『知っておきたい四字熟語　レベル2』桐生りか文，多田歩実絵　汐文社　2009.8　79p　22cm〈索引あり〉1500円　Ⓣ978-4-8113-8581-5　Ⓝ814.4
[目次]人の行動にかかわる言葉，人の態度を表す言葉，人の性質を表す言葉，言葉や心にかかわる言葉，物事の状況や性質を表す言葉，教訓や真理を表す言葉，自然や方向，時間の流れにかかわる言葉〔ほか〕

『知っておきたい四字熟語　レベル1』桐生りか文，多田歩実絵　汐文社　2009.8　79p　22cm〈索引あり〉1500円　Ⓣ978-4-8113-8580-8　Ⓝ814.4
[目次]人の行動にかかわる言葉，人の態度を表す言葉，人の性質を表す言葉，言葉や心にかかわる言葉，物事の状況や性質を表す言葉，教訓や真理を表す言葉，自然や方向，時間の流れにかかわる言葉〔ほか〕

『陰山メソッド徹底反復熟語プリント　6年』陰山英男著　小学館　2009.3　1冊（ページ付なし）19×26cm　（教育技術mook）500円　Ⓣ978-4-09-105812-6

『陰山メソッド徹底反復熟語プリント　5年』陰山英男著　小学館　2009.3　1冊（ページ付なし）19×26cm　（教育技術mook）500円　Ⓣ978-4-09-105811-9

『陰山メソッド徹底反復熟語プリント　4年』陰山英男著　小学館　2009.3　1冊（ページ付なし）19×26cm　（教育技術mook）500円　Ⓣ978-4-09-105810-2

『陰山メソッド徹底反復熟語プリント　3年』陰山英男著　小学館　2009.3　1冊（ページ付なし）19×26cm　（教育技術mook）500円　Ⓣ978-4-09-105809-6

『陰山メソッド徹底反復熟語プリント　2年』陰山英男著　小学館　2009.3　1冊（ページ付なし）19×26cm　（教育技術mook）500円　Ⓣ978-4-09-105808-9

『陰山メソッド徹底反復熟語プリント　1年』陰山英男著　小学館　2009.3　1冊（ページ付なし）19×26cm　（教育技術mook）500円　Ⓣ978-4-09-105807-2

『まんがで覚える天下無敵の四字熟語』金英,八宝漫画集団著　集英社インターナショナル,集英社〔発売〕2009.2　206p　21cm　1400円　Ⓣ978-4-7976-7186-5
[目次]1 易読・易書・易意＝自信はあるけれど編・天下無敵——よく知っているつもりだけど、さてどういう由来だったっけ？（悪事千里、一衣帯水　ほか），2 易読・難書・易意＝書き取りがむずかしげ編・意気揚々——読みも意味も大丈夫、でも書き取りにはちょっと自信がないかも（暗送秋波、意気揚々　ほか），3 易読・易書・難意＝意味がむずかしげ編・絶類抜群——読めるし、書けるし、だけど…意味がいまいちかな？（一日三秋、九牛一毛　ほか），4 難読・難書・易意＝どうにか読めるけれど編・烏合之衆——読みにはあんまり自信ないけど、字を見れば何となくわかる（意馬心猿、烏合之衆　ほか），5 難読・難書・難意＝偏差値高そ編・衣繡夜行——これ何と読む？　ちんぷんかんぷん…で、意味は？（衣繡夜行、韋編三絶　ほか）
[内容]むずかしげな故事成語も、由来をちゃんと知れば一網打尽。中国の書き下ろしオリジナル漫画で覚える故事成語88語。

『こんなにあった！　国語力が身につく四字熟語1000』学習国語研究会著　メイツ出版　2008.9　128p　21cm　1000円　Ⓣ978-4-7804-0472-2　Ⓝ814.4
[内容]小学生向けにつくられた四字熟語の本の多くは、有名な四字熟語しか紹介していません。しかしこの本には、1000もの四字熟語がおさめられています。わかりやすい言葉を使い説明しているので、すんなりと意味が頭に入っていきます。解説、例文、まめ知識も充実。中学入試によく出題される

四字熟語にはマークをつけています。

『熟語で覚える漢字力560―低学年～中学年用』　中学受験専門塾アクセス国語指導室監修, 学研編　学習研究社　2008.9　240p　26cm　1800円　ⓘ978-4-05-302758-0

『1行読んで書いておぼえる四字熟語―中学入試によく出る熟語を楽しく脳にインプット！』　藁谷久三監修　梧桐書院　2008.7　238p　21cm　1300円　ⓘ978-4-340-51006-1

『ことわざ―慣用句・故事成語・四字熟語』　倉島節尚監修　ポプラ社　2008.3　215p　29cm　（ポプラディア情報館）　6800円　ⓘ978-4-591-10087-5,978-4-591-99950-9　Ⓝ813.4
目次　1章 基礎編（失敗は成功のもと，ことわざとは，慣用句とは，故事成語とは，四字熟語とは，表現を豊かに），2章 ことわざ，3章 慣用句（からだ，生き物，植物，自然，数，気持ち，食べ物，もの・道具，その他），4章 故事成語・四字熟語（故事成語，四字熟語）
内容　だれもが知っておきたいことわざ約500を，五十音順に収録し，イラストや写真資料とともに解説。日常で使う慣用句約600のほか，故事成語や四字熟語まで，幅広くとりあげました。にた意味のことばや，反対の意味のことばにどんなものがあるか，参照できます。五十音順のほか，キーワードでも探せる便利なさくいんつき。

『四字熟語ショウ』　中川ひろたか文，村上康成絵　ハッピーオウル社　2007.12　55p　24cm　1400円　ⓘ978-4-902528-23-7　Ⓝ814.4
目次　自業自得，臨機応変，泰然自若，時期尚早，和洋折衷，半信半疑，抱腹絶倒，一心不乱，東奔西走，喜怒哀楽〔ほか〕

『中学入試にでることわざ慣用句四字熟語400―保存版』　日能研,松原秀行監修，梶山直美漫画　講談社　2007.11　259p　21cm　1500円　ⓘ978-4-06-214225-0
目次　中学入試にでることわざ・慣用句ベスト100，中学入試にでることわざ・慣用句分類・実践編（体の一部で表現いろいろ，動物集まれ！　楽しい言葉，鳥・虫・植物が出てくるもの，食べ物に関わるもの，数字の入ったもの　ほか），中学入試にでる四字熟語ベスト100，中学入試にでる四字熟語分類・実践編（数字いろいろ合わせていくつ，「一」のつくものいろいろあるぞ，同じ漢字のくり返し，反対の字の組み合わせ，こんな話知ってる？　故事成語　ほか）
内容　青い鳥文庫の『パスワード』シリーズの仲間と四コマでイッキに覚える。最新中学入試問題付き。

『まんがで覚える四字熟語』　三省堂編修所編　三省堂　2007.7　159p　21cm　（ことばの学習）〈「知っておきたい四字熟語」(1996年刊)の改題新装版〉　900円　ⓘ978-4-385-23813-5　Ⓝ814.4
目次　悪戦苦闘，意気投合，意気揚揚，異口同音，以心伝心，一意専心，一言半句，一日千秋，一部始終，一望千里〔ほか〕
内容　小学生としてぜひおぼえておきたい四字熟語六二語と，中学入試・高校入試によく出される基礎的なもの一五〇語を中心に，全部で五〇〇語を収録。

『クレヨンしんちゃんのまんが四字熟語辞典』　臼井儀人キャラクター原作，江口尚純監修，りんりん舎編集・構成　双葉社　2007.6　207p　19cm　（クレヨンしんちゃんのなんでも百科シリーズ）　800円　ⓘ978-4-575-29970-0　Ⓝ814.4
目次　あ行の四字熟語，か行の四字熟語，さ行の四字熟語，た行の四字熟語，な・は行の四字熟語，ま・や・ら行の四字熟語
内容　四字熟語は，お子さまの国語の勉強に役立つのはもちろん，わたしたちの人生のヒントになる思想と教訓がこめられた，日本人の財産です。本書は，『新明解四字熟語辞典』(三省堂)で校閲を担当された江口尚純先生を監修にまねき，しんちゃんのまんがを用いながら四字熟語の正しい意味と使い方や，類語・対語の紹介，四字熟語の誕生秘話，エピソードの紹介，さらに理解を深めるクイズページの三部から構成されています。お時間があれば，お子さまとごいっしょにお楽しみください。きっと，発見があるはずです。

『みんなが知りたい！　いろんな「熟語」がわかる本』　国語教育研究会著　メイツ出版　2006.11　128p　21cm　（まなぶっく）　1500円　ⓘ4-7804-0112-7　Ⓝ814.4

四字熟語　　　　　　　　　　　　　　　　　　　　　　　　　　　古典全般

|目次| 第1章 学校生活でよく使われる言葉，第2章 家庭でよく使われる言葉，第3章 ニュースでよく使われる言葉
|内容|『熟語』の意味や使い方をイラストで楽しく解説しています。

『中学入試まんが攻略bon！　四字熟語』　まつもとよしひろ，風林英治，かめいけんじ，黒田瑞木まんが，学研編　学習研究社　2006.10　159p　21cm　1000円　Ⓘ4-05-302275-4

『四字熟語ワンダーランド—Lionel wonderland』藤井圀彦監修，新井洋行作・絵　フレーベル館　2006.10　61p　18×19cm　1200円　Ⓘ4-577-03312-7　Ⓝ814.4
|目次| ライオネルワンダーランド，疑心暗鬼，沈思黙考，おしゃべり四字熟語(1) ライオネル，異口同音，前途多難，おしゃべり四字熟語(2) ぼくの夢，大同小異，急転直下，おしゃべり四字熟語(3) 恋のかたちは…，自画自賛〔ほか〕
|内容| 今，四字熟語がおもしろい！朝日小学生新聞の人気連載シリーズ「ライオネルワンダーランド」単行本化。楽しみながら，いつのまにか覚えちゃう！四字熟語100語収録。

『まんがで学ぶ四字熟語』　山口理著，やまねあつしまんが　国土社　2006.2　163p　22cm　1500円　Ⓘ4-337-21501-8　Ⓝ814.4
|目次| 悪戦苦闘，異口同音，一部始終，一石二鳥，右往左往，海千山千，円満具足，温故知新，開口一番，我田引水〔ほか〕
|内容| けっこう知っているようであいまいな四字熟語を五十音順に紹介。まんがで楽しみながら学習できます。

『小学生の新レインボー「熟語」辞典』　学研辞典編集部編　学習研究社　2005.4　287p　21cm〈奥付のタイトル：新レインボー「熟語」辞典〉1000円　Ⓘ4-05-301773-4　Ⓝ813.4
|内容| 学習漢字を中心にした「熟語」だけの辞典。熟語のなりたち（組み立て）解説付き。三字熟語・四字熟語をふくめて約8500語収録。

『小学生の四字熟語絵事典—教科書によく出る！』どりむ社編集部編　京都　PHP研究所　2005.4　159p　18cm　1000円　Ⓘ4-569-64057-5　Ⓝ814.4

『小学生のまんが四字熟語辞典』　金田一春彦監修　学習研究社　2005.2　255p　21cm　1000円　Ⓘ4-05-301822-6　Ⓝ814.4
|内容| まんがで四字熟語・三字熟語を楽しくおぼえる辞典。小学生が知っておきたい約250語をえらんでのせてあります。

『子どもにもかんたん！「四字熟語」がわかる本』　国語教育研究会著　メイツ出版　2004.12　128p　21cm　（まなぶっく）1300円　Ⓘ4-89577-816-9　Ⓝ814.4
|目次| 異口同音，以心伝心，一日千秋，一心同体，一心不乱，一石二鳥，一朝一夕，一長一短，右往左往，四苦八苦〔ほか〕
|内容| イラストを使ってわかりやすく説明した四字熟語の本。例文や類義語も記載されている。巻末に索引が付く。

『国語漢字・熟語650』　学研編　学習研究社　2004.10　176p　15cm　（要点ランク順 中学受験 3）〈付属資料：シート1枚〉720円　Ⓘ4-05-301779-3

『国語四字熟語162』　学研編　学習研究社　2004.10　176p　15cm　（要点ランク順 中学受験 2）〈付属資料：シート1枚〉720円　Ⓘ4-05-301778-5

『中学入試でる順ポケでる国語漢字・熟語—ポケット版』　旺文社編　旺文社　2004.9　159p　15cm〈付属資料：シート1枚〉680円　Ⓘ4-01-010804-5

『えんにち奇想天外』　斎藤孝文，つちだのぶこ絵　ほるぷ出版　2004.6　1冊（ページ付なし）22×22cm　（声にだすことばえほん）1200円　Ⓘ4-593-56046-2　Ⓝ807.9
|内容| おじいちゃんと子どもたちが縁日に出かけて，「五臓六腑にしみるねー」「電光石火のはやわざ！」など，四字熟語を使った会話をくりひろげます。お面やさん，射的，金魚すくいなど縁日の屋台がたくさん登場！大好評の『おっと合点承知之助』の続編は，前代未聞の四字熟語えほん。声に出して読ん

# 四字熟語

で下さい。

『四字熟語の大常識』 日本語表現研究会監修，青木一平文　ポプラ社　2004.3　143p　22cm　〈これだけは知っておきたい！　10〉　880円　Ⓘ4-591-08041-2　Ⓝ814.4
[目次] 曖昧模糊，悪事千里，暗中模索，異口同音，以心伝心，一衣帯水，一期一会，一日千秋，一念発起，一網打尽〔ほか〕
[内容] 小学校4年生から、よみがな対応！知ってるとトクする四字熟語を徹底攻略。

『斎藤孝の日本語プリント　四字熟語編——声に出して、書いて、おぼえる！』　斎藤孝著　小学館　2003.12　63p　21×30cm　〈付属資料：暗唱シート1〉　800円　Ⓘ4-09-837443-9
[内容] 簡潔にして明解、力強く意味を表現することにおいては右に出るもののない「四字熟語」を(1)熟語朗読(2)なぞり書き(3)伏せ字ドリル(4)なぞり書き(5)活用例ドリル(6)クロスワードパズルの6段階スパイラル学習で習得。最後に「暗唱用シート」で仕上げる。

『知っているときっと役に立つ四字熟語クイズ109』　大原綾子著　名古屋　黎明書房　2002.9　124p　21cm　1500円　Ⓘ4-654-01706-2　Ⓝ814.4
[目次] 曖昧模糊ってなんだろう、青息吐息ってどんな息、悪戦苦闘って大変そう、暗中模索って暗い中で何かすること、唯唯諾諾ってなんだろう、意気消沈ってどんな気持ち、意気投合って投げ合うこと？、異口同音ってどんな音、以心伝心って心がどうなるの、一言居士ってどんな人〔ほか〕
[内容] よく使われる四字熟語の使い方と成り立ちが楽しく学べる109のクイズ。

『知っておきたい四字熟語——ポケット版』
三省堂編修所編　三省堂　2001.10　159p　15cm　〈ことば学習まんが〉　600円　Ⓘ4-385-13774-9
[目次] 悪戦苦闘，意気投合，意気揚揚，異口同音，以心伝心，一意専心，一言半句，一日千秋，一部始終，一望千里〔ほか〕
[内容] 授業で教科書の補いや「ことばの一斉学習」にすぐ役立つ。まちがえやすい漢字・熟語を効果的に習得できる。ことばの生活

を豊かにし、「作文」「研究発表」に応用できる。「中学入試」の準備学習や「期末テスト」の参考書として活用できる。夏休みや冬休みなどの「自由研究」の資料として役立つ。小学校高学年以上。

『ちびまる子ちゃんの四字熟語教室』　さくらももこキャラクター原作，川嶋優著　集英社　2001.6　203p　19cm　〈満点ゲットシリーズ〉　760円　Ⓘ4-08-314014-3
[目次] 悪戦苦闘，異口同音，以心伝心，一衣帯水，一言居士，一期一会，一言半句，一日千秋，一念発起，一望千里〔ほか〕
[内容] 四字熟語というものはおもしろいもので、いくつか知っているとキミの言葉が豊かになるんだ。役に立つ四字熟語220を収録。

『漢字と熟語』　井関義久監修　学習研究社　2001.2　64p　27cm　〈国語っておもしろい　2〉　2500円　Ⓘ4-05-201375-1，4-05-810615-8
[目次] 漢字のしくみ，絵文字から生まれた漢字，符号や印で表す漢字，二つ以上の漢字を組み合わせた漢字，発音と意味を組み合わせた漢字，暮らしの中の漢字図鑑，熟語のルール，同音異義語，同訓異字，覚えておきたい四字熟語

『グループでおぼえる四字熟語』　三省堂編修所編　三省堂　2001.1　191p　21cm　〈ことば学習まんが〉　1000円　Ⓘ4-385-13759-5
[目次] 1 動物の名前のついた四字熟語，2 数字のついた四字熟語，3 同じ漢字が二度使われる四字熟語，4 反対の意味の漢字のつく四字熟語，5 にた意味の言葉を重ねた四字熟語，6 気持ちに関する四字熟語，7 行動に関する四字熟語，8 自然に関する四字熟語
[内容] 一五五の四字熟語を八つにグループ分けし、「意味」「使い方」「ことば」「由来」で、知りたいことがズバリわかるようにしてある。

『試験に役立つ　まんが四字熟語事典』　国広功監修，麻生はじめ作画　成美堂出版　2000.11　143p　21cm　800円　Ⓘ4-415-01062-8
[内容] 入試の出題傾向を完全予想!!漢検(3、4、5級)合格のための四字熟語精選135収録!!まんがを楽しみながら四字熟語がわかる。

四字熟語　　　　　　　　　　　　　　　　　　　　　　　　　　　　古典全般

『わくわくことば挑戦四字熟語―5分でできる』　三省堂編修所編　三省堂　2000.11　79p　19cm　476円　①4-385-23809-X

『よくわかる四字熟語』　山口仲美監修，神林京子文，今井雅巳漫画　集英社　2000.1　159p　22cm　（集英社版・学習漫画）〈索引あり〉　950円　①4-08-288073-9

『クイズ漢字熟語』　草野公平作・画，横山験也監修　あかね書房　1999.11　111p　22cm　（まんがで学習）〈索引あり〉　1300円　①4-251-06607-3
[目次]　とんち熟語パズル，誤字で犯人さがし，しりとり二字熟語，いろいろ二字熟語，どの漢字が先かな，同音の二字熟語，まちがい漢字さがし，同音異義の熟語パズル，いろいろな同音異義語，反対語さがし〔ほか〕
[内容]　クイズをしながら漢字熟語をおぼえよう！漢字熟語が401！楽しく頭の体操ができる，クイズの本。

『学習まんが四字熟語』　前沢明監修，小山規画　有紀書房　1999.3　163p　21cm　〈索引あり〉　1000円　①4-638-05275-4
[内容]　試験によくでる四字熟語‼たのしく読んでよくわかる‼英訳つきで英語力もアップ。

『早おぼえ試験によくでる漢字熟語』　国語基礎学力研究会著，立石佳太まんが　小学館　1999.2　191p　19cm　（まんが攻略シリーズ　10）〈索引あり〉　760円　①4-09-253310-1

『くもんの四字熟語カード　2集』　本堂寛監修　くもん出版　1998.10　1冊　19cm　900円　①4-7743-0274-0
[内容]　「以心伝心」「臨機応変」など，よく使われる四字熟語を通してことばの世界を広げます。0歳から。

『熟語のひみつ大研究』　神林京子著，ひらのてつお，上村千栄絵　ポプラ社　1998.4　121p　23cm　（漢字なんでも大研究　第3巻　西本鶏介監修）〈索引あり　文献あり〉　2000円　①4-591-

05652-X,4-591-99223-3
[目次]　熟語って，なんだろう？，なるほど！二字熟語，なっとく！三字熟語・四字熟語，どう読む？こう読む！，おもしろい！熟語の読み，知っているかな？こんな熟語，あつまれ！熟語，熟語って，たのしい！
[内容]　本書には，熟語のひみつがくわしく書いてあります。

『くもんの四字熟語カード―0歳から　1集』　本堂寛監修　くもん出版　1997.7　カード31枚　13×19cm　〈箱入（19cm）〉　900円　①4-7743-0137-X

『二字熟語なんてこわくない！』　川村晃生監修，田中かおる文，藤井ひろし漫画　実業之日本社　1997.6　159p　21cm　（まんがで攻略）　1000円　①4-408-36167-4
[内容]　同音異義語―読みは同じなのに字も意味もちがう，対義語―意味が正反対。対で覚えよう，類義語―似ているけれどどこかがちがう，読み方で意味が変わる熟語―字は同じなのに意味もいろいろ，故事成語―むかしむかしのお話から，特別な読み・むずかしい読み―エーッ！そんな風に読むの？

『ことばの達人―ことわざ・慣用句・四字熟語』　石田佐久馬著　講談社　1997.2　207p　21cm　（国語学習なっとく事典）　1442円　①4-06-208472-4
[目次]　第1章　おもしろいことば，第2章　身近なことば，第3章　ことばの移り変わり，第4章　ことばの広がりと敬語

『まんが　超速理解　四字熟語―試験に役立つ合格まんが　出題パターン別重要度・マスターガイドつき』　高橋隆介監修，大平靖彦執筆，横山孝雄漫画　学習研究社　1997.2　159p　21cm　979円　①4-05-200816-2
[目次]　漢数字が使われている四字熟語，同じ漢字を二回使う四字熟語，反対（対）の漢字を使った四字熟語，二つの似た言葉を重ねた四字熟語，故事成語や仏教用語から生まれた四字熟語，動物の漢字が使われている四字熟語，否定語が使われている四字熟語，人の生き方と試練・性格・心理の四字熟語，自然・そのほかの四字熟語
[内容]　有名中学の入試・漢字検定試験に役立つ。「四字熟語」126語を厳選収録。4、5年

生は受験の基礎固めに。6年生の受験生は試験のポイントをチェック。

『知っておきたい四字熟語』 三省堂編修所編 三省堂 1996.11 159p 21cm（ことば学習まんが）880円 ①4-385-13773-0

[内容] 本書では、小学生としてぜひおぼえておきたい四字熟語62語と、中学入試・高校入試によく出される基礎的なもの150語を中心に、全部で500語をのせました。そして、その意味・使い方が、まんがでおもしろくわかるようにくふうしてあります。

『まんが四字熟語100事典—中学入試によくでる！』 松本好博漫画 講談社 1996.5 127p 21cm〈監修：日能研〉980円 ①4-06-259101-4

[目次] 一刻千金、一刀両断、意志薄弱、一部始終、一望千里、温故知新、千変万化、馬耳東風、自給自足、晴耕雨読、朝三暮四、意気投合、四面楚歌、針小棒大、因果応報、奇想天外、心機一転、七転八起〔ほか〕
[内容] 開成・麻布・武蔵・桜蔭・女子学院・双葉・慶応・早実・早稲田など、有名中学入試出題頻度数上位100の「四字熟語」を厳選した事典。

『早おぼえ四字熟語 2』 津田貞一著，方倉陽二まんが 小学館 1996.3 191p 19cm （まんが攻略シリーズ 4）〈監修：谷脇理史〉780円 ①4-09-253304-7

[内容] 小・中学校の教科書の重要な四字熟語181を掲載。大爆笑4コマまんがで、四字熟語の内容が深く印象に残る。オリジナル早おぼえフレーズで、意味がしっかり頭に入る。明快な解説で、熟語の意味や使い方、類義語、反対語がよくわかる。

『まんが四字熟語なんでも事典』 関口たか広絵 金の星社 1996.3 159p 20cm〈監修：金子守〉1200円 ①4-323-01881-9

[目次] 自然や言語・文化などをあらわす熟語、状況や事態・時間の流れなどをあらわす熟語、気持ちや心などをあらわす熟語、性格や人柄などをあらわす熟語、行いや動作などをあらわす熟語、いましめや生きる態度などをあらわす熟語
[内容] 大きなイラストで、四字熟語の語源を知ろう！ わかりやすいまんがで、四字熟語

の使い方を覚える！ コラムを読んで、四字熟語をもっと楽しもう！ さっとひけて、すぐわかる、とっても便利なさくいんつき！ 小学校4年生から中学生むき。

『まちがいだらけの言葉づかい 5 漢字・熟語』 瀬尾七重著 ポプラ社 1995.4 109p 22cm 2000円 ①4-591-04730-X

[目次] 第1章 かんちがいしやすい漢字（×昼食自参→○昼食持参，×顔前→○眼前 ほか），第2章 意味がにた漢字のとりちがえ（×言い変える→○言い換える，×美術観賞→○美術鑑賞 ほか），第3章 へんやつくりのかきまちがい（×成積→○成績，×講議→○講義 ほか），第4章 読み方でつまずきやすい漢字（×遠（とう）まわり・通（とう）る→○遠（とお）まわり・通（とお）る，×木（き）綿→○木（も）綿 ほか），第5章 漢字テストに強くなる！（×五里夢中→○五里霧中，×意心伝心→○以心伝心 ほか）

『四字熟語100—ドラえもんの国語おもしろ攻略』 小学館 1995.4 191p 19cm （ドラえもんの学習シリーズ）780円 ①4-09-253155-9

[目次] 1 以心伝心館，2 パターン館，3 数字館，4 特別お楽しみ館，5 油断大敵館，6 古今東西館

『漢字をくみあわせる—熟語のできかた』 下村昇編著，山口みねやす絵 小峰書店 1995.3 31p 26cm （たのしくわかる漢字の本 4）1800円 ①4-338-12104-1

『国語要点ランク順四字熟語288』 学研編 学習研究社 1995.1 175p 15cm （国立・私立中学受験合格ブック）700円 ①4-05-300114-5

『四字熟語問題集—小学国語』 国語問題研究会編 大阪 むさし書房 〔1995〕 31p 26cm 750円 ①4-8385-0832-8

『早おぼえ四字熟語』 津田貞一著，方倉陽二漫画 小学館 1994.8 191p 19cm （まんが攻略シリーズ 2）780円 ①4-09-253302-0

[内容] 小・中学校の教科書にかならず出てくる、重要な四字熟語189がのっている。大爆笑4コマまんがで、熟語の内容が深く印象に

四字熟語　　　　　　　　　　　　　　　　　　　　　　　　　　　　古典全般

残る。オリジナル早おぼえフレーズで、意味がしっかり頭に入る。明快な解説で、熟語の意味や使い方、類義語、反対語がよくわかる

『できたてピカピカ　熟語の話』　木暮正夫文，原ゆたか絵　岩崎書店　1993.4　111p　21cm　（おもしろ熟語話 5）　980円　Ⓣ4-265-05005-0
目次 こんなときつかおう四字熟語，四字熟語、どちらがただしい？，4時の熟語ニュース、三字熟語、どちらがただしい？〔ほか〕

『おぼえておきたい漢字熟語事典—まんがで学習』　北山竜著　あかね書房　1993.2　127p　22cm　〈監修：村石昭三〉　1200円　Ⓣ4-251-06546-8

『こころにズッキン　熟語の話』　木暮正夫文，原ゆたか絵　岩崎書店　1992.11　111p　22cm　（おもしろ熟語話 4）　980円　Ⓣ4-265-05004-2
内容 性格や生き方にかかわる14のおもしろ熟語話。小学校中学年以上。

『どうぶつゾロゾロ　熟語の話』　木暮正夫文，原ゆたか絵　岩崎書店　1992.3　111p　21cm　（おもしろ熟語話 3）　980円　Ⓣ4-265-05003-4
内容 この本は、熟語博士への登竜門。さいごまで読まないと画竜点睛を欠くよ。小学校中学年以上。

『楽しむ四字熟語』　奥平卓, 和田武司著　岩波書店　1991.12　211,5p　18cm　（岩波ジュニア新書 199）　600円　Ⓣ4-00-500199-8
内容 漢語文化の花にもたとえられる四字熟語は、凝縮された表現の魅力で、私たちのことばを豊かなものにしています。豊富な熟語の意味・由来・用法だけでなく、「不即不離」「有名無実」などに見られる二字組合せ型から「王侯将相」といった四字並列型まで基本構造のしくみをもやさしく解説します。『四字熟語集』の姉妹編。

『かずのかずかず　熟語の話』　木暮正夫文，原ゆたか絵　岩崎書店　1991.11　111p　22cm　（おもしろ熟語話 2）　980円　Ⓣ4-265-05002-6
内容 百聞は一見にしかず、"かずの熟語博

士"への近道は、この本を一心不乱に読むことからはじまるのであーる。小学校中学年以上。

『試験に強くなる漢字熟語事典』　楠高治, 関口たか広, 田代しんたろう, 横田とくお漫画　学習研究社　1991.9　208p　21cm　（学研まんが事典シリーズ）　980円　Ⓣ4-05-105550-7
内容 本書は、あなたがぎ問に思っていること、知りたいと思っていることを、まんがで、わかりやすく説明した本です。入学試験や模擬試験によく出る熟語の中から、読み方のむずかしいものを中心に、四百八十語以上取り上げています。まんがを読みながら、熟語の読み方や意味をおぼえると同時に、似た意味の熟語や書きまちがいやすい漢字についても、学ぶことができます。

『おばけがヒュードロ　熟語の話』　木暮正夫文，原ゆたか絵　岩崎書店　1991.7　111p　21cm　（おもしろ熟語話 1）　980円　Ⓣ4-265-05001-8
内容 「おばけ」や「戦い」にかかわる17のおもしろ熟語話。小学校中学年以上。

『四字熟語なんてこわくない！—まんがで攻略』　前沢明寿, 藤井博司画　実業之日本社　1991.5　167p　21cm　980円　Ⓣ4-408-36112-7
内容 まんがを読んだだけでも四字熟語がわかる。小・中学生向きに、やさしく楽しく書いてある。使い方の例がある。有名中学・高校受験必勝本。

『四字熟語集』　奥平卓, 和田武司著　岩波書店　1987.12　209,3p　18cm　（岩波ジュニア新書 135）　580円　Ⓣ4-00-500135-1
内容 以心伝心、四面楚歌、粒粒辛苦など四字熟語の知識は今日なお日本人の言語生活に不可欠です。中学校、高校の教科書に見える熟語はもとより社会生活に必要なものまで豊富にとりあげて、意味、由来、使い方をやさしく解説。巻末には習熟度がテストできる四字熟語一覧も備えてあります。

古典全般　　　　　　　　　　　　　　　　　　　　　　　　　　故事成語

## 故事成語

『**絵で見てわかるはじめての漢文　3巻　故事成語**』　加藤徹監修　学研教育出版，学研マーケティング〔発売〕　2014.2　47p　30cm〈文献あり　索引あり〉2500円　Ⓘ978-4-05-501038-2,978-4-05-811293-9　Ⓝ827.5

目次　『故事成語』とはどんなもの?，故事成語ってどのようにしてできたの?，原文にトライ！　声に出して読んでみよう！　1 井の中の蛙大海を知らず　『荘子』より―井蛙には以て海を語るべからざるは，，原文にトライ！　声に出して読んでみよう！　2 画竜点睛　『歴代名画記』より―金陵の安楽寺の四白竜は，，原文にトライ！　声に出して読んでみよう！　3 矛盾　『韓非子』より―楚人に楯と矛とを鬻ぐ者有り。，原文にトライ！　声に出して読んでみよう！　4 胡蝶の夢　『荘子』より―昔者、荘周夢に胡蝶と為る。，故事成語研究1 竜ってどんな生き物?，故事成語研究2 十二支が大集合!!故事成語動物園，故事成語研究3 故事成語に見る！生き方のヒント，故事成語研究4 故事成語 対 日本のことわざ〔ほか〕

『**10代のための古典名句名言**』　佐藤文隆，高橋義人著　岩波書店　2013.6　185p　18cm（岩波ジュニア新書 745）780円　Ⓘ978-4-00-500745-5　Ⓝ159.8

目次　1章 悩みと向かい合うための名句名言（みんなちがって，みんないい，正当にこわがることはなかなかむつかしい ほか），2章 愛するための名句名言（私の気前のよさは…，世界をたった一人の人物に縮減し…，未来は精神よりもはるかに… ほか），3章 学びのための名句名言（学びて時にこれを習う，またよろこばしからずや，學而不厭 ほか），4章 生きるための名句名言（人生は書物のようなものだ…，博く学び，篤く志し切に問い，近くに思う ほか）

内容　物理学者とドイツ文学者が古今東西の名句名言を紹介します。著者自身が若い頃に出逢い，深く心に残った言葉や，悩み多き青春時代を支えてくれた言葉を中心に選びました。言葉の解説にとどまらず，自らの体験をふり返りながら語る若い世代へのメッセージ。人生の心の拠り所となる先人

の言葉と出逢える1冊です

『**国語であそぼう！　3　四字熟語・故事成語**』　佐々木瑞枝監修　脇坂敦史文　ポプラ社　2013.4　127p　23cm〈索引あり〉2000円　Ⓘ978-4-591-13257-9,978-4-591-91340-6　Ⓝ810

『**故事成語・論語・四字熟語―きみの日本語、だいじょうぶ？**』　山口理著　偕成社　2012.3　207p　22cm（国語おもしろ発見クラブ）〈索引あり　文献あり〉1500円　Ⓘ978-4-03-629840-2　Ⓝ824

目次　故事成語，論語，四字熟語

内容　中国のむかし話からできた「故事成語」。孔子の言葉をまとめた中国を代表する書物「論語」。四つの漢字だけで深い意味を持つ「四字熟語」。この巻では，日本語と密接なかかわりのある中国から生まれた言葉を中心に紹介しよう。小学校中学年から。

『**まんがで学ぶ故事成語**』　八木章好著，榊原唯幸まんが　国土社　2010.10　135p　22cm〈文献あり　索引あり〉1500円　Ⓘ978-4-337-21511-5　Ⓝ824

目次　伝説・寓話の巻（矛盾，蛇足，助長，杞憂，五十歩百歩 ほか），歴史物語の巻（臥薪嘗胆，管鮑の交わり，鶏鳴狗盗，孟母三遷，四面楚歌 ほか）

『**息子たちに聞かせたい故事・昔の人の話**』　大岡久晃著　産經出版　2009.11　161p　21cm　1800円　Ⓘ978-4-88318-502-3　Ⓝ159.8

内容　健康第一，学ぶということ，欲と言うもの，正しく生きる，他人とじぶん，社会ではたらく，いきいきと生きる

『**光村の国語わかる、伝わる、古典のこころ　3　ことわざ・慣用句・故事成語を楽しむ14のアイデア**』　青山由紀，小瀬村良美，岸田薫編，工藤直子，髙木まさき監修　光村教育図書　2008.11　63p　27cm〈索引あり〉3200円　Ⓘ978-4-89572-745-7,978-4-89572-746-4　Ⓝ810.7

目次　ことわざ，慣用句，故事成語，名句・名言，四字熟語，ことば遊び，口上

内容　昔から受けつがれ人びとの生きる知恵がたくさんつまったことわざや慣用句，故

故事成語　　　　　　　　　　　　　　　　　　　　古典全般

事成語を楽しみながら、より深く知るための、14のアイデアを紹介。

『ことわざ―慣用句・故事成語・四字熟語』　倉島節尚監修　ポプラ社　2008.3　215p　29cm　（ポプラディア情報館）　6800円　Ⓘ978-4-591-10087-5,978-4-591-99950-9　Ⓝ813.4
|目次| 1章 基礎編（失敗は成功のもと，ことわざとは，慣用句とは，故事成語とは，四字熟語とは，表現を豊かに），2章 ことわざ，3章 慣用句（からだ，生き物，植物，自然，数，気持ち，食べ物，もの・道具，その他），4章 故事成語・四字熟語（故事成語，四字熟語）
|内容| だれもが知っておきたいことわざ約500を、五十音順に収録し、イラストや写真資料とともに解説。日常で使う慣用句約600のほか、故事成語や四字熟語まで、幅広くとりあげました。にた意味のことばや、反対の意味のことばにどんなものがあるか、参照できます。五十音順のほか、キーワードでも探せる便利なさくいんつき。

『秘すれば花なり（名言）』　斎藤孝編，金子美和子絵　草思社　2005.8　1冊　21×23cm　（声に出して読みたい日本語 子ども版 12）　1000円　Ⓘ4-7942-1431-6

『子どもでもかんたん！「名言・格言」がわかる本』　国語学習研究会著　メイツ出版　2005.4　128p　21cm　（まなぶっく）　1300円　Ⓘ4-89577-826-6　Ⓝ814.4

『ことわざ・故事成語・慣用句』　井関義久監修　学習研究社　2001.2　64p　27cm　（国語っておもしろい 3）　2500円　Ⓘ4-05-201376-X,4-05-810615-8
|目次| よく使われることわざ（あしたはあしたの風がふく，足もとから鳥が立つ ほか），知っておきたい故事成語（蛇足，推敲 ほか），すぐに役立つ慣用句（顔の部分をふくんだ慣用句，体の部分をふくんだ慣用句 ほか），使わないようにしたい表現，使いたい表現（使わないようにしたい表現，使いたい表現―敬意表現），方言と共通語

『京都故事物語　3』　奈良本辰也編　河出書房新社　2000.11　189p　22cm　（生きる心の糧 第2期 12）　3700円　Ⓘ4-309-61412-4
|目次| 京おんな（東男に京女，京によきもの三つ，女子，賀茂川の水，寺社，京はやせ形にして大坂は骨太なり，京の女郎に江戸のハリ持たせ大坂の揚屋で遊びたい，京おんなは長ぶろ，京女立つて垂れるがすこしきず，大原女，白川女，桂女，畑の姥 ほか）

『京都故事物語　2』　奈良本辰也編　河出書房新社　2000.11　270p　22cm　（生きる心の糧 第2期 11）　3700円　Ⓘ4-309-61411-6
|目次| 京の味（京料理，湯どうふ 湯葉，普茶料理，京のお茶漬 京の漬物，庖丁道 ほか），京のよそおい（桂包み，衣かずき，法性寺笠，皮ははなれ骨ばかり，みすや針，ばさら扇の五つ骨 ほか）

『西洋故事物語　2』　阿部知二編　河出書房新社　2000.11　327p　22cm　（生きる心の糧 第2期 6）　3700円　Ⓘ4-309-61406-X
|目次| バイブル（人ひとりなるはよからず，生命の木，なんじの面に汗して食え，カインの呪い ほか），近世（モナ・リザの微笑，コペルニクス的転回，それでも地球は動いている，マキアヴェリズム ほか）

『中国故事物語　6』　駒田信二，寺尾善雄編　河出書房新社　2000.11　187p　22cm　（生きる心の糧 第2期 3）　3700円　Ⓘ4-309-61403-5
|目次| 友情（肝胆相照す，伯牙絶絃，管鮑の交 ほか），統率者（一将功成りて万骨枯る，辺幅を修飾す，涙を揮って馬謖を斬る ほか），衆庶（逆鱗，虎の威を仮る狐，良禽は木を択ぶ ほか）

『中国故事物語　5』　駒田信二，寺尾善雄編　河出書房新社　2000.11　218p　22cm　（生きる心の糧 第2期 2）　3700円　Ⓘ4-309-61402-7
|目次| 挙止（騎虎の勢，乾坤一擲，破竹の勢 ほか），処世（一斑を見て全豹を知る，屋下に屋を架す，木に縁りて魚を求む ほか），人情（東食西宿，隴を得て蜀を望む，怨骨髄に徹す ほか）

『中国故事物語　4』　駒田信二，寺尾善雄編　河出書房新社　2000.11　221p

22cm （生きる心の糧 第2期 1） 48100円 ①4-309-61401-9
目次 修養（過ぎたるは及ばざるがごとし，身を殺して仁を成す ほか），知識（雁書，鶏助 ほか），賢者（良薬は口に苦し，大道廃れて仁義あり ほか），交遊（遠水は近火を救わず，度外視 ほか）

『中国名言故事物語　2』　寺尾善雄著　河出書房新社　2000.11　285p　22cm　（生きる心の糧 第2期 7）3700円　①4-309-61407-8
目次 交際の心得（柔能く剛に勝ち，弱能く強に勝つ，志ある者は事竟に成る ほか），人情の機微（朋あり，遠方より来たる，また楽しからずや，同病相憐れみ，同憂相救く ほか），読書と勉学（書は言を尽くさず，言は意を尽くさず，案に満つる堆き書は，惟だ睡りを引くのみ ほか），酒の娯しみ（三百六十日，皆盃うて泥の如し，酒を飲みて公事を談せず ほか），山河と四季（一夫，関に当たらば，万夫も開く莫し，月落ち烏啼きて霜に満つ ほか）

『動物故事物語　2』　実吉達郎編　河出書房新社　2000.11　217p　22cm　（生きる心の糧 第2期 10）3700円　①4-309-61410-8
目次 蛇，竜，虫，魚，兎

『日本故事物語　5』　池田弥三郎著　河出書房新社　2000.11　175p　22cm　（生きる心の糧 第2期 5）3700円　①4-309-61405-1
目次 三つ違いの兄さんと，みんな主への心中立て，むすめふさほせ，目に青葉，桃から生まれた桃太郎，桃栗三年柿八年，もの言えば唇寒し，物臭太郎，柳は緑，花は紅，ゆの木の下の御事は〔ほか〕

『日本故事物語　4』　池田弥三郎著　河出書房新社　2000.11　210p　22cm　（生きる心の糧 第2期 4）3700円　①4-309-61404-3
目次 泣かぬ蛍が身をこがす，何を引かまし姫小松，生麦生米生卵，なまりは国の手形，二の舞を演ずる，日本紀の局，女房は灰小屋からもらえ，濡れぬ先こそ露をもいとえ，飲み打つ買うの三拍子，話は庚申の晩〔ほか〕

『日本歴史故事物語　3』　河出書房新社　2000.11　252p　22cm　（生きる心の糧 第2期 9）3700円　①4-309-61409-4
目次 近代1（ペリーやハリスは日本開国の恩人か，黒船がきたときの通訳はだれがしたか，アメリカとたたかう沖縄県民，「唐人お吉」は実在の人物か，肝をつぶしたアメリカ旅行，福沢諭吉のアメリカみやげ，あぶなかった幕末の日本，幕末の世直し一揆，孝明天皇の死をめぐる黒いウワサ，大政奉還後の徳川将軍 ほか）

『日本歴史故事物語　2』　河出書房新社　2000.11　273p　22cm　（生きる心の糧 第2期 8）3700円　①4-309-61408-6
目次 封建時代（2）（信長・秀吉・家康——一番の人物はだれか，天守閣のある城の誕生，家康の天皇観，東照宮はなぜ日光につくられたか，幕府の基礎を固めた人物，大名行列のかかり，諸大名の江戸住まい，江戸時代の貨幣さまざま，鐚一文とは？，千両箱の重さと中身 ほか）

『故事成語ものがたり』　笠原秀著，大沢葉絵　ポプラ社　1998.4　121p　23cm　（漢字なんでも大研究　第4巻　西本鶏介監修）〈索引あり　文献あり〉2000円　①4-591-05653-8,4-591-99223-3
目次 故事成語—故事成語ってなんだろう？，慣用句・ことわざ—慣用句、ことわざってなんだろう？
内容 本書は，よくつかわれる故事成語をくわしく解説した。

『京都故事物語　1』　奈良本辰也編　河出書房新社　1998.2　202p　22cm　（生きる心の糧 第1期 11）3700円　①4-309-61361-6
目次 京の町・京の家（マルタケエベス，洛中・洛外，上ル・下ル，上京と下京，鉾町・親町，古町と新しン町，八丁のくぐりでてっぺんすりむく，祇園床—町用人と町代の話，鳥辺野のけむり，賽の河原 ほか）

『西洋故事物語　1』　阿部知二著　河出書房新社　1998.2　259p　22cm　（生きる心の糧 第1期 7）3700円　①4-309-61357-8
目次 古代（トロイの木馬，黄金のりんご，ホーマーさえいねむりする，パンドーラーの手筥，ナルシスム ほか），中世（聖フランシスと小鳥，円卓騎士，ヴァイキング，汝の

故事成語　　　　　　　　　　　　　　　　　　　　　　　　　　　古典全般

焼きたるものをあがめ、汝のあがめたるものを焼け、ビーフの由来　ほか〕

『中国故事物語　3』　駒田信二, 寺尾善雄編　河出書房新社　1998.2　233p　22cm　(生きる心の糧　第1期 3)　3700円　①4-309-61353-5
[目次]　詩句(国破れて山河在り、春宵一刻直千金　ほか)、学問(格物致知、曲学阿世　ほか)、努力・技量(労して功なし、愚公山を移す　ほか)、才覚(五十歩百歩、奇貨居くべし　ほか)

『中国故事物語　2』　駒田信二, 寺尾善雄編　河出書房新社　1998.2　204p　22cm　(生きる心の糧　第1期 2)　3700円　①4-309-61352-7
[目次]　身体髪膚(目に一丁字なし、手に汗を握る　ほか)、日常変移(助長、折檻　ほか)、慷慨・詠嘆(天道是か非か、何の面目あって之を見ん　ほか)、酒食(杯盤狼藉、樽俎折衝　ほか)

『中国故事物語　1』　駒田信二, 寺尾善雄編　河出書房新社　1998.2　218p　22cm　(生きる心の糧　第1期 1)　3700円　①4-309-61351-9
[目次]　女性・愛情(秋の扇、解語の花、傾国・傾城　ほか)、塵世(壷中の天、銅臭紛々、阿堵物　ほか)、思念(華胥の夢、邯鄲の夢、南柯の夢　ほか)

『中国名言故事物語　1』　寺尾善雄著　河出書房新社　1998.2　218p　22cm　(生きる心の糧　第1期 8)　3700円　①4-309-61358-6
[目次]　日常の起居(毛を吹いて疵を求む、牆に耳有り、伏寇は側に在り、万に一つを失わず　ほか)、世渡りの才覚(平地に波瀾を起こす、人に勝たんと欲する者は、必ず先ず自ら勝つ、渇しても盗泉の水は飲まず　ほか)、とかく浮世は(財を以て交わる者は、財尽くれば交わり絶ゆ、富貴ならば則ち親戚も之を畏懼し、貧賎ならば則ち之を軽易す、少年、安んぞ得ん、長えに少年たるを　ほか)

『動物故事物語　1』　実吉達郎著　河出書房新社　1998.2　252p　22cm　(生きる心の糧　第1期 10)　3700円　①4-309-61360-8
[目次]　犬、猫、猿、馬、牛、牛馬、虎

『日本故事物語　3』　池田弥三郎著　河出書房新社　1998.2　238p　22cm　(生きる心の糧　第1期 6)　3700円　①4-309-61356-X
[目次]　下り蜘蛛あれば人が来る、薩摩守、さわらぬ神にたたりなし、さんさ時雨、三千世界、地獄の沙汰も金次第、四天王、死出の田長、寿限無寿限無五劫の摺切れ、諸行無常〔ほか〕

『日本故事物語　2』　池田弥三郎著　河出書房新社　1998.2　283p　22cm　(生きる心の糧　第1期 5)　3700円　①4-309-61355-1
[目次]　負うた子に教えられて浅瀬を渡る、岡目八目、おしゃれしゃれてもほれてがないよ、遅かりし由良之助、恐れ入谷の鬼神母神、おつむてんてん、男心と秋の空、男は度胸で女は愛敬、お土砂をかける、鬼一口〔ほか〕

『日本故事物語　1』　池田弥三郎著　河出書房新社　1998.2　237p　22cm　(生きる心の糧　第1期 4)　3700円　①4-309-61354-3
[目次]　合縁奇縁、悪女の深情、挙句の果、阿漕が浦、朝焼けは雨、夕焼けは晴、飛鳥川の淵瀬、明日は明日の風が吹く、東男に京女、暑さ寒さも彼岸まで、あとの祭〔ほか〕

『日本歴史故事物語　1』　河出書房新社　1998.2　253p　22cm　(生きる心の糧　第1期 9)　3700円　①4-309-61359-4
[目次]　原始時代(はじめて日本に住みついた人間、日本語の系譜、アイヌの歴史　ほか)、古代(国づくりの神話、邪馬台国の女王・卑弥子、神武と崇神―どちらが初代天皇か　ほか)、封建時代1(幕府とはなにか―頼朝の旗挙げ、熊谷直実の敗訴―鎌倉時代の裁判、「判官びいき」はどこからきたか　ほか)

『中国からやってきた故事・名言』　北本善一まんが　くもん出版　1991.3　176p　19cm　(くもんのまんがおもしろ大事典)〈監修：石川忠久〉910円　①4-87576-564-9
[内容]　この本は、中国からやってきたたくさんのことばのなかから、いまでも日本人にしたしまれている有名なものをまんがで紹介しています。ことばの意味をしるとともに、そのことばをうみだした人間の知恵にも、目

古典全般　　　　　　　　　　　　　　　　　　　　　　　　　　　故事成語

をむけてみてください。小学中級以上向き。

『伝記に学ぶ生き方　東洋編』　稲垣友美編著　あすなろ書房　1991.2　78p　23cm　（名言・名作に学ぶ生き方シリーズ 9）　1500円　④4-7515-1389-3
|目次|「諸葛孔明」，「一休」，「芭蕉」，「伊能忠敬」，「渡辺崋山」，「勝海舟」，「瓜生岩子」，「福沢諭吉」，「渋沢栄一」，「田中正造」，「牧野富太郎」，「ガンジー」，「魯迅」

『民話に学ぶ生き方　東洋編』　荒井洌編著　あすなろ書房　1991.2　77p　23cm　（名言・名作に学ぶ生き方シリーズ 11）　1500円　④4-7515-1391-5
|目次|「猪苗代湖のはじまり」，「おいしかったら食べよ」，「仲のよい兄弟」，「あわてウサギ」，「古い話」「若返り木」「うそ比べ」，「三人の教師」，「あたたかい陽気」「つばめ」，「ねずみの嫁入り」，「象の贈り物」，「米を作る爺さんの話」，「ひとしずくの蜜」，「笛吹き権三郎」「長柄橋の人柱」，「蛙と鴉」，「猿のさばき」「南京虫と虱と蚤」「虎より怖い串柿」

『ことわざに学ぶ生き方　東洋編』　稲垣友美著　あすなろ書房　1990.3　77p　23cm　（名言・名作に学ぶ生き方シリーズ 3）　1500円　④4-7515-1383-4

『名言に学ぶ生き方　東洋編』　稲垣友美著　あすなろ書房　1990.2　77p　23cm　（名言・名作に学ぶ生き方シリーズ 1）　1500円　④4-7515-1381-8
|目次|孔子『論語』，釈迦『ブッダのことば』，孟子『孟子』，荘子『荘子』，イエス・キリスト『福音書』，護命僧正『実語教』，清少納言『枕草子』，鴨長明『方丈記』，唯円『歎異抄』，懐奘『正法眼蔵随聞記』，吉田兼好『徒然草』，世阿弥『風姿花伝』〔ほか〕

『漢語名言集』　奥平卓, 和田武司著　岩波書店　1989.6　206,9p　18cm　（岩波ジュニア新書）　600円　④4-00-500157-2
|目次| 1 虎穴に入らずんば虎子を得ず，2 人を射んとせばまず馬を射よ，3 盛年重ねて来らず，4 鹿を逐う者は山を見ず，5 危うきこと累卵の如し，6 年年歳歳花相似たり
|内容|「人を射んとせばまず馬を射よ」「柔よく剛を制す」「鼎の軽重を問う」といった漢語の名言は，人間の優れた知恵と磨きぬか

れた表現を宿しています。中国の長い歴史のなかで，王侯宰相，武人文人らが残した名句のうち，日本人に親しまれてきた数かずを紹介，意味，由来，用法をやさしく解説します。豊かな言葉の宝庫。

『故事おもしろ話―まんがでナールホド』　出井州忍漫画　芳文社　1986.7　159p　19cm　（Mypal books）〈監修：土屋道雄〉　780円　④4-8322-0038-0
|内容|この本は，中国から伝わってきた故事を55収録してあります。みんなおもしろい話ばかりですからついつい読みふけり，気がついたら，もうあなたはことばのもの知り博士。

子どもの本　日本の古典をまなぶ2000冊　57

# 日本の古典

『金田一先生と日本語を学ぼう　5　古語・新語・方言・流行語』　金田一秀穂監修　岩崎書店　2014.3　47p　30cm　3000円　Ⓘ978-4-265-08295-7
[目次]　時代や地域による日本語の変化を知ろう，この本の特ちょう，古語，古語の意味や使い方，短歌の言葉，俳句の言葉，方言，全国の方言，新語・流行語，方言を比べよう

『古典のえほん』　坪内稔典監修　くもん出版　2014.1　63p　30cm　（絵といっしょに読む国語の絵本　5）　1800円　Ⓘ978-4-7743-2197-4　Ⓝ910.2
[内容]　いま教育現場では，わが国の言語文化に触れて，感性・情緒をはぐくむことが重要視されています。その素材として，時代をこえて受け継がれてきた「俳句・俳諧」「和歌・短歌」「詩」「漢詩・漢文」「古典」などが取り上げられ，リズムを感じながら，音読や暗唱を繰り返すなかで，子どもたちは豊かな感受性をはぐくんでいきます。そして，その手助けとなるのが，情景を思い浮かべやすい，すてきなイラスト。本書は，絵を見ながら，「古典」を，たのしく音読・暗唱をするために制作されました。

『親子で読もう実語教』　斎藤孝著　致知出版社　2013.6　69p　22cm　1500円　Ⓘ978-4-8009-1000-4　Ⓝ375.9
[目次]　世の役に立つ人になろう―山高きが故に貴からず，人を見た目で判断することはやめよう―人肥たるが故に貴からず，お金よりも智恵を残そう―富は是一生の財，身滅すれば即ち共に滅す，人も宝石も磨かなければ光らない―玉磨かざれば光無し。光無きを石瓦とす，毎日学ぶことが一番大事―倉の内の財は朽つること有り，相手を思いやる心を持とう―兄弟常に合わず。慈悲を兄弟とす，志を立てて学ぶ―四大日々に衰え，心神夜々に暗し，むかしの人に負けないぞ―かるが故に書を読んで倦むことなかれ，自分から積極的に学ぼう―師に会うといえども学ばざれば，繰り返しのすすめ―習い読むといえども復せざれば〔ほか〕
[内容]　この本は日本の子どもにぜひ読んでほしい。平安時代から江戸時代まで日本の子どもたちはみんな『実語教』を読んでいた。日本人千年の教科書，寺子屋教育の原点。

『ヒーロー＆ヒロインに会おう！　古典を楽しむきっかけ大図鑑　第3巻　「浮世」ってなに？―江戸時代』　斎藤孝監修　日本図書センター　2013.4　47p　31cm　〈文献あり　年表あり　索引あり〉　3600円　Ⓘ978-4-284-70080-1,978-4-284-70077-1　Ⓝ910.2
[目次]　一休―『一休ばなし』「一休和尚師の坊につかへて鯉をくひ給ふ事」，八百屋お七―『好色五人女』巻4「恋草からげし八百屋物語」，藤屋市兵衛（藤市）―『日本永代蔵』第2「世界の借屋大将」，崇徳院―『雨月物語』―「白峯」，磯良―『雨月物語』(2)「吉備津の釜」，喜多八―『東海道中膝栗毛』，源為朝―『椿説弓張月』，伏姫―『南総里見八犬伝』，お長―『春色梅児誉美』，お初―『曽根崎心中』〔ほか〕

『ヒーロー＆ヒロインに会おう！　古典を楽しむきっかけ大図鑑　第2巻　戦乱の世の中で―鎌倉・室町時代』　斎藤孝監修　日本図書センター　2013.4　47p　31cm　〈文献あり　年表あり　索引あり〉　3600円　Ⓘ978-4-284-70079-5,978-4-284-70077-1　Ⓝ910.2
[目次]　長谷寺参篭の男（若者）―『宇治拾遺物語』「長谷寺参篭の男，利生にあずかる事」，女（おばあさん）―『宇治拾遺物語』(2)「雀の報恩の事」，平清盛―『平家物語』(1)　巻1「鱸」「禿髪」「吾身栄花」，木曽義仲―『平家物語』(2)　巻9「木曽最期」，源義経―『平家物語』(3)　巻9「坂落」，安倍晴明―『古今著聞集』「陰陽師晴明早瓜に毒気あるを占ふ事」，仁和寺の法師―『徒然草』53段「これも仁和寺の法師」，楠木正成―『太平記』巻7「諸国の兵知和屋へ発向の事」，曽我五郎時宗―『曽我物語』，一寸法師―『一寸

法師』〔ほか〕

『ヒーロー&ヒロインに会おう！ 古典を楽しむきっかけ大図鑑　第1巻　神話から物語へ―奈良・平安時代』斎藤孝監修　日本図書センター　2013.4　47p　31cm〈文献あり　年表あり　索引あり〉3600円　Ⓣ978-4-284-70078-8,978-4-284-70077-1　Ⓝ910.2

[目次] 伊耶那岐命―『古事記』(1)「黄泉国」，天照大御神―『古事記』(2)「天の石屋」，大国主神―『古事記』(3)「国づくり」，八束水臣津野の命―『出雲国風土記』「国引き」，聖徳太子―『日本霊異記』「聖徳太子の不思議な言動の話」，かぐや姫―『竹取物語』，男(在原業平)―『伊勢物語』，落窪の君―『落窪物語』，光源氏―『源氏物語』(1)巻2「帚木」，紫の上―『源氏物語』(2)巻5「若紫」〔ほか〕

『むかしの言葉―きみの日本語、だいじょうぶ？』山口理著　偕成社　2013.4　174p　22cm（国語おもしろ発見クラブ）〈文献あり　索引あり〉1500円　Ⓣ978-4-03-629870-9　Ⓝ814.6

[目次] むかしの言葉―古語編(意味が変わった言葉)，むかしの言葉―近代編，のこしたい言葉

[内容]「あした」って、きょうの次の日のことだよね。でも、むかしは「朝、翌朝」のことだったんだよ。「まほうびん」って、魔法のビン？ じつは、「ポット」のことを、こういっていたんだ。むかしの言葉って、おもしろいよ！ 小学校中学年から。

『日本人を育てた物語―国定教科書名文集』『日本人を育てた物語』編集委員会編　錦正社　2012.12　287p　19cm　2000円　Ⓣ978-4-7646-0294-6

[目次] 1　国語　小学校一・二年生(少彦名神，笛の名人，小野道風　ほか)，2　国語　小学校三・四年生(天の岩屋，八岐のをろち，草薙剣　ほか)，3　国語　小学校五年生(仏法僧，星の話，僕の子馬　ほか)，4　国語　小学校六年生(法隆寺，古事記の話，松阪の一夜　ほか)，5　修身(宮古島の人々，通潤橋，伊能忠敬ほか)

[内容] 戦前の国語・修身の国定教科書から今読んでも心に残る名文を厳選し収録。日本全国津々浦々、戦前の子供たち誰もが読んだ偉人伝や歴史物語など、戦前の日本人を育てた名文から戦後忘れかけた日本人としての心を再認識する。

『竹取物語―蒼き月のかぐや姫』時海結以文，水上カオリ絵　講談社　2012.5　221p　18cm（講談社青い鳥文庫 262-7）〈文献あり〉600円　Ⓣ978-4-06-285290-6　Ⓝ913.6

[目次] 竹取物語―蒼き月のかぐや姫，鉢かづき姫―いつかきっと幸せに

[内容] 5人の貴公子に無理なお願いをしたかぐや姫。だれとも結婚しようとしないのはなぜ？(「竹取物語」)。頭にかぶせられた鉢がとれなくなり、家を追いだされてしまう姫の運命は？(「鉢かづき姫」)。ふたりの姫の幸せは、いったいどこにあるのでしょうか？ 教科書に書いてくる古典を、親しみやすい現代語訳で。小学中級から。

『読んでおきたい日本の古典―朝読書に最適！ はじめてでも楽しく古典にふれられます。 教科書に載っている作品を多数収録』中西進監修　成美堂出版　2012.5　207p　22cm　800円　Ⓣ978-4-415-31277-4　Ⓝ918

[目次] 平家物語，徒然草，おくのほそ道，万葉集 三，西鶴諸国ばなし，近松門左衛門 丹波与作待夜のこむろぶし，狂言，小倉百人一首

[内容] 音読しやすい読み仮名つき。訳がついているから、わかりやすい。有名14作品の名場面を収録。

『江戸の怪談絵事典―こわい！ 不思議！ お化け・妖怪から怪奇現象まで』近藤雅樹監修，どりむ社編　PHP研究所　2012.4　63p　29×22cm　2800円　Ⓣ978-4-569-78225-6

[目次] 第1章　おそろしいお化けの話(皿を数えるお化け、どこまでも追ってくるお化け　ほか)，第2章　不気味な妖怪の話(骸骨の兵隊，河童のすもう　ほか)，第3章　七つの不思議な場所の話(つった魚を欲しがる声，追いかけてくる音　ほか)，第4章　化け物屋敷の話(肝だめしの後に、はね上がる畳　ほか)

[内容] 江戸時代の怪談と怪談の中の代表的な絵を紹介。

『平安文学でわかる恋の法則』高木和子著　筑摩書房　2011.10　207p　18cm（ちくまプリマー新書 168）〈年表あり

文献あり〉 820円 ①978-4-480-68870-5 Ⓝ910.23

目次 第1部 憧れの人にアプローチ（噂と垣間見から始まる恋，文のやりとりから結婚へ ほか），第2部 働く女たちと男たち（華麗なるキャリアウーマン，噂の渦の中で ほか），第3部 幸せな結婚を夢見て（かなわぬ恋の末路，別れても好きな人 ほか），第4部 人生は波瀾万丈（天災は忘れた頃にやってくる，親と子との確執 ほか）

内容 告白されても、すぐに好きって言っちゃいけない？ 切ない恋にあっさり死んじゃう？ 複数の妻に通い婚？ 老いも若きも波瀾万丈、深くて切ない平安文学案内。

**『古典の名作絵事典―名場面がよくわかる！ 万葉集から源氏物語まで』** どりむ社編，広瀬唯二監修 PHP研究所 2011.7 63p 29cm〈文献あり 索引あり〉 2800円 ①978-4-569-78161-7 Ⓝ910.23

目次 第1章 ちょっと笑える話（食いしんぼうをかくせ―『宇治拾遺物語』より「児のかい餅するに空寝したる事」，あだ名は大きらい―『徒然草』より「第四十五段」 ほか），第2章 胸がキュンとなる話（大きなはちをかぶった姫君―『御伽草子』より「鉢かづき」，好きなところは？―『枕草子』より「一段」 ほか），第3章 スカッとする話（閉じこめられた姫君―『落窪物語』，よっぱらいの鬼―『御伽草子』より「酒呑童子」 ほか），第4章 ちょっと泣ける話（月へ帰る―『竹取物語』，大切な友達―『伊勢物語』より「四十六段」 ほか），第5章 ためになる話（消えたうり―『今昔物語集』より「外術を以て瓜を盗み食はるる語」，もったいないお参り―『徒然草』より「第五十二段」 ほか）

**『小学生のための言志四録―やる気がでてくる』** いわむら一斎塾編著，吉田公平監修 PHP研究所 2011.6 111p 21cm 1300円 ①978-4-569-79844-8

目次 第1章 つよくなるために（神様（天）は、いつもあなたを見ている，いい時もあれば悪い時もある ほか），第2章 たくさん学ぶために（人生に、無駄なことは一つもありません，するもしないも、あなたしだい ほか），第3章 仲間をつくるために（春風のように人と接したい，信頼は最高の財産です ほか），第4章 夢をかなえるために（あきらめない限り、夢は必ず近づいてきます，今、この瞬間を大切にしよう ほか）

内容 江戸から明治の時代にかけて、大きく変わった日本の社会。多くの人たちが不安の中に暮らしていました。そうした時、佐藤一斎の教えが、多くの人たちに生きる勇気を与え、新しい日本をつくりだす元気を生み出しました。言志四録は、この教えを年代にそって四編にまとめたものです。

**『光村の国語はじめて出会う古典作品集 5 古事記・風土記・今昔物語集・宇治拾遺物語・十訓抄・沙石集・御伽草子・伊曽保物語』** 青山由紀ほか編 光村教育図書 2010.12 111p 27cm 3500円 ①978-4-89572-769-3

目次 古事記・風土記（現代語訳），今昔物語集，宇治拾遺物語・十訓抄・沙石集，御伽草子，伊曽保物語

**『光村の国語はじめて出会う古典作品集 4 竹取物語・伊勢物語・源氏物語・大和物語・大鏡・堤中納言物語・平家物語・世間胸算用・南総里見八犬伝』** 青山由紀，甲斐利恵子，邑上裕子編，河添房江，高木まさき監修 光村教育図書 2010.12 111p 27cm〈文献あり 年表あり 索引あり〉 3500円 ①978-4-89572-768-6 Ⓝ918

目次 竹取物語，伊勢物語，源氏物語，大和物語・大鏡・堤中納言物語，平家物語，世間胸算用・南総里見八犬伝

**『地獄めぐり 鬼の大宴会』** 沼野正子文・絵 汐文社 2010.11 35p 21×22cm 1600円 ①978-4-8113-8549-5

目次 八大地獄，焦熱地獄，大焦熱地獄，阿鼻地獄，お寺

内容 ついにさいごの地獄へむかうキクマロくんにミルメちゃん。下へ下へと落ちてゆくと、まっていたのは…。

**『地獄めぐり 針山つなわたり』** 沼野正子文・絵 汐文社 2010.8 33p 21×22cm 1600円 ①978-4-8113-8548-8

内容 鎌倉時代に僧源信が『往生要集』の中で書いた、八大地獄をめぐる絵本の第2弾。

**『本をもっと楽しむ本―読みたい本を見つける図鑑 4 古典』** 塩谷京子監修 学研教育出版，学研マーケティング〔発売〕 2010.2 47p 29cm〈索引あり〉

2800円　①978-4-05-500757-3,978-4-05-811167-3　Ⓝ019.5
|目次| 古典を読んでみよう　大塚ひかりさん,マンガでみる貴族のくらし　平安"ひかる"物語,平安貴族の恋愛と結婚,貴族の住まい,宮中の世界(身分・仕事・後宮),貴族の服装,占いと陰陽道,宮中の行事カレンダー,平安貴族の一生,マンガでみる町人のくらし　おみつと竜太郎の江戸悲恋物語〔ほか〕

『光村の国語はじめて出会う古典作品集 1　土佐日記・枕草子・更級日記・方丈記・徒然草・おくのほそ道』　青山由紀,甲斐利恵子,邑上裕子編,河添房江,高木まさき監修　光村教育図書　2009.12　111p　27cm〈文献あり　年表あり　索引あり〉3500円　①978-4-89572-756-3　Ⓝ918

『マンガ塙保己一――目で聞き、耳で読んだ』　花井泰子原作,しいやみつのり漫画　松戸　ストーク,星雲社〔発売〕2009.10　173p　26cm　1200円　①978-4-434-13619-1
|内容| 『群書類従』の編纂者で盲目の国学者・塙保己一の一生をマンガで紹介。

『こしもぬけちゃうびっくりばなし』　福井栄一文,村田エミコ絵　子どもの未来社　2009.3　93p　22cm　(古典とあそぼう) 1400円　①978-4-901330-89-3　Ⓝ913.6
|目次| ヘビにのみこまれた七兵衛,空飛ぶ鉢,ばけものの正体,年始の鬼,神さまにひきとめられた男,藤原道長の肝だめし,あばれイノシシを退治した妻,ゆずってしまったものは？,ハチをあやつる男,たすけたコイにうらまれた坊さん,虫に生れ変わった尼さん

『せなかもぞくぞくこわいはなし』　福井栄一文,横須賀キッコ絵　子どもの未来社　2009.3　93p　22cm　(古典とあそぼう) 1400円　①978-4-901330-90-9　Ⓝ913.6
|目次| おなかの中からきこえる声,鬼の行列,極楽のきくらげと数の子,女郎花の秘密,なぞの声の正体は？,吉備津の釜,平清盛とものけ,三人の大男,くもの井戸,鬼同丸のまちぶせ,見つかってしまった坊さん
|内容| とっておきの恐い話。読む「きもだめ

し」のはじまり、はじまり。

『おなかもよじれるおもしろばなし』　福井栄一文,河野あさ子絵　子どもの未来社　2009.2　91p　22cm　(古典とあそぼう) 1400円　①978-4-901330-88-6　Ⓝ913.6
|目次| 天王山の二ひきのカエル,鹿の音をきくはずが…,びっくりしたサザエ,鏡をめぐっておおさわぎ,ぬけない手,産むなら,いまのうち,その半分,地獄をさわがせた三人組,サケを洗うと…,とんだお化粧,いり豆を箸ではさむ名人

『光村の国語わかる、伝わる、古典のこころ 1　物語・随筆・説話・伝統芸能を楽しむ16のアイデア』　青山由紀,小瀬村良美,岸田薫編,工藤直子,高木まさき監修　光村教育図書　2009.1　63p　27cm〈索引あり〉3200円　①978-4-89572-743-3,978-4-89572-746-4　Ⓝ810.7
|目次| 竹取物語,御伽草子,枕草子,平家物語,徒然草,宇治拾遺物語,伝統芸能
|内容| 日本人の心を伝える作品を楽しみながら、より深く味わうため16のアイデアを紹介。

『おくのほそ道　百人一首―など』　松尾芭蕉[原著],松本義弘文,岡村治栄イラスト　学習研究社　2008.2　195p　21cm　(超訳日本の古典 12　加藤康子監修)〈標題紙のタイトル：おくのほそ道,百人一首,川柳・狂歌〉1300円　①978-4-05-202870-0　Ⓝ915.5
|目次| おくのほそ道(日光路,奥州路,出羽路,北陸路),百人一首,川柳,狂歌

『御伽草子　仮名草子』　粟生こずえ,弦川琢司文,岡村治栄イラスト　学習研究社　2008.2　195p　21cm　(超訳日本の古典 8　加藤康子監修) 1300円　①978-4-05-202866-3　Ⓝ913.49
|目次| 御伽草子(ものくさ太郎,一寸法師,長宝寺よみがへりの草紙,酒伝童子絵,浦島太郎),仮名草子(浮世物語,一休ばなし,宿直草)

『おもしろ日本古典ばなし115―現代語訳』　福井栄一訳著　子どもの未来社　2008.2　282p　21cm　1800円　①978-

4-901330-80-0　Ⓝ913.6
|目次| わらいばなし16篇(墨でお化粧をしたら…, にせものを作っちゃえ ほか), ふしぎばなし26篇(虫の大好きなお姫さま, 行基の口と鼻 ほか), なるほどばなし27篇(この世でいちばんの宝物って, なに？, 助けてあげた鯉にうらまれた僧 ほか), こわいはなし9篇(生きながら鬼と化した女, クモの井戸 ほか), しみじみばなし10篇(鹿の王さまの悩み, 身代わり不動 ほか), びっくりばなし27篇(空飛ぶ鉢の正体, 死んで虫になった尼 ほか)
|内容| あっとおどろくはなし, ぞっとするはなし, 笑ってしまうはなし…。『竹取物語』『堤中納言物語』『古今著聞集』などから, 風変わりでおもしろい話115話を厳選。

『地獄・あの世の怪談』　川村たかし監修　教育画劇　2007.4　144p　22cm　(怖いぞ！古典怪談傑作選 5巻)〈挿画：小笠原あり　協力：日本児童文芸家協会〉1840円　①978-4-7746-0865-5　Ⓝ913
|目次| 耳なし芳一, 長ひげ国, もう一人の自分, 夢応の鯉魚, 落語 死神, 女郎蜘蛛, 邪神の正体, もの言う髑髏, 落語 一眼国, 十二人の坊主, 病気の雷, 生首の仇討ち
|内容| 本書では, 『耳なし芳一』や『死神』など, 地獄やあの世の古典怪談を紹介していきます。「異世界」から来た化け物や怨霊に襲われたり, 不思議な体験をするお話でいっぱいです。死後の世界への恐怖に面白さが加わる一冊です。

『食肉・食人鬼の怪談』　川村たかし監修　教育画劇　2007.4　143p　22cm　(怖いぞ！古典怪談傑作選 6巻)〈挿画：深瀬優子　協力：日本児童文芸家協会〉1840円　①978-4-7746-0866-2　Ⓝ913
|目次| 食人鬼, 油をなめる子ども, 頭で食べる人, 唇を食べる亀, 黄金餅, 禁断の味, 食べた魚の怨霊, 人食い老魔, もう半分, 茶碗の中, 化け物退治, 赤ん坊を食べる妖女

『化け蛇・化け狐などの怪談』　川村たかし監修　教育画劇　2007.4　144p　22cm　(怖いぞ！古典怪談傑作選 4巻)〈挿画：植村美子代　協力：日本児童文芸家協会〉1840円　①978-4-7746-0864-8　Ⓝ913
|目次| 大蛇になった老婆, こぶの中の蛇, 狐女, 人食い狸, 落語 トントン狸の頼みごと, むじな, 乳母桜, イモリの化け物, 落語 紋三郎稲荷, 鯉女, 猫の置き土産, 蠅になった女
|内容| 本書では, 化け蛇, 化け狐, 化け魚など, 動物や生き物の古典怪談を紹介していきます。昔から, 蛇や狐は神聖なものとして崇められた存在でした。それが, 本書の中では, ぞっとするような存在となって人びとにおそいかかります。

『鬼・鬼婆の怪談』　川村たかし監修　教育画劇　2007.2　141p　22cm　(怖いぞ！古典怪談傑作選 1巻)〈挿画：軽部武宏　協力：日本児童文芸家協会〉1840円　①978-4-7746-0861-7　Ⓝ913
|目次| 青頭巾, 酒呑童子, 流れてきた鬼の腕, 鬼になった男, 落語 地獄八景, 鬼の火あぶり, 安達ケ原の鬼婆, 鬼退治, 落語 困った時の盗人頼み, 体を引き裂かれた男, 安義橋の鬼, 美しい餅売の娘
|内容| 本書では, 『酒呑童子』や『鬼退治』など, 鬼や, 鬼婆が出てくる古典怪談を紹介しています。大きな角のはえた恐ろしい姿の鬼, 人をとって食う鬼など, 鬼にまつわる恐怖がいっぱいつまった一冊です。小学校中・高学年〜中学生向き。

『幽霊・怨霊の怪談』　川村たかし監修　教育画劇　2007.2　138p　22cm　(怖いぞ！古典怪談傑作選 3巻)〈挿画：後藤貴志　協力：日本児童文芸家協会〉1840円　①978-4-7746-0863-1　Ⓝ913
|目次| 逆さまの女, 破られた約束, 幽霊滝, 釜占い, 落語 皿屋敷, 乳をあげる幽霊, 呪いの白骨, 家に戻った死人, 落語 首提灯, 妻の怨霊, 幽霊が怖がるお札, 怪死
|内容| 本書では, 『皿屋敷』や『幽霊滝』など, 幽霊や怨霊が出てくる古典怪談を紹介しています。この世に後悔の念や怨みを抱いて死んでいる人が化けてでてくる幽霊。恐怖だけでなく, 幽霊の中にひそむ深い悲しみも感じとることができます。対象：小学校中・高学年〜中学生。

『妖怪・化け物の怪談』　川村たかし監修　教育画劇　2007.2　151p　22cm　(怖いぞ！古典怪談傑作選 2巻)〈挿画：村田エミコ　協力：日本児童文芸家協会〉1840円　①978-4-7746-0862-4　Ⓝ913
|目次| 雪女, ろくろ首, まこの手, 一つ目の神様, 落語 化け物使い, 浅間の社の化け物, 鞍馬の天狗, 大蛇のあと継ぎ, 落語 夏の医

日本の古典

者，人に化ける猫また，くらがり峠の天狗，せおわれ幽霊
[内容] 本書では，『雪女』や『ろくろ首』，『鞍馬の天狗』など，妖怪や化け物がでてくる古典怪談を紹介していきます。日本各地の妖怪や化け物たちは，怖いけれども不思議な魅力をかもしだしています。小学校中・高学年～中学生向き。

『がんばりやの作太郎―古典文学研究の開拓者・藤岡作太郎』 ふるさと偉人絵本館編集委員会編，かつおきんや文，かみでしんや絵　金沢　北国新聞社　2006.12　43p　30cm　（ふるさと偉人絵本館2）　1714円　①978-4-8330-1563-9

『新釈諸国百物語』　篠塚達徳著　ルネッサンスブックス，幻冬舎ルネッサンス〔発売〕　2006.6　293p　21cm　1800円　①4-7790-0051-3
[目次] 巻の1　一話～二十話，巻の2　二十一話～四十話，巻の3　四十一話～六十話，巻の4　六十一話～八十話，巻の5　八十一話～百話
[内容] 化け物譚・幽霊譚・仏教説話・復讐譚…続々と登場する妖怪・魑魅魍魎・幽霊・生き霊・神仏たち。『諸国百物語』は江戸時代に全盛を迎える百物語怪談集の元祖であり，本書は，その不朽の名作の完全書き下ろし現代語訳である。

『おもしろ古典教室』　上野誠著　筑摩書房　2006.4　159p　18cm　（ちくまプリマー新書33）　720円　①4-480-68734-3　Ⓝ910.2
[目次] 第1章　古典を読むと立派な人になれるというのは間違いだと思います（はじまり！はじまり！，本を読むと立派な人になれるというのは間違い ほか），第2章　こんな生き方をしたいと思ったとき（嫌いな文芸評論家との出逢い，温厚なわたしが講演会を途中退席した理由 ほか），第3章　読むとこんなことがわかる，なんの役にも立たないけど（書物に問いかける，メナム川の夕陽 ほか），第4章　人は遊びのなかに学び，時に自らの愚かさを知る（堕落する様子を歌舞伎で見る，またまた余談 ほか）
[内容] 「古典なんて何の役にも立ちません！私も古典の授業が嫌いでした！」こう言いきる著者が，「おもしろい」を入り口に，現代に花開く古典の楽しみ方を伝授する。

『日本のふしぎ話』　土家由岐雄編著，武部本一郎画　改訂版　偕成社　2006.4　177p　22cm　（民話と伝説呪いの巻物5）　1200円　①4-03-512550-4　Ⓝ388.1
[目次] おそろしい予言，わら人形がたてたお宮，たぬきの恩がえし，見るなのざしき，夢を買った商人，夜なき石，小判とごんぞう虫，たましいの入れかえ，若がえりの水，あこやの松，たにし長者，福をもってきた小僧，くずの葉ぎつね

『日本のゆうれい話』　二反長半編著，下高原千歳画　改訂版　偕成社　2006.4　189p　22cm　（民話と伝説呪いの巻物7）　1200円　①4-03-512570-9　Ⓝ388.1
[目次] 牡丹どうろう，かすみあみにかかった生首，あわれな少年ゆうれい，キクののろい，口をきくしゃれこうべ，びんぼうな八べえと油屋，白衣の騎士，墓場のゆうれい石，四谷怪談，ふたつの一升ます，生田の敦盛ばなし，追われキリシタン，死んでもはなれぬ妻，ふしぎな舞いおうぎ，とびまわる火の玉，茶わんのなかの顔，ゆうれい滝のきもだめし

『日本の恐ろしい話』　須知徳平編著　改訂版　偕成社　2006.2　185p　22cm　（民話と伝説呪いの巻物11）〈画：浦野日出夫〉　1200円　①4-03-512610-1　Ⓝ388.1
[目次] 長柄橋の人柱，花のゆうれい，油をぬすむ老婆，かなしい日本髪，ま夜中の葬式，首だけのむすめ，銭売りののろい，川のなかの産女，うらみの生霊，空をとぶ若者，荒野の妖怪，地獄から帰った智光，仏像を食べる山伏，馬のしりにのった少女，こうけつの城

『日本のおばけ話』　神戸淳吉編著　改訂版　偕成社　2006.2　193p　22cm　（民話と伝説呪いの巻物1）〈画：須田寿〉　1200円　①4-03-512510-5　Ⓝ388.1
[目次] ひとつ目の牛鬼，のっぺらぼう，耳なし芳一，かみそりぎつね，ろくろ首，水ぐもの糸，山うばとこども，船ゆうれい，うるしとりと竜，ものをいうふとん，えんま大王のつかい，おばけ車，雪むすめ，野根山のおおかみばば，かっぱのかたうで，佐賀のばけねこ，徳尾の森の大入道，安珍と清姫
[内容] 雪むすめ，船ゆうれい，佐賀のばけねこほか，身の毛のよだつ話，こわい話，ユーモラスで人情味のあるおばけの話，おそろしい仇討ちにまつわる伝説など一多彩でゆ

# 日本の古典

たかな，想像力あふれる日本の民話と伝説。小学校中学年から。

『**日本の怪ぶつ話**』 木暮正夫編著，須田寿画　改訂版　偕成社　2006.2　188p　22cm　（民話と伝説呪いの巻物 9）　1200円　Ⓘ4-03-512590-3　Ⓝ388.1

[目次] 山おくの蛇女，九尾のきつね，ばけそこなった山婆，矢をかぞえた赤い猫，じんきち変化，田原藤太と大むかで，竜になった八郎，人形峠のばけもの蜂，母をころした猫また，三川淵の大なまず，八俣のおろち，あかぎれ童子，ひざぎると花よめ，馬をさらった海ほうず

『**日本のこわい話**』 須知徳平編著，吉井忠画　改訂版　偕成社　2006.2　181p　22cm　（民話と伝説呪いの巻物 3）　1200円　Ⓘ4-03-512530-X　Ⓝ388.1

[目次] 羅生門の鬼，めしを食わないよめさん，やちまなこの怪，子育てゆうれい，安達が原の鬼ばば，くも女と山伏，海の中の亡霊，うばすて山の夜なき石，金ほりおそとき，墓をあばく老婆，大入道と小僧，うらみの白骨，おはぐろぎつね，白鷺城の怪，ふたり又五郎の相討ち，鬼につかれた妹，一つ目の神さま

[内容] 羅生門の鬼，子育てゆうれい，安達が原の鬼ばば，うらみの白骨，白鷺城の怪話，ぞっとする話，城にまつわるこわい話，執念ぶかいゆうれいの話など―想像力と勇気に富んだ，日本の民話と伝説。小学校中学年から。

『**小学生の名作ガイドはかせ―あらすじで読む名作案内**』 宮津大蔵著　学灯社　2005.10　195p　21cm　1500円　Ⓘ4-312-56031-5　Ⓝ902.3

[目次] 日本編（古事記，万葉集，竹取物語，源氏物語（紫式部），枕草子（清少納言）ほか），世界編（ギリシャ神話，聖書物語，アラビアン・ナイト，アーサー王と円卓の騎士，ロミオとジュリエット（W.シェイクスピア）ほか）

『**春はあけぼの祇園精舎の鐘の声―古文**』 斎藤孝編著，小田桐昭絵　草思社　2004.12　1冊（ページ付なし）　21×23cm　（声に出して読みたい日本語 子ども版 6）　1000円　Ⓘ4-7942-1371-9　Ⓝ910.2

『**子供に語ってみたい日本の古典怪談**』 野火迅著　草思社　2004.7　241p　19cm　1200円　Ⓘ4-7942-1326-3　Ⓝ388.1

[目次] 怨の巻（逆さまの女，妻の死骸にまたがった男，破られた約束，ノツゴ，吉備津の釜，生きたまま怨霊になった上皇，かさねが淵）怪の巻（青頭巾，耳なし芳一，悪鬼に食われた初夜の妻，生まれた子の寿命を言い当てた男，板におし殺された侍，蛇の幽霊，蛇の子を産んだ娘，人面瘡，橋で待つ貴女，幽霊滝），妖の巻（雪女，地獄から妻をたずねてきた夫，ともしびに映って死んだ女，ダイバ風，ぼたんどうろう），奇の巻（世にも美しい尼，ドクロの盃，かなえが頭から抜けなくなった法師，かぶらと交わって子を作った男，亀に唇を食われた男），悲の巻（菊花の約束，乳母桜）

『**古典がもっと好きになる**』 田中貴子著　岩波書店　2004.6　188p　18cm　（岩波ジュニア新書）　740円　Ⓘ4-00-500473-3　Ⓝ910.2

[目次] 序章 古文が嫌いになる前に，第1章「古典」が生まれた背景，第2章 古文に慣れよう，第3章『徒然草』を遊ぼう，第4章 百人一首うらばなし，第5章『堤中納言物語』より「花桜折る中将」を読む，第6章 女もすなる『土佐日記』，第7章『しんとく丸』の死と再生，第8章 能・狂言に描かれた女性たち

[内容] 学校で習う古文に興味がもてなくても，実は古典はおもしろい！ オカルトあり，恋愛ありのわくわくの宝庫から，おなじみの作品をわかりやすい現代語訳で紹介。自称「古文おちこぼれ」だった国文学者が，奥深くて不思議な古典の世界の楽しみ方，文法にしばられない原文の読み方を案内します。

『**恋の歌，恋の物語―日本古典を読む楽しみ**』 林望著　岩波書店　2002.5　203p　18cm　（岩波ジュニア新書）　740円　Ⓘ4-00-500398-2

[目次] 序章 何が好きって「恋」が好き，第1章『万葉集』は正直だ，第2章『古今和歌集』の情緒纒綿，第3章『新古今和歌集』のエロス，第4章『伊勢物語』はなぜ読まれたか，第5章『源氏物語』は奇跡である，第6章『平家物語』の「もののあはれ」

[内容] 「いつも君のこと想ってる」，「好きでたまらない」…。携帯やeメールなど無かった時代，「和歌」は恋する人への熱い想いを伝える重要な「装置」でした。「恋」をテー

日本の古典

マに、おなじみリンボウ先生が『万葉集』『古今集』『伊勢物語』『源氏物語』など、日本の代表的古典の魅力と面白さを縦横に語った、絶好の古典文学入門。

『日本文学の古典50選』 久保田淳著 岩波書店 2001.6 242p 18cm （岩波ジュニア新書）〈第14刷〉780円 ⓣ4-00-500085-1
[目次] 1 上代の文学（古事記，風土記 ほか），2 中古の文学（古今和歌集，土佐日記 ほか），3 中世の文学（保元物語，平治物語 ほか），4 近世の文学（好色五人女，世間胸算用 ほか）
[内容] 日本文学の古典は私たちの暮らしのなかにさまざまな形で生きています。この本は、万葉集、源氏物語、徒然草、奥の細道、世間胸算用など、上代から近世までの各ジャンルにわたる代表作五〇編をとり上げて、名歌名文を引用しながら作品の内容を紹介するとともに、時代背景や作者の横顔をあざやかに描きだします。

『赤い海賊船―朱印船と日本人町』 川村たかし作 大阪 教学研究社 2001.4 243p 21cm （痛快歴史物語）〈画：斎藤博之 1979年刊(2版)を原本としたオンデマンド版〉2200円 ⓣ4-318-09014-0 Ⓝ913.6

『大塩焼け―大塩平八郎の乱』 乾谷敦子作 大阪 教学研究社 2001.4 233p 21cm （痛快歴史物語）〈画：伊藤展安 1983年刊を原本としたオンデマンド版〉2200円 ⓣ4-318-09016-7 Ⓝ913.6

『風の回天童子―頼朝の旗あげ』 東尾嘉之作 大阪 教学研究社 2001.4 215p 21cm （痛快歴史物語）〈画：岩田ひろまさ 1978年刊を原本としたオンデマンド版〉2200円 ⓣ4-318-09009-4 Ⓝ913.6

『天に舞う蝶―細川ガラシャ夫人』 藤井まさみ作 大阪 教学研究社 2001.4 218p 21cm （痛快歴史物語）〈画：鴇田幹 1983年刊を原本としたオンデマンド版〉2200円 ⓣ4-318-09013-2 Ⓝ913.6

『走れ！ どんこ岩―日本海海戦と人力車』 難波利三作 大阪 教学研究社 2001.4 231p 21cm （痛快歴史物語）〈画：中村英夫 1978年刊を原本としたオンデマンド版〉2200円 ⓣ4-318-09017-5 Ⓝ913.6

『ヒョロンボ戦記―みちのくの戦い』 並河尚美作 大阪 教学研究社 2001.4 243p 21cm （痛快歴史物語）〈画：岩田ひろまさ 1978年刊を原本としたオンデマンド版〉2200円 ⓣ4-318-09008-6 Ⓝ913.6

『ポルトガル銃の秘密―鉄砲伝来』 松木修平作 大阪 教学研究社 2001.4 204p 21cm （痛快歴史物語）〈画：野崎猛 1978年刊を原本としたオンデマンド版〉2200円 ⓣ4-318-09012-4 Ⓝ913.6

『ムクリの嵐―蒙古襲来』 那須正幹作 大阪 教学研究社 2001.4 231p 21cm （痛快歴史物語）〈画：こさかしげる 1980年刊を原本としたオンデマンド版〉2200円 ⓣ4-318-09010-8 Ⓝ913.6

『燃える砦―尊氏と正成』 浜野卓也作 大阪 教学研究社 2001.4 232p 21cm （痛快歴史物語）〈画：高橋国利 1980年刊を原本としたオンデマンド版〉2200円 ⓣ4-318-09011-6 Ⓝ913.6

『読解のための新古典文法』 小町谷照彦監修 改訂7版 東京書籍 2001.2 176p 21cm〈付属資料：12p(20cm)：解答編 12p(20cm)：小倉百人一首〉486円 ⓣ4-487-68507-9

『恋するこころは昔も今も―神話の恋・うたの恋・中世の恋・近世の恋』 山本直英,高柳美知子著, 二宇李佑紀ほかまんが ポプラ社 2000.4 94p 27cm （まんがで読む・ひとびとの生と性 4）〈索引あり〉2400円 ⓣ4-591-06361-5, 4-591-99327-2
[目次] 第1話 イザナミとイザナギ―『古事

記』より，第2話 万葉集，第3話 業平と高子—『伊勢物語』より，第4話 お七の恋—『好色五人女』より，第5話 野菊の墓
内容 対等なふたりの関係って？ 古代から近世まで，文学に描かれた代表的な恋をまんがで読む。

『**日本古典のすすめ**』 岩波書店編集部編 岩波書店 1999.6 212p 18cm （岩波ジュニア新書）〈文献あり〉 700円 ①4-00-500325-7
目次 『万葉集』，『古今和歌集』，『伊勢物語』，『枕草子』，『源氏物語』，『和漢朗詠集』，『今昔物語集』，『平家物語』，『徒然草』，『閑吟集』〔ほか〕
内容 「古典なんて古くさいし，姿勢を正して読むなんて窮屈だ」と思っていませんか？ この本では，『万葉集』から『雨月物語』まで，日本の代表的古典14篇の魅力と面白さ，味わいを，それぞれの第一線の研究者が存分に語ります。通読すれば私たち日本人の人生観・世界観や日本文化の特色も通観できる，絶好の古典案内。

『**新古典文法**』 長尾高明著 改訂版 尚学図書 1999.1 148p 21cm〈索引あり〉 369円 ①4-7854-5622-1

『**笛吹童子**』 橋本治文，北村寿夫原作，岡田嘉夫絵，井上ひさし，里中満智子，椎名誠，神宮輝夫，山中恒編 講談社 1998.4 357p 19cm （痛快 世界の冒険文学 7） 1500円 ①4-06-268007-6
内容 戦乱の世に光を！ 野武士の一味に国をうばわれた悲劇の兄弟。兄・萩丸は剣の道，弟・菊丸は面作りの道へ。正義と悪の宿命のたたかいが，いま，はじまる。波乱万丈！ 日本がほこる伝奇文学。ときは，戦乱の世。正義と悪がおりなす雄大なロマンが，いま，よみがえる。

『**陰陽師 安倍晴明**』 志村有弘文，加藤道子絵 勉誠社 1997.1 116p 21cm （親子で楽しむ歴史と古典 13） 1545円 ①4-585-09014-2
目次 一条戻橋の鬼女，鬼女の来襲，酒呑童子と四天王，藤原保昌の武勇，大江山の酒呑童子，式神，花山天皇の譲位，前世の髑髏，算術，鬼が見える〔ほか〕
内容 京の都の悪霊退治師，安倍晴明。楽しいお話。

『**勝海舟**』 杉田幸三文，梶鮎太絵 勉誠社 1997.1 142p 21cm （親子で楽しむ歴史と古典 21） 1545円 ①4-585-09022-3
目次 お正月のお餅，江戸城へ，犬に襲われる，剣術の修行，蘭学への道，辞典の筆写，夜中に通う，隠れた人物，私塾をひらく，大砲の注文，黒船あらわる，大切なまごころ，徳川の海軍，長崎で〔ほか〕
内容 幕末，江戸を支えた男，勝海舟。楽しいお話。

『**紀伊国屋文左衛門**』 小田淳文，滝波実絵 勉誠社 1997.1 126p 21cm （親子で楽しむ歴史と古典 18） 1545円 ①4-585-09019-3
目次 紀州密柑の起源，江戸のくらしと鞴まつり，定期船路のはじまり，紀州密柑の販売経路，文左衛門の生い立ち，弁才船「妙見丸」，夢のお告げ，紀州男子の決意，守り神，義父の温情，覚悟の船出，難所続きの荒海，運命の岐路，難関突破
内容 男一代，千両万両の夢。ミカン夢船，紀伊国屋文左。楽しいお話。

『**坂本龍馬**』 泉淳文，田村元絵 勉誠社 1997.1 136p 21cm （親子で楽しむ歴史と古典 22） 1545円 ①4-585-09023-1
目次 いじめられっ子，成長，水練，江戸へ，佐那子，小竜，全国優勝のタイトル，勤王党，川畔，論争，こわい人，国脱しの御時勢，勝と識り海軍を学ぶ〔ほか〕

『**水戸黄門**』 松尾政司文，鈴木悠子絵 勉誠社 1997.1 124p 21cm （親子で楽しむ歴史と古典 16） 1545円 ①4-585-09017-7
内容 天下の副将軍，水戸黄門。楽しいお話。

『**大岡裁き**』 西野辰吉文，梶鮎太絵 勉誠社 1996.5 129p 21cm （親子で楽しむ歴史と古典 10） 1236円 ①4-585-09011-8

『**関ヶ原の戦い**』 中村晃文，梶鮎太絵 勉誠社 1996.5 133p 21cm （親子で楽しむ歴史と古典 9） 1236円 ①4-585-09010-X
目次 関白秀吉の死，石田三成，佐和山城へ

## 日本の古典

閉じ込められる，会津の上杉景勝攻め，石田三成が兵をあげる，家康，会津攻めを断念する，伏見城，ついに落城，石田三成，大垣城に入る，東軍，岐阜城を落とす，岐阜城の援軍敗走する，家康はまだ動かない〔ほか〕

『葉隠』　黒鉄ヒロシ著　中央公論社　1995.12　272p　19cm　（マンガ日本の古典　26）　1262円　①4-12-403304-4

『おん霊のたたり』　三田村信行著，山下勇三画　あかね書房　1995.3　143p　21cm　（にっぽん怪談クラブ　9）　1200円　①4-251-03959-9
[目次]　目ひとつの神，まいごになった男，恐怖の一夜，亡霊の口どめ，お札はすてられた，水をほしがるゆうれい，あやしい夢，おん霊のたたり

『怪談皿屋敷』　三田村信行著，遠山繁年画　あかね書房　1995.3　143p　21cm　（にっぽん怪談クラブ　10）　1200円　①4-251-03960-2
[目次]　山伏の怪，おそすぎた再会，つぶてをうつ小僧，熊本城のたぬき，ひと足おさきに，むくむく，ゆうれいの手紙，きつねの使者，怪談皿屋敷

『てんぐの人さらい』　三田村信行著，黒岩章人画　あかね書房　1995.3　143p　21cm　（にっぽん怪談クラブ　8）　1200円　①4-251-03958-0
[目次]　あやしい窓，ガマの怪，人を殺す板，ねこまカボチャ，きつね四天王，灯火をぬす む妖怪，てんぐの人さらい，即身の毒蛇，地獄であいましょう，霊鬼にとりつかれた男

『宙をとぶ首』　三田村信行著，山下勇三画　あかね書房　1995.2　143p　21cm　（にっぽん怪談クラブ　7）　1200円　①4-251-03957-2
[内容]　この本には，日本の古典や，怪談集，随筆集，昔話，落語などからえらびだした，こわくておもしろい話がたくさんのっている。

『三河物語』　安彦良和著　中央公論社　1995.2　272p　19cm　（マンガ日本の古典　23）　1262円　①4-12-403301-X
[内容]　彦左衛門が著した徳川家興隆の真実と旗本の意地。

『鬼にされた男』　三田村信行著，山下勇三画　あかね書房　1994.11　143p　21cm　（にっぽん怪談クラブ　6）　1200円　①4-251-03956-4
[目次]　死後のむくい，もうひと口，ゆうれい一家，シラミのふくしゅう，ものをいうどくろ，ねこまたの怪，黒いなわ，地神におわれて，人魂のさんぽ，鬼にされた男
[内容]　日本の古典や，怪談集，随筆集，昔話，落語などからえらびだした，こわくておもしろい話。

『墓場にとぶ火の玉』　三田村信行著，山下勇三画　あかね書房　1994.3　143p　21cm　（にっぽん怪談クラブ　4）　1200円　①4-251-03954-8
[目次]　影の病，さか立ちゆうれい，ただひと口，きつねのカンちがい，大なまずのゆめ，墓場にとぶ火の玉，一つ目小僧，てんぐの妖術，うぶめの怪，死に神にあった男

『妖怪にのろわれた村』　三田村信行著，山下勇三画　あかね書房　1994.3　143p　21cm　（にっぽん怪談クラブ　5）　1200円　①4-251-03955-6
[目次]　黒手切り，かじ屋の婆，水筋のぬけ道，ともしびの女，首くくりだぬき，屋根の上の足音，人馬の怪，怪談百物語，妖怪にのろわれた村

『生き霊ののろい』　三田村信行著，古味正康画　あかね書房　1994.1　143p　21cm　（にっぽん怪談クラブ　3）　1200円　①4-251-03953-X
[目次]　三人きもだめし，通り悪魔の怪，前世のむくい，首をくくる約束，化け物あやまる，生き霊ののろい，生きかえった男，ろくろっ首，へびの精
[内容]　この本には，日本の古典や，怪談集，随筆集，昔話，落語などからえらびだした，こわくておもしろい話がたくさんのっています。

『闇をかけるがいこつ』　三田村信行著，高田勲画　あかね書房　1994.1　143p　21cm　（にっぽん怪談クラブ　2）　1200円　①4-251-03952-1
[目次]　わらう沼，縞縞城の恐怖，カッパの

怪，おそすぎたゆうれい，踊りをおどるねこ，首とひきかえ，闇をかけるがいこつ，人面瘡，のどをしめる生き霊，鬼がきた
[内容] この本には、日本の古典や、怪談集、随筆集、昔話、落語などからえらびだした、こわくておもしろい話がたくさんのっています。

『ゆうれい美女』　三田村信行著，倉石琢也画　あかね書房　1993.12　143p　21cm　（にっぽん怪談クラブ 1）　1200円　④4-251-03951-3
[目次] おそろしい予言，もう半分，茶わんのなかの顔，雨の小ぼうず，魔物にねらわれた家，うごく死体，ものを食う死体，おどる死体，かえってきた死体，箱のなかには，ゆうれい美女
[内容] 日本の古典や、怪談集、随筆集、昔話、落語などからえらびだした、こわくておもしろい話が、たくさんのっています。

『日暮硯』　駒込幸典ほか編　長野　信濃教育会出版部　1992.10　157p　22cm　（現代口語訳信濃古典読み物叢書　第10巻）〈監修・指導：滝沢貞夫　叢書の編者：信州大学教育学部附属長野中学校創立五十周年記念事業編集委員会〉1000円　④4-7839-1033-2

『越後からの雪だより─『北越雪譜』をかいた鈴木牧之と江戸の文人たち』　松永義弘作，高田勲絵　PHP研究所　1991.12　168p　21cm　（PHP愛と希望のノンフィクション）　1300円　④4-569-58520-5
[目次] 1 30年来の夢，2 19歳で江戸へ旅行，3 雪の話をつたえたい，4 守り札は忍の一字，5 ふたたび江戸をおとずれる，6 秋山郷への旅，7 うんざりするほどの歳月，8 雪国に生きる者
[内容] 江戸時代の末に出版され、今でも読みつがれている雪国の本『北越雪譜』。その誕生のドラマと、著者鈴木牧之の一生をいきいきと描いた物語。小学上級以上。

『親と子のための沖縄古典文学』　平山良明著，黒潮隆きりえ　中城村（沖縄県）むぎ社　1990.10　131p　26cm　2400円

『絵で見るたのしい古典』　学習研究社　1990.3　8冊（セット）　26cm　20600円　④4-05-810210-1
[目次] 古事記・風土記，竹取物語，源氏物語，枕草子・徒然草，今昔物語，平家物語，奥の細道，東海道中膝栗毛
[内容] このシリーズは、小学校と中学校の読書学習、および国語と社会科の学習に役だつようにつくられています。

『全国怪談めぐり　西日本編　佐賀の化け猫』　木暮正夫著，岡本順絵　岩崎書店　1990.3　158p　21cm　（日本の怪奇ばなし 10）　980円　④4-265-03910-3
[目次] 立山の黒ゆり（富山），三番べやの黒入道（石川），八百比丘尼と白玉椿（福井），夜叉ケ池（岐阜），毛足のばけもの（愛知），阿漕の平治（三重），比良八荒（滋賀），九兵衛とふしぎなはえ（京都），とび駕篭の怪（大阪），姫路城のおさかべ姫（兵庫），伯母ケ峰の1本たたら（奈良），安珍と清姫と道成寺（和歌山），湖山長者（鳥取），七尋幽霊（島根），かつぎこまれた棺おけ（岡山），鉢が峰の空とぶ鉢（広島），鯨の法要（山口）〔ほか〕
[内容] この巻は、西日本の各地につたえられている民話、伝説のなかから、代表的な怪奇ばなしを1話ずつえらんで編んだものです。わたしたちの祖先は、なぜこうもたくさんの怪奇ばなしを生みだしつづけてきたのでしょう。一うらみをのこして死んでいった人や生きものによせる、祈りにもにた深い思い、また人間のありようを考えさせ、いましめる仏教思想や道徳観、自然観にうらづけられた民衆のねがいが、その底にながれているのではないでしょうか。小学校高学年以上。

『全国怪談めぐり　東日本編　安達が原の鬼ばば』　木暮正夫著，岡本順絵　岩崎書店　1990.2　144p　21cm　（日本の怪奇ばなし 9）　980円　④4-265-03909-X
[目次] 十勝のコロボックル（北海道），大蔵ニシン（北海道），天守閣の妖女（青森），雪女の怪（青森），むかで姫と秀郷の矢じり（岩手），遠野の河童淵（岩手），網地島の海坊主（宮城），猫の浄瑠璃かたり（宮城），ねずみにされたマタギ（秋田），与次郎稲荷（秋田）〔ほか〕
[内容] この巻は、東日本の各地につたえられている民話、伝説のなかから、各都道府県ごとに1～2話をえりすぐって編んだものです。動植物や気象にまつわる自然伝説、山や川や沼の精や主、妖怪変化にまつわる信仰伝

説、歴史上の事件や人物にまつわる歴史伝説など、どれもその土地土地の気候風土と人の暮らしのにおいのする、こわくておもしろい話ばかりです。小学校高学年以上。

『たたりにたたる天神・道真』 木暮正夫著, 葛岡博絵 岩崎書店 1989.11 144p 21cm （日本の怪奇ばなし 2） 980円 ①4-265-03902-2

[目次] 1 古代の天皇と怪奇のさまざま（"記紀"のちがい, 神のおつげを信じなかった仲哀天皇, 仁徳天皇とよみがえった弟, 田道将軍の墓をまもった大蛇, 飛騨の怪人「宿儺」ほか）, 2 仏教の広まりと鬼の暗躍（『日本霊異記』を書いた景戒, 孤を妻にした男, 元興寺の童子と鬼, 牛になった父親, どくろの恩返し ほか）, 3 内裏をおびやかす鬼たちと道真のたたり（新興貴族藤原氏と平城京, 日本最初の地誌『風土記』の編さん, 「阿用」のひとつ目鬼, 平安京の内裏に鬼の足あと, 藤原氏はなぜ鬼にねらわれたのか ほか）

[内容] この巻では『日本書紀』に記されている, 古代の天皇をめぐる怪奇な話のかずかずを, まず紹介。7世紀半ばに斉明天皇の喪の儀式をだまってのぞいていた朝倉山の鬼も登場します。つぎに奈良時代から平安時代にかけてまとめられた説話集『日本霊異記』から、「元興寺の童子と鬼」「どくろの恩返し」「地獄からかえってきた男」「鬼づかいの奇僧・役の行者」など、『往生要集』の地獄案内にもふれています。そして, 平安時代に栄華をきわめた藤原氏と朝廷内の権力争いにからんで, 内裏の内外に出没した鬼の話, 藤原時平のざん言によって大宰府に左遷されて亡くなり, 雷公となって90年もたたりつづけた菅原道真の話がつづきます。小学校高学年以上。

『からんころんぼたん灯篭』 木暮正夫著, 大川弘義絵 岩崎書店 1989.10 142p 21cm （日本の怪奇ばなし 5） 980円 ①4-265-03905-7

[目次] 1 あらわれた怪異小説の名人（「百物語」の流行をうけて,「百物語」の夜, 浅井了意は流行作家, 蜘蛛の鏡, 小人たちの怪事, 老婆の怪, 鬼の谷に落ちた男, 牡丹の灯篭, たねは中国の怪談集）, 2 「百物語」で商売はんじょう（『曽呂利物語』と『宿直草』, 見越入道の怪, 猟師と山姫, 天井から長い手,『諸国百物語』のこと, きもだめしの報い, こんな顔…, 刀をとられた若ざむらい, 酔っぱらいのばけもの退治, 「百物語」で商売はんじょう, 浪人と蛇酒, 霞谷のほら

穴）, 3 『雨月物語』と『春雨物語』（上田秋成のこと,「青頭巾」の話, 黄金の精霊, 目ひとつの神・一目連）

[内容] この巻では, まず『伽婢子』（浅井了意）,『宿直草』（荻田安静）,『諸国百物語』など, 江戸のちまたでひろく読まれた怪談集のなかから「蜘蛛の鏡」「小人たちの怪事」「牡丹の灯」「見越入道の怪」などの話を紹介。つづいて, 江戸中期, これらの怪奇な話を材料に, 人間の葛藤や心理おくゆきを, 作者の思いとかさねあわせながら, 文学として香り高く描きあげた, 上田秋成の『雨月物語』『春雨物語』から,「青頭巾の精霊」「目ひとつの神」を紹介します。小学校高学年以上。

『少年少女版 日本妖怪ばなし』 川端誠絵, 岩井宏実文 文化出版局 1989.7 1冊 26cm 1350円 ①4-579-40288-X

[目次] 最強の妖怪 鬼のはなし, 山の超人 天狗のはなし, 水中のいたずら者 河童のはなし, 波間の恐怖 海坊主のはなし, 妖術使い 1つ目・1本だたらのはなし, 白い恐怖 雪女のはなし, 山里の巨人 オオヒトのはなし, 天地創造の大巨人 ダイダラボウのはなし, 山の妖怪夫婦 山姥・山爺のはなし, 霊の妖怪 ジャンジャン火のはなし

[内容] 日本人が昔から語り伝えてきた妖怪は, 全国各地に数えきれないほどいて, その種類もたいへん多い。『日本霊異記』や『今昔物語集』『太平記』をはじめとする古典や,『百鬼夜行絵巻』などの絵巻物や, 江戸時代から近代までに著わされた妖怪物語や, 人々によく知られた書物のなかに書かれて伝えられた, 親しみ深い妖怪たちをここにとりあげた。

『日本文学の古典50選』 久保田淳著 ポプラ社 1984.11 242p 18cm （岩波ジュニア新書） 580円

『古文の読みかた』 藤井貞和著 岩波書店 1984.5 225,5p 18cm （岩波ジュニア新書） 580円

◆古語辞典

『学研全訳古語辞典』 金田一春彦監修, 小久保崇明編者代表 改訂第2版 小型版 学研教育出版, 学研マーケティング〔発売〕 2014.2 1326p 図版40p 17cm〈初版：学研 2003年刊 年表あ

り 索引あり〉 2000円 Ⓘ978-4-05-303887-6 Ⓝ813.6

『学研全訳古語辞典』 金田一春彦監修,小久保崇明編者代表 改訂第2版 学研教育出版,学研マーケティング〔発売〕 2014.2 1326p 図版40p 19cm〈初版：学研 2003年刊 年表あり 索引あり〉 2700円 Ⓘ978-4-05-303886-9 Ⓝ813.6

『旺文社全訳古語辞典』 宮腰賢,石井正己,小田勝編 第4版 小型版 旺文社 2011.11 1407p 図版32p 17cm〈索引あり〉 1900円 Ⓘ978-4-01-077720-6 Ⓝ813.6

『旺文社全訳古語辞典』 宮腰賢,石井正己,小田勝編 第4版 旺文社 2011.10 1407p 図版32p 19cm〈索引あり〉 2700円 Ⓘ978-4-01-077718-3 Ⓝ813.6

『すっきりわかる！〈江戸〜明治〉昔のことば大事典―歴史や名作文学でよく見るモノや表現2000』 くもん出版 2011.7 159p 28cm〈索引あり〉 5000円 Ⓘ978-4-7743-1953-7 Ⓝ814.6
|目次| 第1章 町や村と乗り物のことば,第2章 くらしと衣食住のことば,第3章 社会生活のことば,第4章 娯楽・文化のことば,第5章 自然を表すことば,第6章 日本の歴史と行事のことば
|内容| 「『かわや』って何？」「『かすり』って,どんなもよう？」「『茜』ってどんな色？」…など、いまではすっかりなじみがうすくなった昔のことばを、絵や写真、そしてくわしい解説で学べる事典です。江戸時代から明治時代のくらしのなかで、身近に使われていたことばを中心に、約2000語を、この1冊におさめています。

『昔のことば絵事典―名作で楽しく学べる古人の気持ち・くらしがわかる』 どりむ社編,広瀬唯二監修 PHP研究所 2011.3 63p 29cm〈文献あり 年表あり 索引あり〉 2800円 Ⓘ978-4-569-78130-3 Ⓝ814.6
|目次| 第1章 昔の人々の気持ちを表すことばを見てみよう（『竹取物語』(1) あやしいものはうつくしかった。『竹取物語』(2) 月がおもしろい ほか）、第2章 昔の人々のくらしをのぞいてみよう（『枕草子』(1) 雨が降っておかしい,『枕草子』(2) おどろいて外を見る ほか）、第3章 旅の様子や戦の舞台をのぞいてみよう（『今昔物語集』 おろかではない男の人,『土佐日記』(1) みんなでののしる送別会 ほか）、ほかにもたくさん！ 今とは意味・使い方がちがうことば
|内容| 昔のことばの意味を知って、昔の人たちのくらしを想像してみよう。『枕草子』や『徒然草』など有名な古典の中からことばを選び、イラストを交えながら解説。

『三省堂全訳基本古語辞典』 鈴木一雄編者代表 第3版 増補新装版 三省堂 2007.12 42,1109p 19cm〈年表あり〉 1900円 Ⓘ978-4-385-14135-0 Ⓝ813.6

『旺文社全訳学習古語辞典』 宮腰賢,石井正己,小田勝編 旺文社 2006.10 16,1087p 19cm 1900円 Ⓘ4-01-077717-6 Ⓝ813.6

『小学館全文全訳古語辞典』 北原保雄編 小学館 2004.1 1372p 19cm 2600円 Ⓘ4-09-501554-3 Ⓝ813.6

『学研全訳古語辞典―小型版』 金田一春彦監修,小久保崇明[ほか]編 学習研究社 2003.12 1267p 17cm〈付属資料：16p：古文学習法 年表あり〉 2000円 Ⓘ4-05-301515-4 Ⓝ813.6

『学研全訳古語辞典』 金田一春彦監修,小久保崇明[ほか]編 学習研究社 2003.12 1267p 19cm〈付属資料：16p：古文学習法 年表あり〉 2600円 Ⓘ4-05-301514-6 Ⓝ813.6

『旺文社全訳古語辞典』 宮腰賢[ほか]編 第3版 小型版 旺文社 2003.10 32,1343p 17cm 1900円 Ⓘ4-01-077714-1 Ⓝ813.6

『旺文社全訳古語辞典』 宮腰賢[ほか]編 第3版 旺文社 2003.10 32,1343p 19cm 2600円 Ⓘ4-01-077709-5 Ⓝ813.6

『三省堂全訳基本古語辞典』 鈴木一雄[ほか]編 第3版 三省堂 2003.1

1109p　19cm〈年表あり〉　1900円　Ⓘ4-385-14134-7　Ⓝ813.6

『三省堂全訳基本古語辞典』　鈴木一雄ほか編　第2版　三省堂　2000.1　1111p　19cm　1900円　Ⓘ4-385-14133-9

『ベネッセ全訳コンパクト古語辞典』　中村幸弘編　多摩　ベネッセコーポレーション　1999.11　991p　19cm〈索引あり〉　1810円　Ⓘ4-8288-0448-X

『完訳用例古語辞典』　金田一春彦監修, 小久保崇明編者代表　学習研究社　1999.4　1203p　図版12枚　19cm　2600円　Ⓘ4-05-300445-4

## 日本神話

『子どもに語る日本の神話』　三浦佑之訳, 茨木啓子再話　こぐま社　2013.10　194p　18×14cm　1600円　Ⓘ978-4-7721-9055-8
　目次　国のはじまり―イザナキとイザナミ, 天の岩屋―高天の原のアマテラスとスサノオ, スサノオとヤマタノオロチ, 稲羽の白ウサギ, オオナムジ, 根の堅州の国へ, オオクニヌシの国づくりと, 小さな神スクナビコナ, オオクニヌシの国ゆずり, 地上に降りた神―コノハナノサクヤビメとイワナガヒメ, 海幸彦と山幸彦, ヤマタタケル
　内容　イザナキとイザナミの国生み, スサノオとヤマタノオロチ, 稲羽の白ウサギ, 海幸彦と山幸彦, ヤマトタケルほか, 泣き, 笑い, 冒険もすれば, 恋もする神さまたちの物語10篇。読んであげるなら小学低学年から/自分で読むなら小学中学年以上。

『絵で見てわかるはじめての古典　1巻　古事記・風土記』　田中貴子監修　学研教育出版, 学研マーケティング〔発売〕　2012.2　47p　30cm〈文献あり〉　2500円　Ⓘ978-4-05-500854-9　Ⓝ910.2
　目次　『古事記』は, こんな本, 『古事記』の舞台になった古噴時代ってこんな時代, 古代の人々の服装は…, 『古事記』の"世界

はどんなもの？, 『古事記』イザナキとイザナミの話, 『古事記』天の岩屋の戸, 開かれる, 演じてみよう！ 声に出して読んでみよう！ 1　ヤマタノオロチ, 演じてみよう！ 声に出して読んでみよう！ 2　いなばの白うさぎ, 『古事記』国ゆずり, 『古事記』海幸山幸〔ほか〕

『心をそだてる松谷みよ子の日本（にっぽん）の神話―国生み　ヤマタノオロチ　いなばの白うさぎ　ヤマトタケル　ほか　決定版』　松谷みよ子［著］　講談社　2010.10　255p　26cm　2800円　Ⓘ978-4-06-216524-2　Ⓝ164.1
　目次　天地の始まりのお話（国生み, ヨモツヒラサカ　ほか）, 地上をおさめたオオクニヌシのお話（ふくろをせおった神, オオナムジ、根の国へ　ほか）, アマテラスの子孫が地上をおさめたころのお話（ニニギ天下る, コノハナサクヤヒメ　ほか）, 高千穂から大和へうつったあとのお話（ノミノスクネ, ヤマトタケル, 討伐の旅に　ほか）, 日本各地につたわるお話（赤神と黒神, つばきの湖　ほか）
　内容　松谷みよ子の美しい文章で, 昔話を読むように神話を楽しめる。第一線の絵本作家の美しい挿画がふんだんに入り, 絵本のように読みやすい。この1冊で日本の神話のおもだったお話がすべて読める。写真・図版・コラムを豊富に掲載。時代背景やいまの暮らしとのつながりがわかる。

『いなばのしろうさぎ―日本むかしばなし』　いもとようこ文・絵　金の星社　2010.7　1冊（ページ付なし）　29cm　1300円　Ⓘ978-4-323-03724-0　Ⓝ726.6
　内容　1ぴき, 2ひき, 3びき…。ぴょん, ぴょん, ぴょん。うさぎはぶじにさめの背中を渡りきれるのでしょうか？ 2011年度国語の教科書から「いなばのしろうさぎ」掲載。

『親から子へ語り継ぎたい日本の神話』　伊東利和著　幻冬舎ルネッサンス　2008.5　303p　20cm　1500円　Ⓘ978-4-7790-0336-3　Ⓝ164.1
　目次　国生み, 天照大神と須佐之男命, 大国主の冒険, 国譲りと天孫降臨

『国生み神話―日本のはじめと淡路島』　広岡徹監修, 投石文子文, 進藤晃子絵［洲本］　にこちゃん塾　2008.3　39p　22×26cm〈他言語標題：The myth of the creation of Japan　英語併記　共同刊行：淡路島くにうみ協会〉1429円　Ⓘ978-4-9904317-1-6　Ⓝ913.2

『絵本 コノハナサクヤヒメ物語』　縷衣香著　而立書房　2007.8　46p　18×16cm〈本文：日英両文〉1500円　Ⓘ978-4-88059-339-5

『いなばの白ウサギ』　谷真介文，赤坂三好絵　佼成出版社　2006.10　30p　26×22cm　（十二支むかしむかしシリーズ）1300円　Ⓘ4-333-02235-5

|内容| 竹林があらしにおそわれ、小さなしまにながれついたウサギは、ふるさとにかえりたくてしかたありません。そこで、ウサギは、サメたちをだまして踏み石にし、海をわたろうとくわだてました―。3歳から。

『玉井―海幸彦と山幸彦』　片山清司文，白石皓大絵　神戸 BL 出版　2006.4　1冊（ページ付なし）28cm　（能の絵本）1600円　Ⓘ4-7764-0187-8　Ⓝ726.6

|内容| はるかむかしの兄弟の神様、海幸彦と山幸彦。つり針をめぐった争いのすえ、山幸彦は海の中の竜宮へ。神話に題材を得た、能「玉井」の物語。

『海幸彦 山幸彦』　西本鶏介文，藤川秀之絵　ポプラ社　2004.9　41p　25×26cm　（日本の物語絵本 10）1200円　Ⓘ4-591-08285-7

|内容| 兄の海幸彦のつり針をなくしてしまった山幸彦は、シオツチノカミにみちびかれ、ワタツミノカミのすむ海のかみのくにへむかった。そこでむすめのトヨタマビメと結婚して三年のあいだしあわせにくらした。しかし、ついに山幸彦は…。

『黄泉のくに』　谷真介文，赤坂三好絵，西本鶏介監修　ポプラ社　2003.10　41p　25×26cm　（日本の物語絵本 4）1200円　Ⓘ4-591-07891-4

|内容| 日本の島をつくったイザナギノミコトとイザナミノミコトは、つぎに海、山などをうみましたが、火をうんだイザナミは大やけどをして、死者のすむ黄泉のくにへたびだってしまいました。かなしんだイザナギは、イザナミをむかえにいこうと地の底へとくだっていきました。

『日本の神話』　平山忠義著　町田　玉川大学出版部　2003.9　119p　22cm　（玉川学園こどもの本）1400円　Ⓘ4-472-90503-5　Ⓝ164.1

|目次| 日本のはじめ，天の岩屋，八またのおろち，いなばの白うさぎ，国ゆずり，海さちひこ，山さちひこ，金のとび

|内容| 日本と日本人のなりたちを、わかりやすく述べました。天の岩屋、八またのおろち、いなばの白うさぎなど、かつて日本人の情操を養った物語を、読み聞かせにも適したやさしいことばでつづります。世界にはばたく日本の子どもたちに、ぜひ読んでおいてほしい一冊です。

『うみひこやまひこ―日本の神話』　与田準一文，渡辺学絵　復刊　岩崎書店　2002.4　1冊　25cm　（復刊・日本の名作絵本 8）1500円　Ⓘ4-265-03288-5,4-265-10276-X

『おおくにぬしのぼうけん』　福永武彦文，片岡球子絵　復刊　岩崎書店　2002.4　1冊　25cm　（復刊・日本の名作絵本 7）1500円　Ⓘ4-265-03287-7,4-265-10276-X

|内容| 大国主命は、おおぜいのきょうだいの末っ子で、やさしい心をもっています。しかし、やさしいだけではだめで、つぎつぎと猛烈な試練をうけ、それに耐え、勇気をもち、ついに「男の中の男」と認められ、国の主となるのです。

『にほんたんじょう』　岸田衿子文，渡辺学絵　復刊　岩崎書店　2002.4　1冊　25cm　（復刊・日本の名作絵本 3）1500円　Ⓘ4-265-03283-4,4-265-10276-X

『やまたのおろち』　羽仁進文，赤羽末吉絵　復刊　岩崎書店　2002.4　1冊　25cm　（復刊・日本の名作絵本 1）1500円　Ⓘ4-265-03281-8,4-265-10276-X

|内容| 須佐之男命は、高天原（天上）にいたときには、天照大神を中心とする"祭りごとの世界"にとじこもれない荒あらしいエネルギーの持ち主で、規律を破る異端者だった。その結果、天上を追放されて出雲の肥の川（島根県揖斐川）の地におりたつと、ちえと勇気をふるって悪（やまたのおろち）を倒し、

日本の古典　　　　　　　　　　　　　　　　　　　　　　　　　　　　　　　　　　　　　日本神話

土地を開き、生産を指導し、生活を高める役割をはたす。つまり神から人間の王者となっていく。文は映画監督の羽仁進、絵は赤羽末吉で、英雄説話にふさわしい力強さにあふれている。

『あまのいわと』　照沼まりえ脚色・構成, 四分一節子絵　永岡書店　2002　43p　15×15cm　（日本の神話アニメ絵本 2）　352円　Ⓘ4-522-45302-7　Ⓝ726.6

『イザナギとイザナミ―国のはじまり』　照沼まりえ脚色・構成, 鈴木ひろみ絵　永岡書店　2002　43p　15×15cm　（日本の神話アニメ絵本 1）　352円　Ⓘ4-522-45301-9　Ⓝ726.6

『いなばの白うさぎ』　照沼まりえ脚色・構成, 四分一節子絵　永岡書店　2002　43p　15×15cm　（日本の神話アニメ絵本 4）　352円　Ⓘ4-522-45304-3　Ⓝ726.6

『ウミサチヒコヤマサチヒコ』　照沼まりえ脚色・構成, 小林ゆかり絵　永岡書店　2002　43p　15×15cm　（日本の神話アニメ絵本 5）　352円　Ⓘ4-522-45305-1　Ⓝ726.6

『ヤマタノオロチ』　照沼まりえ脚色・構成, 小林ゆかり絵　永岡書店　2002　41p　15×15cm　（日本の神話アニメ絵本 3）　352円　Ⓘ4-522-45303-5　Ⓝ726.6

『海からきた怪神―スサノオ』　香川茂作　大阪　教学研究社　2001.4　203p　21cm　（痛快歴史物語）〈画：大古尅己1978年刊を原本としたオンデマンド版〉2200円　Ⓘ4-318-09006-X　Ⓝ913.6

『日本の神話』　松谷みよ子文, 司修絵　のら書店　2001.4　183p　21cm〈講談社1968年刊の復刊〉1500円　Ⓘ4-931129-13-7

目次　国生み、黄泉比良坂、三人の神々、荒れるスサノオ、天の岩戸、ヤマタノオロチ、国引き、袋を背おった神、オオナムジ、根の国へ、蛇の室屋、異国の神　アメノヒボコ、こびとの神、天からの使い、国ゆずり、ニニギ　天くだる、コノハナサクヤヒメ、ウミサチヒコ　ヤマサチヒコ、隼人舞のおこり、ワダツミノヒメ

『悲劇の皇子―ヤマトタケル』　中尾進彦作　大阪　教学研究社　2001.4　211p　21cm　（痛快歴史物語）〈画：大古尅己1978年刊を原本としたオンデマンド版〉2200円　Ⓘ4-318-09007-8　Ⓝ913.6

『日本の神話』　吉田敦彦監修・編　ポプラ社　2000.4　70p　27cm　（国際理解にやくだつ世界の神話 1）〈索引あり〉2400円　Ⓘ4-591-06369-0,4-591-99329-9

目次　国生みの神話、英雄の活躍、国ゆずりと天孫、沖縄とアイヌの神話

内容　『古事記』を中心にまとめ、イザナキとイザナミの「国生みの神話」やスサノオやヤマトタケルなどの「英雄の活躍」など、ほかにアイヌや沖縄の神話も紹介。

『教科書が教えない日本の神話―母と子におくる』　出雲井晶著　産経新聞ニュースサービス, 扶桑社〔発売〕　1998.4　177p　22cm　1238円　Ⓘ4-594-02472-6

目次　すばらしい私たちの先祖の古代人たち、天地のはじめ、国生み（日本の国のはじめ）、神々の誕生、黄泉の国、天照大神、須佐之男命、天の真名井の誓い、天の岩屋戸、大気津比売神〔ほか〕

『古事記・風土記―やまたのおろちほか』　与田凖一編著, 井口文秀画　新装改訂版　小峰書店　1998.2　220p　23cm　（はじめてであう日本の古典 1）　1600円　Ⓘ4-338-14801-2,4-338-14800-4

目次　やまたのおろち―古事記（この世のはじまり、天の岩屋、おろちたいじ　ほか）、むかしむかしのものがたり―風土記（富士山と筑波山、ものいうクリの木、天人のはごろも　ほか）

『アマテラス』　東逸子絵, 舟崎克彦文　ほるぷ出版　1997.4　1冊　28cm　（世界の神話絵本）　1600円　Ⓘ4-593-59405-7

『ヤマトタケル』　松田稔文, 柳沢秀紀絵　勉誠社　1996.5　131p　21cm　（親子で楽しむ歴史と古典 1）　1236円　Ⓘ4-585-09002-9

日本神話　　　　　　　　　　　　　　　　　　　　　　　　日本の古典

　[内容] 知と創造の宝庫へご招待。祖先たちのひたむきな生きざま、古典を楽しく味わい、歴史の事実を正確に知る。豊かな人生を開く鍵をあなたに。

『新・わかりやすい日本の神話』　出雲井晶著　京都　光琳社出版　1996.2　209p　19cm　1500円　⊕4-7713-0197-2
　[目次] 大宇宙のはじまり、国うみ—日本の国のはじまり、神うみ、黄泉の国行き、天照大神、須さの男の命、天の真名井の誓い、天の岩屋戸、大げつひめ、八またき大蛇〔ほか〕

『親子で読める日本の神話』　出雲井晶著　日本教文社　1995.11　182p　22cm　1500円　⊕4-531-04062-7
　[目次] うちゅうのはじまり、日本の国のたんじょう、神がみのたんじょう、よみの国、天照大神、すさのおのみこと、天のまな井のちかい、天のいわや戸、八またのおろち、大国ぬしのみこと〔ほか〕
　[内容] 日本で一ばん古くて、たいせつなお話。神話には、日本の国のはじまりが、いきいきと語られています。この本は、その神話を小学校低学年のみなさんにもわかるように、やさしく書いたものです。

『日本の神話　第6巻　うみさちやまさち』　赤羽末吉絵、舟崎克彦文　あかね書房　1995.10　1冊　23×31cm　2000円　⊕4-251-00826-X

『日本の神話　第5巻　すさのおとおおくにぬし』　赤羽末吉絵、舟崎克彦文　あかね書房　1995.10　1冊　23×31cm　2000円　⊕4-251-00825-1

『日本の神話　第4巻　いなばのしろうさぎ』　赤羽末吉絵、舟崎克彦文　あかね書房　1995.10　1冊　23×31cm　2000円　⊕4-251-00824-3

『日本の神話　第3巻　やまたのおろち』　赤羽末吉絵、舟崎克彦文　あかね書房　1995.10　1冊　23×31cm　2000円　⊕4-251-00823-5

『日本の神話　第2巻　あまのいわと』　赤羽末吉絵、舟崎克彦文　あかね書房　1995.10　1冊　23×31cm　2000円　⊕4-251-00822-7

『日本の神話　第1巻　くにのはじまり』　赤羽末吉絵、舟崎克彦文　あかね書房　1995.10　1冊　23×31cm　2000円　⊕4-251-00821-9

『松谷みよ子の本　第9巻　伝説・神話』　松谷みよ子著　講談社　1995.10　757p　21cm　6000円　⊕4-06-251209-2
　[内容] 民衆の夢とエネルギーが脈動する「伝説」に、「神話」を併録。全国各地への採訪の旅から生まれた魅力溢れる語りの文学。

『日本の神話』　与田準一編・訳、西のぼる絵　講談社　1993.1　171p　18cm　(講談社青い鳥文庫)　490円　⊕4-06-147372-7
　[目次] 天と地のはじめ、天の岩屋、ヤマタノオロチ、オオクニヌシノカミ、タカマノハラのお使い、日向のごてん、ウミサチビコとヤマサチビコ
　[内容] 日本の国作りをし、川の神、海の神、農業の神などを産んだイザナギノカミとイザナミノカミをはじめ、日の神アマテラスオオミカミと弟神のスサノオノミコト、かわいそうなうさぎを助けたオオクニヌシノカミなど、おおぜいの神々が登場する楽しい神話物語。日本人の祖先の心と生活が生き生きと感じられます。小学中級から。

『あめつちのうた神話かるた絵ことば』　酒井倫子著　錦正社　1991.10　201p　22cm　2000円　⊕4-7646-0230-X
　[目次] 神々の服装について、神話かるた絵ことば、神話眺望、現代と神話
　[内容] 本書には、お母さまのための解説文と、上級生のお子さま向けの句も添えて一話とし、いろは46音で神話のお話が一通り紹介されております。

『ヤマトタケル』　浜田けい子作、堤のぶき画　金の星社　1991.1　227p　21×16cm　(新・文学の扉　4)　1250円　⊕4-323-01734-0
　[内容] やまと(いまの奈良盆地のあたり)の、緑の野を自由にかけめぐる少年、小碓命(のちにヤマトタケル)。実の兄を殺したという無実の罪をきせられ、遠い西の国へ旅立つことを命ぜられたが、それは次の大王の座をねらう者の、ワナだった。部下も、友人も失い、心の友であった塩路までも…。長い旅のなかで、真実を知ったヤマトタケルは、

勇気をもって，大王の前に出る。愛するやまとの国のために。小学校5・6年生から。

『古事記・日本書紀ものがたり―学参まんが 5 風土記の世界』 ぎょうせい 1990.4 191p 27cm 〈監修：黛弘道〉 1800円 ⓘ4-324-02122-8
[目次] 常陸の国風土記，出雲の国風土記，播磨の国風土記，豊後の国風土記，肥前の国風土記，風土記逸文，古代の歴史 おもしろQアンドA

『古事記・日本書紀ものがたり―学参まんが 4 大化の改新』 ぎょうせい 1990.4 191p 27cm 〈監修：黛弘道〉 1800円 ⓘ4-324-02121-X
[目次] 蘇我父子の横暴と山背大兄王，大化の改新と中臣鎌足，有間皇子の悲劇，天智天皇と近江朝廷，天武天皇と壬申の乱，大津皇子の悲劇

『日本人の心のふるさと―日本神話はなぜギリシア神話ににているのか』 吉田敦彦著 ポプラ社 1990.4 188p 20cm （ポプラ社教養文庫 4） 1400円 ⓘ4-591-03653-7

『絵で見るたのしい古典 1 古事記・風土記』 萩原昌好，野村昇司指導 学習研究社 1990.3 64p 27cm ⓘ4-05-104231-6

『古事記・日本書紀ものがたり―学参まんが 3 大和朝廷』 ぎょうせい 1990.3 191p 27cm 〈監修：黛弘道〉 1800円 ⓘ4-324-02120-1
[目次] 武烈天皇と真鳥の乱，継体天皇と仁那の経営，朝鮮半島をめぐる争い，対立を続ける豪族たち，物部氏の滅亡と仏教の広まり，聖徳太子がすすめた政治，古代の歴史おもしろQアンドA

『古事記・日本書紀ものがたり―学参まんが 2 国土の統一』 ぎょうせい 1990.2 191p 27cm 〈監修：黛弘道〉 1800円 ⓘ4-324-02119-8

『古事記・日本書紀ものがたり―学参まんが 1 神々の世界』 ぎょうせい 1990.1 191p 27cm 〈監修：黛弘道〉 1800円 ⓘ4-324-02118-X
[目次] 天地のはじめと伊耶那岐命・伊耶那美命，天の石屋戸にこもった天照大御神，須佐之男命のおろち退治，大国主神の国づくり，葦原の中つ国を平定する，日子番能迩迩芸命，日向の高千穂に天下る，海幸彦と山幸彦の争い，第1代の神武天皇が東を征服する，崇神天皇，四道将軍を派遣する，暗殺されそうになった垂仁天皇，古代の歴史 おもしろQアンドA，神々の系図・天皇の系図

『ヤマタタケル』 西野綾子文，阿部肇絵 舞阪町（静岡県） ひくまの出版 1989.11 79p 22cm （日本の神話 10） 1000円 ⓘ4-89317-129-1

『まぼろしの白いクマ』 西野綾子文，阿部肇絵 舞阪町（静岡県） ひくまの出版 1989.10 79p 22cm （日本の神話 9） 1000円 ⓘ4-89317-128-3
[目次] 1 ナガスネヒコの矢，2 神の刀，3 おそろしいたくらみ，4 ヤソタケルをほろぼす，5 金のトビ，6 あたらしいみやこ
[内容] あたらしいみやこをつくるために，なかのよいきょうだいの皇子は，九州のタカチホをしゅっぱつし，東へとむかいました。すると，目のまえにおそろしい大きな白いクマがあらわれたのです。

『ウミサチとヤマサチ』 西野綾子文，阿部肇絵 舞阪町（静岡県） ひくまの出版 1989.9 77p 22cm （日本の神話 8） 1000円 ⓘ4-89317-127-5
[目次] とりかえっこ，なくしたつりばり，海神の宮殿，つりばりがみつかった，潮干玉，潮満玉，ワニになったおよめさん
[内容] ヤマサチは，お兄さんのウミチサからつりのどうぐをかりました。ところが，たいせつなつりばりをなくしてまったのです。

『コノハナサクヤヒメ』 西野綾子文，阿部肇絵 舞阪町（静岡県） ひくまの出版 1989.8 79p 22cm （日本の神話 7） 1000円 ⓘ4-89317-126-7
[目次] 1 天の皇子，ニニギ，2 サルタヒコの道あんない，3 タカチホの峰，4 海におぼれたサルタヒコ，5 コノハナサクヤヒメ
[内容] 天の国の皇子，ニニギは，地上の国をおさめるためにサルタヒコの道あんないで，タカチホの峰におりました。やがて，ニニギは，美しい女の神さま，コノハナサクヤヒ

メにあいました。

『ちからじまんの神さま』 西野綾子文, 阿部肇絵 舞阪町（静岡県） ひくまの出版 1989.8 79p 22cm （日本の神話 6） 1000円 ①4-89317-125-9
[目次] 1 アメノワカヒコのけっこん, 2 天のキジのつかい, 3 ちからくらべ, 4 国ゆずり

『ちいさな神さま』 西野綾子文, 阿部肇絵 舞阪町（静岡県） ひくまの出版 1989.7 79p 22cm （日本の神話 5） 1000円 ①4-89317-124-0
[目次] 1 海からきたちいさな神さま, 2 ちえの神・スクナヒコ, 3 がまんくらべ, 4 スクナヒコがたいへんだ！, 5 さようなら オオクニヌシ
[内容] ちいさな神さまのスクナヒコは、オオクニヌシとおかしなおかしながまんくらべをしました。ところが…。小学校低学年から。

『地のそこの国』 西野綾子文, 阿部肇絵 舞阪町（静岡県） ひくまの出版 1989.7 79p 22cm （日本の神話 4） 1000円 ①4-89317-123-2
[内容] 本シリーズは主に、古事記をもとに、日本書紀、出雲風土記、播磨風土記も参考にしながら、子ども向けに再話したものです。「地のそこの国」は、いじわるな兄たちに追われたオオナムチが、母神の指示どおり、地のそこの根の国におりて、スサノオにであい、数々の試練を経て、立派な若者になり、再び地上のトヨアシハラノナカツクニを治めるために出発するまでの物語です。

『ヤマタノオロチ』 西野綾子文, 西村郁雄絵 舞阪町（静岡県） ひくまの出版 1989.6 79p 22cm （日本の神話 2） 1000円 ①4-89317-121-6
[目次] 地の国のスサノオ、ながれてきた、おはなし、クシナダヒメ、ヤマタノオロチ、スサノオとクシナダヒメ
[内容] ヤマタノオロチは、八つの頭に八つの尾をもつおそろしい大蛇。ヤマタノオロチにたちむかう、ゆうかんなスサノオのものがたり。小学校低学年から。

『イナバの白うさぎ』 西野綾子文, 阿部肇絵 舞阪町（静岡県） ひくまの出版 1989.5 79p 22cm （日本の神話 3）

1000円 ①4-89317-122-4
[目次] 1 ふくろをかついだ神さま, 2 イナバの白うさぎ, 3 赤いイノシシ, 4 キサガイヒメとウムギヒメ, 5 兄さんたちの悪だくみ, 6 追われて

『天の岩戸』 西野綾子文, 西村郁雄絵 舞阪町（静岡県） ひくまの出版 1989.4 87p 22cm （日本の神話 1） 1000円 ①4-89317-120-8
[目次] 天と地のはじまり、イザナギとイザナミ、地のそこの国、よみの国、わがままなスサノオ、スサノオのおおあばれ、天の岩戸
[内容] 古代の日本人たちが語りつたえてきた天と地のはじまりのものがたり。

『いなばのしろうさぎ』 小学館 1989.3 111p 27cm （日本おはなし名作全集 第5巻）〈監修：高橋健二、金田一春彦〉 1200円 ①4-09-238005-4
[目次] 天の岩戸、やまたのおろち、いなばのしろうさぎ、オオクニヌシ、海さち山さち

『からすが教えた道』 たかしよいち作, 若菜等絵 あすなろ書房 1987.4 76p 23cm （おはなしなぞとき日本の神話） 900円 ①4-7515-1409-1
[目次] ほらあなで生まれた王子、からすが教えた道、馬に乗った軍団

『白鳥になった王子』 たかしよいち作, 林四郎絵 あすなろ書房 1987.4 75p 23cm （おはなしなぞとき日本の神話） 900円 ①4-7515-1410-5
[目次] ヤマタケルノミコトとは？、白鳥になった王子、大王〔おおきみ〕とごうぞくたち

『わにざめになったおきさき』 たかしよいち作, 小野かおる絵 あすなろ書房 1987.4 76p 23cm （おはなしなぞとき日本の神話） 900円 ①4-7515-1408-3
[目次] 神話の里への旅、わにざめになったおきさき、トヨタマヒメとタマヨリヒメ

『海さちひこ山さちひこ』 たかしよいち作, 若菜珪絵 あすなろ書房 1987.3 74p 23cm （おはなしなぞとき日本の神話） 900円 ①4-7515-1407-5
[目次] おばあちゃんもびっくり、海さちひこ

山さちひこ，隼人のふるさと
[内容]「海さちひことと、山さちひこは、せっかくのきょうだいなのに、けんかするなんてばかだねえ。弟の山さちひこが釣針をなくしたとき、ゆるしてあげりゃよかったのに…」

『火から生まれた王子たち』 たかしよいち作，若菜等絵　あすなろ書房　1986.9　76p　23cm　（おはなしなぞとき日本の神話）　900円
[目次]出雲国から日向国へ，火から生まれた王子たち，海の道
[内容]「天から神さまがおりてくる話なので、わたし、うそっぱちのつくり話だと思うけど、いまのおじさんの話を聞いて、すごく九州にきょうみがわいてきたわ。」日本神話のおはなしを、古代史からなぞときする。

『神さまの力くらべ』 たかしよいち作，若菜珪絵　あすなろ書房　1986.6　77p　23cm　（おはなしなぞとき日本の神話）　900円
[目次]国よ来い！国よ来い！，神さまの力くらべ，大和がやってきた？

『皮をはがれた白うさぎ』 たかしよいち作，小野かおる絵　あすなろ書房　1986.5　77p　23cm　（おはなしなぞとき日本の神話）　900円
[内容]「島根県から、おおむかしの銅剣が、たくさんみつかったんだって！島根県ってさ、このあいだお話をしてくれた、『スサノオのオロチたいじ』にでてきた出雲国でしょう？」

『スサノオのオロチたいじ』 たかしよいち著，ただ信絵　あすなろ書房　1986.5　77p　23cm　（おはなしなぞとき日本の神話）　900円

『おそろしいよみの国』 たかしよいち作，小野かおる絵　あすなろ書房　1986.3　77p　23cm　（おはなしなぞとき日本の神話）　900円

『ほらあなにかくれた神さま』 たかしよいち作，若菜珪絵　あすなろ書房　1986.3　77p　23cm　（おはなしなぞとき日本の神話）　900円

『オオクニヌシ　青雲編』　小室孝太郎作画，酒井董美構成　松江　山陰中央新報社　1985.7　191p　22cm　（出雲神話マンガシリーズ）　980円　Ⓘ4-87903-006-6

『スサノオ』　小室孝太郎作画　松江　山陰中央新報社　1985.3　182p　22cm（出雲神話マンガシリーズ）　980円　Ⓘ4-87903-003-1

『世界名作童話全集―学習版　別巻3　やまたのおろち―日本の神話』　小学館　1984.9　105p　28cm〈監修：高橋健二，金田一春彦〉　1200円　Ⓘ4-09-235023-6

『日本の神話　第4巻　いなばのしろうさぎ』　赤羽末吉絵，舟崎克彦文　トモ企画　1984.2　1冊　23×31cm　1000円

『世界名作絵ものがたり　19　海さち山さち―日本のしんわ』　集英社　1983.12　125p　23cm〈監修：円地文子ほか〉　680円　Ⓘ4-08-258019-0

『日本の神話―国生み・神生みの物語』　小島瓔礼著　筑摩書房　1983.1　229p　20cm　（世界の神話）　980円

『日本の神話　第3巻　やまたのおろち』　赤羽末吉絵，舟崎克彦文　トモ企画　1983.1　1冊　23×31cm〈付(1枚)：「やまたのおろち」周辺〉　1000円

『ふるさとの神話』　高内壮介文，杉山吉伸絵　宇都宮　栃木出版　1982.1　1冊　26×26cm　1800円

『白鳥は死なず―ヤマトタケルの遠征』　佐野美津男著，松永伍一企画・解説　大阪　吉野教育図書　1980.2　214p　18cm　（吉野ろまん新書1）　Ⓝ913.6

◆古事記

『まんがで読む古事記』　竹田恒泰監修，館尾冽，岩元健一，久間月慧太郎，亀小屋サトまんが　学研教育出版，学研マーケティング〔発売〕　2013.9　207p　23cm　（学研まんが日本の古典）　1300

円　①978-4-05-203689-7　Ⓝ726.1
|目次| 1 国生み・神生み，2 天の石屋戸，3 ヤマタノオロチ退治，4 国作り1（因幡の白ウサギ），5 国作り2（根の堅洲国での試練），6 国譲り・天孫降臨，7 ニニギノミコトの結婚，8 海幸彦と山幸彦，9 ヤマトタケルの伝説
|内容| 天の石屋戸，ヤマタノオロチ，因幡の白ウサギ，ヤマトタケル…日本の神話をまんがで描き下ろし！すらすら読めて，ストーリーがよくわかる！

『まんがで読む古事記草薙神剣』　久松文雄画　名古屋　熱田神宮　2013.4　80p　21cm　Ⓝ726.1

『古事記―そこに神さまがいた！ 不思議なはじまりの物語』　那須田淳著，十々夜絵　岩崎書店　2012.12　215p　22cm　（ストーリーで楽しむ日本の古典 1）〈文献あり〉1500円　①978-4-265-04981-3　Ⓝ913.2
|目次| 第1章 天地のはじまり（天地創造 イザナギとイザナミ，黄泉の国，天の石屋戸，ヤマタノオロチ），第2章 神さまがいたころ（イナバの白ウサギ，地下の国の姫，小さな神さま，力自慢の神さま），第3章 英雄たちの時代（コノハナサクヤ姫，ウミサチとヤマサチ，まぼろしの大グマとヤタガラス，白鳥の皇子 ヤマトタケル）

『日本の神さまたちの物語―はじめての「古事記」』　奥山景布子著，佐嶋真実絵　集英社　2012.12　189p　18cm　（集英社みらい文庫 お-5-1）〈文献あり〉600円　①978-4-08-321132-4　Ⓝ913.2
|目次| 伊邪那岐と伊邪那美―すべてのはじまり（国生み，神生み，黄泉の国），天照と須佐之男―姉と弟（乱暴者，須佐之男，天の石屋戸，八俣の大蛇），大国主―"大"きな"国"の"主"になる（稲羽の白ウサギ，根の国へ），天から地へ―天照の子孫たち（国譲り，岩の姫，花の姫，海さち，山さち，のぞかないでください），沙本毘売―兄か，夫か（蛇と涙，悲しい決心），倭武―さまよう英雄（西へ―熊曽征討，東へ―東国征討，最後の戦い）
|内容| 今から1300年前にまとめられた，日本最古の歴史書「古事記」。本書ではその中から，有名エピソードを厳選して紹介します。「天の石屋戸」「八俣の大蛇」「稲羽の白ウサギ」など，個性的でおもしろい神々の物語か

ら，伝説の英雄・倭建の活躍まで。わかりやすい言葉で書かれたお話と，丁寧な解説で，おどろくほど楽しく読める，小・中学生のための「はじめての古事記」決定版です。小学中級から。

『『古事記』がよくわかる事典―日本はどのようにしてできたの？：あらすじと解説で読む建国物語』　所功監修　PHP研究所　2012.11　63p　29cm　〈文献あり 索引あり〉2800円　①978-4-569-78274-4　Ⓝ913.2
|目次| 序章 『古事記』が伝える日本のはじまり（『古事記』とはどんな本？，神話や伝説と考古学 ほか），第1章 高天原と国生みの神話（はじめの神々と国生み，黄泉の国を訪ねて驚いたイザナキノミコト ほか），第2章 国土を開いた神話・伝説（オオクニヌシノカミの国づくり，出雲の神々の国ゆずり物語 ほか），第3章 日本の国づくりと国土統一（九州から大和への東征，大和で国の基を築いた神武天皇 ほか），第4章 大和朝廷の発展（聖帝の仁徳天皇と武勇の雄略天皇，継体天皇から推古天皇（女帝）まで）

『はじめての古事記―日本の神話』　竹中淑子, 根岸貴子文，スズキコージ絵　徳間書店　2012.11　125p　22cm　〈文献あり〉1300円　①978-4-19-863517-6　Ⓝ913.2
|内容| 天地創造からはじまる，日本の神話，大昔の日本人がどんなふうに考え，感じていたのかを，おおらかに伝えているものがたり。読み聞かせにふさわしく語りなおした，小学校低学年からはひとりでも読める，『古事記』ものがたり。小学校低・中学年～。

『はじめての古事記―日本の原点にふれる』　神社本庁　2012.5　19p　21cm　（氏子のしおり 第54号）Ⓝ913.2

『はじめての日本神話―『古事記』を読みとく』　坂本勝著　筑摩書房　2012.1　190p　18cm　（ちくまプリマー新書 173）〈文献あり〉780円　①978-4-480-68875-0　Ⓝ164.1
|目次| 「いま，ここ」の向こうに，第1部 あらすじで読む『古事記』―神と人の物語（神々の物語（上巻編），神々の子孫の物語（中・下巻編）），第2部 古代人が出会った"自然"―神と人のまじわる場所（最初の出会

い—水と生命がまじわる場所，箸と橋と柱—天と地をつなぐ場所，大地の母胎—死と再生の場所，"食べる"身体—内なる自然），再び「いま，ここ」の世界に

[内容] 神話はたんなるファンタジーではない。なぜ古代の人々が見えない神々の世界を想像したのか，"自然"と"人間"の接点を舞台に読みとく。『古事記』の全容がわかる，あらすじ紹介つき。

『わが子に贈る日本神話—天地のはじめからとよたま姫まで』 福永真由美文と絵
展転社 2010.11 151p 22cm 1500円 Ⓘ978-4-88656-351-4 Ⓝ913.2

[目次] 天地のはじめ，島々のたんじょう，神のたんじょう，よみの国，みそぎはらい，天の岩戸，八またの大蛇，おおくにぬしのみこと，すくなびこなの神，天のお使い，ににぎのみこと，このはなさくや姫，海さちひこ・山さちひこ，とよたま姫

[内容] 美しくておおらかな日本の神々の物語『古事記』をやさしくかみくだいた絵本。

『青おにとふしぎな赤い糸』 岩神愛作・絵 PHP研究所 2010.4 1冊 28×22cm 1500円 Ⓘ978-4-569-78052-8

[内容] 死者の世界にくらす鬼"オノゴロ"と，天にくらすえんむすびの神"サヤヒメ"。ことなる世界に生きる2人が，思いをよせあい…。「古事記」の世界がよみがえる。

『21世紀版少年少女古典文学館 第1巻 古事記』 興津要，小林保治，津本信博編，司馬遼太郎，田辺聖子，井上ひさし監修 橋本治著 講談社 2009.11 281p 20cm 1400円 Ⓘ978-4-06-282751-5 Ⓝ918

[目次] 神々の始まり，イザナキの命とイザナミの命，イザナミの命の死，黄泉の国，イザナキの命の禊，アマテラス大御神とスサノオの命，天の岩屋戸，スサノオの命の追放，八俣の大蛇，スサノオの命と出雲の国〔ほか〕

[内容] 日本にまだ固有の文字がなかった八世紀初頭に成立した『古事記』は，漢字の音と訓を利用して，神話や古くからの言い伝えを書き表した日本最古の書物である。国の成り立ちを説いた歴史の書にとどまらず，古代の人々の想像力にみちた豊かな文学性を感じさせる。とりわけここに収めた「上の巻」には，イザナキ・イザナミの国生み，天の岩屋戸，スサノオの八俣の大蛇退治など，日本神話としてなじみ深い話の数々が，飾り気なく力強く描かれている。ここには，日本人の心と行動すべての原初の姿を見つけることができる。

『古事記物語』 鈴木三重吉著 PHP研究所 2009.4 255p 17×11cm 700円 Ⓘ978-4-569-70731-0

[目次] 古事記物語上巻（女神の死，天の岩屋，八俣の大蛇，むかでの室，蛇の室，雉のお使，笠沙のお宮，満潮の玉，干潮の玉，八咫烏，赤い楯，黒い楯，唖の皇子），古事記物語下巻（白い鳥，朝鮮征伐，赤い玉，宇治の渡し，難波のお宮，大鈴小鈴，鹿の群，猪の群，蜻蛉のお謡，牛飼馬飼）

[内容] 日本人の始まりを伝える神々の物語。日本文学史上に不朽の功績を残した著者により，わかりやすく端正な言葉で綴られた名作がいまここに甦る。

『古事記』 与田凖一文，近岡善次郎絵 童心社 2009.2 197p 20cm （これだけは読みたいわたしの古典）〈シリーズの監修者：西尾実〉 2000円 Ⓘ978-4-494-01976-2,978-4-494-07167-8 Ⓝ913.2

[目次] うさぎとさめのものがたり，出雲の国のきょうだい神，あかがいひめとはまぐりひめのねりぐすり，母の力をさがりなし，おおくにぬしの冒険，海をわたってきた小さな神，あれ野のものがたり，うみひことやまひこ，白鳥のものがたり，赤い玉のものがたり，ものをいうくりの木，はや鳥のうた，そみん・こたん兄弟ものがたり

『イラスト図解古事記—神がみの物語 絵でみる世界の名作』 三浦佑之現代語訳，PHP研究所編 PHP研究所 2008.6 47p 29cm 1800円 Ⓘ978-4-569-68779-7 Ⓝ913.2

[目次] 大地の誕生といのちの始まり／天の浮橋，イザナキ・イザナミ／イザナミの死／黄泉の国へ行くイザナキ，追われ逃げるイザナキ／アマテラス誕生，猛り狂うスサノヲ／向き立つ姉と弟，天の岩屋に篭もったアマテラス，「解説」アマテラスとスサノヲ／「解説」天の岩屋に集まった神がみ／出雲の国へ／クシナダヒメの家／ヤマタノヲロチ／「解説」三種の神器，ヤマタノヲロチ，オホナムヂの冒険／ワニの背を渡るシロウサギ／傷を治すオホナムヂ／「解説」ウサギとワニ，死ぬオホナムヂ／木の国から

根の国へ〔ほか〕
内容 名場面のイラストとともに、日本の神話を平易に解説。

『古事記神々の詩―七五調四行詩と絵で語る』 湯川英男著，田畑吉親絵　宮崎鉱脈社　2008.6　187p　20×21cm　1600円　Ⓘ978-4-86061-269-6　Ⓝ913.2

『新釈古事記(抄)』 赤木かん子編，石川淳著　ポプラ社　2008.4　30p　21cm　(ポプラ・ブック・ボックス　指輪の巻12)　Ⓘ978-4-591-10237-4　Ⓝ801.7

『古事記』 松本義弘文，シブヤユウジイラスト　学習研究社　2008.2　195p　21cm　(超訳日本の古典　1　加藤康子監修)　1300円　Ⓘ978-4-05-202859-5　Ⓝ913.2
目次 第1章 国生み，第2章 アマテラス大御神とスサノオの命，第3章 オオクニヌシの神，第4章 国ゆずりと天孫降臨，第5章 カムヤマトイワレビコの命，第6章 ヤマトタケルの命，第7章 国の発展，第8章 天皇家の争い

『いろどり古事記』 中山千夏絵・文　自由国民社　2006.9　87p　21cm　1600円　Ⓘ4-426-87513-7　Ⓝ913.6
目次 月経ちのミヤズヒメ，天地開闢，巡り逢い，島生み，火神出産，破禁の男神，食い追う女兵，コトド渡し，三貴士誕生，スサノヲ大号泣〔ほか〕
内容 歌あり，恋あり，奇想天外あり。いろどり豊かによみがえる遙か古代の物語。

『ヤマトタケル』 那須正幹文，清水耕蔵絵　ポプラ社　2005.7　42p　25×26cm　(日本の物語絵本　13)　1200円　Ⓘ4-591-08714-X
内容 クマソタケルをうちとったヤマトタケルは、東の十二の国ぐにの平定を命じられたのだ…『古事記』のドラマチックな英雄物語。

『日本神話入門―『古事記』を読む』 阪下圭八著　岩波書店　2003.11　196p　18cm　(岩波ジュニア新書)　740円　Ⓘ4-00-500453-9　Ⓝ913.2

『古事記物語』 鈴木三重吉著　愛蔵版　原書房　2003.5　226p　22cm　2500円　Ⓘ4-562-03641-9　Ⓝ913.6
目次 女神の死，天の岩屋，八俣の大蛇，むかでの室，へびの室，きじのお使い，笠沙のお宮，満潮の玉，干潮の玉，八咫烏，赤い盾，黒い盾，おしの皇子〔ほか〕
内容 大正時代の少年少女が愛読した日本の誕生と神々の物語。古典的名著の永久保存版。

『古事記物語』 鈴木三重吉著　原書房　2002.6　223p　20cm　1400円　Ⓘ4-562-03514-5
目次 女神の死，天の岩屋，八俣の大蛇，むかでの室，へびの室，きじのお使い，笠沙のお宮，満潮の玉，干潮の玉，八咫烏，赤い盾，黒い盾，おしの皇子，白い鳥，朝鮮征伐，赤い玉，宇治の渡し，難波のお宮，大鈴小鈴，しかの群，ししの群，とんぼのお歌，うし飼，うま飼
内容 高天原から下った男女の神々の出会いから日本は生まれた。そこから始まるとても人間的な神々の物語。愛、裏切り、笑い、冒険、悲しみ、希望…日本を代表する児童文学者が描く、ファンタジーの傑作。

『だれでも読める古事記』 柳沢秀一著　佐久楼　2002.1　316p　21cm　1900円　Ⓘ4-900408-87-5
目次 天地の始め，神世七代の神，諸島の出生，諸神の出生，伊邪那岐の命黄泉の国へ，伊邪那岐の命の御子，須佐之男の命の追放，須佐之男の命の誓い，須佐之男の命の悪行，天の岩屋戸〔ほか〕

『橋本治の古事記』 橋本治著　講談社　2001.12　260p　19cm　(シリーズ・古典　7)　1200円　Ⓘ4-06-254557-8
目次 神々の始まり，イザナキの命とイザナミの命，イザナミの命の死，黄泉の国，イザナキの命の禊，アマテラス大御神とスサノオの命，天の岩屋戸，スサノオの命の追放，八俣の大蛇，スサノオの命と出雲の国〔ほか〕

『古事記』 神野志隆光著　ポプラ社　2001.4　205p　22cm　(21世紀によむ日本の古典　1)　1400円　Ⓘ4-591-06765-3,4-591-99376-0
目次 上巻(世界のはじまり，アマテラスとスサノオ，オオクニヌシ，天くだり)，中巻(カムヤマトイワレビコ，オオタラシヒコオ

シロワケ)、下巻(オオサザキ、オオハツセノワカタケル)

[内容] 誇り高い日本の古典を読む第一期全十巻のシリーズ。小学上級～中学生向き。『古事記』は、天皇の世界の物語といえます。全体は上中下の三巻からできています。そのうち、上巻は全体をとりあげましたが、中巻、下巻は全体でなく、『古事記』の特徴のあらわれた部分をとりあげました。

『古事記物語』 福永武彦作 新版 岩波書店 2000.6 291p 18cm (岩波少年文庫) 720円 ①4-00-114508-1

[目次] 天の国と地の底の国、天の岩屋、八またの大蛇、オオクニヌシノ神の冒険、海から来た小人、高天原のお使いたち、朝日のさす国、海幸と山幸、東への道、七人の少女〔ほか〕

[内容] 「古事記」は、8世紀にわが国でいちばん初めに書かれた書物です。スサノオノミコトの大蛇退治、イナバの白ウサギ、海幸と山幸、ヤマトタケルノミコトの冒険など、日本民族の息吹きをいきいきと伝える神話が、大らかに語られます。中学以上。

『古事記』 長谷川孝士監修、柳川創造シナリオ、岩井渓漫画 新装版 学校図書 1998.1 143p 26cm (コミックストーリー わたしたちの古典 1) 905円 ①4-7625-0879-9

[目次] プロローグ 古事記ができるまで、第1章 国生み、第2章 黄泉の国、第3章 高天の原の神がみ、第4章 ヤマタノオロチ、第5章 国ゆずり、第6章 ウミサチヒコ・ヤマサチヒコ、第7章 大和をめざして、第8章 ヤマトタケル、第9章 兄と妹の恋、第10章 オオハツセワカタケ大王

『古事記』 稗田阿礼,太安万侶原作、桂木寛子文 ぎょうせい 1995.2 196p 22cm (新装少年少女世界名作全集 41)〈新装版〉1300円 ①4-324-04368-X

『古事記』 石ノ森章太郎著 中央公論社 1994.11 270p 19cm (マンガ日本の古典 1) 1262円 ①4-12-403279-X

[内容] 天地開闢、天孫降臨など日本誕生の神話が甦る。

『古事記』 橋本治著 講談社 1993.6 293p 22cm (少年少女古典文学館 第1巻) 1700円 ①4-06-250801-X

[目次] 神々の始まり、イザナキの命とイザナミの命、イザナミの命の死、黄泉の国、イザナキの命の禊、アマテラス大御神とスサノオの命、天の岩屋戸〔ほか〕

[内容] イザナキ・イザナミの国生みや、天の岩屋戸、スサノオの八俣の大蛇退治など、日本神話としてなじみ深い話の数々が、飾り気なく力強く描かれている。ここには、日本人の心と行動すべての原初の姿を見つけることができる。

『古事記』 柳川創造シナリオ、岩井渓漫画 学校図書 1990.6 143p 22cm (コミックストーリー わたしたちの古典 1)〈監修:長谷川孝士〉1000円 ①4-7625-0846-2

[内容] むずかしい古典が楽しくわかる。日本の代表的な古典・全10巻! 中学・高校・一般の人も読める古典。

『古事記びっくり物語事典—日本一古い本』 ムロタニ・ツネ象漫画 学習研究社 1990.6 208p 23cm (学研まんが事典シリーズ)〈監修:山田繁雄〉910円 ①4-05-103407-0

[目次] 第1章 日本のはじまり(天地のはじめと国生み、死者の世界、黄泉の国へ、須佐の男の命の乱暴 ほか)、第2章 新しい国づくり(神武天皇の東への道、倭建の命の冒険、炎の海と嵐の海 ほか)、第3章 国をおさめる天皇(仁徳天皇の国見、速総別の王と女鳥の王 ほか)

[内容] 学研まんが「事典シリーズ」は、あなたがぎ問に思っていること、知りたいと思っていることを、まんがで、わかりやすく説明した本です。本書は、現存する、日本最古の本『古事記』を、まんがでわかりやすくかいたものです。『古事記』の物語を読むと同時に、そこから知ることができる、古代の人々のものの考え方や、くらし方、習慣などについてもふれました。各ページにはまめちしきを、また各章の終わりには、まとめのページをもうけて、『古事記』の理解に役立つようにしました。

『古事記』 森有子まんが くもん出版 1990.4 159p 19cm (くもんのまんが古典文学館) 980円 ①4-87576-519-3

[目次] 第1章 天の国、地の底の国、第2章 天

の国の姉と弟，第3章 ヤマタノオロチ退治，第4章 オオクニヌシノ神の冒険，第5章 国ゆずりの伝説，第6章 朝日のさす国へ，第7章 海幸彦と山幸彦の物語，コラム 古代を知ろう（水の力を信じた古代人，女性には，ふしぎな力があった？，3種の神器とは？，オオクニヌシは医療の神さま，出雲地方は神さまの国，天の神さまがまいおりてきたところ），解説（『古事記』の誕生，「神の世」から「人の世」まで，文学としての『古事記』，奈良時代の文学作品，『古事記』が生まれた時代）

『日本一古い本 古事記びっくり物語事典』
ムロタニツネ象漫画　学習研究社　1989.12　208p　21cm　（学研まんが事典シリーズ）　910円　①4-05-103407-0

[目次] 第1章 日本のはじまり（天地のはじめと国生み，死者の世界，黄泉の国へ，須佐の男の命の乱暴 ほか），第2章 新しい国づくり（神武天皇の東への道，倭建の命の冒険，炎の海と嵐の海 ほか），第3章 国をおさめる天皇（仁徳天皇の国見，速総別の王と女鳥の王 ほか）

[内容] 学研まんがの「事典シリーズ」は，あなたがぎ間に思っていること，知りたいと思っていることを，まんがで，わかりやすく説明した本です。本書は，現存する，日本最古の本『古事記』を，まんがでわかりやすくかいたものです。『古事記』の物語を読むと同時に，そこから知ることができる，古代の人々のものの考え方や，ならわし，習慣などについてもふれました。各ページにはまめちしきを，また各章の終わりには，まとめのページをもうけて，『古事記』の理解に役立つようにしました。

『おろちもまいったあばれ神スサノオ』
木暮正夫著，中村隆太郎絵　岩崎書店　1989.10　140p　21cm　（日本の怪奇ばなし 1）　980円　①4-265-03901-4

[目次] 1 神がみの誕生と怪奇，2 神がみの奇行と栄光，3 神がみの対決，4 神がみのたたり

[内容] 国生みのすえ，世を去った妻イザナミノ命をたずねて黄泉の国にいき，黄泉醜女に追われ，桃の実の霊力でようなく助かったイザナギの話。乱暴をはたらいて高天原を追放され，出雲にくだって八俣のおろちを退治したスサノオの話。いなばの白ウサギで知られるオオクニヌシの話。九州のクマソタケル，出雲のイズモタケル，また東国を征服したヤマトタケルの話など，ゆたかな物語性と怪奇なできごとにみちみちている『古事記』の世界。小学校高学年以上。

『古事記物語』　福永武彦作　第29刷改版　岩波書店　1985.10　295p　18cm　（岩波少年文庫）　①4-00-112063-1

『孫のための古事記ものがたり』　岸純子著　岸純子　1985.1　136p　21cm　1000円

『古事記物語—日本古典』　福田清人著　改訂　偕成社　1984.1　344p　19cm　（少年少女世界の名作 44）　680円　①4-03-734440-8

『古事記』　稗田阿礼，太安万侶原作，桂木寛子文　ぎょうせい　1983.2　196p　22cm　（少年少女世界名作全集 41）　1200円

◆アイヌ神話・民話

『ふんだりけったりクマ神さま—原話・アイヌの昔話』　はなたになお絵・文，かんなりアシリロ語り，かんなりマツ筆録　釧路　阿寒湖温泉アイヌ文化推進実行委員会　2013.3　1冊（ページ付なし）　26cm　Ⓝ726.6

『エタシペカムイ—神々の物語 カムイユーカラ』　藤村久和文，手島圭三郎絵　絵本塾出版　2010.9　1冊（ページ付なし）　27cm　1500円　①978-4-904716-13-7　Ⓝ726.6

[内容] いつも自分が一番偉くて強い，といばって他の動物をいじめているトドのたいしょうが，自分よりも山に住むヒグマのほうが強いとうわさを聞く。どちらが強いのか一対一での勝負をしようと旅にでるが…。

『イソポカムイ—神々の物語』　藤村久和文，手島圭三郎絵　絵本塾出版　2010.8　1冊（ページ付なし）　27cm　（カムイユーカラ）　1500円　①978-4-904716-11-3　Ⓝ726.6

『チピヤクカムイ—神々の物語』　藤村久和文，手島圭三郎絵　絵本塾出版　2010.7　1冊（ページ付なし）　27cm

（カムイユーカラ）　1500円　Ⓘ978-4-904716-09-0　Ⓝ726.6

[内容] 天空の神様から人間の様子を調べるように言われたオオジシギの神は、人間界の自然の美しさや楽しさにうかれ、大事な約束を忘れてしまう。神々の怒りをかったオオジシギの神は、許してもらおうと奮闘するが…。

『ケマコシネカムイ―神々の物語』　藤村久和文，手島圭三郎絵　絵本塾出版　2010.6　1冊（ページ付なし）27cm（カムイユーカラ）　1500円　Ⓘ978-4-904716-07-6　Ⓝ726.6

[内容] 白狐の神は、川でマスを捕まえたテンに「はこぶのをてつだうから、自分にも分けてほしい。」と頼むが断られてしまう。そこで、何日も何日も、およぶマスをめぐる激しい争いが巻き起こるが…。アイヌの先人からいい伝えられたアイヌの神々（カムイ）の物語。

『カムイチカプ―神々の物語　カムイユーカラ』　藤村久和文，手島圭三郎絵　絵本塾出版　2010.5　1冊（ページ付なし）27cm　1500円　Ⓘ978-4-904716-06-9　Ⓝ726.6

『アイヌの神話トーキナ・ト―ふくろうのかみのいもうとのおはなし』　津島佑子文，宇梶静江刺繍，杉浦康平構成　福音館書店　2008.5　1冊（ページ付なし）26×27cm　（日本傑作絵本シリーズ）1600円　Ⓘ978-4-8340-2348-0　Ⓝ726.6

[内容] アイヌの守り神、巨大なシマフクロウの不思議な神話。

『セミ神さまのお告げ―アイヌの昔話より』　宇梶静江古布絵制作・再話　福音館書店　2008.3　35p　26×27cm　（日本傑作絵本シリーズ）1300円　Ⓘ978-4-8340-2325-1　Ⓝ726.6

『シマフクロウとサケ―アイヌのカムイユカラより』　宇梶静江古布絵制作・再話　福音館書店　2006.9　31p　25×22cm　（日本傑作絵本シリーズ）1200円　Ⓘ4-8340-2228-5

[内容] シマフクロウは羽を広げると2m程の大きな鳥で、大きな金色の目玉で四方八方に睨みをきかせることができます。だからこそ、危険をいち早く察知して村人に教えてくれる村の守り神と言われているのです。その迫力あるシマフクロウと、神の魚と呼ばれるサケの動きのある姿が、アイヌの伝統刺繍を生かした布絵によって表現されています。

『きつねのハイクンテレケ』　知里幸恵原著，横山孝雄絵　登別　知里森舎　2005.6　40p　26cm　（知里幸恵のユカラ絵本）〈付属資料：4p〉Ⓝ929.21

『神さまのびょうぶ』　門山幸恵再話，神谷京絵　新世研　2003.11　1冊　24×23cm　1600円　Ⓘ4-88012-216-5

[内容]「東のチキウ岬には、朝日に輝く金のびょうぶ。西のエトモ岬には、夕日に輝く銀のびょうぶ。どちらも人間に見せるには、もったいない美しさだ。近づく者は許さない。そのうえ、欲張って魚をもっていこうとするような人間は、生かしてはおけぬ」平和なアイヌのコタンに、悪い病気がはやりました。食料も底をつきかけています。酋長とその妻は、危険な岬へ魚を獲りに行ったきり、なかなか戻ってきません。心配になった娘は吹雪の中、二人を探しに出かけます。なんと岬には、神さまが守る不思議なもの―金と銀の、びょうぶのような美しい断崖―が隠されていたのです…。

『銀のしずくランラン…』　知里幸恵原著，横山孝雄作　登別　知里森舎　2003.11　40p　26cm　（知里幸恵のユカラ絵本）1400円　Ⓝ929.21

『El Biombo de los Dioses』　門山幸恵再話，神谷京絵，エドゥアルド・カンペロ訳　新世研　2003.11　1冊　24×23cm　〈本文：スペイン語〉2761円　Ⓘ4-88012-378-1

[内容]「東のチキウ岬には、朝日に輝く金のびょうぶ。西のエトモ岬には、夕日に輝く銀のびょうぶ。どちらも人間に見せるには、もったいない美しさだ。それに近づく者は許さない。そのうえ、欲張って魚をもっていこうとするような人間は、生かしてはおけぬ」平和なアイヌのコタンに、悪い病気がはやりました。食料も底をつきかけています。酋長とその妻は、危険な岬へ魚を獲りに行ったきり、なかなか戻ってきません。心配になった娘は吹雪の中、二人を探しに

出かけます。なんと岬には、神さまが守る不思議なもの―金と銀の、びょうぶのような美しい断崖―が隠されていたのです…。

『Golden Dawn and Silver Sunset』　門山幸恵再話，神谷京絵，ライオン・リース，ヨーコ・リース訳　新世研　2003.11　1冊　24×23cm〈本文：英文〉2761円
①4-88012-787-6

内容「東のチキウ岬には、朝日に輝く金のびょうぶ。西のエトモ岬には、夕日に輝く銀のびょうぶ。どちらも人間に見せるには、もったいない美しさだ。それに近づく者は許さない。そのうえ、欲張って魚をもっていこうとするような人間は、生かしてはおけぬ」平和なアイヌのコタンに、悪い病気がはやりました。食料も底をつきかけています。酋長とその妻は、危険な岬へ魚を獲りに行ったきり、なかなか戻ってきません。心配になった娘は吹雪の中、二人を探しに出かけます。なんと岬には、神さまが守る不思議なもの―金と銀の、びょうぶのような美しい断崖―が隠されていたのです…。

『おおかみピイトントン！』　知里幸恵原著，横山孝雄作　登別　知里森舎　2003.3　40p　26cm　（知里幸恵のユカラ絵本）1500円　Ⓝ929.21

『風の神とオキクルミ』　萱野茂文，斎藤博之絵　新装版　小峰書店　1999.1　1冊　27cm　（アイヌの民話）1400円
①4-338-01017-7

『オキクルミのぼうけん』　萱野茂文，斎藤博之絵　新装版　小峰書店　1998.10　1冊　27cm　（アイヌの民話）1400円
①4-338-01015-0

内容 この物語は、アイヌ語で語られたウパシクマ（故事来歴）を現代の日本語に直し、さらに絵本の文章にするため手を加えたものです。いま私の住んでいる沙流川のほとりは、オキクルミの神が住まわれたという伝承の地です。ここでオキクルミの神は、アイヌに生活のすべてを教えてくれたというわけで、この話は、日本の民話でいえば「桃太郎」や「花さかじいさん」のように、私たちにはいちばんなじみの深いものです。アイヌモシリができたとき、神の国からだれかを派遣して、人間に生活を教え、神の存在や神の祭り方を教えることが必要になった

わけです。そこで、オキクルミの神が受ける三つの試練（正しくは "無理難題" と訳した方がよい）は、人間の世界へ行って出合うことを、まず経験させておこうという意図だと考えられます。ですから、はじめの二つの試練に耐えたことで、人間の国で生活していけることが証明できたわけですから、三つ目の試練に失敗しても、神たちはオキクルミが人間の国へ行くことをとめなかったのでしょう。物語のおわりに、爆発がおこって、オキクルミは神の国へ戻りますが、ウパシクマの形として、神の国からきたものは、死ぬまで村にいることはなく、役目が終わると必ず神の国へ戻ることになっています。この物語も、その形をとっているわけです。

『木ぼりのオオカミ』　萱野茂文，斎藤博之絵　新装版　小峰書店　1998.10　1冊　27cm　（アイヌの民話）1400円
①4-338-01016-9

内容 この物語は、アイヌ語で語られたウエペケレ（民話）を現代の日本語に直し、さらに絵本の文章にするために手を加えたものです。アイヌの人びとは、自分の手で作った四つ足がついて頭のあるものは、すべて魂がはいっているのだと信じていました。特にお守りは、ふだんは決して人には見せず、肌身離さず持っているものだったのですが、精神の良い人に心をこめて作ってもらったものは、ほんとうに魂がはいっていて、お守りの役目をはたしてくれると信じていました。ですから、この話は、私たちには、なんとなく本当だと考えられるような話なのです。この話そのものが、クマの恋が原因なわけですが、このクマの気持ちを原文では「たとえどこへ蹴落とされようと、どんな悪い神にされようとかまわない」というほどに思いつめているのです。人間の娘をかどわかしたことで、他の神から「列をなして抗議がおしよせ」、父神や兄神にひどくしかられても、それでも諦らめることができないのです。このあたり、とても人間的な感じがしますし、神と人間は平等であり、神は恋にまどうこともあるし、悪いことをすれば罰せられるのだという、アイヌの考え方がよくあらわれていると思います。

『アイヌの民話』　木村まさお，河合泰子著　伊勢原　スタジオ類　1994.6　157p　21cm〈肖像あり〉980円　①4-9900532-3-0

『エタシペカムイ―神々の物語』　四宅ヤ

エ語り，藤村久和文，手島圭三郎絵　福武書店　1990.9　1冊　31cm　1500円
①4-8288-4915-7

『イソポカムイ―神々の物語』　四宅ヤエ語り，藤村久和文，手島圭三郎絵　福武書店　1988.3　1冊　31cm　1100円
①4-8288-1316-0

『アイヌのユーカラ―神々と人間の物語』
浅井亨著　筑摩書房　1987.10　214p　19cm　（世界の英雄伝説 10）　1000円
①4-480-21110-1
[目次]　第1部　先祖たちの物語（生い立ち，お姉さんの話，ウイマム〔交易〕に出かける，コタンコロカムイの妹神さま），第2部　魔神との戦い（オヤルルコタンとの戦い，チュウペッの娘さん，シレブンコタンでの死闘，化物退治，ポロシリの少年との戦い，日の神を助けだした話），第3部　ポイヤンペの結婚（ポニシカリからの許嫁，ウッカケシの戦い，シヌタプカの里，息子のポィヤンペ）

『ユーカラの祭り―アイヌ文化の保護につくす』　塩沢実信著，北島新平絵　理論社　1987.6　194p　21cm　（ものがたり北海道 5）　1500円　①4-652-01565-8
[目次]　1 カラフトのアイヌたち，2 "ハダカ判官"松本十郎，3 対雁の悲劇，4 にわか和人（シャモ），5 同化策すすむ，6 青い眼の伝道師，7 アイヌ語を話すイギリス人，8 イヨマンテの祭り，9 言葉は失われた，10 9年目の信者第1号，11 無理な同化教育，12 金田一京助との出会い，13 近文の一夜，14 ユーカラの伝承，15 よみがえったアイヌ文化
[内容]　急激にすすむ開拓に，ますます追いつめられていくアイヌ。心ある人々がアイヌを救うために立ちあがった。アイヌ語の保存，アイヌ人学校の設立につくした多くの先達の生涯。

『チピヤクカムイ―神々の物語』　四宅ヤエ語り，藤村久和文，手島圭三郎絵　福武書店　1986.11　1冊　31cm　1100円
①4-8288-1278-4

『月へいった女の子』　鈴木トミエ絵・文　札幌　北海道出版企画センター　1986.3　25p　22cm　（アイヌむかしばなし）　850円

『ケマコシネカムイ―神々の物語』　四宅ヤエ語り，藤村久和文，手島圭三郎絵　福武書店　1985.10　1冊　31cm　1100円　①4-8288-1258-X

『カムイチカプ―神々の物語』　四宅ヤエ語り，藤村久和文，手島圭三郎絵　福武書店　1984.10　1冊　31cm　1100円
①4-8288-1236-9

『鹿とサケと水の神さま』　鈴木トミエ絵・文　札幌　北海道出版企画センター　1984.5　27p　22cm　（アイヌむかしばなし）　850円

『サケとわかもの』　鈴木トミエ絵・文　札幌　北海道出版企画センター　1983.3　23p　22cm　（アイヌむかしばなし）　750円

『アイヌラックル物語』　安藤美紀夫著，水四澄子絵　三省堂　1981.12　142p　27cm　（古典のおくりもの―アイヌ「ユーカラ」）　1800円

『赤い輪の姫の物語』　安藤美紀夫著，水四澄子絵　三省堂　1981.12　122p　27cm　（古典のおくりもの―アイヌ「ユーカラ」）　1800円

『ポイヤウンベ物語』　安藤美紀夫著，水四澄子絵　三省堂　1981.12　138p　27cm　（古典のおくりもの―アイヌ「ユーカラ」）　1800円

『赤い花・白い花―アイヌ民話』　河崎啓一文　日本書房　1981.6　198p　19cm　（小学文庫）　380円　①4-8200-0125-6

## 物語

『絵で見てわかるはじめての古典　2巻　竹取物語・源氏物語』　田中貴子監修　学研教育出版, 学研マーケティング〔発売〕　2012.2　47p　30cm　〈文献あり〉

2500円　①978-4-05-500855-6　Ⓝ910.2
[目次]『竹取物語』は、こんな本，『竹取物語』が書かれた平安時代ってこんな時代，『竹取物語』のあらすじ，原文にトライ！ 声に出して読んでみよう！ 1 いまはむかし，たけとりの翁といふ〜，原文にトライ！ 声に出して読んでみよう！ 2 世界の男，あてなるも，〜，さて，かぐや姫のかたちの，〜，原文にトライ！ 声に出して読んでみよう！ 3 八月十五日ばかりの月にいでゐ（い）て，かかるほどに，宵うちすぎて，〜，『竹取物語』研究1（どうして竹から生まれてきたのか？，どうやって帰っていったの？）〔ほか〕

『21世紀版少年少女古典文学館　第7巻　堤中納言物語　うつほ物語』　興津要，小林保治，津本信博編，司馬遼太郎，田辺聖子，井上ひさし監修　干刈あがた，津島佑子著　講談社　2009.12　317p　20cm　1400円　①978-4-06-282757-7　Ⓝ918
[目次] 堤中納言物語，うつほ物語
[内容]『堤中納言物語』には，いまに通じる個性的な人間像が，あふれる機知とユーモアで描かれている。毛虫を愛する型破りなお姫さまや，片思いに身を焦がす憂愁な貴公子などの登場人物たちが，この世界最古の短編小説集に，いきいきとした生命を吹きこんでいる。『うつほ物語』は，全二十巻という日本最古の長編物語であり，その成立，内容ともに謎をひめた新発見の魅力にみちている。天上の琴を守り伝える芸術一家四代の数奇な物語の背景に，恋のさやあてや貴族の祝祭などの王朝ロマンが，絢爛豪華にくりひろげられる。

『21世紀版少年少女古典文学館　第2巻　竹取物語　伊勢物語』　興津要，小林保治，津本信博編，司馬遼太郎，田辺聖子，井上ひさし監修　北杜夫，俵万智著　講談社　2009.11　286p　20cm　1400円　①978-4-06-282752-2　Ⓝ918
[目次] 竹取物語，伊勢物語
[内容]『竹取物語』は，日本人ならだれでもが懐しい，かぐや姫と五人の求婚者の物語である。月の世界からきた愛らしい姫と，その姫をとりまく人間模様が，時にユーモラスに，時にもの悲しく美しく描かれて，日本でもっとも古い物語文学といわれている。『伊勢物語』は，「むかし，男」ではじまる，和歌を中心に話が展開する〝歌物語〟の代表的な作品。在原業平を思わせる色好みの男

の一代記のような形で，恋や愛や美へのこだわりが，名歌でつづられていく。日本の物語文学の原点ともいえる一冊。

『竹取物語　伊勢物語』　大沼津代志文，河伯りょうイラスト　学習研究社　2008.2　195p　21cm　（超訳日本の古典 2　加藤康子監修）　1300円　①978-4-05-202860-1　Ⓝ913.3
[目次] 竹取物語（竹取のおじいさんとかぐや姫，貴公子たちの挑戦，帝のプロポーズ，月に帰るかぐや姫），伊勢物語（美しい姉妹との恋，春の恋，身分ちがいの恋，望郷の念，武蔵の恋　ほか）

『竹取物語　伊勢物語』　倉本由布著，狩野富貴子絵　ポプラ社　2001.4　189p　22cm　（21世紀によむ日本の古典 3）　1400円　①4-591-06767-X,4-591-99376-0
[目次] 竹取物語（かぐや姫のおいたち，貴公子たちの求婚，仏の御石の鉢，蓬莱の玉の枝，火鼠の皮衣　ほか），伊勢物語（初冠，西の京の女，梅の花のさかりのころに，白玉か，東下り　ほか）

『落窪物語—しあわせになったお姫さまほか』　三越左千夫編著，太田大八画　新装改訂版　小峰書店　1998.2　217p　23cm　（はじめてであう日本の古典 3）　1600円　①4-338-14803-9,4-338-14800-4
[目次] しあわせになったお姫さま—落窪物語（かなしいお姫さま，左近の少将，石山寺まつりのるす　ほか），虫のすきなお姫さま—堤中納言物語（いやらしい虫，ひろがったうわさ，美しかった姫）

『竹取物語—天人の琴ほか』　今西祐行編著，安泰，安和子画　新装改訂版　小峰書店　1998.2　218p　23cm　（はじめてであう日本の古典 2）　1600円　①4-338-14802-0,4-338-14800-4
[目次] かぐやひめ—竹取物語（竹から生まれたおひめさま，五人の男，はじをすてて石づくりのみこ　ほか），天人の琴—宇津保物語（ふしぎな木こりの音，天のこと，七つの山のなぞ　ほか）

『堤中納言物語　うつほ物語』　干刈あがた，津島佑子著　講談社　1992.11

331p　22cm　（少年少女古典文学館　第7巻）1700円　Ⓘ4-06-250807-9

[内容]『堤中納言物語』には、いまに通じる個性的な人間像が、あふれる機知とユーモアで描かれている。『うつほ物語』は、全20巻という日本最古の長編物語であり、その成立、内容ともに謎をひめた新発見の魅力にみちている。天上の琴を守り伝える芸術一座四代の数奇な物語の背景に、恋のさやあてや貴族の祝祭などの王朝ロマンが、絢爛豪華にくりひろげられる。

『竹取物語　伊勢物語』　北杜夫,俵万智著　講談社　1991.10　301p　22cm　（少年少女古典文学館　第2巻）1700円　Ⓘ4-06-250802-8

[内容]『竹取物語』は、日本人ならだれでもが懐しい、かぐや姫と5人の求婚者の物語である。月の世界からきた愛らしい姫と、その姫をとりまく人間模様が、時にユーモラスに、時にものがなしく美しく描かれて、日本でもっとも古い物語文学といわれている。また、「むかし、男」ではじまる『伊勢物語』は、和歌を中心に話が展開する"歌物語"の代表的な作品。在原業平を思わせる色好みの男の一代記のような形で、恋や愛や美へのこだわりが、名歌でつづられていく。日本の物語文学の原点ともいえる1冊。

◆竹取物語

『竹取物語』　石井睦美編訳,平沢朋子絵　偕成社　2014.1　134p　20cm　1200円　Ⓘ978-4-03-744960-5　Ⓝ913.31

[内容]日本最古のファンタジー小説「竹取物語」。竹から生まれ、またたくまに美しい姫へと成長したかぐや姫。その心を射止めようと、かぐや姫の出した無理難題に頭をかかえる五人の貴公子たちの物語とかぐや姫と帝との恋。小学校高学年から。

『かぐやひめ』　ポプラ社　2013.1　1冊　18×19cm　（日本のむかしばなしシリーズ 2）350円　Ⓘ978-4-591-13212-8　Ⓝ726.6

[内容]あるひ、おじいさんは竹やぶでひかる竹をみつけました。きってみると、なかにかわいい小さな女のこがあらわれました。おじいさんは、かがやくような女のこだからと、「かぐやひめ」となづけました。やがて、うつくしくなったかぐやひめは…。

『絵で読む日本の古典　1　竹取物語』　田近洵一監修　ポプラ社　2012.3　47p　29cm〈索引あり　文献あり〉2800円　Ⓘ978-4-591-12805-3　Ⓝ910.2

[目次]かぐやひめの誕生、かぐやひめの成長、なよ竹のかぐやひめと名づける、求婚する若者たちが押し寄せる、かぐやひめ、五人の貴公子に難題を出す、石作の皇子と仏の御石の鉢、くらもちの皇子と蓬莱の玉の枝、阿倍の右大臣と火ねずみの皮衣、燃えてしまった火ねずみの皮衣、大伴の大納言と竜の首の玉〔ほか〕

『かぐやひめ』　舟崎克彦文,金斗鉉絵　小学館　2009.8　1冊（ページ付なし）27cm　（日本名作おはなし絵本）1000円　Ⓘ978-4-09-726878-9　Ⓝ726.6

[内容]「月の夜には、どうぞ夜空を見上げて下さい。」はかなくも美しい、日本最古の創作物語。

『かぐやひめ―日本むかしばなし』　いもとようこ文絵　金の星社　2008.8　1冊（ページ付なし）29cm　1300円　Ⓘ978-4-323-03716-5　Ⓝ726.6

[内容]おじいさんが竹ばやしでみつけた、ひかりかがやく竹。ふしぎにおもってその竹を切ってみると、なかには小さな女の子がちょこんとすわっていました―。日本で最初にうまれたお話。

『かぐやひめ』　平田昭吾著　ブティック社　2007.5　45p　17×18cm　（よい子とママのアニメ絵本 58―にほんむかしばなし）〈第26刷〉381円　Ⓘ4-8347-7058-3　Ⓝ726.6

『竹取物語』　市毛勝雄監修,村上正子やく　明治図書出版　2007.3　32p　21cm　（朝の読書日本の古典を楽しもう！　1）Ⓘ978-4-18-329811-9　Ⓝ913.31

『竹取物語』　長尾剛文,若菜等,Ki絵　汐文社　2007.1　137p　27cm　（これなら読めるやさしい古典　大型版）1600円　Ⓘ978-4-8113-8114-5　Ⓝ913.31

[目次]第1章　かぐや姫の生い立ち、第2章　五人のプロポーズ、第3章　帝とかぐや姫、第4章　かぐや姫、帰る、終章

『竹取物語』 森山京文，宇野亜喜良絵 ポプラ社 2006.7 40p 25×26cm （日本の物語絵本 19） 1200円 Ⓣ4-591-09329-8
[内容] 竹からうまれ，おじいさんとおばあさんにたいせつに育てられたかぐや姫はやがて…。ファンタジーの傑作絵本。

『かぐや姫』 川内彩友美編 二見書房 2005.11 1冊（ページ付なし） 15cm （まんが日本昔ばなし 第1巻・第1話） Ⓝ913.6
[目次] かぐや姫，きき耳ずきん，ちょうふく山の山んば，かもとり権兵衛

『かぐやひめ』 谷真介文，赤坂三好絵 第2版 チャイルド本社 2003.9 32p 23cm （みんなでよもう！ 日本の昔話 2-6） 448円 Ⓣ4-8054-2469-9 Ⓝ726.6
[内容] 平安時代につくられたわが国の小説の祖，物語文学の最古の作品。

『竹取物語』 長谷川孝士監修，柳川創造，水沢遥子シナリオ，岩沢由美漫画 新装版 学校図書 2003.3 143p 26cm （コミックストーリー わたしたちの古典 13） 905円 Ⓣ4-7625-0891-8 Ⓝ913.31
[内容] かぐや姫が月に帰るまでの日本最古の物語。

『かぐやひめ』 円地文子文，秋野不矩絵 復刊 岩崎書店 2002.4 1冊 25cm （復刊・日本の名作絵本 2） 1500円 Ⓣ4-265-03282-6,4-265-10276-X
[内容] 竹から生まれた光りかがやくばかりのお姫さまを巡る，五人の公家たちの妻争いのユーモアを中軸に，人間的な感情をもちながらこの世のものえはない神仙的女性の離別の悲劇。平安朝初期のかなで書かれた日本最初の作品。文は円地文子で，流麗で音読によく，絵は女流の日本画家最高の賞である上村松園賞を受賞した秋野不矩。

『ハローキティのかぐやひめ』 サンリオ 2001.9 1冊 14cm （世界名作絵本） 380円 Ⓣ4-387-01070-3

『かぐやひめ』 いもとようこ文・絵 岩崎書店 2001.4 1冊 17cm （はじめてのめいさくえほん 13） 700円 Ⓣ4-265-03083-1

『かぐや姫』 織田観潮画，千葉幹夫文・構成 講談社 2001.4 45p 26cm （新・講談社の絵本 1） 1500円 Ⓣ4-06-148251-3

『かぐやひめ』 あらかわしずええ 学習研究社 2000.12 1冊 17×17cm （はじめてのめいさくしかけえほん 26） 580円 Ⓣ4-05-201361-1

『かぐや姫』 川内彩友美編，ラルフ・F.マッカーシー訳 講談社インターナショナル 2000.5 47p 20cm （名作バイリンガル絵本 1―まんが日本昔ばなし）〈他言語標題：The bamboo-cutter's tale 英文併記〉 950円 Ⓣ4-7700-2646-3
[内容] むかしむかし，あるところに，竹取のおじいさんとおばあさんがおりました。ある日のこと，おじいさんが竹やぶの中に入っていくと，なんと，一本の竹が金色に光っています。ふしぎに思ったおじいさんは…。お母さんから子どもたちにと語りつがれてきた，「日本昔ばなし」が美しい英語になりました。

『かぐやひめ』 くもん出版 2000.2 1冊 13×13cm （くもんのはじめての名作おはなし絵本 5） 300円 Ⓣ4-7743-0364-X

『かぐやひめ』 桜井信夫文，棚橋文子絵 川口 メイト 1999.8 24p 25cm （日本の名作えほん）〈2刷〉 825円 Ⓣ4-89622-031-5,4-900388-33-5

『かぐやひめ』 岩崎京子文，長野ヒデ子画 教育画劇 1998.8 28p 19×27cm （日本の民話えほん） 1200円 Ⓣ4-7746-0417-8
[内容] 「つかれて かえってきても，この子をみると，こころがはればれするな。おばあさん」「ほんとうに。いやなことも，わすれますね。おじいさん」

『かぐやひめ』 平田昭吾企画・構成・文，

日本の古典　　　　　　　　　　　　　　　　　　　　　　　　　物語

高橋信也画　改訂版　ポプラ社　1997.11　44p　18×19cm　（世界名作ファンタジー 26）　350円　ⓃⒸ4-591-02568-3

|内容| 「かぐや姫」の原典は、日本で一番古い物語といわれている「竹取物語」である。いつ、誰が書いたのか、よくわかってない。美しくロマンチックな作品世界、ドラマチックな展開。日本人が愛し続けてきた気持ちが、理解できるように思える作品である。

『かぐやひめ』　あさくらせつえ，よだじゅんいちぶん　国土社　1997.4　33p　27cm　（絵本むかしばなし傑作選 10）1300円　ⓃⒸ4-337-09510-1

『かぐや姫』　中村和子文，加藤道子絵　勉誠社　1996.5　113p　21cm　（親子で楽しむ歴史と古典 2）1236円　ⓃⒸ4-585-09003-7

|内容| 知と創造の宝庫へご招待。祖先たちのひたむきな生きざま、古典を楽しく味わい、歴史の事実を正確に知る。

『かぐやひめ』　早野美智代文，山口真海造形　小学館　1995.9　1冊　21cm　（名作絵本 15）　480円　ⓃⒸ4-09-758515-0

『竹取物語』　宮脇紀雄文　ぎょうせい　1995.2　190p　22cm　（新装少年少女世界名作全集 42）〈新装版〉1300円　ⓃⒸ4-324-04369-8

『なよたけのかぐやひめ──「竹取物語」より』　秦恒平日本語，サラ・アン・ニシエ英語，本多豊国絵　ラボ教育センター　1991.11　107p　31cm　（Sounds in kiddyland series 23）〈他言語標題：Princess radiance of the lithe bamboo　英文併記〉ⓃⒸ4-924491-74-8, 4-89811-050-9　ⓃⒹ913.31

『竹取物語』　岸名沙月漫画　くもん出版　1991.9　159p　19cm　（くもんのまんが古典文学館）〈監修：平田喜信〉980円　ⓃⒸ4-87576-594-0

『竹取物語』　柳川創造，水沢遥子シナリオ，岩沢由美漫画　学校図書　1991.8　143p　21cm　（コミックストーリー わたしたちの古典 11）1000円　ⓃⒸ4-7625-0849-7

|内容| 中・高校での学習教材をマンガで綴る古典全集。原文と現代語訳とを対比した絵で読む古典。

『かぐやひめ』　アスカ　1990.7　1冊　23cm　（アスカのポップアップ絵本──世界名作童話絵本シリーズ 4）1300円　ⓃⒸ4-87029-073-1

『絵で見るたのしい古典　2　竹取物語』　萩原昌好，野村昇司指導　学習研究社　1990.3　64p　27cm　ⓃⒸ4-05-104232-4

『かぐやひめ』　横田弘行文，内山澄子人形デザイン，岡崎事務所人形劇　集英社　1988.9　30p　18×19cm　（NHKテレビにんぎょうげき日本むかしばなし）480円　ⓃⒸ4-08-305007-1

|内容| 幼稚園や保育園でも大好評のNHKテレビ『にんぎょうげき』の中から、お子さまからお母さままで、幅広く親しまれている「日本むかしばなし」を紹介します。テレビでおなじみの人形キャラクターたちをそのまま絵本として登場させ、テレビと絵本が一体となってお子さまに夢を与えるシリーズです。

『かぐやひめ』　中島和子文，梅田千鶴絵　大阪　ひかりのくに　〔1988.3〕　23p　26×21cm　（はじめてふれるアニメ名作絵本 23）380円　ⓃⒸ4-564-00186-8

『かぐやひめ』　平田昭吾著，高橋信也画　ポプラ社　1987.9　44p　18×19cm　（世界名作ファンタジー）450円　ⓃⒸ4-591-02568-3

|内容| かぐやひめは、かがやくばかりにうつくしい。しかし、十五夜がちかづくと、月をみながらなぜかかなしそうになくのです。

『かぐやひめ』　スタジオアップ構成・画　ぎょうせい　1986.12　17p　26cm　（ぎょうせい知育絵本──日本むかしばなし）〈監修：松原達哉〉550円　ⓃⒸ4-324-00621-0

|内容| このシリーズは、古くから伝承された日本昔話を現代風に書きなおし、親子で楽しく読んだり、話したりしながら、お子さま

子どもの本　日本の古典をまなぶ2000冊　　89

の知能や情操を育てることをくふうした絵本です。

『かぐやひめ』 卯月泰子構成・文，大野豊画 永岡書店 1985.7 43p 15×15cm （名作アニメ絵本シリーズ）350円 ①4-522-01649-2

『世界名作絵ものがたり 22 かぐやひめ―日本の名作』 集英社 1983.12 125p 23cm 〈監修：円地文子ほか〉 680円 ①4-08-258022-0

『かぐやひめ』 吉田喜昭ぶん，斉藤久雄え 学習研究社 1981.10 56p 23cm （学研・ひとりよみ名作）650円

『かぐやひめ』 谷真介文，赤坂三好絵 チャイルド本社 1980.9 32p 25cm （にほんのむかしばなし）500円

◆伊勢物語

『伊勢物語』 長谷川孝士監修，柳川創造，水沢遥子シナリオ，まるやま佳漫画 新装版 学校図書 2003.3 143p 26cm （コミックストーリー わたしたちの古典 14）905円 ①4-7625-0892-6 Ⓝ913.32

|内容|125段それぞれに和歌を入れた短編の歌物語。

『伊勢物語』 後藤長男まんが くもん出版 1994.3 158p 19cm （くもんのまんが古典文学館）〈監修：平田喜信〉 1200円 ①4-87576-726-9

『伊勢物語』 柳川創造，水沢遥子シナリオ，まるやま佳漫画 学校図書 1991.11 143p 22cm （コミックストーリー わたしたちの古典 12）〈監修：長谷川孝士〉1000円 ①4-7625-0850-0

|目次|第1話 初冠，第2話 鬼ひとくち，第3話 東下り，第4話 筒井筒，第5話 いちずな恋，第6話 花たちばな，第7話 春の心は，第8話 雪ふみわけて，第9話 つげの小櫛，第10話 さく花の，第11話 涙河，第12話 ついに行く道

|内容|中・高校での学習教材をマンガで綴る古典全集。原文と現代語訳とを対比した絵で読む古典。忘れかけていた日本の古典・知っておきたい古典全集。

◆落窪物語

『落窪物語―いじめられた姫君とかがやく貴公子の恋』 越水利江子著，沙月ゆう絵 岩崎書店 2012.12 195p 22cm （ストーリーで楽しむ日本の古典 2）1500円 ①978-4-265-04982-0 Ⓝ913.35

|目次|1 光りかがやく貴公子たち，2 かなしみの姫君，3 少将の恋，4 恋文，5 北の方の陰謀，6 愛しき盗人，7 四つ葉姫の結婚，8 幸せのゆくえ

『21世紀版少年少女古典文学館 第3巻 落窪物語』 興津要，小林保治，津本信博編，司馬遼太郎，田辺聖子，井上ひさし監修 氷室冴子著 講談社 2009.11 291p 20cm 1400円 ①978-4-06-282753-9 Ⓝ918

|目次|第1章 おちくぼ姫と右近の少将，第2章 北の方の逆襲，第3章 三条邸の夜

|内容|『落窪物語』は、早くに母を失った姫君が、継母にいじめられ、苦労しながらも、やがてすばらしい貴公子とめぐりあい、幸せを得る物語である。このストーリーの基本的なパターンは、シンデレラに代表されるが、古来、世界各地で作られ、今に語り継がれている。平安時代に書かれたこの物語も、みやびな恋物語というより、生身の人間の喜怒哀楽を興味深く描いた大衆文学として、長く読み継がれ、語り継がれてきたロングセラー小説の一つである。

『落窪物語』 花村えい子著 中央公論社 1997.10 270p 19cm （マンガ日本の古典 2）1262円 ①4-12-403280-3

『おちくぼ姫物語』 岡信子文 ぎょうせい 1995.2 184p 22cm （新装少年少女世界名作全集 43）〈新装版〉1300円 ①4-324-04370-1

『落窪物語』 氷室冴子著 講談社 1993.12 301p 22cm （少年少女古典文学館 第3巻）1700円 ①4-06-250803-6

|内容|『落窪物語』は、早くに母を失った姫君が、継母にいじめられ、苦労しながらも、やがてすばらしい貴公子とめぐりあい、幸

せを得る物語である。このストーリーの基本的なパターンは、シンデレラに代表されるが、古来、世界各地で作られ、今に語り継がれている。平安時代に書かれたこの物語も、みやびな恋物語というより、生身の人間の喜怒哀楽を興味深く描いた大衆文学として、長く読み継がれ、語り継がれてきたロングセラー小説の一つである。

『おちくぼ姫物語』 岡信子文 ぎょうせい 1982.9 184p 22cm （少年少女世界名作全集 43） 1200円

◆源氏物語

『源氏物語 紫の結び 3』 荻原規子訳 理論社 2014.1 335p 19cm 1700円 Ⓘ978-4-652-20035-3

内容 女三の宮の降嫁により、紫の上は源氏との愛にも世の中にも諦念を持つようになりました。そして、ひとつの密通事件が物語の様相を変えていきます。不義の子を抱きながら、源氏は晩年になって巡ってきた宿命を思うのでした。源氏の晩年までを全三巻で。完結。

『清少納言と紫式部─伝記シリーズ千年前から人気作家！』 奥山景布子著，森川泉絵 集英社 2014.1 205p 18cm （集英社みらい文庫） 620円 Ⓘ978-4-08-321193-5

目次 元祖！ 人気エッセイスト清少納言（下級貴族の娘，新しい世界へ，華やかな日々，悲劇の中で，思い出を胸に），世界一のロングセラー作家!?紫式部（学者の娘，田舎暮らしと結婚，『源氏物語』と宮仕え，心おだやかに生きる）

内容 「春はあけぼの（春は、明け方がいちばんステキよね!?）」…とても有名なこの一文ではじまる『枕草子』を書いた清少納言。光源氏という超イケメン☆が主人公の長編小説『源氏物語』の作者・紫式部。千年以上も前に生まれた彼女たちは、どのような人生を送り、これらの傑作をのこしたのでしょうか。清少納言と紫式部が、まるで、21世紀によみがえったように語りかけてくる、新しい感覚の伝記です！ 小学中級から。

『源氏物語 紫の結び 2』 荻原規子訳 理論社 2013.12 351p 19cm 1700円 Ⓘ978-4-652-20034-6

内容 都に戻った源氏は紫の上と再会を果たします。明石の君との間に生まれた姫君の入内を進め、並ぶ者のいない栄華を極める中、女三の宮という一片の暗雲が物語に影を落としていきます。源氏の晩年までを一気に全三巻で。紫の上を中心に再構築したみずみずしい源氏。勾玉シリーズ、RDGシリーズの荻原規子によるスピード感あふれる新訳。

『源氏物語 紫の結び 1』 荻原規子訳 理論社 2013.8 367p 19cm 1700円 Ⓘ978-4-652-20033-9

内容 帝に特別に愛された薄幸の女性に端を発して物語は進んでいきます。死んだ母に似ているという父の新しい妃に対する思慕。山里で源氏はその妃の面影を持つ少女を垣間見ます。紫の上との出会いでした。勾玉シリーズ、RDGシリーズの荻原規子によるスピード感あふれる新訳。紫の上を中心に再構築した、みずみずしい源氏物語。

『絵で読む日本の古典 2 源氏物語』 田近洵一監修 ポプラ社 2012.3 47p 29cm 〈索引あり 文献あり〉 2800円 Ⓘ978-4-591-12806-0 Ⓝ910.2

目次 桐壺帝に愛された桐壺の更衣，桐壺の更衣に皇子が生まれる，たいへんな才能にめぐまれた皇子，光源氏が元服する，光源氏，女性について語り合う，光源氏、碁を打つ空蝉をのぞき見る，光源氏、夕顔の君と知り合う，光源氏、若紫を垣間見る，光源氏、朧月夜の君に会う，葵の上と六条御息所の車争い〔ほか〕

『源氏物語』 紫式部作，高木卓訳，睦月ムンク絵 新装版 講談社 2011.11 285p 18cm （講談社青い鳥文庫 183-2） 670円 Ⓘ978-4-06-285254-8 Ⓝ913.369

内容 主人公は天皇の子として生まれた、美しく聡明な光源氏。恋する気持ちの楽しさ、苦しさ、せつなさと人間関係をえがいた古典の名作です。優しく美しい藤壺、おとなしい夕顔、かわいい紫の上…。源氏をめぐり、さまざまな女性が登場します。長い物語を小・中学生に向けて読みやすく一冊にまとめました。はじめての「源氏物語」としておすすめです。

『源氏物語─時の姫君いつか、めぐりあうまで』 紫式部作，越水利江子文，Izumi絵 角川書店，角川グループパブリッシ

ング〔発売〕　2011.11　215p　18cm（角川つばさ文庫　Fむ1-1）640円　①978-4-04-631201-3　Ⓝ913.369
[内容]　わたし、ゆかりの姫。母上はわたしを産んですぐに亡くなられたので、ばばさまと一緒に暮らしている。わたしの願いはばばさまの病気が良くなること、それから、あの方にもう一度会うこと。ひとめ見たら忘れられないほど美しく光かがやいていて、でも、どこかはかなく消えてしまいそうに見えたの…。日本人が千年愛し続けてきた物語が新たによみがえる。"いちばん最初に出会う"「源氏物語」。小学上級から。

『21世紀版少年少女古典文学館　第6巻　源氏物語　下』興津要、小林保治、津本信博編、司馬遼太郎、田辺聖子、井上ひさし監修　紫式部原作、瀬戸内寂聴著　講談社　2009.11　301p　20cm　1400円　①978-4-06-282756-0　Ⓝ918
[目次]　野分、真木柱、藤の裏葉、若菜　上、若菜　下、柏木、夕霧、御法、幻、浮舟
[内容]　帝の子として生まれ、光り輝く美貌と才智で位を得、富と名声を得、数多の恋を成就させた源氏。六条院での源氏の栄華は、はてしなく続くように思われたが、その子夕霧、そして内大臣の息子柏木の恋の炎がいやおうなしに源氏をまきこんで渦まく。源氏にも日、一日と人生の秋がしのびよっていた―。王朝大河ロマン、波乱のクライマックス。

『21世紀版少年少女古典文学館　第5巻　源氏物語　上』興津要、小林保治、津本信博編、司馬遼太郎、田辺聖子、井上ひさし監修　紫式部原作、瀬戸内寂聴著　講談社　2009.11　325p　20cm　1400円　①978-4-06-282755-3　Ⓝ918
[目次]　桐壺、空蟬、夕顔、若紫、末摘花、紅葉の賀、花の宴、葵、賢木、須磨、明石、蓬生、松風、少女、玉鬘、初音
[内容]　『源氏物語』は、十一世紀はじめに紫式部という宮仕えの女性によって書かれた、大長編小説。華やかに栄えた平安朝を舞台に、高貴で美しく、才能にあふれた光源氏を主人公に、その子薫の半生までをつづった物語である。当時の男女の恋愛模様を核に、人間を、貴族社会を、あますところなく描いている。いまでは、ダンテやシェークスピアよりもはるか古い時代に生まれたこの小説が、世界の国々で翻訳され、人々に親しま

れ、まさに世界の名作文学の地位にある。

『あさきゆめみし―源氏物語　5』大和和紀原作・絵、時海結以文　講談社　2008.2　285p　18cm（講談社青い鳥文庫　262-5）670円　①978-4-06-285012-4　Ⓝ913.6
[内容]　この世の栄華をきわめた光源氏。あとは愛する紫の上とふたりで、しあわせな日々を送ろうとしていた。そんな源氏のもとへとどいた、ある姫君との縁談話。とうぜん断ろうとした源氏だったが、亡き初恋の人の面影をもとめる源氏に、ふたたび魔の手が忍びよる。1000年を超えてなお輝きを失わない、光源氏の波乱万丈の物語、ついに最終章へ―！

『源氏物語』紫式部［原著］、菅家祐文、阿留多イラスト　学習研究社　2008.2　195p　21cm（超訳日本の古典　4　加藤康子監修）1300円　①978-4-05-202862-5　Ⓝ913.36
[目次]　光り輝く若君、夕顔の花、美しい少女、苦しみと華やぎ、しのびよる影、試練のとき、春、再び、永遠の別れ、引きさかれた初恋、夕顔の忘れ形見、六条院の若き花、ままならぬ思い、華やぎのとき、幼い妻、過ち、過ちの代償、愛のゆくえ、幻のごとく

『あさきゆめみし―源氏物語　4』大和和紀原作・絵、時海結以文　講談社　2007.10　267p　18cm（講談社青い鳥文庫　262-4）620円　①978-4-06-148784-0　Ⓝ913.6
[内容]　平安時代より今日まで、1000年間読みつがれてきた究極のラブストーリー、心ゆさぶられる第4巻！　ついに朝廷のゆるしがでた源氏。明石で出逢った姫君に別れをつげ、3年ぶりに京に帰れることに。愛する人との再会をよろこぶ日々もつかのま、悲しい永遠の別れが源氏をおそう。源氏の息子、夕霧と、雲居の雁の姫君とのかれんな恋物語も収録。小学上級から。

『あさきゆめみし―源氏物語　3』大和和紀原作・絵、時海結以文　講談社　2007.5　251p　18cm（講談社青い鳥文庫　262-3）620円　①978-4-06-148768-0　Ⓝ913.6
[目次]　野の宮の榊葉の章、吹く風と露の章、朧月夜の章、須磨の章、明石の章

日本の古典　　　　　　　　　　　　　　　　　　　　　　　　　　　　　　物語

　内容　「源氏物語」がこんなにわかりやすく、ドラマチックでおもしろい！世界に誇る平安王朝ストーリー、激動の第3巻。美しい少女に成長した紫の君がそばにいても、藤壷の宮への苦しい恋心を消せない光源氏。そんな折、右大臣たちの策略により、帝に逆らったとの疑いが源氏にかけられる。愛する人たちを守るために、源氏が決断したこととは…!?小学上級から。

『あさきゆめみし―源氏物語　2』　大和和紀原作・絵，時海結以文　講談社　2006.12　281p　18cm　（講談社青い鳥文庫 262-2）670円　Ⓘ4-06-148753-1　Ⓝ913.6
　内容　紫式部の「源氏物語」をもとにした、ドラマチックな平安王朝ストーリーの第2巻！光源氏は山寺でひとりの少女と出逢う。少女はなぜか、初恋の人、藤壷の宮にそっくりだった。藤壷の宮をわすれることができない源氏は、ある日―。一方、正妻の葵の上とは少しずつ心が通いはじめていた。しあわせをつかみかけたそのとき、ふたたび悲劇が訪れる…！　小学上級から。

『あさきゆめみし―源氏物語　1』　大和和紀原作・絵，時海結以文　講談社　2006.10　249p　18cm　（講談社青い鳥文庫 262-1）620円　Ⓘ4-06-148746-9　Ⓝ913.6
　内容　華やかな貴族文化が咲きほこっていた平安時代に、光る君と呼ばれるひとりの貴公子がいました。幼いうちに母親を亡くした彼は、天皇の息子でありながら臣下の身分に降ろされ、そしてただ一つの恋も―。いまからおよそ1000年前、紫式部によって書かれた古典名作「源氏物語」が、華麗なイラストと美しい文章で新しくドラマチックによみがえる！　小学上級から。

『瀬戸内寂聴の源氏物語』　瀬戸内寂聴著　講談社　2001.9　365p　19cm　（シリーズ・古典　1）1500円　Ⓘ4-06-254551-9
　目次　桐壷，空蝉，夕顔，若紫，末摘花，紅葉の賀，花の宴，葵，賢木，須磨，明石，澪標，蓬生，松風，少女，玉鬘，初音，野分，真木柱，藤の裏葉，若菜，柏木，夕霧，御法，幻，浮舟

『源氏物語』　赤塚不二夫著　学習研究社　2001.7　191p　19cm　（赤塚不二夫の古典入門）700円　Ⓘ4-05-401439-9

『源氏物語』　中井和子著，石倉欣二絵　ポプラ社　2001.4　253p　22cm　（21世紀によむ日本の古典　6）1400円　Ⓘ4-591-06770-X，4-591-99376-0
　目次　桐壷，夕顔，若紫，紅葉の賀，花の宴，葵，賢木，須磨，明石，絵合〔ほか〕

『源氏物語　2』　紫式部著，長谷川孝士監修，柳川創造シナリオ，まるやま佳漫画　新装版　学校図書　1998.1　143p　26cm　（コミックストーリー　わたしたちの古典　5）905円　Ⓘ4-7625-0883-7
　目次　帝誕生のひみつ，夕霧と雲居雁，夕顔のわすれがたみ，春はさかりに，女三の宮と柏木，不吉な夢，紫の上の死，宇治の姫君たち

『源氏物語　1』　紫式部著，長谷川孝士監修，柳川創造シナリオ，まるやま佳漫画　新装版　学校図書　1998.1　143p　26cm　（コミックストーリー　わたしたちの古典　4）905円　Ⓘ4-7625-0882-9
　目次　紫式部と『源氏物語』，なき母ににた人，はかなき夕顔の花，北山の少女，葵祭の車あらそい，都をはなれて，立ちかえる春，よろこびと悲しみと

『源氏物語　下』　長谷川法世著　中央公論社　1997.1　252p　19cm　（マンガ日本の古典　5）1262円　Ⓘ4-12-403283-8

『源氏物語　中』　長谷川法世著　中央公論社　1996.11　268p　19cm　（マンガ日本の古典　4）1262円　Ⓘ4-12-403282-X

『光源氏の君』　弥谷まゆ美文，久保田華光絵　勉誠社　1996.5　138p　21cm　（親子で楽しむ歴史と古典　3）1236円　Ⓘ4-585-09004-5
　内容　本書は、藤壺という女性を軸にして、源氏の内面をあれこれと想像し、著者なりの小さな物語にまとめてみました。

『源氏物語　上』　長谷川法世著　中央公論社　1996.4　270p　19cm　（マンガ

子どもの本　日本の古典をまなぶ2000冊

日本の古典 3) 1262円 ⓘ4-12-403281-1

『源氏物語』 紫式部作，高木卓訳，松室加世子絵 〔新版〕 講談社 1995.4 269p 18cm （講談社青い鳥文庫）590円 ⓘ4-06-148415-X
内容 その美しさと気品で、おさないときからたぐいまれな才能をみせる若宮。父の帝は、わが子の将来に世のつねでない運命を感じとり、皇族の身分からはずすことを決意される。こうして、源氏の姓をたまわった「光源氏」は、亡き母のおもかげをやどす義母「藤壺の女御」をふかくしたう少年時代をすごし、恋多き青年へと成長していく。小学上級から。

『源氏物語 下』 紫式部原作，瀬戸内寂聴著 講談社 1993.1 309p 22cm （少年少女古典文学館 第6巻）1700円 ⓘ4-06-250806-0
内容 帝の子として生まれ、光り輝く美貌と才智で位を得、富と名声を得、数多の恋を成就させた源氏。六条院での源氏の栄華は、はてしなく続くように思われたが、その子夕霧、そして内大臣の息子柏木の恋の炎がいやおうなしに源氏をまきこんで渦まく。源氏にも日、一日と人生の秋がしのびよっていた。王朝大河ロマン、波乱のクライマックス。

『源氏物語 上』 紫式部原作，瀬戸内寂聴著 講談社 1992.12 333p 22cm （少年少女古典文学館 第5巻）1700円 ⓘ4-06-250805-2
内容 『源氏物語』は、11世紀はじめに紫式部という宮仕えの女性によって書かれた、大長編小説である。華やかに栄えた平安朝を舞台に、高貴で強くし、才能にあふれた光源氏を主人公に、その子薫の半生までをつづった物語である。当時の男女の恋愛模様を核に、人間を、貴族社会を、あますところなく描いている。

『絵で見るたのしい古典 3 源氏物語』 萩原昌好，野村昇司指導 学習研究社 1990.7 64p 27cm ⓘ4-05-104233-2

『源氏物語』 冴木奈緒まんが くもん出版 1990.4 159p 19cm （くもんのまんが古典文学館）980円 ⓘ4-87576-520-7
目次 暁の章 かがやく皇子の運命の恋，炎の章 しのびよる暗いかげ，光の章 栄光への道，紫の章 最愛の人の死，宇治の章 光なきあとの物語，コラム 貴族の文化を知ろう（一二単は女性の正装，天皇のふだん着は直衣すがた，牛車は貴族の乗用車，あこがれは極楽浄土），解説（世界にほこる長編物語，紫式部の一生，文学としての『源氏物語』，平安時代の文学，貴族社会の人々と生活）

『源氏物語 2』 柳川創造シナリオ，まるやま佳漫画 学校図書 1990.3 143p 21cm （コミックストーリー わたしたちの古典 6）1000円 ⓘ4-7625-0843-8
内容 むずかしい古典が楽しくわかる。中学・高校・一般の人も読める古典。

『源氏物語 1』 柳川創造シナリオ，まるやま佳漫画 学校図書 1989.10 143p 21cm （コミックストーリー わたしたちの古典 5）1000円 ⓘ4-7625-0840-3

『紫式部—源氏物語を書いた女流作家』 柳川創造シナリオ，千明初美漫画 集英社 1988.5 142p 21cm （学習漫画 日本の伝記）680円 ⓘ4-08-241006-6
目次 第1章 少女時代，第2章 北国越前へ，第3章 結婚、そして，第4章 宮仕え，第5章 式部の日記，第6章 『源氏物語』の完成
内容 一条天皇のきさきである彰子につかえた紫式部は、宮廷を舞台にした長編小説「源氏物語」を書きました。マンガで学ぼう、才女の生涯。

『紫式部—「源氏物語」の大女流作家』 山本藤枝著 講談社 1987.3 197p 18cm （講談社 火の鳥伝記文庫 65）420円 ⓘ4-06-147565-7
目次 1 少女時代，2 結婚のあとさき，3 宮づかえと「源氏物語」
内容 幼いときから本をよく読み、やがて一条天皇の中宮彰子に仕えた紫式部。一人むすめを育てながら、十数年をついやして日本で最初の長編小説「源氏物語」を書きあげ、世界にその名を知られる紫式部の伝記。

『紫式部』 山主敏子著，矢野道子絵 あかね書房 1986.11 238p 19cm （嵐の中の日本人シリーズ 23）880円 ⓘ4-251-08163-3

|目次| 青春時代（物語の好きな少女，幼女，彗星を見る，求婚者宣孝という人），妻の喜びと悩み（式部，琵琶湖を行く，ひそかに思う人はだれ，母となって，夜がれの苦しみ，幸せもはかなく消えて），生きがいを求めて（「源氏物語」を書きはじめる，内大臣伊周の配流，宮仕えと女房たち，うるわしい中宮のために，道長がおみなえしを贈る，黄菊白菊かおるころ，めでたく皇子誕生），御所生活の明暗（仲よし小少将の君，若紫はどこに，宮廷の才女たち，成人したむすめ賢子）

|内容| 平安時代に書かれた、物語文学の最高峰『源氏物語』─少女のころから和歌や漢文に親しみ、文学に生きた式部の波乱の生涯を、歴史に重ねながら鮮かに描く。

◆とりかへばや物語

『21世紀版少年少女古典文学館　第8巻　とりかえばや物語』　興津要，小林保治，津本信博編，司馬遼太郎，田辺聖子，井上ひさし監修　田辺聖子著　講談社　2009.12　281p　20cm　1400円　Ⓘ978-4-06-282758-4　Ⓝ918

|内容| 平安時代末期に成立した『とりかえばや物語』は、内気で女性的な若君と、男性的で快活な姫君とが、それぞれ女装して、男装して生きていくことで展開する王朝の物語である。「男女をとりかえたい」との父親の願いが、そのまま物語のタイトルになっている。源平の動乱の直前で、貴族社会は爛熟のあとの退廃に向かい、人々の心に不安が漂い始めた時代を反映してか、この物語には、ゆがめられた形の複雑な愛情表現や心理描写がなされており、それゆえにこそ、現代にも通じる文学としての地位を保っている。

『とりかえばや物語』　田辺聖子著　講談社　1993.7　293p　22cm　（少年少女古典文学館 第8巻）　1700円　Ⓘ4-06-250808-7

|内容| 平安時代末期に成立した『とりかえばや物語』は、内気で女性的な若君と、男性的で快活な姫君とが、それぞれ女装して、男装して生きていくことで展開する王朝の物語である。「男女をとりかえたい」との父親の願いが、そのまま物語のタイトルになっている。源平の動乱の直前で、貴族社会は爛熟のあとの退廃に向かい、人々の心に不安が漂い始めた時代を反映してか、この物語には、ゆがめられた形の複雑な愛情表現や心理描写がなされており、それゆえにこそ、現代にも通じる文学としての地位を保っている。

◆堤中納言物語

『虫めづる姫ぎみ』　森山京文，村上豊絵　ポプラ社　2003.5　41p　25×26cm　（日本の物語絵本 2）　1200円　Ⓘ4-591-07714-4

|内容| ある大納言に、ひとりの姫ぎみがいらっしゃいました。とてもかわったかたで、なによりも虫がだいすきで、さまざまな虫をこばこにあつめては、その成長ぶりをみまもっておいでになりました。いちばんのお気にいりは毛虫でした…。

『虫めずる姫ぎみ』　いまぜきのぶこぶん，しらねみよこえ　国土社　1997.4　32p　27cm　（絵本むかしばなし傑作選 12）　1300円　Ⓘ4-337-09512-8

『堤中納言物語』　坂田靖子著　中央公論社　1995.8　268p　19cm　（マンガ日本の古典 7）　1262円　Ⓘ4-12-403285-4

---

## 歴史物語

◆大鏡

『大鏡─真実をうつす夢の万華鏡、時を越えろ、明日へむかって！』　那須田淳著，十々夜絵　岩崎書店　2014.3　199p　21cm　（ストーリーで楽しむ日本の古典 6）　1500円　Ⓘ978-4-265-04986-8

『大鏡』　市毛勝雄監修，西山明人やく　明治図書出版　2007.3　35p　21cm　（朝の読書日本の古典を楽しもう！　5）　Ⓘ978-4-18-329811-9　Ⓝ913.393

◆吾妻鏡

『吾妻鏡　下』　竹宮恵子著　中央公論社　1996.2　272p　19cm　（マンガ日本の古典 16）　1262円　Ⓘ4-12-403294-3

『吾妻鏡　中』　竹宮恵子著　中央公論社　1995.7　272p　19cm　（マンガ日本の古典 15）　1262円　Ⓘ4-12-403293-5

軍記物語・軍記物　　　　　　　　　　　　　　　　　　　　　　日本の古典

『吾妻鏡　上』　竹宮恵子著　中央公論社　1994.12　270p　19cm　（マンガ日本の古典 14）　1262円　Ⓘ4-12-403292-7
内容　鎌倉幕府の公文書から源頼朝の実像に迫る。

## 軍記物語・軍記物

『義経記―義経と弁慶ほか』　久保喬編著，石井健之画　新装改訂版　小峰書店　1998.2　225p　23cm　（はじめてであう日本の古典 7）　1600円　Ⓘ4-338-14807-1,4-338-14800-4
目次　義経と弁慶―義経記（牛若丸，てんぐの谷，金売り吉次　ほか），曽我きょうだい―曽我物語（伊豆の武士たち，おさないきょうだい，かたきのまえで　ほか）

『信長公記』　小島剛夕著　中央公論社　1996.9　274p　19cm　（マンガ日本の古典 22）　1262円　Ⓘ4-12-403300-1

『武田信玄と信濃』　駒込幸典ほか編　長野　信濃教育会出版部　1991.6　146p　22cm　（現代口語訳信濃古典読み物叢書　第4巻）〈監修・指導：滝沢貞夫　叢書の編者：信州大学教育学部附属長野中学校創立記念事業編集委員会〉　1000円　Ⓘ4-7839-1027-8

『ぼうれいとりつく耳なし芳一』　木暮正夫著，葛岡博絵　岩崎書店　1989.11　142p　21cm　（日本の怪奇ばなし 4）　980円　Ⓘ4-265-03904-9
目次　1　たたりつづけた平家の怨霊（琵琶法師「耳なし芳一の話」，むかえにきたさむらい，鬼火のもえる墓のまえで，ちぎられた耳，幽霊におびえたハーンの少年時代　ほか），2　『太平記』が語る乱世の怨霊たち（天下大乱のきざし，講釈師を生みだした動乱の物語，後醍醐天皇と楠木正成，「妖霊星を見たい」というばけもの，尊氏と義貞のはたらき　ほか）
内容　『平家物語』や『源平盛衰記』に描かれた源平のたたかいの物語は，琵琶法師によって語りつがれていた。壇の浦にしずんだ平家の人たちの霊をなぐさめるために建てられた赤間が関の阿弥陀寺に身を寄せる盲目の琵琶法師，芳一のもとに，ある晩，よろいを着けた武者が迎えにきた…。小泉八雲の『怪談』におさめられた「耳なし芳一の話」をはじめ，源氏と平家のなりたちから源平のたたかい鎌倉時代のできごと，南北朝の抗争，そして足利幕府の時代にいたる日本の中世の怪奇なはなしを，『平家物語』『太平記』などをもとに紹介します。小学校高学年以上。

◆平家物語

『平家物語　下』　小前亮文，広瀬弦絵　小峰書店　2014.2　291p　19cm　1600円　Ⓘ978-4-338-08155-9
内容　源頼朝を筆頭に，平家討伐の動きが激しくなるなか，平清盛は，決戦を前に病死してしまう。弱体化した平家は都を落ち，西へと逃れるが…。頼朝，義経ら源氏は，平家を次第に追いつめていく。そして，壇ノ浦にて源平合戦の最終章をむかえる！　わかりやすくて，おもしろい！　平清盛の絶頂期から平家の滅亡，源義経の最期までを描く永久不滅のストーリー。

『平家物語　上』　小前亮文，広瀬弦絵　小峰書店　2014.2　285p　19cm　1600円　Ⓘ978-4-338-08154-2
内容　交易による莫大な富と武力を背景に，武士として，貴族として，頂点をきわめた平清盛。一族の繁栄は永遠につづくかと思われたのだが…。源頼朝をはじめ，諸国に散らばる源氏の武将たちが打倒，平家に名のりを上げた。わかりやすくて，おもしろい！　平清盛の絶頂期から平家の滅亡，源義経の最期までを描く永久不滅のストーリー。

『平家物語―猛将，闘将，悲劇の貴公子たちが火花をちらす！』　石崎洋司著，岡本正樹絵　岩崎書店　2012.8　192p　22cm　（ストーリーで楽しむ日本の古典 4）　1500円　Ⓘ978-4-265-04984-4　Ⓝ913.434

『平家物語　平清盛　2　ふたりのお妃』　那須田淳作，藤田香絵　アスキー・メディアワークス，角川グループパブリッシング〔発売〕　2012.5　251p　18cm　（角川つばさ文庫　Fな2-2）　580円

ⓘ978-4-04-631242-6 Ⓝ913.4

内容 16歳であこがれの"北面の武士"になったおれ。でもその団長の、平家のおじには、もらわれっ子だからと嫌われ、仲間はずれにされる毎日。そんなとき、上皇のお妃の館に不気味なおりづるがとどく。おれと西行は秘密の捜査にのりだすが、それは国をひきさく大事件へとつながり…。おれたちをひきさく一本の矢にひめられた呪い。西行の片思い、おれと晶の関係は？　暗号のなぞをとき、真犯人をあばけ！　笑いと涙の友情物語！　小学中級から。

『絵で読む日本の古典　4　平家物語』　田近洵一監修　ポプラ社　2012.3　47p　29cm〈索引あり　文献あり〉2800円
ⓘ978-4-591-12808-4　Ⓝ910.2

目次 祇園精舎，清盛の栄華，鹿ヶ谷の陰謀，俊寛の嘆き，平家打倒のろし，富士川の戦い，清盛の死，倶利伽羅落とし，平家の都落ち，都に入った義仲〔ほか〕

『絵で見てわかるはじめての古典　7巻　平家物語』田中貴子監修　学研教育出版，学研マーケティング〔発売〕　2012.2　48p　30cm〈文献あり〉2500円
ⓘ978-4-05-500860-0　Ⓝ910.2

目次 『平家物語』は、こんな本，『平家物語』にえがかれた貴族から武士への時代ってこんな時代，物語のおもな登場人物たち，物語でえがかれる出来事，平家対源氏マップ，原文にトライ！　声に出して読んでみよう！，作品の内容研究，人物研究，時代背景研究，古典であそぼう（作ってみよう　わたしの「祇園精舎」，名乗りを上げて勝負してみよう），楽しく広がる古典の世界

『マンガ平家物語　下巻』イセダイチケン，柏葉比呂樹，館尾冽マンガ，氷川まりねシナリオ，早川明夫監修　朝日新聞出版　2012.1　135p　26cm（マンガ日本史BOOK　古典で歴史を読み解く　文学編）〈文献あり〉1200円　ⓘ978-4-02-331009-4　Ⓝ913.434

目次 第5章　マンガ5「義仲の最期」，第6章　マンガ6「戦の天才・義経」，第7章　マンガ7「決戦・壇ノ浦」，第8章　マンガ8「建礼門院」

内容 源氏猛攻、頼朝、義仲、そして義経。源平争乱の時代、熱く激しく生きた者たちの"真実の姿"に迫る。

『マンガ平家物語　上巻』館尾冽，伊藤伸平，イセダイチケンマンガ，氷川まりねシナリオ，早川明夫監修　朝日新聞出版　2012.1　135p　26cm（マンガ日本史BOOK　古典で歴史を読み解く　文学編）〈文献あり〉1200円　ⓘ978-4-02-331008-7　Ⓝ913.434

目次 第1章　マンガ1「2人の白拍子」，第2章　マンガ2「鹿ヶ谷の陰謀」，第3章　マンガ3「頼朝挙兵」，第4章　マンガ4「旭将軍・義仲」

内容 栄華をきわめた絶対権力者、平清盛の野望。平安時代末期、貴族に代わって権力を握った"武士"たちの熱き戦いの物語。

『安善寺物語―宇都宮朝綱と平貞能の友情』小板橋武絵・文　宇都宮　随想舎　2011.12　1冊（ページ付なし）19×27cm　800円　ⓘ978-4-88748-251-7　Ⓝ913.6

内容 平清盛の家来・平貞能は、なぜ益子に住んだのでしょう。これは「平家物語　巻第七」に書かれている宇都宮朝綱と平貞能の友情の物語です。「芳賀富士」と呼ばれる大平山のふもとにある安善寺では、800年以上前の二人の友情を讃えるかのように、毎年、たくさんの桜の花が舞っているのです。

『平家物語―夢を追う者』時海結以文，久織ちまき絵　講談社　2011.12　253p　18cm　（講談社青い鳥文庫　262-6）〈文献あり〉620円　ⓘ978-4-06-285262-3　Ⓝ913.6

目次 1章　勝者平清盛（雪のなかを逃げまどう，高倉帝の悲恋），2章　源氏が起つ（源頼朝と源義経，反乱がはじまった），3章　平氏の危機（富士川の戦いと兄弟のであい，木曽義仲あらわれる），4章　源平の争い（一ノ谷の戦い，屋島の戦い，壇ノ浦の戦い），5章　源義経哀れ（すれちがう兄弟，あのときを、もう一度とりもどせるなら）

内容 帝と院（前の帝）は、自分たちのかわりに武士をやとって戦わせた。勝ったのは平清盛たち平家。土地も、財宝も、高い身分も手に入れた。敗れたのは源氏。「帝や貴族に関係ない、武士だけの国をつくる！」源頼朝はこう決意し、平家をたおすチャンスを待つ。古典の傑作『平家物語』を読みやすい文章で一冊に。平家と源氏の時代を生きた人びとの思いをえがきます。小学中級から。

『平家物語　平清盛―親衛隊長は12歳！』

那須田淳作, 藤田香絵　アスキー・メディアワークス, 角川グループパブリッシング〔発売〕　2011.12　249p　18cm　（角川つばさ文庫 Fな2-1）〈年表あり〉580円　Ⓘ978-4-04-631203-7　Ⓝ913.6

内容　おれ、清盛。いなかから京の都にやってきたおれの初仕事は、なんと、帝を守る新衛隊長！ 身分の低い武士で、まだ12歳のおれがなぜ？ えっ、絶対ひみつだけど、おれが帝の実の兄だって!?大臣の息子だからといばる頼長や、おれを子どもあつかいする隊の大人たちを見返そうと、親友の西行と、宮中に出るとうわさの鬼退治へ向かう。でも、それが国をゆるがす大事件につながり…。絵は33点、歴史が楽しくわかる、ナゾとき冒険ストーリー！ 小学中級から。

『21世紀版少年少女古典文学館　第12巻　平家物語　下』　興津要, 小林保治, 津本信博編, 司馬遼太郎, 田辺聖子, 井上ひさし監修　吉村昭著　講談社　2010.1　323p　20cm　1400円　Ⓘ978-4-06-282762-1　Ⓝ918

目次　大蛇の子孫, 波間にただよう天皇の舟, いなか侍木曽義仲, 平家のふたつの勝利, 乱暴な義仲軍, 法住寺の合戦, 宇治川の先陣あらそい, 木曽義仲の最期, 中納言教盛父子の活躍, 鵯越えの逆落とし, 一の谷の戦い, 小宰相の身投げ, 平維盛の手紙, 平重衡の手紙, 千手の前, う横笛の恋, 平維盛の自殺, 藤戸の合戦, 義経の屋島攻め, 扇のまと, 壇ノ浦, 平家の人々の運命, 宗盛父子の処刑, 重衡の処刑, 頼朝のうたがい, 六代御前と文覚, 平家断絶

内容　平家一門の興亡を、あますところなく、色あざやかに描きだした『平家物語』は、長い年月にわたって語り継がれた異色の歴史文学である。そして、後に能や歌舞伎の世界にもとりいれられ、時代をこえ日本中の人々の心に、遺伝子のように焼きつけられていく。

『21世紀版少年少女古典文学館　第11巻　平家物語　上』　興津要, 小林保治, 津本信博編, 司馬遼太郎, 田辺聖子, 井上ひさし監修　吉村昭著　講談社　2010.1　301p　20cm　1400円　Ⓘ978-4-06-282761-4　Ⓝ918

目次　平家全盛, 鹿の谷, 鬼界ケ島, 残された俊寛, 成経都へ帰る, 有王と俊寛, 重盛死す, 清盛怒る, 三歳の天皇, 高倉の宮の謀反, 宇治川の橋合戦, とつぜんの遷都, 文覚, 富士川の戦い, 清盛の悪行, 木曽義仲, 清盛死す, 義仲を討て, 倶利迦羅の戦い, 比叡山の僧徒, 天皇, 西国へ, 落ちていく平家

内容　平安時代末期（一一〇〇年代後半）、日本は歴史の大きな曲がり角に立っていた。これまでの貴族にかわって、武家の平家一門が政治の表舞台におどり出た。平家は日本全土の半分を支配下におき、平清盛の専横は目にあまるところとなった。『平家物語』は、こうした平家の隆盛と、その後の破滅への道のりを、時にフィクションをまじえながらも、あますところなく語ってくれる。平家琵琶の音にのせて、琵琶法師たちが語り継いだ一大叙事詩は、聞く人の心をゆさぶり涙をさそった。

『平家物語を読む―古典文学の世界』　永積安明著　改版　岩波書店　2009.11　220p　18cm　（岩波ジュニア新書）　780円　Ⓘ4-00-500016-9

目次　平忠盛, 祇王・仏, 俊寛, 文覚, 平清盛, 木曽義仲, 源義経, 平忠度, 平知盛

内容　『平家物語』は、王朝貴族社会から、中世武家社会へと大きく移り変わった時代、平家一門の人々がたどった運命を描いた語り物文学です。この本では、平清盛、知盛、祇王、俊寛、木曽義仲など10人の登場人物をとりあげ、原文にふれながら、『平家物語』の全体像と文学としての豊かさをつたえます。

『平家物語』　木村次郎文, 井上洋介絵　童心社　2009.2　213p　20cm　（これだけは読みたいわたしの古典）〈シリーズの監修者：西尾実〉2000円　Ⓘ978-4-494-01979-3,978-4-494-07167-8　Ⓝ913.434

目次　祇園精舎, 栄えときめく平家, 陰謀発覚, 鬼041が島の流人, 最初の合戦, 富士川の敗走, 清盛の死, 平家の都落ち, 京の義仲, 義仲と義経, 首渡, 源平の合戦, 平家滅亡

『平家物語』　弦川琢司文, ただりえこイラスト　学習研究社　2008.2　195p　21cm　（超訳日本の古典 7　加藤康子監修）　1300円　Ⓘ978-4-05-202865-6　Ⓝ913.434

目次　第1章　おごる平家, 第2章　哀しみの清盛, 第3章　源氏の台頭, 第4章　都落ち, 第5章　沈みゆく平家, 第6章　平家滅亡

『祇園精舎』　山本孝絵，斎藤孝編　ほるぷ出版　2007.7　1冊　22×22cm　（声にだすことばえほん）　1200円　①978-4-593-56055-4
[内容]　琵琶法師の巧みな語りに魅せられて、観客たちが見たものとは…？　武士の物語である「平家物語」の迫力と、根底に流れる無常観とを描いた大迫力の絵本。

『青葉の笛』　あまんきみこ文，村上豊絵　ポプラ社　2007.1　36p　25×26cm　（日本の物語絵本 20）　1200円　①978-4-591-09570-6
[内容]　源氏の熊谷直実は、戦い前夜、兵士の陣からながれる美しく静かな笛の音に心をうごかされた…『平家物語』のみやびな若武者の悲しい物語。

『俊寛』　松谷みよ子文，司修絵　ポプラ社　2006.6　42p　25×26cm　（日本の物語絵本 18）　1200円　①4-591-09283-6
[内容]　平清盛にむほんをくわだてた罪で、あれはてた孤島に流された俊寛は、やがておとずれた赦免の船にものれず、たったひとり、島に残されてしまいます。美しくも悲しい武将たちのエピソードが数多く描かれる『平家物語』の中にあって武将ではないのに巻三に登場する僧俊寛のエピソード。はなやかな都から罪人として孤島へ送られ、恩赦にも見はなされ、ただ一人島に残されたまま死んでいく男の哀切さは『平家物語』のテーマである「盛者必衰のことわり」を示すばかりか権力者の非情ぶりまでも鮮やかに象徴させています。

『祇王』　木下順二文，瀬川康男絵　ほるぷ出版　2005.12　40p　30cm　（絵巻平家物語 2）〈第11刷〉2400円　①4-593-54202-2
[内容]　天下を手のうちにおさめ、全盛をきわめる平清盛は、ずいぶんわがまま勝手なことをした。祇王という名の白拍子を、たいへんかわいがっていたのに、あるとき、仏という、もっとすばらしい白拍子があらわれると、たちまち仏のほうが気にいって、祇王をやしきから、さっさと追っぱらってしまうのだった。祇王も仏も、かよわい白拍子の身。清盛の命令にさからうこともできず、おたがいに、つらい思いになやまなければならなくなる─。むかしから人びとのなみだをさそってきた祇王の物語が、うつくし

い絵本になってよみがえった。

『俊寛』　木下順二文，瀬川康男絵　ほるぷ出版　2005.12　40p　30cm　（絵巻平家物語 3）〈第10刷〉2400円　①4-593-54203-0
[内容]　平清盛の横暴には、おおぜいの人がおこっている。平家反対の声があがり、成親、俊寛、康頼、西光、それに後白河法皇までがくわわって、平家をたおす計画を、こっそり話しあうようになった。ところが、うらぎったものがいた。計画は、清盛にすっかりもれてしまい、人びとは、たちまちとらえられた。そして、俊寛をはじめ三人が、九州のはるか南にうかぶ鬼界が島へ流されていった。ときがたち、清盛からのゆるし文が島へとどいた。けれども、それをなんべんよみかえしても、俊寛の名前だけはみあたらない。島に一人のこされる俊寛の、かなしい運命の物語。

『忠盛』　木下順二文，瀬川康男絵　ほるぷ出版　2005.12　40p　30cm　（絵巻平家物語 1）〈第10刷〉2400円　①4-593-54201-4
[内容]　いまから八百年あまりまえ、平安時代もおわりにちかいころに、平家一門をひきいる平忠盛という武士が、それまで貴族たちが独占していた日本の政治の中心へ、どうどうとのりだしていった。武士として、はじめて宮中への出入りをゆるされ、そのごの平家繁栄のきっかけをつくったのだった。いったい忠盛は、どんなてがらをたてて、貴族のなかまいりをしたのだろう。また、忠盛の出世をにくんだ貴族たちのいやがらせに、どうたちむかっていったのだろう。忠盛の知恵と勇気、そして、家来とのつよいむすびつきをえがく"殿上のやみ討ち"の話から、「絵巻平家物語」がはじまる。

『かえるの平家ものがたり』　日野十成文，斎藤隆夫絵　福音館書店　2002.11　1冊　29×31cm　（日本傑作絵本シリーズ）　1500円　①4-8340-1854-7
[内容]　ユーモアあふれる文と繊細な筆致の絵で語るカエル版『平家物語』。「げんじぬま」住むカエルのサムライが、平家ネコに傷をつけられた。「合戦だ！」「いくさだ！」と沼のサムライが集まった……。

『平家物語』　山下明生著，宇野亜喜良絵　ポプラ社　2002.4　277p　22cm　（21

軍記物語・軍記物　　　　　　　　　　　　　　　　　　　　　　　　　日本の古典

世紀によむ日本の古典 11）1400円
①4-591-07136-7,4-591-99440-6
|目次| 第1部 さかえる平家（おごれる人たち，鹿の谷のたくらみ ほか），第2部 源氏の旗あげ（福原遷都，水鳥の羽音 ほか），第3部 落ちゆく平家（ふたりの天皇，世間知らずの義仲 ほか），第4部 源平，西国の戦い（平家，一の谷へ，鵯越のさか落とし ほか），第5部 平家一門の最期（生け捕りの重衡，屋島攻め ほか）

『吉村昭の平家物語』　吉村昭著　講談社　2001.10　349p　19cm　（シリーズ・古典 3）1500円　①4-06-254553-5
|目次| 平家全盛，鹿の谷，鬼界ヶ島，残された俊寛，成経都へ帰る，有王と俊寛，重盛死す，清盛怒る，三歳の天皇，高倉の宮の謀反〔ほか〕
|内容| 第一線で活躍する作家が手がけた古典現代語訳シリーズ。少年少女古典文学館「平家物語」をもとに再編集。

『少年平家物語―ササなし峠』　壺田正一著　文芸社　2000.12　109p　19cm　1000円　①4-8355-0992-7
|内容| 昨今のテレビ・新聞に見られる青少年の非行のあまりのひどさにペンが走りだした著者。人生50年，源平の動乱期に生きた少年達の歩んだ道を子も母も読んで，現代の世相と「人生いかに生くべきか」を考えてほしい。

『平家物語』　長谷川孝士監修，柳川創造シナリオ，千明初美漫画　新装版　学校図書　1998.6　142p　26cm　（コミックストーリー わたしたちの古典 7）905円　①4-7625-0885-3
|目次| ほろびゆく者の物語，平家の春，おごる平家，俊寛の悲劇，清盛あっち死に，平家の都落ち，平家西海にほろぶ，大原御幸

『平家物語―源平八島のたたかい』　関英雄編著，新井五郎画　新装改訂版　小峰書店　1998.2　224p　23cm　（はじめてであう日本の古典 6）1600円　①4-338-14806-3,4-338-14800-4
|目次| 源平八島のたたかい―平家物語（ふたりのまい姫，はかりごと，ひとりぼっちの俊寛，島へわたる少年，月夜のたたかい ほか）

『平家物語』　長谷川孝士監修，柳川創造シナリオ，千明初美漫画　新装版　学校図書　1998.1　142p　26cm　（コミックストーリー わたしたちの古典 7）〈年表あり〉905円　①4-7625-0885-3
|目次| ほろびゆく者の物語，平家の春，おごる平家，俊寛の悲劇，清盛あっち死に，平家の都落ち，平家西海にほろぶ，大原御幸

『平家物語紀行』　小林美和文，大堅毅一写真　偕成社　1997.5　213p　19cm　2000円　①4-03-529440-3

『平家物語 10　祇園精舎の巻』　生越嘉治文，佐藤やゑ子絵　あすなろ書房　1997.3　110p　21cm　1339円　①4-7515-1940-9
|内容| 大いに栄えた平家一門は，壇の浦の戦いで亡び，勝った源氏も，義経は，兄の頼朝に殺される。その頼朝も…。琵琶法師によって語りつがれてきた『平家物語』の最終巻。

『平家物語 9　壇の浦落日の巻』　生越嘉治文，佐藤やゑ子絵　あすなろ書房　1997.3　110p　21cm　1339円　①4-7515-1939-5
|内容| 義経の活躍により一の谷で勝利した源氏軍は，屋島でも平家軍を破り，いよいよ壇の浦での海上決戦を迎える。結果は平家軍の総くずれ。二位尼は安徳天皇を抱いて入水。ここに平家は滅亡する。だが，ヒーローの義経は…。

『平家物語 8　奇襲一の谷の巻』　生越嘉治文，佐藤やゑ子絵　あすなろ書房　1997.1　110p　21cm　1339円　①4-7515-1938-7
|内容| 義経は弁慶らをひきいて，平家の難攻不落の城・一の谷を，ひよどり越えから『さか落とし』の奇襲でみごとに破った。ところが…。

『平家物語 7　六波羅炎上の巻』　生越嘉治文，佐藤やゑ子絵　あすなろ書房　1997.1　110p　21cm　1339円　①4-7515-1937-9
|内容| 木曽義仲は，倶利迦羅山で平家軍を破り，都へとのぼった。平家は六波羅に火を放ち，屋島へ都落ちする。都はふたたび源氏の白旗におおわれるが，功績のあった義仲は…。

『平家物語　6　俱利迦羅の巻』　生越嘉治文，佐藤やゑ子絵　あすなろ書房　1996.11　110p　21cm　1339円　①4-7515-1936-0

内容　源氏の再興をめざす頼朝が活躍します。伊豆で兵を挙げた頼朝は、東国を治め、鎌倉に本拠を置きます。一方、清盛は死に、信濃の木曽義仲は、俱利迦羅山で平家軍と…。

『平家物語　5　宇治橋合戦の巻』　生越嘉治文，佐藤やゑ子絵　あすなろ書房　1996.11　110p　21cm　1339円　①4-7515-1935-2

内容　都の政治を思いのままにしつつある清盛に、源頼政は、以仁王を立てて反乱をおこすが、宇治橋の合戦で大敗してしまう。しかし、平家を倒す源氏の一矢は放たれた。

『平家物語　4　鬼界が島の巻』　生越嘉治文，佐藤やゑ子絵　あすなろ書房　1996.9　110p　21cm　1339円　①4-7515-1934-4

内容　本書には歌舞伎（『平家女護島』）や能（『俊寛』）などに取りあげられた有名なお話がでてきます。さて、清盛の怒りにふれ硫黄の島、鬼界が島に流された俊寛ら三人の運命は、いかに…。

『平家物語　3　源九郎義経の巻』　生越嘉治文，佐藤やゑ子絵　あすなろ書房　1996.9　110p　21cm　1339円　①4-7515-1933-6

内容　いよいよ源義経（牛若丸）の登場です。鞍馬山で修業中の牛若は、源氏再興を願う家来らと、こっそり抜けだします。そして、武蔵坊弁慶との出会いなど、話は盛り上ります。

『平家物語　2　平家栄華の巻』　生越嘉治文，佐藤やゑ子絵　あすなろ書房　1996.7　110p　22×16cm　1339円　①4-7515-1932-8

内容　源平の戦いで勝利した平家。為朝は大島に流され、自害する。その後、権力をにぎった平清盛が、京都の六波羅に大邸宅をかまえ、思いのままの政治をするが…。

『平家物語　1　赤旗白旗の巻』　生越嘉治文，佐藤やゑ子絵　あすなろ書房　1996.7　110p　22×16cm　1339円　①4-7515-1931-X

内容　日本の古典文学の中で、日本人に最も親しまれてきた平家一門の運命を描いた『平家物語』を物語化した劇的な歴史読み物。第一巻は、怪男児・鎮西八郎為朝の話から。

『平家物語　下』　横山光輝著　中央公論社　1996.3　272p　19cm　（マンガ日本の古典 12）　1300円　①4-12-403290-0

『源平合戦物語』　遠藤寛子作，百鬼丸絵　講談社　1995.11　281p　18cm　（講談社青い鳥文庫）　590円　①4-06-148429-X

内容　祇園精舎…にはじまる『平家物語』は、琵琶法師が源氏と平氏の戦いを語る歌物語。本書では、この物語を中心に、『保元物語』『平治物語』などの本からの興味深い物語も加えてまとめ、またその舞台となった場所の今日の姿もたずねた。

『平家物語　中』　横山光輝著　中央公論社　1995.9　272p　19cm　（マンガ日本の古典 11）　1300円　①4-12-403289-7

内容　蜂起する頼朝、義仲勢に敗戦続き清盛無念の死。

『平家物語　上』　横山光輝著　中央公論社　1995.1　264p　19cm　（マンガ日本の古典 10）　1300円　①4-12-403288-9

『平家物語』　高野正巳訳，百鬼丸絵　講談社　1994.4　296p　18cm　（講談社青い鳥文庫 177-1）　590円　①4-06-147398-0

内容　太政大臣に上りつめた平清盛のわがままは日増しにつのり、父をいさめる重盛の死後、おごる平家にもかげりがみえてきた。やがて源頼朝が旗あげし、木曽義仲、義経に都に攻めこまれた平家一門は西国へと落ちていく…。源平の合戦を主に、人生の哀れさ悲しさをえがいて、日本人に愛され、読みつがれた古典。小学上級から。

『平家物語　下』　吉村昭著　講談社　1992.7　331p　22cm　（少年少女古典文学館　第12巻）　1700円　①4-06-

軍記物語・軍記物　　　　　　　　　　　　　　　　　　　日本の古典

250812-5

内容　栄華をきわめた平家一門も、あいつぐ戦で源氏に敗れ、ついに都をすてた。人心も頼朝ひきいる源氏方についた。華やかでみじかい夢からさめた平家を待ちうけていたのは、はてしない破滅への道のりだった。平家一門の興亡を、あますところなく、色あざやかに描きだした『平家物語』は、長い年月にわたって語り継がれた異色の歴史文学である。

『平家物語　上』　吉村昭著　講談社　1992.6　309p　22cm　（少年少女古典文学館　第11巻）　1700円　⓪4-06-250811-7

内容　平安時代末期、日本は歴史の大きな曲り角に立っていた。これまでの貴族にかわって、武家の平家一門が政治の表舞台におどり出た。平家は日本全土の半分を支配下におき、平清盛の専横は目にあまるところとなった。『平家物語』は、こうした平家の隆盛と、その後の破滅への道のりを、時にフィクションをまじえながらも、あますところなく語ってくれる。平家琵琶の音にのせて、琵琶法師たちが語り継いだ一大叙事詩は、聞く人の心をゆさぶり涙をさそった。

『知盛』　木下順二文，瀬川康男絵　ほるぷ出版　1991.1　34p　30×24cm　（絵巻平家物語9）　1600円　⓪4-593-54209-X

内容　平家没落を不思議に予感する知盛。どうにもならぬと知りながら、だからこそ運命にさからってみごとに自らを生き、一門をもたえぬかせようとする。国際アンデルセン賞画家第2位賞受賞（'88年）、BIB世界絵本原画展賞金のリンゴ賞受賞（清盛'89年）。

『平家物語』　岸田恋まんが　くもん出版　1990.11　159p　19cm　（くもんのまんが古典文学館）〈監修：平田喜信〉　980円　⓪4-87576-522-3

『絵で見るたのしい古典　6　平家物語』　萩原昌好，野村昇司指導　学習研究社　1990.7　64p　27cm　⓪4-05-104236-7

『忠度』　木下順二文，瀬川康男絵　ほるぷ出版　1989.10　40p　30×24cm　（絵巻平家物語8）　1550円　⓪4-593-54208-1

内容　「平家は亡びても、私の命を永遠のものにしたい」都落ちの途路武将忠度は混乱の京に戻り歌の師俊成卿に巻物1巻を渡す。そしてその後、あの一の谷の合戦で壮絶な最期を遂げたのだった。

『平家物語』　柳川創造シナリオ，千明初美漫画　学校図書　1989.8　142p　22cm　（コミックストーリー　わたしたちの古典　8）〈監修：長谷川孝士〉　1000円　⓪4-7625-0839-X

目次　ほろびゆく者の物語，平家の春，おごる平家，俊寛の悲劇，清盛あっち死に，平家の都落ち，平家西海にほろぶ，大原御幸

『義経』　木下順二文，瀬川康男絵　ほるぷ出版　1989.4　40p　30×23cm　（絵巻平家物語7）　1550円　⓪4-593-54207-3

内容　鞍馬寺に8歳であずけられた源氏・牛若。熱心に学問をつみ、平家打倒を念じて武芸にはげむ。だれがいいだしたか天狗に剣術をならったという牛若は、荒法師・武蔵坊弁慶ほかを家来にするだけの力を蓄えていった。長じて、九郎義経となった牛若は、兄・頼朝の旗あげにかけつけて感激の対面、各々33歳と21歳のときであった。そして、義経。宇治川の戦いで義仲を討ったのを手はじめに華々しい戦果をあげていく。…だが、しかし、兄・頼朝はしだいに義経を排していくのである…。

『義仲』　木下順二文，瀬川康男絵　ほるぷ出版　1988.8　40p　30cm　（絵巻平家物語6）　1500円　⓪4-593-54206-5

内容　少年時代そのままの単純・素朴さに粗暴さを加えた野性児義仲。二十六歳でたち反平家の華々しい武勲をたてることわずか三年と四カ月。その性格ゆええ、運命は逆転する。…乳母子・兼平とともに迎える最期には哀れさが…。すぐれた"戦記物語"のすぐれた描写が感動を呼ぶ。

『木曽義仲物語』　駒込幸典ほか編　長野信濃教育会出版部　1988.6　164p　22cm　（現代口語訳信濃古典読み物叢書　第3巻）〈監修・指導：滝沢貞夫　叢書の編者：信州大学教育学部附属長野中学校創立記念事業編集委員会　付（11p）：朗読資料〉　980円

『清盛』　木下順二文，瀬川康男絵　ほるぷ出版　1987.12　40p　30cm　（絵巻

平家物語 5）　1500円　Ⓘ4-593-54205-7

内容　この第5巻の題は『清盛』だが、中身は清盛晩年の3、4年間のことだけである。その全盛を極めるまでに、清盛が行なったいろんな無理や無法がだんだん清盛にはね返ってさまざまに彼を苦しめ、そしてついに彼が壮絶ともいうべき死をとげるところまでを書いた。

『文覚（もんがく）』　木下順二文，瀬川康男絵　ほるぷ出版　1987.4　40p　30×23cm　（絵巻平家物語 4）1500円　Ⓘ4-593-54204-9

内容　誇張か、事実か、荒法師・文覚が強引に、そして潑剌と展開する反逆の精神。どんな強者や権威であってもいどみかかる文覚。あるときは平家へまっこうからたちむかい、源氏へもくってかかる。源氏の総大将である頼朝をさえ、あるときはおだて、あるときはおどし、後白河法皇へでも、喧嘩をしかける。巨大な超人 "文覚" を登場させ日本が古代から中世へと移る一大動乱期をみごとに描ききる。

『平知盛―「平家物語」より』　木下順二監修，木下順二日本語，Sarah Ann Nishie英語　ラボ教育センター　1986.7　53p　30cm　（Sounds in kiddyland series 19）〈他言語標題：Tomomori of the Heike　英文併記〉Ⓘ4-924491-76-4,4-89811-050-9　Ⓝ913.434

『平家物語―日本古典』　北村謙次郎著　改訂　偕成社　1984.1　309p　19cm　（少年少女世界の名作 46）680円　Ⓘ4-03-734460-2

『平家物語を読む―古典文学の世界』　永積安明著　岩波書店　1980.5　212p　18cm　（岩波ジュニア新書）480円　Ⓘ4-00-500016-9

目次　平忠盛、祇王・仏、俊寛、文覚、平清盛、木曾義仲、源義経、平忠度、平知盛
内容　平家物語は、日本の歴史が王朝貴族社会から中世武家社会へと大きく移りかわった時代に、平家一門がたどった運命を描いた物語です。この本は平清盛、知盛、俊寛、文覚、祇王、仏など男女十人の代表的な登場人物を通して、平家物語の全体像と文学としての豊かさを伝えています。代表的古典に親しむための手引き。

◆◆源平盛衰記

『源平盛衰記　巻の3　滅びゆくもの』　三田村信行文，若菜等,Ki絵　ポプラ社　2005.2　283p　22cm　1300円　Ⓘ4-591-08411-6　Ⓝ913.6

内容　源氏に都を追われ、屋島に逃れた平家は、かつての栄華をとりもどそうと必死の戦いをつづけるが、やがて義経の前に追いつめられ、壇ノ浦で最後をむかえる。しかし、平家をほろぼした英雄・義経を待ちうけていたのは、さらに非情な運命だった…。平安の末期、激動の時代を生きぬいた人間たちの戦いの物語『源平盛衰記』。感動の最終巻。

『源平盛衰記　巻の2　源氏の逆襲』　三田村信行文，若菜等,Ki絵　ポプラ社　2004.12　247p　22cm　1300円　Ⓘ4-591-08343-8　Ⓝ913.6

内容　伊豆の国蛭ケ小島に流されていた源頼朝のもとへ、平家追討を命じる法皇の院宣がくだった。頼朝がついに挙兵すると、それにこたえて、弟義経が奥州平泉からかけつけ、いとこの義仲も木曽で兵を挙げた。おごり高ぶる平家を滅ぼすため、源氏の逆襲がはじまった。

『源平盛衰記　巻の1　おごる平家』　三田村信行文，若菜等,Ki絵　ポプラ社　2004.10　263p　22cm　1300円　Ⓘ4-591-08249-0　Ⓝ913.6

内容　京の都の権力争いに勝ち、栄華をきわめる平家一門。いっぽう戦いにやぶれ、むなしく都を追われる源氏一門。若い源氏の御曹司・頼朝は伊豆の国蛭ケ小島に流され、二十年の長い歳月をすごす…。勢いやまぬ平家の繁栄と、一族のおごりを描く。

『源平盛衰記』　福田清人文　ぎょうせい　1995.2　189p　22cm　（新装少年少女世界名作全集 45）〈新装版〉1300円　Ⓘ4-324-04372-8

『源平盛衰記』　福田清人文　ぎょうせい　1982.6　189p　22cm　（少年少女世界名作全集 45）1200円

◆太平記

『太平記―奇襲！計略！足利、新田、楠木、三つどもえの日本版三国志！』　石崎洋司著，二星天絵　岩崎書店　2014.3

190p　21cm　（ストーリーで楽しむ日本の古典 8）　1500円　①978-4-265-04988-2

|目次| 1 阿新丸の仇討ち，2 夢占い，3 正成，逆襲に出る，4 足利高氏の登場，5 建武の新政，6 足利尊氏，反旗をひるがえす，7 血みどろの戦い，8 湊川の激闘，9 流浪の帝，10 果てしない戦い

『21世紀版少年少女古典文学館　第14巻　太平記』　興津要，小林保治，津本信博編，司馬遼太郎，田辺聖子，井上ひさし監修　平岩弓枝著　講談社　2010.1　293p　20cm　1400円　①978-4-06-282764-5　Ⓝ918

|目次| はじめに，後醍醐天皇と北条高時，楠正成の逆襲，建武の中興，新田義貞の死，悲運の南朝，大森彦七のこと，楠正行の戦い，天狗のたたり，高師直兄弟の滅亡，過ぎていく年月，終わりに

|内容| 『太平記』は，その題名とはうらはらに，南北朝の時代を中心とする，半世紀にわたる混乱と戦乱を書きつづった軍記物語である。鎌倉幕府の十四代執権北条高時は，政治をかえりみず，後醍醐帝はひそかに討幕を図る。動乱の火ぶたは切って落とされ，あいつぐ戦乱のなかで，数々の英雄が生まれ，それぞれの野望，うらぎり，対立が，次の戦を生む。こうした動乱の時代を記しながら，平和を願い，国を治める者の，あるべき姿を説いた『太平記』は，後世の文学，演劇等に大きな影響をあたえながら，読みつがれていく。

『太平記』　吉沢和夫文，東光寺啓絵　童心社　2009.2　252p　20cm　（これだけは読みたいわたしの古典）〈シリーズの監修者：西尾実〉2000円　①978-4-494-01980-9,978-4-494-07167-8　Ⓝ913.435

|目次| はかりごと，はかりごとがばれた，日野資朝の死，笠置の日々，天王寺の妖霊星，大塔宮の熊野落ち，吉野のいくさ，千早城，六波羅攻め，鎌倉の合戦，怪鳥そうどう，大塔宮の最期，京都の合戦，湊川の合戦，吉野へ，金崎城の落城，新田義貞の自害，かえらじとかねておもえば，六本杉の妖怪，飢えたる人びと

『太平記』　松本義弘文，堀口順一朗イラスト　学習研究社　2008.2　195p　21cm　（超訳日本の古典 9　加藤康子監修）1300円　①978-4-05-202867-0　Ⓝ913.435

|目次| 第1章 戦乱の始まり，第2章 幕府の衰退，第3章 鎌倉幕府の滅亡，第4章 建武の新政，第5章 南北朝の始まり，第6章 南北朝の争乱，第7章 長い戦乱の果てに

『太平記』　森詠著，佐竹美保絵　ポプラ社　2002.4　221p　22cm　（21世紀によむ日本の古典 12）　1400円　①4-591-07137-5,4-591-99440-6

|目次| 後醍醐天皇のご謀反，楠木正成挙兵す，新田義貞と足利高氏の造反，足利尊氏と楠木正成，楠木正成最後の戦い

『太平記―千早城のまもり』　花岡大学編著，片岡京二画　新装改訂版　小峰書店　1998.2　221p　23cm　（はじめてであう日本の古典 8）1600円　①4-338-14808-X,4-338-14800-4

|目次| 千早城のまもり―太平記（ひみつがもれて，赤城城のたたかい，まけいくさつづく，おちない千早城，ひとつになった天下ほか）

『太平記』　長谷川孝士監修，柳川創造シナリオ，千明初美漫画　新装版　学校図書　1998.1　143p　26cm　（コミックストーリー わたしたちの古典 9）　905円　①4-7625-0886-1

|目次| 太平記ができるまで，第1章 天皇と幕府の争い，第2章 おちのびる天皇，第3章 鎌倉幕府もほろびる，第4章 ゆらぐ天皇の新政，第5章 吉野にのがれる天皇，第6章 南朝と北朝の戦い，太平記 年表

『太平記　下』　さいとうたかを著　中央公論社　1996.5　272p　19cm　（マンガ日本の古典 20）1300円　①4-12-403298-6

|目次| 叡山攻防戦ノ事，義貞ノ北国落チノ事，一天両帝，南北京也ノ事，義貞ノ死，先帝崩御ノ事，塩冶判官讒死ノ事，四条縄手ノ合戦ノ事，観応ノ擾乱ノ事

|内容| 南朝と争う尊氏に新手の敵…さいとう太平記怒濤の完結。

『太平記　中』　さいとうたかを著　中央公論社　1995.11　270p　19cm　（マンガ日本の古典 19）1300円　①4-12-

403297-8　Ⓝ726.1
|目次| 第10章 帝ノ京遷幸ノ事，第11章 公家一統ノ政道ノ事，第12章 兵部卿親王ノ流刑ノ事，第13章 中前代ノ蜂起ノ事，第14章 新田，足利ノ確執ノ事，第15章 朝敵征討軍ノ下向ノ事，第16章 将軍ノ都落ノ事，第17章 正成兄弟ノ討死ノ事
|内容| "建武新政"も束の間，新たなる戦乱の火蓋が。

『太平記 上』 さいとうたかを著 中央公論社 1995.6 270p 19cm （マンガ日本の古典 18） 1300円 Ⓘ4-12-403296-X　Ⓝ726.1
|目次| 第1章 北条氏討伐計画ノ事，第2章 正中ノ変ノ事，第3章 資朝，俊基ノ斬罪ノ事，第4章 笠置落城ト武将楠ノ事，第5章 先帝ノ遷幸ト妖兆ノ事，第6章 大塔宮ト正成再挙ノ事，第7章 千早城ノ合戦ノ事，第8章 義貞・高氏，謀叛ノ事，第9章 鎌倉幕府滅亡ノ事

『太平記』 小島法師原作，村松定孝文 ぎょうせい 1995.2 181p 22cm （新装少年少女世界名作全集 47）〈新装版〉 1300円 Ⓘ4-324-04374-4

『太平記』 平岩弓枝著 講談社 1994.7 301p 22cm （少年少女古典文学館 第14巻） 1700円 Ⓘ4-06-250814-1
|内容| それぞれの野望を胸に後醍醐帝が立つ，尊氏が動く，正成が駆けけ波乱の一大歴史絵巻。

『太平記』 柳川創造シナリオ，千明初美漫画 学校図書 1991.6 143p 22cm （コミックストーリー わたしたちの古典 14）〈監修：長谷川孝士〉 1000円 Ⓘ4-7625-0852-7
|目次| 太平記ができるまで，第1章 天皇と幕府の争い，第2章 おちのびる天皇，第3章 鎌倉幕府ほろびる，第4章 ゆらぐ天皇の新政，第5章 吉野にのがれる天皇，第6章 南朝と北朝の戦い，太平記年表
|内容| むずかしい古典が楽しくわかる，中学・高校・一般の人も読める古典。

『太平記・千早城のまもり』 花岡大学文，三谷靭彦絵 小峰書店 1991.4 234p 18cm （てのり文庫 B063） 570円 Ⓘ4-338-07921-5

|内容| この本は，「太平記」を少年少女むきにかきあらためたものです。いまから600年ほどまえの，南北朝時代に生きた後醍醐天皇や楠木正成，新田義貞，足利尊氏などが，美しく，また悲しくいきいきとえがきだされています。

『太平記物語』 吉沢和夫文，田代三善画 童心社 1991.4 204p 18cm （フォア文庫 C100） 550円 Ⓘ4-494-02682-4
|内容| テレビでおなじみの足利尊氏・新田義貞・楠木正成らが大活躍する「古典太平記」を少年少女向けに生きいきえがく。

『太平記』 村松定孝訳，百鬼丸絵 講談社 1991.1 235p 18cm （講談社青い鳥文庫 150-1） 490円 Ⓘ4-06-147291-7
|内容| 鎌倉末期の幕府の実力者・北条高質は，政治をおろそかにして国民を苦しめていました。時の後醍醐天皇は，幕府を討って，政治を皇室がわに取りもどそうと，護良親王や公家たちと相談しましたが，うらぎり者のため失敗して…。50年間の南北朝の戦乱に歴史をえがいて，日本人に読みつがれた軍記物語の古典。

『太平記』 福田清人編著 偕成社 1990.12 238p 19cm （ジュニア版・日本の古典文学 10）〈第9刷（第1刷，75.8)〉 1200円 Ⓘ4-03-807100-6
|内容| 足利尊氏・楠木正成・新田義貞…。大義に生きる武士たちの姿を描く南北朝時代の合戦絵巻。原典の格調と香りをみごとに再現した現代語版。

『太平記』 森永よしひろまんが くもん出版 1990.12 159p 19cm （くもんのまんが古典文学館）〈監修：平田喜信〉 980円 Ⓘ4-87576-565-7

『足利尊氏と楠木正成―こども太平記』 海城文也著，伊東章夫画 ポプラ社 1990.11 158p 21cm （テレビドラマシリーズ 6） 880円 Ⓘ4-591-03669-3
|内容| 戦いと陰謀のうずまく南北朝時代の歴史物語『太平記』のなかで，とくに足利尊氏と楠木正成を中心に，この時代に生きたさまざまな武将たちのすがたを，したしみやすくえがいた子どものための『太平記』。波瀾の世に生きた足利尊氏と楠木正成の生き方とは，一生とは…。

『太平記』 小島法師原作，村松定孝文　ぎょうせい　1982.8　181p　22cm　（少年少女世界名作全集 47）1200円

◆曽我物語

『曽我兄弟』 砂田弘文，太田大八絵　ポプラ社　2006.5　一冊　25×26cm　（日本の物語絵本 17）1200円　Ⓘ4-591-09247-X

内容　曽我の五郎と十郎の兄弟は，富士のすそ野での大巻き狩りの日，父の仇である工藤祐経にいどんだ……。『曽我物語』より日本の代表的な仇討ち話。

『曾我兄弟』 布施長春画，千葉幹夫文・構成　講談社　2002.5　44p　26cm　（新・講談社の絵本 16）1500円　Ⓘ4-06-148266-1

『曽我物語』 きりぶち輝文　ぎょうせい　1995.2　180p　22cm　（新装少年少女世界名作全集 46）〈新装版〉1300円　Ⓘ4-324-04373-6

『曽我物語』 きりぶち輝文　ぎょうせい　1983.7　180p　22cm　（少年少女世界名作全集 46）1200円

◆義経記

『義経と弁慶』 谷真介文，赤坂三好絵　ポプラ社　2005.5　42p　25×26cm　（日本の物語絵本 11）1200円　Ⓘ4-591-08618-6

内容　京でであった義経と弁慶は，平氏をたおすために立ち，源氏の総大将である，頼朝のもとへ馳せ参じた。天才的な戦法で平氏に勝った義経だったが，頼朝から追われる身となってしまった。それでも，父のように兄のように義経にしたがう弁慶のすがたがあった。

『源義経　3　新しき天地』 二階堂玲太著，杉山真理画　国土社　2004.12　253p　20cm〈年譜あり〉1600円　Ⓘ4-337-11103-4　Ⓝ913.6

内容　ひどいね。とうとう法皇さまもお見すてなされた。もう頼朝はとっくに義経のことを弟などと思っていない。だから，義経は，なにもかもすてて，新しい天地に行くんだ。もっとおおらかな天地が，義経を待っているよ。

『源義経　2　栄光をつかむ』 二階堂玲太著，杉山真理画　国土社　2004.11　245p　20cm　1600円　Ⓘ4-337-11102-6　Ⓝ913.6

内容　ひよどり越えの上で，義経は眼下の戦いを見ていた。生田の森の大手は，松明の動きからすると，源氏がたがくずれそうだ。鹿が二頭，ひよどり越えをくだっていった。霧がわいていた。「この霧はわれらに味方する！」と，義経は言った。「よいか，みなの者。馬どうしの腹をつけるようにして落とせ。馬はおたがいをかばいあう。馬に猿どもを乗せよ」。伝説を生んだ悲劇の武将。新しい源義経像が，あなたを魅了する。

『源義経　1　はばたきの時』 二階堂玲太著，杉山真理画　国土社　2004.10　263p　20cm　1600円　Ⓘ4-337-11101-8　Ⓝ913.6

内容　「もう一歩ふみ出せば，広い世の中がありますぞ。牛若さま」「おれはもう，牛若じゃねえ。遮那王と名乗っているぞ。牛若などという幼い時の名前は，とっくにすてた！」伝説を生んだ悲劇の武将，新しい源義経の物語。

『義経記』 岸田恋まんが　くもん出版　1993.10　159p　20cm　（くもんのまんが古典文学館）〈監修：平田喜信〉1200円　Ⓘ4-87576-724-2

◆太閤記

『太閤記』 古田足日文，田島征三絵　童心社　2009.2　221p　19cm　（これだけは読みたいわたしの古典）2000円　Ⓘ978-4-494-01982-3

目次　上の巻　農民の子さるのすけ（人か，サルか，仁王と下克上，父親弥右衛門，さるのすけ，決心する，松下加兵衛のけらい，あやまっていけ，大うつけ織田信長，上は天文・下は地理，たきぎ奉行・普請奉行，木下藤吉郎秀吉），下の巻　金のひょうたん，ピカピカと（長短槍試合，敵地に城をきずけ，ひょうたんのあいず，京の都へ，ふくろのアズキ，近江の秀吉，水ぜめ，兵糧ぜめ，天下をとろう，光秀退治とそのあと，賎が岳のたたかい，太閤秀吉）

『太閤秀吉』 轟龍造文，中間嘉通絵　勉誠社　1996.5　110p　21cm　（親子で楽しむ歴史と古典　8）　1236円　Ⓘ4-585-09009-6
[目次] 生い立ち，信長公のけらいになる，信長公の心をつかむ，出世の糸口，清洲城壁の修理，足軽大将木下藤吉郎，薪炭奉行にばってきされる，ひょうたんの旗印，敵方の城作りに成功，京都守護職となる，中国征伐の総大将，高松城の水攻め〔ほか〕

『少年太閤記』 吉川英治著，木俣清史絵　講談社　1989.1　2冊　18cm　（講談社青い鳥文庫―日本の歴史名作シリーズ）　各450円　Ⓘ4-06-147255-0

『少年太閤記　下』 吉川英治著，木俣清史編　講談社　1989.1　235p　18cm（講談社青い鳥文庫　132-2―日本の歴史名作シリーズ）　450円　Ⓘ4-06-147256-9
[内容] 桶狭間の戦いで，今川義元を討ちとった信長は，上洛して天下を手にいれるため，手はじめに隣国の強敵，美濃（岐阜県）の斎藤竜興を攻めようと決意した。信長の命を受けた藤吉郎は，尾張と美濃の国境，木曽川の洲股に城をきずき，美濃攻めの作戦を練った…。貧乏な農民の子から日本一の大名になり，太閤にのぼった豊臣秀吉を描いた力作。

『少年太閤記　上』 吉川英治著，木俣清史絵　講談社　1989.1　270p　18cm（講談社青い鳥文庫　132-1―日本の歴史名作シリーズ）　450円　Ⓘ4-06-147255-0
[内容] 貧乏な農民の子，日吉は，念願だった織田信長に仕えると，ウイットと勤勉さとで侍に出世し，信長から藤吉郎の名をたまわった―それからまもなく，駿河（静岡県）の今川義元が上洛（京都にいくこと）のため，大軍を率いて織田領に侵入してきた。低い身分から身を起こして天下を平定し，太閤にまでのぼった豊臣秀吉の活躍を描いた歴史小説の傑作。

## 説話文学

『絵で見てわかるはじめての古典　6巻

『今昔物語集・宇治拾遺物語集』 田中貴子監修　学研教育出版，学研マーケティング〔発売〕　2012.2　47p　30cm〈文献あり〉　2500円　Ⓘ978-4-05-500859-4　Ⓝ910.2
[目次] 『今昔物語集』は，こんな本，『今昔物語集』が作られたのは，こんな時代，『今昔物語集』の主人公は？，『今昔物語集』，『今昔物語集』セレクション，古典であそぼう，『宇治拾遺物語』は，こんな本，絵巻物に見る『宇治拾遺物語』，『宇治拾遺物語』，『宇治拾遺物語』セレクション，古典であそぼう（漢字の「読み」で遊ぼう！，不思議な夢の話を作ろう，ためになる暦を作ろう），楽しく広がる古典の世界

『21世紀版少年少女古典文学館　第16巻　おとぎ草子　山椒太夫―ほか』 興津要，小林保治，津本信博編，司馬遼太郎，田辺聖子，井上ひさし監修　清水義範，ねじめ正一著　講談社　2010.2　313p　20cm〈原作者未詳〉　1400円　Ⓘ978-4-06-282766-9　Ⓝ918
[目次] おとぎ草子（一寸法師，化け物草紙，御曹子島渡，二十四孝，鉢かづき，物ぐさ太郎，酒呑童子），山椒太夫ほか（山椒太夫，しんとく丸）
[内容] 『おとぎ草子』。『山椒太夫』に代表される『説経集』。どちらもが中世に成立した，庶民のための"語りの文学"である。おとぎ話も説経も，あくまでもわかりやすく作られ，当時の世相をよく伝えている。そして，その底にひそむ寓意性は，現代にもなお通じるところが多い。空想や教訓，信仰心をふんだんに盛りこみ，同じ下層の語り手によって生き生きとした言葉で表現されてきた物語は，混沌の時代の庶民たちを楽しませ，勇気づけたのである。

『21世紀版少年少女古典文学館　第13巻　古今著聞集―ほか』 興津要，小林保治，津本信博編，司馬遼太郎，田辺聖子，井上ひさし監修　阿刀田高著　講談社　2010.1　323p　20cm　1400円　Ⓘ978-4-06-282763-8　Ⓝ918
[目次] 古今著聞集（しらみの仇討ち，柿の実どろどろ，ばくちの効用，美しい盗賊，弓の勝負，泣き女，へびの眼，猿の願い，わがままな病人，おなら治療法，筆くらべ，力自慢，美女で力持ち，あやしい瓜の実，天狗のいたずら，夜の調べ，南の島に鬼がきた，欠

点を見つける男，るわもの鬼同丸)，十訓抄(はちの恩返し，大江山の歌，馬を飼う老人，おけの水，ありがたい風景，人のものは人のもの，仙人になりたい，ぶきみな絵師，妻の条件，うぐいす見物会，歌を詠む武士，生きかえった名人，竜の鳴く声，深夜に門をたたく音，高所恐怖症)，沙石集(賢い人と慈悲深い人，動物たちの討論会，運命の石，水割り酒，ちょっとよい裁判，わかっちゃいるけど，うぐいす姫，ものしり男，耳たぶ五百文，おそろしい沼，歯医者のおまけ，水たまり，地蔵なべ)ほか

内容 王朝貴族社会をなつかしみながら，中世の人事万般や鳥獣，虫，妖怪にまで筆がおよび，整然と分類された説話の百科事典ともいえる『古今著聞集』。「少年の教科書」として読みつがれ，簡明でおもしろい教訓の宝庫である『十訓抄』。そして『沙石集』は，狂言や落語にまで影響をあたえ，仏教書としてはめずらしく，笑いと人間味にあふれている。

『雨月物語　宇治拾遺物語—ほか』 [上田秋成] [原案]，坪田譲治文，中尾彰絵　童心社　2009.2　180p　20cm　(これだけは読みたいわたしの古典)〈シリーズの監修者：西尾実〉 2000円 ①978-4-494-01986-1,978-4-494-07167-8 Ⓝ913.47

目次 鯉になったお坊さん，ふしぎなほらあなを通って，老僧どくたけを食べた話，雀がくれたひょうたん，柱の中の千両，ぼたもちと小僧さん，魚養のこと，塔についていた血の話，二人の行者，あたご山のイノシシ，観音さまから夢をさずかる話，白羽の矢，五色の鹿，ぬすびととをだます話

『今昔物語　宇治拾遺物語』 大沼津代志文，阿留多イラスト　学習研究社　2008.2　195p　21cm　(超訳日本の古典 5　加藤康子監修) 1300円 ①978-4-05-202863-2　Ⓝ913.37

目次 今昔物語(本朝(日本)の物語，天竺(インド)の物語，震旦(中国)の物語)，宇治拾遺物語(鬼にこぶを取られたおじいさんの話，鳥羽僧正が甥にやりこめられた話，我が家の火事をじっと見ていた絵師の話，おばあさんに恩返しをした雀の話，武士に仕返しをした狐の話 ほか)

『世界一なぞめいた日本の伝説・奇譚』 鳥遊まき著　こう書房　2006.10　247p 19cm 1300円 ①4-7696-0916-7

目次 第1部 実在の人物とひとの縁(伝説の人物，ひとの縁と慈悲の心)，第2部 鬼と妖(鬼，妖と神)，第3部 動物と人間と(狐，動物の恩返し)，第4部 異郷・異人伝説(異郷，異人)

内容 『宇治拾遺物語』『日本霊異記』『今昔物語』など日本の伝記・奇譚より30点を厳選。百鬼夜行，羅城門，酒呑童子，すずめの恩返し，九尾の狐…はこんな話だった。

『日本霊異記　宇治拾遺物語』 三田村信行著，村上豊絵　ポプラ社　2001.4　221p　22cm　(21世紀によむ日本の古典 8) 1400円 ①4-591-06772-6,4-591-99376-0

目次 日本霊異記(かみなりっ子の話，わしにさらわれた女の子，地獄で会いましょう，かにの恩がえし，牛になった母親 ほか)，宇治拾遺物語(こぶとり，稚児とぼたもち，鬼のひとつまみ，おべっか役人大あわて，大どろぼう大太郎 ほか)

『むかしむかしの鬼物語—世にもこわい物語』 小沢章友文，百鬼丸絵　講談社　1998.8　213p　18cm　(講談社青い鳥文庫) 580円 ①4-06-148491-5

目次 鬼のつば，板になった鬼，鬼に吸い殺される，油びんの鬼，子を産みに行き，鬼に会う，猟師の母が鬼となる，鬼にこぶをとられる，百鬼夜行に出会う，おきなに化けた鬼，雷の子が鬼を退治する，人の作り方を教えた鬼，鬼がくれた美女，酒呑童子，鬼になった僧侶

内容 『今昔物語』『御伽草子』などの古典名作のなかに伝えられた，こわいこわい鬼の話ばかりを14編えらびました。さまざまな姿に変身して，人を悩ませ苦しめる鬼，人の心の弱さにつけこんで悪事をはたらく鬼，美しい姫君をさらって命をうばう鬼など，世にもおそろしく，ふしぎな鬼たちの物語がいっぱい。小学中級から。

『信濃の説話　2』 滝沢貞夫監修・指導，駒込幸典編集責任　長野　信濃教育会出版部　1995.11　162p　22cm　(現代口語訳信濃古典読み物叢書 第15巻　信州大学教育学部附属長野中学校創立五十周年記念事業編集委員会編) ①4-7839-1038-3　Ⓝ388.152

目次 『三国伝記』の中の信濃，『神道集』の

中の信濃，諏訪縁起の事・甲賀三郎伝説

『日本ふしぎ物語集』 谷真介作，松本恭子絵 講談社 1993.9 189p 18cm （講談社青い鳥文庫 82-4） 460円 ⓒ4-06-147386-7
目次 空に消えた男の子，京から浅草に降ってきた男，うまれかわった，ふしぎな子，地中の家で暮らしてた人，雨やどりをして三百年，山の奥の長寿男，死んだらふたりに，かまずのしるし，ゆめで追いかけられた娘，生きかえった赤ん坊，かげの病，ゆうれいからうまれた能の名手，見れば皮ばかり，占いをするふしぎな声，古いまくらの話，あやしい大岩，真田山のキツネ，木の葉にのってくるもののけ，なんでもとかす食器の話，生きている人形，ばけもの部屋の話，恩をかえしたネコ，しわくちゃ法師，古寺の一夜，娘を見そめたばけもの，酒どっくりのなかに消える，ガタガタ橋とひそひそ道，キツネの術を身につけた男，穴から呼ぶ声，手を貸した話，さかだちゆうれい，魔術をつかう坊さん，口から料理をだす男，野中の一けん家
内容 雨やどりをしたまま300年も眠っていた人，占いをする見えないおばけ，ゆうれいから生まれた子，酒どっくりの中に消えたすもうとり…。江戸時代にまとめられた，日本各地に伝わる奇談集から集めた，おもしろい話，ちょっとこわい話など，選りすぐりの物語34編。小学中級から。

『おとぎ草子 山椒太夫—ほか』 清水義範，ねじめ正一著 講談社 1992.10 325p 22cm （少年少女古典文学館 第16巻） 1700円 ⓒ4-06-250816-8
目次 一寸法師，化け物草紙，御曹子島渡，二十四孝，鉢かつぎ，物ぐさ太郎，酒呑童子，山椒太夫，しんとく丸

『信濃の説話』 駒込幸典ほか編 長野信濃教育会出版部 1992.5 163p 22cm （現代口語訳信濃古典読み物叢書 第9巻）〈監修・指導：滝沢貞夫 叢書の編者：信州大学教育学部附属長野中学校創立五十周年記念事業編集委員会〉 1000円 ⓒ4-7839-1032-4

『古今著聞集—ほか』 阿刀田高著 講談社 1992.3 333p 22cm （少年少女古典文学館 第13巻） 1700円 ⓒ4-06-250813-3

目次 古今著聞集（しらみの仇討ち，柿の実どろどろ，ばくちの効用 ほか），十訓抄（はちの恩返し，大江山の歌，馬を飼う老人 ほか），沙石集（賢い人と慈悲深い人，動物たちの討論会，運命の石 ほか）

『善光寺縁起』 駒込幸典ほか編 長野信濃教育会出版部 1990.12 180p 22cm （現代口語訳信濃古典読み物叢書 第7巻）〈監修・指導：滝沢貞夫 叢書の編者：信州大学教育学部附属長野中学校創立記念事業編集委員会〉 1000円 ⓒ4-7839-1030-8

『おそろしすさまじ酒吞童子』 木暮正夫著，葛岡博絵 岩崎書店 1990.1 144p 21cm （日本の怪奇ばなし 3） 980円 ⓒ4-265-03903-0
目次 1 今は昔の人間絵巻と怪奇（とほうもない説話集，鬼殿にこもった怨霊，源融の幽霊，とらえられた水の精の翁，疫神の神になった伴善男，幽霊にもてなされた男 ほか），2 百鬼夜行と怨霊と陰陽師たち（南泉房の隆国のこと，百鬼夜行につまみだされた修業僧，一条さじき屋の馬頭の鬼，棺からぬけだした娘のなきがら，塚のなかの石棺の怪，陽成院の翁のばけもの ほか），3 酒吞童子と頼光の四天王（頼光と四天王のつわものたち，三人の翁と神変鬼毒酒，おそろしい酒肴のもてなし，酒天童子，生いたちを語る，都びとのかっさい，頼光と四天王の虚像と実像 ほか）
内容 本書は，『今昔物語集』と『宇治拾遺物語』『古今著聞集』の説話のなかから，「鬼殿にこもった怨霊」「源融の幽霊」「陰陽道の大家・安倍晴明のうらない」など多数を紹介。また，藤原道長ら貴族たちが栄華の夢をむさぼっているころ，都を恐怖のどん底におとしいれた大江山の酒吞童子のおどろおどろしいわざと，退治にむかった源頼光と四天王の息づまるやりとりを，室町時代にかかれた『お伽草子』にそって紹介します。

『お菊のゆうれい番町皿屋敷』 木暮正夫著，斉藤格絵 岩崎書店 1989.12 143p 21cm （日本の怪奇ばなし 6） 980円 ⓒ4-265-03906-5
目次 1 江戸のちまたの怪談奇談（『耳袋』を書いた高級役人，皿屋敷伝説のなぞ，お菊虫と井戸と名前 ほか），2 平戸のとのさまの『甲子夜話』（書きも書いたり20年，天狗にさらわれた男，ろくろ首の話 ほか），3 紀州

のとのさまがまとめさせた奇書(型やぶりな藩主と養勇軒，幽霊をのんだ男，へらと石の怪 ほか)，4 世にもふしぎな妖怪の連続出現(『稲生物怪録』と平田篤胤，比熊山の肝だめし，恐怖の一夜 ほか)

[内容] 江戸時代にも筆まめな人がいたもので，ちまたで実話として語りあわれていた怪奇な話を記録した本が，何冊もでています。この巻では，高級役人，根岸鎮衛の『耳袋』，平戸のとのさま松浦静山の『甲子夜話』，紀州の藩士，神谷養勇軒が藩主の命によってまとめた『新著聞集』などから数話ずつを紹介。小学校高学年以上。

『少年少女のための合浦奇談』　弘前市立弘前図書館編　弘前　弘前市立弘前図書館　1986.3　145p　21cm　(弘前図書館かたりべ双書) 非売品

『月夜と鬼のふえ』　柴野民三著　小峰書店　1980.2　221p　23cm　(新装版日本の古典童話 10)　1200円　Ⓒ4-338-02610-3

[目次] 月夜と鬼のふえ―十訓抄，カニのおんがえし―古今著聞集，ふたりのぼうさん―沙石集，木のぼりの名人―徒然草

◆日本霊異記

『日本霊異記』　[景戒][編]，長谷川孝士監修，柳川創造シナリオ，上田久治漫画　新装版　学校図書　2003.3　144p　26cm　(コミックストーリー わたしたちの古典 12)　905円　Ⓒ4-7625-0890-X　Ⓝ913.37

[内容] 日本最古の説話集から9話を収録。

『霊異記のお話』　日野紘美著　大阪　燃焼社　1992.6　101p　20×16cm　1000円　Ⓒ4-88978-924-3

[目次] 狐妻，雷童子，亀の恩返し，鷲にさらわれた子供，髑髏のお礼，親不孝，地獄を見た男，力女，娘と観音さま，穴の中で

[内容] むかしむかし，こんな不思議なお話が…。平安時代の初期に，奈良薬師寺の僧・景戒がまとめた，わが国最古の仏教説話集『日本霊異記』。その中から十話をここにとり出しました。

『日本霊異記』　柳川創造シナリオ，上田久治漫画　学校図書　1990.7　143p　22cm　(コミックストーリー わたしたちの古典 3)〈監修：長谷川孝士〉　1000円　Ⓒ4-7625-0847-0

[目次] 雷をつかまえる，わしにさらわれたむすめ，役優姿塞，天をかける，かなしい防人，かにの恩がえし，鬼がきた，力もちの女，ふしぎな舌，とじこめられて

『カミナリのくれた怪力―日本霊異記』　加藤輝治作，実守重夫絵　奈良　豊住書店　1980.3　106p　22cm　(消えた古代民話) 950円

◆今昔物語

『今昔物語集―今も昔もおもしろい！ おかしくてふしぎな平安時代のお話集』　令丈ヒロ子著，つだなおこ絵　岩崎書店　2014.1　191p　22cm　(ストーリーで楽しむ日本の古典 7)〈文献あり〉　1500円　Ⓒ978-4-265-04987-5　Ⓝ913.37

[目次] 1 おかしな人々のお話，2 すごい人々のお話，3 ふしぎな人々のお話，4 こんなことが本当に？ のお話，5 おそろしいお話，6 ありがたいお話

『羅生門』　日野多香子文，早川純子絵　金の星社　2012.8　1冊　21×26cm　1300円　Ⓒ978-4-323-07245-6

[内容] 母にすてられぬす人に育てられたゆきまろ。あれはてた京のみやこにあらわれるオニの子。ゆきまろ，オニの子。人はどちらにもなる，人はどちらにもなれる。心の心はそういうもの。

『鬼のかいぎ―新・今昔物語絵本』　立松和平文，よしながこうたく絵　新樹社　2011.5　1冊　27×22cm　1500円　Ⓒ978-4-7875-8612-4

[内容] 時は平安，都の近くの巨木が人間の都合で切られてしまいました。それに怒った鬼たちが森に集まり，会議をはじめましたが…。今昔物語を下敷きに，自然の使いである「百鬼」の闘いをユニークに描いた創作絵本。

『きえた権大納言―今昔物語絵本』　ほりかわりまこ作　偕成社　2010.9　1冊　26×21cm　1200円　Ⓒ978-4-03-

427220-6

[内容] 今は昔，京の都にいた権大納言のお話です。ともだちの陰陽師の家で，むちゅうになって碁をうっていた権大納言は，すっかり日がくれてから家にかえることになりました。とちゅう，川のむこうからやってくる鬼たちをみつけて，あわてて橋の下にかくれてやりすごしたのですが，そのあと，権大納言の身にふしぎなことがおこります。ゆたかなイマジネーションが生みだしたあやかしの者がそこにいる世界。900年前の日本っておもしろい。平安文学を代表する説話集。『今昔物語集』の世界をあざやかに絵本化。

『21世紀版少年少女古典文学館　第9巻 今昔物語集』　興津要，小林保治，津本信博編，司馬遼太郎，田辺聖子，井上ひさし監修　杉本苑子著　講談社　2009.12　317p　20cm　1400円　①978-4-06-282759-1　Ⓝ918

[目次] いのししにだまされた坊さま，少年の機転，どろぼうの背中で月を見る，追いかけてきた地の神，鷲にとられた赤ん坊，犬頭の糸，銀のかたまり，情けは人のためならず，鬼のつぶやき，犬と少女〔ほか〕

[内容] 表面上では，貴族文化がはなやかに咲きほこった平安時代。だが，ほんのわずか京の裏通りに目をやれば，そこは追いはぎ・盗賊が横行し，人々は災いをもたらす鬼や魔物たちにおびえながら暮らす，混沌の世界だった。「今は昔」で語り出される『今昔物語集』には，受領・武士・僧侶・農民といった，それまでの文学では無視されがちだった人々が主人公として登場し，おかしく，ときにはかなしい人間ドラマを展開する。全三十一巻千話以上からなる一大説話文学から，おもしろくかつ親しみやすい五十一編を厳選して収録する。

『身がわり観音―仏師のこころ　知恵のふるさとでんせつ西国二十一番札所穴太寺今昔物語集より』　品川京一再話・絵　文芸社　2009.11　37p　28cm　1300円　①978-4-286-08146-5　Ⓝ726.6

『今昔物語』　川崎大治文，村上豊絵　童心社　2009.2　204p　20cm　（これだけは読みたいわたしの古典）〈シリーズの監修者：西尾実〉　2000円　①978-4-494-01978-6,978-4-494-07167-8　Ⓝ913.37

[目次] 野なかの酒つぼ，満濃の池の竜王，殺したのはおれだ，力のつよい坊さん，宗平とワニザメ，芸の道ひとすじ，笞（むち）と和歌，はかまだれ，馬ぬすびと，水と火と木の難，林のおくの呼び声，高陽川のキツネ，鬼のすむお堂，葵まつり，あだ名のおこり，鳴らしもの，豊後の老講師，内供さまの鼻，生きぎも，赤い雲，影ぼうし，羅城門，サルの恩がえし

『地獄はめちゃらくちゃらの巻』　沼野正子文・絵　草土文化　2008.3　72p　22cm　（ほんとにこわい今昔物語　パート2）　1300円　①978-4-7945-0977-2　Ⓝ913.6

[目次] 竜宮にいき，富をえた男の話，山にまよいこみ，地獄の光景を見た坊さんの話，死んで冥途にいき，ほかのからだでもどった女の話

『死んでも懲りないおかしな人びとの巻』　沼野正子文・絵　草土文化　2008.3　73p　22cm　（ほんとにこわい今昔物語　パート2）　1300円　①978-4-7945-0976-5　Ⓝ913.6

[目次] りっぱな鼻の坊さんの話，尼さんたち，山でキノコを食べ踊りだした話，ネコが大きらいな男の話，どうしてもダイエットできない男の話，こわいもの見たさに，度胸だめしをした男たちの話

『陰陽師すご腕をはっきするの巻』　沼野正子文・絵　草土文化　2008.1　76p　22cm　（ほんとにこわい今昔物語　パート2）　1300円　①978-4-7945-0975-8　Ⓝ913.6

[目次] 中国の天狗，日本に来て奮闘する話，鬼の家で子どもを産んだ女の話，鬼が板になり，人を殺す話，旅先の宿で，妻をすいとられた話，おそろしい地の神に追われる話

『今昔物語』　長尾剛文，若菜等，Ki絵　汐文社　2007.3　127p　27cm　（これなら読めるやさしい古典　大型版）　1600円　①978-4-8113-8115-2　Ⓝ913.37

[目次] 臆病者，葦刈り，ある囲碁名人の体験，武士の父と子，仏の道の母と子

『今昔ものがたり』　杉浦明平著　新版　岩波書店　2004.9　257p　18cm　（岩波少年文庫）〈「武蔵野の夜明け」（平凡社1979年刊）の改題〉　680円　①4-00-

説話文学　　　　　　　　　　　　　　　　　　　　日本の古典

114568-5　Ⓝ913.37
[目次] 悪人往生，なぐられた息子，法くらべ，施しにも礼儀を，悪運に勝った枇杷の大臣，夜道のお供，実印僧都と追いはぎ，腕くらべ，鏡箱の歌，充と良文の決闘，震えおののく袴垂，人質をとった盗人と源頼信，馬どろぼうと頼信父子，五位と利仁将軍，盗人の恩返し，亡霊を叱った上皇，水の精，古い空き家の怪，真夜中の葬式，怪しい杉の木，馬の尻に乗る美女，赤ん坊を抱いた女，鈴鹿山の肝っ玉くらべ，浮気心の報い，牛車に負けた三豪傑，すわりこみ撃退法，追いはぎよけの妙案，毒殺計画の失敗，鼻の和尚，人形百代，舞茸，馬の名人，欲深信濃守，がまにだまされた学生，おくびょうものの強がり，強盗を迎え入れた前筑後守，つり鐘どろぼう，袴垂の悪ぢえ，干し魚を売る女
[内容] 大どろぼうの話，いもがゆの話，大きな鼻の和尚さんの話，命知らずの武士の話，きつねや化け物との知恵くらべ…。「今は昔」と語りつがれ，平安時代の人びとの生活と心をいきいきと伝える『今昔物語集』から，ふしぎで面白い39話。中学以上。

『陰陽師しにものぐるいになるの巻』　沼野正子文・絵　草土文化　2004.3　70p　22cm　（ほんとにこわい今昔物語）1300円　Ⓘ4-7945-0884-0　Ⓝ913.6
[目次] しばられた，カミナリの子の話，アベのメイメイ，いけにえの娘をたすける話，コトさん，カニにたすけられる話

『超人力がばくはつするの巻』　沼野正子文・絵　草土文化　2004.2　74p　22cm　（ほんとにこわい今昔物語）1300円　Ⓘ4-7945-0883-2　Ⓝ913.6
[目次] 五百人力の小さな女の話，大蛇と力くらべをした男の話，大力の坊さんと，どろぼうの話，ァァさまの友だちが，仙人になった話

『妖怪変化人にとりつくの巻』　沼野正子文・絵　草土文化　2004.1　66p　22cm　（ほんとにこわい今昔物語）1300円　Ⓘ4-7945-0882-4　Ⓝ913.6
[目次] 大蛇になった女の話，大蛇をたすけた7人の男の話，おばけ大木の話
[内容] これからするお話は，みーんな，ほんとうにあったことです。むかし，むかし，千年もむかしは，電話もパソコンもない，飛行機はもちろん，電車も自動車も，自転車もない。テレビも，ラジオも…。そもそも電気が

ない。だから，夜はまっくら。どこへでかけるにも，たいていの人は自分の足で歩きました。馬に乗るのは，たいていは武士で，身分の高い人は牛の引く車に乗ったけれど。でも，そのころも，勇気のある元気な男や女たちがいて，うつくしい音楽をきいたり，歌をつくったりしていました。そして，いまよりも，たくさんの神さま，仏さま，鬼や妖怪が，もっとみぢかにいたようです。人が死ぬと，極楽へいけるのか，地獄にいくのか，しんけんに考えていた。これからお話するのは，そんなむかしのふしぎなできごとです。

『地獄より鬼たちがあらわれるの巻』　沼野正子文・絵　草土文化　2003.11　70p　22cm　（ほんとにこわい今昔物語）1300円　Ⓘ4-7945-0881-6　Ⓝ913.6
[目次] イワシマさんが鬼にあった話，空飛ぶ赤い着物の話，水さし男の話，人を食う橋の鬼の話

『陰陽師ふしぎな術をつかうの巻』　沼野正子文・絵　草土文化　2003.10　70p　22cm　（ほんとにこわい今昔物語）1300円　Ⓘ4-7945-0880-8　Ⓝ913.6
[目次] 賀茂忠行，道を子の保憲に伝える語，安倍晴明，忠行にしたがい道を習う語，桃園の柱の穴より児の手をさしだして人招く語，冷泉院の水の精，人の形となり捕えられる語，天狗を祭る法師，男にこの術を習わせようとする語
[内容] これからするお話は，みーんな，ほんとうにあったことです。むかし，むかし，千年もむかしは，電話もパソコンもない，飛行機はもちろん，電車も自動車も，自転車もない。テレビも，ラジオも…。そもそも電気がない。だから，夜はまっくら。どこへでかけるにも，たいていの人は自分の足で歩きました。馬に乗るのは，たいていは武士で，身分の高い人は牛の引く車に乗ったけれど。でも，そのころも，勇気のある元気な男や女たちがいて，うつくしい音楽をきいたり，歌をつくったりしていました。そして，いまよりも，たくさんの神さま，仏さま，鬼や妖怪が，もっとみぢかにいたようです。人が死ぬと，極楽へいけるのか，地獄にいくのか，しんけんに考えていた。そんなむかしのふしぎなできごとです。

『今昔物語』　長谷川孝士監修，柳川創造シナリオ，千明初美漫画　新装版　学校図書　2003.3　143p　26cm　（コミッ

クストーリー わたしたちの古典 11）
905円　Ⓘ4-7625-0889-6　Ⓝ913.37
|内容| 今は昔、でおなじみの日本で最大の説話集。

『今昔物語集の世界』　小峯和明著　岩波書店　2002.8　176p　18cm　（岩波ジュニア新書）780円　Ⓘ4-00-500407-5
|目次| 1 門の章―説話入「門」（羅城門―盗人誕生，達智門―犬と捨て子，羅城門ふたたび―琵琶弾く鬼），2 橋の章―異界への架け橋（安義橋の鬼，百鬼夜行と一条戻り橋），3 坂の章―往くも還るも説話の道（袴垂と盗賊集団，武士の心ばえ―馬盗人追跡），4 樹の章―樹下と樹上の世界（樹の下と樹の上，仏と樹，倒壊する巨樹），5 窓の章―『今昔物語集』の世界（『今昔物語集』の窓，書名の由来，本質としての未完成，欠字の発生，世界の構成，『今昔物語集』の再発見のドラマ）
|内容| 王朝の遺族たちがゆきかう平安京を舞台に，次々に起こる謎の事件，略奪，盗賊の暗躍―。芥川竜之介の小説『羅城門』の原話をはじめ，一条戻り橋の鬼や安義橋の鬼の話，不思議な犬に命を救われた子供の話など，華やかな王朝の舞台裏でうごめく「闇」の群像をあざやかに描いた『今昔物語集』の魅力にせまる。

『今昔物語』　服藤早苗著，二俣英五郎絵　ポプラ社　2001.4　205p　22cm　（21世紀によむ日本の古典 7）　1400円　Ⓘ4-591-06771-8,4-591-99376-0
|目次| 獅子に乗った狐，孟宗の竹，清水寺建立，焼けなかったお経，竜の恩返し，蛇と鼠，尼さんの極楽往生，黄金の死人，美女と学僧，犬に育てられた子〔ほか〕

『今昔物語 2　馬ぬすびと―ほか』　水藤春夫編著，久米宏一画　新装改訂版　小峰書店　1998.2　221p　23cm　（はじめてであう日本の古典 5）　1600円　Ⓘ4-338-14805-5,4-338-14800-4
|目次| 馬ぬすびと―今昔物語（わざくらべ，馬ぬすびと，かや川のきつね，おにのすむお堂，さむらいの祭りけんぶつ ほか）

『今昔物語 1　一ぽんのわらしべ―ほか』　水藤春夫編著，池田仙三郎画　新装改訂版　小峰書店　1998.2　220p　23cm　（はじめてであう日本の古典 4）　1600円　Ⓘ4-338-14804-7,4-338-14800-4

|目次| 一ぽんのわらしべ―今昔物語・日本霊異記（老人をすてる国，久米の仙人，成合かんのん，金のもち，一ぽんのわらしべ ほか）

『羅城門』　かじあゆたえ，あかおかえりこぶん　国土社　1997.4　33p　27cm　（絵本むかしばなし傑作選 8）　1300円　Ⓘ4-337-09508-X

『鬼と天狗のものがたり』　志村有弘文，西山竜平絵　勉誠社　1996.5　124p　21cm　（親子で楽しむ歴史と古典 4）　1236円　Ⓘ4-585-09005-3
|内容| 本書は，今から千年も昔に作られた説話集『今昔物語集』の中から，鬼・天狗・霊の三つに視点を置いてまとめたもの。怖い話，ふしぎな話を集めた。

『こぶとり爺さん』　青山克弥文，中間嘉通絵　勉誠社　1996.5　118p　21cm　（親子で楽しむ歴史と古典 5）　1236円　Ⓘ4-585-09006-1
|目次| こぶとり爺さん，少年とぼたもちと桜，地蔵ぼさつに会った尼さん，大食らいの聖，すずめの復讐，夢を買った若者，ふたりの留主長者，猿沢の池の竜
|内容| 知と創造の宝庫へご招待。祖先たちのひたむきな生きざま，古典を楽しく味わい，歴史の事実を正確に知る。豊かな人生を開く鍵をあなたに。

『今昔物語』　桜田吾作漫画　ほるぷ出版　1996.4　183p　22cm　（まんがトムソーヤ文庫―コミック世界名作シリーズ）　Ⓘ4-593-09495-X

『今昔物語 下』　水木しげる著　中央公論社　1996.1　274p　19cm　（マンガ日本の古典 9）　1300円　Ⓘ4-12-403287-0
|目次| ねずみ大夫，安倍晴明，稲荷詣で，幻術，妻への土産物，水の精，墓穴，引出物，外術使い，寸白男，生霊，蛇淫
|内容| 呪術・幻術が渦巻く平安時代の闇と不思議を歩く。

『今昔ものがたり―遠いむかしのふしぎな話』　杉浦明平作　岩波書店　1995.6　257p　18cm　（岩波少年文庫）650円　Ⓘ4-00-113132-3

説話文学　　　　　　　　　　　　　　　　　　　　　日本の古典

|目次|悪人往生，なぐられた息子，法くらべ，施しにも礼儀を，悪運に勝った枇杷の大臣，夜道のお供，実印僧都と追いはぎ，腕くらべ，鏡箱の歌，充と良文の決闘〔ほか〕
|内容|大どろぼうの話，いもがゆの話，大きな鼻の和尚さんの話，そして狐や化け物との知恵くらべ。平安時代の人びとがいきいきと活躍する，ふしぎで楽しい39話。中学以上。

『今昔物語　上』　水木しげる著　中央公論社　1995.4　272p　19cm　（マンガ日本の古典 8）　1300円　Ⓣ4-12-403286-2

『今昔物語』　源隆国編，西沢正太郎文　ぎょうせい　1995.2　198p　22cm　（新装少年少女世界名作全集 44）〈新装版〉1300円　Ⓣ4-324-04371-X

『今昔物語集』　杉本苑子著　講談社　1993.3　325p　22cm　（少年少女古典文学館　第9巻）1700円　Ⓣ4-06-250809-5
|内容|「今は昔」で語り出される『今昔物語集』には，受領・武士・僧侶・農民といった，それまでの文学では無視されがちだった人々が主人公として登場し，おかしく，ときにはかなしい人間ドラマを展開する。全三十一巻千話以上からなる一大説話文学から，おもしろくかつ親しみやすい五十一編を厳選して収録する。

『わらしべ長者』　水藤春夫文，小沢良吉絵　小峰書店　1992.4　206p　18cm　（てのり文庫 055）580円　Ⓣ4-338-07925-8
|目次|老人をすてる国，久米の仙人，成合かんのん，金のもち，わらしべ長者，カメのおんがえし，二わのカモ，酒つぼのヘビ，テングのうでくらべ，りゅうとテング，イノシシにばかされたほうさん，大力のぼうさん，ふしぎなびわ，水の精の小人，安義橋のおに
|内容|「今は昔」ということばではじまる，900年ほどまえにできた「今昔物語」にある，「老人をすてる国」「久米の仙人」「カメのおんがえし」「わらしべ長者」などの，有名なお話を15編のせました。

『今昔物語—世にもふしぎな物語』　小沢章友編訳，清水耕蔵絵　講談社　1991.10　187p　18cm　（講談社青い鳥文庫

157-1）460円　Ⓣ4-06-147355-7
|目次|さるが恩がえしをする話，虫男がくるみ酒でとける話，田んぼに人形を立てる話，絵師と大工が腕をきそいあう話，瓜をぬすまれてしまう話，鬼が人を食う話，犬が大へびを食いころす話，占いの名人の話，力持ちの美女の話，荒武者たちが牛車に酔った話，琵琶の名器がぬすまれた話，竜が天狗にとられたかたきをうつ話，長い鼻をもてあます話，水の精がつかまえられた話，死霊にのる話，だいじな所でおならをした話，はちが山賊を刺しころす話，天文博士のふしぎな力の話
|内容|平安時代に書かれた，ふしぎなお話の宝庫『今昔物語』から，百姓たちに冷たくされたおじいさんが，仕返しをする「瓜をぬすまれてしまう話」，つまらないみえを張った男が命をおとす「鬼が人を食う話」，人相や手相だけでなく，笛の音を聞いても，その人の運命がわかる「占いの名人」など18編をおさめました。

『今昔物語集』　今道英治まんが　くもん出版　1990.6　159p　20cm　（くもんのまんが古典文学館）〈監修：平田喜信〉980円　Ⓣ4-87576-521-5
|目次|『今昔物語集』がえがきだした人間たち，『今昔物語集』　この本の話に登場する場所，第1話　わらしべ長者，第2話　鴨のみちびき，第3話　平重と欲の深い国司，第4話　鼻，第5話　安義の橋の鬼，第6話　羅城門，コラム　『今昔物語集』の世界から，『今昔物語集』の世界，この本であつかった作品，『今昔物語集』とその時代，説話集のながれ，現代に生きる『今昔物語集』

『絵で見るたのしい古典　5　今昔物語』　萩原昌好，野村昇司指導　学習研究社　1990.3　64p　27cm　Ⓣ4-05-104235-9

『今昔物語』　柳川創造シナリオ，千明初美漫画　学校図書　1990.2　143p　21cm　（コミックストーリー　わたしたちの古典 7）1000円　Ⓣ4-7625-0842-X
|目次|祇園精舎をつくった長者，おしゃべりなかめ，血のついた石塔，ふるえあがった大盗賊，芋がゆ，幻ண்つかいの老人，おくびょうざむらい，鏡を盗まれた話，相撲人の妹の強力，馬のしりに乗るきつね，待っていた妻

『お話は音楽　今昔物語　第1巻』　西山春枝編著　中研　1986.3　1冊　26×22cm　1700円　ⓃK913

日本の古典　　　　　　　　　　　　　　　　　　　　　　　　　　　　　　　　　　　　説話文学

|目次| 父と息子，夜の使い，笛吹く人

『今昔物語―日本古典』　浅野晃著　改訂　偕成社　1984.1　313p　19cm　（少年少女世界の名作　45）　680円　Ⓘ4-03-734450-5

『今昔物語―日本民話』　桂木寛子訳，小坂しげる絵　集英社　1982.11　141p　22cm　（少年少女世界の名作　30）　480円

『今昔物語』　源隆国編，西沢正太郎文　ぎょうせい　1982.11　198p　22cm　（少年少女世界名作全集　44）　1200円

◆宇治拾遺物語

『宇治拾遺物語』　市毛勝雄監修，深谷幸恵やく　明治図書出版　2007.3　32p　21cm　（朝の読書日本の古典を楽しもう！　6）　Ⓘ978-4-18-329811-9　Ⓝ913.47

『宇治拾遺ものがたり』　川端善明作　新版　岩波書店　2004.10　299p　18cm　（岩波少年文庫）　720円　Ⓘ4-00-114569-3　Ⓝ913.47
|目次| ひらたけ法師，こぶとり，伴大納言の話，待たれた旅人，稚児とおはぎ，地蔵に会った尼さん，鬼に会った修行者，大食の聖，金峰山の金を盗んだ話，隣りのお葬式，式神の呪い，卒塔婆の血，大力学士と相撲取り，大どろぼうの大太郎，帰ってきた死人，腰折れ雀，キツネの話　二つ，石橋の下の蛇，三河入道の出家，進命婦のこと，しんらつ蔵人，魚食の僧，おかしな暦，地獄へ行ったお地蔵さま，棺のなかの尼，うんぷてんぷふりわけ双六，小さな大きいおくりもの，ゆあみ観音，大食中納言，信貴山の物語，仏を射た猟師の話，ばくちうちの聟入り，猿神退治，蔵人頓死，海賊発心，にせ入水往生縁起，吉野山の鬼，新しい仏さま，穀断ち聖が逃げだした，近衛の中将誘拐事件，陽成院の化物，一条桟敷屋の鬼，夢を買った話，美しく恐ろしい人質，海賊を追い返した矢，相応和尚の話，仁戒上人のこと
|内容| 「こぶとり」「大どろぼうの大太郎」「腰折れ雀」「うんぷてんぷふりわけ双六」をはじめ，鬼や狐の活躍する話，美しい話，こわい話が集められた鎌倉時代の説話集から，昔も今も変わらない人の心のふしぎさを描

いた，小さな物語47編。中学以上。

『宇治拾遺物語―空をとんだ茶わんほか』　那須田稔編著，福田庄助画　新装改訂版　小峰書店　1998.2　213p　23cm　（はじめてであう日本の古典　9）　1600円　Ⓘ4-338-14809-8,4-338-14800-4
|目次| 空をとんだ茶わん―宇治拾遺物語（スズメの恩がえし，こぶとり，はだか法師，へんてこなさかな，鼻　ほか）

『宇治拾遺ものがたり―遠いむかしのふしぎな話』　川端善明作　岩波書店　1995.9　299p　18cm　（岩波少年文庫）　700円　Ⓘ4-00-113133-1
|目次| ひらたけ法師，こぶとり，伴大納言の話，待たれた旅人，稚児とおはぎ，地蔵に会った尼さん，鬼に会った修行者，大食の聖，金峰山の金を盗んだ話，隣りのお葬式〔ほか〕
|内容| こぶとりや雀の恩返しをはじめ，楽しい話，こわい話が集められた鎌倉時代の説話集から，昔も今も変わらない人の心のふしぎさを描いた小さな物語47編。中学以上。

『空をとんだ茶わん―宇治拾遺物語』　那須田稔著　新装版　小峰書店　1982.6　222p　23cm　（日本の古典童話　9）　1200円　Ⓘ4-338-02609-X
|目次| スズメの恩がえし，こぶとり，はだか法師，へんてこなさかな，鼻，画家と火事，オニのいる寺，いたずら合戦，どろぼう大太郎，ゆめをぬすむ〔ほか〕

◆御伽草子

『おとぎ草子』　大岡信作　新版　岩波書店　2006.3　242p　18cm　（岩波少年文庫　576）　680円　Ⓘ4-00-114576-6　Ⓝ913.6
|目次| 一寸法師，浦島太郎，鉢かづき，唐糸そうし，梵天国，酒呑童子，福富長者物語
|内容| おなじみの「一寸法師」に「浦島太郎」，いじめにたえて幸福を手に入れた「鉢かづき」姫，若い娘たちをさらう恐ろしい大江山の「酒呑童子」…遠い昔に生まれ，人びとに愛されてきたおとぎばなし7編を，いきいきとした日本語で。中学以上。

『ものぐさ太郎』　肥田美代子文，井上洋介絵　ポプラ社　2005.10　40p　25×

子どもの本　日本の古典をまなぶ2000冊　　115

26cm （日本の物語絵本 15） 1200円 ①4-591-08902-9

[内容] むかし、信濃の国に、なにもしないでくらして、みんなから「ものぐさ太郎」とよばれている若者がいた。あるとき、太郎は村を代表して、いやいや京都へはたらきにでかけていった。ところが太郎は、ものぐさどころか、ひとがかわったようにまじめにはたらいたのだった…。

『鉢かづき』 あまんきみこ文、狩野富貴子絵 ポプラ社 2004.1 40p 25×26cm （日本の物語絵本 6） 1200円 ①4-591-07984-8

[内容] 大きな鉢をかぶせられたむすめは、父にもすてられ、さまよっているところを中将どのにすくわれた。…『御伽草子』に描かれた日本のシンデレラ物語。

『酒呑童子』 川村たかし文、石倉欣二絵、西本鶏介監修 ポプラ社 2003.9 40p 25×26cm （日本の物語絵本 3） 1200円 ①4-591-07841-8

[内容] むかし、酒呑童子とよぶ鬼がすんでおった。せたけはみあげるほども高く、牛や馬などひとひねり！『御伽草子』の中のスリリングな物語。日本の物語絵本。

『御伽草子』 西本鶏介著、井上洋介絵 ポプラ社 2002.4 213p 22cm （21世紀によむ日本の古典 13） 1400円 ①4-591-07138-3,4-591-99440-6

[目次] 文正草子、鉢かづき、唐糸草子、木幡狐、ものぐさ太郎、一寸法師、浦島太郎、酒呑童子、解説

『鉢かつぎ姫』 広川操一画、千葉幹夫文・構成 講談社 2002.2 41p 26cm （新・講談社の絵本 10） 1500円 ①4-06-148260-2

『御伽草子—はちかづきほか』 二反長半編著、富永秀夫画 新装改訂版 小峰書店 1998.2 221p 23cm （はじめてであう日本の古典 11） 1600円 ①4-338-14811-X,4-338-14800-4

[目次] はちかづき—御伽草子（はちかづき、ひこ星とおり姫、一寸法師、浦島太郎、花みつと月みつ、酒呑童子）

『御伽草子』 やまだ紫著 中央公論社 1997.4 252p 19cm （マンガ日本の古典 21） 1262円 ①4-12-403299-4

[目次] 一寸法師、鉢かづき、長谷雄草子、ものぐさ太郎、酒呑童子、猫の草子

[内容] 明快&軽妙、やまだ版不思議草子ワールド。

『鉢かづき・酒呑童子』 石黒吉次郎文、畑典子絵 勉誠社 1996.5 122p 21cm （親子で楽しむ歴史と古典 7） 1236円 ①4-585-09008-8

[目次] 鉢かづき、酒呑童子

[内容] 知と創造の宝庫へご招待。祖先たちのひたむきな生きざま、古典を楽しく味わい、歴史の事実を正確に知る。豊かな人生を開く鍵をあなたに。

『おとぎ草子—遠いむかしのふしぎな話』 大岡信作 岩波書店 1995.6 242p 18cm （岩波少年文庫） 650円 ①4-00-113131-5

[目次] 一寸法師、浦島太郎、鉢かづき、唐糸そうし、梵天国、酒呑童子、福富長者物語

[内容] 一寸法師に浦島太郎、いじめにたえて幸福を手に入れた鉢かづき姫、おそろしい大江山の酒呑童子…室町時代に生まれて、人びとに愛され読まれてきた、おなじみのおとぎばなし7編。中学以上。

『おとぎ草子—世にもおかしな物語』 小沢章友編訳、二俣英五郎絵 講談社 1994.5 183p 18cm （講談社青い鳥文庫 157-3） 500円 ①4-06-147396-4

[目次] 福富長者、一寸法師、浦島太郎、瓜姫物語、ものぐさ太郎

[内容] 秀武じいさんがおどるでたらめな舞にあわせて、おならがおもしろおかしい音をならす。この芸のおかげで秀武は長者になったのだが―。むちゃくちゃにおもしろい「福富長者」をはじめ、絵本でよく知っている「一寸法師」「ものぐさ太郎」など、おかしさのなかに人間の喜びと悲しみをこめた物語を5話収録。小学中級から。

『お伽草子』 晃月秋実まんが くもん出版 1993.6 159p 20cm （くもんのまんが古典文学館） 1200円 ①4-87576-722-6

[目次] 『お伽草子』のお話とその呼び名、『お

伽草子』に登場する場所，鉢かづき，酒呑童子，熊野本地，物くさ太郎，木幡きつね，解説（『お伽草子』の成立背景，時代背景と民話の影響，『お伽草子』と絵画，『お伽草子』の内容，この本に登場する5つの作品）

『唐糸草子』 駒込幸典ほか編　長野　信濃教育会出版部　1990.7　166p　22cm　（現代口語訳信濃古典読み物叢書　第1巻）〈監修・指導：滝沢貞夫　叢書の編者：信州大学教育学部附属長野中学校創立記念事業編集委員会〉1000円　①4-7839-1024-3

『唐糸草子』　信州大学教育学部附属長野中学校創立記念事業編集委員会編　長野　信濃教育会出版部　1987.9　166p　22cm　（現代口語訳信濃古典読み物叢書　第1巻）980円

## 浮世草子

◆井原西鶴

『21世紀版少年少女古典文学館　第17巻　西鶴名作集』　興津要，小林保治，津本信博編，司馬遼太郎，田辺聖子，井上ひさし監修　井原西鶴原作，藤本義一著　講談社　2010.2　309p　20cm　1400円　①978-4-06-282767-6　Ⓝ918
[目次] 耳にはさんだおもしろい話―「西鶴諸国ばなし」「万の文反古」より，大晦日の泣き笑い―「世間胸算用」より，人の道，守る者そむく者―「本朝二十不孝」「武家義理物語」より，町人暮らしの浮き沈み―「西鶴置土産」「西鶴織留」より，大金持ちになる方法―「日本永代蔵」より，恋に生きた男と女―「好色五人女」より
[内容] 人の世は，ゆきつくところ「色」と「欲」。「恋」と「お金」が，人を幸せにも不幸せにもするものだ―。元禄時代，経済力で武士にかわって社会の表舞台におどりでた商人たちの生き方を，鋭く，ときには滑稽に描いた井原西鶴の代表的名作を集める。封建社会の掟に刃向かう命がけの純愛物語『好色五人女』，親の次にたいせつな金を知恵と才覚でふやして大金持ちになる人々の成

功秘話『日本永代蔵』など，今も昔も変わらぬ人の世の悲喜劇がいきいき描かれている。

『西鶴諸国ばなし―ほか』　[井原]西鶴[原著]，堀尾青史文，風間完絵　童心社　2009.2　205p　20cm　（これだけは読みたいわたしの古典）〈シリーズの監修者：西尾実〉2000円　①978-4-494-01983-0,978-4-494-07167-8　Ⓝ913.52
[目次] きつねさわぎ，おしゃもじ天狗，力なしの大仏，ねこののみとり，鯉のうらみ，家のたからの名刀，からくり人形と小判，夢の仏さま，正直者の頭の中，腰のぬけた仙人，宇治川のりきり，女のおしゃべり，大晦日のけんか屋，塩売りの楽助，こたつの化物，かたきをわが子に，雪の朝のかたきうち，一文惜しみの百知らず，大井川に散るなみだ，耳をそがれたどろぼう，小判十一両，解説（近藤忠義）

『井原西鶴名作集　雨月物語』　井原西鶴，上田秋成[原著]，菅家祐文，シブヤユウジ，ただりえこイラスト　学習研究社　2008.2　195p　21cm　（超訳日本の古典 10　加藤康子監修）1300円　①978-4-05-202868-7　Ⓝ913.52
[目次] 井原西鶴名作集（西鶴諸国ばなし，世間胸算用，新可笑記，日本永代蔵，武家義理物語，好色五人女），雨月物語（菊花の約，浅茅が宿，夢応の鯉魚，吉備津の釜，蛇性の婬，青頭巾）

『井原西鶴集』　三木卓著，宮本忠夫絵　ポプラ社　2002.4　198p　22cm　（21世紀によむ日本の古典 14）1400円　①4-591-07139-1,4-591-99440-6
[目次] 西鶴諸国ばなし（一両の謎，武士の名誉），好色五人女（お夏と清十郎の恋，八百屋お七ものがたり），日本永代蔵（仕合わせ丸の船出，金もうけは北浜で　ほか），世間胸算用（みごとな手形作戦，けちんぼ親子ほか），解説（西本鶏介）

『東海道中膝栗毛―やじきた東海道の旅ほか』　宮脇紀雄編著，斎藤博之画　新装改訂版　小峰書店　1998.2　226p　23cm　（はじめてであう日本の古典 14）1600円　①4-338-14814-4,4-338-14800-4
[目次] 諸国ばなし―西鶴諸国噺（しょうじき

者の金ひろい，たからもののたいこ，あわない計算，うますぎる話 ほか），やじきた東海道の旅―東海道中膝栗毛（ふたりののんき者，げたばきぶろ，道づれはごまのはい，よくばりぞん ほか）

『好色五人女』 牧美也子著 中央公論社 1996.7 270p 19cm （マンガ日本の古典 24） 1262円 ⓘ4-12-403302-8

『西鶴名作集』 藤本義一著 講談社 1992.2 317p 22cm （少年少女古典文学館 第17巻） 1700円 ⓘ4-06-250817-6
|目次| 耳にはさんだおもしろい話―「西鶴諸国ばなし」「万の文反古」より，大晦日の泣き笑い―「世間胸算用」より，人の道，守る者そむく者―「本朝二十不孝」「武家義理物語」より，町人暮らしの浮き沈み―「西鶴置土産」「西鶴織留」より，大金持ちになる方法―「日本永代蔵」より，恋に生きた男と女―「好色五人女」より
|内容| 恋とお金には昔の人も悩みました。日本の流行作家第1号・井原西鶴の，パワフルな魅力あふれる名作集。

『世間胸算用』 桃山奈子まんが くもん出版 1991.12 159p 20cm （くもんのまんが古典文学館）〈監修：平田喜信〉 980円 ⓘ4-87576-596-7
|目次| 町人をえがく西鶴のやさしさ，『世間胸算用』に登場する場所，第1章 大晦日は一日千金，第2章 さだめなき人の世，第3章 長者になるには，第4章 神さまがくれた幸運，解説（町人の生活をえがいて，この本であつかった作品，井原西鶴の一生，西鶴作品とその影響，江戸時代の大阪と貨幣経済）

## 戯作

『浮世床』 古谷三敏著 中央公論社 1997.5 269p 19cm （マンガ日本の古典 30） 1262円 ⓘ4-12-403308-7
|内容| 大真面目にして少し珍妙，ホッと浮世の人情髪結床。

『春色梅児誉美』 酒井美羽著 中央公論社 1996.6 270p 19cm （マンガ日本の古典 31） 1262円 ⓘ4-12-403309-5

◆雨月物語

『雨月物語―魔道、呪い、愛、救い、そして美の物語集』 金原瑞人著，佐竹美保絵 岩崎書店 2012.8 194p 22cm （ストーリーで楽しむ日本の古典 5）〈文献あり〉 1500円 ⓘ978-4-265-04985-1 Ⓝ913.56
|目次| 白峰，菊花の約，浅茅が宿，夢応の鯉魚，仏法僧，吉備津の釜，蛇性の婬，青頭巾，貧福論

『あやかし草子―現代変化物語』 那須正幹作，タカタカヲリ絵 日本標準 2011.5 197p 20cm （シリーズ本のチカラ シリーズの編者：石井直人，宮川健郎）〈『世にもふしぎな物語』（講談社1991年刊）の改題〉 1500円 ⓘ978-4-8208-0542-7 Ⓝ913.6
|目次| 約束，鬼，やけあと，ヘビの目，ゲンゴロウブナ，水の願い（奥山恵/著）
|内容| 「約束」「鬼」「やけあと」「ヘビの目」「ゲンゴロウブナ」―江戸時代の怪談集，上田秋成の『雨月物語』から五編を選び，現代によみがえらせた，美しくも怖ろしい短編集。

『21世紀版少年少女古典文学館 第19巻 雨月物語』 興津要，小林保治，津本信博編，司馬遼太郎，田辺聖子，井上ひさし監修 上田秋成原作，佐藤さとる著 講談社 2010.2 277p 20cm 1400円 ⓘ978-4-06-282769-0 Ⓝ918
|目次| 菊の節句の約束―「菊花の約」より，真間の故郷―「浅茅が宿」より，鯉になったお坊さま―「夢応の鯉魚」より，大釜の占い―「吉備津の釜」より，幽霊の酒盛り―「仏法僧」より，蛇の精―「蛇性の婬」より，白峯山の天狗―「白峯」より，鬼と青い頭巾―「青頭巾」より，ふしぎなちびのじいさま―「貧福論」より
|内容| 士農工商の身分制度こそあったものの，生産力は増大し，人々も合理的な考え方を身につけ始めた時代だった。しかし，合理主義をおし進めれば進めるほど，人間にとって未知の世界に対しての探究心も強まり，現世の外にある闇の世界にひかれてい

くものでもある。上田秋成の『雨月物語』は、人の心の中の闇を、厳しく美しく描いた小説集である。怨霊と生者の対話を通して、人間の愛憎や執着、欲望や悔恨をあますところなく表現し、近世怪奇文学の最高峰といわれている。

『井原西鶴名作集　雨月物語』　井原西鶴，上田秋成［原著］，菅家祐文，シブヤユウジ，ただりえこイラスト　学習研究社　2008.2　195p　21cm　(超訳日本の古典 10　加藤康子監修)　1300円　①978-4-05-202868-7　Ⓝ913.52
目次　井原西鶴名作集(西鶴諸国ばなし，世間胸算用，新可笑記，日本永代蔵，武家義理物語，好色五人女)，雨月物語(菊花の約，浅茅が宿，夢応の鯉魚，吉備津の釜，蛇性の婬，青頭巾)

『雨月物語』　上田秋成［著］，長谷川孝士監修，柳川創造シナリオ，いまいかおる漫画　新装版　学校図書　2003.3　143p　26cm　(コミックストーリー わたしたちの古典 15)　905円　①4-7625-0893-4　Ⓝ913.56
内容　いろいろな時代の、ふしぎで、こわい話。

『雨月物語』　立原えりか著，林恭三絵　ポプラ社　2002.4　205p　22cm　(21世紀によむ日本の古典 17)　1400円　①4-591-07142-1,4-591-99440-6
目次　白峰，菊花のちぎり，浅茅が宿，夢応の鯉魚，仏法僧，吉備津の釜，蛇性の婬，青頭巾，貧福論，解説(西本鶏介)

『雨月物語—菊のやくそくほか』　古田足日編著，市川禎男画　新装改訂版　小峰書店　1998.2　225p　23cm　(はじめてであう日本の古典 13)　1600円　①4-338-14813-6,4-338-14800-4
目次　菊のやくそく—雨月物語(菊のやくそく，ふるさとのつま，おろちの美女，ゆめのなかのコイ)，国姓爺物語—国姓爺合戦(たったん国の使者，花いくさ，海べのたたかい，しぎとはまぐり ほか)

『雨月物語』　木原敏江著　中央公論社　1996.12　270p　19cm　(マンガ日本の古典 28)　1262円　①4-12-403306-0

『亡霊』　葉山修平文，魚住則子絵　勉誠社　1996.5　139p　21cm　(親子で楽しむ歴史と古典 11)　1236円　①4-585-09012-6

『雨月物語』　上田秋成原作，須知徳平文　ぎょうせい　1995.2　202p　22cm　(新装少年少女世界名作全集 48)〈新装版〉1300円　①4-324-04375-2

『雨月物語—世にもおそろしい物語』　上田秋成作，小沢章友編・訳，西のぼる絵　講談社　1992.10　221p　18cm　(講談社青い鳥文庫 157-2)　490円　①4-06-147370-0
目次　吉備津の釜，夢の鯉，菊花のちぎり，浅茅が宿，蛇の恋
内容　江戸時代に書かれた怨霊や幽霊のお話「雨月物語」から、夫にうらぎられた妻が、死んで怨霊となって、夫を殺す「吉備津の釜」、武士が約束を守るために幽霊になってくる「菊花のちぎり」、蛇の精にとりつかれた男の話「蛇の恋」など、ふしぎで、こわいお話5編をおさめました。小学中級から。

『雨月物語』　佐藤さとる著　講談社　1992.5　285p　22cm　(少年少女古典文学館 第20巻)　1700円　①4-06-250820-6
目次　菊の節句の約束—「菊花の約」より，真間の故郷—「浅茅が宿」より，鯉になったお坊さま—「夢応の鯉魚」より，大釜の占い—「吉備津の釜」より，幽霊の酒盛り—「仏法僧」より，蛇の精—「蛇性の婬」より，白峯山の天狗—「白峯」より，鬼と青い頭巾—「青頭巾」より，ふしぎなちびのじいさま—「貧福論」より

『雨月物語』　上田秋成著，柳川創造シナリオ，いまいかおる漫画　学校図書　1991.8　143p　22cm　(コミックストーリー わたしたちの古典 15)〈監修：長谷川孝士〉1000円　①4-7625-0853-5
目次　白峯(崇徳上皇のたたり)，菊花の約(菊の花のちかい)，浅茅が宿(待っていた妻)，夢応の鯉魚(鯉になったお坊さん)，仏法僧(亡霊たちの会合)
内容　いろいろな時代の、不思議で、こわい話。

『雨月物語』 こばやし将まんが くもん出版 1990.8 159p 20cm （くもんのまんが古典文学館）〈監修：平田喜信〉 980円 Ⓘ4-87576-523-1

『呪われた恋占い—雨月物語より』 桂木寛子文，川奈一美絵 ポプラ社 1988.11 188p 18cm （ポプラ社文庫 94—怪奇・推理シリーズ） 450円 Ⓘ4-591-02874-7
[目次] 呪われた恋占い，禁じられた恋
[内容] イソラと正太郎は，ひとめで恋におちた。だが，恋占いの結果は「凶」。それを知らずに結婚したふたりのゆくてに，おそろしい運命がまちうけていた。—表題作『呪われた恋占い』のほか，この世のものならぬ美しいむすめと若者との悲恋をえがく『禁じられた恋』を収録。

『雨月物語』 上田秋成原作，森三千代著 改訂 偕成社 1984.1 302p 19cm （少年少女世界の名作 47） 680円 Ⓘ4-03-734470-X

『雨月物語』 上田秋成原作，須知徳平文 ぎょうせい 1982.7 202p 22cm （少年少女世界名作全集 48） 1200円

◆東海道中膝栗毛

『東海道中膝栗毛—弥次さん北さん，ずっこけお化け旅』 越水利江子著，十々夜絵 岩崎書店 2014.2 178p 21cm （ストーリーで楽しむ日本の古典 9） 1500円 Ⓘ978-4-265-04989-9

『絵で見てわかるはじめての古典 9巻 東海道中膝栗毛・江戸のお話』 田中貴子監修 学研教育出版，学研マーケティング〔発売〕 2012.2 47p 30cm 〈文献あり〉 2500円 Ⓘ978-4-05-500862-4 Ⓝ910.2
[目次] 『東海道中膝栗毛』は，こんな本，『東海道中膝栗毛』が書かれた江戸時代中期〜後期ってこんな時代，『東海道中膝栗毛』を書いた十返舎一九ってこんな人，『東海道中膝栗毛』研究，原文にトライ！ 役になりきって読んでみよう！，実録！ だましのテクニックこんな手口にご用心！，時代背景研究，古典であそぼう，江戸のお話，人はどうしてこわい話が好き？ 江戸時代の怪談

ブーム，こわい！ おもしろい！ 江戸化け物図鑑，教えて！ お化けについての疑問，古典であそぼう—「ふり売り」をやってみよう，楽しく広がる古典の世界

『21世紀版少年少女古典文学館 第20巻 東海道中膝栗毛』 興津要，小林保治，津本信博編，司馬遼太郎，田辺聖子，井上ひさし監修 十返舎一九原作，村松友視著 講談社 2010.2 301p 20cm 1400円 Ⓘ978-4-06-282770-6 Ⓝ918
[内容] ここに登場するのは，名コンビ弥次さんと喜多さん。花のお江戸をあとにして，のんびり観光旅行としゃれこむはずが，小田原では風呂の底をぬき，浜松では幽霊に腰をぬかす。宿場宿場で大騒動をくりひろげ，こりずにドジをふみつづけながら，各地の名物にはちゃんと舌づつみを打って，東海道を一路西へとむかうのであります。あまりのおもしろさに，江戸時代の読者たちもつぎへつぎへとつづきをのぞみ，作者十返舎一九も期待にこたえて，あとからあとから続編を書きついだという大ベストセラー。

『大笑い！ 東海道は日本晴れ!! 巻の3 いざ，京都・大坂へ』 小佐田定雄作，ひこねのりお絵 くもん出版 2009.12 205p 20cm （[くもんの児童文学]）〈文献あり〉 1200円 Ⓘ978-4-7743-1656-7 Ⓝ913.6
[内容] 「なあ，だんなさん。あんさん方は，大金持ちやそうでんな」「ああ，そうだ，そうだ。ほしいもんがあったら，いってみな。なんだったら，大坂のお城でも，買ってやろうか」弥次さんと喜多さんが，大もりあがりに，もりあがっていると，よこで見ていた，別の芸者さんが，心配そうにささやいた。「けど，おねえちゃん。このお客さん，ほんまに大金持ちやろか？ 着物のえりのところから，古着屋さんの値札が，出てまっせ」巻の三は，桑名宿から，伊勢，京都，大坂（いまの大阪）まで。小学校中学年から。

『大笑い！ 東海道は日本晴れ!! 巻の2 はてしなき珍道中』 清水義範作，ひこねのりお絵 くもん出版 2009.12 205p 20cm （[くもんの児童文学]）〈文献あり〉 1200円 Ⓘ978-4-7743-1655-0 Ⓝ913.6
[内容] 「やあ，いい風呂だ。だが，こっちの，どす黒い水がためてある方が，本物の風呂

にちがいねえ。きれいな方が、実は、きたねえんだ。ひゃあ、つめてえ…ように感じちゃうのが、狐の妖術なんだな。うーん、…いい湯だ」「おいおい、むちゃなことしやがる」弥次さん、狐になんか化かされてたまるかいと、どぶの水をためた水槽に、わざわざ入り、ご満悦。巻の二は、丸子宿から宮宿まで。小学校中学年から。

『大笑い！ 東海道は日本晴れ!!　巻の1 さらば、花のお江戸』　横田順彌作、ひこねのりお絵　くもん出版　2009.12　201p　20cm　（［くもんの児童文学］）〈文献あり〉　1200円　①978-4-7743-1654-3　Ⓝ913.6
[内容]「世の中、おもしろくないことばっかりだ。どうでえ、ひとつ、お伊勢参りの旅にでも行かねえか？ 一生懸命お参りすれば、なにかいいことがあるんじゃねえかな」「ああ、そいつはおもしろそうだ。それなら、ついでに、上方（関西地方）見物も、してこようじゃねえか」弥次さんこと弥次郎兵衛と、喜多さんこと喜多八の、ゆかいなゆかいな冒険旅行は、こうしてはじまった。巻の一は、品川宿から府中宿まで。小学校中学年から。

『東海道中膝栗毛』　［十返舎一九］［原著］、来栖良夫文、二俣英五郎絵　童心社　2009.2　212p　20cm　（これだけは読みたいわたしの古典）〈シリーズの監修者：西尾実〉　2000円　①978-4-494-01984-7,978-4-494-07167-8　Ⓝ913.55
[目次]　お江戸日本橋七つだち、小田原の五右衛門風呂、箱根八里は馬でもこすが、スッポンとごまの灰、こすにこされぬ大井川、にせざむらいと座頭の巻、掛川宿の酒とお茶、乗り合い船のヘビつかい、御油の松原、古ギツネ、その手は桑名のやき蛤、街道あらしの手品師、罰もあてます伊勢の神風、淀の川瀬の水車、大仏殿の柱の穴、京みやげ梯子の巻、おちていた富札、大阪のゆめ、百両のゆめ

『弥次さん喜多さんのお笑いにほんご塾』斎藤孝作　PHP研究所　2006.9　95p　26cm　〈原作：十辺舎一九〉　1000円　①4-569-64847-9　Ⓝ814.4
[目次]　1 さぁはじまるよ―駿州府中、2 お伊勢まいりへ―江戸神田八丁堀、3 ダンゴと江ノ島―神奈川～藤沢の宿、4 風呂騒動―小田原の宿
[内容]「弥次喜多」って知ってるかい？ 江戸時代のおはなしの主人公で、すごく楽しいはちゃめちゃコンビ。この二人と斎藤先生が、頭がよくなる日本語の本をつくっちゃったよ。

『東海道中膝栗毛』　谷真介著、村上豊絵　ポプラ社　2002.4　229p　22cm　（21世紀によむ日本の古典 18）1400円　①4-591-07143-X,4-591-99440-6
[目次]　弥次さん喜多さん、江戸を旅立つ、第一夜は宿屋からの祝い酒、喜多さん、風呂釜の底をぬく、すっぽんさわぎでお金が消える、文なし、腹ぺこ、あえぎ旅、喜多さん、今度は天井をぶちぬく、夫婦げんかのとろろ汁、いっぱい食ったおごり酒、弥次さん、にわか侍になる、だましたつもりで、笑われる〔ほか〕

『村松友視の東海道中膝栗毛』　村松友視著　講談社　2001.11　269p　19cm　（シリーズ・古典 5）1200円　①4-06-254555-1
[目次]　発端、日本橋から風にふかれて、小田原宿、底ぬけの大さわぎ、箱根八里、ああ勘ちがい、三島、とんだすっぽん鍋、富士をながめてだまされた旅、蒲原、天井ぶちぬき事件、府中にて貧乏旅行終えにけり、瀬戸でいっぱい食った、一杯食った、大井川をやっとわたって駕篭をおち〔ほか〕

『東海道中膝栗毛―やじきた東海道の旅ほか』　宮脇紀雄編著、斎藤博之画　新装改訂版　小峰書店　1998.2　226p　23cm　（はじめてであう日本の古典 14）1600円　①4-338-14814-4,4-338-14800-4
[目次]　諸国ばなし―西鶴諸国噺（しょうじき者の金ひろい、たからものたたのいこ、あわない計算、うますぎる話 ほか）、やじきた東海道の旅―東海道中膝栗毛（ふたりののんき者、げたばきぶろ、道づれはごまのはい、よくばりぞん ほか）

『東海道中膝栗毛』　土田よしこ著　中央公論社　1997.2　268p　19cm　（マンガ日本の古典 29）1262円　①4-12-403307-9

『東海道中膝栗毛』　十返舎一九原作、山田ゴロ漫画　ほるぷ出版　1996.4　183p　22cm　（まんがトムソーヤ文庫

―コミック世界名作シリーズ）①4-593-09495-X

『東海道中膝栗毛』十返舎一九原作，森いたる文　ぎょうせい　1995.2　202p　22cm　（新装少年少女世界名作全集49）〈新装版〉1300円　①4-324-04376-0

『信濃道中記―続膝栗毛』駒込幸典ほか編　長野　信濃教育会出版部　1994.11　159p　22cm　（現代口語訳信濃古典読み物叢書　第13巻）〈監修・指導：滝沢貞夫　叢書の編者：信州大学教育学部附属長野中学校創立五十周年記念事業編集委員会〉1000円　①4-7839-1036-7

『東海道中膝栗毛』十返舎一九原作，村松友視著　講談社　1992.8　309p　22cm　（少年少女古典文学館　第21巻）1700円　①4-06-250821-4

[内容] ここに登場するのは、名コンビ弥次さんと喜多さん。花のお江戸をあとにして、のんびり観光旅行としゃれこむはずが、小田原では風呂の底をぬき、浜松では幽霊に腰をぬかす。宿場宿場で大騒動をくりひろげ、こりずにドジをふみつづけながら、各地の名物にはちゃんと舌づつみを打って、東海道を一路西へとむかうのであります。あまりのおもしろさに、江戸時代の読者たちもつぎへつぎへとつづきをのぞみ、作者十返舎一九も期待にこたえて、あとからあとから続編を書きついだという大ベストセラー。

『東海道中膝栗毛』北本善一まんが　くもん出版　1991.12　159p　20cm　（くもんのまんが古典文学館）〈監修：平田喜信〉980円　①4-87576-597-5

[目次] ゆかいなふたりの珍道中，『東海道中膝栗毛』の旅の地図，弥次さん北さんの旅立ち，コラム『東海道中膝栗毛』の世界から，解説

『やじきた東海道の旅』宮脇紀雄文，山口みねやす絵　小峰書店　1991.10　238p　18cm　（てのり文庫 B071）580円　①4-338-07924-X

[目次] やじきた東海道の旅（ふたりののんきもの，げたばきぶろ，道づれはごまのはい，よくばりぞん，けんかとろろ汁，いなかおやじ，ふたりのあんまさん，ゆうれいとヘビ，キツネの宿，はしらのぬけあな，富くじおおあたり），諸国ばなし（しょうじき者の金ひろい，たからもののたいこ，あわない計算，うますぎる話，ふしぎな足音，八じょうじきのハスの葉，家のたからの名刀，無実のざいにん）

[内容] この本は、弥次さん北さんが、江戸から大阪まで、失敗ばかりしながら旅をする、十返舎一九の「東海道中膝栗毛」と、井原西鶴の「西鶴諸国噺」を、少年少女むけに書きあらためたものです。

『絵で見るたのしい古典　8　東海道中膝栗毛』萩原昌好，野村昇司指導　学習研究社　1990.3　64p　27cm　①4-05-104238-3

『弥次さん喜多さん』来栖良夫文，二俣英五郎画　童心社　1989.11　177p　18cm　（フォア文庫 C089）500円　①4-494-02675-1

[内容] ゆかいなゆかいな、江戸っ子コンビの弥次さん喜多さん。お江戸日本橋を出発して、京・大坂へ。東海道五十三次、爆笑の連続！―日本古典名作『東海道中膝栗毛』ジュニア版。

『東海道膝栗毛』十返舎一九原作，高木卓著　改訂　偕成社　1983.11　317p　19cm　（少年少女世界の名作 49）680円　①4-03-734490-4

『東海道中膝栗毛』十返舎一九原作，森いたる文　ぎょうせい　1982.10　202p　22cm　（少年少女世界名作全集 49）1200円

『東海道中ひざくりげ』十返舎一九原作，須藤出穂訳，沼野正子絵　集英社　1982.8　141p　22cm　（少年少女世界の名作 19）480円

『十返舎一九』桜井正信著，中込漢絵　さ・え・ら書房　1982.3　190p　23cm　（少年少女伝記読みもの）1200円　①4-378-02106-4

◆椿説弓張月

『新編弓張月　下（妖魔王の魔手）』三田村信行文　ポプラ社　2006.12　326p

22cm〈絵：金田栄路〉 1400円 Ⓘ4-591-09529-0 Ⓝ913.6

[内容] 清盛暗殺のため都に向かうはずが、嵐におそわれ、故崇徳院の使いにより助けられた為朝。一方琉球では、王の跡継ぎをめぐって争いが起こりつつあった。強力な妖術を使う怪しい仙人の策略にはまり、危機に陥った琉球をすくうのは…？ 波瀾万丈の為朝伝説、ここに完結。

『新編弓張月 上(伝説の勇者)』三田村信行文 ポプラ社 2006.10 318p 22cm〈絵：金田栄路〉 1400円 Ⓘ4-591-09419-7 Ⓝ913.6

[内容] 弓に導かれた数奇の運命不屈の勇者、鎮西八郎為朝あらわる！ 平安時代末期、源氏の御曹司として生まれた源為朝は、あまりに秀でた強弓の腕をおそれられ、都より遠ざけられた。送られた先である九州統一にはじまり、各地で数々の武勇をくりひろげた伝説の勇者の、波瀾万丈の物語が、ここに始まる。波瀾万丈の為朝伝説を描き、江戸時代の大ベストセラーとなった滝沢馬琴の「椿説弓張月」が、「三国志」の三田村信行の手であざやかに復活。

『弓の名人為朝』矢代和夫文，柳沢秀紀絵 勉誠社 1996.5 146p 21cm（親子で楽しむ歴史と古典 6）1236円 Ⓘ4-585-09007-X

[内容] 知と創造の宝庫へご招待。祖先たちのひたむきな生きざま、古典を楽しく味わい、歴史の事実を正確に知る。豊かな人生を開く鍵をあなたに。

◆南総里見八犬伝

『南総里見八犬伝』滝沢馬琴作，こぐれ京文，永地絵 角川書店, 角川グループパブリッシング〔発売〕 2013.2 287p 18cm（角川つばさ文庫 Fた2-1）〈キャラクター原案：久世みずき〉680円 Ⓘ978-4-04-631299-0 Ⓝ913.6

[内容]「おまえ、このあざ…！」誇り高き武士・信乃は、自分と同じあざが使用人の荘介にもあることを発見した。「きっとぼくらは兄弟なんだ!!」信乃はこの世に8人いるという義兄弟・八犬士を探す旅に出た！ しかし旅の途中には、信乃が持つ名刀・村雨と八犬士の命をねらう大きな闇が…?!果たして八犬士は全員集合し、無事に村雨を守り抜けるの

か―!?全ページが大・冒・険!!最強の8男子による、日本一面白い超大作！ 小学上級から。

『新八犬伝 下の巻』石山透著 復刊ドットコム 2012.2 426p 19cm 2800円 Ⓘ978-4-8354-4811-4

[内容] 昭和48年放送のNHK人形劇ドラマ「新八犬伝」をノベライズ。

『新八犬伝 中の巻』石山透著 復刊ドットコム 2012.2 381p 19cm 2800円 Ⓘ978-4-8354-4810-7

[内容] 昭和48年放送のNHK人形劇ドラマ「新八犬伝」をノベライズ。

『新八犬伝 上の巻』石山透著 復刊ドットコム 2012.2 405p 19cm 2800円 Ⓘ978-4-8354-4809-1

[内容] 昭和48年放送のNHK人形劇ドラマ「新八犬伝」をノベライズ。

『21世紀版少年少女古典文学館 第21巻 里見八犬伝』興津要, 小林保治, 津本信博編, 司馬遼太郎, 田辺聖子, 井上ひさし監修 曲亭馬琴原作, 栗本薫著 講談社 2010.3 307p 20cm 1400円 Ⓘ978-4-06-282771-3 Ⓝ918

[内容] 南総里見家の息女伏姫の胎内から八方に飛びちった八個の玉にしるされた八つの文字。その玉をもって生まれ出た八人の勇士が、運命の糸に引き寄せられるように出会い、ともに戦い、また別れていく。『里見八犬伝』は、江戸時代の読本作家・曲亭馬琴が、二十八年の年月と失明の不運をのりこえて完成させた全百六冊にも及ぶ大伝奇小説である。悪と戦う正義の犬士たち、義のために犠牲となる女たちが織りなす波瀾万丈の物語は、エンターテイメント小説の原点として尽きない魅力を放っている。

『南総里見八犬伝』［滝沢馬琴］［原著］, 猪野省三文, 久米宏一絵 童心社 2009.2 229p 20cm（これだけは読みたいわたしの古典）〈シリーズの監修者：西尾実〉2000円 Ⓘ978-4-494-01985-4,978-4-494-07167-8 Ⓝ913.56

[目次] 第1章 空とぶ白竜, 第2章 安房の暗雲, 第3章 正義の火の手, 第4章 残忍城の落城, 第5章 悲劇は七夕の夜に, 第6章 犬をつれたお姫さま, 第7章 怪犬のてがら, 第8

章 伏姫のかなしみ，第9章 父と子の断絶

『新八犬伝 下の巻』 石山透著 復刊ブッキング 2007.8 426p 19cm 2500円 Ⓘ978-4-8354-4300-3
[内容] 昭和48年4月〜50年3月まで放送されたNHKの大人気人形劇。小学生から読めるふりがなつきで復刊。

『新八犬伝 中の巻』 石山透著 ブッキング 2007.6 381p 19cm 2500円 Ⓘ978-4-8354-4299-0
[内容] NHKで昭和48年4月〜50年3月まで放送された大人気テレビ人形劇。八つの珠をもつ八犬士のふしぎなふしぎな物語。漢字はふりがなつきで、小学生から読める"伝奇小説"。

『新八犬伝 上の巻』 石山透著 ブッキング 2007.3 420p 19cm 2500円 Ⓘ978-4-8354-4298-3

『南総里見八犬伝』 杉浦明平著 世界文化社 2007.3 176p 24×19cm （ビジュアル版 日本の古典に親しむ 13） 2400円 Ⓘ978-4-418-07201-9
[目次] 第1部 不思議な玉を持つ犬士たち（犬に乗る少女，番町皿屋敷，犬川荘助，糠助の遺言，村雨丸の行方 ほか），第2部 苦難，流浪そして総揃いへ（三犬士，額蔵を救う，道節，贋定正を斬る，小文吾，船虫と会う，馬加大記の陰謀，女田楽旦開野 ほか）
[内容] お江戸を熱狂させた伝奇ロマン。作者滝沢馬琴渾身の伝奇長編偽作を読む。

『里見八犬伝 下』 滝沢馬琴原作，しかたしん文 ポプラ社 2006.8 382p 18cm （ポプラポケット文庫 376-2）〈1993・1994年刊の新装改訂〉 660円 Ⓘ4-591-09381-6 Ⓝ913.6
[内容] 仁義礼智忠信孝悌と記された八つの不思議な玉の導きで、犬士は一人、また一人と集い、結束していった。妖怪たちの陰謀うずまく安房の国を救うため、運命の絆で結ばれた八人の兄弟たちは、いま、最後の決戦のときを迎える―。小学校上級。

『里見八犬伝 上』 滝沢馬琴原作，しかたしん文 ポプラ社 2006.8 314p 18cm （ポプラポケット文庫 376-1）

〈1992年刊の新装改訂〉 660円 Ⓘ4-591-09297-6 Ⓝ913.6
[内容] うす青い衣をまとった美しい姫君が、白い腕を夕焼けの空にむかってさしのべたかと思うと、色とりどりの八つの玉が、まるで流星のように天空に飛び散った―。房総半島安房の国、里見城を舞台に、くりひろげられる壮大な物語。散り散りになった八犬士が集うのはいつの日か。小学校上級〜。

『南総里見八犬伝』 砂田弘著，赤坂三好絵 ポプラ社 2002.4 210p 22cm （21世紀によむ日本の古典 19） 1400円 Ⓘ4-591-07144-8,4-591-99440-6
[目次] 伏姫とふしぎな犬，かがやくふたつの玉，その名は村雨丸，犬士たちの出会い，一難去ってまた一難，悪女と悪家老，女装の勇士の活躍，妖怪のすむ山，大鷲にさらわれた姫君，のこりの玉はあとひとつ〔ほか〕

『南総里見八犬伝 4 八百比丘尼』 滝沢馬琴原作，浜たかや編著，山本タカト画 偕成社 2002.4 236,22p 19cm 1400円 Ⓘ4-03-744480-1
[内容] 謎の尼僧妙椿の妖術で、またたくまに上総館山城主となった悪党源金太改め蟇田素藤。妙椿の目的は、里見家の滅亡。そこにあらわれたのが、犬江親兵衛、房八の息子である。少年とは思えぬ強さで活躍、里見家の危機を救う。八犬士たちは、里見家を守り、足利成氏、上杉定正、千葉自胤、籏御前等からなる宿敵連合軍をむかえうつ…ここに、玉梓の怨念に端を発した宿命と絆の物語が、大団円をむかえる。

『南総里見八犬伝 3 妖婦三人』 滝沢馬琴原作，浜たかや編著，山本タカト画 偕成社 2002.4 239p 19cm 1400円 Ⓘ4-03-744470-4
[内容] 八犬士の不明二人を探しあるく小文吾と現八。小文吾は、妖婦船虫の策略にはまり、七人目の犬士、犬坂毛野に助けられる。現八は、化け猫と遭遇、共に戦った角太郎が犬士とわかる。一方、信乃は、生まれかわった、いいなずけ浜路と再会。

『南総里見八犬伝 2 五犬士走る』 滝沢馬琴原作，浜たかや編著 偕成社 2002.4 199p 19cm 1400円 Ⓘ4-03-744460-7

|内容| 伏姫のいいなずけ大輔は、犬と名をかえ僧となり、散った八つの珠をさがす。荘助は獄中、道節は上杉定正を父の仇とねらい、信乃と現八は、利根川で小文吾に助けられる。

『南総里見八犬伝 1 妖刀村雨丸』 滝沢馬琴原作, 浜たかや編著, 山本タカト画　偕成社　2002.3　231p　19cm　1400円　①4-03-744450-X
　|内容| 妖婦玉梓に末代までも呪われた里見家。その娘伏姫は、いちどは犬の八房と共に命をなくすが、その霊は八つの珠となり、八人の犬士が生まれる。

『栗本薫の里見八犬伝』 栗本薫著　講談社　2001.12　276p　19cm　（シリーズ・古典 8）　1200円　①4-06-254558-6
　|内容| 第一線で活躍する作家が手がけた古典現代語訳の決定版シリーズ！ 読みつがれてきた魅力。あなたのそばに古典を。

『南総里見八犬伝―八人の勇士とふしぎな玉』 長崎源之助編著, 田代三善画　新装改訂版　小峰書店　1998.2　227p　23cm　（はじめてであう日本の古典 15）　1600円　①4-338-14815-2,4-338-14800-4
　|目次| 八人の勇士とふしぎな玉―南総里見八犬伝（大きなぶち犬，八つの玉，村雨丸，おなじような玉とあざ，けむりのなかからでてきた男，芳流閣のたたかい，小さな犬士，だまされた道節，荒芽山のめぐりあい ほか）

『里見八犬伝』 鈴木邑文, 柳沢秀紀絵　勉誠社　1997.1　140p　22cm　（親子で楽しむ歴史と古典 15）　1545円　①4-585-09016-9
　|内容| 数奇な運命、里見家再興の悲願。八人の犬士と伏姫。里見八犬伝。

『南総里見八犬伝』 滝沢馬琴原作, 本山一城漫画　ほるぷ出版　1996.4　177p　22cm　（まんがトムソーヤ文庫―コミック世界名作シリーズ）　①4-593-09495-X

『それゆけ八犬士！』 滝沢馬琴原作, 生越嘉治文, 西村達馬絵　あすなろ書房　1995.4　109p　21cm　（ジュニア版 里見八犬伝 10）　1200円　①4-7515-1780-5

『古だぬきの化けの皮』 滝沢馬琴原作, 生越嘉治文, 西村達馬絵　あすなろ書房　1995.3　109p　21cm　（ジュニア版 里見八犬伝 9）　1200円　①4-7515-1779-1

『怪力少年がやってきた』 滝沢馬琴原作, 生越嘉治文, 西村達馬絵　あすなろ書房　1995.2　109p　21cm　（ジュニア版 里見八犬伝 8）　1200円　①4-7515-1778-3
　|内容| ふしぎな玉を持つ8人の犬士たちが愛と正義のために悪と戦う古典ファンタジー。

『里見八犬伝』 滝沢馬琴原作, 浜野卓也文　ぎょうせい　1995.2　214p　22cm　（新装少年少女世界名作全集 50）〈新装版〉1300円　①4-324-04377-9

『力を合わせて戦えば』 滝沢馬琴原作, 生越嘉治文, 西村達馬絵　あすなろ書房　1995.2　109p　21cm　（ジュニア版 里見八犬伝 7）　1200円　①4-7515-1777-5
　|内容| ふしぎな玉を持つ8人の犬士たちが愛と正義のために悪と戦う古典ファンタジー。

『犬士、はなればなれに』 滝沢馬琴原作, 生越嘉治文, 西村達馬絵　あすなろ書房　1995.1　109p　21cm　（ジュニア版 里見八犬伝 6）　1200円　①4-7515-1776-7
　|内容| ふしぎな玉を持つ八人の犬士たちが愛と正義のために悪と戦う、冒険ファンタジー。

『ほらあなの中の怪物』 滝沢馬琴原作, 生越嘉治文, 西村達馬絵　あすなろ書房　1994.11　109p　21cm　（ジュニア版 里見八犬伝 5）　1200円　①4-7515-1775-9
　|内容| ふしぎな玉を持つ八人の犬士たちが愛と正義のために悪と戦う、冒険ファンタジー。

『おどる美少女のひみつ』 滝沢馬琴原作, 生越嘉治文, 西村達馬絵　あすなろ書房　1994.10　109p　21cm　（ジュニア版 里見八犬伝 4）　1200円　①4-7515-1774-0
　|内容| ふしぎな玉を持つ八人の犬士たちが愛

『玉をもった勇士たち』 滝沢馬琴原作，生越嘉治文，西村達馬絵 あすなろ書房 1994.10 109p 21cm （ジュニア版 里見八犬伝 3） 1200円 ①4-7515-1773-2
内容 ふしぎな玉を持つ八人の犬士たちが愛と正義のために悪と戦う，冒険ファンタジー。

『とびちった八つの玉』 滝沢馬琴原作，生越嘉治文，西村達馬絵 あすなろ書房 1994.8 109p 21cm （ジュニア版 里見八犬伝 1） 1200円 ①4-7515-1771-6
内容 ふしぎな玉を持つ八人の犬士たちが愛と正義のために悪と戦う，冒険ファンタジー。

『ふしぎな刀のゆくえ』 滝沢馬琴原作，生越嘉治文，西村達馬絵 あすなろ書房 1994.8 109p 21cm （ジュニア版 里見八犬伝 2） 1200円 ①4-7515-1772-4
内容 ふしぎな玉を持つ八人の犬士たちが愛と正義のために悪と戦う，冒険ファンタジー。

『里見八犬伝 4 燃えろ八犬士の巻』 曲亭馬琴原作，しかたしん文，村井香葉絵 ポプラ社 1994.6 238p 18cm （ポプラ社文庫―日本の名作文庫 J-30） 580円 ①4-591-04090-9
内容 不思議な力を持つ玉の導きで，八犬士の心は，ついにひとつになった。陰謀うずまく安房の国を救うため，八人の兄弟たちは，今，最後の決戦のときをむかえる。

『里見八犬伝』 栗本薫著，曲亭馬琴原作 講談社 1993.8 317p 22cm （少年少女古典文学館 第22巻） 1700円 ①4-06-250822-2
内容 仁・義・礼・智・忠・信・孝・悌―。南総里見家の息女伏姫の胎内から八方に飛び散った八個の玉にしるされた八つの文字。その玉をもって生まれ出た八人の勇士が，運命の糸に引き寄せられるように出会い，ともに戦い，また別れていく。本書は，江戸時代の読本作家・曲亭馬琴が，二十八年の年月と失明の不運をのりこえて完成させた全百六冊にも及ぶ大伝奇小説である。悪と戦う正義の犬士たち，義のために犠牲となる女たちが織りなす波乱万丈の物語は，エンターテイメント小説の原点として尽きない魅力を放っている。

『里見八犬伝 3 八犬士の妖怪退治の巻』 曲亭馬琴原作，しかたしん文，村井香葉絵 ポプラ社 1993.5 238p 18cm （ポプラ社文庫 A251） 480円 ①4-591-04329-0
内容 運命の絆によって，犬士は，一人，また一人と集い，八犬士は結束していった。しかし，その前にたちはだかるのは，おそろしい妖怪たちだった。その妖怪の陰謀とは…。

『南総里見八犬伝』 森有子まんが くもん出版 1993.3 191p 19cm （くもんのまんが古典文学館）〈監修：平田喜信〉 1200円 ①4-87576-725-0

『里見八犬伝 2 八犬士の秘密の巻』 曲亭馬琴原作，しかたしん文，村井香葉絵 ポプラ社 1992.10 190p 18cm （ポプラ社文庫 A249） 480円 ①4-591-04271-5
内容 妖気漂う関八州に一際輝く色とりどりの八色の玉。運命のいたずらか，伏姫の霊の導きか，犬士は一人，また一人と出い合い結束していく。里見の国はまだ遠いのか八犬士が遭遇するのはいつの日か。小学上級以上。

『里見八犬伝 1 伏姫と妖犬八房の巻』 曲亭馬琴原作，しかたしん文，村井香葉絵 ポプラ社 1992.6 198p 18cm （ポプラ社文庫 A247） 480円 ①4-591-04155-7
内容 うす青い衣をまとった美しい姫君が，白い腕を夕焼けの空にむかってさしのべたかと思うと，色とりどりの八つの玉が，まるで流星のように天空に飛びちった。房総半島安房の国，里見城を舞台に，大活躍する八犬士の物語。小学校中級以上。

『八犬伝』 滝沢馬琴著，福田清人訳，百鬼丸絵 講談社 1990.9 265p 18cm （講談社青い鳥文庫 147-1） 500円 ①4-06-147287-9
内容 伏姫と愛犬八房が死ぬと，姫の首の水晶のじゅずが白い雲につつまれて空中にま

いあがり，仁・義・礼・知・忠・信・孝・悌と1字ずつほられた八つの玉が四方へとびちった。十余年後，その玉をもった八犬士たちが，ふしぎなめぐりあわせで義兄弟になり，大活躍をする―馬琴が28年かけて書いた歴史小説の傑作。

『里見八犬伝』 滝沢馬琴原作，加藤武雄著 改訂 偕成社 1983.11 293p 19cm （少年少女世界の名作 48） 680円 ①4-03-734480-7

『里見八犬伝』 滝沢馬琴原作，浜野卓也文 ぎょうせい 1982.12 214p 22cm （少年少女世界名作全集 50） 1200円

## 随筆

『絵で読む日本の古典 3 枕草子・徒然草』 田近洵一監修 ポプラ社 2012.3 47p 29cm〈索引あり 文献あり〉2800円 ①978-4-591-12807-7 Ⓝ910.2
目次 枕草子（春はあけぼの/夏は夜，秋は夕暮れ/冬はつとめて，清涼殿の丑寅のすみの，中納言まゐりたまひて，うつくしきもの，五月ばかりなどに山里にありく，雪のいと高う降りたるを，この草紙，目に見え心に思ふことを），徒然草（つれづれなるままに，神無月のころ，折節のうつりかはるこそ，公世の二位のせうとに，仁和寺にある法師，奥山にあるといふ猫また，或人，弓射ることを習ふに，高名の木登り）

『21世紀版少年少女古典文学館 第10巻 徒然草 方丈記』 興津要，小林保治，津本信博編，司馬遼太郎，田辺聖子，井上ひさし監修 卜部兼好，鴨長明原作，嵐山光三郎，三木卓著 講談社 2009.12 285p 20cm 1400円 ①978-4-06-282760-7 Ⓝ918
目次 徒然草，方丈記
内容 『徒然草』は，ふしぎな作品だ。教訓あり，世間話あり，思い出話あり，世相批判あり，うわさ話あり，うんちくあり―。乱世の鎌倉時代に生きた兼好が残したメッセージは，宝島の地図のように魅力的で，謎にみ

ちていて，だれもが一度は目を通したくなる。『方丈記』は，読む人の背すじをのばす。混乱の時代を生き人の世の無常を語りながらも，生きることのすばらしさも教えてくれる。これほど後世の人の精神に大きな影響を与えた書物はないといわれる。

『徒然草 方丈記』 兼好法師，鴨長明［原著］，弦川琢司文，岡村治栄，原みどりイラスト 学習研究社 2008.2 195p 21cm （超訳日本の古典 6 加藤康子監修） 1300円 ①978-4-05-202864-9 Ⓝ914.45
目次 方丈記（世の無常，方丈の庵にて），徒然草（想うがままに，出会った人々，めぐりあった出来事，生きることとは，改めて考え直し，想うこと，思索の終わりに）

『嵐山光三郎の徒然草 三木卓の方丈記』 嵐山光三郎，三木卓著 講談社 2001.9 252p 19cm （シリーズ・古典 2） 1200円 ①4-06-254552-7
目次 徒然草（たいくつしのぎに，この世に生まれてきたからには，むかしの教えを忘れてはいけない，恋愛の情がわからない男は，仏から遠ざかってはいけない ほか），方丈記（川の流れはいつも新しい水にかわっている，焼きつくした安元の大火，治承のつむじ風のおそろしさ，遷都がもたらした変化，養和の飢饉のすさまじさ ほか）

『方丈記 徒然草』 浜野卓也著，赤坂三好絵 ポプラ社 2001.4 205p 22cm （21世紀によむ日本の古典 9） 1400円 ①4-591-06773-4,4-591-99376-0
目次 方丈記（ゆく河，安元の大火，辻風，都うつり，飢饉と疫病 ほか），徒然草（机にむかっていると，こういう人がいい，恋心，長生きすれば恥多し，女の髪 ほか）

『徒然草 方丈記』 嵐山光三郎，三木卓著 講談社 1992.4 291p 22cm （少年少女古典文学館 第10巻） 1700円 ①4-06-250810-9
内容 本書は，現代の少年少女に，日本の古典文学をおもしろく，やさしく鑑賞してもらいたいとの目的で，およそ次の基準で編集した。底本は，講談社学術文庫『徒然草』，新潮社版・新潮日本古典集成『方丈記発心集』を基本とし，適宜諸本を参照した。

『絵で見るたのしい古典 4 枕草子・徒然草』 萩原昌好, 野村昇司指導 学習研究社 1990.3 64p 27cm ⓘ4-05-104234-0

『お菊のゆうれい番町皿屋敷』 木暮正夫著, 斉藤格絵 岩崎書店 1989.12 143p 21cm 〈日本の怪奇ばなし 6〉 980円 ⓘ4-265-03906-5

[目次] 1 江戸のちまたの怪談奇談（『耳袋』を書いた高級役人, 皿屋敷伝説のなぞ, お菊虫と井戸と名前 ほか）, 2 平戸のとのさまの『甲子夜話』（書きも書いたり20年, 天狗にさらわれた男, ろくろ首の話 ほか）, 3 紀州のとのさまがまとめさせた奇書（型やぶりな藩主と養勇軒, 幽霊をのんだ男, へらと石の怪 ほか）, 4 世にもふしぎな妖怪の連続出現（『稲生物怪録』と平田篤胤, 比熊山の肝だめし, 恐怖の一夜 ほか）

[内容] 江戸時代にも筆まめな人がいたもので, ちまたで実話として語りあわされていた怪奇な話を記録した本が, 何冊もでています。この巻では, 高級役人, 根岸鎮衛の『耳袋』, 平戸のとのさま松浦静山の『甲子夜話』, 紀州の藩士, 神谷養勇軒が藩主の命によってまとめた『新著聞集』などから数話ずつを紹介。小学校高学年以上。

◆枕草子

『清少納言と紫式部―伝記シリーズ千年前から人気作家！』 奥山景布子著, 森川泉絵 集英社 2014.1 205p 18cm 〈集英社みらい文庫〉 620円 ⓘ978-4-08-321193-5

[目次] 元祖！ 人気エッセイスト清少納言（下級貴族の娘, 新しい世界へ, 華やかな日々, 悲劇の中で, 思い出を胸に）, 世界一のロングセラー作家!?紫式部（学者の娘, 田舎暮らしと結婚, 『源氏物語』と宮仕え, 心おだやかに生きる）

[内容] 「春はあけぼの（春は, 明け方がいちばんステキよね!?）」…とても有名なこの一文ではじまる『枕草子』を書いた清少納言。光源氏という超イケメン☆が主人公の長編小説『源氏物語』の作者・紫式部。千年以上も前に生まれた彼女たちは, どのような人生を送り, これらの傑作をのこしたのでしょうか。清少納言と紫式部が, まるで, 21世紀によみがえったように語りかけてくる, 新しい感覚の伝記です！ 小学中級から。

『絵で見てわかるはじめての古典 3巻 枕草子』 田中貴子監修 学研教育出版, 学研マーケティング〔発売〕 2012.2 47p 30cm 〈文献あり〉 2500円 ⓘ978-4-05-500856-3 Ⓝ910.2

[目次] 『枕草子』は, こんな本, 『枕草子』が書かれた平安時代ってこんな時代, 『枕草子』を書いた清少納言ってこんな人, 原文にトライ！ 声に出して読んでみよう！ 1 春はあけぼの。やうやう〜, 原文にトライ！ 声に出して読んでみよう！ 2 夏は夜。月のころは〜, 原文にトライ！ 声に出して読んでみよう！ 3 秋は夕暮。夕日の〜, 原文にトライ！ 声に出して読んでみよう！ 4 冬はつとめて。雪の降りたるは〜, 清少納言研究1 わたしがかわいいと思うもの, 清少納言研究2 胸がドキドキ, わくわくするもの, 清少納言研究3 わたしがきらいなもの〔ほか〕

『マンガ枕草子―日本の古典を読もう！ 知ろう！』 中空朋美マンガ作画, 京都精華大学事業推進室編 京都 京都府文化環境部文化芸術室 2010.3 25p 21cm 〈平成21年度古典の日推進事業 解説執筆：伊井春樹ほか〉 Ⓝ914.3

『21世紀版少年少女古典文学館 第4巻 枕草子』 興津要, 小林保治, 津本信博編, 司馬遼太郎, 田辺聖子, 井上ひさし監修 清少納言原作, 大庭みな子著 講談社 2009.11 317p 20cm 1400円 ⓘ978-4-06-282754-6 Ⓝ918

[目次] 第1段 四季の美しさ―春はあけぼの, 第8段 中宮がお産のために―大進生昌が家に, 第9段 命婦のおとどという名のねこ―うえにさぶらう御ねこは, 第23段 清涼殿のはなやかさ―清涼殿の丑寅のすみの, 第24段 女の生き方―おいさきをく, 第25段 興ざめなものは―すさまじきもの, 第28段 いやな, にくらしいもの―にくきもの, 第29段 どきどきするもの―こころときめきするもの, 第30段 過ぎた日の恋しくなつかしいもの―すぎにしかた恋しきもの, 第36段 七月のある朝のこと―七月ばかりいみじうあつければ〔ほか〕

[内容] 『枕草子』は, 平安時代宮中に仕えた女房, 清少納言が書いた随筆である。日本の古典の中で「徒然草」とならんで最もすぐれた随筆文学とされている。宮中でのセンスあふれる会話や歌のやりとり, 宮廷人の遊びや男女のファッションなどをいろあざやかに

描いた段、現代的ともいえる女性感覚で切りとった自然や風物、そして、みずからの体験をふまえた恋愛模様、人間模様などをつづった段と内容はさまざまである。千年の時を経てなお読みつがれる魅力、それは人間の心を深く見すえる目と、四季や風物に対するたぐいまれな感受性にほかならない。

『枕草子　更級日記』　清少納言，菅原孝標女［原作］，大沼津代志文，河伯りょうイラスト　学習研究社　2008.2　195p　21cm　（超訳日本の古典 3　加藤康子監修）1300円　①978-4-05-202861-8　Ⓝ914.3
目次　枕草子（四季の美しさ，和歌にまつわる昔話，心ときめきするもの，わたしが好きな鳥の話，好きな花ランキング（草花編），「無名」という名の琵琶，ホトトギスの声を聞きに行って，楽しいお寺詣で，碁の対局，心もなきもの，大きい方がよいもの），更級日記（あこがれの都へ，都の生活，宮仕えから結婚へ，物詣での日々，晩年の日々）

『枕草子』　清少納言作，市毛勝雄監修，大木真智子やく　明治図書出版　2007.3　31p　21cm　（朝の読書日本の古典を楽しもう！　2）①978-4-18-329811-9　Ⓝ914.3

『思いやりあるやさしさ—古典入門絵本　枕草子』　［清少納言］［原著］，吉村光男著　文芸社　2007.1　81p　27cm　〈挿画：新井苑子　肖像あり〉　1600円　①4-286-01220-4　Ⓝ914.3
目次　手づくりのかわいい顔，かわいいこと，発見のよろこび，みつめること，よびかけのよろこび，小さいものはかわいい，小さいものを，明るい声ではっきりと，春はあけぼの，夏は夜〔ほか〕
内容　「春は曙」で始まる清少納言の『枕草子』は，「やさしさ」と「思いやり」の大切さを説いています。現代に生きる私たちにも多くのことを語りかける古典のやさしい現代語訳。

『枕草子』　清少納言［原作］，長尾剛文，若菜等,Ki絵　汐文社　2006.9　125p　27cm　（これなら読めるやさしい古典大型版）1600円　①4-8113-8111-4　Ⓝ914.3
目次　かわいらしいものアレコレ，なつかしい思い出をよび起こしてくれるものアレコレ，めったにないものアレコレ，虫のアレコレ，あせった思い出，もっともつらいこと，うれしいこと，おどろきのお耳，牛車にゆられて，牛車にゆられて・月明かりバージョン，美しい時刻，クラゲの骨，神仏に仕える人々のお気の毒さ，急にしらけてしまう時，定子さまと乳母さまとのお別れ，雪の日の思い出，定子さまと私との絆

『春はあけぼの』　清少納言文，たんじあきこ絵，斎藤孝編　ほるぷ出版　2005.12　1冊　22×22cm　（声にだすことばえほん）1200円　①4-593-56050-0
内容　清少納言の時代を超えた名文が，きれいでかわいい絵本になりました。声にだして読めば，とってもいい気分。

『大庭みな子の枕草子』　大庭みな子著　講談社　2001.10　300p　19cm　（シリーズ・古典 4）1300円　①4-06-254554-3
目次　四季の美しさ—春はあけぼの，中宮がお産のために—大進生昌が家に，命婦のおとどという名のねこ—うえにさぶらう御ねこは，清涼殿のはなやかさ—清涼殿の丑寅のすみの，女の生き方—おいさきなく，興ざめなものは—すさまじきもの，にくらしいもの—にくきもの，どきどきするもの—こころときめきするもの，過ぎた日の恋しくなつかしいもの—すぎにしかた恋しきもの，七月のある朝のこと—七月ばかりいみじうあつければ〔ほか〕
内容　第一線で活躍する作家が手がけた古典現代語訳シリーズ。少年少女古典文学館「枕草子」をもとに再編集。

『枕草子』　赤塚不二夫著　学習研究社　2001.7　191p　19cm　（赤塚不二夫の古典入門）700円　①4-05-401440-2
内容　ワテの愛する季節感どす，船の旅はあれこれおます，あこがれドキドキ宮仕え，中宮様は生涯の主人，宮廷花の紳士録，宮廷花の交遊録，ワテのセンスを知ってほしいワ，風変わりな宮廷紳士たち，清少納言は犬の涙を見た，世の中ワースト20清少納言選，かわいいものうれしいもの，清少納言のちょっぴり平安博物誌，清少納言のきつーい一言，枕草子覚え書き
内容　日本の代表的な古典が，まんがでらくらく読める。サワリの部分が現代語付きの原文で味わえるうえ，各章・各段の鑑賞のポ

イントや、重要語句や文法の解説もバッチリ。作者や作品についての資料も豊富で、学習にも役立つ。

『枕草子』　黒沢弘光著，蓬田やすひろ絵　ポプラ社　2001.4　157p　22cm　（21世紀によむ日本の古典 5）　1400円　Ⓘ4-591-06769-6,4-591-99376-0
  目次　春はあけぼの，ころは正月，大進生昌が家に，上にさぶらふ御猫は，すさまじきもの，にくきもの，心ときめきするもの，木の花は，鳥は，あてなるもの〔ほか〕

『枕草子』　清少納言著，長谷川孝士監修，柳川創造，水沢遥子シナリオ，まるやま佳漫画　新装版　学校図書　1998.1　143p　26cm　（コミックストーリー　わたしたちの古典 3）〈年表あり〉　905円　Ⓘ4-7625-0881-0
  目次　序章（第319段），春はあけぼの（第1段），うへにさぶらふ御猫は（第9段），虫は（第43段），ねたきもの（第95段），鳥は（第41段），はしたなきもの（第127段），うつくしきもの（第151段），宮にはじめてまゐりたるころ（第184段），野分のまたの日こそ（第200段），雪のいと高う降りたるを（第299段）〔ほか〕

『清少納言』　遠藤寛子著　講談社　1993.5　189p　18cm　（講談社 火の鳥伝記文庫 85）　490円　Ⓘ4-06-147585-1
  目次　1 少女の日，2 16さいの結婚，3 清少納言とよばれる，4 香炉峯の雪，5 ひろまる『枕草子』，6 悲劇のきさきとともに，7 その後の清少納言
  内容　平安時代の中ごろ、一条天皇の中宮定子に仕え、あこがれの宮中の暮らしや四季のうつりかわりなどをつづり、わが国初の随筆文学『枕草子』を完成させた清少納言の一生。

『枕草子』　清少納言原作，大庭みな子著，新井苑子絵　講談社　1991.12　325p　22cm　（少年少女古典文学館 第4巻）　1700円　Ⓘ4-06-250804-4
  内容　現代の有力文筆家たちが、いまの言葉でつづる日本の古典。したしみやすい現代文が古典の世界をいきいきと再現します。一度は読んでおきたい名作ぞろい。それも、おもしろい作品ばかりです。中学・高校の授業でとりあげるおもな作品は、ほと

んどカバーしています。古典の入門に、うってつけの全集です。

『枕草子』　森有子まんが　くもん出版　1991.4　159p　19cm　（くもんのまんが古典文学館）〈監修：平田喜信〉　980円　Ⓘ4-87576-592-4

『枕草子』　清少納言［著］，柳川創造シナリオ，まるやま佳漫画　改訂　学校図書　1991.3　143p　22cm　（コミックストーリー　わたしたちの古典 4）〈監修：長谷川孝士〉　1000円　Ⓘ4-7625-0845-4

◆方丈記

『ゆく河の流れは絶えずして』　鴨長明文，軽部武宏絵，斎藤孝編　ほるぷ出版　2007.9　1冊　22×22cm　（声にだすことばえほん）　1200円　Ⓘ978-4-593-56056-1
  内容　人々の心を支えた名文、「方丈記」の冒頭が絵本になりました。

『方丈記』　鴨長明作，市毛勝雄監修，長谷川祥子やく　明治図書出版　2007.3　34p　21cm　（朝の読書日本の古典を楽しもう！ 3）　Ⓘ978-4-18-329811-9　Ⓝ914.42

『方丈記』　鴨長明［原作］，長尾剛文，若菜等,Ki絵　汐文社　2006.12　131p　27cm　（これなら読めるやさしい古典 大型版）　1600円　Ⓘ4-8113-8113-0　Ⓝ914.42
  目次　ゆく河、都の無常、私が見た五つのふしぎ、近所付きあいのくるしみ、社会生活のくるしみ、隠者になる前の私、天涯孤独となってから、隠者生活の第一歩、人生最後の家「方丈」、日野での暮らし、自然のなかで生きて、独り暮らしのおだやかさ、貧しい生活のおだやかさ、自分だけの安らぎを求めて、これまでの自分をふりかえって、もう一人の自分との対話

◆徒然草

『絵で見てわかるはじめての古典　4巻　徒然草』　田中貴子監修　学研教育出版，学研マーケティング〔発売〕　2012.2　47p　30cm〈文献あり〉　2500円

Ⓘ978-4-05-500857-0　Ⓝ910.2
目次 『徒然草』は、こんな本，兼好法師が生きた鎌倉時代末期ってこんな時代，『徒然草』を書いた兼好法師ってこんな人，原文にトライ！ 声に出して読んでみよう！ 1 つれづれなるままに，～，『徒然草』仁和寺の法師，原文にトライ！ 声に出して読んでみよう！ 2 仁和寺にある法師，～，『徒然草』研究1 仁和寺の法師，うっかり事件，『徒然草』二つの矢，原文にトライ！ 声に出して読んでみよう！ 3 或人，弓射る事を習ふに，～，『徒然草』こま犬の向き〔ほか〕

『徒然草』　吉田兼好［原作］，長尾剛文，若菜等,Ki絵　汐文社　2006.11　127p　27cm　（これなら読めるやさしい古典 大型版）1600円　Ⓘ4-8113-8112-2　Ⓝ914.45
目次 木登り名人の話，双六名人の言葉，知らんことは人に聞け，無意識のなまけ心，妖怪「猫また」騒動，冬の初めのある日のこと，風流な友の思い出，伊勢の国から来た鬼，命令をよく聞く家来，わしの幼いころ，友人の選び方，昔の武士，大根のご利益，未来を見ぬく力，心の乱れを生む原因，語り合いの楽しみ

『徒然草―月夜と鬼のふえほか』　柴野民三編著，箕田源二郎画　新装改訂版　小峰書店　1998.2　219p　23cm　（はじめてであう日本の古典 10）1600円　Ⓘ4-338-14810-1,4-338-14800-4
目次 月夜と鬼のふえ―十訓抄，カニのおんがえし―古今著聞集，ふたりのぼうさん―沙石集，木のぼりの名人―徒然草

『徒然草』　吉田兼好著，長谷川孝士監修，柳川創造シナリオ，古城武司漫画　新装版　学校図書　1998.1　143p　26cm　（コミックストーリー わたしたちの古典 8）〈年表あり〉905円　Ⓘ4-7625-0887-X
目次 プロローグ（序段），世はさだめなきこそ…（第7段），おこりんぼ僧兵（第45段），きみは鬼を見たか（第20段），家のつくり方（第55段），ぼろぼろの話（第115段），友をえらぶなら（第117段），神無月のころ…（第11段），法師の石清水詣で（第52段），下部に酒飲まする事は（第87段）〔ほか〕

『徒然草』　バロン吉元著　中央公論社　1996.8　270p　19cm　（マンガ日本の古典 17）1262円　Ⓘ4-12-403295-1

『徒然草』　今道英治まんが　くもん出版　1991.6　159p　19cm　（くもんのまんが古典文学館）〈監修：平田喜信〉980円　Ⓘ4-87576-593-2
目次 兼好法師のとらわれのない目，『徒然草』に登場する場所，つれづれなるままに（僧侶たちの話，世間でひろったうわさ話，道をきわめた人たち，花はさかりに…），コラム 『徒然草』の世界から，解説（現代にもつうじる名随筆，遁世者，兼好法師，この本であつかった話，『徒然草』と無常観，兼好法師の生きた時代）

『徒然草』　兼好法師著，柳川創造シナリオ，古城武司漫画　改版　学校図書　1991.3　143p　22cm　（コミックストーリー わたしたちの古典 9）〈監修：長谷川孝士〉1000円　Ⓘ4-7625-0844-6
内容 中世の哲学を代表する随筆の傑作。

『月夜と鬼のふえ』　柴野民三著　新装版　小峰書店　1980.2　221p　23cm　（日本の古典童話 10）1200円　Ⓘ4-338-02610-3
目次 月夜と鬼のふえ―十訓抄，カニのおんがえし―古今著聞集，ふたりのぼうさん―沙石集，木のぼりの名人―徒然草

◆耳嚢

『ふるい怪談』　京極夏彦作，染谷みのる絵　KADOKAWA　2013.12　219p　18cm　（角川つばさ文庫 Aき2-2）〈「旧怪談」（メディアファクトリー 2007年刊）の改題，改訂〉640円　Ⓘ978-4-04-631374-4　Ⓝ913.6
目次 覚えてない，ただいま，ぽろぽろ，真っ黒，どすん，妻でも狐でも，遺言にするほど，見てました，正直者，つけたのは誰，誰が作った，何がしたい，どこに居た，寸分違わぬ，引いてみた，もう臭わない，なぜに虻，小さな指，可愛がるから，がしゃん，効き目，気のせい，百年の間，抜ける途中，血は出たけれど，別人，さわるな，とりかえし
内容 お侍のNさんがお化けを見た!?トイレの中に20年も入っていたIさん。家族の悩みを狐に相談する幽霊。猿にマッサージされたFさん。猫になってしまったSさんの奥さ

日記・紀行文学　　　　　　　　　　　　　　　　　　　　　日本の古典

ん。幽霊が作った団子。15日間、毎日化け物がやってきたIさんの家。夜に頭を叩きにくる大亀…。江戸時代に人々から聞き集めたふしぎな体験談を、今風にアレンジ！ちょっと怖くてかなり面白い、新しく書かれた、ふるい怪談！　小学上級から。

『旧（ふるい）怪談―耳袋より』　京極夏彦作　メディアファクトリー　2007.7　316p　18×13cm　（幽ブックス）　952円　Ⓘ978-4-8401-1879-8

目次　うずくまる―番町にて奇物に逢ふ事、覚えてない―獸の衣類等不分明事、ただいま―妖談の事、ほろほろ―貳拾年を經て歸りし者の事、真っ黒―外山屋舖怪談の事、どすん―戯場物爲怪死事、妻でも狐でも―霊氣狐を頼み過酒を止めし事、遺言にするほど―猫の怪異の事、見てました―摩魅不思議の事、正直者―鬼僕の事、つけたのは誰―不思議なしとも難申事、誰が作った―下女の幽霊主家へ来たりし事、何がしたい―怪竈の事、どこに居た―狐狸の為に狂死せし女の事、寸分違わぬ―河童の事、引いてみた―幽霊なきとも難申事、もう臭わない―藝州引馬妖怪の事、なぜに―蛇―人魂の事、小さな指―頭痛の神の事、可愛がるから―猫の怪の事、やや薄い―赤阪輿力の妻亡霊の事、あっちも―奇病の事、がしゃん―あすは川亀怪の事、座頭でないなら―不義に不義の禍ある事、効き目―貧窮神の事、プライド―義は命より重き事、気のせい―怪刀の事、もうすぐ―怪妊の事、百年の間―菊むしの事、於菊蟲再談の事、抜ける途中―人魂の起發を見し物語の事、血は出たけれど―上杉家明長屋怪異の事、別人―作佛祟の事、さわるな―神祟なきとも難申事、とりかえし―猫人に付きし事

内容　江戸時代に聞き集めた、怪しい話、奇妙な話。

## 日記・紀行文学

『きょうから日記を書いてみよう　1　古今の名作日記から学ぼう』　向後千春著、玉城あかね絵　汐文社　2004.2　101p　22cm　1600円　Ⓘ4-8113-7678-1　Ⓝ816.6

目次　その1　日本最初の日記文学『土佐日記』、その2　女の悲劇の一生を書く『かげろう日記』、その3　ハッピーエンドの恋日記『和泉式部日記』、その4　するどい観察力が光る『紫式部日記』、その5　夢に生きた人の日記『更級日記』、その6　世界一有名な少女『アンネの日記』

内容　千年以上もまえから、日本人は日記を書いていた。海外では、十代の少女が、世界でいちばん有名な日記を書いた。いまも昔も、たくさんの人に読まれてきた日記の数々…。そこには、どんなことが書かれているのか。そして、どんな思いがつまっているのか。さあ、いっしょに、名作とよばれる日記をのぞいてみよう。

『土佐日記　更級日記』　森山京著、小林豊絵　ポプラ社　2001.4　213p　22cm　（21世紀によむ日本の古典　4）　1400円　Ⓘ4-591-06768-8,4-591-99376-0

目次　土佐日記（日記のなりたち、門出、船出の日、船上の正月、船唄　ほか）、更級日記（出立、乳母との別れ、竹芝寺、足柄山、富士川　ほか）

『和泉式部日記』　いがらしゆみこ著　中央公論社　1997.5　270p　19cm　（マンガ日本の古典　6）　1262円　Ⓘ4-12-403284-6

『とはずがたり』　いがらしゆみこ著　中央公論社　1995.5　270p　19cm　（マンガ日本の古典　13）　1262円　Ⓘ4-12-403291-9

内容　鎌倉中期の宮廷を舞台に二条の愛の遍歴を描く。

『秋山記行』　駒込幸典ほか編　長野　信濃教育会出版部　1993.8　169p　22cm　（現代口語訳信濃古典読み物叢書　第8巻）〈監修・指導：滝沢貞夫　叢書の編者：信州大学教育学部附属長野中学校創立五十周年記念事業編集委員会〉　1000円　Ⓘ4-7839-1031-6

『富岡日記』　駒込幸典ほか編　長野　信濃教育会出版部　1991.4　180p　22cm　（現代口語訳信濃古典読み物叢書　第2巻）〈監修・指導：滝沢貞夫　叢書の編者：信州大学教育学部附属長野中学校創

立記念事業編集委員会〉1000円 ⓘ4-7839-1025-1

『菅江真澄の信濃の旅』 駒込幸典ほか編 長野 信濃教育会出版部 1990.6 165p 22cm （現代口語訳信濃古典読み物叢書 第6巻）〈監修・指導：滝沢貞夫 叢書の編者：信州大学教育学部附属長野中学校創立記念事業編集委員会〉1000円 ⓘ4-7839-1029-4

『富岡日記』 信州大学教育学部附属長野中学校創立記念事業編集委員会編 長野 信濃教育会出版部 1987.12 180p 22cm （現代口語訳信濃古典読み物叢書 第2巻）980円

◆土佐日記

『土佐日記』 紀貫之作，市毛勝雄監修，西山悦子やく 明治図書出版 2007.3 32p 21cm （朝の読書日本の古典を楽しもう！ 4）ⓘ978-4-18-329811-9 Ⓝ915.32

◆更級日記

『更級日記』［菅原孝標女］［原著］，平塚武二文，竹山博絵 童心社 2009.2 197p 20cm （これだけは読みたいわたしの古典）〈シリーズの監修者：西尾実〉2000円 ⓘ978-4-494-01977-9, 978-4-494-07167-8 Ⓝ915.36

目次 わたくしの父，おさないねがい，いまたち，竹芝の昔話，足柄山，富士川，京の都へ，都のくらし，かわいい子ねこ，ひっこした家，父との分かれ，父のいないくらし，宮づかえ，おそいおよめいり，初瀬まいり，夫とのくらし，和泉への旅，夫の死，さらしなの里

『枕草子　更級日記』 清少納言，菅原孝標女［原作］，大沼津代志文，河伯りょうイラスト 学習研究社 2008.2 195p 21cm （超訳日本の古典 3 加藤康子監修）1300円 ⓘ978-4-05-202861-8 Ⓝ914.3

目次 枕草子（四季の美しさ，和歌にまつわる昔話，心ときめきするもの，わたしが好きな鳥の話，好きな花ランキング（草花編），「無名」という名の琵琶，ホトトギスの声を聞きに行って，楽しいお寺詣で，碁の対局，心もとなきもの，大きい方がよいもの），更級日記（あこがれの都へ，都の生活，宮仕えから結婚へ，物詣での日々，晩年の日々）

『更級日記』 晃月秋実まんが くもん出版 1993.11 159p 20cm （くもんのまんが古典文学館）〈監修：平田喜信〉1200円 ⓘ4-87576-723-4

目次 物語にあこがれ続けた少女，『更級日記』の旅の地図，コラム 『更級日記』の世界から，解説（作者とその家族，『更級日記』の成立背景，平安時代の日記文学，『更級日記』と『源氏物語』，当時の旅行のようす）

## 絵巻物

『おばけにょうぼう』 内田麟太郎文，町田尚子絵 イースト・プレス 2013.4 1冊 22×26cm 1300円 ⓘ978-4-7816-0986-7

内容 絵巻物「化物婚礼絵巻」の世界がユーモラスでちょっと怖い絵本になりました。おばけだって結婚したい。

『空とぶ鉢―国宝信貴山縁起絵巻より』 寮美千子文 長崎出版 2012.5 1冊（ページ付なし）21×21cm （やまと絵本）1500円 ⓘ978-4-86095-491-8 Ⓝ726.6

『田沢湖のむかしばなし―鳩留尊仏菩薩縁起より』 まつださちこ著 横手 イズミヤ出版 2007.3 47p 15×21cm （希望 3）1600円 ⓘ978-4-9902960-5-6 Ⓝ388.124

目次 大滝丸と坂上田村麻呂，亀鶴（辰子），南祖坊の千歳杉，八郎太郎伝説，阿梨須祁と奈伊須祁，アメマス落とし，納経杉，鬼婆，おばこ伝説，金剛院のおじぞう様，カッパ淵伝説，浮木明神（大沢），ビッキ石（蛙石），「山の湖」今昔物語，よみがえれ湖，鳩留尊仏について

◆東大寺大仏縁起絵巻

『祈りのちから―東大寺大仏縁起絵巻よ

り』　寮美千子文　長崎出版　2013.11
1冊　22×22cm　（やまと絵本）　1600円
Ⓘ978-4-86095-576-2

『生まれかわり―東大寺大仏縁起絵巻より』　寮美千子文　長崎出版　2012.8　1冊　22×22cm　（やまと絵本）　1600円
Ⓘ978-4-86095-519-9

◆稲生物怪録

『ぼくはへいたろう―「稲生物怪録」より』　小沢正文，宇野亜喜良絵　ビリケン出版　2002.8　1冊　26×22cm　1600円　Ⓘ4-939029-21-2

『江戸のホラー―稲生物怪録』　志村有弘文，加藤英夫絵　勉誠社　1997.1　141p　22cm　（親子で楽しむ歴史と古典 20）　1545円　Ⓘ4-585-09021-5
|目次| 稲生平太郎と三ツ井権八，百物語，稲生屋敷物怪のはじまり，大地震，物怪のうわさ，脇差が飛ぶ，すりこぎの手，すす払い，灯火，はねわな〔ほか〕
|内容| 老女の首，飛ぶ刀，少年を襲う妖怪の数々。江戸の妖怪，稲生物怪録。

『うさたろうのばけもの日記』　せなけいこ著　童心社　1995.12　1冊　21×19cm　1200円　Ⓘ4-494-00441-3
|内容| 本書のもとのはなしは江戸時代にかかれた「稲生物怪録」。それをちいさいかたにもわかりやすいようにかきなおした。

## 詩歌

『詩のえほん』　坪内稔典監修　くもん出版　2013.12　63p　31cm　（絵といっしょに読む国語の絵本 3）　1800円
Ⓘ978-4-7743-2195-0　Ⓝ911.5
|内容| 絵を見ながら，「詩」を，たのしく音読。いま教育現場では，わが国の言語文化に触れて，感性・情緒をはぐくむことが重要視されています。その素材として，時代をこえて受け継がれてきた「俳句・俳諧」「和歌・短歌」「詩」「漢詩・漢文」「古典」などが取り上げられ，リズムを感じながら，音読や暗唱を繰り返すなかで，子どもたちは豊かな感受性をはぐくんでいきます。そして，その手助けとなるのが，情景を思い浮かべやすい，すてきなイラスト。本書は，絵を見ながら，「詩」を，たのしく音読・暗唱をするために制作されました。

『こころをゆさぶる言葉たちよ。』　島崎藤村，与謝野晶子，高村光太郎，山村暮鳥，竹久夢二，北原白秋，石川啄木，萩原朔太郎，室生犀星，百田宗治，宮沢賢治，八木重吉，小熊秀雄，中原中也，草野天平，新美南吉，立原道造，竹内浩三，大関松三郎作　くもん出版　2013.11　155p　20cm　（読書がたのしくなるニッポンの文学―詩）〈他言語標題：Words That Touch Our Heart and Soul〉　1200円　Ⓘ978-4-7743-2182-0　Ⓝ911.568
|目次| 島崎藤村，与謝野晶子，高村光太郎，山村暮鳥，竹久夢二，北原白秋，石川啄木，萩原朔太郎，室生犀星，百田宗治，宮沢賢治，八木重吉，小熊秀雄，中原中也，草野心平，新美南吉，立原道造，竹内浩三，大関松三郎
|内容| 詩人たちが，残したもの―。それは，喜び，悲しみ，愛，怒り…。わからなくたって，いい。今，目の前にある“言葉”を，心のままに感じてみよう。十代のキミへ。

『八木重吉のことば―こころよ，では行っておいで』　沢村修治編・著，よこてけいこ絵　理論社　2013.8　191p　19cm　1600円　Ⓘ978-4-652-20019-3
|目次| あのころ，こころよ，草にすわって，ひとすじに，かなしかった，ふしぎがあったら，おかあさん，よい顔になあれ，花がふってくる，おやすみ，ひとつきりのみち　八木重吉の生涯
|内容| せつなく，だけど楽しい，星のような世界。かなしみと孤独のなかで，重吉がつかんだ透明なこころとは。

『国語であそぼう！　5　百人一首・短歌・俳句』　佐々木瑞枝監修　天野慶文　ポプラ社　2013.4　127p　23cm　2000円　Ⓘ978-4-591-13259-3,978-4-591-91340-6　Ⓝ810

『俳句・短歌・百人一首―きみの日本語，だいじょうぶ？』　山口理著　偕成社

2013.4　207p　22cm　（国語おもしろ発見クラブ）〈文献あり　索引あり〉　1500円　Ⓘ978-4-03-629880-8　Ⓝ911.3
目次 俳句（季節を感じてみよう，代表的な俳人の句），短歌（古典の短歌，近代の短歌，現代の短歌），百人一首
内容 日本の詩のなかで，とくに短い俳句と短歌。俳句は十七音，短歌は三十一音。たったそれだけの文字なのに，そこに描かれる世界は，奥深い。そんな俳句や歌の魅力を，この一冊で発見しよう。小学校中学年から。

『想いが届くあの人のことば　3　心であじわう詩・和歌─俵万智　相田みつを　金子みすゞ　与謝野晶子他』　押谷由夫監修　学研教育出版，学研マーケティング〔発売〕　2013.2　47p　29cm〈文献あり〉　2800円　Ⓘ978-4-05-501011-5　Ⓝ159
目次 巻頭インタビュー　石津ちひろ "シンプルなことばで，明日への希望を力強く表した詩"「あしたのあたしはあたらしいあたし」，1　俵万智「「寒いね」と話しかければ「寒いね」と答える人のいるあたたかさ」，2　相田みつを「しあわせはいつもじぶんのこころがきめる」，3　柴田トヨ「ねぇ不幸だなんて溜息をつかないで」，4　小野小町「花の色は移りにけりないたづらにわが身世にふるながめせしまに」，つくってみよう思いを伝える短歌，5　金子みすゞ「「ごめんね」っていうと「ごめんね」っていう。」，6　坂村真民「二度とない人生だから戦争のない世の実現に努力しそういう詩を一篇でも多く作ってゆこう」，7　与謝野晶子「あゝをとうとよ，君を泣く，君死にたまふことなかれ」，8　石川啄木「ふるさとの山に向ひて言ふことなしふるさとの山はありがたきかな」，9　山田かまち「おまえは生きることを生きろ。」

『書きかたがわかるはじめての文章レッスン　5　俳句・短歌』　金田一秀穂監修　学研教育出版，学研マーケティング〔発売〕　2013.2　47p　29cm　3000円　Ⓘ978-4-05-500987-4　Ⓝ816
目次 俳句の基本を知ろう（表現の工夫を知ろう，作るステップを知ろう，俳句を作ってみよう，有名な俳句に親しもう），短歌の基本を知ろう（作るステップを知ろう，短歌を作ってみよう，有名な短歌に親しもう），金田一先生の短歌ワールド

『考えを伝える随筆を書く物語を書く詩を書く短歌・俳句を作る』　髙木まさき，森山卓郎監修，青山由紀，岸田薫編　光村教育図書　2013.2　63p　27cm　（光村の国語彙を広げる！　書いて，話して，伝わることば　3）　3200円　Ⓘ978-4-89572-796-9　Ⓝ814

『声に出そう四季の短歌・俳句　4　冬のうた』　岩越豊雄編著，鴨下潤絵　汐文社　2013.2　47p　21×22cm　2200円　Ⓘ978-4-8113-8917-2　Ⓝ911.104
目次 銀杏散る（安住敦），金色のちひさき鳥の（与謝野晶子），焚くほどは（小林一茶），月よみの光を待ちて（良寛），旅人と（松尾芭蕉），幾山河越えさり行かば（若山牧水），朝霜や（小林一茶），旅人の宿りせむ野に（遣唐使随員の母），元朝の（宗鑑），田児の浦ゆうち出でてみれば（山部赤人）〔ほか〕

『声に出そう四季の短歌・俳句　3　秋のうた』　岩越豊雄編著，鴨下潤絵　汐文社　2013.1　47p　21×22cm　2200円　Ⓘ978-4-8113-8916-5　Ⓝ911.104
目次 あかあかと（松尾芭蕉），秋来ぬと目にはさやかに（藤原敏行），お地蔵や（小林一茶），秋さらば見つつ思へと（大伴家持），名月を（小林一茶），あかあかやあかあかあかや（明恵上人），赤蜻蛉（正岡子規），ゆく秋の大和の国の（佐佐木信綱），美しき稲の（斎部路通），さしのぼる朝日のごとく（明治天皇）〔ほか〕

『声に出そう四季の短歌・俳句　2　夏のうた』　岩越豊雄編著，鴨下潤絵　汐文社　2012.11　47p　21×22cm　2200円　Ⓘ978-4-8113-8915-8　Ⓝ911.104
目次 卯の花の（与謝蕪村）・春過ぎて夏来たるらし（持統天皇），あらたふと（松尾芭蕉）・やはらかに柳あおめる（石川啄木），田一枚（松尾芭蕉）・道のべに清水ながるる（西行法師），五月雨を（松尾芭蕉）・広き野をながれゆけども（昭和天皇），大仏の（小林一茶）・鎌倉や御仏なれど（与謝野晶子），草の葉を（松尾芭蕉）・ものおもへば沢の蛍も（和泉式部），美しや（小林一茶）・彦星の妻迎え舟（山上憶良），朝顔に（加賀千代）・たのしみは朝（橘曙覧），雑草に（篠田悌二郎）・向日葵は金の油を（前田夕暮），閑かさや（松尾芭蕉）・夕づく日さすや（藤原忠良）

『声に出そう四季の短歌・俳句　1　春の

詩歌　　　　　　　　　　　　　　　　　　　　　　　　　日本の古典

『うた』　岩越豊雄編著，鴨下潤絵　汐文社　2012.11　47p　21×22cm　2200円　①978-4-8113-8914-1　Ⓝ911.104
目次　雪とける（小林一茶），うすくこき野べの（宮内卿），雪とけて（小林一茶），石ばしる垂水の（志貴皇子），梅一輪（服部嵐雪），我が園に梅の（大伴旅人），桃柳（釈蝶夢），春の苑紅にほふ（大伴家持），菜の花や（与謝蕪村），東の野に（柿本人麻呂）〔ほか〕

『楽しく学べる川柳＆俳句づくりワークシート』　中村健一著　名古屋　黎明書房　2012.9　77p　26cm　1700円　①978-4-654-01880-2
目次　まずは楽しく！五・七・五―川柳編（昨日の出来事を川柳にしよう，Q&A川柳―先生と編，Q&A川柳―友達と編，文章を川柳にしてみよう　ほか，季語を加えて！五・七・五―俳句編（今年一年の意気込みを俳句にしよう，好きな季節はいつですか，写真俳句をつくろう，「とりあわせ」で自己紹介俳句をつくろう　ほか
内容　季語のいらない川柳づくりで五七五のリズムに慣れてから，俳句づくりをはじめます。川柳と俳句のワークシートは徐々に難易度が上がるように並べてありますので，子どもたちのレベルに合わせて使用できます。子どもたちがつくった作品を，子どもたち自身で楽しく鑑賞し合える「教室流・簡単句会」のやり方やコツも紹介。

『斎藤孝の親子で読む詩・俳句・短歌・童謡　5・6年生』　斎藤孝著　ポプラ社　2012.3　142p　22cm　（斎藤孝の親子で読む詩・俳句・短歌・古典 3）　1000円　①978-4-591-12790-2　Ⓝ911.08
目次　詩（耳（ジャン・コクトー），シャボン玉（ジャン・コクトー）　ほか），童謡・唱歌（早春賦（吉丸一昌），夏は来ぬ（佐佐木信綱）　ほか），漢詩（春暁（孟浩然），春夜（蘇軾）　ほか），俳句・短歌（むめ一輪一りんほどの…（服部嵐雪），目には青葉山ほとゝぎす…（山口素堂）　ほか）
内容　この巻では，おとながあじわうような詩や俳句・短歌を集めました。ほかにも漢詩という，中国の詩を紹介しています。

『斎藤孝の親子で読む詩・俳句・短歌・童謡　3・4年生』　斎藤孝著　ポプラ社　2012.3　134p　22cm　（斎藤孝の親子で読む詩・俳句・古典 2）　1000円　①978-4-591-12789-6　Ⓝ911.08
目次　詩（わたしと小鳥とすずと（金子みすゞ），ふしぎ（金子みすゞ），春のうた（草野心平）　ほか），童謡・唱歌（朧月夜（高野辰之），花（武島羽衣），春の海終日…（与謝蕪村）　ほか），俳句・短歌（雪とけて村一ぱい…（小林一茶），外にも出よ触るる…（中村汀女），ひっぱれる糸まつすぐや…（高野素十）　ほか）
内容　この巻では，俳句・短歌をたくさん紹介しました。気にいったものがあったら，何回も読んでおぼえてください。

『斎藤孝の親子で読む詩・俳句・短歌・童謡　1・2年生』　斎藤孝著　ポプラ社　2012.3　134p　22cm　（斎藤孝の親子で読む詩・俳句・短歌・古典 1）　1000円　①978-4-591-12788-9　Ⓝ911.08
目次　詩（たんぽぽ（川崎洋），おさるがふねをかきました（まど・みちお），いちばんほし（まど・みちお）　ほか），童謡・唱歌（大漁（金子みすゞ），かごめかごめ，通りゃんせ　ほか），やさしい俳句・短歌（古池や蛙…（松尾芭蕉），やれ打つな蝿が…（小林一茶），菜の花や月は…（与謝蕪村）　ほか）
内容　詩や俳句・短歌のなかから，おもしろくて心にのこるものをえらんでいます。1・2年生の場合は，ことばにであうこともたいせつです。いろいろな詩を，リズムをつけてうたうような感じで音読してみてください。

『ピカピカ名詩―こころをピカピカにする，親子で読みたい美しいことば』　斎藤孝著　パイインターナショナル　2011.11　63p　25cm　〈絵：大塚いちお　写真：アマナイメージズ　年表あり〉　1600円　①978-4-7562-4155-9　Ⓝ911.568
目次　ピカピカの心になろう！（わたしと小鳥とすずと（金子みすゞ），朝のリレー（谷川俊太郎），心よ（八木重吉）　ほか），自然や生き物が大好き！（おれはかまきり（かまきりりゅうじ），星とたんぽぽ（金子みすゞ），アリ（まど・みちお）　ほか），ことばを楽しもう！（風景―純銀モザイク（山村暮鳥），こだまでしょうか（金子みすゞ），かんがえごと（こねずみしゅん）　ほか）
内容　感情をゆたかにする約30の詩を，わかりやすく解説。

『親子で楽しむ短歌・俳句塾』　岩越豊雄

『日本は這入り口から…しき嶋のやまとごころを…, ぶらんこや桜の花を…久方の光のどけき…, 野道行けばげんげの束の…霞立つ長き春日を…, 今来たと顔を並べる…燕来る時になりぬと…, あらたふと青葉若葉の…やはらかに柳あをめる…, 雲雀より空にやすらふ…うらうらに照れる春日に…, 春の海終日のたり…大海の磯もとどろに…, 春雨や蓬をのばす…くれないの二尺のびたる…, 卯の花のこぼるる蕗の…春過ぎて夏来るらし…, 五月雨をあつめて早し…広き野をながれゆけども…〔ほか〕

内容 万葉集, 古今和歌集, 松尾芭蕉, 小林一茶, 良寛, 明治天皇, 正岡子規, 与謝野晶子…豊かな心を育てる名歌・名句100選。

『光村の国語はじめて出会う古典作品集 2 万葉集・古今和歌集・新古今和歌集・百人一首・短歌・俳句』 青山由紀, 甲斐利恵子, 邑上裕子編, 河添房江, 高木まさき監修 光村教育図書 2010.2 111p 27cm〈文献あり 年表あり 索引あり〉3500円 ⓘ978-4-89572-757-0 Ⓝ918

目次 万葉集, 古今和歌集・新古今和歌集, 百人一首, 江戸俳句・和歌, 近代・現代短歌, 近代・現代俳句

『子供と声を出して読みたい美しい日本の詩歌』 土屋秀宇著 致知出版社 2009.2 205p 18cm 1300円 ⓘ978-4-88474-842-5 Ⓝ911.08

目次 1 新年を祝う―年の始め, 2 四季を生きる(1)―成長の時, 3 四季を生きる(2)―充実の時, 4 求めて歩く, 5 真実を見つめる, 6 国を想う

『光村の国語わかる、伝わる、古典のこころ 2 短歌・俳句・近代詩・漢詩を楽しむ18のアイデア』 工藤直子, 高木まさき監修, 青山由紀, 小瀬村良美, 岸田薫編 光村教育図書 2009.1 63p 27×22cm 3200円 ⓘ978-4-89572-744-0

目次 百人一首, 三大歌集, 近代短歌, おくのほそ道, 江戸俳諧, 近代俳句, 近代詩, 童謡・唱歌, 漢詩

内容 日本の伝統的な言葉の文化を伝える作品を楽しみながら、より深く味わうため18のアイデアを紹介。

『「暗唱・五色百人一首・視写」指導』 椿原正和監修, 吉岡勝著 明治図書出版 2008.12 140p 21cm (向山型国語微細技術 5) 1860円 ⓘ978-4-18-354510-7

目次 1 暗唱指導(パーツ1・暗唱指導, 基本システム1・暗唱指導, 暗唱指導10の原則, 微細技術(個別対応技術)1・暗唱指導), 2 五色百人一首(パーツ2・五色百人一首, 基本システム2・五色百人一首指導, 五色百人一首指導10の原則, 微細技術(個別対応技術)2・五色百人一首指導), 3 うつしまるくん(パーツ3・うつしまるくん, 基本システム3・視写(うつしまるくん)指導, 視写(うつしまるくん)指導10の原則, 微細技術(個別対応技術)3・視写指導)

『まんがで学ぶ俳句・短歌』 白石範孝著, やまねあつしまんが 国土社 2008.4 111p 22cm 1500円 ⓘ978-4-337-21505-4 Ⓝ911.307

目次 俳句の巻(俳句ってなあに?, 俳句のきまり, 俳句を味わう, 俳句を作ろう), 短歌の巻(短歌ってなあに?, 短歌のきまり, 短歌を味わう, 短歌を作ろう)

『短歌・俳句―季語辞典』 中村幸弘, 藤井圀彦監修 ポプラ社 2008.3 227p 29cm (ポプラディア情報館) 6800円 ⓘ978-4-591-10088-2,978-4-591-99950-9 Ⓝ911.07

目次 第1章 短歌(短歌って何?, 近・現代短歌―作者と作品, 万葉集―作者と作品, 古今和歌集―作者と作品, 新古今和歌集―作者と作品, 江戸時代の和歌―作者と作品, 枕詞一覧, 小倉百人一首), 第2章 俳句(俳句って何?, 俳諧・俳句の歴史, 俳句の作り方, 川柳の世界, 近・現代俳句―作者と作品, 江戸時代―作者と作品), 第3章 季語辞典

内容 教科書に出てくるものを中心に、短歌・俳句の有名作品を多数収録。収録作品は、古典から現代作家の作品まで、幅広く集めました。俳句に使う約500の季語を五十音順に配列し、豊富な写真とともに解説。わかりやすい例句をつけました。作品は五十音順に、季語は季節別に探せる便利なさくいんつき。

『考える力をのばす! 読解力アップゲーム 3(詩・短歌・俳句編)』 青山由紀

監修　学習研究社　2008.2　47p　27cm　2800円　Ⓘ978-4-05-202901-1　Ⓝ810.7
[目次]詩(読んで遊ぼう！回数かぞえゲーム―意味を聞き分けられる!?回数かぞえゲーム，リズムに乗って音読ゲーム―手足を使って音読ゲーム　ほか)，短歌(何がかくれている？かくれんぼ短歌―チーム対抗！かくれんぼ短歌ゲーム，まちがい探し短歌ゲーム―何がちがう？　まちがい探しゲーム　ほか)，ことば遊び俳句(五・七・五でしりとりゲーム―しりとり俳句ラリー，わたしはだれ？五・七・五ゲーム―つくって遊ぼう！わたしはだれ？ゲーム　ほか)，俳句(季語・季節ペア探しゲーム，何が入る？虫食い俳句ゲーム―虫食い俳句選手権ゲーム)

『イメージ力を高める俳句・川柳の指導』
瀬川栄志監修，増田公代編著　明治図書出版　2007.3　145p　26cm　(国語力をつけるワークの開発　No.8)　2500円　Ⓘ978-4-18-374514-9
[目次]第1章　イメージ力で価値ある言語行動を身につける(イメージ力と国語学力の向上，イメージ力が定着する基礎的技能・基本的能力・統合発信力の分析と系統化，イメージ力を培う基礎・基本系統表，イメージ力が定着する学習スキルの開発，ステップ学習の系統表)，第2章　低学年のステップワーク(イメージ力を高める一年生のワーク，イメージ力を高める二年生のワーク)，第3章　中学年のステップワーク(イメージ力を高める三年生のワーク，イメージ力を高める四年生のワーク)，第4章　高学年のステップワーク(イメージ力を高める五年生のワーク，イメージ力を高める六年生のワーク)，第5章　イメージ力が生きて働く統合学習(低学年　生活科「身近な生き物・草花，みつけた」，六年生　図工から統合へ「平和のメッセージポスター」づくり)
[内容]子どもたちのイメージをことばにする力，形にする力を身につけるために，教師がどのような手立てを考えていったらよいのか，わかりやすくステップを踏んで進めていくワーク集。

『おーいぽぽんた』　茨木のり子，大岡信，川崎洋，岸田衿子，谷川俊太郎編，柚木沙弥郎画　福音館書店　2006.12　192p　24×17cm　(声で読む日本の詩歌　166)〈第10刷〉1200円　Ⓘ4-8340-1734-2
[内容]詩と短歌と俳句166篇。『万葉集』から現代詩まで。

『おーいぽぽんた―俳句短歌鑑賞』　大岡信著，柚木沙弥郎画　福音館書店　2006.12　105p　24×17cm　(声で読む日本の詩歌　166)〈第10刷〉1200円　Ⓘ4-8340-1735-9

『詩の授業で「人間」を教える』　西郷竹彦著，足立悦男，藤井和寿解説　明治図書出版　2006.3　209p　21cm　(西郷竹彦実験授業)　2400円　Ⓘ4-18-313826-4
[目次]1「人間」を教える詩の授業(国語教育で，今もとめられているもの，文芸とは何か，教育とは何か，この詩の授業記録から何を読むか)，2　詩の授業で「人間」を教える(工藤直子「はきはき」の授業，高田敏子「白い馬」の授業，原田直友「村の人口」の授業　ほか)，3　西郷実験授業から学ぶもの(ユーモアあふれる授業から学ぶ，人間観を教えることから学ぶ，典型化の指導から学ぶ　ほか)

『詩を読む学習　導入詩から群読まで』　梅田芳樹著　学事出版　2006.1　62p　21cm　(学事ブックレット　国語セレクト　1)　900円　Ⓘ4-7619-1147-6
[目次]1　詩の学習での授業開き(1年生の詩の授業「はる」，2年生の詩の授業「たんぽぽ」，3年生の詩の授業「わかば」，4年生の詩の授業「かがやき」　ほか)，2　詩のボクシングを取り入れた群読の授業(学校で行われる群読とは，群読の授業ベーシック，詩のボクシングの授業にいたるまで，詩のボクシングを取り入れた授業　ほか)

『星の林に月の船―声で楽しむ和歌・俳句』　大岡信編　岩波書店　2005.6　222,7p　18cm　(岩波少年文庫　131)　640円　Ⓘ4-00-114131-0　Ⓝ911.04
[目次]星の林に月の船―『万葉集』から，都ぞ春の錦なりける―『古今和歌集』『新古今和歌集』から，舞へ舞へかたつぶり―中世の詩歌，鼠のなめる隅田川―江戸の詩歌，柿くへば鐘が鳴るなり―明治以降の詩歌
[内容]何度も口ずさんで，五七調のリズムのよさ，ことばのひびきを楽しもう。時代をこえて脈々とうたいつがれてきた和歌や俳句。季節やくらしを題材にした美しい表現やユーモラスな感受性の宝庫から，194作を選びました。小学5・6年以上。

『朝焼小焼だゆあーんゆよーん―近代詩

日本の古典　　　　　　　　　　　　　　　　　　　　　　　　　　　　　　　　　詩歌

斎藤孝編著，田中健太郎絵　草思社　2004.12　1冊（ページ付なし）21×23cm　（声に出して読みたい日本語　子ども版 4）　1000円　ⓘ4-7942-1369-7　Ⓝ911.56
内容　金子みすゞ「大漁」、中原中也「汚れつちまつた悲しみに」から萩原朔太郎「竹」、高村光太郎「道程」などまで。

『ねこ古典ぱん』　雨田光弘絵，ティモシー・ハリス英訳　改訂版　あ・り・す，オクターブ〔発売〕　2004.7　30p　23×30cm〈本文：日英両文，付属資料：CD1，第2刷〉2762円　ⓘ4-900362-03-4
内容　愉快な墨絵の猫の絵本。チェリストでもある雨田光弘描くクラシック音楽を弾く猫たちに、日本の古典の歌や俳句を添えた、しゃれた大人の絵本。

『詩を朗読してみよう』　松丸春生編著，井上ひいろ絵　汐文社　2004.3　79p　22cm　（朗読って楽しい 1）　1600円　ⓘ4-8113-7840-7　Ⓝ809.4
目次　風（クリスティーナ・ロセッティ），みち（谷川俊太郎），雲のこども（金子みすゞ），私と小鳥と鈴と（金子みすゞ），竹（萩原朔太郎），蝸牛（新美南吉），雨ニモマケズ（宮沢賢治），たきび（巽聖歌），夕日がせなかをおしてくる（阪田寛夫），お祭（北原白秋），イマジン（ジョン・レノン／山本安見訳），牛（高村光太郎）

『日本語を楽しもう』　永井順国監修，石田繁美編　ポプラ社　2003.4　47p　29cm　（伝統文化で体験学習 1）　2950円　ⓘ4-591-07562-1,4-591-99491-0　Ⓝ810
目次　熟語で体験学習（熟語ってなんだろう，熟語で作文づくり　ほか），短歌で体験学習（短歌をつくって，パソコンで絵をつけよう，短歌のひみつ），俳句で体験学習（「北小岩タイム」で俳句づくり，俳句で思い出を残そう　ほか），方言で体験学習（方言プロジェクト，全国多地点方言交流　ほか）
内容　この巻では、もうすでに日本語の伝統文化に取り組んでいる、小学生の体験学習を中心に、日本語のすばらしさを伝えていきます。

『おーいぽぽんた』　茨木のり子，大岡信，川崎洋，岸田衿子，谷川俊太郎編，柚木沙弥郎画　福音館書店　2001.4　2冊　24×16cm　（声で読む日本の詩歌 166）　2400円　ⓘ4-8340-3469-0
目次　詩（豚（八木重吉），たんぽぽ（川崎洋），おれはかまきり（工藤直子）　ほか），俳句（雪とけて（小林一茶），水鳥や（広瀬惟然），猫の子に（椎本才麿）　ほか），短歌（石ばしる（志貴皇子），ひむがしの（柿本人麻呂），あまの原（安部仲麻呂）　ほか），俳句・短歌鑑賞
内容　本書には、私たちの国の詩一六六篇がのっています。短歌も俳句も自由詩も、千数百年前の詩も、新しい詩もあります。どれも、皆さんにおぼえて、口ずさんでほしい詩です。小学生向き。

『和歌・俳句と百人一首』　井関義久監修　学習研究社　2001.2　64p　27cm　（国語っておもしろい 6）　2500円　ⓘ4-05-201379-4,4-05-810615-8
目次　和歌って何？（柿本人麻呂，山部赤人，山上憶良　ほか），俳句って何？（松尾芭蕉，与謝蕪村，小林一茶　ほか），川柳って何？，百人一首って何？

『俳句・短歌がわかる』　小学館　1997.11　187p　19cm　（ドラえもんの学習シリーズ—ドラえもんの国語おもしろ攻略）〈指導：久保田淳〉760円　ⓘ4-09-253164-8
目次　俳句（俳句の歴史とことばのきまり，四季の俳句，季語のいろいろ），短歌（和歌・百人一首・短歌の歴史，テーマ別短歌のいろいろ，短歌のテクニック）
内容　俳句も短歌も、みなさんに味わってほしいものを各々十ずつ厳選。昔の作家から現在の作家まで、大切なものを掲載。それぞれの解説のほかに、主な作者の生活も紹介。俳句と短歌の時代の流れやテクニックも少しずつ解説。作家名さくいんやあいうえお順さくいん、俳句は四季別さくいん、短歌はテーマ別さくいんをつけた。

『小学国語新しい詩・短歌・俳句の解き方』　桐杏学園編　新装版　桐杏学園　1997.9　194p　26cm　1500円　ⓘ4-88681-101-9

『中学受験国語要点ランク順俳句・短歌・詩152』　学研編　学習研究社　1997.2　175p　15cm　700円　ⓘ4-05-300441-1

『短歌・俳句・川柳が大すき』 宮崎楯昭著　岩崎書店　1997.1　127p　22cm　（まるごとわかる国語シリーズ 6）　2266円　Ⓣ4-265-06226-1,4-265-10126-7
[目次] 1 短歌を読もう、つくろう，2 俳句を読もう、つくろう，3 川柳を読もう、つくろう

『信濃の詩歌 2』 滝沢貞夫監修・指導，駒込幸典編集責任　長野　信濃教育会出版部　1996.9　165p　22cm　（現代口語訳信濃古典読み物叢書 第16巻　信州大学教育学部附属長野中学校創立五十周年記念事業編集委員会編）　Ⓣ4-7839-1039-1　Ⓝ911.08

『詩が大すきになる教室』 西口敏治著，大和田美鈴絵　さ・え・ら書房　1995.4　159p　22cm　（さ・え・ら図書館／国語）　1300円　Ⓣ4-378-02221-4　Ⓝ901
[目次] 第1章 ちょっと変わった先生の、ちょっと変わった勉強のしかた，第2章 すきな詩を暗唱して、みんなの前で発表，第3章 短くておもしろい詩、短いからおもしろい詩，第4章 長い詩の暗唱と発表、その充実感，第5章 だれもが詩を書きたくなるふしぎ，第6章 えらぶ詩の中にあらわれる心の育ち，第7章 ことばにのせて、心を送る
[内容] すきな詩をさがしてきて暗唱し、みんなの前で発表する―単純なこのくり返しの中で、詩が大すきになっていった子どもたちの、成長の記録。本書には、子どもたちが好んで口ずさんだ詩が長短あわせて57編つまっている。

『信濃の詩歌 1』 駒込幸典ほか編　長野　信濃教育会出版部　1993.6　156p　22cm　（現代口語訳信濃古典読み物叢書 第11巻）〈監修・指導：滝沢貞夫　叢書の編者：信州大学教育学部附属長野中学校創立五十周年記念事業編集委員会〉1000円　Ⓣ4-7839-1034-0

『教科書にでてくる詩や文の読みかた・つくりかた 4 短歌・俳句・川柳をつくってみよう』 ポプラ社　1993.4　127p　22cm〈監修：石田佐久馬〉1650円　Ⓣ4-591-04430-0
[目次] 短歌をつくってみよう，俳句をつくってみよう，川柳をつくってみよう

『教科書にでてくる詩や文の読みかた・つくりかた 3 短歌・俳句・川柳を読もう』 ポプラ社　1993.4　127p　22cm〈監修：石田佐久馬〉1650円　Ⓣ4-591-04429-7
[目次] 短歌・俳句・川柳の読みかた（短歌を読もう，俳句を読もう，川柳を読もう）

『教科書にでてくる詩や文の読みかた・つくりかた 2 詩をつくってみよう』 ポプラ社　1993.4　127p　22cm〈監修：石田佐久馬〉1650円　Ⓣ4-591-04428-9

『教科書にでてくる詩や文の読みかた・つくりかた 1 詩を読もう』 ポプラ社　1993.4　127p　22cm〈監修：石田佐久馬〉1650円　Ⓣ4-591-04427-0

『詩をつくろう』 石毛拓郎著，大和田美鈴絵　さ・え・ら書房　1993.4　159p　22cm　（さ・え・ら図書館／国語）　1300円　Ⓣ4-378-02218-4　Ⓝ901
[目次] 第1章 詩とであう，第2章 これなら詩がつくれる，第3章 人マネでない詩をつくろう，第4章 詩を楽しく味わおう

『こころのひらくとき―詩をつくりたいあなたに』 竹内てるよ著　創隆社　1991.9　253p　18cm　（創隆社ジュニア選書 6）〈『詩のこころ』加筆・改題書〉720円　Ⓣ4-88176-073-4
[目次] 1 詩の生まれるとき，2 思い出の詩人たち（高村光太郎，草野心平，更科源蔵，村野四郎，小野十三郎，神保光太郎，サトウハチロー，宮沢賢治），3 近代詩人の横顔（島崎藤村，北原白秋，萩原朔太郎，室生犀星，三好達治），4 詩のこころ，5 花と人生
[内容] 「美しいものを美しいと感じ、悲しいものを悲しいと感じられるならば、あなたも立派な詩人です」と語る著者が若者に贈る、詩のある人生の喜び…。高村光太郎や草野心平らのすぐれた詩人たちとの思い出や、詩に彩られた生活を回想しつつ、若者に、詩を味わい、そして自ら詩を書く楽しさを伝える。

『名詩に学ぶ生き方　東洋編』 稲垣友美著　あすなろ書房　1990.3　77p　23cm　（名言・名作に学ぶ生き方シリーズ 7）

1500円　①4-7515-1387-7
目次 「静夜思」李白，「春望」杜甫，「金葉和歌集」より 小式部内侍，「新勅撰和歌集」より 平泰時，「述懐」頼山陽，「桂林荘雑詠諸生に示す」広瀬淡窓，「偶成」西郷隆盛，「偶成」木戸孝允，「短詩七章」タゴール，「ゆずり葉」河井酔茗，「鏡葉」より 窪田空穂，「南京新唱」より 会津八一，「道程」高村光太郎，「動哭」茅野蕭々，「海の声」より 若山牧水，「一握の砂」八首 石川啄木，「三人の親子」千家元麿，「子供礼讚」西条八十，「挨拶」金子光晴，「雨ニモマケズ」宮沢賢治，「信仰」八木重吉，「雨の路」サトウ・ハチロー，「九月二十四日午後のこと」平木二六，「友よ」峠三吉

『俳句・川柳ひみつ事典』 阿木二郎ほか漫画　学習研究社　1989.2　217p　23cm　〈学研まんが 事典シリーズ〉〈監修：山田繁雄〉906円　①4-05-102889-5

『俳句・川柳ひみつ事典』 阿木二郎，吉田忠，渡辺省三漫画　学習研究社　1988.10　217p　21cm　〈学研まんが 事典シリーズ 31〉880円　①4-05-102889-5
目次 俳句のひみつ（俳句の約そくごと，芭蕉の俳句を覚えよう，蕪村の俳句を覚えよう，一茶の俳句を覚えよう，子規の俳句を覚えよう，そのほかの名句を覚えよう），川柳のひみつ（川柳ってどんなもの，川柳は俳句と兄弟だ，川柳には季語がない ほか），《ふろく》短歌のひみつ（和歌と短歌はどうちがう，和歌の枕詞と掛詞，和歌・短歌を味おう ほか）
内容 学研まんが「事典シリーズ」は、あなたがぎもんに思っていること、知りたいと思っていることを、まんがで、わかりやすく説明した本です。「俳句・川柳ひみつ事典」は、芭蕉・蕪村・一茶・子規の句を中心に、川柳や短歌の意味や作られた背景などを、まんがで、わかりやすくかいてあります。さらに、俳句や川柳の作り方も出ていますので、どんなところに注意して作ればよいかが、ひと目でわかります。かくページには、作者や句に関係するまめちしきが入っています。

◆◆歳時記・季語事典

『いきもの歳時記　冬』 古舘綾子文，舘あきら他写真，小林絵里子絵　童心社　2011.3　63p　27cm　〈索引あり〉3000円　①978-4-494-00835-3,978-4-494-04360-6　Ⓝ911.307
目次 狐，狸，兎，鰤とはたはた，鮪づくし，冬の猫，まぼろしのけもの，河豚と鱈，お正月の動物，鯨〔ほか〕
内容 冬のいきものを写真とイラストでわかりやすく解説した小学生からの歳時記。

『いきもの歳時記　秋』 古舘綾子文，舘あきら他写真，小林絵里子絵　童心社　2011.3　63p　27cm　〈索引あり〉3000円　①978-4-494-00834-6,978-4-494-04360-6　Ⓝ911.307
目次 秋の虫，秋の虫聞き，馬肥ゆる秋，色鳥いろいろ，バード・ウォッチング，猪，鹿，渡り鳥がやってきた，秋刀魚，鰯〔ほか〕
内容 秋のいきものを写真とイラストでわかりやすく解説した小学生からの歳時記。

『いきもの歳時記　夏』 古舘綾子文，舘あきら他写真，小林絵里子絵　童心社　2011.3　63p　27cm　〈索引あり〉3000円　①978-4-494-00833-9,978-4-494-04360-6　Ⓝ911.307
目次 鯉いろいろ，夏の鳥，足の多い虫，ぬるぬる，ごそごそ，紫陽花，初夏のくだもの，鰹の季節，花の王様と女王，池のいきもの，蛍〔ほか〕
内容 夏のいきものを写真とイラストでわかりやすく解説した小学生からの歳時記。

『いきもの歳時記　春』 古舘綾子文，舘あきら他写真，小林絵里子絵　童心社　2011.3　63p　27cm　〈索引あり〉3000円　①978-4-494-00832-2,978-4-494-04360-6　Ⓝ911.307
目次 梅に鴬，春に渡る鳥，雀，雄と雲雀，鴉，蛇にょろにょろ，蛙，燕，春の虫，羊の毛刈る〔ほか〕
内容 春のいきものを写真とイラストでわかりやすく解説した小学生からの歳時記。

『四季のことば絵事典―日本の春夏秋冬に親しもう！　俳句づくり・鑑賞にも役立つ』 荒尾禎秀監修　PHP研究所　2009.1　79p　29cm　〈文献あり 索引あり〉2800円　①978-4-569-68933-3　Ⓝ911.307
目次 春（春らしさをさがしてみよう，春の食卓で），夏（夏の風物を見てみよう，夏祭りで），秋（秋の気配を感じてみよう，秋の

野山へ出かけよう），冬(冬を感じることばを見つけよう，年末の市場で），季節のことばをもっとさがそう(植物—花や草木にかかわることば，動物—鳥や虫，魚，動物にかかわることば ほか)
|内容| 季語は，俳句のなかで春夏秋冬をあらわすことばで，日本人の四季に対する感覚を反映したものである。この本では，季語を通して，身のまわりの四季の風物を紹介する。

『小学生の俳句歳時記—ハイク・ワンダーランド』 金子兜太監修，あらきみほ編著 新訂版 蝸牛新社 2004.9 110p 19cm 1000円 ⓘ4-87800-231-X Ⓝ911.367
|目次| 春の俳句，夏の俳句，秋の俳句，冬の俳句，新年の俳句，学校で，生活，遊び，家族

『子ども俳句歳時記—子どもの俳句の基本図書 04年版』 金子兜太監修 蝸牛新社 2003.10 333p 19cm 2000円 ⓘ4-87800-230-1 Ⓝ911.367

『子ども俳句歳時記』 金子兜太監修 新訂 蝸牛新社 2003.4 333p 19cm 2000円 ⓘ4-87800-187-9 Ⓝ911.367
|目次| 1部 季節の俳句(春，夏，秋，冬，新年)，2部 学校・生活の俳句(学校，生活，自立，遊び，家族，外国)，3部 教科書にでてくる俳句

『写真で見る俳句歳時記—ジュニア版 新年・総索引』 長谷川秀一，原雅夫監修 小峰書店 2003.4 87p 27cm 4000円 ⓘ4-338-18807-3,4-338-18800-6 Ⓝ911.307
|目次| 新年—新しき年・あらたまの年・年明く・年変る・初年・若き年・年頭・年立つ・年新た，正月—お正月，去年今年—去年・旧年・初昔・宵の年，初春—新春・迎春・明の春・今朝の春・家の春・おらが春，元日—お元日・年の始・月の始・日の始・鶏日・人日，初日—初日の出・初旭・初日影・初日山・初明り，初空—初御空・初晴，初凪・初富士—初不二，若水—若水汲・若水迎え・初水・福水・若井〔ほか〕
|内容| 冬とは別に新年の季語と俳句を紹介。巻末に7巻までの掲載季語総索引，掲載俳人総索引がつく。

『写真で見る俳句歳時記—ジュニア版 冬』 長谷川秀一，原雅夫監修 小峰書店 2003.4 87p 27cm 4000円 ⓘ4-338-18806-5,4-338-18800-6 Ⓝ911.307
|目次| 第1章 三冬(冬全般)の季語(冬—玄冬・冬将軍，冬ざれ—冬され・冬ざるる ほか)，第2章 初冬(十一月ごろ)の季語(初冬—初冬・冬初め，十一月 ほか)，第3章 仲冬(十二月ごろ)の季語(十二月，霜月—霜降月・雪待月・雪見月 ほか)，第4章 晩冬(一月ごろ)の季語(師走—極月，一月 ほか)

『写真で見る俳句歳時記—ジュニア版 秋』 長谷川秀一，原雅夫監修 小峰書店 2003.4 87p 27cm 4000円 ⓘ4-338-18805-7,4-338-18800-6 Ⓝ911.307
|目次| 第1章 三秋(秋全般)の季語(秋，秋の日—秋日・秋日影・秋日向 ほか)，第2章 初秋(八月ごろ)の季語(初秋—初秋・新秋，八月 ほか)，第3章 仲秋(九月ごろ)の季語(二百十日—二百二十日・厄日，九月 ほか)，第4章 晩秋(十月ごろ)の季語(十月，長月—菊月・紅葉月 ほか)

『写真で見る俳句歳時記—ジュニア版 夏 2』 長谷川秀一，原雅夫監修 小峰書店 2003.4 71p 27cm 4000円 ⓘ4-338-18804-9,4-338-18800-6 Ⓝ911.307
|目次| 第1章 仲夏(六月ごろ)の季語(六月—六月来る・六月風，皐月—早苗月・橘月，梔子の花—梔子の香，杜若，あやめ，花菖蒲 ほか)，第2章 晩夏(七月ごろ)の季語(七月，水無月—風待月，梅雨明—梅雨あがる・梅雨の果，朝凪—朝凪ぐ ほか)

『写真で見る俳句歳時記—ジュニア版 夏 1』 長谷川秀一，原雅夫監修 小峰書店 2003.4 79p 27cm 4000円 ⓘ4-338-18803-0,4-338-18800-6 Ⓝ911.307
|目次| 第1章 三夏(夏全般)の季語(夏—炎帝，暑し—暑さ・暑・暑気・暑き日，夏の日—夏日，夏の夕—夏夕べ・夏の暮 ほか)，第2章 初夏(五月ごろ)の季語(五月—五月来る，卯月—卯の花月・花残月，立夏—夏に入る・夏立つ・夏来る，夏めく—夏きざす・薄暑 ほか)

『写真で見る俳句歳時記—ジュニア版 春 2』 長谷川秀一，原雅夫監修 小峰書店 2003.4 79p 27cm 4000円 ⓘ4-338-18802-2,4-338-18800-6 Ⓝ911.307

|目次| 第1章 仲春(三月ごろ)の季語(三月,如月―梅見月・初花月,雪崩,残雪―雪残る・残る雪・雪形 ほか),第2章 晩春(四月ごろ)の季語(四月,弥生―桜月,復活祭―イースター・イースターエッグ,桃の花―花桃・緋桃・白桃・源平桃 ほか)

『写真で見る俳句歳時記―ジュニア版 春1』 長谷川秀一,原雅夫監修 小峰書店 2003.4 71p 27cm 4000円 ①4-338-18801-4,4-338-18800-6 Ⓝ911.307
|目次| 第1章 三春(春全般)の季語(春,春暁―春の曙・春の朝,春昼―春の昼,春の暮―春夕べ ほか),第2章 初春(二月ごろ)の季語(二月,睦月―むつみ月・太郎月,旧正月―旧正,立春―春立つ・春来る ほか)

『冬・新年の季語事典』 石田郷子著,山田みづえ監修 国土社 2003.2 79p 27cm (俳句・季語入門 4) 2800円 ①4-337-16404-9 Ⓝ911.307
|内容| 立冬(11月8日ごろ)から,立春(2月4日ごろ)の前の日までの3カ月が冬です。約470の冬・新年の季語を解説,290名あまりの作者による400句を紹介します。

『秋の季語事典』 石田郷子著,山田みづえ監修 国土社 2003.2 71p 27cm (俳句・季語入門 3) 2800円 ①4-337-16403-0 Ⓝ911.307
|内容| 立秋(8月8日ごろ)から,立冬(11月8日ごろ)の前の日までの3カ月が秋です。約360の秋の季語を解説,250名あまりの作者による400句を紹介します。

『夏の季語事典』 石田郷子著,山田みづえ監修 国土社 2003.1 79p 27cm (俳句・季語入門 2) 2800円 ①4-337-16402-2 Ⓝ911.307
|目次| 巻頭名句,監修のことば "子どもの歳時記"に祝福を,著者のことば この本の特徴―凡例に代えて,夏の季語

『春の季語事典』 石田郷子著,山田みづえ監修 国土社 2003.1 75p 27cm (俳句・季語入門 1) 2800円 ①4-337-16401-4 Ⓝ911.307
|内容| 現在,歳時記に収められている季語は五千ほどであるが,本書では,みなさんの生活のなかで実際に見ることができるもの,体験できるものを中心に選んだ。また,なかなかふれる機会のないものでも,知っておいていただきたいと思った季語は残した。さらに,小中学生のみなさんの作品を,例句の中にできるだけたくさん取り上げた。

『子ども俳句歳時記』 金子兜太監修 新版 蝸牛新社 2001.5 333p 19cm 2000円 ①4-87800-154-2

『小学生の俳句歳時記―ハイク・ワンダーランド』 金子兜太監修 蝸牛新社 2001.4 110p 19cm 1000円 ①4-87800-151-8
|目次| 春の俳句,夏の俳句,秋の俳句,冬の俳句,新年の俳句,学校で,生活,遊び,家族
|内容| 最近,子どもたちが俳句をつくる機会がふえている。小学校の総合学習で俳句を取りあつかうようになれば,ますます子どもの俳句歳時記は必要となってゆくだろう。本書は,そうした現状に立って,これまでの子ども俳句の中からすぐれた作品を集大成したかたちで編集されたものである。そこには,子どもたちと自然との結びつきが,より深く豊かになるように,との願いも込められていることは言うまでもない。

『現代子ども俳句歳時記』 金子兜太編 チクマ秀版社 1999.4 385,27p 19cm 〈索引あり〉 2800円 ①4-8050-0344-8
|目次| 春(時候,天文,地理,生活,行事,動物,植物,覚えたいことば),夏(時候,天文,地理,生活,動物,植物,覚えたいことば),秋(時候,天文,地理,生活,行事,動物,植物,覚えたいことば),冬(時候,天文,地理,生活,動物,植物),冬―新年(時候,天文・地理・生活,行事,植物,覚えたいことば),無季(無季の俳句について,自然,学校・遊び,家族,人間,動物,文化・社会・生活,俳句の中のいのち),付録(二十四節季表,行事一覧,国民の祝日,月の満ち欠け,十二カ月の古い呼び名,索引)
|内容| 季節の美しいことば(季語)を,春夏秋冬に分けて並べ,解説を加え,そのことばを使った俳句作品(例句)を加えた,子ども向けの俳句歳時記。索引付き。

『子ども俳句歳時記』 金子兜太著 新版 蝸牛社 1997.7 333p 20cm 2500円 ①4-87661-315-X
|目次| 1部 季節の俳句(春,夏,秋,冬,新

詩歌　　　　　　　　　　　　　　　　　　　　　　　　　　　　　　　　　日本の古典

年），2部 学校・生活の俳句（学校，生活，自立，遊び，家族，外国），3部 教科書にでてくる俳句

『四季のことば100話』　米川千嘉子著　岩波書店　1994.5　207,4p　18cm　（岩波ジュニア新書　236）　650円　①4-00-500236-6
[内容]　春ならば，うぐいす，桜，おぼろ月夜，田打ち…。古来より親しまれてきた四季折々のことばを，季語，天候，動物植，風俗，行事などから100項目選び，それらにまつわる和歌や俳句，近・現代詩，童謡などを織り込みながら解説。

『わたしたちの歳時記』　ポプラ社　1993.4　127p　21cm　（教科書にでてくる詩や文の読みかた・つくりかた 9）　1650円　①4-591-04435-1
[目次]　春 みんな進級うれしいな，夏 山が，海がよんでいる，秋 心も体も大きく，冬 子どもは風の子

『こども俳句歳時記』　柳川創造文，高橋タクミ画　ポプラ社　1991.4　143p　21cm　（おもしろ国語ゼミナール 8）　1650円　①4-591-03808-4
[目次]　春がやってきた！―春のことば，夏，だいすき！―夏のことば，秋，さわやか！―秋のことば，冬，きびしくても―冬・新年のことば，こんな俳句もあるよ―自由律の俳句

『学習俳句・短歌歳時記　10　雑歌百選』　藤森徳秋編　国土社　1991.3　127p　22cm　1800円　①4-337-29710-3

『学習俳句・短歌歳時記　9　冬の名歌百選』　藤森徳秋編　国土社　1991.3　127p　22cm　1800円　①4-337-29709-X
[内容]　日本の風土に生きた先人は，心に深く触れたことを歌にし，私たちに残してくれました。これらの歌の，中心となってきたものが「短歌」であり，そして「俳句」です。この二つは，日本の伝統的な詩歌であり，世界にも例をみない短詩型文学です。本書では，これら無数の作品の中から，近代を中心に，小・中学生にぜひ味わってほしい作品を厳選しました。それぞれの作品には情景が簡潔に述べられています。絵や写真，言葉の解説なども豊富に添えられています。

『学習俳句・短歌歳時記　8　秋の名歌百選』　藤森徳秋編　国土社　1991.3　127p　22cm　1800円　①4-337-29708-1
[内容]　日本の風土に生きた先人は，心に深く触れたことを歌にし，私たちに残してくれました。これらの歌の，中心となってきたものが「短歌」であり，そして「俳句」です。この二つは，日本の伝統的な詩歌であり，世界にも例をみない短詩型文学です。本書では，これら無数の作品の中から，近代を中心に，小・中学生にぜひ味わってほしい作品を厳選しました。それぞれの作品には情景が簡潔に述べられています。絵や写真，言葉の解説なども豊富に添えられています。

『学習俳句・短歌歳時記　7　夏の名歌百選』　藤森徳秋編　国土社　1991.3　127p　22cm　1800円　①4-337-29707-3
[内容]　日本の風土に生きた先人は，心に深く触れたことを歌にし，私たちに残してくれました。これらの歌の，中心となってきたものが「短歌」であり，そして「俳句」です。この二つは，日本の伝統的な詩歌であり，世界にも例をみない短詩型文学です。本書では，これら無数の作品の中から，近代を中心に，小・中学生にぜひ味わってほしい作品を厳選しました。それぞれの作品には情景が簡潔に述べられています。絵や写真，言葉の解説なども豊富に添えられています。

『学習俳句・短歌歳時記　6　春の名歌百選』　藤森徳秋編　国土社　1991.3　127p　22cm　1800円　①4-337-29706-5
[内容]　日本の風土に生きた先人は，心に深く触れたことを歌にし，私たちに残してくれました。これらの歌の，中心となってきたものが「短歌」であり，そして「俳句」です。この二つは，日本の伝統的な詩歌であり，世界にも例をみない短詩型文学です。本書では，これら無数の作品の中から，近代を中心に，小・中学生にぜひ味わってほしい作品を厳選しました。それぞれの作品には情景が簡潔に述べられています。絵や写真，言葉の解説なども豊富に添えられています。

『学習俳句・短歌歳時記　5　俳句の鑑賞とつくり方』　藤森徳秋編　国土社　1991.3　119p　22cm　1800円　①4-337-29705-7
[目次]　1 はっとした感動―おやっという意外性，2 季語―いつ，3 五・七・五―くみた

『学習俳句・短歌歳時記 4 冬の名句と季語』 藤森徳秋編 国土社 1991.3 127p 22cm 1800円 ①4-337-29704-9
[内容] このシリーズでは、近代を中心に、小・中学生にぜひ味わってほしい作品を厳選しました。それぞれの作品には情景が簡潔に述べられています。絵や写真、言葉の解説なども豊富に添えられています。

『学習俳句・短歌歳時記 3 秋の名句と季語』 藤森徳秋編 国土社 1991.3 127p 22cm 1800円 ①4-337-29703-0
[内容] このシリーズでは、近代を中心に、小・中学生にぜひ味わってほしい作品を厳選しました。それぞれの作品には情景が簡潔に述べられています。絵や写真、言葉の解説なども豊富に添えられています。

『学習俳句・短歌歳時記 2 夏の名句と季語』 藤森徳秋編 国土社 1991.3 127p 22cm 1800円 ①4-337-29702-2
[内容] このシリーズでは、近代を中心に、小・中学生にぜひ味わってほしい作品を厳選しました。それぞれの作品には情景が簡潔に述べられています。絵や写真、言葉の解説なども豊富に添えられています。

『学習俳句・短歌歳時記 1 春の名句と季語』 藤森徳秋編 国土社 1991.3 127p 22cm 1800円 ①4-337-29701-4
[内容] このシリーズでは、近代を中心に、小・中学生にぜひ味わってほしい作品を厳選しました。それぞれの作品には情景が簡潔に述べられています。絵や写真、言葉の解説なども豊富に添えられています。

『子ども俳句歳時記』 蝸牛社 1990.6 333p 19cm 〈監修:金子兜太,沢木欣一〉 2300円 ①4-87661-140-8
[目次] 子どもと俳句歳時記、子どもの俳句大会、子ども俳句事情、季節の俳句、学校・生活の俳句、教科書にでてくる俳句

◆和歌

『21世紀版少年少女古典文学館 第24巻 万葉集―ほか』 興津要,小林保治,津本信博編,司馬遼太郎,田辺聖子,井上ひさし監修 大岡信著 講談社 2010.3 309p 20cm 〈索引あり〉 1400円 ①978-4-06-282774-4 Ⓝ918
[目次] 記紀歌謡・万葉集ほか,平安時代の和歌と歌謡,鎌倉時代の和歌,南北朝・室町時代の和歌と歌謡,江戸時代の和歌,小倉百人一首
[内容] 『万葉集』は、現実生活にもとづく感動を、力強く歌いあげた歌が多く、また、作者の階層も、天皇から庶民まで幅広い。まさに、和歌の原点である。『古今和歌集』は知的で先練されたことばの世界を生みだし、後世の日本の文芸・文化に大きな影響をあたえた。以後、日本の詩文芸は、歌謡・俳諧を含め、それぞれの時代に歌いつがれ、読みつがれ、現在に至っている。千数百年の和歌の歴史のなかに、日本の、日本人の歴史がきざまれている、といっても過言ではないだろう。

『小野小町』 松本徹文,加藤道子絵 勉誠社 1997.1 116p 21cm (親子で楽しむ歴史と古典 12) 1545円 ①4-585-09013-4
[目次] 深草の少将,百夜通い,仁明天皇の宮廷,夢の歌,悲しみと自由と,驕慢のひと,文の山,噂,花の色はうつりにけりな,誘う水,雨乞い,関寺,鸚鵡返し,卒塔婆問答,あなめあなめ
[内容] なぞの美貌歌人、小野小町。楽しいお話。

『古今・新古今の秀歌100選』 田中登文,高代貴洋写真 偕成社 1994.5 240p 19cm 2000円 ①4-03-529290-7
[目次] 春の歌,夏の歌,秋の歌,冬の歌,旅と別れの歌,悲しみの歌,恋の歌,人生折々の歌
[内容] 本書は、三千首にもおよぶ『古今』『新古今』両集の中から、秀れた歌百首を抜き出し、その鑑賞を試みたものです。

『万葉集―ほか』 大岡信著 講談社 1993.4 309p 22cm (少年少女古典文学館 第25巻) 1700円 ①4-06-250825-7
[内容] 記紀歌謡・万葉集ほか,平安時代の和

歌と歌謡，鎌倉時代の和歌，南北朝・室町時代の和歌と歌謡，江戸時代の和歌，小倉百人一首

『和歌の読みかた』　馬場あき子，米川千嘉子著　岩波書店　1988.6　214,4p　18cm　（岩波ジュニア新書）　580円　⓪4-00-500144-0
[目次]　1 万葉の抒情，2 王朝のあわれ，3 中世の艶，4 近世のまこと，和歌史の流れ
[内容]　和歌は日本独自の抒情詩として時代を越えて人びとに詠まれ，親しまれてきました。みずからも歌人である著者は，万葉集，古今・新古今和歌集をはじめ上代から近世におよぶ代表的な歌集から秀歌を豊富にえりすぐり，一首の味わいをあますことなく伝えます。和歌の鑑賞，古典の勉強にまたとない手引きです。

『和歌ものがたり』　佐佐木信綱著　改訂版　さ・え・ら書房　1980.5　188p　22cm　（さ・え・ら文庫）　850円

◆◆万葉集

『春の苑紅にほふ―はじめての越中万葉』　高岡市万葉歴史館文，佐竹美保絵，射水市大島絵本館監修　岩崎書店　2012.3　36p　27cm　〈企画：富山県　年譜あり　文献あり〉　1300円　⓪978-4-265-83008-4　Ⓝ911.12
[内容]　春の苑/紅にほふ/桃の花/下照る道に/出で立つ娘子。これは，万葉集の編纂で有名な大伴家持がつくった歌です。彼がすごした越中（富山県）での五年間を歌とともにたどっていきます。

『小学生からの万葉集教室』　三羽邦美著　瀬谷出版　2011.12　151p　26cm　（国語力upシリーズ 3）　1500円　⓪978-4-902381-20-7　Ⓝ911.12
[目次]　篭もよみ篭持ち…（雄略天皇（巻1-1）），大和には群山あれど…（舒明天皇（巻1-2）），家にあれば笥に盛る飯を…（有間皇子（巻2-142）），あかねさす紫野行き…（額田王（巻1-20）），春過ぎて夏来るらし…（持統天皇（巻1-28）），わが背子を大和へやると…（大伯皇女（巻2-105）），石ばしる垂水の上の…（志貴皇子（巻8-1418）），近江の海夕浪千鳥…（柿本人麻呂（巻3-266）），いずくにか舟泊すらむ…（高市黒人（巻1-58）），験なきものを思はずは…（大

伴旅人（巻3-338））〔ほか〕
[内容]　万葉集は，古代の人々の素朴でまっすぐな「ことば」です。美しい歌に，耳をすませてみませんか。

『ジュニアのための万葉集　4巻　天平の風―大伴家持・東歌・防人歌他』　根本浩文　汐文社　2010.3　187p　22cm　〈文献あり　索引あり〉　1600円　⓪978-4-8113-8650-8　Ⓝ911.12
[目次]　各巻の性質，歌の分類，歌の形，時代区分，主な歌人（第四期），防人，当時の生活の様子，大宝律令，東国，鈴が音の，韓衣，振仰けて，春の苑，うらうらに，恋ひ恋ひて，君が行く，万葉秀歌，皇室系図

『ジュニアのための万葉集　3巻　平城の京―山部赤人・山上憶良・大伴旅人他』　根本浩文　汐文社　2010.3　181p　22cm　〈文献あり　索引あり〉　1600円　⓪978-4-8113-8649-2　Ⓝ911.12
[目次]　万葉集について，各巻の性質，歌の分類，歌の形，時代区分，主な歌人（第三期），太宰府，当時の生活の様子，国見，長屋王の変，若の浦に，あをによし，世間を，瓜食めば，塩津山，飛鳥の，万葉秀歌，皇室系図

『ジュニアのための万葉集　2巻　都人たち―持統天皇・志貴皇子・柿本人麻呂他』　根本浩文　汐文社　2010.3　181p　22cm　〈文献あり　索引あり〉　1600円　⓪978-4-8113-8648-5　Ⓝ911.12
[目次]　万葉集について（各巻の性質，歌の分類，歌の形，主な華人（第二期），反歌，当時の生活の様子，近江宮・近江遷都，行幸），春過ぎて，大名児が，朝影に，石ばしる，さし鍋に，万葉秀歌，皇室系図
[内容]　万葉集の和歌の背景をわかりやすいお話にして解説，代表的な歌を時代ごとに四つに分けて紹介する。第二巻では持統天皇，志貴皇子，柿本人麻呂等を収録。

『ジュニアのための万葉集　1巻　万葉のあけぼの―天智天皇・天武天皇・額田王他』　根本浩文　汐文社　2010.2　199p　22cm　〈文献あり　索引あり〉　1600円　⓪978-4-8113-8647-8　Ⓝ911.12
[目次]　万葉集について，万葉の夜明け，うまし国そ，君にしあらねば，草枕，わが背子は，豊旗雲に，熟田津に，安見児得たり，み

薦刈る

『萬葉集物語』 森岡美子編　改訂新版　冨山房インターナショナル　2008.10　364p　19cm〈年表あり〉1800円　①978-4-902385-62-5　Ⓝ911.12
[目次] はじめに（解題），万葉時代（歴史），治める者と、治められる者（社会），遣唐使の話（外交），万葉人の生活（衣食住），吉野と紀伊（行幸），悲しみの歌（挽歌），大宮人の生活（風俗），おめでたい歌（賀歌），万葉人の考え（思想・感情），苦しい旅の話（旅と交通），売るもの，作るもの（職業），朗らかな万葉人（滑稽な歌），言い伝えの歌（伝説），愛の歌（結婚），万葉集にあらわれた動植物（動物と植物），東国の民謡（東歌），景色の歌（叙景），長歌の話（長歌），おわりに（影響）
[内容] かつてこんなに美しい日本語がつかわれていた時代がありました。愛情あふれるたおやかなことばで語りかける萬葉の世界。

『中西進の万葉みらい塾』 中西進著　朝日新聞社　2005.4　267p　20cm　1500円　①4-02-250024-7　Ⓝ911.124
[目次] 1 言葉がおもしろい，2 自然を見つめて，3 自然を感じる心，4 暮らしの歌，5 命を見つめる，6 親と子
[内容] いま必要なのは感動する心。万葉集から学ぶ生きる力。

『万葉集』 古橋信孝著，遠藤てるよ絵　ポプラ社　2001.4　205p　22cm　（21世紀によむ日本の古典　2）〈索引あり〉1400円　①4-591-06766-1,4-591-99376-0
[目次] 『万葉集』の読み方，宮廷の歌，四季の歌，恋の歌，旅の歌，死別の歌，歌と物語，東歌・防人歌，遊びの歌

『万葉集』 長谷川孝士監修，水沢遥子，柳川創造シナリオ，いまいかおる漫画　新装版　学校図書　1998.1　143p　26cm　（コミックストーリー　わたしたちの古典　2）〈年表あり〉905円　①4-7625-0880-2
[目次] 大伴家持と『万葉集』，『万葉集』の夜明け，有間皇子，額田王，大津と大伯，柿本人麻呂，旅人と憶良，山部赤人，東歌・防人歌，大伴家持

『万葉集歳時記』 吉野正美文，川本武司写真　偕成社　1994.4　214p　19cm（マチュア選書）2000円　①4-03-529280-X

『万葉風土記　3　西日本編』 猪股静弥文，川本武司写真　偕成社　1991.9　239p　19cm（マチュア選書）2000円　①4-03-529150-1
[目次] 難波・紀伊―海の国，遣新羅使の道―悲歌・望京の旅，筑紫の国々―不知火ひかる，瀬戸・四国・中国―官人往還
[内容] この西日本編は、奈良県と大阪府の境界をなす生駒山系から西の万葉歌のふるさとをたずねてあります。

『万葉風土記　2　東日本編』 猪股静弥文，川本武司写真　偕成社　1991.6　210p　19cm（マチュア選書）2000円　①4-03-529140-4
[目次] 伊勢の海―神風ひかる，東の国―東歌と防人たちのふるさと，山城・近江路―悲歌の道，越の国々―み雪降る

『万葉風土記　1　大和編』 猪股静弥文，川本武司写真　偕成社　1990.6　231p　19cm　2000円　①4-03-529130-7
[目次] 明日香古京―歴史と文学の始源，吉野―聖なる山河，大和路―国のまほろば，平城京―咲き花におう，資料（天皇・蘇我氏・大伴氏・藤原氏略系図，『万葉集』略年表）

『万葉集』 水沢遥子，柳川創造シナリオ，いまいかおる漫画　学校図書　1990.2　143p　22cm（コミックストーリー　わたしたちの古典　2）〈監修：長谷川孝士〉1000円　①4-7625-0841-1
[目次] 第1章（万葉集の夜明け，有間皇子，額田王，万葉の秀歌〈1〉），第2章（大津と大伯，柿本人麻呂，万葉の秀歌〈2〉），第3章（旅人と憶良，山部赤人，万葉の秀歌〈3〉），第4章（東歌・防人歌，エピローグ　大伴家持，万葉の秀歌〈4〉）

◆◆古今和歌集

『空に立つ波―古今和歌集』 竹西寛子著，長谷川青澄絵　平凡社　1980.2　244p　21cm（平凡社名作文庫）1300円

◆◆百人一首

『マンガ百人一首物語　8　花の嵐と古き

栄華と』 学研教育出版,学研マーケティング〔発売〕 2014.2 93p 27cm〈文献あり 索引あり〉2380円 ①978-4-05-501052-8,978-4-05-811296-0 Ⓝ911.147

目次 皇嘉門院別当, 式子内親王, 殷富門院大輔, 後京極摂政前太政大臣（藤原良経）, 二条院讃岐, 鎌倉右大臣（源実朝）, 参議雅経（藤原雅経）, 前大僧正慈円, 入道前太政大臣（藤原公経）, 権中納言定家（藤原定家）, 従二位家隆（藤原家隆）, 後鳥羽院, 順徳院

『マンガ百人一首物語 7 物思いと涙と』 学研教育出版,学研マーケティング〔発売〕 2014.2 91p 27cm〈文献あり 索引あり〉2380円 ①978-4-05-501051-1,978-4-05-811296-0 Ⓝ911.147

目次 法性寺入道前関白太政大臣（藤原忠通）, 崇徳院, 源兼昌, 左京大夫顕輔（藤原顕輔）, 待賢門院堀河, 後徳大寺左大臣（藤原実定）, 道因法師（藤原敦頼）, 皇太后宮大夫俊成（藤原俊成）, 藤原清輔朝臣, 俊恵法師, 西行法師（佐藤義清）, 寂蓮法師（藤原定長）

『マンガ百人一首物語 6 春の朝と秋の夕暮れと』 学研教育出版,学研マーケティング〔発売〕 2014.2 91p 27cm〈文献あり 索引あり〉2380円 ①978-4-05-501050-4,978-4-05-811296-0 Ⓝ911.147

目次 左京大夫道雅（藤原道雅）, 権中納言定頼（藤原定頼）, 相模, 前大僧正行尊, 周防内侍, 三条院, 能因法師（橘永愷）, 良暹法師, 大納言経信（源経信）, 祐子内親王家紀伊, 権中納言匡房（大江匡房）, 源俊頼朝臣, 藤原基俊

『マンガ百人一首物語 5 ため息と嘆きと』 学研教育出版,学研マーケティング〔発売〕 2014.2 91p 27cm〈文献あり 索引あり〉2380円 ①978-4-05-501049-8,978-4-05-811296-0 Ⓝ911.147

目次 藤原実方朝臣, 藤原道信朝臣, 右大将道綱母, 儀同三司母（高階貴子）, 大納言公任（藤原公任）, 和泉式部, 紫式部, 大弐三位（藤原賢子）, 赤染衛門, 小式部内侍, 伊勢大輔, 清少納言

『マンガ百人一首物語 4 恋しさと愛しさと』 学研教育出版,学研マーケティング〔発売〕 2014.2 91p 27cm〈文献

あり 索引あり〉2380円 ①978-4-05-501048-1,978-4-05-811296-0 Ⓝ911.147

目次 右近, 参議等（源等）, 平兼盛, 壬生忠見, 清原元輔, 権中納言敦忠（藤原敦忠）, 中納言朝忠（藤原朝忠）, 謙徳公（藤原伊尹）, 曽禰好忠, 恵慶法師, 源重之, 大中臣能宣朝臣, 藤原義孝

『マンガ百人一首物語 3 咲く花と散る花と』 学研教育出版,学研マーケティング〔発売〕 2014.2 91p 27cm〈文献あり 索引あり〉2380円 ①978-4-05-501047-4,978-4-05-811296-0 Ⓝ911.147

目次 貞信公（藤原忠平）, 中納言兼輔（藤原兼輔）, 源宗于朝臣, 凡河内躬恒, 壬生忠岑, 坂上是則, 春道列樹, 紀友則, 藤原興風, 紀貫之, 清原深養父, 文屋朝康

『マンガ百人一首物語 2 情熱と激情と』 学研教育出版,学研マーケティング〔発売〕 2014.2 91p 27cm〈文献あり 索引あり〉2380円 ①978-4-05-501046-7,978-4-05-811296-0 Ⓝ911.147

目次 第13首 陽成院, 第14首 河原左大臣（源融）, 第15首 光孝天皇（時康親王）, 第16首 中納言行平（在原行平）, 第17首 在原業平朝臣, 第18首 藤原敏行朝臣, 第19首 伊勢, 第20首 元良親王, 第21首 素性法師（良岑玄利）, 第22首 文屋康秀, 第23首 大江千里, 第24首 菅家（菅原道真）, 第25首 三条右大臣（藤原定方）

『マンガ百人一首物語 1 出会いと別れと』 学研教育出版,学研マーケティング〔発売〕 2014.2 91p 27cm〈文献あり 年表あり 索引あり〉2380円 ①978-4-05-501045-0,978-4-05-811296-0 Ⓝ911.147

目次 第1首 天智天皇（中大兄皇子）, 第2首 持統天皇, 第3首 柿本人麻呂, 第4首 山部赤人, 第5首 猿丸大夫, 第6首 中納言家持（大伴家持）, 第7首 安倍仲麿, 第8首 喜撰法師, 第9首 小野小町, 第10首 蟬丸, 第11首 参議篁（小野篁）, 第12首 僧正遍昭（良岑宗貞）

『エピソードでおぼえる！ 百人一首おけいこ帖』 天野慶著, 睦月ムンク絵 朝日学生新聞社 2013.11 175p 26cm〈文献あり〉1350円 ①978-4-907150-

日本の古典　　　　　　　　　　　　　　　　　　　　　　　　　　　　　　　詩歌

13-6　Ⓝ911.147
[目次] 一～五十首のエピソード，五十一～百首のエピソード，やってみよう！　短歌，百人一首
[内容] 朝日小学生新聞の人気連載『うたうことのは百人一首』が本になりました！　1日2首、50日でおぼえられる。確認問題・暗唱チェックシート付き。

『まんがで読む百人一首』　吉海直人監修，小坂伊吹，樹咲リヨコ，華潤，かめいけんじまんが　学研教育出版，学研マーケティング〔発売〕　2013.9　231p　23cm　（学研まんが日本の古典）〈索引あり〉　1300円　①978-4-05-203690-3　Ⓝ911.147
[目次] 秋の田のかりほの庵の苫をあらみわが衣手は露にぬれつつ（天智天皇），春過ぎて夏来にけらし白妙の衣ほすてふ天の香具山（持統天皇），あしびきの山鳥の尾のしだり尾のながながし夜をひとりかも寝む（柿本人麻呂），田子の浦にうち出でてみれば白妙の富士の高嶺に雪は降りつつ（山部赤人），奥山に紅葉踏みわけ鳴く鹿の声きく時ぞ秋は悲しき（猿丸大夫），かささぎの渡せる橋におく霜の白きを見れば夜ぞふけにける（中納言家持），天の原ふりさけ見れば春日なる三笠の山に出でし月かも（安倍仲麿），わが庵は都のたつみしかぞ住む世をうぢ山と人はいふなり（喜撰法師），花の色はうつりにけりないたづらにわが身世にふるながめせしまに（小野小町），これやこの行くも帰るも別れては知るも知らぬも逢坂の関（蟬丸）〔ほか〕
[内容] 和歌と意味が覚えられる！　かるたに強くなる！　日本の文化"和歌"をまんがで楽しもう！　かるたのコツも伝授します。

『よんだ100人の気持ちがよくわかる！　百人一首』　柏野和佳子，市村太郎，平本智弥著　実業之日本社　2013.9　189p　21cm　（なぜだろうなぜかしら）〈文献あり　索引あり〉　900円　①978-4-408-45457-3　Ⓝ911.147
[目次] 四季の歌（花の色は…（小野小町），君がため…（光孝天皇），久方の…（紀友則）ほか），恋の歌（足引きの…（柿本人麿），筑波嶺の…（陽成院），陸奥の…（河原左大臣）ほか），日々のくらしの歌（天の原…（安倍仲麻呂），わたの原…（参議篁），立別れ…（中納言行平）ほか）

[内容] 本書は「百人一首」に収録された歌をよんだ人に一人ずつ現れてもらい、歌を作ったときの気持ちを説明してもらうというスタイルで書かれています。それは、100人の歌人が歌にこめた思いを、現代の子どもたちにわかりやすく解説するためです。「季節の美しさ」「恋のときめき、切なさ」「人生」「旅」などを歌ったその思いは今の日本人と変わらないこと、五七五七七の和歌の世界で豊かな詩情を表現できることなど、「百人一首」の世界をより深く楽しめます。

『百人一首で楽しもう』　藤子・F・不二雄キャラクター原作，佐藤友樹指導，浜学園監修　小学館　2013.2　207p　19cm　（ドラえもんの学習シリーズ―ドラえもんの国語おもしろ攻略）〈年表あり　索引あり〉　850円　①978-4-09-253850-4　Ⓝ911.147
[目次] 秋の田のかりほの庵のとまをあらみわが衣手は露にぬれつつ（天智天皇），春すぎて夏来にけらし白妙の衣ほすてふ天の香具山（持統天皇），足引きの山鳥の尾のしだり尾のながながし夜をひとりかも寝む（柿本人麻呂），田子の浦にうち出でて見れば白妙の富士の高ねに雪はふりつつ（山部赤人），奥山に紅葉ふみ分け鳴く鹿の声きくときぞ秋は悲しき（猿丸大夫），かささぎのわたせる橋に置く霜の白きを見れば夜ぞ更けにける（中納言家持），天の原ふりさけ見れば春日なる三笠の山に出でし月かも（阿倍仲麻呂），わが庵は都のたつみしかぞ住む世をうぢ山と人はいふなり（喜撰法師），花の色は移りにけりないたづらにわが身世にふるながめせしまに（小野小町），これやこの行くも帰るも別れては知るも知らぬも逢坂の関（蟬丸）〔ほか〕

『百人一首―百の恋は一つの宇宙…永遠にきらめいて』　名木田恵子著，二星天絵　岩崎書店　2012.12　187p　22cm　（ストーリーで楽しむ日本の古典　3）〈文献あり〉　1500円　①978-4-265-04983-7　Ⓝ911.147
[目次] 1　空五倍子色の序抄（藤原定家），2　薄紅色の抄（小野小町），3　萌黄色の抄（陽成院），4　瑠璃の抄（参議篁），5　東雲色の抄（清少納言，紫式部），6　紫紫色の抄（壬生忠見），7　伽羅色の抄（和泉式部），8　聴色の抄（式子内親王），9　真珠色の終抄（星露），抹茶と干菓子をご一緒に―あとがきにかえて，百人一首一覧

子どもの本　日本の古典をまなぶ2000冊　149

詩歌　　　　　　　　　　　　　　　　　　　日本の古典

『絵で見てわかるはじめての古典　5巻　百人一首・短歌』　田中貴子監修　学研教育出版,学研マーケティング〔発売〕　2012.2　47p　30cm　〈文献あり〉　2500円　Ⓘ978-4-05-500858-7　Ⓝ910.2
目次　『百人一首』は，こんな本，『百人一首』によまれた平安時代の終わりごろってこんな時代，『百人一首』の歌はどんな人が作っているの？，原文にトライ！　声に出して読んでみよう！，『百人一首』研究，古典であそぼう（どれだけ知っているかな？『百人一首』カルタで遊ぼう，どれだけ知っているかな？，読むだけじゃつまらない　歌（短歌）を作ろう！，作った短歌で遊ぼう　クラス一首を作ろう！），百人一首全首紹介．楽しく広がる古典の世界

『小倉百人一首—百人百首の恋とうた』　田辺聖子著　ポプラ社　2011.12　267p　18cm　（ポプラポケット文庫　379-1）〈『21世紀によむ日本の古典　10』(2001年刊)の新装改訂〉　650円　Ⓘ978-4-591-12688-2　Ⓝ911.147
目次　秋の田のかりほの庵…天智天皇，春すぎて夏来にけらし…持統天皇，あしひきの山鳥の尾の…柿本人麻呂，田子の浦にうち出でてみれば…山部赤人，奥山に紅葉ふみわけ…猿丸大夫，かささぎのわたせる橋に…中納言家持，天の原ふりさけ見れば…安倍仲麻呂，わが庵は都のたつみ…喜撰法師，花の色はうつりにけりな…小野小町，これやこの行くも帰るも…蟬丸〔ほか〕
内容　変わらず美しい日本の四季と人の心の動きを，やさしい言葉で楽しく解説．お姉さんのサダ子さんと弟のイエ太くんに，和歌の疑問を説明する形で進行．まるで友達とおしゃべりしているような雰囲気で，おもしろく読むことができます．小学校上級〜．

『マンガで覚える図解百人一首の基本』　吉海直人監修　滋慶出版/土屋書店　2011.12　158p　21cm　〈文献あり〉　1200円　Ⓘ978-4-8069-1238-5　Ⓝ911.147
目次　第1章　百人一首のきほん（百人一首ってなあに？，和歌ってどんな歌？　ほか），第2章　百人一首で遊ぼう！（手軽なかるた遊び，競技かるたってなあに？），第3章　競技かるたに強くなろう！（和歌を覚えよう！，決まり字に強くなろう　ほか），第4章　百人一首を暗記しよう！（かるた早覚え表，百人一首ミニテスト）
内容　古典文化を勉強しながらみんなで遊べる「百人一首かるた」．かんたんなゲームから競技かるたの基本，戦略までしっかりとガイド．はじめてでもすんなりと覚えられて，楽しく遊べます．

『親子でおぼえる百人一首—ゴロ合わせでスイスイ　マンガ』　新藤協三監修　ベストセラーズ〔発売〕　2011.11　231p　21cm　〈索引あり〉　1200円　Ⓘ978-4-584-13345-3　Ⓝ911.147
目次　秋の田のかりほの庵の苫をあらみ我ころも手は露にぬれつつ（天智天皇），春過ぎて夏にけらし白妙の衣ほすてふ天の香具山（持統天皇），あしびきの山鳥の尾のしだり尾のながながし夜をひとりかもねむ（柿本人麻呂），田子の浦に打出でてみれば白妙の富士の高嶺に雪は降りつつ（山部赤人），奥山に紅葉ふみ分けなく鹿の声をきくときぞ秋はかなしき（猿丸大夫），かささぎの渡せる橋におく霜の白きを見れば夜ぞ更けにける（中納言家持），天の原ふりさけみれば春日なるみかさの山に出でし月かも（安倍仲麿），わが庵は都のたつみしかぞ住む世をうぢ山と人はいふなり（喜撰法師），花のいろはうつりにけりないたづらにわが身世にふるながめせしまに（小野小町），これやこの行くも帰るもわかれてはしるもしらぬも逢坂のせき（蟬丸）〔ほか〕
内容　二〇一一年度より完全実施される新学習指導要領では，伝統文化の教育に重点が置かれています．百人一首はそのために最適な教材です．和歌の内容は，子供にとっては難しく感じられるものもありますが，この本ではマンガでわかりやすく解説しています．小学生から．

『ちはやと覚える百人一首—「ちはやふる」公式和歌ガイドブック』　末次由紀漫画，あんの秀子著　講談社　2011.11　1冊（ページ付なし）　21cm　〈文献あり〉　1143円　Ⓘ978-4-06-364879-9　Ⓝ911.147

『豆しばカードブック　百人一首—豆しばと勉強しよう！』　学研教育出版編　学研教育出版,学研マーケティング〔発売〕　2011.3　72p　19cm　〈付属資料：CD1，カード〉　1280円　Ⓘ978-4-05-303346-8
目次　百人一首とは？，百人一首の遊び方，

覚え方のコツ／おうちの方へ，歌の説明（読み札），上の句さくいん，取り札カード，予備カード／対戦表／認定証

『暗誦百人一首―読んで覚える！』 吉海直人監修　永岡書店　2010.10　143p　19cm　680円　①978-4-522-42935-8　Ⓝ911.147
[目次]　秋の田のかりほの庵のとまをあらみわが衣手は露にぬれつつ／天智天皇，春過ぎて夏来にけらし白妙の衣ほすてふ天の香具山／持統天皇，足引きの山鳥の尾のしだり尾のながながし夜をひとりかもねむ／柿本人麻呂，田子の浦に打出でてみれば白妙のふじの高嶺に雪は降りつつ／山部赤人，奥山に紅葉ふみ分けなく鹿の声きく時ぞ秋は悲しき／猿丸大夫，かささぎの渡せる橋におく霜のしろきを見れば夜ぞふけにける／中納言家持，天の原ふりさけ見れば春日なるみかさの山に出でし月かも／安倍仲麻呂，わが庵は都のたつみしかぞ住む世をうぢ山と人はいふなり／喜撰法師，花の色は移りにけりないたづらに我が身世にふるながめせしまに／小野小町，これやこの行くも帰るも別れては知るも知らぬも逢坂の関／蟬丸〔ほか〕
[内容]　わかりやすい解説で理解する・覚える・楽しめる。百人一首のすべてがわかる。

『絵でわかる「百人一首」―小学生のことば事典』 どりむ社編著，村田正博監修　PHP研究所　2010.7　127p　22cm　〈索引あり〉　1200円　①978-4-569-78073-3　Ⓝ911.147
[目次]　秋の田のかりほの庵の苫をあらみわが衣手は露にぬれつつ（天智天皇），春過ぎて夏来にけらし白妙の衣ほすてふ天の香具山（持統天皇），あしびきの山鳥の尾のしだり尾のながながし夜をひとりかも寝む（柿本人麻呂），田子の浦にうち出でてみれば白妙の富士の高嶺に雪は降りつつ（山部赤人），奥山に紅葉ふみわけ鳴く鹿の声きく時ぞ秋は悲しき（猿丸大夫），かささぎの渡せる橋におく霜の白きを見れば夜ぞふけにける（中納言家持），天の原ふりさけ見れば春日なる三笠の山に出でし月かも（阿倍仲麿），わが庵は都のたつみしかぞ住む世をうぢ山と人はいふなり（喜撰法師），花の色はうつりにけりないたづらにわが身世にふるながめせしまに（小野小町），これやこの行くも帰るも別れては知るも知らぬも逢坂の関（蟬丸）〔ほか〕
[内容]　日本の古典文学に興味がわき，表現力

がアップする。和歌の意味や和歌の背景を，わかりやすく解説。親しみやすい口語訳とイラストで，和歌の世界へ招待。知っておくと得する古典の知識も掲載。

『斎藤孝の親子で読む百人一首』 斎藤孝著　ポプラ社　2009.12　143p　22cm　〈文献あり　索引あり〉　1000円　①978-4-591-11278-6　Ⓝ911.147
[目次]　秋の田のかりほの庵の…（天智天皇），春すぎて夏来にけらし…（持統天皇），あしひきの山鳥の尾…（柿本人麿），田子の浦にうち出でてみれば…（山辺赤人），奥山に紅葉ふみわけ…（猿丸大夫），かささぎのわたせる橋に…（中納言家持），天の原ふりさけ見れば…（阿倍仲麻呂），わが庵は都のたつみ…（喜撰法師），花の色はうつりにけりな…（小野小町），これやこの行くも帰るも…（蟬丸）〔ほか〕
[内容]　『百人一首』は日本人の基本だ！一．好きな歌をおぼえると，一生の宝もの。頭や心のなかに，いろいろなイメージをうかべて，日本人が大切にしてきた心をうけついでいこう。

『「百人一首」かるた大会で勝つための本―一冊で競技かるたの「暗記」から「試合のコツ」まで全てわかる！』 カルチャーランド著　メイツ出版　2009.1　128p　21cm　（まなぶっく）　1500円　①978-4-7804-0530-9
[目次]　百人一首の歴史・競技かるたの成り立ちと進め方とルール，決まり字一覧表と枚数別グループ一覧，競技かるたに強くなるためのポイント，上の句はなに？　暗記力を試してみよう，百人一首・歌の意味と札の覚え方や決まり字，競技かるたQ&A
[内容]　決まり字やゴロ合わせなど，覚え方のページも充実しています。

『まんがで覚える百人一首』 三省堂編修所編　三省堂　2008.12　159p　21cm　（ことばの学習）　〈「知っておきたい百人一首」の改題新装版〉　900円　①978-4-385-23815-9　Ⓝ911.147
[目次]　秋の田のかりほの庵の苫をあらみ我が衣手は露にぬれつつ，春過ぎて夏来にけらし白妙の衣ほすてふ天の香具山，あしびきの山鳥の尾のしだり尾のながながし夜をひとりかも寝む，田子の浦にうち出でて見れば白妙の富士の高嶺に雪は降りつつ，奥山

に紅葉踏み分け鳴く鹿の声聞く時ぞ秋はかなしき，かささぎの渡せる橋に置く霜の白きを見れば夜ぞふけにける，天の原ふりさけ見れば春日なる三笠の山に出でし月かも，我が庵は都のたつみしかぞすむ世をうぢ山と人はいふなり，花の色は移りにけりないたづらに我が身世にふるながめせしまに，これやこの行くも帰るも別れては知るも知らぬも逢坂の関〔ほか〕

『完全絵図解説 百人一首大事典』 吉海直人著 あかね書房 2007.5 143p 30cm〈第3刷〉5000円 ①978-4-251-07801-8
|目次| 第1部 四季の歌（春，夏，秋，冬），第2部 恋の歌（ひみつの恋，会えない恋，恋のなみだ，恋のはげしさ，恋のつぶやき，自然にたとえた恋），第3部 日々の思いの歌（旅の歌，宮中での歌，世の中を思う歌，昔をしのぶ歌）
|内容| 歌の内容，作者，当時の暮らしなど，百人一首を知るためのポイントを網羅しています。現代とちがう当時の風俗，イメージしにくい情景などを，豊富なビジュアル資料により理解することができます。四季の歌，恋の歌など，独自の分類によって，歌をイメージしやすく，暗誦する際に役立ちます。重要なテーマは，コラムや特集ページでくわしく解説し，より深く理解できるようにしています。上の句，下の句，作者名の三つのさくいんから，歌を探すことができます。

『歌と絵でつづる「超早おぼえ」百人一首―超早おぼえ秘密チャート付き』 佐藤天彦著 大阪 天紋館 2007.3 171p 21cm 1400円 ①978-4-903728-00-1
|目次| 百首，百人一首解説，百人一首の遊び方，詠人の関係，ことばの解説，超早おぼえ 上句練習帳，超早おぼえ 下句練習帳，横取り名人
|内容| 和歌を五乃歌（五行歌）で解説した百人一首の画期的な書。すべての和歌に印象的なカラーの絵を付けた。詠人（歌人）のことも，五乃歌（五行歌）とした。漢字にはふりがなを振った。超早おぼえの秘密のチャートを付け，記憶の体系化を図った。上句練習帳・下句練習帳を付け，書いて覚えれるようにした。

『百人一首大事典―完全絵図解説』 吉海直人監修 あかね書房 2006.12 143p 31cm〈年表あり〉5000円 ①4-251-07801-2 ⓃN911.147

『文ちゃんの百人一首―親子で学ぶ「雅」の世界』 保泉孟史著 街と暮らし社 2006.9 231p 21cm 1400円 ①4-901317-36-9 ⓃN911.147
|目次| 凡例，百人一首一覧，文ちゃんの学習ノート（1～2），百首解説 "各論"，文ちゃんの学習ノート（3～5），段級認定表（五十音索引），連想三題
|内容| 百人一首は，日本古典文学の「最高傑作和歌集」です。本書は，『百人一首を覚える』（暗記）のための「虎の巻」です。個性的な「イメージ描きのサポート本」です。詩歌を覚えるということは，若い頭脳を鍛え上げることです。「文ちゃん」と一緒に，家族みんなで百人一首を覚えましょう。本書のねらいを「描く力を育てる」ことに置き，仮想対象読者年齢を小学三年生程度（漢字は，原則一・二年配当表）からと抑え，低学年向けを「文ちゃん」に，五六年生から中学生向けを「想」に，それぞれ和歌からの連想を，文章化した例文で載せました。

『まんがで学ぶ百人一首』 小尾真著，杉山真理絵 国土社 2006.3 126p 22cm 1500円 ①4-337-21502-6 ⓃN911.147

『小学生のまんが百人一首辞典』 神作光一監修 学習研究社 2005.12 255p 21cm 1000円 ①4-05-302119-7 ⓃN911.147
|目次| 百人一首ってなあに（百人一首の誕生，百人一首の歌人たち，かるたとなって広まる，百人一首），百人一首の世界（秋の田のかりほの庵のとまをあらみわが衣手は露にぬれつつ（天智天皇），春過ぎて夏来にけらし白妙の衣ほすてふ天の香具山（持統天皇），あしびきの山鳥の尾のしだり尾のながながし夜をひとりかも寝む（柿本人麻呂） ほか），百人一首かるたあそびと競技（百人一首かるたであそぼう，百人一首かるたで強くなるコツ，競技かるたにチャレンジ）
|内容| まんがで百人一首を味わい楽しくおぼえる辞典。

『五色百人一首であそぼう！ 3 緑札・オレンジ札をマスター！』 小宮孝之著，向山洋一監修，どいまきイラスト，前田康裕絵札 汐文社 2005.3 79p 21cm 1600円 ①4-8113-7959-4
|目次| 緑札をマスター！，オレンジ札をマ

スター！

『五色百人一首であそぼう！ 2 ピンク札・黄札をマスター！』 小宮孝之著，向山洋一監修，どいまきイラスト，前田康裕絵札 汐文社 2005.3 79p 21cm 1600円 ⓘ4-8113-7958-6
目次 ピンク札をマスター！，黄札をマスター！，百人一首のおはなし，五色百人一首であそべるホームページ

『五色百人一首であそぼう！ 1 基本ルール・青札をマスター！』 小宮孝之著，向山洋一監修，どいまきイラスト，前田康裕絵札 汐文社 2005.2 79p 21cm 1600円 ⓘ4-8113-7957-8
目次 五色百人一首であそぼう！（五色百人一首ってなに？，札いちらん，きほんのあそびかた，チャンピオンをめざそう！（級をきめてたたかう），五色百人一首のルール），青札をマスター！（青（A）札マスターページ，青札チェック表，基本ルール・青札をマスターしたキミに…，五色百人一首を楽しむためのグッズ）

『百人一首の大常識』 栗栖良紀監修，内海準二文 ポプラ社 2004.3 143p 22cm （これだけは知っておきたい！ 8） 880円 ⓘ4-591-08055-2 Ⓝ911.147
目次 秋の田のかりほの庵の…（天智天皇），春すぎて夏来にけらし…（持統天皇），あしびきの山鳥の尾の…（柿本人麻呂），田子の浦にうち出でて見れば…（山部赤人），奥山に紅葉ふみわけ…（猿丸大夫），かささぎのわたせる橋に…（中納言家持），天の原ふりさけ見れば…（安倍仲麿），わが庵は都のたつみ…（喜撰法師），花の色はうつりにけりな…（小野小町），これやこの行くも帰るも…（蝉丸）〔ほか〕
内容 百人一首の達人になろう！ 歌の意味や時代の背景・カルタ取りのコツを徹底解説。

『斎藤孝の日本語プリント 百人一首編─声に出して、書いて、おぼえる！』 斎藤孝著 小学館 2003.12 80p 21×30cm〈付属資料：暗唱シート1〉 1000円 ⓘ4-09-837444-7
内容 日本語の優雅さ、意味深さ、リズムの結晶体とも言える百人一首を (1)原文朗唱 (2)なぞり書き (3)伏せ字ドリル (4)下の句ドリル (5)早取り用ドリル (6)春夏秋冬・花鳥風月ドリルの6段階スパイラル学習で習得。最後に「暗唱用シート」で仕上げる。

『ちびまる子ちゃんの暗誦百人一首─暗誦新聞入り』 さくらももこキャラクター原作，米川千嘉子著 集英社 2003.12 207p 19cm （満点ゲットシリーズ） 850円 ⓘ4-08-314021-6 Ⓝ911.147
目次 秋の田のかりほの庵の苫をあらみわが衣手は露にぬれつつ（天智天皇），春すぎて夏来にけらし白妙の衣ほすてふ天の香具山（持統天皇），あしびきの山鳥の尾のしだり尾の長ながし夜をひとりかも寝む（柿本人麻呂），田子の浦にうち出でて見れば白妙の富士の高嶺に雪は降りつつ（山部赤人），奥山に紅葉ふみわけ鳴く鹿の声きく時ぞ秋はかなしき（猿丸大夫），かささぎのわたせる橋におく霜の白きを見れば夜ぞふけにける（中納言家持），天の原ふりさけ見れば春日なる三笠の山に出でし月かも（安倍仲麻呂），わが庵は都のたつみしかぞすむ世をうぢ山と人はいふなり（喜撰法師），花の色はうつりにけりないたづらにわが身世にふるながめせしまに（小野小町），これやこの行くも帰るも別れては知るも知らぬも逢坂の関（蝉丸）〔ほか〕
内容 百人一首を覚えるというと難しい印象がありますが、何度も繰り返し読んでいるうちに、季節の移りかわりや自然の美しさ、今も昔も変わりない様々な想いが感じられ、歌を読む楽しさがもっと広がることでしょう。この本で、ひとつでも好きな歌を見つけられれば、きっと心の豊かな人になれると思います。小学生のためのまんが勉強本。

『まんが百人一首と競技かるた』 浅野拓原作，夏目けいじ，本庄敬画 小学館 2002.12 321p 19cm 1100円 ⓘ4-09-253351-9 Ⓝ911.147
目次 秋の田のかりほの庵の苫をあらみわが衣手は露にぬれつつ，春過ぎて夏来にけらし白妙の衣干すてふ天の香具山，あしびきの山鳥の尾のしだり尾の長ながしい夜をひとりかも寝む，田子の浦にうち出でて見れば白妙の富士の高嶺に雪は降りつつ，奥山に紅葉踏み分け鳴く鹿の声聞く時ぞ秋は悲しき，鵲の渡せる橋に置く霜の白きを見れば夜ぞ更けにける，天の原ふりさけ見れば春日なる三笠の山に出でし月かも，わが庵は都の辰巳しかぞ住む世をうぢ山と人はいふなり，花の色は移りにけりないたづらに我が身世にふるながめせしまに，これやこの行くも帰るも別れては知るも知らぬも

詩歌　　　　　　　　　　　　　　　　　　　　　日本の古典

ふ坂の関〔ほか〕
[内容] 百人一首の秀歌の心と競技かるたの奥の深い世界をまんがで紹介！ 家族みんなで楽しめる百人一首の本。

『よくわかる百人一首』　山口仲美監修，笠原秀文，岩井渓漫画　集英社　2002.12　159p　22cm　（集英社版・学習漫画）　1200円　ⓘ4-08-288085-2　Ⓝ911.147
[目次] 秋の田のかりほの庵の苫をあらみわが衣手は露にぬれつつ，春すぎて夏来にけらし白妙の衣ほすてふ天の香具山，あしびきの山鳥の尾のしだり尾の長ながし夜をひとりかも寝む，田子の浦にうち出でて見れば白妙の富士の高嶺に雪は降りつつ，奥山に紅葉ふみわけ鳴く鹿の声聞くときぞ秋は悲しき，かささぎのわたせる橋におく霜の白きを見れば夜ぞふけにける，天の原ふりさけ見れば春日なる三笠の山に出でし月かも，わが庵は都のたつみしかぞすむ世をうぢ山と人はいふなり，花の色はうつりにけりないたづらにわが身世にふるながめせし間に，これやこの行くも帰るも別れては知るも知らぬも逢坂の関〔ほか〕

『小倉百人一首』　田辺聖子著，太田大八絵　ポプラ社　2001.4　237p　22cm　（21世紀によむ日本の古典　10）〈索引あり〉　1400円　ⓘ4-591-06774-2，4-591-99376-0
[目次] 秋の田のかりほの庵の…（天智天皇），春すぎて夏来にけらし…（持統天皇），あしひきの山鳥の尾の…（柿本人麻呂），田子の浦にうち出でてみれば…（山部赤人），奥山に紅葉ふみわけ…（猿丸大夫），かささぎのわたせる橋に…（中納言家持），天の原ふりさけ見て…（阿倍仲麻呂），わが庵は都のたつみ…（喜撰法師），花の色はうつりにけりな…（小野小町），これやこの行くも帰るも…（蟬丸）〔ほか〕

『知っておきたい百人一首』　三省堂編修所編　三省堂　2001.1　159p　21cm　（ことば学習まんが）〈索引あり〉　1000円　ⓘ4-385-13775-7
[目次] 秋の田のかりほの庵の苫をあらみ我が衣手は露にぬれつつ（天智天皇），春すぎて夏来にけらし白妙の衣ほすてふ天の香具山（持統天皇），あしびきの山鳥の尾のながながし夜をひとりかも寝む（柿本人麻呂），田子の浦にうち出でて見れば白妙の富士の高嶺に雪は降りつつ（山部赤人），奥

山に紅葉踏み分け鳴く鹿の声聞く時ぞ秋はかなしき（猿丸大夫），かささぎの渡せる橋に置く霜の白きを見れば夜ぞふけにける（大伴家持），天の原ふりさけ見れば春日なる三笠の山に出でし月かも（安倍仲麻呂），我が庵は都のたつみしかぞすむ世をうぢ山と人はいふなり（喜撰法師），花の色は移りにけりないたづらに我が身世にふるながめせしまに（小野小町），これやこの行くも帰るも別れては知るも知らぬも逢坂の関（蟬丸）〔ほか〕

『百人一首』　第23刷　くもん出版　1998.11　176p　19×16cm　（くもんのまんがおもしろ大事典）　883円　ⓘ4-87576-390-5
[目次] 秋の田のかりほの庵の苫をあらみ我が衣手は露にぬれつつ―天智天皇，春すぎて夏来にけらし白妙の衣ほすてふ天の香具山―持統天皇，あしびきの山鳥の尾のしだり尾のながながし夜をひとりかも寝む―柿本人麻呂，田子の浦にうち出でて見れば白妙の富士の高嶺に雪は降りつつ―山部赤人，奥山に紅葉ふみわけ鳴く鹿の声聞くぞ秋はかなしき―猿丸大夫，かささぎの渡せる橋におく霜の白きを見れば夜ぞ更けにける―中納言家持〔ほか〕
[内容] 本書は，小倉百人一首にうたわれている和歌を解説しながら，それぞれの歌の背景や，歌人の人物が理解できるように構成してあります。漫画を楽しみながら，和歌だけでなく，昔の人々の考え方，暮らしぶりに関する知識が身につきます。

『百人一首故事物語　2』　池田弥三郎著　河出書房新社　1998.2　157p　22cm　（生きる心の糧　第1期　13）　3700円　ⓘ4-309-61363-2
[目次] かくとだに…（藤原実方），明けぬれば…（藤原道信），なげきつつ…（藤原道綱母），忘れじの…（藤原伊周母），滝の音は…（藤原公任），あらざらむ…（和泉式部），めぐりあひて…（紫式部），有馬山…（紫式部），やすらはで…（赤染衛門），大江山…（和泉式部女）〔ほか〕

『百人一首故事物語　1』　池田弥三郎著　河出書房新社　1998.2　177p　22cm　（生きる心の糧　第1期　12）　3700円　ⓘ4-309-61362-4
[目次] 秋の田の…（天智天皇），春すぎて…（持統天皇），あしびきの…（柿本人麿），田

日本の古典　　　　　　　　　　　　　　　　　　　　　　　　　　　　　　　詩歌

子の浦に…（山部赤人），奥山に…（猿丸大夫），かささぎの…（大伴家持），あまの原…（安倍仲麿），わが庵は，…（喜撰法師），花のいろは…（小野小町），これやこの…（蟬丸）〔ほか〕

『百人一首』　長谷川孝士監修，柳川創造シナリオ，千明初美漫画　新装版　学校図書　1998.1　143p　26cm　（コミックストーリー　わたしたちの古典　6）〈年表あり〉　905円　①4-7625-0884-5
目次　『百人一首』ができるまで，秋の田のかりほの庵の苫をあらみ（天智天皇），春すぎて夏来にけらし白妙の（持統天皇），あしびきの山鳥の尾のしだり尾の（柿本人麻呂），田子の浦にうち出でて見れば白妙の（山部赤人），奥山に紅葉ふみわけ鳴く鹿の（猿丸大夫），かささぎの渡せる橋におく霜の（中納言家持），天の原ふりさけ見れば春日なる（安倍仲麿），わが庵は都のたつみしかぞすむ（喜撰法師），花の色はうつりにけりないたずらに（小野小町），これやこの行くも帰るも別れては（蟬丸）〔ほか〕

『まんが版小倉百人一首』　浅野拓原作，堀田あきおまんが　小学館　1996.12　231p　19cm　（まんが攻略シリーズ　7）　800円　①4-09-253307-1
内容　百人一首の世界を4コマまんがで楽しみながらおぼえる。

『新・百人一首をおぼえよう─口訳詩で味わう和歌の世界』　佐佐木幸綱編著　さ・え・ら書房　1996.11　158p　21cm　1800円　①4-378-02261-3
目次　秋の田の仮庵の庵の苫をあらみ…（天智天皇），春すぎて夏来にけらしの白妙…（持統天皇），あしびきの山鳥の尾のしだり尾の…（柿本人麻呂），田子の浦にうち出でてみれば白妙の…（山部赤人），奥山に紅葉踏みわけ鳴く鹿の…（猿丸大夫），かささぎの渡せる橋におく霜の…（中納言家持），天の原ふりさけ見れば春日なる…（安倍仲麿），わが庵は都のたつみしかぞすむ…（喜撰法師），花の色はうつりにけりないたずらに…（小野小町），これやこの行くも帰るも別れては…（蟬丸）〔ほか〕
内容　この本では，思いきって，それぞれの歌の持つイメージ世界に焦点を当ててみました。理解する前に，まず感じてほしい，フィーリングから入ってほしい，と思うのです。

『ドラえもんのまんが百人一首』　佐藤喜久雄監修・文，三谷幸広まんが　小学館　1995.12　232p　19cm　（ビッグ・コロタン　73）　880円　①4-09-259073-3
内容　ドラえもんといっしょにかるた名人になろう。歌の意味や背景から，かるた必勝法まで。この一冊で百人一首は完ぺき。

『まんがまるごと小倉百人一首』　学習研究社　1994.11　255p　26cm　（学研のまるごとシリーズ）〈監修：有吉保〉　1680円　①4-05-200386-1
目次　貴族の生活と百人一首，百人一首の世界，百人一首と歌がるたの世界
内容　成り立ち・人物からかるた競技までが一冊でわかる。歌の意味や背景が一目でわかる一首見聞きのまんが構成。

『小倉百人一首』　猪股静弥文，高代貴洋写真　偕成社　1993.12　232p　19cm　2000円　①4-03-529270-2

『まんが百人一首なんでも事典』　堀江卓絵　金の星社　1993.7　159p　20cm　〈監修：桑原博史〉　1100円　①4-323-01854-1
内容　大きなイラストで，百人一首の世界へタイム・スリップ。わかりやすいまんがで，歌の意味を楽しく覚える。ものしりコラムで，百人一首名人になれる。小学校四年生〜中学生むき。

『親子で覚える百人一首─マンガ解説版』　熊谷さとしマンガ　ベストセラーズ　1991.12　223p　21cm〈監修：新藤協三〉　1300円　①4-584-18125-X

『百人一首』　柳川創造シナリオ，千明初美漫画　学校図書　1991.11　143p　22cm　（コミックストーリー　わたしたちの古典　13）〈監修：長谷川孝士〉　1000円　①4-7625-0851-9
内容　中・高校での学習教材をマンガで綴る古典全集。原文と現代語訳とを対比した絵で読む古典。忘れかけていた日本の古典・知っておきたい古典全集。

『まんが版小倉百人一首』　浅野拓原作，堀田あきお漫画　小学館　1990.1

子どもの本　日本の古典をまなぶ2000冊　　155

228p　19cm　（メディアライフ・シリーズ）　780円　Ⓘ4-09-104412-3

『まんが百人一首入門―よんだ気持がよくわかる』　川村晃生＆カゴ直利著　実業之日本社　1989.12　143p　22cm〈監修：川村晃生〉870円　Ⓘ4-408-36105-4

|目次| 第1章　四季の歌，第2章　恋の歌，第3章　雑の歌，第4章　百人一首攻略法（百人一首ゲーム法，百人一首攻略トレーニング）

|内容| 歌を知る。かるたに勝つ。まんが＆トレーニングで百人一首を完全攻略。小学校上級以上向き。

『百人一首』　柳川創造構成，小杉彰ほかまんが　くもん出版　1987.12　176p　19cm（くもんのまんがおもしろ大事典）〈監修：長谷川孝士〉880円　Ⓘ4-87576-390-5

|内容| 年少の人たちに百人一首に親しんでもらうために、まんがをとりいれて、それぞれの歌の意味や歌の作られたいきさつ、作者についてなど、わかりやすく表したのが、この「おもしろ大事典百人一首」です。楽しみながら、想像力を働かせて和歌の世界にあじわってください。ねりあげられた美しいことばの表現にふれて、豊かな心をはぐくむようになればと願います。

『百人一首をおぼえよう―口頭詩で味わう和歌の世界』　佐佐木幸綱編著，吉松八重樹絵　さ・え・ら書房　1985.12　142p　22cm（さ・え・ら図書館）1200円　Ⓘ4-378-02201-X

|目次| 秋の田の（天智天皇），春すぎて（持統天皇），あしひきの（柿本人麻呂），田子の浦に（山部赤人），奥山に（猿丸大夫），鵲の（中納言家持），天の原（安倍仲麿），わが庵を（喜撰法師），花の色は（小野小町），これやこの（蟬丸）〔ほか〕

|内容|『サラダ記念日』俵万智の軽妙短歌で花開いた短歌・新時代。おなじライト感覚で『百人一首』に親しんでみませんか。著者は、早大時代の彼女に短歌を手ほどきした現代短歌の旗手のひとり。のびやかで軽やかな口訳詩は年末・年始の団らんの話題づくりに最適です。

『まんが百人一首事典』　山田繁雄監修，竹本みつる漫画　学習研究社　1983.12　248p　23cm（学研まんがひみつシリーズ）　Ⓘ4-05-100561-5　Ⓝ911.147

◆◆良寛

『手毬と鉢の子―良寛物語』　新美南吉著　名古屋　中日新聞社　2013.7　271p　19cm〈底本：校定新美南吉全集（大日本図書　1980年刊）年譜あり〉1300円　Ⓘ978-4-8062-0655-2　Ⓝ913.6

|目次| 蔵の中，鹿の仔，敵討の話，鰈，紙鳶を買う銭，寺にはいる，門，はじめての旅，円通寺で，生き埋め，漂泊，ふたたび故郷へ，五合庵で，手毬，亀田鵬斎先生の訪問，船頭の試み，童

『良寛坊物語』　相馬御風著　新装版　新潟　新潟日報事業社　2008.1　226p　21cm　1200円　Ⓘ978-4-86132-251-8

|内容| 人の世のはかなさ、悲しみ、喜び、楽しみ。四季に彩られ移ろう人生、命あるものへの慈しみ…平易な文章で御風がつづる良寛の心情。

『りょうかんさま』　子田重次詩，飯野敏絵　新装版　新潟　考古堂書店　2002.11　1冊（ページ付なし）27cm　（ほのぼの絵本）　1200円　Ⓘ4-87499-986-7　Ⓝ911.56

『良寛』　大森光章文，柳原雅子絵　勉誠社　1997.1　136p　21cm　（親子で楽しむ歴史と古典　19）　1545円　Ⓘ4-585-09020-7

|目次| 竹の子よのびれ、名主の家に生まれる、カレイになるぞ、本の虫、昼あんどん息子、寺に入る、きびしい修行、旅から旅へ、父の死、古里に帰る、五合庵、手まりとおはじき〔ほか〕

|内容| 日本人の心のふるさと、歌僧良寛。楽しいお話。

『良寛　うたの風光』　谷川敏朗文，小島直絵　鈴木出版　1995.4　78p　21×19cm　1700円　Ⓘ4-7902-1055-3

|内容| 良寛研究の第一人者と良寛を慕って越後にアトリエを構えた画家との出会いが生んだ協奏曲―68首の良寛歌の世界。

◆短歌

『短歌のえほん』　坪内稔典監修　くもん

出版　2013.11　63p　31cm　（絵といっしょに読む国語の絵本　2）　1800円　Ⓘ978-4-7743-2194-3　Ⓝ911.104

[内容] 絵を見ながら、「短歌」を、たのしく音読。いま教育現場では、わが国の言語文化に触れて、感性・情緒をはぐくむことが重要視されています。その素材として、時代をこえて受け継がれてきた「俳句・俳諧」「和歌・短歌」「詩」「漢詩・漢文」「古典」などが取り上げられ、リズムを感じながら、音読や暗唱を繰り返すなかで、子どもたちは豊かな感受性をはぐくんでいきます。そして、その手助けとなるのが、情景を思い浮かべやすい、すてきなイラスト。本書は、絵を見ながら、「短歌」を、たのしく音読・暗唱をするために制作されました。

『富士山うたごよみ』　俵万智短歌・文，U.G.サトー絵　福音館書店　2012.12　48p　31cm　（日本傑作絵本シリーズ）　1300円　Ⓘ978-4-8340-2760-0　Ⓝ911.168

『短歌をつくろう』　栗木京子著　岩波書店　2010.11　189,2p　18cm　（岩波ジュニア新書 669）〈並列シリーズ名：IWANAMI JUNIOR PAPERBACKS〉　780円　Ⓘ978-4-00-500669-4　Ⓝ911.107

[目次] 第1章 短歌ってなんだろう，第2章 定型に親しもう，第3章 視点を定めよう，第4章 言葉をみがこう，第5章 しらべに乗ろう，第6章 伝統から学ぼう

[内容] 短歌は古めかしい？　難しそう？　いえいえ、そんなことはありません。この本では、五・七・五・七・七のリズムにのって、楽しく短歌をつくるテクニックをたくさん紹介。標語やことわざを利用したり、昔話やレシピを短歌に翻訳したり、短歌の新しい世界が広がります。短歌の魅力とそのつくりかたが自然に身につく短歌入門。

『親子で楽しむこども短歌塾』　松平盟子著　明治書院　2010.7　77p　21cm　（寺子屋シリーズ　4）　1500円　Ⓘ978-4-625-62413-1　Ⓝ911.1

[目次] 1 短歌ってなぁに？，2 短歌を楽しむ・短歌で遊ぶ，3 短歌をつくってみよう──ホップ・ステップ・ジャンプ，4 みんながつくった短歌，5 短歌の名作を味わってみよう，6 もっと短歌を楽しむ

[内容] 三十一文字に心を乗せて、自分だけの世界を紡ぎだそう。短歌で味わい育てる豊かな日本語の力。

『親子で楽しむこども短歌教室』　米川千嘉子編著　三省堂　2010.1　207p　19cm〈文献あり　索引あり〉　1400円　Ⓘ978-4-385-36439-1　Ⓝ911.104

[目次] はじめに──この本の楽しみ方，短歌ってなに？，「学校」をうたう，「家族」をうたう，「友だち」をうたう，「恋」をうたう，「春」をうたう，「夏」をうたう，「秋」をうたう，「冬」をうたう〔ほか〕

[内容] 短歌にふれ、楽しみ、学習する、待望の本！「学校」「家族」「生きもの」など、選べる豊富な題材、丁寧な解説と楽しめる「短歌クイズ」、掲載短歌156首、総ルビ付き。特別付録・現代語訳付き百人一首。

『生きていくための短歌』　南悟著　岩波書店　2009.11　198p　18cm　（岩波ジュニア新書 642）〈並列シリーズ名：Iwanami junior paperbacks〉　740円　Ⓘ978-4-00-500642-7　Ⓝ911.167

[目次] 1 不登校、ひきこもりから定時制高校へ，2 短歌が引き出すもの，3 厳しい労働現場から，4 生きるつらさを詠う，5 友の支え、ひとへの思い，6 卒業できなかった生徒たち，7 友を喪う歌──震災を経験して

[内容] 昼間働き夜学ぶ、定時制高校の生徒たちが指折り数えて詠いあげた31文字。技巧も飾りもない、ありのままの思いがこめられている。働く充実感と辛さ、生きる喜びと悲しみ、そして自分の無力への嘆き。生き難い環境の中で、それでも生き続けようとする者たちの青春の短歌。

『若山牧水ものがたり』　楠木しげお文，山中冬児絵　鎌倉　銀の鈴社　2009.8　206p　22cm　（ジュニア・ノンフィクション）〈第2刷〉　1200円　Ⓘ978-4-87786-536-8

[目次] 第1章 宮崎県の山奥に，第2章 延岡の文学少年，第3章 早稲田の学生，第4章 歌人として立つ，第5章 歌人の妻をえる，第6章 沼津の牧水

『星座ジュニア─短歌』　鎌倉　かまくら春秋社　2008.6　205p　21cm　1000円　Ⓘ978-4-7740-0399-3　Ⓝ911.167

『ちびまる子ちゃんの短歌教室—かがやく日本語・短歌の魅力を感じてみよう！』 さくらももこキャラクター原作, 小島ゆかり著 集英社 2007.4 206p 19cm (満点ゲットシリーズ) 850円 Ⓘ978-4-08-314040-2 Ⓝ911.104
[目次] 第1章 自然の歌・季節の歌(石走る垂水の上のさわらびの萌え出づる春になりにけるかも(万葉集), わが園に梅の花散るひさかたの天より雪の流れ来るかも(万葉集), 春の園紅にほふ桃の花下照る道に出で立つをとめ(万葉集) ほか), 第2章 心の歌(あかねさす紫野行き標野行き野守は見ずや君が袖振る(万葉集), われはもや安見児得たり皆人の得がてにすといふ安見児得たり(万葉集), 家にあれば笥に盛る飯を草枕旅にしあれば椎の葉に盛る(万葉集) ほか), 第3章 みんなの歌(小学生の歌, 中学生の歌, 特別篇 ほか)
[内容] 長く愛され親しまれてきた短歌は、昔から変わらない人々の思いや自然の流れが詠まれているからこそ今の時代にも受け継がれているのだと思います。たくさんある短歌の中から、みなさんにもなじみやすい歌が選ばれています。作った人たちの気持ちを感じながら読んでみましょう。

『納豆の大ドンブリ—家族の短歌』 穂村弘編, 寺門孝之絵 岩崎書店 2007.3 1冊(ページ付なし) 22cm (めくってびっくり短歌絵本 5) 1400円 Ⓘ978-4-265-05265-3 Ⓝ911.167
[内容] 短歌は、五・七・五・七・七の三十一音からなる短い歌です。家族への思いがこめられた短歌を味わいましょう。家族の短歌を十四首収録。

『君になりたい—恋の短歌』 穂村弘編, 後藤貴志絵 岩崎書店 2007.2 1冊(ページ付なし) 22cm (めくってびっくり短歌絵本 3) 1400円 Ⓘ978-4-265-05263-9 Ⓝ911.167
[内容] 短歌は、五・七・五・七・七の三十一音からなる短い歌です。平安時代の昔から、短歌はラブレターとして詠まれてきました。恋の短歌を十四首収録。

『ぺったんぺったん白鳥がくる—動物の短歌』 穂村弘編, 青山明弘絵 岩崎書店 2007.2 1冊(ページ付なし) 22cm (めくってびっくり短歌絵本 4) 1400円 Ⓘ978-4-265-05264-6 Ⓝ911.167
[内容] 短歌は、五・七・五・七・七の三十一音からなる短い歌です。かわいらしい動物たちは、短歌の世界でも大人気です。動物の短歌を十四首収録。

『サキサキ—オノマトペの短歌』 穂村弘編, 高畠那生絵 岩崎書店 2006.12 1冊(ページ付なし) 22cm (めくってびっくり短歌絵本 2) 1400円 Ⓘ4-265-05262-2 Ⓝ911.167
[内容] 短歌は、五・七・五・七・七の三十一音からなる短い歌です。オノマトペは「さくさく」「ぴたり」など、音や状態をあらわす言葉。オノマトペの短歌を十四首収録。

『そこにいますか—日常の短歌』 穂村弘編, 西村敏雄絵 岩崎書店 2006.11 1冊(ページ付なし) 22cm (めくってびっくり短歌絵本 1) 1400円 Ⓘ4-265-05261-4 Ⓝ911.167
[内容] 短歌は、五・七・五・七・七の三十一音からなる短い歌です。日々のふとしたことがらを短歌で楽しみましょう。日常の短歌を十四首収録。

『短歌はどう味わいどう作るか—小・中・高校生のために』 中嶋真二著 豊科町(長野県) 中嶋真二 2005.4 69p 21cm 476円 Ⓘ4-88411-041-2 Ⓝ911.107

『蔵王っ子茂吉せんせい—童謡作家から見た—歌人斎藤茂吉』 斎藤幸郎著 山形 斎藤幸郎 2003.10 393p 22cm 〈肖像あり〉 Ⓝ911.56

『イラスト子ども短歌 4 いろんな想いを』 NHK学園監修, 高橋雅彦イラスト 汐文社 2000.10 87p 22cm 1400円 Ⓘ4-8113-7353-7
[内容] NHK学園主催の「全国短歌大会」ジュニアの部の入賞作品による『ジュニア百人一首』から選んだシリーズ。平成八年から平成十一年までの四年間を対象にしている。

『イラスト子ども短歌 3 季節のなかで』 NHK学園監修, 高村忠範イラスト 汐

文社　2000.10　87p　22cm　1400円　①4-8113-7352-9

[内容] NHK学園主催の「全国短歌大会」ジュニアの部の入賞作品による『ジュニア百人一首』から選んだシリーズ。平成八年から平成十一年までの四年間を対象にしている。

『イラスト子ども短歌　2　からだで感じて』　NHK学園監修，タカダカズヤイラスト　汐文社　2000.10　87p　22cm　1400円　①4-8113-7351-0

[内容] NHK学園主催の「全国短歌大会」ジュニアの部の入賞作品による『ジュニア百人一首』から選んだシリーズ。平成八年から平成十一年までの四年間を対象にしている。

『イラスト子ども短歌　1　心をみつめて』NHK学園監修，しばはら・ちイラスト　汐文社　2000.10　87p　22cm　1400円　①4-8113-7350-2

[内容] NHK学園主催の「全国短歌大会」ジュニアの部の入賞作品による『ジュニア百人一首』から選んだシリーズ。平成八年から平成十一年までの四年間を対象にしている。

『作ってみようらくらく短歌』　今野寿美著　偕成社　2000.3　153p　21cm　(国語がもっとすきになる本)　1500円　①4-03-541230-9

[目次] 1 短歌の楽しさ、おもしろさ、2 短歌をつくろうと思ったら、3 短歌になるのはどんなこと？、4 どんな工夫があるかしら？、5 短歌が生まれたのはいつごろ？、6 短歌で遊んでみましょう

[内容] 短歌は日本の伝統的な詩のかたちです。そして、だれでもが作れる身近な詩なのです。作ってみよう、と思ったらこの本を読んでみましょう。短歌の作り方をわかりやすく教えます。

『読んでみようわくわく短歌』　今野寿美著　偕成社　2000.3　165p　21cm　(国語がもっとすきになる本)　1500円　①4-03-541240-6

[目次] 1 短歌のリズムのこころよさ、2 短歌を楽しく読むために(「百人一首」のとくい札、文語と口語、かなづかいのこと、短歌の書き方)、3 名歌・秀歌のおもしろさ(一月のうた、二月のうた、三月のうた、四月のうた、五月のうた　ほか)

[内容] 短歌には千年以上の歴史があります。昔の人も、いまの人も5・7・5・7・7のリズムでたくさんの短歌を作ってきました。おぼえておきたい古今の名歌をとりあげて短歌の読み方をやさしくときあかします。

『よくわかる短歌』　山口仲美監修，柳川創造文，岩井渓漫画　集英社　2000.1　158p　22cm　(集英社版・学習漫画)　950円　①4-08-288075-5

[目次] 春をうたう、夏をうたう、秋をうたう、冬をうたう、青春をうたう、恋をうたう、親と子の愛情をうたう、人生をうたう、旅とふるさとをうたう

[内容] まんがと文でよくわかる！日本人の常識「短歌」。学習に役立つ重要短歌150首を収録。

『短歌を楽しむ』　栗木京子著　岩波書店　1999.12　209p　18cm　(岩波ジュニア新書)　700円　①4-00-500342-7

『まんが短歌なんでも事典』　須藤敬文，阿木二郎絵　金の星社　1996.3　159p　20cm　1200円　①4-323-01879-7

[目次] 自然をうたう・春の歌，自然をうたう・夏の歌，自然をうたう・秋の歌，自然をうたう・冬の歌，自然をうたう・野の歌，自然をうたう・海の歌，自然をうたう・山の歌，人生をうたう・親子の情愛，人生をうたう・恋の歌，人生をうたう・青春，人生をうたう・望郷，人生をうたう・孤独

[内容] 大きなイラストで、短歌の世界へタイム・スリップ！わかりやすいまんがで、短歌の意味を楽しく覚える！コラムを読んで、短歌を作ってみよう！「短歌」「作者名」からひける、二種類のさくいんは、とっても便利！小学校4年生から中学生むき。

『はじめてであう短歌の本　冬と春の歌』桜井信夫編著，池田げんえい絵　あすなろ書房　1993.4　62p　23cm　(はじめてであう俳句と短歌の本　5)　1500円　①4-7515-1685-X

[内容] 小・中学校の国語教科書に載っている俳句・短歌をもとに、古典や現代の作品より名句・秀歌を選び、やさしく解説をした「学習に役立つ子どものための俳句と短歌の入門書」。

『はじめてであう短歌の本　夏と秋の歌』

詩歌　　　　　　　　　　　　　　　　　　　　　　　　　　　　日本の古典

桜井信夫編著，池田げんえい絵　あすなろ書房　1993.4　62p　23cm　（はじめてであう俳句と短歌の本 6）　1500円　①4-7515-1686-8

『はじめてであう短歌の本　心の歌 2』
桜井信夫編著，池田げんえい絵　あすなろ書房　1993.4　62p　23cm　（はじめてであう俳句と短歌の本 8）　1500円　①4-7515-1688-4
内容　小・中学校の国語教科書に載っている俳句・短歌をもとに，古典や現代の作品より名句・秀歌を選び，やさしく解説をした「学習に役立つ子どものための俳句と短歌の入門書」。

『はじめてであう短歌の本　心の歌 1』
桜井信夫編著，池田げんえい絵　あすなろ書房　1993.4　62p　23cm　（はじめてであう俳句と短歌の本 7）　1500円　①4-7515-1687-6
内容　小・中学校の国語教科書に載っている俳句・短歌をもとに，古典や現代の作品より名句・秀歌を選び，やさしく解説をした「学習に役立つ子どものための俳句と短歌の入門書」。

『教科書にでてくる短歌』　柳川創造構成，今道英治ほかまんが　くもん出版　1989.6　176p　19cm　（くもんのまんがおもしろ大事典）〈監修：岡井隆〉　910円　①4-87576-468-5
目次　短歌とは，短歌のながれ〈1〉『万葉集』の時代．万葉歌人─悲劇の皇子の歌物語，古代から奈良時代までの歌．短歌を知るために─枕詞と序詞について．短歌のながれ〈2〉『古今和歌集』の時代．平安の都─花ひらく女流歌人，平安時代の歌．短歌を知るために─掛詞と縁語について．短歌のながれ〈3〉『新古今和歌集』の時代．西行の一生─花と月を愛した歌人，平安時代から鎌倉時代までの歌
内容　この本は，日本最古の歌集『万葉集』から現代までの代表的な短歌を，まんがで紹介しています。その歌がつくられた時代背景が理解できるとともに，枕詞や掛詞などの短歌の表現技巧についても説明してあります。小学中級以上向き。

『短歌をつくろう』　佐佐木幸綱，谷岡亜紀著，たかはし・しんや絵　さ・え・ら書房　1989.4　151p　22cm　（さ・え・ら図書館）　1236円　①4-378-02211-7
目次　短歌づくりの基礎知識　短歌ってなに？，短歌実作の入門　まず作ってみよう！，短歌上達のコツ　じょうずになりたい！
内容　短歌ってちょっと気になる。おもしろそうだけど，むずかしそう。そんなキミのために書かれた本です。ひとことで言えば，短歌ランドの歩き方。楽しみながら，大切なことが学べます。

『おぼえておきたい短歌100─まんがで学習』　萩原昌好編・著，山口太一画　あかね書房　1987.10　127p　22cm　680円　①4-251-06523-9
目次　天と地のうた，四季のうた，人生のうた
内容　『万葉集』のころから，変わることなくけつがれてきた，短歌のこころよい調べは，繊細な情感をうたうのに，もっとも適した，わたしたちの心のリズムといえます。短歌は，読み味わうにつれ，自然や人生に対する見方や考え方を，はぐくみ高めてくれます。とくに，名歌として愛されてきたものには，今もなお，確かな感動が息づいています。

◆俳句

『親子で学ぶはじめての俳句』　宇多喜代子監修，NHK出版編　NHK出版　2014.2　79p　26cm　1400円　①978-4-14-011330-1
目次　これだけは知っておきたい日本の名句三十選（つばめつばめ泥が好きになる燕かな，隠岐やいま木の芽をかこむ怒濤かな，華程な小さき人に生れたし　ほか），俳句作り基本の九か条（俳句は十七音からできている，「季語」を使った詩である，俳句の季節は「旧暦」がもとになっている　ほか），句会ゲームを開いてみよう（俳句をみんなで楽しむのが句会ゲーム，季語を決めるところからはじめよう，だれの句かわからないところがカギ　ほか）
内容　これだけは知っておきたい名句を，かわいいイラストといっしょにわかりやすく紹介。自分で俳句を作ってみようというときに役立つコツも教えます。

『俳句のえほん』　坪内稔典監修　くもん出版　2013.11　63p　31cm　（絵と

『いっしょに読む国語の絵本 1)1800円　Ⓘ978-4-7743-2193-6　Ⓝ911.304
内容 絵を見ながら、「俳句」を、たのしく音読。いま教育現場では、わが国の言語文化に触れて、感性・情緒をはぐくむことが重要視されています。その素材として、時代をこえて受け継がれてきた「俳句・俳諧」「和歌・短歌」「詩」「漢詩・漢文」「古典」などが取り上げられ、リズムを感じながら、音読や暗唱を繰り返すなかで、子どもたちは豊かな感受性をはぐくんでいきます。そして、その手助けとなるのが、情景を思い浮かべやすい、すてきなイラスト。本書は、絵を見ながら、「俳句」を、たのしく音読・暗唱するために制作されました。

『ピッキーとポッキーのはいくえほん　おしょうがつのまき』あらしやまこうざぶろうぶん，あんざいみずまるえ　福音館書店　2013.11　26p　22×20cm　(日本傑作絵本シリーズ)　900円　Ⓘ978-4-8340-8032-2　Ⓝ726.6

『俳句を作ろう』坂田直彦編　氷見　坂田直彦　2013.4　109p　21cm　Ⓝ911.3

『妖怪ぞろぞろ俳句の本　下　鬼神・超人』古舘綾子文，山口マオ絵　童心社　2013.3　63p　26cm　3200円　Ⓘ978-4-494-01420-0
目次 羅生門の鬼　都に棲む鬼，酒呑童子　もともとは美少年，鬼女紅葉　妖術つかいの美女，安達ヶ原の鬼婆　お坊さんも逃げだした！，節分　逃げる鬼，一言主　不細工な神，歩行神　子どもと仲良しの神さま？，痘瘡の神　ブツブツの神さま，厠神　トイレにいます，閻魔大王　地獄で会いましょう〔ほか〕

『妖怪ぞろぞろ俳句の本　上　妖怪・動物』古舘綾子文，山口マオ絵　童心社　2013.3　63p　26cm　3200円　Ⓘ978-4-494-01419-4
目次 河童　河童が恋してるのは…？，木霊　妖怪？　それとも精霊？，人魂　飛んだりぬけ出たり，忙しい！，天狗の礫　山の怪，天狗風　いたずら大好き！，茸の怪　ここから先は危険!?，雪女　ありえない女，鎌鼬　風の中にいるのは…？，人魚　八百歳まで生きられる？，獺　こっそりお祭り〔ほか〕

『ムーミン村—絵本句集』溝口博子俳句，

ザ・キャビンカンパニー絵　文学の森　2012.11　1冊(ページ付なし)　15×16cm　(少年叢書)〈私家版〉Ⓝ911.368

『部活で俳句』今井聖著　岩波書店　2012.8　202,2p　18cm　(岩波ジュニア新書 721)　780円　Ⓘ978-4-00-500721-9　Ⓝ911.307
目次 1 "踊る俳句同好会"誕生，2 俳句は日常だ，3 写す俳句感じる俳句，4 俳句の約束事，5 「写生」って何だろう
内容 「ダンス部の顧問になってほしいんですけど」と生徒に頼まれてひらめいたのは、部員不足の俳句同好会とダンス部の合体だった！俳句とダンスのコラボレーションという意表を突くアイデアで、国語の苦手な高校生たちに俳句のおもしろさを伝えた著者が、型にしばられずに日常を写し取る俳句の魅力を語ります。

『俳句を作ろう—少年少女向』増山至風著　柏　創開出版社　2012.5　57p　20cm　1100円　Ⓘ978-4-921207-09-0　Ⓝ911.307
目次 第1章 俳句に親しむ(俳句とは，俳句の歴史 ほか)，第2章 季節の言葉(俳句は季節の詩，季題(季語)—歳時記)，第3章 俳句のなりたち(俳句のリズム…五・七・五，知っておきたい俳人とその一句)，第4章 俳句を楽しむ・古今の名句(俳句を味わう，名句はおいしい ほか)，第5章 俳句を作ろう
内容 小学生低学年から中学生に向けて俳句の作り方のやさしい解説書。世界で一つだけの自分の俳句を作ろう。

『俳句の授業をたのしく深く』西田拓郎，高木恵理著　東洋館出版社　2012.4　116p　21cm　1600円　Ⓘ978-4-491-02799-9
目次 第1章 つくる(好きな俳句を紹介しよう，好きな俳句をまねよう，有季定型で生活をとらえよう)，第2章 みがく(感動を閉じこめよう，歳時記をたのしもう，俳句と随筆(はいくぜっせい)を書こう)，第3章 いかす(俳句づくりを生かして俳句を鑑賞しよう，俳句であいさつをしよう，句会をたのしもう)

『楽しい俳句の授業アイデア50』小山正見編著　学事出版　2012.3　127p

詩歌　　　　　　　　　　　　　　　　　　　　　日本の古典

26cm　1800円　①978-4-7619-1886-6
[目次] 1章 はじめる：俳句づくりと句会（はじめての俳句の授業，はじめての句会の授業），2章 慣れる：俳句の作り方12（あなうめ俳句，三人一句 ほか），3章 親しむ：俳句の題材22（4月を詠む（1年生），5月を詠む（母の日）ほか），4章 楽しむ：俳句のヒント16（楽しいな・きれいだなを別の言葉に，でね・がねを別の言葉に ほか），5章 ことばのポケット：季語と身近な題材・言葉（春の季語，夏の季語 ほか）

『とっておきのはいく』　村上しいこ作，市居みか絵　PHP研究所　2012.2　79p　22cm　（とっておきのどうわ）　1100円　①978-4-569-78209-6　Ⓝ913.6
[内容] あしたから，せっかくゴールデンウィークで四連休やのに，しゅくだいださ_れてしまった。はいく，三つも考えなあかん。「ねこはにゃー　いぬはわんわん　うしはモー」これでどや。じしんたっぷりいうのに，ひょうばんわるくてボツ。五・七・五でことばのリズムをたのしもう。小学1〜3年生向。

『名句を読んで写して楽しくつくる俳句ワークシート集』　小山正見編著　学事出版　2012.1　79p　26cm　1400円　①978-4-7619-1863-7
[目次] 春（古池や蛙飛びこむ水の音，菜の花や月は東に日は西に ほか），夏（閑かさや岩にしみ入る蝉の声，夏河を越すうれしさよ手に草履 ほか），秋（名月を取ってくれろとなく子かな，柿くへば鐘が鳴るなり法隆寺 ほか），冬（雪の朝二の字二の字のげたのあと，咳の子のなぞなぞあそびきりもなや ほか）
[内容] 小学校の国語教科書に載っている俳句を収録。声に出して読んでそのまま写して味わう名句。ワンポイント豆知識で身近になる俳句と作者。分かりやすい例句で子どもの創作意欲アップ。

『感動！　発見！　創造！　10分間俳句ノート—ワークシート付』　小山正見編著　学事出版　2011.8　63p　26cm　1400円　①978-4-7619-1843-9
[目次] 俳句の3つの力，俳句とは，8つの俳句の作り方・かんたんレシピ，俳句のタネをさがそう，俳句ノート30，俳句ノートの使い方，「マイベスト5」自選集，句会のしかた，言葉のポケット

『俳句のすすめ—ジュニア俳壇を通じて』　築城百々平著　［出版地不明］　［築城百々平］　2011.7　175p　21cm〈出版協力：ゆるり書房〉　1143円　①978-4-905026-07-5　Ⓝ911.367

『授業　俳句を読む、俳句を作る』　青木幹勇著　太郎次郎社エディタス　2011.6　164p　21cm　（「ひと」BOOKS）　1800円　①978-4-8118-0746-1
[目次] 第1章 俳句は子どもの感性を鋭くする（子ども俳句に開眼する，やきたてのクッキーみたいな春の風 ほか），第2章 俳句を読む（抵抗感をもたせない，子どもの作品で詩心をゆさぶる ほか），第3章 俳句を作る（なにを手がかりにして俳句するか，物語を読んで俳句を作る ほか），第4章 授業記録・俳句を作る（知っている俳句を発表する，「見て作る」と「読んで作る」ほか），第5章 子どもに学ぶ（子どもにもらった「授業論」，授業のなかの子どもの視点）
[内容] 子どもの感性の鋭さ・おもしろさを引きだし，子どもとの対話をつくりだす。物語教材の授業に俳句学習を導入することで，だれでも実りある俳句指導ができる。

『ピカピカ俳句—こころをピカピカにする、親子で読みたい美しいことば』　斎藤孝著　パイインターナショナル　2011.6　63p　25cm〈絵：大塚いちお，写真：今城純　年表あり〉　1600円　①978-4-7562-4096-5　Ⓝ911.304
[目次] 春の句（あをあをと空を残して蝶分れ，雪とけて村一ぱいの子かな ほか），夏の句（匙なめて童たのしも夏氷，梅雨晴れやところどころに蟻の道 ほか），秋の句（とどまれば あたりにふゆる蜻蛉かな，柿くへば鐘が鳴るなり法隆寺 ほか），冬の句（雪の朝二の字二の字の下駄のあと，初しぐれ猿も小蓑をほしげなり ほか）
[内容] こころがピカピカになる，斎藤孝先生の俳句の授業！　いみを知るほどにおもしろい約50句を，わかりやすく解説。

『ねんてん先生の俳句の学校　3　俳句をつくろう』　坪内稔典監修　教育画劇　2011.4　48p　29cm〈文献あり　索引あり〉　3300円　①978-4-7746-1341-3,978-4-7746-1338-3　Ⓝ911.307
[目次] 第1回目 俳句ってなんだろう？，第2

回目 まずは五七五！一名前で俳句をつくろう，第3回目 五七五スケッチ，第4回目 言葉をコーディネート，第5回目 課外授業 俳句じっけん教室，第6回目 句会を開こう，第7回目 俳句ハイキングに出発だ！

『ねんてん先生の俳句の学校 2 季節のことばを見つけよう 秋冬』 坪内稔典監修 教育画劇 2011.4 48p 29cm 〈文献あり 索引あり〉 3300円 Ⓘ978-4-7746-1340-6,978-4-7746-1338-3 Ⓝ911.307
目次 秋（月の夜に虫の音ひびいて，秋の空に耳をすませば，秋の大収穫祭，紅葉や草花にいろどられ，秋のいろいろな行事，生きものを観察しよう，だんだん寒くなってきて…），冬（冬のぬくぬく大作戦！，森羅万象に思いをはせて，楽しい雪の日，冬の行事―新年を迎えるまで，新年明けましておめでとう！，春に向かって）

『ねんてん先生の俳句の学校 1 季節のことばを見つけよう 春夏』 坪内稔典監修 教育画劇 2011.2 48p 29cm 〈文献あり 索引あり〉 3300円 Ⓘ978-4-7746-1339-0,978-4-7746-1338-3 Ⓝ911.307
目次 春（芽が出て，ふくらんで…，みんな動き出す，春の風・春の雨，句ですよ！，海のもの・山のもの，行事も大切な季節の言葉，「花」といえば桜のこと，春のあれこれ，俳句鑑賞 春），夏（風薫る，夏の始まり，梅雨を楽しもう，星に願いを，夏休みがやって来た！，涼・旬，夏の短夜ワンダーランド，夏の花，俳句観賞 夏）

『親子で楽しむこども俳句教室』 仙田洋子編著 三省堂 2011.1 223p 19cm 〈文献あり 索引あり〉 1500円 Ⓘ978-4-385-36473-5 Ⓝ911.3
目次 「学校」をよむ，「家族」をよむ，「友だち」をよむ，「恋」をよむ，「学校行事」をよむ，「生活」をよむ，「桃の節句・端午の節句・七夕」をよむ，「夏休み」をよむ，「クリスマス・バレンタインデー」をよむ，「正月」をよむ〔ほか〕
内容 「学校」「家族」「動物」「植物」など，選べる豊富な題材。丁寧な解説と楽しめる「俳句クイズ」。掲載俳句197句，総ルビ付き。

『教室俳句で言語活動を活性化する』 岡篤著 明治図書出版 2010.5 122p 21cm 1700円 Ⓘ978-4-18-315124-7
目次 1 教室俳句入門（俳句を教室に，作句の前に，作句，よりよい俳句を作るために，発展的学習），2 授業記録（低学年の授業 一年生―冬見つけ，中学年の授業 三年生――時間でどこまで指導できるか，高学年の授業―冬の中庭・配合を教える）

『親子で楽しむこども俳句塾』 大高翔著 明治書院 2010.4 77p 21cm （寺子屋シリーズ 3）〈文献あり〉 1500円 Ⓘ978-4-625-62412-4 Ⓝ911.3
目次 1 俳句ってなぁに？（俳句って，楽しい！，俳句ができるまで），2 俳句の名作を味わってみよう，3 俳句をつくってみよう（俳句の基本ルール―五・七・五と季語で俳句をつくろう，季語一覧 ほか），4 みんながつくった俳句（こどもがつくった俳句，おとながつくった俳句 ほか），5 俳句ができたら…（句会って，楽しい！，句集をつくろう ほか）
内容 「和」の文化に学ぶ"生きる力""生きる知恵"。目の前の季節や心のなかの風景…俳句で育む豊かな心と言葉。

『五七五でみにつく6年生の漢字―自分でつくるからおぼえられる』 田中保成著 ポプラ社 2010.3 207p 26cm 933円 Ⓘ978-4-591-11660-9
内容 6年生で習う181字（配当漢字）の例句と創作に必要な熟語を収録。

『五七五でみにつく5年生の漢字―自分でつくるからおぼえられる』 田中保成著 ポプラ社 2010.3 207p 26cm 933円 Ⓘ978-4-591-11659-3
内容 5年生で習う185字（配当漢字）の例句と創作に必要な熟語を収録。

『五七五でみにつく4年生の漢字―自分でつくるからおぼえられる』 田中保成著 ポプラ社 2010.3 231p 26cm 933円 Ⓘ978-4-591-11658-6
内容 4年生で習う200字（配当漢字）の例句と創作に必要な熟語を収録。

『五七五でみにつく3年生の漢字―自分でつくるからおぼえられる』 田中保成著 ポプラ社 2010.3 239p 26cm 933

円　①978-4-591-11657-9
内容 3年生で習う200字（配当漢字）の例句と創作に必要な熟語を収録。

『五七五でみにつく2年生のかん字—自分でつくるからおぼえられる』　田中保成著　ポプラ社　2010.3　175p　26cm　876円　①978-4-591-11656-2
内容 2年生で習う160字（配当漢字）の例句と創作に必要な熟語を収録。

『五七五でみにつく1年生のかん字—自分でつくるからおぼえられる』　田中保成著　ポプラ社　2010.3　95p　26cm　838円　①978-4-591-11655-5
内容 1年生で習う80字（配当漢字）の例句と創作に必要な熟語を収録。

『21世紀版少年少女古典文学館　第25巻　おくのほそ道—ほか』　興津要、小林保治、津本信博編　司馬遼太郎、田辺聖子、井上ひさし監修　松尾芭蕉、与謝蕪村ほか原作，高橋治著　講談社　2010.3　293p　20cm〈索引あり〉1400円　①978-4-06-282775-1　Ⓝ918
目次 おくのほそ道（序章、旅立ち、草加、室の八島、仏五左衛門　ほか）、山中三吟両吟歌仙、与謝蕪村俳詩（春風馬堤曲、北寿老仙をいたむ）、近世名句
内容 門人の曽良とともに遠くみちのくの旅に出たのは、四十六歳のときであった。全行程六百里、百五十日にもおよぶ苦しい旅の中から生まれたのが、『おくのほそ道』である。それは、わたしたちに人生とはなにか、旅とはなにかを永遠に問いかけてくる。蕪村は芭蕉を目標としながらも、はなやかで独特の絵画的な美を追求しつづけ、また、「春風馬堤曲」などの俳詩にみられるように、俳諧のわくを破った革新の詩人でもあった。ほかに、逆境を生きた個性派の俳人一茶の句と近世の近表的な句を鑑賞する。

『三つかぞえて—日常の俳句』　村井康司編，メリンダ・パイノ絵　岩崎書店　2010.3　1冊（ページ付なし）　22cm　（めくってびっくり俳句絵本 5）　1400円　①978-4-265-05275-2　Ⓝ911.308
内容 俳句は、五・七・五の十七音からなる世界でいちばん短い詩です。かわいらしい鳥たちの日常をこっそりのぞいてみましょう。日常の俳句を14句収録。

『うしろすがた—いろんな人の俳句』　村井康司編，のりたけ絵　岩崎書店　2010.2　1冊（ページ付なし）　22cm　（めくってびっくり俳句絵本 4）　1400円　①978-4-265-05274-5　Ⓝ911.308
内容 俳句は、五・七・五の十七音からなる世界でいちばん短い詩です。現代の風景に、あんな人のこんな姿を描きだします。いろんな人の俳句を十四句収録。

『ボールコロゲテ—スポーツの俳句』　村井康司編，吉田尚令絵　岩崎書店　2010.1　1冊（ページ付なし）　22cm　（めくってびっくり俳句絵本 3）　1400円　①978-4-265-05273-8　Ⓝ911.308
内容 俳句は、五・七・五の十七音からなる世界でいちばん短い詩です。母親熊と子ども熊は、人間たちのスポーツが大好き。スポーツの俳句を十四句収録。

『力いっぱいきりぎりす—動物の俳句』　村井康司編，nakaban絵　岩崎書店　2009.12　1冊（ページ付なし）　22cm　（めくってびっくり俳句絵本 2）　1400円　①978-4-265-05272-1　Ⓝ911.308
目次 俳句は、五・七・五の十七音からなる世界でいちばん短い詩です。一個の帽子が、動物の俳句の世界へとまよいこみます。動物の俳句を十四句収録。

『てのひらの味—食べ物の俳句』　村井康司編，とくだみちよ絵　岩崎書店　2009.11　1冊（ページ付なし）　22cm　（めくってびっくり俳句絵本 1）　1400円　①978-4-265-05271-4　Ⓝ911.308
内容 俳句は、五・七・五の十七音からなる世界でいちばん短い詩です。俳句のレストランで、いろんな料理をご賞味ください。食べ物の俳句を十四句収録。

『ちきゅうにやさしいことば—季語と環境のすてきな関係』　上田日差子著，ささきみおイラスト　明治書院　2009.7　63p　21cm　1500円　①978-4-625-68601-6　Ⓝ911.307
目次 春（七草粥、針供養、ほか）、夏（風

薫る，めだか ほか），秋（秋の七草，案山子 ほか），冬（木守柿，ぼろ市 ほか）
[内容] 季節を表現する俳句のことば「季語」には，自然を愛する気持ちがたくさんつまっています。地球温暖化などの環境問題への小さなとりくみを，季語から始めてみませんか。

『俳句に見る日本人の心―人間観・自然観・社会観の育成』須田実編著　明治図書出版　2009.7　160p　21cm　2060円　Ⓘ978-4-18-326812-9
[目次] 第1章 生きる力としての人間観・自然観・社会観の育成 俳句に見る日本人の心（新学習指導要領に新設された「伝統的な言語文化」の学習理念について，「伝統的な言語文化と国語の特質に関する事項」の学年段階を踏まえた指導について，道徳教育との関連・交流を図る指導，教材選定の観点（小学校，中学校）），第2章 芭蕉・蕪村・一茶等の名句の読解・解釈 俳句に見る日本人の心（「山路来て…」，「なの花や…」，「目出度さも…」，「面白うて…」 ほか），第3章 俳句を活用した道徳の授業展開例（小学校実践例，中学校実践例）
[内容] 伝統的な言語文化の学習開発。生きる力を育てる国語と道徳の関連重視。

『百句おぼえて俳句名人』向山洋一監修，森須蘭文，角川学芸出版編　角川学芸出版，角川グループパブリッシング〔発売〕2009.6　127p　21cm〈付属資料：CD1〉1800円　Ⓘ978-4-04-621643-4
[目次] 春の句，夏の句，秋の句，冬の句，新年の句
[内容] 日本の四季の移ろいや，文化の中で生まれた行事や風習を知って，豊かな心を育てましょう。身のまわりの人や動物・植物などへの俳人のまなざしを感じて，わずか17音で表現できる日本語のすばらしさを知り，優しさや感受性をはぐくみましょう。

『新学習指導要領対応 たのしい俳句の授業―わかる・つくる 学習指導案・ワークシート付き』西田拓郎，高木恵理著　明治図書出版　2009.1　177p　21cm（小学校新国語科の展開 1）2260円　Ⓘ978-4-18-357113-7
[目次] 低学年（りずむにあわせてあいうえお，あいうえおはいく，五・七・五日記 ほか），中学年（名まえはいく詩，季節をすこと

ば，季語のある俳句 ほか），高学年（季語のイメージから―『ごんぎつね』より，カメラでパチッと，楽しくいきいきと ほか）

『俳句えほん うちへ帰ろう』塩沢幸子著，山内マスミ絵　美研インターナショナル，星雲社〔発売〕2009.1　1冊　21cm　1000円　Ⓘ978-4-434-12661-1

『言葉の力をつける俳句単元の計画と指導』藤井圀彦，習志野市立大久保小学校国語科研究部共著　明治図書出版　2008.10　165p　21cm（国語科・授業改革双書）1960円　Ⓘ978-4-18-323417-9
[目次] 第1章 俳句の学習指導の問題点とその打開法，第2章 大久保小学校の俳句単元構成の理念，第3章 新たな俳句指導の地平，第4章 大久保小の実践の特色と提案性，第5章 小学生の俳句を鑑賞する，第6章 大久保小の研究のあり方「伝え合う力を高める国語学習」

『ハイク犬』石津ちひろ作，原田治絵　学習研究社　2008.8　1冊　25×22cm（学研おはなし絵本）1200円　Ⓘ978-4-05-203059-8
[内容] ハイク犬は「俳句」が大好きな男の子。5・7・5のリズムにのせて，見たものや体験したことを表現するのが楽しくてたまらないのです。ハイク犬といっしょに世界中を旅しながら，俳句を楽しんでみませんか？ 言葉あそびの名人・石津ちひろと"オサムグッズ"の原田治が贈る，言葉と表現のふしぎがいっぱいにつまった俳句絵本。言葉の勉強にも最適。

『俳句えほん この空の下で』山県照江著，山内マスミ絵　美研インターナショナル，星雲社〔発売〕2007.9　1冊　21cm　1000円　Ⓘ978-4-434-11114-3
[内容] 移ろいゆく空の下にあふれる日常の風景をあつめた「俳句えほん」。

『100年俳句計画―五七五だからおもしろい！』夏井いつき著　そうえん社　2007.8　247p　20cm（Soenshaグリーンブックス N-3）1200円　Ⓘ978-4-88264-303-6　Ⓝ911.304
[目次] 春（一年生，ぶらんこ ほか），夏（夏

来る，葉桜 ほか），秋（休暇果つ，秋日和 ほか），冬（冬麗，冬夕焼 ほか）
　内容　楽しくないと俳句じゃない！「句会ライブ」や「俳句甲子園」など，俳句に関する新しい試みを，つぎつぎに生み出す俳人，夏井いつき。俳句を知れば世界が変わる！ そんな思いを胸に全国を駆けめぐる著者と出会いの物語。

『カメレオンはいく』　本信公久さく・え　くもん出版　2007.5　1冊（ページ付なし）　22×22cm　〈他言語標題：The traveling chameleon　英語併記〉　1200円　Ⓘ978-4-7743-1226-2　Ⓝ726.6
　内容　カメレオンがずんずん進む！ げんきになれる色いっぱいの絵本。

『山盛りの十七文字―俳句を楽しもう』　藤原和好，伊藤政美，谷口雅彦，尾西康充，松本吉弘，森田高志，山川晃史編　津　三重県生活部文化振興室　2007.3　59p　26cm　Ⓝ911.307

『与謝蕪村』　高村忠範文・絵　汐文社　2007.3　79p　22cm　（俳人芭蕉・蕪村・一茶を知ろう）　1400円　Ⓘ978-4-8113-8180-0　Ⓝ911.34
　目次　蕪村の故郷，蕪村の本名，蕪村の生いたち，蕪村と宋阿，宰鳥から蕪村へ，放浪時代，画家蕪村，蕪村と芭蕉，蕪村，四国へ，「夜半亭」二世，夜半亭蕪村の仕事と死，俳句の歴史，季語

『小林一茶』　高村忠範文・絵　汐文社　2007.2　79p　21cm　（俳人芭蕉・蕪村・一茶を知ろう）　1400円　Ⓘ978-4-8113-8181-7　Ⓝ911.35
　目次　一茶誕生と母の死，一茶と，まま母，一茶，江戸へ，一茶，俳諧と出会う，一茶と旅，父の遺産，帰郷から死まで，一茶の代表作「父の終焉日記」と「おらが春」，一茶が生きた時代，俳句の歴史，季語

『小学生のまんが俳句辞典』　藤井圀彦監修　学習研究社　2005.2　255p　21cm　1000円　Ⓘ4-05-301853-6　Ⓝ911.307
　目次　俳句ってなあに，俳句四つの物語（松尾芭蕉―旅に生きた人，与謝蕪村―俳句に生きる画家の目，小林一茶―弱い者への温かいまなざし，正岡子規―俳句への情熱と生涯の友），春・夏・秋・冬の名句（雪とけて村一ぱいの子どもかな（小林一茶），残雪やごうごうと吹く松の風（村上鬼城），梅が香にのつと日の出る山路かな（松尾芭蕉）ほか），俳句をつくろう（五・七・五のリズムになれよう，発見や感動を言葉にしよう，句をつくってみよう，仕上げを大切に―推敲しよう，句を発表しよう），俳句の資料室
　内容　まんがとイラストで，俳句を楽しく味わい，学ぶ辞典。

『はいくのえほん　続』　西本鶏介編・文，清水耕蔵絵　鈴木出版　2005.1　29p　27cm　（ひまわりえほんシリーズ）　1100円　Ⓘ4-7902-5125-X　Ⓝ911.308
　内容　読みやすい有名な俳句を，詩情あふれる絵で描いた絵本。俳句の世界をより深く，より印象的に紹介。

『ポピーの夢―童句集』　遠藤冨子著，つかだみちこ，クリスティーナ平山訳　改訂　近代文芸社　2004.9　81p　22cm　〈他言語標題：Marzenia maków　ポーランド語併記〉　2000円　Ⓘ4-7733-7210-9　Ⓝ911.368
　目次　春，夏，秋，冬
　内容　本書は，"童句"のテクニックを駆使し，非常に敬虔主義的であり，かつまた芸術的センスをもって創作された作品集である。

『柿くえば鐘が鳴るなり―俳句』　斎藤孝編著，江口修平絵　草思社　2004.8　1冊（ページ付なし）　21×23cm　（声に出して読みたい日本語 子ども版 2）　1000円　Ⓘ4-7942-1331-X　Ⓝ911.308

『母のバリカン―童句集』　山本たけし著　ノンブル　2003.12　149p　19cm　2300円　Ⓘ4-931117-79-1　Ⓝ911.368

『俳句童話集―英語訳付き』　三木健司，三木慰子編・訳　文芸社　2003.11　93p　27cm　〈他言語標題：Haiku fairy tales〉　1200円　Ⓘ4-8355-6358-1　Ⓝ913.68

『青春俳句をよむ』　復本一郎著　岩波書店　2003.9　180p　18cm　（岩波ジュニア新書）　780円　Ⓘ4-00-500447-4　Ⓝ911.304
　目次　1　青春1，2　友情，3　恋愛，4　家族，5　教室，6　教師，7　勉学，8　読書，9　試験，10

行事，11 卒業，12 青春2
[内容] 友情，恋，学校，試験，スポーツ，卒業—青春のさまざまなシーンでの心の動きが，たった十七音でみごとに表現される俳句．近代の作家から現代の高校生の作品まで，たっぷり鑑賞して俳句の世界の深さを楽しもう．

『ポピーの夢—童句集』 遠藤冨子著，つかだみちこ，クリスティーナ平山訳　近代文芸社　2003.9　70p　22cm〈他言語標題：Marzenia maków　ポーランド語併記〉2000円　①4-7733-7070-X　Ⓝ911.368
[目次] 春，夏，秋，冬

『はいくのえほん』　西本鶏介編・文，清水耕蔵絵　鈴木出版　2003.6　29p　27cm　（ひまわりえほんシリーズ）1100円　①4-7902-5096-2　Ⓝ911.308
[内容] 親しみやすい有名な俳句を，春夏秋冬の詩情あふれる絵で描きました．世界で一番短い詩，美しい日本のことばの世界へ誘います．4〜5歳から．

『どうぶつ句会』　あべ弘士さく・え　学習研究社　2003.4　55p　19×23cm　1200円　①4-05-201697-1　Ⓝ911.3
[内容] 食いしんぼう俳句あり，だじゃれ俳句あり，ほのぼの俳句あり，名句だってあります．これぞ，どうぶつ俳句絵本の決定版．小学校低学年から．

『入門俳句事典』　石田郷子著，山田みづえ監修　国土社　2003.3　71p　27cm　（俳句・季語入門 5）2800円　①4-337-16405-7　Ⓝ911.302
[目次] 俳句のなりたち，人物伝，二十四節気とは，俳句のつくりかた，俳句はじめの一歩—身近なところで季語を見つけて俳句をつくろう，句会の開きかた

『ちびまる子ちゃんの俳句教室』　さくらももこキャラクター原作，夏石番矢編・著　集英社　2002.3　205p　19cm　（満点ゲットシリーズ）〈付属資料：1枚〉850円　①4-08-314016-X
[目次] 俳句って，なあに？，四俳人の名句を読もう（松尾芭蕉の一生，まんが・松尾芭蕉の一生　ほか），季節ごとの俳句を読もう

（春，夏　ほか），季語のない自由な俳句を読もう
[内容] まる子と楽しく俳句のお勉強！　芭蕉から現代の俳句まで，声に出して覚えたい俳句が全部で153句．まるちゃん流解釈まんが入りで俳句の世界が楽しく学べます．

『高橋治のおくのほそ道—ほか』　高橋治著　講談社　2001.11　268p　19cm　（シリーズ・古典 6）1200円　①4-06-254556-X
[目次] おくのほそ道，山中三吟両吟歌仙，与謝蕪村俳詩，近世名句，解説（石寒太著）

『おもしろ野鳥俳句50』　小林清之介編著，山口太一画　あかね書房　2000.5　127p　22cm　（まんがで学習）1200円　①4-251-06608-1
[目次] 春の野鳥俳句（出前来て初鶯を逃がしたり（神蔵器），見うしないやすく雲雀を見まもりぬ（篠原梵），巣籠れる妻の燕は巣にあふれ（前田普羅）　ほか），夏の野鳥俳句（得し虫を嘴にたのしも四十雀（大島三平），見えかくれ居て花こぼす目白かな（富安風生），刹して山ほととぎすほしいまま（杉田久女）　ほか），秋の野鳥俳句（照りかげり路地くる顔に朝の鵙（石川桂郎），あれほどの椋鳥おさまりし一樹かな（松根東洋城），ひよどりは写真とる間も鳴きつづけ（阪井渓仙）　ほか），冬の野鳥俳句（梟淋し人の如くに眠る時（原石鼎），白鳥のつぎつぎに着く身を反らし（鷹羽狩行），鴨の陣ただきらきらとなることも（皆吉爽雨）　ほか），無季の野鳥俳句（山鴉春立つ空に乱れけり（内田百閒），鳶の輪の上に鳶の輪冬に倦く（西東三鬼），尾長来て枯谷に色よみがえり（村田脩）　ほか）
[内容] かつて野鳥を愛することは，かごのなかに入れて，めんどうをみることだと思われていました．今はちがいます．自然のなかでながめたり，観察したりすることが，本当に野鳥を愛することだと考えられるようになりました．本書は，そういう立場から，野鳥の俳句を五十句選び，その解釈や，野鳥に関する知識などをまとめてみました．

『こどものはいく』　坂田直彦著　氷見　坂田直彦　2000.3　192p　19cm

『作ってみようらくらく俳句』　辻桃子著　偕成社　2000.3　158p　21cm　（国語がもっとすきになる本）1500円　①4-

03-541210-4

[目次] 1 はじめての俳句，2 俳句の約束ごと，3 さあ，つくってみよう，4 句会と吟行を楽しもう，5 俳句のひろがり

[内容] 俳句はいつでもどこでもだれでも作れます。これから作ってみたいと思っている人にももっとうまく作りたいと思っている人にも作り方と上達のコツをわかりやすく教えます。

『読んでみようわくわく俳句』 辻桃子著 偕成社 2000.3 163p 21cm （国語がもっとすきになる本） 1500円 ①4-03-541220-1

[目次] 1 俳句を知る（日本人の暮らしの中の俳句，俳句の歴史），2 名句を読む（鑑賞のまえに，俳句の歴史をつくった俳人たち—名人の句を読もう），3 知っておきたい四季の名句（春の俳句，夏の俳句，秋の俳句 ほか）

[内容] 俳句ってむずかしい，と思っていませんか。そんなことはありません。5・7・5のことばの中には作者のたくさんの「気持ち」がつまっています。よく知られている古今の名句をとりあげて俳句の読み方をやさしくときあかします。

『よくわかる俳句』 山口仲美監修，五十嵐清治文，高橋タクミ漫画 集英社 2000.1 158p 22cm （集英社版・学習漫画）〈索引あり〉 950円 ①4-08-288074-7

[目次] 春の俳句，夏の俳句，秋の俳句，冬の俳句，自由な俳句

[内容] まんがと文でよくわかる！ 学習に役立つ重要俳句130句を収録。

『春の日や庭に雀の砂あひて—E.J.キーツの俳句絵本』 リチャード・ルイス編，エズラ・ジャック・キーツ画，いぬいゆみこ訳 偕成社 1999.6 31p 28cm 〈他言語標題：A day of spring, in the garden, sparrows bathing in the sand. 英文併記〉 1600円 ①4-03-960250-1

[内容] アメリカの絵本作家エズラ・ジャック・キーツが，日本の俳句をもとに，イメージをふくらませ，すばらしいコラージュの絵本にしました。俳句は，日本が世界にほこれる文化です。たった17音で，自然の美しさや自分の心の動きをみごとにいいあらわしてしまうこの詩は，世界中の人によろこばれ，今ではハイクとして，大人も子どもも，自分たちのことばで楽しんでいます。また，江戸時代の俳句も，英語に訳されると，こんなふうに，世界の子どもたちがそれをたのしめるものになります。これも，すばらしいことですね。

『ふるさとをよむ俳句』 飯田竜太著 あすなろ書房 1999.3 77p 22cm （NHK教育テレビ「シリーズ授業」—子どもたちへのメッセージ 5） 1400円 ①4-7515-2035-0

[目次] 日の丸べんとう，どんな俳句を知ってるかな？，俳句をつくってみる，五・七・五と季語，すなおに表現する，俳句とわたし，ふるさとをとらえる，今の気持ちを大切に

『俳句を読もう—芭蕉から現代までの二六八句』 藤井圀彦編著 さ・え・ら書房 1998.10 159p 21cm 〈文献あり 年譜あり 索引あり〉 1800円 ①4-378-02263-X

[目次] 1 松尾芭蕉，2 与謝蕪村，3 小林一茶，4 現代の俳句—子規以降の俳人たち（正岡子規，高浜虚子，種田山頭火，飯田蛇笏，尾崎放哉，水原秋桜子，橋本多佳子 ほか）

[内容] 俳句をあなたの心の宝に！ 旅行にいったとき，何かうれしいこと，悲しいことがあったとき，そして，ぼうっと空をながめているとき…ふっと心に浮かぶような俳句，おぼえておきたい俳句268句を紹介・鑑賞します。

『どうぶつはいくあそび』 きしだえりこ作，かたやまけん絵 のら書店 1997.12 1冊 16cm 1300円 ①4-931129-67-6

『続「おぼえておきたい」俳句100』 小林清之介編著，山口太一画 あかね書房 1997.6 127p 22cm （まんがで学習） 1200円 ①4-251-06604-9

[内容] 俳句をまんがで楽しく学習！ 俳句入門書として最適。

『イラスト子ども俳句 冬』 炎天寺編，なかにしけいこ絵 汐文社 1996.3 1冊 22cm 〈監修：吉野孟彦〉 1200円 ①4-8113-0307-5

[内容] 本編に収録されている作品は，小林一茶縁の寺，「炎天寺」（東京・足立区）が主催

している「全国小中学生俳句大会」に応募された俳句の中からプロのイラストレーターがさらに選句し、画を添えた楽しく親しみやすい俳句集です。

『イラスト子ども俳句　秋』　炎天寺編，岩間みどり絵　汐文社　1996.3　1冊　22cm〈監修：吉野孟彦〉1200円　①4-8113-0306-7
[内容]　本編に収録されている作品は、小林一茶縁の寺、「炎天寺」(東京・足立区)が主催している「全国小中学生俳句大会」に応募された俳句の中からプロのイラストレーターがさらに選句し、画を添えた楽しく親しみやすい俳句集です。

『イラスト子ども俳句　夏』　炎天寺編，ヒロナガシンイチ絵　汐文社　1996.3　1冊　22cm〈監修：吉野孟彦〉1200円　①4-8113-0305-9
[内容]　本編に収録されている作品は、小林一茶縁の寺、「炎天寺」(東京・足立区)が主催している「全国小中学生俳句大会」に応募された俳句の中からプロのイラストレーターがさらに選句し、画を添えた楽しく親しみやすい俳句集です。

『イラスト子ども俳句　春』　炎天寺編，斎藤美樹絵　汐文社　1996.3　1冊　22cm〈監修：吉野孟彦〉1200円　①4-8113-0304-0
[内容]　本編に収録されている作品は、小林一茶縁の寺、「炎天寺」(東京・足立区)が主催している「全国小中学生俳句大会」に応募された俳句の中からプロのイラストレーターがさらに選句し、画を添えた楽しく親しみやすい俳句集です。

『イラスト子ども俳句　クイズ・学習』　炎天寺編，高村忠範絵　汐文社　1996.3　91p　22cm〈監修：吉野孟彦〉1200円　①4-8113-0303-2
[目次]　俳句ってなんじゃろ，リズムで勝負じゃ，有名な俳句を味わってみよう，自分のまわりを再発見するのじゃ，俳句つなぎクイズじゃ，俳句つなぎクイズの答えじゃ，松尾芭蕉ってどんな人，これが奥の細道じゃ，小林一茶ってどんな人，芭蕉VS一茶〔ほか〕

『まんが俳句なんでも事典』　石塚修文，宮坂栄一絵　金の星社　1996.1　159p　20cm　1200円　①4-323-01878-9
[目次]　俳句(新年の句，春の句，夏の句，秋の句，冬の句)，川柳
[内容]　小学校4年生～中学生むき。

『俳句はいかが』　五味太郎作・絵　岩崎書店　1994.6　63p　22×22cm　1400円　①4-265-80072-6
[目次]　これが俳句，まずは言葉，あえて五・七・五，なぜか季語，とにかく言い切る，そしてイメージ

『おくのほそ道―ほか』　松尾芭蕉ほか原作，高橋治著　講談社　1994.4　301p　22cm　(少年少女古典文学館　第26巻)　1700円　①4-06-250826-5
[目次]　おくのほそ道，山中三吟両吟歌仙，与謝蕪村俳詩，近世名句
[内容]　芭蕉が門人の会良とともに遠くみちのくの旅に出たのは、四十六歳のときであった。全行程六百里、百五十日にもおよぶ苦しい旅の中から生まれたのが、『おくのほそ道』である。それは、わたしたちに人生とはなにか、旅とはなにかを永遠に問いかけてくる。蕪村は芭蕉を目標としながらも、はなやかで独得の絵画的な美を追究しつづけ、また、「春風馬堤曲」などの俳詩にみられるように、俳諧のわくを破った革新の詩人でもあった。ほかに、逆境を生きた個性派の俳人一茶の句と近世の代表的な句を鑑賞する。

『はいくのえほん』　鈴木寿雄画，福田陸太郎訳，鈴木未央子編　リンリン企画，星雲社〔発売〕　1993.9　1冊　27×23cm　2000円　①4-7952-3358-6

『一茶物語』　駒込幸典ほか編　長野　信濃教育会出版部　1993.6　148p　22cm　(現代口語訳信濃古典読み物叢書　第5巻)〈監修・指導：滝沢貞夫　叢書の編者：信州大学教育学部附属長野中学校創立記念事業編集委員会〉1000円　①4-7839-1028-6

『はじめてであう俳句の本　冬の句』　桜井信夫編著，三谷朝彦絵　あすなろ書房　1993.3　62p　23cm　(はじめてであう俳句と短歌の本　4)　1500円　①4-7515-1684-1
[目次]　俳句のかたちが生まれるまで、俳句の

世界をひろげ，ふかめる，俳句のきまり，どの句をおぼえましたか〔ほか〕

『はじめてであう俳句の本　秋の句』　桜井信夫編著，三谷靱彦絵　あすなろ書房　1993.3　62p　23cm　(はじめてであう俳句と短歌の本 3)　1500円　Ⓝ4-7515-1683-3

『はじめてであう俳句の本　夏の句』　桜井信夫編著，三谷靱彦絵　あすなろ書房　1993.3　62p　23cm　(はじめてであう俳句と短歌の本 2)　1500円　Ⓝ4-7515-1682-5

『はじめてであう俳句の本　春の句』　桜井信夫編著，三谷靱彦絵　あすなろ書房　1993.2　62p　23cm　(はじめてであう俳句と短歌の本 1)　1500円　Ⓝ4-7515-1681-7

『やさしくてよくわかる俳句の作り方―まんがで学習』　小林清之介著，山口太一画　あかね書房　1993.2　127p　22cm　980円　Ⓝ4-251-06545-X
目次　よい俳句を作るには―5・7・5はここちよい音，5・7・5を自分のものに―17音になれる方法は，季語が生み出す季節感―俳句にはどうして季語が必要なのか，季語をよく知ることから―季語にはどんなものがあるのか，季語が重複しない工夫―季重なりの句にならないために，句をひきしめる「や，けり，かな」―切れ字が生み出す効果，切れ字がなくても句が切れる―句の奥ゆきを深くする句切れ，身のまわりにいくらでもある題材―題材のさがし方，静止の句より動きの句―ものの動きや動作が見えるように作る，句の手なおし・しあげ―推敲のあれこれ，秀句鑑賞―上達のヒントは優れた句の中に
内容　この本には，俳句の作り方を，初歩からやさしく解説してあります。

『小学生のやさしい俳句』　醍醐育宏著，毛利将範絵　小峰書店　1992.11　201p　18cm　(てのり文庫)　580円　Ⓝ4-338-07927-4
目次　1 俳句を作ってみませんか，2 俳句の作り方，3 俳句作りの練習，4 俳句作りの目のつけどころ，5 小学生の季語

『戦後における俳句教材史の研究―小学校・中学校国語教科書の場合』　柴田奈美著　芸風書院　1989.9　240p　20cm　Ⓝ375.82

『俳句をつくろう』　藤井閔彦著，君島美知子絵　さ・え・ら書房　1989.4　127p　22cm　(さ・え・ら図書館)　Ⓝ4-378-02212-5
目次　1 俳句作りの準備運動，2 発見をことばに書きとめる，3 文章と俳句と絵―貴美子さんたちの学級の作品，4 俳句の作り方，5 俳句をみがく，6 俳句を生活に生かす，7 句会を開こう，8 名句鑑賞
内容　この本は，1章から順に読んでいけば，楽しみながら，しぜんに俳句が生まれるようにくふうされています。もちろん，自分のすきな章をひろって読まれてもかまいません。俳句は世界でもっとも短い詩です。たった17文字に，どれだけ自分の思いを盛りこめるか？　ことばあそびのゲームなどをしながら，ことばの感覚をみがき，いい俳句をつくりましょう。

『教科書にでてくる俳句』　後藤長男ほかまんが　くもん出版　1988.12　175p　19cm　(くもんのまんがおもしろ大事典)〈監修：坪内稔典〉880円　Ⓝ4-87576-450-2
目次　室町時代後期，江戸時代前期，松尾芭蕉の一生，江戸時代中期，与謝蕪村の一生，江戸時代後期，小林一茶の一生，明治・大正時代，正岡子規の一生，昭和時代，近代と現代の俳人たち(明治・大正・昭和時代)
内容　この本はまんがによって，500年間の俳句の歴史をたどり，主要な作品を紹介しています。季語や切れ字などの俳句独得の表現についてもわかりやすく説明しています。小学中級以上向き。

『おぼえておきたい俳句100―まんがで学習』　小林清之介編・著，山口太一画　あかね書房　1987.6　127p　22cm　680円　Ⓝ4-251-06522-0
目次　春の俳句，夏の俳句，秋の俳句，冬の俳句，俳句のやくそく，俳句のあゆみ

◆◆松尾芭蕉

『絵で読む日本の古典　5　おくのほそ道』　田近洵一監修　ポプラ社　2012.3　47p　29cm〈索引あり　文献あり〉2800円

日本の古典　　　　　　　　　　　　　　　　　　　　　　　　　　詩歌

Ⓘ978-4-591-12809-1　Ⓝ910.2
目次 序章（江戸・深川），旅立ち（江戸・千住），日光（裏見の滝），塩釜の宿，松島，平泉，尿前の関，立石寺，最上川，出羽三山，象潟，市振の関，市振の宿，太田神社（小松），大垣，芭蕉・蕪村・一茶の有名な俳句

『絵で見てわかるはじめての古典　10巻　おくのほそ道・俳句・川柳』田中貴子監修　学研教育出版，学研マーケティング〔発売〕　2012.2　47p　30cm〈文献あり〉2500円　Ⓘ978-4-05-500863-1　Ⓝ910.2
目次 『おくのほそ道』は，こんな本，『おくのほそ道』が書かれた江戸時代前期ってこんな時代，『おくのほそ道』を書いた松尾芭蕉ってこんな人，芭蕉の旅支度と荷物，百五十日かけてめぐった『おくのほそ道』ルート，原文にトライ！声に出して読んでみよう！，松尾芭蕉研究，もっと知りたい芭蕉のこと芭蕉のこと芭蕉記念館へ行こう，俳句って何？　川柳って何？，俳句の約束川柳の約束，古典であそぼう（俳句を作ろう！，俳句で遊ぼう！，川柳で遊ぼう！），楽しく広がる古典の世界

『おくのほそ道』松尾芭蕉文，中谷靖彦絵，斎藤孝編　ほるぷ出版　2008.8　1冊　22×22cm（声にだすことばえほん）1200円　Ⓘ978-4-593-56057-8
内容 「夏草や兵どもが夢の跡」「閑さや岩にしみ入蟬の声」など，松尾芭蕉の代表作「おくのほそ道」から俳句を選りすぐり，芭蕉の旅をたどりながら，俳句を楽しむ絵本にしました。声にだして読んで，芭蕉の詠んだ日本各地の情景を楽しんで下さい。

『松尾芭蕉』高村忠範文・絵　汐文社　2007.1　79p　22cm　（俳人芭蕉・蕪村・一茶を知ろう）1400円　Ⓘ978-4-8113-8179-4　Ⓝ911.32
目次 芭蕉誕生，藤堂家に奉公に出る，良忠の死，宗房，江戸に，宗房から桃青へ，桃青，芭蕉となる，「野ざらし紀行」から「更科紀行」まで，「蛙」のこと，俳諧紀行「おくのほそ道」，「おくのほそ道」マップ〔ほか〕

『奥の細道―まんがとカメラで歩く　3（秋を歩く）』伊東章夫まんが，大石好文写真・文　理論社　2006.11　137p　20cm　1500円　Ⓘ4-652-01598-4　Ⓝ915.5

目次 象潟，酒田，鶴岡，越後，市振，有磯海，金沢，小松，那谷寺，山中温泉，福井，敦賀，種（色）の浜，大垣，旅に病んで

『奥の細道―まんがとカメラで歩く　2（夏を歩く）』伊東章夫まんが，大石好文写真・文　理論社　2006.8　141p　20cm　1500円　Ⓘ4-652-01597-6　Ⓝ915.5
目次 佐藤庄司の旧跡，飯坂（飯塚）の里，笠島，武隈の松，宮城野（仙台），壷の碑，末の松山・塩釜，瑞巌寺・石巻，平泉，尿前の関，尾花沢，立石寺，最上川，出羽三山
内容 いま，芭蕉が新しい！まんがで学び，カメラで遊ぶ。あわせて読んで旅を味わうおとなの「細道」子どもの「ほそ道」。

『奥の細道―まんがとカメラで歩く　1（春を歩く）』伊東章夫まんが，大石好文写真・文　理論社　2006.6　141p　20cm　1500円　Ⓘ4-652-01596-8　Ⓝ915.5
目次 少年時代，俳諧への道，旅立ち，草加・春日部，仏の五左衛門，日光，那須野ヶ原，黒羽，雲巌寺，殺生石・遊行柳，白河の関，須賀川，安積山・信夫の里
内容 まんがで学び，カメラで遊ぶ，あわせて読んで旅を味わう。いま芭蕉が新しい。

『奥の細道―まんが紀行　下巻』すずき大和著　戸田　青山出版社　2003.11　233p　22cm　1500円　Ⓘ4-89998-046-9　Ⓝ915.5
目次 尿前の関，尾花沢，立石寺，最上川，出羽三山，酒田，象潟，越後路，市振，越中路〔ほか〕
内容 岩手を出発して，宮城・山形・秋田・新潟・富山・石川・福井，そして感動の終着地・岐阜を訪ねる後半90数日間の旅。あの名句が生まれた背景をじっくりと感じ取ってください。中学生以上。

『奥の細道―まんが紀行　上巻』すずき大和著　戸田　青山出版社　2003.11　235p　22cm　1500円　Ⓘ4-89998-045-0　Ⓝ915.5
目次 旅立ち，第一夜，室の八島，日光，那須野，黒羽，雲巌寺，殺生石・遊行柳，白河の関，須賀川〔ほか〕
内容 江戸・深川を出発して，埼玉・栃木・福島・宮城・岩手を訪ねる前半40数日間の旅。あの名句が生まれた背景をじっくりと感じ取ってください。中学生以上。

詩歌　　　　　　　　　　　　　　　　　　　　　　　日本の古典

『奥の細道』　上野洋三著，太田大八絵　ポプラ社　2002.4　221p　22cm　（21世紀によむ日本の古典 15）　1400円　①4-591-07140-5, 4-591-99440-6
|目次| わたしの旅，草庵を売る，出発まで，出発の朝，歩きなれるまで，室の八島，日光山にお参りする，曽良の頭，裏見の滝，那須野の妖精〔ほか〕

『おくのほそ道の旅』　萩原恭男，杉田美登著　岩波書店　2002.1　243p　18cm　（岩波ジュニア新書）　740円　①4-00-500390-7
|目次| 旅立，室の八島，日光，黒羽，殺生石・遊行柳，白河の関，須賀川，あさか山・しのぶの里，佐藤庄司の旧跡・飯坂，武隈の松〔ほか〕
|内容| 江戸時代，旅は苦しいものであった。そろそろ老境にさしかかろうという芭蕉は，なぜ半年にもわたる長旅に出たのだろうか。その旅はどのようなものだったのだろうか。不朽の名作に描かれた旅の跡を，長時間をかけて自らの足でたどった芭蕉研究の第一人者が，豊富な考証とともに解説する「おくのほそ道」の旅。

『おくのほそ道』　長谷川孝士監修，柳川創造シナリオ，村野守美漫画　新装版　学校図書　1998.6　143p　26cm　（コミックストーリー　わたしたちの古典 10）　905円　①4-7625-0888-8
|目次| 人と作品1（芭蕉のふるさと，俳諧との出会い，若殿につかえて… ほか），おくのほそ道（旅立ち，深川，草加 ほか），人と作品2（幻住庵，落柿舎，芭蕉の死 ほか）

『おくのほそ道』　松尾芭蕉著，長谷川孝士監修，柳川創造シナリオ，村野守美漫画　新装版　学校図書　1998.1　143p　26cm　（コミックストーリー　わたしたちの古典 10）〈年譜あり〉　905円　①4-7625-0888-8
|目次| 人と作品1（芭蕉のふるさと，俳諧との出会い，若殿につかえて… ほか），おくのほそ道（旅立ち，深川，草加 ほか），人と作品2（幻住庵，落柿舎，芭蕉の死 ほか）

『新・奥の細道を読もう』　藤井囶彦編著　さ・え・ら書房　1997.10　206p　21cm　2200円　①4-378-02262-1

|内容| 歌枕の地の写真を大型にし，一部カラー化しました。新しく発見された，芭蕉の自筆と思われる本の記述も参考に入れました。語注をそれぞれの節の中にくりこみ，その場で参照できるようにしました。現代語訳でたのしむ『奥の細道』。

『奥の細道』　松尾芭蕉原作，小山田つとむ漫画　ほるぷ出版　1996.4　181p　22cm　（まんがトムソーヤ文庫—コミック世界名作シリーズ）　①4-593-09495-X

『奥の細道』　矢口高雄著　中央公論社　1995.10　300p　19cm　（マンガ日本の古典 25）　1262円　①4-12-403303-6

『ガイドブック　おくのほそ道』　和順高雄文，新井幸人写真　偕成社　1994.5　202p　19cm　（マチュア選書）　2000円　①4-03-529300-8
|目次| 日光路—深川〜日光〜遊行柳，奥州路（白河の関〜飯坂〜宮城野，壺の碑〜松島〜平泉），出羽路—尿前の関〜出羽三山〜象潟，北陸路（出雲崎〜金沢〜山中，全昌寺〜敦賀〜大垣），おくのほそ道行程地図，芭蕉略年譜
|内容| 世界にも知られる「おくのほそ道」の名文を鑑賞しながら，歌枕50か所を詩人和順高雄と写真家新井幸人が案内します。

『奥の細道を読もう』　藤井囶彦編著，鴇田幹装画　さ・え・ら書房　1993.10　215p　22cm　（さ・え・ら図書館/国語）　1370円　①4-378-02219-2
|目次| 『奥の細道』を読む前に（『奥の細道』とは，「芭蕉」とはどういう人だったか，『奥の細道』の旅，俳諧・歌仙・俳句），『奥の細道』—原文と現代語訳
|内容| 世界で一番短い詩，俳句を完成させた松尾芭蕉といえば『奥の細道』が有名です。でも多くの場合，ほんのさわりの部分を知るばかりで終わってしまいます。そこで，わかりやすい現代文で全体を読み通してみると，芭蕉がどんなことを考えながら，東北から北陸の道を一歩一歩歩いたかが，肌身に感じられるようになります。小学上級〜中学向き。

『おくのほそ道』　岸田恋まんが　くもん出版　1991.11　159p　20cm　（くもんのまんが古典文学館）〈監修：平田喜信〉　980円　①4-87576-595-9

|目次|『おくのほそ道』と松尾芭蕉，『おくのほそ道』の旅の地図，旅立ち，コラム『おくのほそ道』の世界から，解説（旅の詩人，芭蕉の残した紀行文学，俳諧，そして俳句とは，松尾芭蕉の一生，『おくのほそ道』の旅，松尾芭蕉が生きた時代）

『絵で見るたのしい古典 7 奥の細道』 萩原昌好，野村昇司指導 学習研究社 1990.7 64p 27cm Ⓘ4-05-104237-5

『おくのほそ道の世界』 横井博文，井口文秀絵 大日本図書 1990.1 155p 21cm 1200円 Ⓘ4-477-16501-3
|内容|この本は上段と下段に分けられています。上段は，『おくのほそ道』そのものからよりは，芭蕉とともに旅をした門人・曽良の『曽良旅日記』によりながら，旅の実際のすがたを再現してみました。下段は，上段に対応する『おくのほそ道』の本文を引用し，いくつかの語句についての説明を添えました。『おくのほそ道』の世界にわけ入りながら，芭蕉の旅と人生に思いをはせていただきたいと思います。

『旅の人 芭蕉ものがたり』 楠木しげお作，小倉玲子絵 教育出版センター 1989.9 159p 21cm （ジュニア・ノンフィクション 32） 1236円 Ⓘ4-7632-4131-1
|目次|1 俳諧好きの少年，2 蟬吟に仕えて，3 江戸の宗匠・桃青，4 芭蕉を名のる，5 旅に住む思い，6 『野ざらし紀行』の旅，7 いまを時めく蕉風，8 『笈の小文』の旅，9 『奥の細道』の旅―千住から平泉まで，10 『奥の細道』の旅―尾花沢から大垣まで，11 京・近江の門人たち，12 さいごの旅

『まんがで学習『奥の細道』を歩く』 萩原昌好編，山口太一画 あかね書房 1989.4 127p 21cm 803円 Ⓘ4-251-06530-1
|内容|『奥の細道』は，松尾芭蕉と門弟曽良がみちのくを旅した紀行文として，昔から多くの人びとに愛されてきました。俳諧の真実を求めてやまぬその姿から，わたしたちはどれほどの糧を得ることでしょう。歳月を経た今も『奥の細道』はきっとみなさんの「心の道」にしみて，ほのぼのとともしびをあたえてくれることと思います。

『芭蕉―自然を愛した詩人』 伊馬春部著 改訂版 偕成社 1988.9 296p 19cm 1600円 Ⓘ4-03-808170-2
|目次|ふるさと伊賀の国，芭蕉庵のあけくれ，俳諧への道，初しぐれの旅，奥の細道，旅に病んで

『おくのほそ道―俳句の絵本』 松尾芭蕉著，中村まさあき絵 岩崎書店 1987.9 35p 25cm 980円 Ⓘ4-265-91112-9

◆川柳

『クイズでひねるだじゃれ川柳 レベル3』 高村忠範文・絵 汐文社 2012.2 79p 22cm 1500円 Ⓘ978-4-8113-8849-6 Ⓝ911.4

『クイズでひねるだじゃれ川柳 レベル2』 高村忠範文・絵 汐文社 2012.1 79p 22cm 1500円 Ⓘ978-4-8113-8848-9 Ⓝ911.4

『クイズでひねるだじゃれ川柳 レベル1』 高村忠範文・絵 汐文社 2011.11 79p 22cm 1500円 Ⓘ978-4-8113-8847-2 Ⓝ911.4

『せんりゅうのえほん』 西本鶏介編・文，斎藤隆夫絵 鈴木出版 2008.1 1冊（ページ付なし）27cm （ひまわりえほんシリーズ） 1100円 Ⓘ978-4-7902-5179-8 Ⓝ911.4

『子どものこころ五七五』 宇部功編 大阪 新葉館出版 2004.2 169p 21cm 1429円 Ⓘ4-86044-211-3 Ⓝ911.467

『ケロ吉くんの楽しい川柳入門』 北野邦生著 大阪 葉文館出版 1999.8 129p 22cm 1500円 Ⓘ4-89716-075-8
|目次|1 川柳の作り方からおぼえよう（世界で一番短い詩「川柳」，川柳は心のスケッチ，川柳のやくそくごとは「五・七・五」ほか），2 川柳を作るみんなは楽しそう（一・二年生の川柳はどうかな，三・四年生の川柳はどうかな，五・六年生の川柳はどうかな），3 せんぱいのいい句をとことん味わおう（六巨頭と呼ばれる川柳作家の句から，現代川柳作家の句から），4 さあキミも川柳作家にチャレンジだ（心の動きを五・七・五に，目で見たものを五・七・五に，できごと

を五・七・五に ほか)

内容 子供たちの川柳は、大人の川柳の真似事の域を出ていないというのが現状であります。今ここで、子供たちに川柳というものを正しく理解させておかなければなりません。そのために是非必要なのが、子供のための「川柳の作り方の確かな手引書」。この本は、小学校三年生以上の子供ならだれでも、自力で、しかも楽しみながら勉強できます。

『のらくろの川柳まんが』 山根赤鬼著 あゆみ出版 1998.9 191p 22cm 1600円 ①4-7519-2333-1

目次 やさしい川柳のつくり方, 子ども編, スポーツ編, 生活編, 川柳の楽しみ方－あとがきにかえて

『イラスト子ども川柳 シリーズ3』 熊田松雄編, なかにしけいこ絵 汐文社 1995.1 1冊 22cm 1200円 ①4-8113-0278-8

『イラスト子ども川柳 シリーズ2』 熊田松雄編, ヒロナガシンイチ絵 汐文社 1995.1 1冊 22cm 1200円 ①4-8113-0277-X

『イラスト子ども川柳 シリーズ1』 熊田松雄編, 高村忠範絵 汐文社 1995.1 1冊 22cm 1200円 ①4-8113-0276-1

『ゆかいな川柳五・七・五―まんがで学習』 萩原昌好, 西山健太郎編, 山口太一画 あかね書房 1988.11 127p 22cm 780円 ①4-251-06529-8

目次 よんでみよう五・七・五(あんな子・こんな子・へんな子, あんな親子・こんな親子・へんな親子, あんな人・こんな人・へんな人, あんなもの・こんなもの・へんなもの, あんなこと・こんなこと・へんなこと), つくってみよう五・七・五(自分のことも・友だちのことも, 家族のことも, 学校のことも, 季節のうつりかわりのことも, ばかばかしいと思ったことも)

内容 川柳がすばらしいのは、だれでも作者になれることです。そして、約束ごとにあまりこだわらずに、のびのびと自分の考えや、世の中に対する風刺を表すことができることです。そこでこの本では、最初に昔のおとなの人の川柳、つぎに今の小学生のみなさんの川柳を紹介して、楽しんでいただくことにしたのです。

## 古典芸能

『安楽寺松虫姫鈴虫姫ものがたり』 鶴田一郎画, 千草子和らげ文 河出書房新社 2013.5 1冊(ページ付なし) 31cm 2900円 ①978-4-309-25549-1 Ⓝ911.64

内容 法然の二人の愛弟子、安楽・住蓮の寺である鹿ヶ谷安楽寺に伝わる、松虫姫・鈴虫姫という官女の出家にからむ悲しい伝説を描いた和讃画集。

『絵で見てわかるはじめての古典 8巻 能・狂言・歌舞伎』 田中貴子監修 学研教育出版, 学研マーケティング〔発売〕 2012.2 47p 30cm〈文献あり〉2500円 ①978-4-05-500861-7 Ⓝ910.2

目次 能・狂言って何？, 能・狂言研究, 原文にトライ！ 声に出して読んでみよう！, 古典であそぼう, ちょっと寄り道のぞいてみよう！ 文楽の世界, 歌舞伎って何？, 歌舞伎研究, 楽しく広がる古典の世界

『光村の国語はじめて出会う古典作品集 3 落語・狂言・能・歌舞伎・人形浄瑠璃』 青山由紀, 甲斐利恵子, 邑上裕子編, 河添房江, 高木まさき監修 光村教育図書 2010.2 111p 27cm〈文献あり 年表あり 索引あり〉3500円 ①978-4-89572-758-7 Ⓝ918

目次 落語(ぞろぞろ, 目黒のさんま ほか), 狂言・能(狂言(附子, 柿山伏), 能(敦盛)), 歌舞伎・人形浄瑠璃(歌舞伎(勧進帳), 人形浄瑠璃(曽根崎心中))

『なげいたコオロギ―古代歌謡変奏』 桜井信夫著, 市川曜子画 編書房, 星雲社〔発売〕 2008.9 98p 21cm 1300円 ①978-4-434-12118-0 Ⓝ911.66

目次 1 かわいい子を―『神楽歌』より(かわいい子を, なげいたコオロギ), 2 カエルとミミズ―『催馬楽』より(タカの子, 老いねずみ, うめにうぐいす ほか), 3 わかあゆ―今様歌『梁塵秘抄』より(ふえのはまべ, はまのなみ, あそびこそいのち ほか)

内容 日本のとおいむかしの歌である古代歌

謡にはさまざまなものがあり、古典文学として今日につたえられています。そのなかの梁塵秘抄、催馬楽、神楽歌から選んで、子どもたちにもわかるように原典を解説し、それを新しく今風に「再創造」しました。これは古代歌謡変奏の歌です。

『伝統芸能』 三隅治雄監修 ポプラ社 2007.3 215p 29cm （ポプラディア情報館） 6800円 ①978-4-591-09602-4,978-4-591-99840-3 Ⓝ772.1

[目次] 1章 伝統芸能の歴史，2章 歌舞伎，3章 能，4章 狂言，5章 文楽，6章 雅楽，7章 邦楽，8章 落語とそのほかの寄席芸，9章 沖縄の伝統芸能，10章 伝統芸能の未来，資料 もっと調べよう！

[内容] 歌舞伎や能、狂言、文楽など、日本の伝統的な舞台芸能をはじめ、雅楽、邦楽など伝統的な音楽を幅広く取りあげました。豊富な写真とイラストで、舞台のしくみや衣裳などを具体的に紹介。舞台の裏側までわかるよう工夫しました。歌舞伎や能、狂言など、それぞれの芸能の代表的な演目を写真で紹介します。伝統芸能のすばらしさを知るための入門書として最適の内容です。

『知らざあ言って絶景かな―歌舞伎・狂言』 斎藤孝編著，長崎訓子絵 草思社 2005.8 1冊（ページ付なし） 21×23cm （声に出して読みたい日本語 子ども版 10） 1000円 ①4-7942-1429-4 Ⓝ912.5

[内容] この巻に入っている言葉は、みんなセリフだ。セリフらしく音読するには、まず恥を捨てることが必要だ。幸い子どもは、恥ずかしがり方が大人より少ない。できるだけ大げさにやるのがコツだ。わざとらしく、オーバーアクション気味に、肚から思い切り声を出す。少し驚いたくらいのことでも、腰を抜かすほどびっくりしたようにやる。そうすると、変に恥ずかしがっているよりは、ずっと様になってくる。人前でしっかりと声を出せる勇気を持ちたい。

『がまの油』 斎藤孝文，長谷川義史絵 ほるぷ出版 2005.1 1冊 22×22cm （声にだすことばえほん） 1200円 ①4-593-56049-7

[内容] 「さあさ、お立ちあい、ご用とおいそぎのないかたは、ゆっくりと聞いておいで。」「てまえ持ちいだしたるは、四六のがまだ。」「二枚が四枚、四枚が八枚、八枚が十六枚…」物売り口上の決定版「がまの油」が、声にだして読んで楽しく、絵を見ておかしい絵本になりました。

『百合若大臣』 たかしよいち文，太田大八絵，西本鶏介監修 ポプラ社 2004.9 41p 25×26cm （日本の物語絵本 9） 1200円 ①4-591-08263-6

[内容] 八尺五寸もの強弓をひく百合若は、みごと蒙古軍をしりぞけたのだが、おそろしい運命が待っていた！ 波瀾万丈の英雄物語。

『伝統芸能』 新谷尚紀監修 学習研究社 2003.3 59p 27cm （日本人の暮らし大発見！ 日本の伝統をもっとよく知ろう 4） 2800円 ①4-05-201734-X,4-05-810699-9 Ⓝ702.1

[目次] 芸能，祭りと芸能，民俗芸能，伎楽，雅楽と散楽，広がる芸能，能と狂言，歌舞伎，人形浄瑠璃，浮世絵〔ほか〕

『歴史と文化を調べる―歴史博物館・遺跡・城・歌舞伎・能・狂言・文楽・祭り』 次山信男監修 リブリオ出版 2003.3 79p 27cm （見学体験おもしろ情報 3） ①4-86057-091-X Ⓝ069.035

『調べて学ぶ日本の伝統 4 芸能』 大日本図書 1996.3 39p 25cm 3000円 ①4-477-00653-5

[目次] 能と狂言，歌舞伎，日本舞踊，文楽，民俗芸能

[内容] 小学校上級～中学校向。

『日本の音と楽器』 小柴はるみ著 小峰書店 1995.4 55p 29cm （日本の伝統芸能 8） 3000円 ①4-338-12308-7

[内容] 楽器とは何だろう？，音の楽しみ，音のしかけ，おもしろい音の表現，生活の中の音，宗教と楽器，雅楽の楽器，民俗芸能の楽器，能の楽器，歌舞伎の楽器，演奏様式と楽器〔ほか〕

『日本の祭りと芸能 2』 芳賀日出男著 小峰書店 1995.4 55p 29cm （日本の伝統芸能 6） 3000円 ①4-338-12306-0

[目次] 夏がきた，夏は危険な季節だった，京都の祇園祭り，全国の祇園祭り，怪獣・動物

古典芸能　　　　　　　　　　　　　　　　　　　　　　日本の古典

が大集合，夏祭りの芝居，夏祭りの踊り，火の祭り，七夕，盆の行事，盆踊り，収穫のよろこび〔ほか〕

『日本の祭りと芸能　1』　芳賀日出男著　小峰書店　1995.4　55p　29cm　（日本の伝統芸能 5）　3000円　Ⓡ4-338-12305-2
|目次| 正月を迎える，年神が訪れてくる，正月のしし舞，正月の祭りと芸能，小正月の行事，お正月さん，さようなら，冬の祭りと芸能，王祇祭り，語り物の世界，節分の鬼たち，稲の豊作をねがう〔ほか〕

『かるかやと紅葉』　駒込幸典ほか編　長野　信濃教育会出版部　1994.5　145p　22cm　（現代口語訳信濃古典読み物叢書 第12巻）〈監修・指導：滝沢貞夫　叢書の編者：信州大学教育学部附属長野中学校創立五十周年記念事業編集委員会〉　1000円　Ⓡ4-7839-1035-9

◆雅楽

『東儀秀樹の雅楽』　東儀秀樹監修，小野幸恵著　岩崎書店　2002.3　47p　29cm　（日本の伝統芸能はおもしろい 4）　2800円　Ⓡ4-265-05554-0,4-265-10267-0
|目次| 第1章 雅楽の音は宇宙だ，第2章 雅楽のドレミを作ってみよう，第3章 シルクロードから日本へ…雅楽の歴史，第4章 ルーツによって分けられる音楽と舞の世界，第5章 東儀先生に聞いてみよう，第6章 ぼくが雅楽師になるまで
|内容| ロックが好きで，ギタリストになりたいと思っていた少年は，おじいさんが吹いていた，「ブィーン」という不思議な音色の篳篥のことを考えるようになります。それは，千年以上も昔から伝わる楽器。おじいさんの奏でる音楽は，雅楽だったのです。雅楽は，まず感じることから―雅楽が生まれた時代のように，自然に耳を傾け，自然を感じてみると，そこから雅楽の世界が広がります。小学校高学年以上。

『雅楽』　高橋秀雄著　小峰書店　1995.4　55p　29cm　（日本の伝統芸能 1）　3000円　Ⓡ4-338-12301-X
|目次| 伝統のひびき，雅楽へのいざない，雅楽のいろどり，雅楽のあゆみ，雅楽のひろがり

◆能楽

『21世紀版少年少女古典文学館　第15巻　能　狂言』　興津要，小林保治，津本信博編，司馬遼太郎，田辺聖子，井上ひさし監修　別役実，谷川俊太郎著　講談社　2010.1　301p　20cm　1400円　Ⓡ978-4-06-282765-2　Ⓝ918
|目次| 能（忠度，かきつばた，羽衣，安宅，俊寛，すみだ川，自然居士，土蜘蛛，鞍馬天狗），狂言（三本の柱，いろは，蚊相撲，しびり，附子，賽の目，鎌腹，神鳴，くさびら，居杭）
|内容| この世に思いを残して死んでいった人々の霊や，神，鬼などをとおして，現世をはなれ，幽玄の風情にひたれる詩劇“能”。おなじみの太郎冠者や次郎冠者が登場し，生き生きとしたことばで，おおらかな笑いにつつんでくれる対話劇“狂言”。能と狂言の極限まで様式化された表現方法は，欧米の演劇には類のない前衛舞台芸術として，いま世界じゅうから注目されている。

『能・狂言』　今西祐行文，若林利代絵　童心社　2009.2　205p　20cm　（これだけは読みたいわたしの古典）〈シリーズの監修者：西尾実〉　2000円　Ⓡ978-4-494-01981-6,978-4-494-07167-8　Ⓝ912.3
|目次| 能（天鼓，羽衣，猩々，善知鳥，邯鄲，隅田川，安宅，鉢の木），狂言（末広がり，二人大名，子盗人，神鳴，釣狐，しびり，栗焼，柿山伏），解説（松本新八郎）

『狂言・謡曲―ふたり大名ほか』　今江祥智編著，赤羽末吉画　新装改訂版　小峰書店　1998.2　225p　23cm　（はじめてであう日本の古典 12）　1600円　Ⓡ4-338-14812-8,4-338-14800-4
|目次| ふたり大名―狂言（ぶす，末ひろがり，ふたり大名，止動方角，かたつむり，くさびら ほか），謡曲ものがたり―謡曲（ふしぎなまくら，すみだ川）

『能と狂言』　児玉信著　小峰書店　1995.4　55p　29cm　（日本の伝統芸能 2）　3000円　Ⓡ4-338-12302-8
|目次| 能とは何だろう？，能のふるさと，能の仲間たち，能の大成者―観阿弥と世阿弥，能舞台のしくみ，能が始まるまで―楽屋の風景〔ほか〕

『能 狂言』 別役実, 谷川俊太郎著 講談社 1993.2 309p 22cm （少年少女古典文学館 第15巻） 1700円 Ⓘ4-06-250815-X
目次 能(忠度, かきつばた, 羽衣, 安宅, 俊寛, すみだ川, 自然居士, 土蜘蛛, 鞍馬天狗), 狂言(三本の柱, いろは, 蚊相撲, しびり, 附子, 賽の目, 鎌腹, 神鳴, くさびら, 居杭)
内容 日本人の心をゆさぶる美しい詩劇〈能〉中世民衆の底ぬけに明るい風刺劇〈狂言〉古典芸能を, いま文字で読む。

『学校百科・はじめてみる伝統芸能 2 能・狂言』 増田正造監修・文・写真, 亀山哲郎写真 クロスロード 1989.3 47p 27cm 2000円 Ⓘ4-906125-76-X

◆◆能

『舞う心—「お能」より』 赤木かん子編, 白洲正子著 ポプラ社 2008.4 21p 21cm （ポプラ・ブック・ボックス 王冠の巻 12） Ⓘ978-4-591-10217-6 Ⓝ773

『舎利—韋駄天と足疾鬼』 片山清司文, 小田切恵子絵 神戸 BL出版 2008.2 1冊（ページ付なし） 28cm （能の絵本） 1600円 Ⓘ978-4-7764-0265-7 Ⓝ726.6
内容 お釈迦さまの舎利をうばいとった鬼, 足疾鬼と, それを宇宙の果てまで追って取りもどす, 仏法の守護神, 韋駄天。ふたりの対決は, 千年の時をこえてくりひろげられます。

『隅田川—愛しいわが子をさがして』 片山清司文, 小田切恵子絵 神戸 BL出版 2006.4 1冊（ページ付なし） 28cm （能の絵本） 1600円 Ⓘ4-7764-0186-X Ⓝ726.6
内容 さらわれたわが子をさがし, たったひとり旅立つ母。武蔵野を流れる隅田川で待ちうけていたものは……。わが子を求める母の, 強い愛情を描いた能「隅田川」の物語。

『玉井—海幸彦と山幸彦』 片山清司文, 白石皓大絵 神戸 BL出版 2006.4 1冊（ページ付なし） 28cm （能の絵本） 1600円 Ⓘ4-7764-0187-8 Ⓝ726.6

内容 はるかむかしの兄弟の神様, 海幸彦と山幸彦。つり針をめぐった争いのすえ, 山幸彦は海の中の竜宮へ。神話に題材を得た, 能「玉井」の物語。

『鉢の木』 たかしよいち文, 石倉欣二絵 ポプラ社 2005.11 37p 25×26cm （日本の物語絵本 16） 1200円 Ⓘ4-591-08946-0
内容 大雪のなか旅をする修行僧のために常世は, たいせつな鉢の木を薪にしたのだった…謡曲から生まれた心あたたまる物語。

『項羽—大王の赤い花』 片山清司文, 白石皓大絵 神戸 BL出版 2005.5 1冊（ページ付なし） 28cm （能の絵本） 1600円 Ⓘ4-7764-0127-4 Ⓝ726.6
内容 中国の楚の時代, 項羽と劉邦の戦いがあった…。不思議な老人が語る伝説的な英雄の最期と, 赤く美しい虞美人草のいわれ。能「項羽」の物語。

『天鼓—天からふってきた鼓』 片山清司文, 小田切恵子絵 神戸 BL出版 2005.5 1冊（ページ付なし） 28cm （能の絵本） 1600円 Ⓘ4-7764-0126-6 Ⓝ726.6
内容 天から鼓がふってきたゆめのあとに, 生まれてきた男の子。少年天鼓と美しい音色の鼓がたどる悲しい運命, そして音楽がとりもつ父子のきずなを描く, 能「天鼓」の物語。

『能』 山崎有一郎監修 くもん出版 2004.4 127p 27cm （物語で学ぶ日本の伝統芸能 1） 2800円 Ⓘ4-7743-0738-6 Ⓝ773
目次 羽衣, 敦盛, 隅田川, 鉢木, 大江山, 殺生石

『天狗の恩がえし』 片山清司文, 小田切恵子絵 アートダイジェスト 2002.4 1冊（ページ付なし） 31cm （お能の絵本シリーズ 第2巻（大会）） 1800円 Ⓘ4-900455-74-1 Ⓝ726.6

『安達ケ原の鬼婆—鬼女いわての伝説』 渡辺弘子文, 半沢良夫絵 改訂版3刷 会津若松 歴史春秋出版 2001.10 177p 21cm 1162円 Ⓘ4-89757-435-8

古典芸能　　　　　　　　　　　　　　　　　　　　　　　　　　　　日本の古典

Ⓝ913.6

『能』　籾山千代作・絵　大日本図書　1996.12　32p　31cm　（知識図絵日本の伝統）　2678円　Ⓘ4-477-00778-7

『安達ケ原の鬼婆―鬼女いわての伝説』　渡辺弘子文，半沢良夫絵　改訂版2刷　会津若松　歴史春秋出版　1995.3　177p　21cm　1165円　Ⓘ4-89757-287-8

『童話お能物語　続』　内柴秀文著，内柴敏子挿画　東洋書院　1990.3　249p　22cm　1500円

『童話お能物語』　内柴秀文著，内柴敏子挿絵　東洋書院　1988.6　278p　22cm　〈監修：喜多六平太〉1500円
|目次| 1 鞍馬天狗，2 鵜飼，3 殺生石，4 黒塚，5 摂待，6 実盛，7 鉢の木，8 小袖曽我，9 三輪，10 鷺，11 大江山の鬼退治，12 土蜘蛛退治，13 桜丸物語，14 珠取物語，15 小狐丸物語，16 小町物語，17 吉野の鮎，18 雲雀山，19 紅葉狩，20 羽衣，21 筒井筒，22 名日乙女，23 田村麿，24 八島の合戦，25 巴御前
|内容| お能のお話（謡曲）を聞いたりしますと，ああ，そのお話はどこかで聞いたことがあるとか，知っているわ，とおっしゃる方がたくさんいらっしゃいます。というのは，たくさんのお話の中には，昔話や伝説として伝えられたり，おもしろい物語として，広まったりしたものがずいぶんあるからです。そんなお話を中心に，このたび，不断書きとめておいた，能楽童話集をまとめてみました。

『安達ケ原の鬼婆―鬼女いわての伝説』　渡辺弘子文，半沢良夫絵　会津若松　歴史春秋出版　1986.7　177p　22cm　（ふくしま子供文庫）　1200円

◆◆◆道成寺

『道成寺―大蛇になった乙女』　片山清司文，白石皓大絵　神戸　BL出版　2008.2　1冊（ページ付なし）28cm　（能の絵本）　1600円　Ⓘ978-4-7764-0266-4　Ⓝ726.6
|内容| おさないころにいだいた純粋な恋心が，やがて乙女を大蛇のすがたに変えていき…。道成寺の鐘にまつわる，悲恋の伝説をもとにつくられた能の名作。

『安珍と清姫の物語　道成寺』　松谷みよ子文，司修絵　ポプラ社　2004.4　40p　25×26cm　（日本の物語絵本 8）　1200円　Ⓘ4-591-08043-9
|内容| むかし，紀伊の国，真砂の里に，清姫というううつくしいむすめがいた。清姫は，としわかい旅の山伏・安珍をひと目みて，こころをうばわれた。けれど清姫の想いは，安珍にとどかない。おもいあまった清姫は…。

『安珍と清姫』　一色悦子文，渡辺安芸夫絵　会津若松　歴史春秋出版　1986.5　181p　21cm　（ふくしま子供文庫 3）　1200円
|目次| 安珍と清姫，あやめ姫とさよ姫
|内容| 昔，むかしから「道成寺物語」として有名な，安珍と清姫の美しくも恐ろしい恋のお話。

◆◆狂言

『狂言えほん　うつぼざる』　もとしたいづみ文，西村繁男絵　講談社　2011.11　1冊　28×22cm　（講談社の創作絵本）　1200円　Ⓘ978-4-06-132490-9
|内容| むかし，わがままなとのさまが，家来をつれ，狩りにでかけました。そのとちゅうで猿まわしを見かけ，自分のつづみ（矢入れ）にしようと，猿の毛皮をよこせと無理難題をいいつけます。弓矢でおどされ，泣く泣く子猿をうつことにした猿まわし，せめて苦しまないように我が手でと，棒をふりかぶると，猿は合図とかんちがいをし，芸を始めます。その姿に猿まわしは，やはりうてぬ，と涙を流し，猿まわしたの情愛に，とのさまは…。読みきかせ3歳から，ひとり読み小学校低学年から。

『うそなき』　内田麟太郎文，マスリラ絵　ポプラ社　2009.2　35p　26×22cm　（狂言えほん 5）　1200円　Ⓘ978-4-591-10828-4
|内容| ねえねえ，みて。わたしってこんなにかわいそう。ほーら。ヨヨヨヨヨ。さてさてこのおんなのなみだ，あなたはしんじますかな。

『狂言の大研究―"笑い"の古典芸能　舞台・装束から名曲の見どころまで』　茂山千五郎監修　PHP研究所　2009.2　79p　29cm　〈文献あり　索引あり〉　2800

円　①978-4-569-68935-7　Ⓝ773.9
目次　第1部 狂言を見に行ってみよう（なぜ屋根がついているの？，どうして松の木が描かれているの？，舞台の裏はどうなっているの？，着ているものに特徴はあるの？，なぜふつうにしゃべるように言わないの？，着物なのに，どうしてじょうずに動き回れるの？，ストーリーの流れをつかむポイントはあるの？，狂言には何人ぐらいの人が登場するの？），第2部 狂言について学ぼう（狂言とはどのようなものか，狂言の種類，よく出てくる登場人物の性格や特徴，狂言の名曲―ストーリー紹介と見どころ，狂言のけいこ，狂言師になるには，狂言のプログラム），第3部 もっと知りたい狂言のあれこれ（狂言の流派，曲の難度と分類，奉納狂言，狂言用語集，もっと知りたい人のために…）

『かみなり』　内田麟太郎文，よしながこうたく絵　ポプラ社　2008.12　1冊　26×22cm　（狂言えほん 4）1200円　①978-4-591-10689-1
内容　とつぜん，やぶいしゃのそばにかみなりさまがおちてきた。「けがをしたから，ちりょうをせい。さもないと，ひきさいてやる！」かわいそうなやぶいしゃ…そのうんめいや，いかに。

『かたつむり』　内田麟太郎文，かつらこ絵　ポプラ社　2008.6　36p　26×22cm　（狂言えほん 3）1200円　①978-4-591-10366-1
内容　かたつむりをみたことがない太郎冠者。とんでもないいきものを，「かたつむりだ！」とかんちがい。やしきにつれてかえろうとしている。はてさて，そのとんでもないいきものとは。

『かきやまぶし』　内田麟太郎文，大島妙子絵　ポプラ社　2008.1　1冊　26×22cm　（狂言えほん 2）1200円　①978-4-591-10045-5
内容　おやおや？　こわーいかおのやまぶしが，なぜだかかわいそうななみだがお。いったい，やまぶしになにがおこったのやら？…こたえはほんのなかに。

『ぶす』　内田麟太郎文，長谷川義史絵　ポプラ社　2007.7　35p　26×23cm　（狂言えほん 1）1200円　①978-4-591-09841-7
内容　つぼのなかには，ぶす。ぶすは，そのうえをふいてきたかぜにあたるだけでいのちをうしなうという，あぶな〜いもの。でも，つぼのなかのぶすをのぞいてみると，なんともうまそうにみえてしかたがない。さてさて，「ぶす」のしょうたいとは。

『狂言えほん　くさびら』　もとしたいづみ文，竹内通雅絵　講談社　2007.6　1冊　28×22cm　（講談社の創作絵本）1200円　①978-4-06-132357-5
内容　むかし，ある男がおりました。家にくさびら（きのこ）が生えてきて，取っても取ってもなくならないので，山伏にまじないを頼みにいきました。「わしにまかせなさい」と，えらそうな態度をした山伏が，「ほろんほろほろんほろ」とまじないをとなえると…くさびらは消えるどころか，数が増えてしまいました。山伏は必死になって，何度もまじないをとなえますが，くさびらはどんどん増えるばかり。ついには巨大なおばけくさびらが出てきて，男と山伏に襲いかかります。腰をぬかした二人は，たくさんのくさびらたちに追われて逃げていきました。読みきかせ3歳から。ひとり読み小学校低学年から。

『狂言えほん　ぶす』　もとしたいづみ文，ささめやゆき絵　講談社　2007.4　1冊　28×22cm　（講談社の創作絵本）1200円　①978-4-06-132347-6
内容　むかし，あるお屋敷に，主人と二人の家来がおりました。ある日，主人は「このつぼには『ぶす』というたいへんな毒が入っている。くれぐれも近寄らないように」と家来に言いつけて，出かけていきました。「ぶす」を見てみたくなった二人の家来は，「あおげ，あおげ」と，毒の風にあたらないように扇であおぎながら，つぼに近づきます。ついにつぼの中を見た二人は，「ぶす」が砂糖であることを知り，夢中でぜんぶ平らげてしまいました。帰ってくる主人に言い訳をするために，二人が考えたこととは，いったい。

『狂言―茂山宗彦・茂山逸平私達がご案内します』　茂山宗彦，茂山逸平監修　アリス館　2006.4　47p　31cm　（こども伝統芸能シリーズ 図書館版 2）2600円　①4-7520-0334-1　Ⓝ773.9
目次　イラスト図解　狂言ライブへ行こう！，狂言の世界へ，ようこそ，演目紹介（蝸牛，附子，棒縛り，仏師）

古典芸能　　　　　　　　　　　　　　　　　　　　日本の古典

『鬼の首引き』　岩城範枝文，井上洋介絵　福音館書店　2006.2　35p　26×25cm　（日本傑作絵本シリーズ）　1200円　Ⓘ4-8340-2180-7
|内容| 鬼の娘が初めて人を食べる「お食い初め」。その餌食となった若者が，食われまいと策を労する機転とかけ引きのおかしさ。狂言から生まれた絵物語。

『狂言』　山崎有一郎監修　くもん出版　2004.4　127p　27cm　（物語で学ぶ日本の伝統芸能 2）　2800円　Ⓘ4-7743-0739-4　Ⓝ773.9
|目次| 節分，附子，蚊相撲，月見座頭，武悪

『野村万斎の狂言』　野村万斎監修，小野幸恵著　岩崎書店　2002.3　47p　29cm　（日本の伝統芸能はおもしろい 3）　2800円　Ⓘ4-265-05553-2,4-265-10267-0
|目次| 第1章 狂言には型がある，第2章 型で遊んでみよう，第3章 狂言の歴史，第4章 狂言の舞台表と裏，第5章 イメージしてごらん，狂言の世界，第6章 万斎先生に答えてほしい，第7章 ぼくが狂言師になるまで
|内容| 狂言の家に生まれた少年は，子どものころから，厳しい稽古の毎日。つらくて逃げ出したいと思ったこともあったけど，狂言の本当のすばらしさに気づいたころから，狂言を通して自己表現する魅力にとりつかれていったのです。狂言の「型」は，ことばで語るよりもおしゃべり。見る人にとても多くのことを伝え，いろいろな世界を想像させてくれます。この「型」をてがかりに，狂言の世界を体験してみましょう。小学校高学年以上。

◆◆◆東海道四谷怪談

『21世紀版少年少女古典文学館　第22巻　四谷怪談』　興津要，小林保治，津本信博編，司馬遼太郎，田辺聖子，井上ひさし監修　鶴屋南北原作，高橋克彦著　講談社　2010.3　333p　20cm　1400円　Ⓘ978-4-06-282772-0　Ⓝ918
|内容| 悪のヒーロー民谷伊右衛門，お岩の顔の変貌，亡霊となっての復讐，意表をつくさまざまな趣向など，『四谷怪談』は興味のつきない作品である。それは，まさに，日本の怪談話の最高傑作とよぶにふさわしい。

『近松門左衛門名作集　東海道四谷怪談』　近松門左衛門，鶴屋南北［原著］，菅家祐文，堀口順一朗，ただりえこイラスト　学習研究社　2008.2　195p　21cm　（超訳日本の古典 11　加藤康子監修）　1300円　Ⓘ978-4-05-202869-4　Ⓝ912.4
|目次| 近松門左衛門名作集（国性爺合戦，丹波与作待夜のこむろぶし），東海道四谷怪談（血に染まった刃と二組の夫婦，盗まれた薬と贈られた薬，わがままお梅の横恋慕，お岩の無念，流れ流され隠亡堀へ，深川三角屋敷の怪，お袖のはかりごと，夢での逢いびき，伊右衛門の最期）

『東海道四谷怪談』　沼野正子文・絵　汐文社　2007.3　127p　22cm　（ほんとうはおもしろいぞ歌舞伎）　1500円　Ⓘ978-4-8113-8042-1　Ⓝ913.6
|目次| 三人のお客さま，『東海道四谷怪談』の背景，序幕 浅草寺境内の場，2幕 四ッ谷町の場，3幕 隠亡堀の場，4幕 深川三角屋敷の場，5幕 伊右衛門夢の場，6幕 蛇山庵室の場
|内容| ニャンともめずらしいお猫歌舞伎へ，本日はトクベツのご招待。まずおめにかけまするは，火の玉ゆれる東海道四谷怪談，トウカイドウヨツヤカイダン〜さぁ，ドーゾ前のお座席でごらんください。

『四谷怪談』　さねとうあきら文，岡田嘉夫絵　ポプラ社　2005.8　41p　25×26cm　（日本の物語絵本 14）　1200円　Ⓘ4-591-08769-7
|内容| 播州塩冶家の浪人，民谷伊右衛門は，生活の苦しさや，女房岩があかんぼうのせわもままならないことなどにはらをたて，すさんだ暮らしをしていた。そんな伊右衛門をさえ，岩は，ひたすら信じよっていたのだが…。

『東海道四谷怪談』　田口章子著，岡田嘉夫絵　ポプラ社　2002.4　197p　22cm　（21世紀によむ日本の古典 20）　1400円　Ⓘ4-591-07145-6,4-591-99440-6
|目次| 浅草寺境内，藪の内地獄宿，浅草裏田んぼ，四ッ谷町伊右衛門浪宅，伊藤喜兵衛屋敷，四ッ谷町伊右衛門浪宅，隠亡堀，深川三角屋敷，小塩田隠れ家，蛇山庵室

『四谷怪談』　高橋克彦著　講談社　1995.2　341p　22cm　（少年少女古典文学館

第23巻）1700円　①4-06-250823-0

『東海道四谷怪談』　上杉可南子まんが　くもん出版　1992.7　159p　19cm　（くもんのまんが古典文学館）〈監修：平田喜信〉980円　①4-87576-721-8

『うらみかさなる四谷怪談』　木暮正夫著,西山三郎絵　岩崎書店　1990.2　148p　21cm　（日本の怪奇ばなし 7）980円　①4-265-03907-3

[目次] 1 こわさ1ばん『東海道四谷怪談』, 2 うらみかさなる『真景累ヶ淵』, 3 円朝のきわめつけ『怪談牡丹灯籠』

[内容] この巻では、お岩さんの『東海道四谷怪談』、落語の怪談噺『真景累ヶ淵』（三遊亭円朝作）、おなじ円朝のきわめつけ『怪談牡丹灯籠』の3本をとりあげ、江戸から明治にかけての時代背景や作者たちの伝記とともに紹介します。小学校高学年以上。

◆歌舞伎

『妹背山婦女庭訓』　橋本治文,岡田嘉夫絵　ポプラ社　2012.5　[54p]　26×26cm　（橋本治・岡田嘉夫の歌舞伎絵巻 5）〈原作：近松半二〉1600円　①978-4-591-12926-5　⑭913.6

[内容] 大化の改新をヒントにして作られたファンタジー物語。魔王のようになった蘇我入鹿を、みんなが力をあわせて倒します。悲しい恋物語もあります。絵本で読む古代の歴史ファンタジー歌舞伎シリーズ第5弾。

『かぶきの本』　国立劇場調査養成部,金森和子編　日本芸術文化振興会　2010.12　38p　30cm　⑭774

『国性爺合戦』　橋本治文,岡田嘉夫絵　ポプラ社　2010.3　1冊（ページ付なし）26×26cm　（橋本治・岡田嘉夫の歌舞伎絵巻 4）〈原作：近松門左衛門〉1600円　①978-4-591-11694-4　⑭913.6

[目次]『国性爺合戦』は、江戸時代に近松門左衛門が書いて、大ヒットをした作品です。大ヒットの理由は、主人公の国性爺が実在の人物で、この本にあるように、日本で生まれた中国と日本のハーフ青年だからです。いささか日本人に都合のいい内容にはなっていますが、日本生まれのヒーローが中国大陸で大活躍する物語を、楽しんでください。

『ぼく、歌舞伎やるんだ！―こども歌舞伎に挑戦した、ふつうの小学生の一年』　光丘真理文　佼成出版社　2009.11　127p　22cm　（感動ノンフィクションシリーズ）1500円　①978-4-333-02407-0　⑭774

[目次] 第1章 ぼく、はずかしいよ、第2章 やってみようかなあ、第3章 サッカーに似ている、第4章 仲間もきょうだいも、いいもんだ、第5章 伝統文化って？、第6章 集中げいこ、がんばるぞ！、第7章 本物の歌舞伎みたい！、第8章 なかなかねむれない、第9章 ついに本番だ！、第10章 また、集まろう！

[内容] 東京都中央区は、江戸時代からの「芝居の町」。舞踊家の諸örf文子さんは、中央区でこども歌舞伎をはじめたいと、子どもたちによびかけた。小学校三年生の繁沢快くんは、弟の朗くんとともに、こども歌舞伎を練習することになった。最初は、気が乗らなかった快くんだが、伝統文化のすばらしさとたいせつさを感じ、いつしか夢中になっていった。

『外郎売』　長野ヒデ子絵,斎藤孝編　ほるぷ出版　2009.4　1冊　22×22cm　（声にだすことばえほん）1200円　①978-4-593-56059-2

[内容] 外郎売が、飲むと口が回りだしてとまらなくなる丸薬「ういらう」を売るために、早口言葉をどんどん言っていきます。一思わず口にしたくなるテンポのいい早口言葉を詰め合わせた、歌舞伎十八番の一つ、外郎売の口上が絵本になりました。

『菅原伝授手習鑑』　橋本治文,岡田嘉夫絵　ポプラ社　2007.11　1冊（ページ付なし）26×26cm　（橋本治・岡田嘉夫の歌舞伎絵巻 3）〈原作：竹田出雲,三好松洛,並木千柳〉1600円　①978-4-591-09953-7　⑭913.6

[内容]『仮名手本忠臣蔵』『義経千本桜』と同じ作者たちによって書かれた『菅原伝授手習鑑』は、「天神さま」として祀られている菅原道真を主人公とした物語です。学問の神さま、菅原道真が、悪魔のような藤原時平にだまされて、怒った末に雷になって復讐をします。さまざまな人間達が活躍する、とてもおもしろい物語です。どうぞ体験をしてください。

『染五郎と読む歌舞伎になった義経物語』

古典芸能　　　　　　　　　　　　　　　　　　　　　　　　　　　　　　日本の古典

市川染五郎監修，小野幸恵著　岩崎書店　2006.12　151p　22cm　（イワサキ・ノンフィクション7）〈年譜あり〉1200円　ⓘ4-265-04277-5　Ⓝ774
目次　1章　鞍馬寺の牛若丸（義経の生立ち，遮那王の決意　ほか），2章　源平合戦（頼朝の挙兵，歌舞伎から読み取ろう―悪役といわれている梶原景時　ほか），3章　逃避行1西国へ（腰越状の悲劇，夜討された義経　ほか），4章　逃避行2吉野山（吉野へ，静御前という女性　ほか），5章　逃避行3再び奥州へ（山伏姿での逃避行，歌舞伎から読み取ろう―弁慶の知恵と機転　ほか）
内容　歌舞伎には、源義経にまつわるお芝居がいくつもあります。歌舞伎が作られた江戸時代の人にとっても、義経の物語は魅力的だったのでしょう。ところが、義経にまつわる史料は少なく、私たちが知っている物語のほとんどが伝説なのです。歴史が伝説を生み、やがて歌舞伎になったというわけです。史実から伝説へ一人々の思いは歌舞伎の中に伝わっている。歌舞伎の魅力を義経を通して染五郎が紹介。

『歌舞伎―市川染五郎私がご案内します』市川染五郎監修　アリス館　2006.3　47p　31cm　（こども伝統芸能シリーズ　図書館版1）2600円　ⓘ4-7520-0333-3　Ⓝ774
目次　イラスト図解　歌舞伎ライブへ行こう！（舞台構造，歌舞伎座でお買いもの！，役者さんができあがるまで），ようこそ歌舞伎の世界へ！―市川染五郎（染五郎センセイの歌舞伎レッスン，歌舞伎Q&A，歌舞伎の名フレーズを言ってみよう），演目紹介（歌舞伎ならではの魅力がいっぱい！―寿曾我対面，一大スペクタクルの壮大なストーリー！―天竺徳兵衛，あでやかなお姫様の大変身！―京鹿子娘道成寺），やってみよう！　歌舞伎ドリル

『義経千本桜』　橋本治文，岡田嘉夫絵　ポプラ社　2005.10　1冊（ページ付なし）26×26cm　（橋本治・岡田嘉夫の歌舞伎絵巻2）〈原作：竹田出雲，三好松洛，並木千柳〉1600円　ⓘ4-591-08810-3　Ⓝ913.6
内容　源義経と静御前、そして武蔵坊弁慶と戦いで死んだはずの平家の貴公子たち。彼らが登場する『義経千本桜』は、『仮名手本忠臣蔵』とならぶ、とても有名な歌舞伎です。嵐の大物の浦で、桜が満開の吉野山で、兄の頼朝と仲が悪くなった義経は、どんな事件とであうのでしょう。

『知らざあ言って聞かせやしょう』　河竹黙阿弥文，飯野和好編，斎藤孝編・解説　ほるぷ出版　2004.7　1冊　22×22cm　（声にだすことばえほん）1200円　ⓘ4-593-56047-0
内容　五人組盗賊の一人、弁天小僧菊之助に、追っ手がせまる！「知らざあ言って聞かせやしょう。浜の真砂と五右衛門が…。」弁天小僧菊之助が活躍する『弁天娘女男白浪（白浪五人男）』は、歌舞伎の人気演目。その名セリフは、子どもから大人まで楽しめる絵本になりました。

『歌舞伎』　原道生監修　くもん出版　2004.4　127p　27cm　（物語で学ぶ日本の伝統芸能3）〈年表あり〉2800円　ⓘ4-7743-0740-8　Ⓝ774
目次　仮名手本忠臣蔵，青砥稿花紅彩画

『仮名手本忠臣蔵』　橋本治文，岡田嘉夫絵　ポプラ社　2003.10　1冊（ページ付なし）26×26cm　（橋本治・岡田嘉夫の歌舞伎絵巻1）〈原作：竹田出雲，三好松洛，並木千柳〉1600円　ⓘ4-591-07445-5　Ⓝ913.6

『歌舞伎入門』　古井戸秀夫著　岩波書店　2002.7　234p　18cm　（岩波ジュニア新書）780円　ⓘ4-00-500404-0
目次　第1章　歌舞伎とは、どのような演劇なのでしょうか？（歌舞伎は怪物？，顔見世　ほか），第2章　歌舞伎の歴史（歌舞伎の四百年，男の恋の物語　ほか），第3章　歌舞伎の表現（役者の表現，せりふと動き　ほか），第4章　歌舞伎の作品(1)―純歌舞伎（江戸の荒事―暫・曾我の対面・助六，お家騒動物―先代萩・鏡山　ほか），第5章　歌舞伎の作品(2)―義太夫狂言と松羽目物（忠臣蔵，義太夫狂言―菅原伝授手習鑑・義経千本桜・封印切　ほか）
内容　歌舞伎は一体いつごろからあるのか？なぜ男が女の役もやるのか？　花道はなぜあるのか？　赤穂浪士の討入り事件で有名な『忠臣蔵』をはじめ、『助六』『勧進帳』『弁天小僧』など代表的な作品を紹介、女形、花道、廻り舞台、衣装、小道具、音楽、隈取など、初めて見る人のための基本知識を満載

した、絶好のガイドブック。

『**市川染五郎の歌舞伎**』　市川染五郎監修，小野幸恵著　岩崎書店　2002.3　47p　29cm　（日本の伝統芸能はおもしろい　1）　2800円　ⓘ4-265-05551-6,4-265-10267-0
　目次　第1章　歌舞伎の役ができるまで，第2章　舞台の表と裏，第3章　みんなも歌舞伎の役になってみよう，第4章　歌舞伎はこうして生まれた，第5章　染五郎先生おすすめの歌舞伎とみどころ，第6章　染五郎先生に答えてほしい，第7章　市川染五郎物語
　内容　代々の歌舞伎役者の家に、たった一人の男の子として生まれた少年は、プロ野球選手になりたいと思うほど野球が好きでした。少年が好きなものは、もうひとつありました。それは、お芝居の世界。両親は「役者になるように」とは一言も言いませんでしたが、幼い頃から三味線の音が好きで、踊りが好きで、劇場の楽屋が大好きでした。そんな環境で成長し、気がついたときには、歌舞伎が好きな歌舞伎役者になっていました。子ども時代の「お芝居ごっこ」が、歌舞伎の原点―ここから、歌舞伎の世界に案内してくれます。小学校高学年以上。

『**歌舞伎**』　籾山千代作・絵　大日本図書　1996.12　32p　31cm　（知識図絵日本の伝統）　2678円　ⓘ4-477-00779-5

『**歌舞伎と舞踊**』　石橋健一郎著　小峰書店　1995.4　55p　29cm　（日本の伝統芸能 3）　3000円　ⓘ4-338-12303-6
　目次　プロローグ　春の旅，生活のなかの歌舞伎，歌舞伎のルーツ，ストーリーと役柄のひろがり，荒事の和事，時代物から世話物へ，劇場へ行く，演目のいろいろ，開演前一幕と桝，歌舞伎の俳優とその家〔ほか〕

『**歌舞伎へどうぞ―日本人の美と心**』　諏訪春雄著　ポプラ社　1993.4　172p　20cm　（10代の教養図書館 6）　1600円　ⓘ4-591-04483-1
　目次　1　歌舞伎とはなにか，2　神の子孫である役者，3　歌舞伎の劇場のしくみ，4　歌舞伎の演じかた，5　歌舞伎の作者と脚本，6　歌舞伎の歴史をまなぶ，7　わたしがえらんだ歌舞伎の名作ベストテン
　内容　歌舞伎の劇場正面のやぐらは何か、舞台にかかる幕の色はなぜ三色なのか、花道はどうしてできたのか、歌舞伎の歴史に秘められたものは？　伝統美と型にいろどられた不思議な世界の本質を探る。そして、そこから見えてくる日本人の美意識、倫理観、政治観などを、アジアの芸能との比較もまじえて大胆に考える。

『**海をわたった村芝居―信州大鹿歌舞伎物語**』　中繁彦作，北島新平絵　ほるぷ出版　1990.1　197p　21cm　（ほるぷ創作文庫）　1200円　ⓘ4-593-54021-6
　内容　1週間も降りつづいた集中豪雨によって西山の一角が崩れ、一瞬にしてふもとの大鹿村（長野県）が半壊し、犠牲者52名を出したのは、昭和36年6月でした。物語の主人公・京も、この災害で村の名優といわれた父親を亡くしましたが、問題は、これほどの被害をこうむった年の秋祭りにも、220年の伝統を誇る村芝居（歌舞伎）を行うかどうかでした。

『**学校百科・はじめてみる伝統芸能　1　歌舞伎**』　藤田洋監修・文，福田尚武写真　クロスロード　1989.3　48p　27cm　2000円　ⓘ4-906125-75-1

『**歌舞伎**』　ふじたあさや文，西山三郎絵，森田拾ば郎写真　大月書店　1988.5　30p　27cm　（シリーズ舞台うらおもて）　1500円
　内容　感動の舞台ができるまでを伝える、初めてのシリーズ。小学校高学年から家族で楽しむ舞台芸術入門。

『**絵本歌舞伎**』　中山幹雄文，鳥居清光絵　アリス館　1985.4　31p　31cm　1700円　ⓘ4-7520-6203-8

『**歌舞伎をみる―みがかれた芸の新しさ**』　西山松之助著　岩波書店　1981.5　212p　18cm　（岩波ジュニア新書）　530円

◆**落語**

『**がむしゃら落語**』　赤羽じゅんこ作，きむらよしお画　福音館書店　2013.10　171p　21cm　（[福音館創作童話シリーズ]）　1300円　ⓘ978-4-8340-8026-1　Ⓝ913.6
　内容　ぼくが舞台で落語を一席？　そんなむちゃな！　意地悪トリオの計略にはまって

子どもの本　日本の古典をまなぶ2000冊　**183**

古典芸能　　　　　　　　　　　　　　　　　　　　　　　　　　　　　　　　日本の古典

「特技発表会」に出演することになった雄馬は、頭をかかえて大弱り。でも今さらあとにはひけないし…。そこで、さえない若手落語家に弟子入りしたんだけど、このにわか師匠がまた、たよりにならないことったら。ジタバタするうち、期日はどんどんせまってくる。さあ雄馬、どうする!?小学校中級から。

『らくごで笑学校』　斉藤洋作，陣崎草子絵　偕成社　2013.7　116p　21cm　1000円　Ⓘ978-4-03-516810-2　Ⓝ913.6
[目次] 入学おめでとう，遠足ドキドキ，土曜日の授業参観，勝った負けたの運動会，のぼってくだって林間学校，学校のかいだん，わからないまま卒業式
[内容] 「らくご」といえば、これはもう、おもしろくって、おちのある話のこと。おかしな小学校、じゃなくて、笑学校のお話。小学校中学年から。

『母恋いくらげ―当世落語絵本』　柳家喬太郎原作，大島妙子文・絵　理論社　2013.3　[40p]　28cm　1600円　Ⓘ978-4-652-20009-4　Ⓝ726.6
[内容] 今日はくらのすけの海デビュー。勇気をためす、おっきな世界がまってるよ。人気新作落語が絵本に。

『こども落語塾―親子で楽しむ』　林家たい平著　明治書院　2012.12　79p　21cm　（寺子屋シリーズ　11）1500円　Ⓘ978-4-625-62422-3　Ⓝ779.13
[目次] 第1章 家族（寿限無，薮入り ほか），第2章 学び（茶の湯，八五郎出世 ほか），第3章 友達（寄席酒，まんじゅうこわい ほか），第4章 遊び（金明竹，みそ豆 ほか）
[内容] 名作落語に伝わる日本人の人情や知恵、そして日常生活の楽しみ方などをたい平流に紹介。

『みょうがやど』　川端誠［作］　クレヨンハウス　2012.6　[24p]　31cm　（落語絵本 15）1200円　Ⓘ978-4-86101-207-5　Ⓝ726.6
[内容] みょうが布団にみょうが枕、みょうが風呂にみょうがプリン!?これでもかっ、とくり出されるみょうがのオンパレードのおかしさは、川端絵本の真骨頂。

『夜明けの落語』　みうらかれん作，大島妙子絵　講談社　2012.5　229p　21cm　（講談社文学の扉）1300円　Ⓘ978-4-06-283223-6　Ⓝ913.6
[内容] 人前で話すのがなによりもこわい、4年生の晩音。もちろん、落語なんて、できるわけがない!?19歳の現役大学生みうらかれん、注目のデビュー作!　第52回講談社児童文学新人賞入賞作。小学中級から。

『花実の咲くまで』　堀口順子作，みずうちさとみ絵　小峰書店　2012.4　181p　20cm　（Green Books）1400円　Ⓘ978-4-338-25007-8　Ⓝ913.6
[内容] 「じいちゃん？」中学3年生の新太郎のもとに、3月に死んだじいちゃんがひょっこりあらわれた。落語家のじいちゃんに弟子入りしたいと切望していた新太郎は、すっかり絶望していたが…。じいちゃんやまわりの人々とのかかわりをとおして、新太郎は自分の進む道を見つけていく。

『ゆかいな10分落語―お江戸がわかる豆知識付き　4　へんなお医者さんのはなしベスト5』　山口理文，たごもりのりこ絵，小林克江戸生活文化監修　文渓堂　2012.4　143p　22cm　1300円　Ⓘ978-4-89423-754-4
[目次] 夏の医者，顔の医者，泳ぎの医者，死神，代脈
[内容] この4巻では、ちょっと変わったお医者さんが登場するお話を集めたよ。楽しく読んで、落語のおもしろさをぞんぶんに味わってみてね。

『ゆかいな10分落語―お江戸がわかる豆知識付き　3　おっちょこちょいのはなしベスト5』　山口理文，たごもりのりこ絵，小林克江戸生活文化監修　文渓堂　2012.4　127p　22cm　1300円　Ⓘ978-4-89423-753-7
[目次] そこつの使者，船徳，そこつ長屋，ねこと金魚，そこつの釘
[内容] この3巻では、おとぼけな主人公がたくさん登場するお話を集めたよ。楽しく読んで、落語のおもしろさをぞんぶんに味わってみてね。

『子ども落語家りんりん亭りん吉』　藤田富美恵作　文研出版　2012.3　159p　22cm　（文研じゅべにーる・ノンフィ

クション）〈年譜あり　文献あり〉1300円　Ⓘ978-4-580-82154-5　Ⓝ779.13

[目次] 落語の絵本，お正月に『初天神』，近所のお寺で落語，『時うどん』，繁昌亭初出演，「りんりん亭りん吉」誕生，初めて受けたプロの指導，遠征落語会，創作落語『鯛』，鯛の調理実習〔ほか〕

[内容] 小学二年生のときに落語を見て以来，そのおもしろさにはまり，子ども落語家「りんりん亭りん吉」として活躍する田村凛夏さん。これまで落語を通して多くの人に出会い，そのおもしろさや厳しさに触れて腕をみがいてきた。中学生になったいまでは持ちネタもふえ，さまざまな舞台で落語を演じている。そんなりん吉が，これから目指す落語とは…。

『ゆかいな10分落語—お江戸がわかる豆知識付き　2　くいしんぼうのはなしベスト5』　山口理文，たごもりのりこ絵，小林克江戸生活文化監修　文渓堂　2012.2　119p　22cm　1300円　Ⓘ978-4-89423-752-0　Ⓝ913.7

[目次] 1 そば清，2 時そば，3 芋俵，4 ねぎまの殿様，5 まんじゅうこわい

[内容] お話が短いから，読みやすい。落語の知識がなくても，基本用語やむずかしいことばの説明有り。江戸の文化も分かるコラム付き。2巻は「そば」や「まんじゅう」など，食べ物にまつわるお話。お噺に出てくる，江戸っ子が食べた「食べ物」「食べ物屋」なんかもくわしく紹介。

『ゆかいな10分落語—お江戸がわかる豆知識付き　1　お化けのはなしベスト5』　山口理文，たごもりのりこ絵，小林克江戸生活文化監修　文渓堂　2011.10　142p　22cm　1300円　Ⓘ978-4-89423-751-3　Ⓝ913.7

[目次] 化け物つかい，三年目，ろくろ首，お化け長屋，皿屋敷

[内容] おとぼけなお化けが大集合。お話が短いから，読みやすい。落語の知識がなくても，基本用語やむずかしいことばの説明有り。江戸の文化も分かるコラム付き。

『そうべえふしぎなりゅうぐうじょう—桂米朝・上方落語・兵庫船・小倉船より』　たじまゆきひこ作　童心社　2011.5　40p　26×26cm　1500円　Ⓘ978-4-494-01243-5　Ⓝ726.6

[内容] 「そうべえ」シリーズ最新刊。田島征彦×桂米朝「じごくのそうべえ」以来，33年ぶりコラボレーション。

『天才林家木久扇のだじゃれことばあそび100』　林家木久扇作，礒みゆき絵　チャイルド本社　2011.5　111p　22cm　1100円　Ⓘ978-4-8054-3625-7　Ⓝ807.9

[目次] 1章 生活編，2章 食べ物編，3章 動物編，4章 国際編，5章 上級編

[内容] "笑点"でおなじみ林家木久扇師匠と人気絵本作家礒みゆきの異色コラボレーション。

『しまめぐり—落語えほん』　桂文我ぶん，スズキコージえ　ブロンズ新社　2011.3　1冊（ページ付なし）　28cm　1500円　Ⓘ978-4-89309-515-2　Ⓝ726.6

[内容] ふしぎなしまにたどりついた男の運命は!?奇想天外な落語えほん。江戸時代から幕末にかけて，ふしぎな国をおとずれる物語が，日本でたくさん創作され，そのアイデアの"オイシイ"ところをつなぎあわせてできた上方落語。現在では，ほとんど高座にかけられることはない，落語のなかでも珍品扱いの一席。

『落語が教えてくれること』　柳家花緑著　講談社　2011.3　93p　20cm　（15歳の寺子屋）1000円　Ⓘ978-4-06-216831-1　Ⓝ779.13

[目次] 第1章 「与太郎」な小学校時代でした，第2章 高校には進学せず，十五歳で「就職」しました，第3章 二ツ目から真打へ，出世するのは速かったけど，第4章 落語を聴いておとなになろう（『ねずみ穴』—兄の仕打ちの裏にあったやさしさ，『竹の水仙』—「他者を認める」ということ，『中村仲蔵』—おとなになっても「すなお」がだいじ，『子別れ』—暴力亭主が「悪」から「善」へ成長する，『不動坊』—嫉妬心って，だれにでもあるよね　ほか）

[内容] 想像力がだいじなんです。落語を知れば青春の悩みはたちまち解決。

『落語ものがたり事典—まんが』　勝川克志まんが，矢野誠一監修　くもん出版　2011.3　351p　23cm〈他言語標題：The Encyclopedia of RAKUGO Stories　文献あり　索引あり〉1600円

子どもの本　日本の古典をまなぶ2000冊　185

① 978-4-7743-1923-0　Ⓝ779.13
[目次] 春（初天神，元犬 ほか），夏（化け物使い，うなぎ屋 ほか），秋（三方一両損，かぼちゃ屋 ほか），冬（親子酒，ねずみ ほか）
[内容] 八つぁん，熊さん，与太郎，若旦那…などが活躍する，「落語」の世界が，とびきりゆかいな，まんがになって登場！『寿限無』から『芝浜』まで，全41話収録。

『真二つ』　山田洋次作，鈴木靖将絵　新樹社　2011.1　1冊（ページ付なし）　31cm　（落語絵本）　1500円　①978-4-7875-8603-2　Ⓝ726.6
[内容] じつはだれだってお金が欲しい。しかし，お金をくさるほど持っている人は幸せかというとこれがそうでもない…。「寅さん」の笑いのルーツがわかる。

『王子のきつね―動物の出てくるお話』　土門トキオ編・著　学研教育出版，学研マーケティング〔発売〕　2010.12　111p　22cm　（ちびまる子ちゃんの落語 6）　1200円　①978-4-05-203328-5　Ⓝ913.7
[目次] 王子のきつね，たぬき，元犬，たのきゅう，ねこの皿，ねずみ
[内容] 『王子のきつね』『たぬき』『元犬』など，動物が出てくる古典落語が6本。ちびまる子ちゃんが大かつやくのショートストーリーと4コマ小ばなしも大爆笑だよ。

『時そば―おかしな商売のお話』　土門トキオ編・著　学研教育出版，学研マーケティング〔発売〕　2010.12　111p　22cm　（ちびまる子ちゃんの落語 5）　1200円　①978-4-05-203327-8　Ⓝ913.7
[目次] 道具屋，かえんだいこ，時そば，できごころ，ぶしょう床，みょうが宿
[内容] 『時そば』『かえんだいこ』『道具屋』など，商売がテーマの古典落語が6本。ちびまる子ちゃんが大かつやくのショートストーリーと4コマ小ばなしも大爆笑だよ。

『けちくらべ―おもしろい人たちのお話』　土門トキオ編・著　学研教育出版，学研マーケティング〔発売〕　2010.10　111p　22cm　（ちびまる子ちゃんの落語 3）　1200円　①978-4-05-203325-4　Ⓝ913.7
[目次] けちくらべ，ことわり上手，てんしき，うそつき弥次郎，平林，つる
[内容] とってもケチな，けち兵衛さん。ケチの達人がいると聞いて会いにいくと…!?（『けちくらべ』）。『けちくらべ』『うそつき弥次郎』など，おもしろい人たちが出てくる古典落語が6本。ちびまる子ちゃんが大かつやくのショートストーリーと4コマ小ばなしも大爆笑。

『のっぺらぼう―おばけのお話・ふしぎなお話』　土門トキオ編・著　学研教育出版，学研マーケティング〔発売〕　2010.10　111p　22cm　（ちびまる子ちゃんの落語 4）　1200円　①978-4-05-203326-1　Ⓝ913.7
[目次] のっぺらぼう，ろくろっ首，ばけもの使い，お菊の皿，あたま山，ぞろぞろ
[内容] とっても美人のおよめさん。夜中に首がにょろにょろのびだして…!?（『ろくろっ首』）。『のっぺらぼう』『あたま山』など，おばけとふしぎがいっぱいの古典落語が6本。ちびまる子ちゃんが大かつやくのショートストーリーと4コマ小ばなしも大爆笑。

『じゅげむ―家族や長屋の人たちのお話』　土門トキオ編・著　学研教育出版，学研マーケティング〔発売〕　2010.7　111p　22cm　（ちびまる子ちゃんの落語 1）　1200円　①978-4-05-203276-9　Ⓝ913.7
[目次] まる子のショートストーリー1　「あわてもの父さん」の巻，落語 あわてもの，4コマ小ばなし（ケチ親子・足じまん），落語 じゅげむ，まる子のショートストーリー2　「まる子のおねだり」の巻，落語 初天神，4コマ小ばなし（星取り），落語 そこつのくぎ，まる子のショートストーリー3　「まる子のほめほめ作戦」の巻，落語 子ほめ，4コマ小ばなし（こんなことなら・日曜大工），落語 長屋の花見
[内容] 『じゅげむ』『長屋の花見』をはじめ，家族や長屋の人たちが出てくる古典落語が6本。ちびまる子ちゃんが大かつやくのショートストーリーと4コマ小ばなしも大爆笑。

『まんじゅうこわい―食べ物の出てくるお話』　土門トキオ編・著　学研教育出版，学研マーケティング〔発売〕　2010.7　111p　22cm　（ちびまる子ちゃんの落語 2）　1200円　①978-4-05-203277-6　Ⓝ913.7
[目次] まる子のショートストーリー1　「変な

食べ物」の巻，落語 ちりとてちん，4コマ小ばなし（おだんご），落語 まんじゅうこわい，まる子のショートストーリー2「お食事のマナー」の巻，落語 本膳，4コマ小ばなし（うなぎのかば焼き・おはぎ），落語 茶の湯，まる子のショートストーリー3「わすれられない味」の巻，落語 目黒のさんま，4コマ小ばなし（お殿さま），落語 そば清
内容 『まんじゅうこわい』『ちりとてちん』など，食べ物が出てくる古典落語が6本。ちびまる子ちゃんが大かつやくのショートストーリーと4コマ小ばなしも大爆笑。

『さくらんぼ―上方落語』 今江祥智文，宇野亜喜良絵 神戸 フェリシモ 2010.5 32p 25cm （おはなしのたからばこ 33）1286円 ①978-4-89432-522-7 Ⓝ726.6

『孝行手首―当世落語風絵本』 大島妙子作 理論社 2010.4 46p 28cm 1500円 ①978-4-652-04091-1 Ⓝ913.6
内容 とつぜんの不幸で笑うことをわすれてしまった夫婦。二人におきた二十年後の奇跡とは…。

『かえんだいこ』 川端誠[作] クレヨンハウス 2010.2 1冊（ページ付なし） 31cm （落語絵本 14）1200円 ①978-4-86101-157-3 Ⓝ726.6
内容 商売下手の甚兵衛さんはある日，古くて汚い太鼓を仕入れてきました。これを見たおかみさんは仕方なしに店に並べ，あまりに汚いので丁稚にハタキをかけさせました。その時手が滑って太鼓をならしてしまうと，一人の侍が店に入って来て…。

『転失気』 桂かい枝文，マスリラ絵 汐文社 2010.2 35p 27cm （桂かい枝の英語落語）〈英文併記 並列シリーズ名：Katsura Kaishi's English rakugo〉 2000円 ①978-4-8113-8670-6 Ⓝ913.7

『猫の茶わん』 桂かい枝文，たごもりのりこ絵 汐文社 2010.2 35p 27cm （桂かい枝の英語落語）〈英文併記 並列シリーズ名：Katsura Kaishi's English rakugo〉 2000円 ①978-4-8113-8668-3 Ⓝ913.7

『ふたりでひとり―上方落語「胴切り」より』 桂文我噺，石井聖岳絵 神戸 フェリシモ 2010.2 31p 25cm （おはなしのたからばこ 22）1286円 ①978-4-89432-511-1 Ⓝ726.6

『まんじゅうこわい』 桂かい枝文，大谷丈明絵 汐文社 2010.2 35p 27cm （桂かい枝の英語落語）〈英文併記 並列シリーズ名：Katsura Kaishi's English rakugo〉 2000円 ①978-4-8113-8669-0 Ⓝ913.7

『犬の目―上方落語』 桂米平文，いとうひろし絵 神戸 フェリシモ 2009.12 31p 25cm （おはなしのたからばこ 17）1286円 ①978-4-89432-506-7 Ⓝ726.6

『上方落語こばなし絵本』 もりたはじめ採話，はやかわひろただ絵 講談社 2009.12 143p 17×19cm 1500円 ①978-4-06-215958-6 Ⓝ913.7
目次 けったいな人々（金づち借り，片方の目，でぼちんの金，アホの親子，やぶ医者，代脈），ワザあり！の動物たち（とんびのかよい，ねずみ，お大師っさんの犬，猫の皿，ものを言う木，朝顔おやじ，松医者），平和な殿さん（殿さまの内緒ばなし，お庭の松，殿さまとかじや），出たな！ばけもん（むかでのおつかい，うわばみと飛脚，ろくろく首，天の三人旅，厠の妖怪，雷さんの忘れもの）

『ちょっとまぬけなわらい話―声に出して，演じる子ども落語』 たかしま風太文，うちべけい絵 PHP研究所 2009.9 126p 22cm 1200円 ①978-4-569-68986-9 Ⓝ913.7
目次 落語（音読用）（大じゃの仕返し，ああ，はつ雪で一句かな），小ばなし（当ててみな，くさかった，よく見とどける，手おくれ，止まらない小べん，大きな声，小さな声），落語まんざい（ものぐさ親子），落語コント（そっくり顔，じいさん，ばあさん），落語（りん読用）（んの字遊び），落語（落語げき用）（まんじゅうこわい）

『へんなゆめ―桂米朝・上方落語「天狗さばき」より』 たじまゆきひこ文と絵 神戸 フェリシモ 2009.8 31p 25cm （おはなしのたからばこ 6）1286円

『こわくておかしいおばけ話―声に出して、演じる子ども落語』 たかしま風太文，うちべけい絵 PHP研究所 2009.7 126p 22cm 1200円 ⓘ978-4-569-68967-8 Ⓝ913.7

目次 落語（音読用）（おばけ長屋，ばけもの使い），小ばなし（ゆうれいの命，もらっとけ），落語まんざい（なぞなぞ），落語コント（夜はこわい，えんまのさばき），落語（りん読用）（夜中にのびる首），落語（落語げき用）（ゆうれい皿屋しき）

『読み聞かせ子どもにウケる「落語小ばなし」』 小佐田定雄著 PHP研究所 2009.7 191p 19cm 1000円 ⓘ978-4-569-77015-4 Ⓝ913.7

目次 雨がさ，雨もり，あわて丁稚，いい夢，井戸のいも，いったいどんな，うおつり禁止，うおつり教室，うそつきの名人，牛とニワトリ〔ほか〕
内容 すぐに使えるすべらないプチ落語の笑百科。たっぷり笑える全108ネタ。

『ふしぎなへんてこ話―声に出して、演じる子ども落語』 たかしま風太文，うちべけい絵 PHP研究所 2009.5 122p 22cm 1200円 ⓘ978-4-569-68954-8 Ⓝ913.7

目次 落語（音読用）（頭山，せをのばしたかった男，わしが歩いていく），小ばなし（運の悪いゆめ，かみなりのお手つき，三人の旅，足が速すぎる男，二人のひきゃく，あごとかがみ），落語まんざい（手と足のケンカ），落語コント（じしゃく宿），落語（りん読用）（大じゃと医者），落語（落語げき用）（わか返りの水）

『めだま―落語絵本』 山田洋次作，鈴木靖将絵 新樹社 2009.5 1冊（ページ付なし） 31cm 1500円 ⓘ978-4-7875-8587-5 Ⓝ726.6

『お笑いの達人になろう！―コミュニケーション力up 1 落語』 林家木久扇監修 ポプラ社 2009.3 143p 22cm 〈林家木久扇のインタビューつき 文献あり〉 1500円 ⓘ978-4-591-10637-2, 978-4-591-91074-0 Ⓝ779

目次 1章 小ばなしをやってみよう！（小ばなしってなんだろう？，はなしの内容で笑わせたい，小ばなしのつくり方，小ばなしを練習しよう，小ばなしをやってみよう），2章 古典落語にチャレンジ！（古典落語ってなに？，落語の演じ方の基本，落語で使う小道具，古典落語をおぼえよう，「寿限無」に挑戦！，「蛇含草」に挑戦！，「初天神」に挑戦！），3章 寄席を体験しよう！（プロの落語家とは？，寄席へ行こう，学校で寄席を開こう，ゆかたで演じよう，大喜利にチャレンジ！）
内容 子どもにもできる落語実演の入門書。基本のしぐさから小ばなし，古典落語まで演じ方を解説します。「寿限無」「蛇含草」など収録。

『とってもおかしな動物たち―声に出して、演じる子ども落語』 たかしま風太文，うちべけい絵 PHP研究所 2009.3 126p 22cm 1200円 ⓘ978-4-569-68941-8 Ⓝ913.7

目次 落語（音読用）（うなぎの天のぼり，たぬきのおさつ），小ばなし（おおかみのこうかい，きつね，ねこのものまね），落語まんざい（ねこの名前，ほらふきやじろう，ねずみたいじ），落語コント（字の読めない犬），落語（りん読用）（牛ほめ），落語（落語げき用）（ごんべえだぬき）

『のんきでゆかいな町人たち―声に出して、演じる子ども落語』 たかしま風太文，うちべけい絵 PHP研究所 2009.1 126p 22cm 1200円 ⓘ978-4-569-68930-2 Ⓝ913.7

目次 落語（音読用）（きみょうな，みょうが宿，ケチべえさん，あぶないとこ屋），小ばなし（なくし物，あわて医者，つるは千年，かめは万年），落語まんざい（わしはるすじゃ，馬フンをしたねこ，けちケチまんざい），落語コント（アホな目じるし，どっちもどっち，ぎゃくてんバカ），落語（りん読用）（寿限無），落語（落語げき用）（おれはだれだっけ）

『ひとめあがり』 川端誠［作］ クレヨンハウス 2008.12 1冊（ページ付なし） 31cm （落語絵本 13） 1200円 ⓘ978-4-86101-119-1 Ⓝ726.6

『おとなもびっくりの子どもたち―声に出して、演じる子ども落語』 たかしま風

太文，うちべけい絵　PHP研究所　2008.10　125p　22cm　1200円　①978-4-569-68910-4　Ⓝ913.7
[目次]落語（音読用）（どっちもどっち桃太郎、たこあげ親子）、小ばなし（はやとちり、用心、たんじょう日、落とし物、泳ぎ休み）、落語まんざい（あいさつ、けっこん）、落語コント（さぞかわいくて、おりこうで、まごとおじいちゃん）、落語（りん読用）（平林さん）、落語（落語げき用）（そのまんま与太郎）

『心をそだてるはじめての落語101―決定版』　講談社　2008.10　295p　26cm　2800円　①978-4-06-214981-5　Ⓝ913.7
[目次]おなじみの話、長屋のゆかいな人たち、みんなの人気者、与太郎、ごぞんじ八つぁん、熊さん、ご隠居さん、おかしな親子、おもしろ夫婦、たのしい動物の話、のんきな殿さま、さむらい、まぬけなどろぼう、いろんな商売、ふしぎな話、こわーい話、ことばあそび、上方の話、とっておきの話
[内容]まぬけな人、そそっかしい人、知ったかぶりする人、けちな人…人間だれでも、なにかしら短所や欠点を持っているものです。そんな人間の不完全さを、あたたかく笑い飛ばし、楽しくかしこく生きていくための知恵がたくさん詰まっているお話が、落語です。ひとつひとつのお話を読んで笑っているうちに、自然と人に対するやさしさや、地に足のついた考え方、かしこいふるまいなどが伝わってくるでしょう。そんな、生きた知恵をお子さまに伝える一冊として、本書をお届けします。

『林家正蔵と読む落語の人びと、落語のくらし』　林家正蔵監修、小野幸恵著　岩崎書店　2008.7　159p　22cm　（イワサキ・ノンフィクション　10）〈文献あり〉　1200円　①978-4-265-04280-7　Ⓝ779.13
[目次]1章　落語の舞台　長屋の生活（長屋の暮らしを見てみよう、長屋の人々とその生活、落語の世界（1）長屋編　ほか）、2章　江戸の気ままな食生活（棒手振りを待つ暮らし、コンビニ感覚のおそうざいライフ、ごちそうのいろいろ　ほか）、3章　江戸暮らしの楽しみ（自然を楽しむ、江戸の信仰、芝居と寄席は最高の楽しみ　ほか）
[内容]落語では、江戸時代の人びとの暮らしや生き方が生き生きと描かれています。江戸の長屋に住んでいる人びとの喜びや悲し

み、どんな食べ物をどうやって食べていたのか、楽しみは何だったのか。落語のお話の中から、江戸の様子を探ってみましょう。

『しちどぎつね―上方落語・七度狐より』　たじまゆきひこ作　くもん出版　2008.4　40p　26×26cm　1500円　①978-4-7743-1375-7　Ⓝ726.6
[内容]「七度狐にうらみをかって、何度も何度もだまされて」きろく、せいはちの爆笑ふたり旅。上方落語の傑作『七度狐』を絵本にしました。

『あたま山』　斉藤洋文、高畠純絵　あかね書房　2008.1　78p　22cm　（ランランらくご　5）　1000円　①978-4-251-04205-7　Ⓝ913.6
[目次]どうぐ屋、だくだく、あたま山
[内容]けちな男がさくらんぼうを、たねごとたべると、頭からさくらの木がはえた。みんなは男の頭の「あたま山」で、花見のどんちゃんさわぎ。いやになった男はとうとう…!?大胆なアレンジが楽しい、古典落語をダイジェストしたシリーズ。

『ときそば』　川端誠［著］　クレヨンハウス　2008.1　1冊（ページ付なし）　31cm　（落語絵本　12）　1200円　①978-4-86101-092-7　Ⓝ726.6

『笑い話・落語の王様』　田近洵一監修、井上典子著　岩崎書店　2007.12　95p　22cm　（ことば遊びの王様　5）　1300円　①978-4-265-05045-1　Ⓝ913.7
[目次]第1部　なぞかけ（「なぞかけ」って、なあに?、初級編　だじゃれでGO！　ほか）、第2部　語り（客寄せ、物売りのことば、ほら話、客寄せ（口上）　ほか）、第3部　江戸笑い話（江戸こばなし、江戸こばなし（1）恥をいわいなおすこと　ほか）、第4部　落語（「落語」ってなんだろう?、落語　時そば　ほか）
[内容]「なぞかけ」って、何だろう？　○○とかけて××ととく。えっ？　どうして？　その心は…△△。うーん、やられた！　この本ではそんな楽しいなぞかけと作り方を解説！　さあさあ、ご用とお急ぎでない方は…。で始まるおもしろい物売りの口上をしゃべってみよう。エー、お笑いを一席…。で始まる落語も二話掲載。読むだけでもおもしろいけれど、覚えて演じてみよう。

『おおおかさばき』 川端誠［著］ クレヨンハウス 2007.8 1冊（ページ付なし） 31cm （落語絵本 11） 1200円 Ⓘ978-4-86101-087-3 Ⓝ726.6
|内容|『三方一両損』を改題。3両入った財布を拾って届けたことからはじまった江戸っ子のケンカを名奉行・大岡越前はどう裁くか。

『楽しく演じる落語 教室でちょいと一席』 桂文我著, 中沢正人絵 いかだ社 2007.3 127p 21cm 1400円 Ⓘ978-4-87051-205-4
|目次|子ほめ, 酒のかす, 皿屋敷, 代脈, 千両みかん, つる, チリトテチン, てんしき, とまがしま, 夏の医者, 猫の茶碗, 平林, 元犬, 宿屋の富, ろうどく喰い, ろくろ首, 延陽伯（東京言葉, 関西言葉）, 手水廻し（東京言葉, 関西言葉）
|内容|教室が子どもの笑い声でいっぱいになる全18席。

『レッツらっくごー！ ぷぷぷ編』 桂文我文, たんじあきこ絵 小学館 2007.3 65p 24×19cm （CDつきおもしろ落語絵本）〈付属資料：CD1〉 1500円 Ⓘ978-4-09-726252-7
|目次|ユーフォー, いたずら好きな竜, だじゃれゆうれい, どろぼうサンタ, とんだつゆめ, 雪うさぎ
|内容|「皿やしき」「ゆめの酒」などの古典落語を現代版にアレンジした, おすすめの創作落語を6話収録。

『レッツらっくごー！ わはは編』 桂文我文, たんじあきこ絵 小学館 2007.3 65p 24×19cm （CDつきおもしろ落語絵本）〈付属資料：CD1〉 1500円 Ⓘ978-4-09-726251-0
|目次|赤ちゃんほめ, ローソク, 色石ひろい, おぎょうぎよく, ふた子とぼたんなべ, つもりお絵かき
|内容|むかしながらの落語から, いいおだしをいただいて, 今の世風にお料理したよ。わははっておもしろくあがれ。「子ほめ」「あたご山」などの古典落語を現代版にアレンジした, とっておきの創作落語を6話収録。

『落語・口上・決めぜりふ・ショートコント―これでみんなの人気者』 工藤直子, 高木まさき監修 光村教育図書 2007.2 63p 27cm （光村の国語読んで, 演じて, みんなが主役！ 3) 3200円 Ⓘ978-4-89572-734-1 Ⓝ779

『らくご長屋 10 らくご長屋に全員集合！』 岡本和明文, 尼子騒兵衛絵 ポプラ社 2007.2 143p 19cm 780円 Ⓘ978-4-591-09668-0 Ⓝ913.6
|目次|強情灸, ずっこけ, 不精床, こしょうのくやみ, しめこみ, あくび指南, ねこの皿, 石返し, 干物箱, 元いぬ, しの字ぎらい, 将棋の殿さま, 大山参り

『峠の狸レストラン』 桂三枝文, 黒田征太郎絵 アートン 2006.12 1冊（ページ付なし）22×26cm （桂三枝の落語絵本シリーズ 8) 1500円 Ⓘ4-86193-062-6 Ⓝ726.6

『らくご長屋 9 ぐうたら長屋のふまじめ親子』 岡本和明文, 尼子騒兵衛絵 ポプラ社 2006.12 143p 19cm 780円 Ⓘ4-591-09525-8 Ⓝ913.6
|目次|近日息子, 親子酒, 孝行糖, かぼちゃ屋, うまや火事, 子はかすがい

『ぞろぞろ』 斉藤洋文, 高畠純絵 あかね書房 2006.9 78p 22cm （ランランらくご 4) 1000円 Ⓘ4-251-04204-2 Ⓝ913.6
|目次|ぞろぞろ, ためし酒, 船徳
|内容|落語の世界を, 大胆にアレンジ！ 落語の, "お話の面白さ"を中心にダイジェストしました。「ぞろぞろ」「ためし酒」「船徳」の三話が入っています。

『さよなら動物園』 桂三枝文, 黒田征太郎絵 アートン 2006.8 1冊（ページ付なし）22×26cm （桂三枝の落語絵本シリーズ 7) 1500円 Ⓘ4-86193-044-8 Ⓝ726.6
|内容|動物園の"情報屋", チンパンジーのジャーニーが, 夜中にこっそり檻を抜け出してゴリラの武蔵のところにやってきました。「檻に入っていいですか？ 折り入って話があるんです」そんなダジャレを飛ばしつつも, 顔は真剣なジャーニー。「どうしたんや？」動物園を舞台にした落語の絵本。

『たがや』 川端誠［著］ クレヨンハウス

日本の古典　　　　　　　　　　　　　　　　　　　　　　　　　　　　　　古典芸能

2006.7　1冊（ページ付なし）31cm （落語絵本10）　1200円　Ⓘ4-86101-058-6　Ⓝ726.6

『らくご長屋　8　いたずら長屋は引っかけ上手』　岡本和明文, 尼子騒兵衛絵　ポプラ社　2006.7　143p　19cm　780円　Ⓘ4-591-09285-2　Ⓝ913.6
[目次] まんじゅうこわい, 馬の田楽, 小僧にぼた餅, 転失気, 酢どうふ, 王子のきつね

『カラス』　桂三枝文, 黒田征太郎絵　アートン　2006.6　1冊（ページ付なし）22×26cm　（桂三枝の落語絵本シリーズ 6）　1500円　Ⓘ4-86193-036-7　Ⓝ726.6
[内容] わるさばかりして村にいられなくなった吾一郎。そんな息子のことを吾助さんは心配していたのです。

『5分で落語のよみきかせ　とんだ珍騒動の巻』　小佐田定雄著　PHP研究所　2006.4　95p　26cm　1200円　Ⓘ4-569-64606-9　Ⓝ913.7
[目次] じゅげむさん, ほらじまん, あたご山, はつてんじん, おばけながや, てんぐさし, おいものふくろ, あわてもの, てれすこ, てんじん山, びんぼうがみ, まぬけどろぼう, はんぶんゆき, だいみゃく, ろうそく, ゆうれいの辻, んのついことば, ガレージセール, ねこ, ケーキを十個, いぬのめ, ロボットしずかちゃん, マキシム・ド・ゼンザイ
[内容] あわてんぼう, うっかり者が巻き起こす爆笑ドタバタ劇。おもしろさ国宝級。

『落語―柳家花緑私がご案内します』　柳家花緑監修・文　アリス館　2006.4　47p　31cm　（こども伝統芸能シリーズ図書館版 3）　2600円　Ⓘ4-7520-0335-X　Ⓝ779.13
[目次] イラスト図解　落語ライブへ行こう！, ようこそ, 落語の世界へ, 演目紹介（寿限無, たぬきの札, まんじゅうこわい）

『ワニ』　桂三枝文, 黒田征太郎絵　アートン　2006.4　1冊（ページ付なし）22×26cm　（桂三枝の落語絵本シリーズ 5）　1500円　Ⓘ4-86193-033-2　Ⓝ726.6

『らくご長屋　7　どろぼう長屋は不用心』　岡本和明文, 尼子騒兵衛絵　ポプラ社　2006.2　143p　19cm　780円　Ⓘ4-591-09112-0　Ⓝ913.6
[目次] 碁どろ, だくだく, 夏どろ, 出来心, 水屋の富, 穴どろ
[内容] むかし…東京がまだ江戸といったころのこと。町には, たくさんの長屋というものがありました。そんな江戸のとある町にあった, どろぼうに入られてばかりいる『どろぼう長屋』。この長屋をぶたいにした古典落語の爆笑ストーリー。

『考える豚』　桂三枝文, 黒田征太郎絵　アートン　2006.1　1冊（ページ付なし）22×26cm　（桂三枝の落語絵本シリーズ 4）　1500円　Ⓘ4-86193-028-6　Ⓝ726.6

『おばけ長屋』　斉藤洋文, 高畠純絵　あかね書房　2005.11　78p　22cm　（ランランらくご 3）　1000円　Ⓘ4-251-04203-4　Ⓝ913.6
[目次] おばけ長屋, あくび指南, やかん
[内容] 落語の世界を, 大胆にアレンジ！落語の, "お話の面白さ"を中心にダイジェストしました。「おばけ長屋」「あくび指南」「やかん」の三話が入っています。

『悲しい犬やねん』　桂三枝文, 黒田征太郎絵　アートン　2005.11　1冊（ページ付なし）22×26cm　（桂三枝の落語絵本シリーズ 3）　1500円　Ⓘ4-86193-020-0　Ⓝ726.6

『5分で落語のよみきかせ　ふしぎなお話の巻』　小佐田定雄著　PHP研究所　2005.11　95p　26cm　1200円　Ⓘ4-569-64688-3　Ⓝ913.7
[目次] じゅげむくん, うそつきどろぼう, ばけものやしき, ねこのちゃわん, ぽんこん, つもり, がまのあぶら, じゃがんそう, きちべえさん, しちどぎつね, こつつり, かんにんぶくろ, しまめぐり, たぬきのおさつ, しにがみ, ねずみ, かっぱつり, ちりとてちん, たのきゅう, いけだのししかい, すずきさんのあくりょう, めだま, 大きなうなぎ
[内容] 古典・新作のおかしな話23編。

『落語と私』　桂米朝著　ポプラ社　2005.11　231p　20cm　〈1975年刊の新装改

子どもの本 日本の古典をまなぶ2000冊　　191

訂〉　1300円　①4-591-08967-3　Ⓝ779.13
[目次]　プロローグ エー、毎度バカバカしいお笑いを一席！、第1章 話芸としての落語、第2章 作品としての落語、第3章 寄席のながれ、第4章 落語史上の人びと、エピローグ 言いたりないままに
[内容]　文化功労者、桂米朝が語る落語家的人生。

『らくご長屋　6　とんち長屋の知恵くらべ』　岡本和明文，尼子騒兵衛絵　ポプラ社　2005.10　141p　19cm　780円　①4-591-08903-7　Ⓝ913.6
[目次]　馬のす，時そば，つぼ算，高田馬場，ふぐ汁，佐々木政談

『鯛』　桂三枝文，黒田征太郎絵　アートン　2005.9　1冊（ページ付なし）22×26cm　（桂三枝の落語絵本シリーズ　2）1500円　①4-86193-017-0　Ⓝ726.6

『いま何刻だい？ がらぴい、がらぴい、風車―落語・口上』　斎藤孝編著，吉田健絵　草思社　2005.8　1冊（ページ付なし）21×23cm　（声に出して読みたい日本語 子ども版 11）　1000円　①4-7942-1430-8　Ⓝ913.7
[内容]　落語は、日本が世界に誇る話芸だ。語りの雰囲気を出しながら、声に出して読んでほしい。一人で人物を演じ分ける前に、親子で二人の人間を演じてもいい。交互に読むことで、会話のリズムが生まれてくる。口上は、人の心を楽しくさせる日本語だ。道行く人の足を止めさせて、つい聞き入らせてしまう言葉の力。これはまさに声の芸だ。落語と口上は、日本人の上機嫌ぶりが詰まった話芸だ。この本を何度も声に出して、日本人の得意技である上機嫌力を身につけてほしい。

『美しく青き道頓堀川』　桂三枝文，黒田征太郎絵　アートン　2005.8　1冊（ページ付なし）22×26cm　（桂三枝の落語絵本シリーズ 1）　1500円　①4-86193-011-1　Ⓝ726.6

『5分で落語のよみきかせ―大人も読んで楽しい！子供も聞いて楽しい！』　小佐田定雄著　PHP研究所　2005.6　95p　26cm　1200円　①4-569-64252-7　Ⓝ913.7
[目次]　じゅげむ，えんようはく，まんじゅうこわい，ごんべえだぬき，そこつの使者，てんぐさばき，すまのうらかぜ，どうぶつえん，まわりねこ，もといぬ，てんしき，たぬきのさいころ，かまぬすっと，ぶしょうねこ，夏の医者，うわばみ飛脚，ちょうずまわし，つる，さらやしき，あたま山，おうじのきつね，ぞろぞろ，さぎとり

『らくご長屋　5　あわてんぼ長屋は早とちり』　岡本和明文，尼子騒兵衛絵　ポプラ社　2005.3　143p　19cm　780円　①4-591-08520-1　Ⓝ913.6
[目次]　堀の内，長短，そこつ長屋，そこつの使者，松ひき，そこつのくぎ

『そばせい』　川端誠［著］　クレヨンハウス　2005.1　1冊（ページ付なし）31cm　（落語絵本 9）　1200円　①4-86101-024-1　Ⓝ726.6

『らくご長屋　4　お化け長屋のおかしな怪談』　岡本和明文，尼子騒兵衛絵　ポプラ社　2005.1　143p　19cm　780円　①4-591-08402-7　Ⓝ913.6
[目次]　お化け長屋，皿屋敷，へっつい幽霊，もう半分，ぞろぞろ，ろくろっ首

『ややこしや寿限無寿限無―言葉あそび』　斎藤孝編著，田中靖夫絵　草思社　2004.12　1冊（ページ付なし）21×23cm　（声に出して読みたい日本語 子ども版 5）　1000円　①4-7942-1370-0　Ⓝ807.9
[内容]　テレビで人気の「ややこしや」、落語の「寿限無」、早口ことば、数かぞえ唄、付け足しことば、尻取りことば。

『らくご長屋　3　もの知り長屋はもの知らず!?』　岡本和明文，尼子騒兵衛絵　ポプラ社　2004.12　141p　19cm　780円　①4-591-08373-X　Ⓝ913.6
[目次]　道灌，鶴，千早ふる，本膳，茶の湯，青菜

『らくご長屋　2　どたばた長屋のへんてこ花見』　岡本和明文，尼子騒兵衛絵　ポプラ社　2004.11　143p　19cm　780

円　Ⓘ4-591-08332-2　Ⓝ913.6
|目次|長屋の花見，花見の仇討ち，千両みかん，権兵衛たぬき，尻もち，いのしし買い

『らくご長屋　1　わんぱく長屋の寿限無』岡本和明文，尼子騒兵衛絵　ポプラ社　2004.11　143p　19cm　780円　Ⓘ4-591-08292-X　Ⓝ913.6
|目次|子ほめ，寿限無，桃太郎，初天神，雛鍔，真田小僧

『ろくろ首』斉藤洋文，高畠純絵　あかね書房　2004.11　78p　22cm（ランランらくご 2）1000円　Ⓘ4-251-04202-6　Ⓝ913.6
|目次|ろくろ首，うそつき弥次郎，夏の医者
|内容|落語の世界を，大胆にアレンジ！　落語の，"お話の面白さ"を中心にダイジェストしました。「ろくろ首」「うそつき弥次郎」「夏の医者」の三話が入っています。

『寿限無』斎藤孝文，工藤ノリコ絵　ほるぷ出版　2004.9　1冊　22×22cm（声にだすことばえほん）1200円　Ⓘ4-593-56048-9
|内容|ページをめくって寿限無を唱える。声に出して読むのが楽しい，愉快な絵本。

『ぼくの人生落語だよ』林家木久蔵著　ポプラ社　2004.8　226p　18cm（私の生き方文庫）650円　Ⓘ4-591-08233-4
|目次|病院での彦六師匠（「あたしはねえ，しぜん消滅いたしますからね…」），ぼくの師匠，林家彦六（彦六門下になる），ふしぎなプロポーズからとんだ結婚式（結婚への試練），生活とたたかう少年時代（戦争は残酷だ，新聞配達，工業高等学校，森永乳業へ），漫画家，清水崑さんの弟子になる（『考えるヒント』クイズの本？）
|内容|何にでも興味をもってキョロキョロすれば，世の中には面白いこと，いっぱいある。先生も，自分で求めてゆけば，学校の先生ばかりでなくいろんな専門のえらい先生がいる。自分の師を発見して教えを乞うのも，自分からすすんでやらなければだめだ。人生の達人，木久蔵師匠がおくる痛快エッセイ。

『とくべえとおへそ—上方落語「月宮殿星の都」より』桂文我，田島征彦［著］童心社　2004.5　36p　26×26cm

1400円　Ⓘ4-494-01240-8　Ⓝ726.6
|内容|落語絵本でおおわらい。

『まんじゅうこわい』斉藤洋文，高畠純絵　あかね書房　2004.5　78p　22cm（ランランらくご 1）1000円　Ⓘ4-251-04201-8　Ⓝ913.6
|目次|まんじゅうこわい，親子酒，できごころ
|内容|落語の世界を，大胆にアレンジ！　落語の，"お話の面白さ"を中心にダイジェストしました。「まんじゅうこわい」「親子酒」「できごころ」の三話が入っています。

『ミニモニ。じゅげむ—おもしろ落語えほん』なかむらじんさく，あさぬまていじえ　竹書房　2004.4　1冊（ページ付なし）31cm　1000円　Ⓘ4-8124-1610-8　Ⓝ726.6
|内容|大人気"じゅげむ"の世界でミニモニ。とあそぼ!!声にだしておぼえちゃおっ。

『しにがみさん—らくごえほん　柳家小三治・落語「死神」より』野村たかあき作・絵，柳家小三治監修　教育画劇　2004.3　1冊（ページ付なし）27cm　1300円　Ⓘ4-7746-0613-8　Ⓝ726.6
|内容|死神は，金がなくて困っている若い父親を助ける。「医者をやれ，おまえは今日から死神が見える。アジャラカ・モクレン・キュウライス・テケレッツのパァ。このじゅもんをとなえて，手をたたけば，死神はいなくなる。」こどもから大人まで楽しめる恐ろしくも滑稽なはなし。野村たかあき入魂の木版画。

『落語とお笑いのことば遊び』白石範孝監修　学習研究社　2004.3　47p　27cm（「話す力・聞く力」を伸ばすことば遊び 4）2500円　Ⓘ4-05-201867-2　Ⓝ807.9
|目次|しゃれことばで遊ぼう！，イカはイカでも勉強するイカは？，ネコがねころんだ，イヌがおいぬいた，落語のしゃれ小ばなしを覚えよう！，じゅげむじゅげむでことば遊び，ほんとうにある「なが〜い名前」，なぞなぞでことば遊び！，できるかな？　ことば遊びのなぞなぞ，「三段なぞ」ってどんな「なぞなぞ」なの？，大むかしからあったなぞなぞ〔ほか〕

『いちがんこく』　川端誠［著］　クレヨンハウス　2004.1　1冊（ページ付なし）　31cm　（落語絵本 8）　1200円　Ⓘ4-86101-016-0　Ⓝ726.6

『えんぎかつぎのだんなさん―らくご絵本』　桂文我話，梶山俊夫絵　福音館書店　2004.1　30p　27cm　（日本傑作絵本シリーズ）　1100円　Ⓘ4-8340-0556-9　Ⓝ726.6
内容　むかし，あるまちにおおきなごふくやがありました。このおみせのだんなは，えんぎをかつぐことでゆうめいでした。

『おもしろ落語ランド　3　じゅげむ　目黒のさんま』　桂小南文，ひこねのりお絵　新版　金の星社　2003.12　110p　22cm　1200円　Ⓘ4-323-04071-7　Ⓝ913.7
目次　じゅげむ，目黒のさんま
内容　生まれた赤ちゃんに，元気で一生死なないような，いい名前をつけようとした熊さんのお話「じゅげむ」と，生まれてはじめてさんまを食べた，とのさまのお話「目黒のさんま」を紹介する。

『おもしろ落語ランド　2　花の都　てんしき』　桂小南文，ひこねのりお絵　新版　金の星社　2003.12　110p　22cm　1200円　Ⓘ4-323-04073-3　Ⓝ913.7
目次　花の都，てんしき
内容　知らないことばを人にきけないばっかりに，みんながとんちんかんな会話をするお話「てんしき」と，神さまにもらったふしぎなうちわで，とんでもない悪さをするお話「花の都」を紹介する。

『おもしろ落語ランド　1　まんじゅうこわい　平林』　桂小南文，ひこねのりお絵　新版　金の星社　2003.12　110p　22cm　1200円　Ⓘ4-323-04072-5　Ⓝ913.7
目次　まんじゅうこわい，平林
内容　ヘビがこわい，カエルがこわいなどというなか，熊さんがこわいのは，あのあまい食べもの―「まんじゅうこわい」のほか，ものわすれの名人権助がお使いにいくお話「平林」を紹介する。

『たのきゅう』　川端誠［著］　クレヨンハウス　2003.6　1冊（ページ付なし）　31cm　（落語絵本 7）　1200円　Ⓘ4-86101-004-7　Ⓝ726.6
内容　阿波の徳島というところは芸能のさかんなところでして，徳島の在，田能村にも久平さんという，たいそうお芝居がとくいな人が，おりました。なかまといっしょに，一座をつくり，祭のときなどに，芝居を，みせていたのであります。田能村の久平さんですから，たのきゅうと，みんなからよばれており，一座の名も，たのきゅう一座ともうします。珍しい昔話風の落後をもとにした絵本。

『ちゃっくりがきぃふ―らくご絵本』　桂文我話，梶山俊夫絵　福音館書店　2002.11　31p　27cm　（日本傑作絵本シリーズ）　1100円　Ⓘ4-8340-1896-2
内容　茶と栗と柿と麩を入れたザルを持ってさきちは町へ物売りに行きましたが，誰も買ってくれません。そこで売り声を上げることを思いつくのですが……。楽しい落語絵本。

『ごくらくらくご』　桂文我文，飯野和好絵　小学館　2002.10　63p　24×19cm　（CDつきおもしろ落語絵本）〈付属資料：CD1〉　1500円　Ⓘ4-09-727149-0
目次　たぬきの入学しき，おべんとすいとん，かっぱのカッパ，おもいたんざく，ざしきわらし，すいかのたねあかし
内容　もしも，たぬきが人間にばけて，人間の小学校にもぐりこんだら…。どこかしっぱいをしてしまうたぬきの親子のドキドキストーリーほか，新作落語が6話。ふろくのCDでは，この本のお話を落語家・桂文我が演じる。

『金銭教育のすすめ―マネー落語の台本を読んで語り，お金を考える本』　武長脩行監修，こどもくらぶ編　国土　今人舎　2002.5　47p　21cm　（シリーズ「21世紀の生きる力を考える」）　1200円　Ⓘ4-901088-19-X
目次　前座（落語の歴史，落語のしぐさ，落語のネタ，寄席の風景），真打　桂文福のマネー落語―うっかり父さんしっかり母さん（こばなし三連発，今から送る，どっちが大事，借りた相手，100円貸して　ほか），大喜利　おとなの人へ―金銭教育15の指導アイデア

『じごくのそうべえ―桂米朝・上方落語・地獄八景より』 田島征彦作 童心社 2002.5 1冊 25×26cm （童心社の絵本） 1400円 ⓘ4-494-01203-3

内容 上方落語『地獄八景亡者戯』―古来、東西で千に近い落語がありますが、これはそのスケールの大きさといい、奇想天外な発想といい、まずあまり類のない大型落語です。これを絵本に…という企画を聞いた時、これは楽しいものになると思いましたが、えんま大王、赤鬼青鬼、奪衣婆、亡者…いずれも予想に違わぬおもしろさです。第1回絵本にっぽん賞受賞。

『柳家花緑の落語』 柳家花緑監修，小野幸恵著 岩崎書店 2002.3 47p 29cm （日本の伝統芸能はおもしろい 2） 2800円 ⓘ4-265-05552-4,4-265-10267-0

目次 第1章 落語の世界って…，第2章 落語の舞台と道具，第3章 落語にトライ，第4章 落語のことを勉強しよう，第5章 知っているかな、こんな「はなし」，第6章 こんな落語があってもいいよね，第7章 花緑先生に答えてほしい，第8章 柳家花緑物語

内容 生まれたその瞬間、母親はその子を、落語家にしようと思いました。その子のおじいさんは名人といわれた落語家。やがて、子どもは落語好きの少年に成長し、中学を卒業するときには、落語家になることを、自分で決心していました。そうして修行がはじまったのです。大好きなおじいさんは、その日から厳しい師匠になりました。本を読むように落語を聞いてみよう―これがこの本のキーワード。ここから、落語の世界が広がります。小学校高学年以上。

『めぐろのさんま』 川端誠著 クレヨンハウス 2001.12 1冊 31cm （落語絵本 6） 1200円 ⓘ4-906379-93-1

内容 『めぐろのさんま』は、世情にうとい殿様のトンチンカンを笑う話なんである。

『おにのめん』 川端誠著 クレヨンハウス 2001.4 1冊 31cm （落語絵本 5） 1165円 ⓘ4-906379-90-7

内容 落語ではまずお目にかからない女の子が登場し、しかも主人公をやるという珍しい噺で、そのせいか、落語らしいナンセンスというよりは、ホノボノとしたはなしで、場面転換も多く、ラストがいかにも映像的。登場人物の名前は、みんな縁起のよい字がつく。「お春」は「新春」にちなんでいます。鬼の面をつけて顔を出すところは、どろぼうたちの前になっていますが、落語ではバクチをしている男たちの前です。仲々うまいオチですが、「来年のことをいうと鬼が笑う」という諺を知らなくても、気のいい人たちの善意が集まって迎えるハッピーエンドに、思わず鬼も目尻をさげたと感じてもらえたらいいと思いましたし、この絵本が、この諺を知る始めであってもいいと思います。

『サギとり』 桂文我著，東菜奈絵 岩崎書店 2001.3 102p 22cm （きみにもなれる落語の達人 5） 1300円 ⓘ4-265-02765-2

目次 酒のかす、とまがしま、サギとり

内容 「酒が飲めないと、いつもばかにされてくやしいな。よし、酒かすを食べて、酒を飲んだって、じまんしよう」「サギをたくさんつかまえるには、どうしたらええんやろ？」「鼻血がとまらないよ。なに、鼻血のとまるおまじないを知ってる？ おしえて、おしえて！」ともだちの前で演じたら、ウケることまちがいなしの落語が、三席入っています。読んでわらって、つぎは、演じて、わらわせよう。「達人への道」では、いよいよ舞台にあがりますよ。さあ、めざそう、落語の達人。

『てんぐの酒もり』 桂文我著，東菜奈絵 岩崎書店 2001.2 102p 22cm （きみにもなれる落語の達人 4） 1300円 ⓘ4-265-02764-4

目次 だいみゃく、達人への道、小ばなし、落語Q&A、落語家名人列伝―大正・昭和1、てんぐの酒もり（関西弁）

内容 「ええっ！ わたしが若先生として、往診にいくの?!みゃくのとりかたも知らないのに。でも、いったら、ようかんをくれるらしいぞ。ようし、それなら…」「宿屋にとまろうと思ったのに、お金がないわ。こうなったら、宿屋の主人をだまして、大金持ちのふりをしようか…」なみだがでるほどわらえる落語を、読んでわらって、つぎは、演じて、わらわせよう。「達人への道」では、てぬぐいを使っての落語にトライ！ さあ、めざそう、落語の達人。

『どうぐ屋』 桂文我著，東菜奈絵 岩崎書店 2001.1 102p 22cm （きみにもなれる落語の達人 3） 1300円 ⓘ4-265-02763-6

古典芸能　　　　　　　　　　　　　　　　　　　　　　　　　　　　　　　　日本の古典

|目次| どうぐ屋，大安売り（関西弁），んまわし（関西弁）
|内容| 「おやこ寄席」で大人気の桂文我がおくる，新スタイルの落語シリーズ。まず，落語を読んでみて，たっぷりと楽しんでください。そのあと，落語をおぼえて，みんなの前で演じてみませんか。話しかたや，身ぶり手ぶりをくふうして，みなさんも，落語の達人になりましょう。

『たぬきのサイコロ』　桂文我著，東菜奈絵　岩崎書店　2000.12　102p　22cm　（きみにもなれる落語の達人 2）　1300円　①4-265-02762-8
|目次| たぬきのサイコロ，しし買い（関西弁）
|内容| 「おやこ寄席」で大人気の桂文我がおくる，新スタイルの落語シリーズ。まず，落語を読んでみて，たっぷりと楽しんでください。そのあと，落語をおぼえて，みんなの前で演じてみませんか。話しかたや，身ぶり手ぶりをくふうして，みなさんも，落語の達人になりましょう。

『まんじゅうこわい』　桂文我著，東菜奈絵　岩崎書店　2000.10　103p　22cm　（きみにもなれる落語の達人 1）　1300円　①4-265-02761-X
|目次| たいらばやし，達人への道，小ばなし，まんじゅうこわい，落語Q&A，落語家名人列伝—江戸時代，はないろもめん（関西弁）

『初天神—手話落語』　林家とんでん平監修・著，宍戸孝一え　自分流文庫　1999.10　1冊　24×25cm　（自分流選書—林家とんでん平の点訳シート付き手話落語絵本 2）〈付属資料：シート1枚〉　2857円　①4-938835-49-5

『林家木久蔵の子ども落語　その6　おさわがせな人たち編』　林家木久蔵編　フレーベル館　1999.2　221p　22cm〈文献あり〉　1500円　①4-577-70169-3
|目次| 松山鏡，あくび指南，三人無筆，味噌蔵，水屋の富，千両みかん，たがや，がまの油，強情灸，道具屋，半分垢，素人鰻，かぼちゃ屋，うどん屋

『落語を楽しもう』　石井明著　岩波書店　1999.2　211p　18cm　（岩波ジュニア新書）　700円　①4-00-500314-1

|目次| はじめに—落語という話芸，第1章 咄の誕生，第2章 小咄から落語に，第3章 近代落語が形成される，第4章 古典落語の世界—江戸の町方社会と風俗，第5章 落語の種別とオチの分類，第6章 現代の落語，おわりに—落語を楽しもう

『林家木久蔵の子ども落語　その5　まぬけな人たち編』　林家木久蔵編　フレーベル館　1999.1　221p　22cm〈文献あり〉　1500円　①4-577-70168-5
|目次| 厩火事，宿屋の富，粗忽の釘，火焔太鼓，酢豆腐，花見の仇討ち，長屋の花見，二十四孝，青菜，天災
|内容| 私たちが，ふだん生活している中でも，本人は一生懸命，まじめにやっているのに，まわりの人間から見ると，何かおかしいといったことがよくあります。本書では，そんな「どこかヘン」な人たちの噺を集めてみました。

『林家木久蔵の子ども落語　その4　おもしろトンチ編』　林家木久蔵編　フレーベル館　1998.12　221p　22cm〈文献あり〉　1500円　①4-577-70167-7
|目次| 時そば，提灯屋，饅頭こわい，壺算，うそつき村，道灌，千早振る，牛ほめ，子ほめ，かつぎや，しの字嫌い，金明竹，こんにゃく問答
|内容| この本の落語の中には，さまざまな知恵を働かせたり，頓知をつかったりする噺が出てきます。どれもたいへんよくできていて，だまされたほうも思わず笑ってしまうようなものばかりです。

『林家木久蔵の子ども落語　その3　わんぱく少年・どろぼう編』　林家木久蔵編　フレーベル館　1998.11　221p　22cm〈文献あり〉　1500円　①4-577-70166-9
|目次| 転失気，佐々木政談，雛鍔，真田小僧，初天神，寿限無，孝行糖，子はかすがい，だくだく，出来心，芋俵，夏泥，近日息子
|内容| 落語には，じつに様々な子どもが登場して，大人顔負けの活躍をするから、ゆかいです。泥棒も負けていません。落語にはいろいろな泥棒が出てきますが，大泥棒や狂暴な泥棒というのは出てきません。どちらかというと，コソ泥のような，小物の泥棒ばかりですから，いつもドジばかりふんでいます。

『林家木久蔵の子ども落語　その2　かわ

いい動物・ゆうれい編』　林家木久蔵編　フレーベル館　1998.10　221p　22cm　〈文献あり〉　1500円　ⓉⒶ4-577-70165-0

[目次] 権兵衛狸，田能久，猫の皿，元犬，王子の狐，皿屋敷，もう半分，死ぬなら今，死神，ろくろ首〔ほか〕

『林家木久蔵の子ども落語　その1　お殿さま・おさむらい編』　林家木久蔵編　フレーベル館　1998.9　222p　22cm　〈文献あり〉　1500円　ⓉⒶ4-577-70164-2

[目次] 紀州，そばの殿様，禁酒番屋，初音の鼓，将棋の殿様，目黒の秋刀魚，松曳き，柳の馬場，粗忽の使者，鹿政談，三方一両損，巌流島，井戸の茶わん，高田の馬場

[内容] 『落語』の楽しさは，私たちがふだん生活している中で，見たり，聞いたりしている，だれにでも経験のありそうな話が多いことです。そして，それを笑い話として語ることで，聞いている人の心をなんとなく，ほのぼのとさせるところが，『落語』のいちばんの魅力でもあります。本書に登場するのは，お殿様やお侍ばかりです。実際はだいぶ違うのでしょうが，『落語』に登場するお殿様やお侍は，どこか人のよい，憎めない人間ばかりです。『将棋の殿様』『そばの殿様』は，世間知らずのお殿様のために，家来たちが大変迷惑し，食中毒まで起こします。また，『初音の鼓』には，なかなか頓智のあるお殿様が出てきます。一方，お侍はどこか威張ったところがありますが，『禁酒番屋』では門番が，最後におしっこを飲まされそうになってしまうように，やはりどこか抜けたところがあるお侍として描かれていることが多いようです。これは，ふだん威張ってばかりいるお侍に対する，町の人たちのささやかな反抗なのかもしれません。

『みそ豆―手話落語』　林家とんでん平監修・著，宍戸孝一え　自分流文庫　1998.8　1冊　24×25cm　（自分流選書―林家とんでん平の点訳シート付き手話落語絵本）〈付属資料：シート1枚〉　1905円　ⓉⒶ4-938835-47-9

『じゅげむ』　川端誠著　クレヨンハウス　1998.4　1冊　31cm　（落語絵本 4）　1165円　ⓉⒶ4-906379-80-X

『おもしろ落語図書館　その10』　三遊亭円窓著，長野ヒデ子画　大日本図書　1997.3　151p　22cm　1854円　ⓉⒶ4-477-00797-3

[目次] 鶴―理科，猫の皿―社会科，蚊戦―保健，大山参り―校外授業，ぞろぞろ―保健，目黒の秋刀魚―校外授業，馬のす―理科，二番煎じ―社会科，近日息子―社会科，子はかすがい―社会科

『おもしろ落語図書館　その9』　三遊亭円窓著，長野ヒデ子画　大日本図書　1997.3　142p　22cm　1854円　ⓉⒶ4-477-00796-5

[目次] 夕立屋―理科，黄金餅―社会科，五月幟―社会科，崇徳院―保健，ふだんの袴―図工，田能久―部活，たが屋―夏休み，権兵衛狸―理科，やかん―国語，化け物使い―社会科

『おもしろ落語図書館　その8』　三遊亭円窓著，長野ヒデ子画　大日本図書　1997.3　142p　22cm　1854円　ⓉⒶ4-477-00795-7

[目次] こんにゃく問答―部活，猫定―社会科，火事息子―社会科，やかん泥―社会科，抜け雀―図工，浮世根問―理科，千早ふる―国語科，そこつ長屋―保健，船徳―夏休み，牡丹灯籠―夏休み

『おもしろ落語図書館　その7』　三遊亭円窓著，長野ヒデ子画　大日本図書　1997.3　147p　22cm　1854円　ⓉⒶ4-477-00794-9

[目次] 和太郎牛―理科，火焔太鼓―社会科，花筏―体育，青菜―部活，武助馬―部活，ホラの種―理科，豆屋―社会科，お化け長屋―社会科，叩き蟹―図工，雁風呂―図工

『おもしろ落語図書館　その6』　三遊亭円窓著，長野ヒデ子画　大日本図書　1997.3　147p　22cm　1854円　ⓉⒶ4-477-00793-0

[目次] 王子の狐―理科，禁酒番屋―保健，蛙餅―理科，死神―保健，写経猿―社会科，元犬―社会科，お血脈―社会科，親子そば―部活，金明竹―図工，あたま山―部活

『はつてんじん』　川端誠著　クレヨンハウス　1996.12　1冊　31cm　（落語絵本 3）　1200円　ⓉⒶ4-906379-66-4

『さくでんさんの笑い話―安楽庵策伝『醒

古典芸能　　　　　　　　　　　　　　　　　　　　　　　　　　　　　日本の古典

『醒睡笑』より』　おかもとさよこ著，黒田祥子絵　三鷹　けやき書房　1996.10　172p　21cm　（童話の森）　1500円　①4-87452-656-X
[内容]　笑い話、落語の元祖！　さくでんさん。さくでんさんは、四百年以上もむかし、京都の誓願寺さんの五十五世法主。さくでんさんの書いた『醒睡笑』は、笑い話の宝庫！　そのなかから、楽しい話を紹介します。小学生中学生から。

『おもしろ落語図書館　その5』　三遊亭円窓著，長野ヒデ子画　大日本図書　1996.3　143p　22cm　1800円　①4-477-00649-7
[目次]　十徳—（家庭科）「こんな衣料は、今さがすの、大変でしょうね」、桃太郎—（社会科）「親の社会勉強は、子どもに教わりましょうよ」、強情灸—（道徳）「やせ我慢も、これじゃあ美徳になりませんよ」、壷算—（算数科）「算盤を入れても入れても合わない計算とは…」、牛ほめ—（国語科）「家のほめ言葉は、牛に使ってはいけませんよ」、勘定の神—（算数科）「始め、一つ二つ三つ、お終い。いくつかな？」、親子酒—（社会科）「相続でよくもめますが、この親子は意見一致」、有馬の秀吉—（国語科）「幽斎の洒落が、日本の歴史を変えたのですよ」、甲府い—（道徳）「おから泥棒も努力すれば一本立ちの豆腐屋に」、野晒し—（音楽科）「この唄の部分は、いずれ音声でお聞き下さい」

『おもしろ落語図書館　その4』　三遊亭円窓著，長野ヒデ子画　大日本図書　1996.3　140p　22cm　1800円　①4-477-00648-9
[目次]　平林—（国語科）「漢字の読み方は、本当にたくさんありますよ」、宿屋の富—（社会科）「江戸の富くじは本当に大型。社会現象ですね」、半分垢—（道徳）「謙遜は美徳ですが、余りやり過ぎると駄目だ」、そば清—（算数科）「十、二十、三十、四十九、もう一枚…」、松竹梅—（音楽科）「揃っただけで目出たい三人ですが、謡がね…」、鼓が滝—（国語科）「和歌の神様にかかっては、西行といえども…」、長屋の花見—（家庭科）「長屋中　歯を食いしばる　花見かな　名句！」、留守番小坊主—（道徳）「悪ガキめ！　なぜ素直に謝らないのだ！」、後生鰻—（社会科）「信仰が過ぎて、人と動物の境が無くなった！」、花見酒—（算数科）「売れた杯数×売値＝用意した釣銭　妙な計算」

『おもしろ落語図書館　その3』　三遊亭円窓著，長野ヒデ子画　大日本図書　1996.3　143p　22cm　1800円　①4-477-00647-0
[目次]　山号寺号（国語科）—これは誰でもできる言葉遊び、あなたもどう、芝浜（社会科）—ネコババしなかったからこそ、夫婦は幸せに、からくり料理（家庭科）—これはまあこじつけ料理の集大成でしょうか（六代目　三遊亭円窓　作）、明日ありと（道徳）—おお、有難い教えも、付け焼き刃にかかると（六代目　三遊亭円窓　作）、時そば（算数科）—数え方は違ってないが、時刻がちょっと変？、道灌（国語科）—江戸城を築いた人も、和歌の道には暗かった、桶屋裁き（社会科）—江戸町奉行が、子どもの頓智にまるで形無し、チリトテチン（道徳）—それにしても、決死的な知ったか振りですよ、孝行糖（音楽科）—口上と鳴り物のところは声を出して読もうよ、三方一両損（算数科）—足し算と割り算の結果が引き算になったのだ
[内容]　本書は、数多い落語の中から、学校や家庭で楽しめる、古典・自作の名作100席を選び抜いた、画期的なシリーズ。

『おもしろ落語図書館　その2』　三遊亭円窓著，長野ヒデ子画　大日本図書　1996.3　143p　22cm　1800円　①4-477-00646-2
[目次]　看板のピン（算数科）—確率百％のはずが、なんと1/6になるとは、転失気（道徳）—知ったか振りも、度が過ぎると失礼になるぞ！、祇園会（音楽科）—江戸と京都の、賑やかな祭りと囃子合戦だ！、芋泥（社会科）—住居不法侵入、窃盗未遂、立派な犯罪ですよ、閑かさや（国語科）—文章を練るのを推敲といいますが、芭蕉さえ（六代目　三遊亭円窓　作）、千両蜜柑（算数科）—割り算をしてしまったのが、番頭の不幸です、洒落番頭（国語科）—登場人物のような洒落オンチは、いますよね、鬼の涙（道徳）—鬼から見た人間社会や人間の評価に、ドキッ！（清水一朗作）、厩火事（社会科）—離婚すべきかどうかを、大変難しいところで、本膳（家庭科）—和食の本式テーブルマナーは、珍事続出だ！
[内容]　本書は、数多い落語の中から、学校や家庭で楽しめる、古典・自作の名作100席を選び抜いた、画期的なシリーズ。

『おもしろ落語図書館　その1』　三遊亭円窓著，長野ヒデ子画　大日本図書　1996.3　140p　22cm　1800円　①4-

477-00645-4
[目次] 寿限無―(国語科)「縁起のいい命名とはいっても、こう長くては」、首屋―(社会科)「ビジネスとはいっても、首をかけるとなれば」、饅頭恐い―(家庭科)「タダでお菓子を食べるには、これに限ります」、松山鏡―(道徳)「親孝行のごほうびも、とんだ夫婦喧嘩のもと」、一目上がり―(算数科)「一つずつ進むはずが、どこかでずれちゃった」、ガマの油―(国語科)「これだけ難しい口上が、よくまあスラスラと」、垂乳根―(社会科)「ややこしい人と結婚すると、こういうことも」、試し酒―(家庭科)「肴も食べないで、一体どれだけ飲んだのか？」、子ほめ―(道徳)「何をほめるにも、きちんと作法があるようで」、帯久―(算数科)「借金を返す時は、ぜひ利息計算をお忘れなく」

『まんじゅうこわい』 川端誠著 クレヨンハウス 1996.3 1冊 31cm （落語絵本 2） 1200円　④4-906379-56-7

『ばけものつかい』 川端誠著 クレヨンハウス 1994.11 1冊 31cm （落語絵本 1） 1000円　④4-906379-49-4

『またまた大わらい！子ども落語』 川又昌子文、やまだ三平絵 小学館 1990.10 190p 18cm （てんとう虫ブックス） 500円　④4-09-230536-2
[目次] てんしき、穴泥、片棒、ふんどし、道具屋、ぞろぞろ、二十四孝、権兵衛だぬき、初天神、三人旅、船徳、だくだく、鹿政談、長短、そこつ長屋、はてすこ、死神、しまつの金づる、三軒長屋、がまの油、寝床
[内容] まぬけ泥棒、ケチおやじ、あわてんぼうにのんびりや、いたずらだぬきも顔だして、笑いをふりまくゆかいな落語、イヤなことはふっ飛んで、もっともっと楽しくなれる、そんな落語が勢揃い。最初はおならの話から。お待せしました、さあどうぞ。

『大わらい！子ども落語』 川又昌子文、やまだ三平絵 小学館 1990.4 189p 18cm （てんとう虫ブックス） 460円　④4-09-230530-3
[目次] まんじゅうこわい、釜どろ、平林、もと犬、手おくれ医者、寿限無、しわいや、時そば、長屋の花見、たぬさい、たつ、芝浜、そこつの使者、桃太郎、うわばみ、王子のきつね、あたま山、子ほめ、できごころ、しろうとうなぎ、酢豆腐、三方一両損

[内容] お尻を思いっきりつねらないと忘れたことを思い出せないさむらい、なんと頭に桜がはえた男、まんじゅうほどこわい物はない男…。読んで笑い、話して楽しい、100点満点のおもしろさ！ 落語の魅力を、さあ、思うぞんぶん味わってください。

『うらみかさなる四谷怪談』 木暮正夫著、西山三郎絵 岩崎書店 1990.2 148p 21cm （日本の怪奇ばなし 7） 980円　④4-265-03907-3
[目次] 1 こわさ1ばん『東海道四谷怪談』、2 うらみかさなる『真景累ヶ淵』、3 円朝のきわめつけ『怪談牡丹灯篭』
[内容] この巻では、お岩さんの『東海道四谷怪談』、落語の怪談噺『真景累ヶ淵』（三遊亭円朝作）、おなじ円朝のきわめつけ『怪談牡丹灯篭』の3本をとりあげ、江戸から明治にかけての時代背景や作者たちの伝記とともに紹介します。小学校高学年以上。

『学校百科・はじめてみる伝統芸能 4 古典落語』 川村恵文、亀山哲郎写真 クロスロード 1989.3 45p 27cm 2000円　④4-906125-78-6

『こども古典落語 2 歴史とんち人物編』 小島貞二文、宮本忠夫画 アリス館 1988.6 190p 22cm 1200円
[目次] 甚五郎のネズミ、道潅、一休さん、鍬形、佐々木政談、蜀山人、紀州、曽呂利新左衛門、三方一両損、みんなの落語塾
[内容] たくさんのなかから、えらびぬいたオモシロ落語だよ。むずかしいことばには、しんせつな説明がついている。落語がもっとすきになる "みんなの落語塾" も開講中。なんてったって、たのしいさし絵がいっぱい！もひとつオマケに、ワッハッハまんがもあるのだよ。

『だくだく血がでてたつもり』 柳家弁天作、相沢るつ子絵 大平出版社 1987.10 114p 22cm （らくご文庫 11） 1300円
[目次] だくだく血がでてたつもり、手おくれ、おかゆもくすり、おくさんがこわい、トラのみせもの、いまのおならは、きこえません、大酒のみ、徳さんのかくご、どろぼう、まて！、おてんとさまのせいにしろ、カキどろぼう、ネズミ年うまれ、おはぎのほしいもの、ゾウのつくだに、みがいてはだめ、ぞうすいのやつ、星をとる方法、かなしい塩う

子どもの本 日本の古典をまなぶ2000冊　199

り，やくにたたない，目じるし

内容 どろぼう，にせ医者，くず屋さんにらんぼう者…。おなじみのとぼけた人気者がせいぞろいした20編。

『たべられるおなら』 柳家弁天作，うべけい絵 大平出版社 1987.10 114p 22cm （らくご文庫 12）1300円

目次 たべられるおなら，えらいおしょうさん，親子でよっぱらい，さすが，武士の妻，目黒のサンマ，お米の味見，ヤブ医者のかんぱん，大さわぎ，しろうと芝居，さむらいのこころがけ，きたないやりのもちかた，あたまのいい商売，文字がかけるようになった！，カ、カ、カ、カ大合戦

内容 たべられる？ おならや，サンマをたべたがるとのさまの話など，おかしくてあきれてしまう13編。

『おっこったんまんきんたん』 柳家弁天作，おやまだようこ絵 大平出版社 1987.9 114p 22cm （らくご文庫 10）1300円

目次 おっこったんまんきんたん，木をたべる子ども，きれいずきなカミナリ，なんだ，また茶の湯か，わすれ草，ムクのネコ，初雪や，なにがなにして，なんとやら，やっぱり，るすです，いたい食事のマナー，ブラブラしている，水にしずむ，やけてきた，やけてきた

内容 おしょうさんのいないるすに，おかしなそう式をだすインチキ坊主のいたずらなど，大笑いの12編。

『さんすうこわいぞ』 柳家弁天作，岩切美子絵 太平出版社 1987.9 114p 21cm （らくご文庫 8）1300円

目次 さんすうこわいぞ，雨やどりしたい，おなべ屋さん，さすが！，への用心，カクレ草，雷門の大ちょうちん，馬がうしろ足でないた！，すれちがいの船，たべられない，そっかしいわすれもの，家どろぼう，ひげじまん，刀がおちた目じるし，なんでも，うらは花色もめん，トウフがいのちよりすき？

内容 落語の名作から傑作のなかの傑作をえりすぐって，168編をプレゼントしましょう。大きな声でよんで，家じゅうを，学校じゅうを笑わせてください。この巻は，さんすうこわいぞ一目玉を白黒させて，よくかんがえてみると，これがまた大笑い。など15編。

『タマゴやきにしっぽがある』 柳家弁天作，松本修一絵 太平出版社 1987.9 114p 21cm （らくご文庫 7）1300円

目次 タマゴやきにしっぽがある，赤いきれたちのはなし，くじびき，うどん屋さん，かぜひいたの？，刀のさしかた，ちょうちんをかりにきたわけ，これでだいじょうぶ，なわどろぼう，つまるか，つまらないか大作戦，おふだのききめ，ウワバミのかたきうち

内容 落語の名作から傑作のなかの傑作をえりすぐって，168編をプレゼントしましょう。大きな声でよんで，家じゅうを，学校じゅうを笑わせてください。この巻は，おなじみのびんぼう長屋の皆さんが，いせいよくお花見に！ 笑いすぎておなかがいたくなる11編。

『なったなったジャになった』 柳家弁天作，高畠ひろき絵 太平出版社 1987.9 114p 22cm （らくご文庫 9）1300円

目次 なったなったジャになった，ねころんだ川，病気のくすり？，お花見のかたきうち，もう用がすんだ，仙人の家，わたしがねる場所がない，おしえるな！，きこえないかなあ，とびこし将棋って，あり？，なんでも半分，クソともおもわない，犬のけんか，渡し船の大さわぎ

内容 めちゃくちゃなとのさまの将棋や，かたきうちの大さわぎなど，笑って笑ってキリキリまいの14編。3年生から。

『犬さん、目玉をくださいな』 柳家弁天作，須々木博絵 太平出版社 1987.7 114p 22cm （らくご文庫 6）1300円

目次 犬さん，目玉をくださいな，犬よけのおまじない，すもう見物，うって，かって，うって，かって，，親はいくら？，さすがに剣術のセンセイ，とのさまには，まいったね，カツオの番，お金持ちのしんぱい，おまけはいはい，「初雪や…」，だめだ，こりゃ，火事さん，ありがとう

内容 人間に犬の目玉をいれたら，どうなるか？ さてどうなるか見当もつかないほどおもしろい13編。

『おしりをつねってくれ』 柳家弁天作，アオシマ・チュウジ絵 太平出版社 1987.7 114p 22cm （らくご文庫 5）1300円

目次 おしりをつねってくれ，だれがくったか，貝のはらわた，ゆめうります，時計，ドジョウだというなよ，お正月のかつぎやさん，名刀，遠めがね，地見屋さんて，なんだ

ろう，300両のもちにげ，おれは，いったいだれだろう，わるいくせ，トウナスはいらんかね
内容 用件をわすれた，おさむらいのおしりをつねるクマさんの大活躍に，おなかをかかえてしまう14編。

『あくびおしえます』　柳家弁天作，多田治良絵　太平出版社　1987.6　114p　22cm　（らくご文庫 4）1300円
目次 あくびおしえます，ゆめのお金，まちぶせをみやぶる，こまってしまったうどん屋さん，刀の銘，カツオのなき声，宿屋のかたきうち，剣術のセンセイ，雪道のあるきかた，雪がうれしいひと，赤んぼうの年はタダ，がんこ同士，禁酒，20万両のほりだしもの
内容 あくびのしかたをおしえる塾の話から，20万両のほりだしものまで，奇想天外なお笑いが14編。

『ひょろびりのももひき』　柳家弁天作，関屋敏隆絵　太平出版社　1987.6　114p　22cm　（らくご文庫 3）1300円
目次 ひょろびりのももひき，ショウガにつけてたべる，あなたのほうがいい，おしるこ屋でござる，三つ目入道のさいなん，四つ足の黒やき，すドウフのたべかた，いりマメが大すき，カニとナマコ，3人とも字がかけないと…，一羽ちがい，水におぼれない術，おりこうさん，小言幸兵衛さん，お金がふえて，こまったこまった
内容 道具屋の与太郎さんや，しったかぶりの若だんな…。きっと，家じゅうが笑いころげる15編。

『おもしろ落語ランド　3　じゅげむ/目黒のさんま』　桂小南文，ひこねのりお絵　金の星社　1987.5　110p　22cm　780円　①4-323-01183-0
内容 熊さんのところに，赤ちゃんが生まれました。「うんと長生きするような名前を，つけてやろう。」おしょうさまにそうだんした熊さんが，つけた名前は？（じゅげむ）ある日，馬で目黒へでかけたとのさまは，生まれてはじめて，さんまを食べました。その，おいしいこと。とのさまは，さんまのあじが，わすれられず…。（目黒のさんま）

『おもしろ落語ランド　2　てんしき/花の都』　桂小南文，ひこねのりお絵　金の星社　1987.5　110p　22cm　780円　①4-323-01182-2
内容 お医者さまから「てんしきは，ありますかな？」ときかれたおしょうさま，なんのことかわかりません。小ぞうさんをよび，「てんしきをかりておいで。」…。（てんしき）金もうけをしたくて，喜六は毎日，神さまにおまいりをします。ある日，二つのふしぎなうちわをさずかりました。あおいでみて，喜六はびっくり…！（花の都）小学校低学年～中学年向。

『おもしろ落語ランド　1　まんじゅうこわい/平林』　桂小南文，ひこねのりお絵　金の星社　1987.5　110p　22cm　780円　①4-323-01181-4
内容 金ちゃんはヘビがこわい，とめさんはカエルがこわい…。「なんだ，みんな，だらしがねえ。」そういう熊さんがこわいのは，なんと，おまんじゅう!?（まんじゅうこわい）お使いで手紙をとどけにいく権助は，ころっと，あいての名前をわすれてしまいました。あて名は，「平林さま」。ところが，権助には読めません…。（平林）小学校低学年～中学年向。

『ゴエモンにはまけないぞ』　柳家弁天作，本信公久絵　太平出版社　1987.5　114p　22cm　（らくご文庫 1）1300円
目次 ゴエモンにはまけないぞ，馬のおしっこ，すこしわかった，どちらがけちか，やってみろ，試合，ねていてたべられる法，胃がわるい，ヤブ医者，大あらし，船頭さん，だいじょうぶかい，キツネはなに色？，手紙，となりのはなをねじりとる，つづみ
内容 江戸っ子のがまんくらべや，ケチくらべなど，おもわずふきだしてしまう傑作のなかの傑作が14編。

『ちきゅうをいれるおけ』　柳家弁天作，さわみつる絵　太平出版社　1987.5　114p　22cm　（らくご文庫 2）1300円
目次 ちきゅうをいれるおけ，木こりのじまんばなし，お酒によわいひと，けち兵衛さんのおそうしき，おみまいのはりがね，日本一のあわてもの，しのびの術，どろぼうにはいるの，ヤーメタ！，とんだ大工さん，とんでもないとこ屋さん，百ものがたり，大みそか作戦，バントウなべをいちにんまえ
内容 あきれてあきれて，ものもいえなくなる大ウソと大ボラの連続に，おなかがよじ

『こども古典落語　5　江戸っ子かわりもの編』　小島貞二文，宮本忠夫画　アリス館　1986.11　190p　22cm　1200円　①4-7520-7905-4
[目次]　目黒のサンマ，首うり，ダクダク，クモかご，かんじょう板，田能久，まわりネコ，もとイヌ，そこつの使者，みんなの落語塾
[内容]　おかしな殿さま，ドジなどろぼう…江戸の変人奇人がぞろぞろ出演します。

『こども古典落語　4　トンチンカン長屋編』　小島貞二文，宮本忠夫画　アリス館　1986.9　190p　22cm　1200円　①4-7520-7904-6
[目次]　まんじゅうこわい，山号寺号，天災，そこつ長屋，やかん，平林，テレスコ，ウソつき村，三げん長屋，みんなの落語塾
[内容]　"笑い"のあの手この手が，落語のなかにふくまれています。落語は"笑い"の教科書です。日本人の"笑い"の原点は，落語といってもよいでしょう。この『トンチンカン長屋編』では，江戸の長屋の八つぁんクマさんが，みなさんのお友だちになります。

『こども古典落語　3　うらめしやオバケ編』　小島貞二文，宮本忠夫画　アリス館　1986.7　190p　22cm　1200円
[内容]　ヒュードロドロ…。こわいオバケも落語のなかにでてくると，なぜかたのしい。

『こども古典落語　1　あっぱれ！わんぱく編』　小島貞二文，宮本忠夫画　アリス館　1986.3　190p　22cm　1200円
[目次]　子ほめ，寿限無，桃太郎，真田小僧，てんしき，肩もみ小僧，初天神，泳ぎの医者，子はかすがい，みんなの落語塾
[内容]　江戸時代からいまにつたわる落語は，古典落語とよばれ，何百という数があります。そのなかから，よくできたはなし，おもしろいもの，子どもたちがたのしめるはなしをえらんだのが，この『子ども古典落語』シリーズです。

『ぼくの人生落語だよ』　林家木久蔵著　ポプラ社　1982.6　230p　20cm　（のびのび人生論）　900円

『子ども落語　6』　柳亭燕路著　ポプラ社　1982.2　220p　18cm　（ポプラ社文庫）　390円

『子ども落語　5』　柳亭燕路著　ポプラ社　1982.2　220p　18cm　（ポプラ社文庫）　390円

『子ども落語　4』　柳亭燕路著　ポプラ社　1981.10　220p　18cm　（ポプラ社文庫）　390円

『子ども落語　3』　柳亭燕路著　ポプラ社　1981.10　220p　18cm　（ポプラ社文庫）　390円

『子ども落語　2』　柳亭燕路著　ポプラ社　1981.8　220p　18cm　（ポプラ社文庫）　390円

『子ども落語　1』　柳亭燕路著　ポプラ社　1981.8　220p　18cm　（ポプラ社文庫）　390円

◆◆咄本

『21世紀版少年少女古典文学館　第23巻　江戸の笑い』　興津要，小林保治，津本信博編，司馬遼太郎，田辺聖子，井上ひさし監修　興津要著　講談社　2010.3　306p　20cm　1400円　①978-4-06-282773-7　Ⓝ918
[目次]　古典落語（権兵衛だぬき，あたま山の花見，位牌屋，夏どろ，転失気，そこつ長屋，そばの殿さま），江戸小咄（大江戸怪盗伝，金の世のなか，とんちんかん，うまいもの天国，武士はつらいよ，なくてななくせ，商売あれこれ，男と女の物語），黄表紙（きなのねからかねのなるき，親の敵討てや腹鼓），川柳，狂歌
[内容]　ユーモアがぎっしりつまっている小咄。「落とし咄」と呼ばれていた笑いの宝庫，落語。江戸時代のコミック，黄表紙。俳句・短歌とおなじ字数で，人生のよろこびとおかしさをうたった川柳・狂歌。笑いをたのしむ心がうんだ，おもしろ読みものを満載。笑い，また笑いの一巻。

『いたずらとんちこぞうの笑噺』　教育画劇　2008.4　144p　22cm　（おなかがよじれる古典笑噺傑作選　4巻　川村たかし監修）　1840円　①978-4-7746-0902-7　Ⓝ913.7

|目次| ぶす，腕前合戦，彦一の生き傘，落語 田能久，裸の男，一休さんのとんち話，落語 てれすこ，おばあさんときっちょむさん，彦一と狐の化けくらべ，落語 いばり侍の大勝負，モーイと殿さまのとんち合戦，彦一と天狗のかくれみの

|内容| この本にはとんちこぞうがたくさんでてきます。一休さん，きっちょむなど，どんなにえばったお役人さんやお殿さまでも知恵比べで圧勝してしまう。とんちのこつを覚えれば世の中怖いものなし。

『おっとっと！ おっちょこちょいの笑噺』 教育画劇 2008.4 143p 22cm （おなかがよじれる古典笑噺傑作選 3巻 川村たかし監修） 1840円 Ⓘ978-4-7746-0901-0 Ⓝ913.6

|目次| お霜月の作り髭，末広がりでござる，浮気症の男，落語 粗忽のくぎ，泥棒と影，あわてものの寺参り，弥次さん，喜多さん珍道中，落語 あわてん坊長屋，唐へ行った鉄五郎どん，郡司の田楽，落語 粗忽の使者，大晦日は合わぬ算用

|内容| この本にはおっちょこちょいな人たちがたくさんでてきます。死体を自分だと勘違いしてしまう男，頭にふんどしをかぶってしまう旅人，食べられない見本まんじゅうを買ってしまう旦那。あわてんぼうご用心あれ。

『のんびりなまけものの笑噺』 教育画劇 2008.4 144p 22cm （おなかがよじれる古典笑噺傑作選 2巻 川村たかし監修） 1840円 Ⓘ978-4-7746-0900-3 Ⓝ913.6

|目次| ものぐさ太郎，のんきなすずめとり，おなら，落語 あくび指南，わらしべ長者，餅の化け物，落語 親子酒，三人の武士，きるなのねからかねのなるき，落語 道具屋，上緒の主と黄金，きっちょむさんと和尚さま

|内容| この本にはなまけものの人たちがたくさんでてきます。あくび修行をする男，ものぐさなことで大出世できる男，なまけながら商売をしようとする道具屋。こんなにのんきな人たちがいっぱいいるとちょっと安心したりします。

『ふしぎなかわりものの笑噺』 教育画劇 2008.4 139p 22cm （おなかがよじれる古典笑噺傑作選 6巻 川村たかし監修） 1840円 Ⓘ978-4-7746-0904-1

Ⓝ913.7

|目次| びっくり大かぜ，鼻，不思議の足音，虫好きの姫君，落語 あたま山，消えたさなだ虫男，おかしな相撲取り，青経の君，落語 もと犬，近衛の門のガマガエル，変った手紙，伊豆の目代

|内容| この本にはかわりものがたくさんでてきます。変な虫ばかりを好む姫，長くてみにくい鼻をもつお坊さま，頭に桜の花がさいてしまった男。変な人がいっぱいですが，みんないろんな個性，おおらかな気持ちになれます。

『よくばりわるものの笑噺』 教育画劇 2008.4 143p 22cm （おなかがよじれる古典笑噺傑作選 5巻 川村たかし監修） 1840円 Ⓘ978-4-7746-0903-4 Ⓝ913.7

|目次| おくびょうな大泥棒，けちんぼうの長者，だん九郎，でん九郎，落語 位牌屋，鯛の荒巻，けちんぼくらべ，落語 夏泥，猫嫌いの大夫，金のなる木と金に変わる蛇，落語 片棒，利息の行列，長刀は昔の鞘

|内容| この本にはわるものがたくさんでてきます。え？ ちょっと怖いって？ でもわるものでも，泥棒に入った家の主人にお金をだまし取られてしまったり，ちょっとなさけないわるものばかりなんです。ご失笑あれ。

『ごきげんなくいしんぼうの笑噺』 教育画劇 2008.3 147p 22cm （おなかがよじれる古典笑噺傑作選 1巻 川村たかし監修） 1840円 Ⓘ978-4-7746-0899-0 Ⓝ913.6

|目次| 1話 鬼のしゃもじ，2話 ぼた餅，食べたーい！，3話 きのこを食べて踊る尼，4話 清徳聖の話，5話 落語そば清，6話 きっちょむさんとどじょう鍋，7話 平茸の僧，8話 水かけ飯を食う男，9話 落語 まんじゅう怖い，10話 柿山伏，11話 谷底に落ちた殿さま，12話 芋がゆ

|内容| この本にはくいしんぼうな人たちがたくさんでてきます。谷の底に落ちてもヒラタケをむさぼる受領，柿をこそこそ食べる山伏，ご飯がふえるしゃもじに喜ぶおじいさん。食べものほしさのために，みんな四苦八苦。

『江戸小ばなし―子どもも、おとなも楽しめる 5』 岡本和明文 フレーベル館 2006.3 149p 19cm 〈絵：つだかつ

み〉 750円　Ⓘ4-577-03167-1　Ⓝ913.7
[目次] 寿限無，金明竹，黄金餅，垂乳根
[内容] いま，語られる落語には，江戸の小ばなしから着想を得て作られたものがたくさんあります。この五巻目では，"江戸小ばなし"のトリを飾って，おなじみの落語四席をお届けします。

『江戸小ばなし―子どもも，おとなも楽しめる　4』　岡本和明文　フレーベル館　2006.2　141p　19cm　〈絵：つだかつみ〉　750円　Ⓘ4-577-03166-3　Ⓝ913.7
[目次] すきま風，早飛脚，留守，蟹，間に合わせ，ぶっそうな町，わけ，犯人は？，用心，賭け将棋〔ほか〕

『江戸小ばなし―子どもも，おとなも楽しめる　3』　岡本和明文　フレーベル館　2005.12　141p　19cm　〈絵：つだかつみ〉　750円　Ⓘ4-577-03165-5　Ⓝ913.7
[目次] 文字の居場所，一眼国，元日，馬のしっぽ，鯉の滝登り，水や，計画どおりには，もちつき，どっちへ逃げる？，うなぎの蒲焼，話好き，小野小町，朝顔，花火，すねかじり，二度目は…，釜，夕立や，流行，掛取り，金を使わない方法，ただの薬，番付，試し切り，葬式，神田祭り，看病，馬嫌い，飯櫃，鯛では不足？，運を拾う男，望遠鏡，饅頭こわい，秋茄子，風呂，置く場所は？，講釈，名医，最後の願い，地相，本当はなん歳？，猫の災難，ろくろっ首，四本足より六本足，酒飲みは…，面の皮，負けず嫌い，の神様，欲しいものは…，うらやましい身分，きょうは稽古日，猟師，泳ぎの指南，だんご，やぶ医者，貸家札，千早ふる，ろうそく，与太郎だから…，夜遊び
[内容] 絵で読む江戸小ばなし。これで落語が，100倍おもしろくなる。

『江戸小ばなし―子どもも，おとなも楽しめる　2』　岡本和明文　フレーベル館　2005.11　141p　19cm　〈絵：つだかつみ〉　750円　Ⓘ4-577-03146-9　Ⓝ913.7
[目次] おとっつぁんの目，寒い故郷，小僧とボタもち，辞世の句，親子酒，好物は…，半殺し，凧あげ，四の字嫌め，飯の炊きかた〔ほか〕
[内容] 絵で読む江戸小ばなし2。これで落語が，100倍おもしろくなる。

『江戸小ばなし―子どもも，おとなも楽し

める　1』　岡本和明文　フレーベル館　2005.10　141p　19cm　〈絵：つだかつみ〉　750円　Ⓘ4-577-03145-0　Ⓝ913.7
[目次] 泥棒，似たものどうし，立ちあい，居留守，泳ぎの達人，文字を書くのも，棚，値はいくら？，景色，バカにつける薬〔ほか〕

『1分で読める江戸のこわい話』　加納一朗文，水野ぷりん絵　学習研究社　2005.2　87p　23cm　（落語を生んだ江戸の笑い話・こわい話　4）1600円　Ⓘ4-05-202249-1　Ⓝ388.1
[目次] ようかい話（水の中の大ぐも，きつね火，赤い化けねこ，へびむすめ，化け物のお礼，墓をあらす怪物），ゆうれい話（消えた家，立ち上がったがい骨，地の底から，年のちがうゆうれい，役に立つゆうれい，見てはいけない，ゆうれいのおわん），うらみ話（山伏のうらみ，立ち上がる死体，毒へびの仕返し，死人の手が，吉六虫，いじめられたねこ，かんおけから出た女），ふしぎ話（白いかみの女，橋が落ちる，宙を行くほのおの行列，オランダの妖術，人形のかみがのびる，けんかする石のきつね，怪談会の夜，八幡のやぶ知らず，顔が牛やおにに，うちわのような手，ゆうれいをにて食べた，はえになったお玉，公平の最期，すもうとりの人形，どろぼうぎつね，天から降ってきた男，ぬけ首，霊から死体が，便所から消えた男，石になった男）

『1分で読める江戸の笑い話』　加納一朗文，中沢正人絵　学習研究社　2005.2　87p　23cm　（落語を生んだ江戸の笑い話・こわい話　1）1600円　Ⓘ4-05-202246-7　Ⓝ388.1
[目次] とんち話（まんじゅうこわい，うなぎ，当たる占い，あま酒，おぼえれない方法），へんてこ話（星取り，雪のはば，身投げ，身長ちがい，若返りの水，おまじない，あんころもち，半時計，お金拾い，命の値段，焼いてしまった，遠めがね，すもう見物，おやじのめがね），けち話（金づち，その後の桃太郎，オウムの返事，借金取り），さむらい話（道場破り，うでじまん），どろぼう話（柿どろぼう，あっ，家がない，かけっこくらべ，追いはぎ，金庫どろぼう，どろぼうよけ），ゆうれい話（なんまいだあ，真昼のゆうれい，雪女，ゆうれいの命），いきもの話（ねこの声色，たこの計略，火事見まい），しごと話（見世物，花売り，かごや急行）

『5分で読める江戸のこわい話』 加納一朗文，みうらえりこ絵　学習研究社　2005.2　87p　24cm　（落語を生んだ江戸の笑い話・こわい話 6）1600円　①4-05-202251-3　Ⓝ388.1
[目次] うらみ話（すっぽんののろい），ようかい話（十八年目のようかい，桐の木の人形，角のあるようかい，生きている人形），ゆうれい話（船ゆうれい，家へさそう死人，あめを買うゆうれい，鏡の中の女）

『5分で読める江戸の笑い話』 加納一朗文，まつもとよしひろ絵　学習研究社　2005.2　87p　23cm　（落語を生んだ江戸の笑い話・こわい話 3）1600円　①4-05-202248-3　Ⓝ388.1
[目次] へんてこ話（あわて者の熊さん，うなぎのゆくえ，モモンガァ，ひまな人たち），どろぼう話（どろぼう修業，どろぼうコンクール），びっくり話（そば食い大会，生まれ変わった犬），ようかい話（化け物使い）

『3分で読める江戸のこわい話』 加納一朗文，くすはら順子絵　学習研究社　2005.2　87p　24cm　（落語を生んだ江戸の笑い話・こわい話 5）1600円　①4-05-202250-5　Ⓝ388.1
[目次] ようかい話（化けねずみ，かっぱの仕返し，化けたがまがえる，のっぺらぼう，ぽたもちようかい，人形とへびのようかい），ゆうれい話（ゆうれい少女，うたうどくろ，死を招く老婆），ふしぎ話（お兼の生き霊，自分のかげを見た男，みんな消えた，しゃべるはれもの，三百五十年生きた男，よみがえった死者）

『3分で読める江戸の笑い話』 加納一朗文，宮本忠夫絵　学習研究社　2005.2　87p　23cm　（落語を生んだ江戸の笑い話・こわい話 2）1600円　①4-05-202247-5　Ⓝ388.1
[目次] へんてこ話（暑い夜，そこつの使者，久助，おせじ，気の長い，たな），とんち話（びんぼう神，てんしき，グータラ若だんな），どろぼう話（ぬすんだつもり，ぞろぞろ），いきもの話（きつねとたぬき），けち話（けち二人），ほら話（うそつき村，ニュース交換所，ほらふき男）

『江戸の笑い』 興津要著　講談社　1992.1　325p　22cm　（少年少女古典文学館 第24巻）1700円　①4-06-250824-9
[目次] 古典落語（権兵衛だぬき，あたま山の花見，位牌屋，夏どろ，転失気，そこつ長屋，そばの殿さま），江戸小咄（大江戸怪盗伝，金の世のなか，とんちんかん，うまいもの天国，武士はつらいよ，なくてななくせ，商売あれこれ，男と女の物語），黄表紙，川柳，狂歌
[内容] ユーモアがぎっしりつまっている小咄。「落とし咄」と呼ばれていた笑いの宝庫，落語。江戸時代のコミック，黄表紙。俳句・短歌とおなじ字数で，人生のよろこびとおかしさをうたった川柳・狂歌。笑いをたのしむ心がうんだ，おもしろ読みものを満載。笑い，また笑いの一巻。

『江戸のわらい話』 山住昭文作，長野ヒデ子絵　大日本図書　1991.4　258p　18cm　（てのり文庫 C035）470円　①4-477-00098-7
[目次] 町人衆，親と子，殿さまとお侍，だんなさまと奉公人，医者と坊さんとお師匠さん，乞食と泥棒
[内容] ドジなお侍さん，ちょっぴりまぬけな小僧さん，ゆかいな親子…思いっきり明るい人たちが，ぞくぞく登場するお江戸のわらい話です。昔の人たちのユーモアってスゴイ！さあ，あなたも大わらいしてください。

◆◆牡丹灯籠

『怪談牡丹灯籠―恋、愛、裏切り、死者と生者が織りなす夢と現の物語』 金原瑞人著，佐竹美保絵　岩崎書店　2014.1　182p　22cm　（ストーリーで楽しむ日本の古典 10）1500円　①978-4-265-04990-5　Ⓝ913.7

『牡丹灯籠』 赤木かん子編，浅井了意,岡本綺堂著　ポプラ社　2008.4　36p　21cm　（ポプラ・ブック・ボックス 指輪の巻 11）①978-4-591-10236-7　Ⓝ913.6

『牡丹灯籠』 さねとうあきら,岡本綺堂他著　ポプラ社　2006.3　180p　20cm　（ホラーセレクション 1　赤木かん子編）〈他言語標題：Beautiful ghost〉1000円　①4-591-09072-8　Ⓝ918
[目次] 牡丹の灯籠（浅井了意），牡丹灯籠―お札はがし（五代目・古今亭志ん生），随筆

古典芸能　　　　　　　　　　　　　　　　　　　　　　　　　日本の古典

「高座の牡丹燈篭」「舞台の牡丹燈篭」「怪談劇」(岡本綺堂)，怪談　牡丹灯記，四谷怪談(さねとうあきら)，真景累ケ淵・紹介

◆◆大喜利

『大喜利ドリル―毎日やれば君もダジャレ王！　1日1問30日完成　しゃれやとんちで言葉をみがく！』　中根ケンイチ絵，茅島奈緒深文・構成，林家木久扇監修　講談社　2008.12　71p　19×26cm　857円　⑰978-4-06-215174-0　Ⓝ807.9
|目次|回文，地名なぞなぞ，動物の好きな花，一字ちがうと大ちがい，ひとことダジャレ，「おもち」にちなんで…，動物の好きな食べ物，新しい部を作ろう，とんちずもう，電話番号ごろ合わせ〔ほか〕
|内容|実際の大喜利と同じように，キクちゃん先生が出す「お題」に，四人の大喜利メンバーが答えていきます。ただし，答えの一部が空らんになっています。そこをみんなに，「しゃれ」や「とんち」をきかせて考えてもらいたいと思います。お題は，全部で三十問。

『お笑い！　大喜利―何々とかけて何ととく？　3』高村忠範作　汐文社　2006.9　78p　21cm　1400円　⑰4-8113-8130-0
|目次|寄席，大喜利をやってみよう！(寄席ってどんなことをするの？，必要な係)，なぞかけ

『お笑い！　大喜利―何々とかけて何ととく？　2』高村忠範作　汐文社　2006.9　78p　21cm　1400円　⑰4-8113-8129-7
|目次|落語と大喜利(大喜利ってなに？，落語のはじまりっていつごろ？)，なぞかけ

『お笑い！　大喜利―何々とかけて何ととく　1』高村忠範作・絵　汐文社　2006.8　78p　21cm　1400円　⑰4-8113-8128-9
|目次|なぞかけ，「なぞかけ」であそんでみよう―「なぞかけ」の作り方

◆◆寄席

『体験！　子ども寄席―落語でわかる江戸文化　2　おばけ噺　しごとの噺』古今亭菊千代文，水野ぷりん絵，車浮代江戸文化監修　偕成社　2014.1　95p　27cm　〈文献あり〉　2400円　⑰978-4-03-724220-6　Ⓝ913.7
|目次|化け物つかい，お菊の皿，野ざらし，ろくろ首，三年目，道具屋，うなぎ屋，代脈，半分垢，芝浜

『体験！　子ども寄席―落語でわかる江戸文化　1　くらしの噺　食べ物噺』古今亭菊千代文，水野ぷりん絵，車浮代江戸文化監修　偕成社　2013.9　95p　27cm　〈文献あり〉　2400円　⑰978-4-03-724210-7　Ⓝ913.7
|目次|長屋の花見，粗忽の釘，たらちね，目黒のさんま，紀州，時そば，まんじゅうこわい，ちりとてちん，千両みかん，青菜

『子ども寄席　秋・冬』柳亭燕路作，二俣英五郎絵　日本標準　2010.4　117p　22cm　(シリーズ本のチカラ)〈シリーズの編者：石井直人，宮川健郎〉　1400円　⑰978-4-8208-0444-4　Ⓝ913.7
|目次|平林，王子のきつね，目黒の秋刀魚，時そば，だくだく，雑俳，粗忽長屋，化物使い，初天神
|内容|落語を聞いたことがある人もない人も，落語のおもしろさ，楽しさが味わえる「読む落語」の決定版！　寄席の幕間のように「いれこみ」「仲入り」「うちだし」と称し，落語を理解するためのわかりやすい解説を掲載。秋冬をキーワードに，子どもたちが親しめる選りすぐりの9話を収録。小学校中学年から。

『子ども寄席　春・夏』柳亭燕路作，二俣英五郎絵　日本標準　2010.4　117p　22cm　(シリーズ本のチカラ)〈シリーズの編者：石井直人，宮川健郎〉　1400円　⑰978-4-8208-0443-7　Ⓝ913.7
|目次|壽限無，元犬，あたま山，皿屋敷，桃太郎，かぼちゃ屋，夏どろ，三人旅，お化け長屋
|内容|落語を聞いたことがある人もない人も，落語のおもしろさ，楽しさが味わえる「読む落語」の決定版！　寄席の幕間のように「いれこみ」「仲入り」「うちだし」と称し，落語を理解するためのわかりやすい解説を掲載。春夏をキーワードに，子どもたちが親しめる選りすぐりの9話を収録。小学校中学年から。

『えほん寄席 伸縮自在の巻』 小学館 2008.10 62p 24×19cm 〈CDつきおもしろ落語絵本〉〈付属資料：CD1〉 1800円 ⓘ978-4-09-726356-2

[目次] 欠伸指南（モンキー・パンチ），転失気（根本孝），親子酒（高部晴市），つる（花岡道子），雑俳（篠崎三朗）

[内容] 噺／柳家さん喬，柳家三之助，橘家円太郎，柳亭小燕枝，古今亭菊志ん。ごうかいイラストレーターと落語家の競演。

『えほん寄席 馬力全開の巻』 小学館 2008.10 62p 24×19cm 〈CDつきおもしろ落語絵本〉〈付属資料：CD1〉 1800円 ⓘ978-4-09-726357-9

[目次] 長短（黒田征太郎），猫の皿（久世アキ子），馬のす（桑原伸之），のめる（ささめやゆき），化け物使い（佐藤三千彦）

[内容] 噺／柳家さん喬，古今亭菊志ん，柳亭小燕枝，柳家三之助，橘家円太郎。ごうかいイラストレーターと落語家の競演。

『えほん寄席 滋養強壮の巻』 小野トモコ，石橋富士子，宗誠二郎，大島妙子，降矢なな絵，桂南喬，柳家喬之助，桂文生，柳亭左竜，柳亭左楽噺 小学館 2008.3 62p 24×19cm 〈CDつきおもしろ落語絵本〉〈付属資料：CD1〉 1800円 ⓘ978-4-09-726315-9

[目次] 松竹梅（小野トモコ），堪忍袋（石橋富士子），本膳（宗誠二郎），牛ほめ（大島妙子），権兵衛狸（降矢なな）

[内容] NHK教育テレビで好評放送中の「えほん寄席」。この本では「松竹梅」「堪忍袋」「本膳」「牛ほめ」「権兵衛狸」の5作を収録。すてきなイラストと、落語家のお噺で、ゆかいな落語の世界をお楽しみください。

『えほん寄席 鮮度抜群の巻』 片岡鶴太郎，横田ヒロミツ，大滝まみ，山中冬児，山崎のぶこ絵，桂文生，柳亭左楽，柳家喬之助，柳亭左竜，桂南喬噺 小学館 2008.3 62p 24×19cm 〈CDつきおもしろ落語絵本〉〈付属資料：CD1〉 1800円 ⓘ978-4-09-726316-6

[目次] 味噌豆（片岡鶴太郎），松山鏡（横田ヒロミツ），芋俵（大滝まみ），豆屋（山中冬児），元犬（山崎のぶこ）

[内容] NHK教育テレビで好評放送中の「えほん寄席」。この本では「味噌豆」「松山鏡」「芋俵」「豆屋」「元犬」の5作を収録。すてきなイラストと、落語家のお噺で、ゆかいな落語の世界をお楽しみください。

『おやこ寄席—ベストセレクションCDブック』 桂文我文，国松エリカ絵 大阪 燃焼社 2007.11 31p 26cm 〈付属資料：CD1〉 2000円 ⓘ978-4-88978-077-2

[目次] メガネ屋泥棒，あたごやま，しの字丁稚

[内容] 泥棒が二人、メガネを盗もうと戸の節穴から店の中をのぞきますが…。ズッコケた泥棒が登場する『メガネ屋泥棒』ほか、「おやこ寄席」から選りすぐりの古典落語が、全部で三話。付録のCDでは、桂文我の落語をライブの熱気ごと楽しんでいただきます。

『えほん寄席 奇想天外の巻』 桂文我，桂宗助，古今亭菊之丞，桂平治，桂米平噺，浅賀行雄，国松エリカ，矢吹申彦，谷口幸三郎絵，松下惠子書 小学館 2007.7 62p 24×19cm 〈CDつきおもしろ落語絵本〉〈付属資料：CD1〉 1800円 ⓘ978-4-09-726266-4

[目次] えんぎかつぎ，てんぐの酒もり，寿限無，道具屋，小倉船

[内容] NHK教育テレビで好評放送中の「えほん寄席」。この本では、「えんぎかつぎ」「てんぐの酒もり」「寿限無」「道具屋」「小倉船」の5作を収録。すてきなイラストといっしょに、ゆかいな落語の世界をお楽しみください。

『えほん寄席 抱腹絶倒の巻』 柳亭市馬，桂平治，古今亭菊之丞，桂宗助，桂米平噺，スズキコージ，唐仁原教久，つちだのぶこ，玉井詞，飯野和好絵 小学館 2007.7 61p 24×19cm 〈CDつきおもしろ落語絵本〉〈付属資料：CD1〉 1800円 ⓘ978-4-09-726265-7

[目次] うなぎや，時そば，はつてんじん，動物園，蛇含草

[内容] NHK教育テレビで好評放送中の「えほん寄席」。この本では、「うなぎや」「時そば」「はつてんじん」「動物園」「蛇含草」の5作を収録。すてきなイラストといっしょに、ゆかいな落語の世界をお楽しみください。

『えほん寄席 満員御礼の巻』 桂文我, 桂平治, 柳亭市馬, 桂米平噺, 藤枝リュウジ, 荒井良二, 長野ヒデ子, 灘本唯人, 山崎英介絵 小学館 2007.3 62p 24×19cm （CDつきおもしろ落語絵本）〈付属資料：CD1〉 1800円 ⓘ978-4-09-726249-7
[目次] たいらばやし（藤枝リュウジ），んままわし（荒井良二），大安売り（長野ヒデ子），めがねやどろぼう（灘本唯人），まんじゅうこわい（山崎英介）
[内容] NHK教育テレビで好評放送中の「えほん寄席」。この本では，「たいらばやし」「んままわし」「大安売り」「めがねやどろぼう」「まんじゅうこわい」の5作を収録。すてきなイラストといっしょに，ゆかいな落語の世界をお楽しみください。

『えほん寄席 愉快痛快の巻』 桂文我, 桂平治, 柳亭市馬, 桂米平噺, 柳原良平, 長谷川義史, 彦すけお, 宇野亜喜良, 下谷二助絵 小学館 2007.3 62p 24×19cm （CDつきおもしろ落語絵本）〈付属資料：CD1〉 1800円 ⓘ978-4-09-726248-0
[目次] さらやしき（柳原良平），たぬきのサイコロ（長谷川義史），あたごやま（彦すけお），池田の猪買い（宇野亜喜良），やかんなめ（下谷二助）
[内容] NHK教育テレビで好評放送中の「えほん寄席」。この本では，「さらやしき」「たぬきのサイコロ」「あたごやま」「池田の猪買い」「やかんなめ」の5作を収録。すてきなイラストといっしょに，ゆかいな落語の世界をお楽しみください。

『寄席芸・大道芸』 小沢昭一, 矢野誠一監修 くもん出版 2004.4 127p 27cm （物語で学ぶ日本の伝統芸能 5） 2800円 ⓘ4-7743-0742-4 Ⓝ779
[目次] 寄席芸（講談/正直俥夫，落語/寿限無，落語/真田小僧，浪曲/清水次郎長伝・森の石松三十石舟），大道芸（太神楽/伊勢大神楽『剣三番叟』より「掛け合い」 ほか）

『越後・月潟 角兵衛獅子ものがたり』 江部保治文, 横山信子画 新潟 考古堂書店 2003.10 1冊 26cm （ビジュアルふるさと風土記 5） 1200円 ⓘ4-87499-999-9

『大道芸・寄席芸』 大野桂著 小峰書店 1995.4 55p 29cm （日本の伝統芸能 7） 3000円 ⓘ4-338-12307-9
[目次] 大道芸の世界（大道芸は花ざかり，和ものの大道芸―南京玉すだれほか，洋ものの大道芸―ジャグリングほか，居合い抜きほか），寄席芸の世界（寄席へようこそ，楽屋をちょっとのぞいてみれば…，はなやかな高座，落語独特の表現 ほか）

『学校百科・はじめてみる伝統芸能 5 寄席雑芸―太神楽曲芸・紙切り・手品』 川村恵文, 亀山哲郎写真 クロスロード 1989.3 48p 27cm 2000円 ⓘ4-906125-79-4

◆浄瑠璃

『妹背山婦女庭訓』 橋本治文, 岡田嘉夫絵 ポプラ社 2012.5 ［54p］ 26×26cm （橋本治・岡田嘉夫の歌舞伎絵巻 5）〈原作：近松半二〉 1600円 ⓘ978-4-591-12926-5 Ⓝ913.6
[内容] 大化の改新をヒントにして作られたファンタジー物語。魔王のようになった蘇我入鹿を，みんなが力をあわせて倒します。悲しい恋物語もあります。絵本で読む古代の歴史ファンタジー歌舞伎シリーズ第5弾。

『信太の狐』 さねとうあきら文, 宇野亜喜良絵 ポプラ社 2004.2 41p 25×26cm （日本の物語絵本 7） 1200円 ⓘ4-591-08042-0
[内容] 「信太の狐」（一般的には「信太妻」という）は昔からよく知られている伝説ですが，「愛護若」，「山荘太夫」などにも説経節の代表作としても親しまれてきました。説経節というのは江戸時代の前期頃までさかんであった語り物の一つで，やがて三味線や胡弓などの音楽にあわせて語る説経浄瑠璃となり，その後，人形芝居の浄瑠璃や歌舞伎にもなって広く普及しました。この本は浄瑠璃正本といわれる説経節をもとにして書かれたもので，「葛の葉物語」とも呼ばれるポピュラーな伝説をおもしろく読むことができます。

『安寿姫と厨子王丸』 須藤重画, 千葉幹夫文・構成 講談社 2002.3 45p 26cm （新・講談社の絵本 12） 1500円 ⓘ4-06-148262-9

[内容] いなか道を，母親とふたりの子どもが宿をもとめて歩いていました。三人は磐城国（福島県）で身分の高い役人だった，岩木正氏の妻と子どもたちでした．

『安寿と厨子王―悲しき人買いの伝説』
菊田智文，北島新平絵　改訂版　会津若松　歴史春秋出版　1996.11　205p　21cm　1200円　Ⓘ4-89757-342-4

『人形浄瑠璃』　ふじたあさや文，西山三郎絵，森田拾史郎写真　大月書店　1988.11　31p　27cm　（シリーズ舞台うらおもて）　1500円　Ⓘ4-272-61014-7

『安寿と厨子王―悲しき人買いの伝説』
菊田智文，北島新平絵　会津若松　歴史春秋出版　1986.2　205p　22cm　（ふくしま子供文庫）　1200円
[内容] いわきの城を追われ，裏切られだまされても，なお強く生きる「安寿と厨子王」の姉弟愛と，勇気ある物語．

◆◆文楽

『文楽』　平島高文監修　くもん出版　2004.4　127p　27cm　（物語で学ぶ日本の伝統芸能　4）〈年表あり〉2800円　Ⓘ4-7743-0741-6　Ⓝ777.1
[目次] 妹背山婦女庭訓，菅原伝授手習鑑，冥途の飛脚，五条橋

『吉田簑太郎の文楽』　吉田簑太郎監修，小野幸恵著　岩崎書店　2002.3　47p　29cm　（日本の伝統芸能はおもしろい　5）　2800円　Ⓘ4-265-05555-9,4-265-10267-0
[目次] 第1章　生きているように動く人形，第2章　物語りの語り手大夫と三味線，第3章　文楽の舞台表と裏，第4章　みんなで文楽をやってみよう，第5章　文楽はこうして作られた，第6章　簑太郎先生おすすめの文楽，第7章　簑太郎先生に答えてほしい，第8章　ぼくが人形遣いになった理由
[内容] 少年の遊び場は，人形遣いの父親が働く文楽の劇場．この場所が，少年は大好きでした．中学生になって，裏方のアルバイトをすることになり，少年ははじめて，舞台裏から父親の姿を見ることになります．「おやじは，すごい…」と，心から尊敬する気持ちになりました．人形遣いによって，はじ

めて命を吹き込まれる人形たち―文楽の世界を，人形遣いと一緒にのぞいてみましょう．小学校高学年以上．

『人形芝居と文楽』　後藤静夫著　小峰書店　1995.4　55p　29cm　（日本の伝統芸能　4）　3000円　Ⓘ4-338-12304-4
[目次] 人形劇と文楽，文楽の劇場，文楽の舞台，文楽の舞台裏，首のいろいろ，文楽の演者，人形，文楽の音楽―浄瑠璃と音のすばらしさ，文楽の歴史〔ほか〕

『学校百科・はじめてみる伝統芸能　3　文楽』　藤田洋監修・文，青木信二写真　クロスロード　1989.3　48p　27cm　2000円　Ⓘ4-906125-77-8

◆◆近松門左衛門

『国性爺合戦』　橋本治文，岡田嘉夫絵　ポプラ社　2010.3　1冊（ページ付なし）　26×26cm　（橋本治・岡田嘉夫の歌舞伎絵巻　4）〈原作：近松門左衛門〉1600円　Ⓘ978-4-591-11694-4　Ⓝ913.6
[目次] 『国性爺合戦』は，江戸時代に近松門左衛門が書いて，大ヒットをした作品です．大ヒットの理由は，主人公の国性爺が実在の人物で，この本にあるように，日本で生まれた中国と日本のハーフ青年だからです．いささか日本人に都合のいい内容にはなっていますが，日本生まれのヒーローが中国大陸で大活躍する物語を，楽しんでください．

『21世紀版少年少女古典文学館　第18巻　近松名作集』　興津要，小林保治，津本信博編，司馬遼太郎，田辺聖子，井上ひさし監修　近松門左衛門原作，富岡多恵子著　講談社　2010.2　277p　20cm　1400円　Ⓘ978-4-06-282768-3　Ⓝ918
[目次] 出世景清，冥途の飛脚，博多小女郎波枕，心中天の網島，女殺油地獄
[内容] 元禄時代には，経済力をもった商人たちによって，日本のルネサンスといわれるほどの，いきいきした町人文化が花開いた．そこにすい星のように出現した作家・近松門左衛門．宿命的な封建制度のなかで，人間らしく必死に生きようとする男と女の恋愛をテーマに，みごとな語りことばで描きだす義理と人情の人間ドラマの数々．『出世景清』『冥途の飛脚』『心中天の網島』など，歌舞伎や人形浄瑠璃（文楽）の舞台にのせられ，今も日本人の心をゆさぶりつづけ

『近松門左衛門名作集　東海道四谷怪談』
近松門左衛門, 鶴屋南北［原作］, 菅家祐文, 堀口順一朗, ただりえこイラスト　学習研究社　2008.2　195p　21cm　（超訳日本の古典 11　加藤康子監修）1300円　①978-4-05-202869-4　Ⓝ912.4
目次　近松門左衛門名作集（国性爺合戦, 丹波与作待夜のこむろぶし）, 東海道四谷怪談（血に染まった刃と二組の夫婦, 盗まれた薬と贈られた薬, わがままお梅の横恋慕, お岩の無念, 流れ流され隠亡堀へ, 深川三角屋敷の怪, お袖のはかりごと, 夢での逢いびき, 伊右衛門の最期）

『近松門左衛門集』　諏訪春雄著, 宮本能成絵　ポプラ社　2002.4　213p　22cm　（21世紀によむ日本の古典 16）　1400円　①4-591-07141-3, 4-591-99440-6
目次　出世景清（景清の仇討ち, 京の妻阿古屋　ほか）, 丹波与作（親子の再会, 小万と与作　ほか）, 国性爺合戦（大明での戦争, 和藤内, 唐へわたる　ほか）, 女殺油地獄（野崎での騒動, 親子の縁切り　ほか）, 解説（西本鶏介）

『雨月物語—菊のやくそくほか』　古田足日編著, 市川禎男画　新装改訂版　小峰書店　1998.2　225p　23cm　（はじめてであう日本の古典 13）　1600円　①4-338-14813-6, 4-338-14800-4
目次　菊のやくそく—雨月物語（菊のやくそく, ふるさとのつま, おろちの美女, ゆめのなかのコイ）, 国姓爺物語—国姓爺合戦（たったん国の使者, 花いくさ, 海べのたたかい, しぎとはまぐり　ほか）

『心中天網島』　里中満智子著　中央公論社　1996.10　272p　19cm　（マンガ日本の古典 27）　1262円　①4-12-403305-2

『近松名作集』　近松門左衛門原作, 富岡多恵子著　講談社　1992.9　285p　22cm　（少年少女古典文学館 第18巻）　1700円　①4-06-250818-4
目次　出世景清, 冥途の飛脚, 博多小女郎波枕, 心中天の網島, 女殺油地獄
内容　『出世景清』『冥途の飛脚』『心中天の網

島』など, 歌舞伎や人形浄瑠璃（文楽）の舞台にのせられ, 今も日本人の心をゆさぶりつづけている近松の最高傑作5編を収録する。

『国性爺合戦—近松物語』　円地文子著, 佐多芳郎絵　平凡社　1980.1　238p　21cm　（平凡社名作文庫）　1300円

◆◆竹田出雲（二世）

◆◆◆菅原伝授手習鑑

『菅原伝授手習鑑』　橋本治文, 岡田嘉夫絵　ポプラ社　2007.11　1冊（ページ付なし）　26×26cm　（橋本治・岡田嘉夫の歌舞伎絵巻 3）〈原作：竹田出雲, 三好松洛, 並木千柳〉　1600円　①978-4-591-09953-7　Ⓝ913.6
内容　『仮名手本忠臣蔵』『義経千本桜』と同じ作者たちによって書かれた『菅原伝授手習鑑』は,「天神さま」として祀られている菅原道真を主人公とした物語です。学問の神さま, 菅原道真が, 悪魔のような藤原時平にだまされて, 怒った末に雷になって復讐をします。さまざまな人間達が活躍する, とてもおもしろい物語です。どうぞ体験をしてください。

『菅原伝授手習鑑』　沼野正子文・絵　汐文社　2006.11　119p　22cm　（ほんとうはおもしろいぞ歌舞伎）　1500円　①4-8113-8041-X　Ⓝ913.6
目次　三人のお客さま, 『菅原伝授手習鑑』の背景, 序幕 加茂堤の場, 二幕 筆法伝授の場, 三幕 道明寺の場, 四幕 車引の場, 五幕 賀の祝いの場, 六幕 天拝山, 七幕 寺子屋の場, これにて終りでございます。いかがでしたかァー

◆◆◆義経千本桜

『義経千本桜』　沼野正子文・絵　汐文社　2005.11　119p　22cm　（ほんとうはおもしろいぞ歌舞伎）　1500円　①4-8113-8040-1　Ⓝ913.6
目次　三人のお客さま, 『義経千本桜』の背景, 序幕 堀川御所の場, 2幕 渡海屋・大物浦の場, 3幕 下市村・椎の木の場, 4幕 鮓屋の場, 5幕 道行初音の旅, 6幕 川連法眼館の場
内容　ニャンともめずらしいお猫歌舞伎へ, 本日はトクベツのご招待。まずおめにかけ

まするは、サクラ吹雪の舞う義経千本桜、ヨシツネセンボンザクラァ〜。さぁ、ドーゾ前のお座席でごらんください。

『義経千本桜』 橋本治文、岡田嘉夫絵 ポプラ社 2005.10 1冊(ページ付なし) 26×26cm (橋本治・岡田嘉夫の歌舞伎絵巻 2) 〈原作：竹田出雲、三好松洛、並木千柳〉 1600円 Ⓘ4-591-08810-3 Ⓝ913.6

[内容] 源義経と静御前、そして武蔵坊弁慶と戦いで死んだはずの平家の貴公子たち。彼らが登場する『義経千本桜』は、『仮名手本忠臣蔵』とならぶ、とても有名な歌舞伎です。嵐の大物の浦で、桜が満開の吉野山で、兄の頼朝と仲が悪くなった義経は、どんな事件とであうのでしょう。

◆◆◆仮名手本忠臣蔵

『仮名手本忠臣蔵』 竹田出雲他原作、金原瑞人翻案、佐竹美保絵 偕成社 2012.11 195p 20cm 〈文献あり〉 1200円 Ⓘ978-4-03-744950-6 Ⓝ912.4

[内容] 文楽・歌舞伎の三大名作の一つ「仮名手本忠臣蔵」。赤穂浪士の事件を基にしたお芝居です。日本人なら、その筋くらいは知っておきたい！ そこで、この物語の主人公お軽にざっくばらんに語ってもらい、ネコ一座に演じてもらうことにいたしました。小学校高学年から。

『忠臣蔵—ジュニア版 3 討ち入り』 平川陽一著、若菜等+Ki絵 汐文社 2010.12 231p 19cm 〈文献あり〉 1400円 Ⓘ978-4-8113-8710-9 Ⓝ913.6

『忠臣蔵—ジュニア版 2 内蔵助の本心』 平川陽一著、若菜等+Ki絵 汐文社 2010.12 220p 19cm 〈文献あり〉 1400円 Ⓘ978-4-8113-8709-3 Ⓝ913.6

『忠臣蔵—ジュニア版 1 松の廊下』 平川陽一著、若菜等+Ki絵 汐文社 2010.11 212p 19cm 〈文献あり〉 1400円 Ⓘ978-4-8113-8708-6 Ⓝ913.6

『仮名手本忠臣蔵』 橋本治文、岡田嘉夫絵 ポプラ社 2003.10 1冊(ページ付なし) 26×26cm (橋本治・岡田嘉夫の歌舞伎絵巻 1) 〈原作：竹田出雲、三好松洛、並木千柳〉 1600円 Ⓘ4-591-07445-5 Ⓝ913.6

『四十七士』 神保朋世画、千葉幹夫文・構成 講談社 2002.12 1冊 26cm (新・講談社の絵本 18) 1500円 Ⓘ4-06-148268-8

[内容] 十二月十四日の夜は、江戸ではめずらしいほどの雪になりました。志をたもった赤穂浪士四十七人は、吉良の屋敷ちかくのそば屋にあつまりました。「いよいよ、殿のうらみをはらせる。」そろいの身じたくをしながら、みんなのむねはたかなっていきます。

『元禄の嵐—少年忠臣蔵』 木原清志作 大阪 教学研究社 2001.4 216p 21cm (痛快歴史物語) 〈画：鴇田幹 1978年刊を原本としたオンデマンド版〉 2200円 Ⓘ4-318-09015-9 Ⓝ913.6

『赤穂浪士』 高橋千剣破文、田村元絵 勉誠社 1997.1 131p 21cm (親子で楽しむ歴史と古典 17) 1545円 Ⓘ4-585-09018-5

[目次] 松の廊下、切腹、大石内蔵助、堀部安兵衛、赤穂城の明け渡し、内蔵助の迷い、山科会議、内蔵助の決断、江戸へ、吉良邸の下調べ、エピソード、四十七士の討ち入り

[内容] 目的はただ一つ、殿の無念をはらすため。日本最大の仇討ち、赤穂浪士。楽しいお話。

◆講談

『真田幸村』 大河内翠山著 真珠書院 2013.10 119p 19cm (パール文庫) 〈「少年少女教育講談全集 第6巻」(大日本雄弁会講談社 1931年刊)の抜粋〉 800円 Ⓘ978-4-88009-604-9 Ⓝ913.7

『大盗賊石川五右衛門 3 五右衛門最期の決戦』 長尾剛文、若菜等,Ki絵 汐文社 2009.1 247p 19cm 1300円 Ⓘ978-4-8113-8505-1 Ⓝ913.6

[内容] 関東の大名徳川家康の助けを借り、五右衛門一味の抹殺を目論む豊臣秀吉。五右衛門達は生き延びられるのか。

『大盗賊石川五右衛門 2 五右衛門党vs真田十勇士』 長尾剛文、若菜等,Ki絵 汐文社 2009.1 205p 19cm 1300円

①978-4-8113-8504-4　Ⓝ913.6

内容 天下人・豊臣秀吉に戦いを挑んだ五右衛門一味。五右衛門達を捕らえるため、秀吉が招き寄せた真田十勇士。果たして両者の戦いの結末は。

『大盗賊石川五右衛門　1　五右衛門党、現る』　長尾剛文，若菜等,Ki絵　汐文社　2008.12　219p　19cm　1300円　①978-4-8113-8503-7　Ⓝ913.6

内容 落ち武者狩りで父親を亡くしたコウ。倒れているところを戦場で助けられるが、目を覚ますとそこは名高い大盗賊、石川五右衛門の隠れ家だった！

『番町皿屋敷』　四代目旭堂南陵,堤邦彦編　国書刊行会　2006.8　223p　19cm〈よみがえる講談の世界〉〈付属資料：CD1〉　2400円　①4-336-04765-0

内容 亡霊となったお菊は、夜な夜な井戸端に姿を現し、皿の数を数える。ひとーつ、ふたーつ…。旭堂南陵による、完全新録音の講談CDつき。

『こども講談 ついてる月次郎』　杉山亮作，古川タク絵　フレーベル館　2002.9　143p　21cm　1000円　①4-577-02464-0

内容 とびきりついてる星の下、災難を次々に幸福に変えていく、ついてる月次郎の物語。

『こども講談 お花咲太郎』　杉山亮作，堀田あきお絵　フレーベル館　2002.3　130p　21cm　1000円　①4-577-02316-4

『こども講談 はっけよい鯉太』　杉山亮作，おかべりか絵　フレーベル館　2001.4　165p　21cm　1100円　①4-577-02252-4

内容 小さな体で悪者退治、怪力 "鯉太" が大活躍。

『一竜斎貞水の歴史講談　6　剣の達人』　一竜斎貞水編，小山豊，岡本和明文　フレーベル館　2001.2　253p　21cm　1500円　①4-577-02103-X

目次 星野勘左衛門・誉れの通し矢、井伊直人・奥州の麒麟、槍の権三・誉れの敵討ち、宮本武蔵・秘剣・二刀流、荒木又右衛門・敵討ち余話、柳生飛驒守・不肖の息子

内容 本巻では、歴史に登場する有名な剣の達人や、一般的にはあまり名前を知られていないけれど、講談では語られることの多い武芸の達人たちをあつかっています。ここに登場する六人の剣豪の話は、技を競って刀をふりまわす、はでなきりあいよりも、剣の達人になるまでの苦しい修行時代やなやみ、日々のおもしろいエピソードなどを中心に構成しました。

『一竜斎貞水の歴史講談　5　戦国の英雄』　一竜斎貞水編，小山豊企画・構成，岡本和明企画・構成・文　フレーベル館　2001.2　253p　21cm　1500円　①4-577-02102-1

目次 本多弥八郎・臆病者の大出世，鳥居信元と成瀬正義・湯水の行水，藤堂高虎・出世の白餅，松平又七郎・偶然の大手柄，蒲生氏郷・名月若松城，真田幸村・大坂の決戦，木村長門守・大坂の陣

内容 戦国時代は、今から四百五、六十年前の時代です。この時代、日本各地には、数多くの英雄が出現しています。代表的な人物として甲斐の武田信玄、越後の上杉謙信、関東の北条氏康、駿河の今川義元、中国の毛利元就、四国の長宗我部元親、九州の島津義久がいます。また、これ以外の人物となると数えきれないほど多くの人々が この時代に登場します。第五巻では、こうした武将の下で活躍した人々を取り上げてみました。

『一竜斎貞水の歴史講談　4　歴史に残る合戦』　一竜斎貞水編，小山豊企画・構成，岡本和明文　フレーベル館　2000.12　253p　21cm　1500円　①4-577-02101-3

目次 富士川の戦い，宇治川の戦い，一の谷の戦い，屋島の戦い，壇の浦の戦い，金剛山の戦い，川中島の戦い，三方ケ原の戦い，山崎の戦い，小牧・長久手の戦い

内容 講釈の世界には、「軍談もの」といわれる話が数多くございます。この第四巻では、その中からみなさんがよく知っているものを選んでみました。

『一竜斎貞水の歴史講談　3　秀吉の天下取り』　一竜斎貞水編，岡本和明企画・構成・文，小山豊企画・構成　フレーベル館　2000.11　253p　21cm　1500円　①4-577-02100-5

目次 日吉誕生，藤吉郎と竹千代，蜂須賀小

六との知恵勝負，はじめての武家奉公，藤吉郎の初陣，信長と猿，清洲城の三日普請，長短槍試合，桶狭間の合戦，藤吉郎，墨股城主となる，太閤と曽呂利

[内容] 講談の「太閤記」というと，たいへん長い物語ですが，本書は豊臣秀吉の誕生から織田信長に仕え，頓智頓才によってしだいに出世して，ついには美濃墨股に城をもつまでの，いわば秀吉の生涯の前半の部分を中心に紹介します。

『一竜斎貞水の歴史講談 2 大岡越前名裁き』 一竜斎貞水編　フレーベル館　2000.9　253p　21cm　1500円　①4-577-02099-8

[目次] 鯨裁き，禁断の網，越前守と巾着切り，二人の母親，白洲の祝言，しばられ地蔵，三方一両損，奇縁友禅染め，大工裁き，鴨のお裁き，駿河問事件，直" ・権兵衛

[内容] 本書では，江戸時代の名奉行として現在でも人気のある江戸南町奉行・大岡越前守忠相の活躍するお話を集めてみました。いわゆる『大岡政談』といわれるものは，数多くありますが，その中から今回は，大岡忠相の機転やとんちによって解決した事件を中心に選んでみました。

『一竜斎貞水の歴史講談 1 恐怖の怪談』 一竜斎貞水編　フレーベル館　2000.8　253p　21cm　1500円　①4-577-02098-X

[目次] 雪女，耳なし芳一，江島屋騒動，怪談牡丹灯籠，四谷怪談

[内容] 本書では「怪談話」を集めてみました。すでに知られている有名な話からはじめて読む話まで，いろいろ取り上げてみました。また，講談の「四谷怪談」はみなさんが映画やお芝居などで見たり聞いたりしたものと，少し内容が違うと思いますが，他にはないこわさ，おもしろさがあると思いますから，ぜひ読んでみてください。

『こども講談 青空晴之助 虎天王の巻』 杉山亮作，川端誠絵　フレーベル館　2000.6　195p　21cm　1100円　①4-577-02112-9

[内容] 海から空から動物たちが集まって，ついに決戦の時きたる。けれども自在に風をあやつる虎天王の前に，さすがの晴之助も打つ手なし。風雲急を告げる最終巻。いざ，じんじょうに勝負，勝負。

『こども講談 青空晴之助 千匹狼の巻』 杉山亮作，川端誠絵　フレーベル館　2000.2　182p　21cm　1100円　①4-577-02040-8

[内容] ガルルー。ガルルー。伊予の石鎚山から戻る晴之助に，名うての千匹狼のむれが四方から襲いかかる。深山の谷あいに竹刀の音がこだまする第四巻。いざ，じんじょうに勝負，勝負。

『こども講談 用寛さん本伝 開眼の巻』 杉山亮作，藤本ともひこ絵　フレーベル館　1999.11　180p　21cm　1100円　①4-577-02043-2

[内容] なぞかけ問答，とんち問答と次から次へと出される言葉遊びに爆笑，また爆笑。

『こども講談 昔屋話吉おばけ話 梅の巻』 杉山亮作，高部晴市絵　フレーベル館　1999.9　177p　21cm　1100円　①4-577-02008-4

[目次] 風薫る五月のみちのくは花盛り，冷や汗が風呂桶に一杯出ました，のどを両手の爪でかきむしり，奥の床が波打ち，うごめき，暗がりの中で黄色い目だけが，山刀伐峠の山賊を知らないか！，冥途のみやげにこわい話してよ，二百年もしたら帰してやろう〔ほか〕

[内容] こわがりのくせにこわい話が大好きな少年話吉が日本一こわい話を求めて日本中を旅して歩く，こわくてゆかいなものがたり。ページをめくれば鬼が出るか蛇が出るか，さあはじめたり，はじめたり。

『こども講談 青空晴之助 紅白鬼の巻』 杉山亮作，川端誠絵　フレーベル館　1999.6　183p　21cm　1100円　①4-577-01986-8

[目次] 晴之助，鬼退治を決意する，晴之助，雨風庵をたずねる，飯野煙人，煙芸の奥義に達する，猿の鉄丸，団子を無心する，晴之助，猿の鉄丸をこらしめる，晴之助，鬼が島にわたる，鬼の手下，晴之助におそいかかる，紅白鬼，正体を現す，雨風庵のお遥，千里鏡を使う，晴之助，岩牢にとらわれる〔ほか〕

[内容] つれさられた人々を救うため島にわたった晴之助の前に現れたのは，色とりどりの鬼のむれ。新たなお供も加わって大乱戦の第三巻。いざ，じんじょうに勝負，勝負。

『こども講談 青空晴之助 平気蟹の巻』

杉山亮作, 川端誠絵　フレーベル館　1999.1　182p　21cm　1100円　①4-577-01954-X

[内容] 飯野煙人のもとで修行したくましく成長した晴之助が, 雀のキンと狸の銀太をお供にまたまたの大活躍。瀬戸内の海を舞台に襲いくる化け物相手に, 晴之助の竹刀がうなる第二巻。

『こども講談　用寛さん本伝　望郷の巻』

杉山亮作, 藤本ともひこ絵　フレーベル館　1998.11　176p　21cm　1100円　①4-577-01895-0

[目次] やわらかな春の光が空いっぱいに, キツネのしっぽはいつのまにか, げにおそろしき大根地獄, 焼いたじゃがいも, へっぽこ釣鐘, なに？貧乏神をまつるだと？, 人間は気の持ちようだ, 頭の中は愛でいっぱい, お願いトナカイ北極海！, 日本でワンワン, 中国でワンタン, き, き, 肝, 肝ちょうだい！〔ほか〕

『こども講談　昔屋話吉おばけ話　竹の巻』

杉山亮作, 高部晴市絵　フレーベル館　1998.9　180p　21cm　1100円　①4-577-01917-5

[目次] 行く春や鳥啼き魚の目は泪, まんじゅうは出さんでもいい, こんにゃくは今夜食うに限る, 怪談べろなが女, やや, 矢矢矢！, 尾が九つある狐の姿が, 岩はじわりと前に寄ってきて, 油揚げ入りのコーヒーだね, 春の海砂が食えたら大もうけ, 鬼婆の家かもしれないよ, 手から切る？足から切る？, おらも俳句をつくりました, 大きな黒いかたまりが, 決して外にでてはならぬ, めざすはさらに北の国

[内容] こわがりのくせにこわい話が大好きな少年話吉が日本一こわい話を求めて日本中を旅して歩く, こわくてゆかいなものがたり。ページをめくれば鬼が出るか蛇が出るか, さぁはじめたり, はじめたり…。

『こども講談　青空晴之助　鼻大蛇の巻』

杉山亮作, 川端誠絵　フレーベル館　1998.7　182p　21cm　1100円　①4-577-01912-4

[内容] 金比羅舟々追いてに帆かけてシュラシュシュシュ。金比羅様のおひざもと, 四国丸亀藩を舞台に少年剣士・青空晴之助が, 化け物退治に大活躍！瀬戸内の動物たちをまきこんで, 青空晴之助の第一巻。いざ, じんじょうに勝負, 勝負。

『真田十勇士　猿飛佐助』　後藤竜二文, 吉田光彦絵　講談社　1998.1　301p　19cm　（痛快 世界の冒険文学 4）　1500円　①4-06-268005-X

[内容] 豊臣秀吉が天下を平定し, 朝鮮半島へ出兵をはじめたころ。信州・鳥居峠で, けものをなかまに暮らしていた忍者・佐助は, 戦国の若き名君・真田幸村の家来となる。怪力坊主・三好清海入道とともに, 豪傑さがしの全国行脚にでた佐助には, もうひとつの目的があった。一かつて, 日本じゅうの人々が熱狂した傑作講談が, ヒューマニズムあふれる快作としてよみがえる。

『こども講談　昔屋話吉おばけ話　松の巻』

杉山亮作, 高部晴市絵　フレーベル館　1997.11　176p　21cm　（こども講談シリーズ）　1100円　①4-577-01848-9

[内容] こわがりのくせにこわい話が大好きな少年話吉が日本一こわい話を求めて日本中を旅して歩く, こわくてゆかいなものがたり。ページをめくれば鬼が出るか蛇が出るか, さぁはじめたり, はじめたり…。

『こども講談　用寛さん本伝　奮闘の巻』

杉山亮作, 藤本ともひこ絵　フレーベル館　1997.10　180p　21cm　1100円　①4-577-01841-1

[内容] なぞかけ問答, とんち問答と次から次へと出される言葉遊びに爆笑, また爆笑。

『こども講談　用寛さん本伝　修行の巻』

杉山亮作, 藤本ともひこ絵　フレーベル館　1996.11　180p　21cm　1100円　①4-577-01698-2

[内容] 本書は, なぞかけ問答, とんち問答と次から次へと出される言葉遊びに爆笑, また爆笑。

『こども講談　用寛さん本伝　出発の巻』

杉山亮作, 藤本ともひこ絵　フレーベル館　1995.10　164p　21cm　1100円　①4-577-01541-2

『ザ・ニンジャ猿飛佐助』　嵐山光三郎著, まがみばん画　講談社　1994.5　137p　18cm　（講談社KK文庫 B25-1）　680円　①4-06-199553-7

[内容] 猿飛佐助は、得意の忍術で、タヌキおやじ徳川家康のおでこを指でパチーン。つぎに家康の鼻の穴へ指を二本突っこんで、グルグルグル。「フガフガ、曲者だあ。」関ケ原の合戦から大坂夏の陣へ。真田十勇士は燃える。

# 中国の古典

『絵で見てわかるはじめての漢文　1巻　漢文入門』　加藤徹監修　学研教育出版，学研マーケティング〔発売〕　2014.2　47p　30cm〈文献あり〉2500円
①978-4-05-501036-8,978-4-05-811293-9
Ⓝ827.5
|目次|『漢文』ってなんだろう？，暮らしの中に漢文を見つけた！，日本に漢文がやって来た！，訓読（漢文を日本語で読む）のルール，原文にトライ！　声に出して読んでみよう！　1 春暁 孟浩然の詩―春眠暁を覚えず，原文にトライ！　声に出して読んでみよう！　2 十七条憲法第一条 聖徳太子の漢文―一に日わく，漢文で書かれたお話，漢文で遊ぼう

『斎藤孝の声に出して楽しく学ぶ漢文』
斎藤孝著　小学館　2012.4　109p　21cm〈付属資料：CD1〉1500円
①978-4-09-253097-3
|目次|初級編（五十歩百歩『孟子』，矛盾『韓非子』，推敲『唐詩紀事』，守株（株を守る）『韓非子』，呉越同舟『孫子』ほか），上級編（蛇足『戦国策』，漁夫の利『戦国策』，朝三暮四『列子』，五里霧中『後漢書』，画竜点睛『歴代名画記』ほか）
|内容|日本人として知っておきたい故事成語のもとになった漢文20編を楽しみながら音読ができるCD付ブック。

『漢字・漢語・漢文の教育と指導』　堀誠編著　学文社　2011.3　240p　21cm（早稲田教育叢書）2500円　①978-4-7620-2158-9
|目次|第1部 漢字・漢語・漢文と教育を考える（漢字・漢語・漢文と日常生活），第2部 小学校・中学校・高等学校・大学の実践指導から（小学校の漢字学習から見えてくるもの，日中漢字指導法の比較研究―形声文字指導を中心に，中学校の漢字・漢文をめぐる実践と課題―私立中学校での経験から，漢文教育における漢字・漢語の発展的習得，高等学校総合学科における漢字力向上のための指導法―生涯学習の根幹を成す基礎力・活用力をつけるために，工業高校における漢字・漢語・漢文の学び，典拠と比較して読む『山月記』，大学における漢文教育の現状と課題），第3部 中国・韓国・欧州からのレポート（中国における「漢文教育」の特質を探る―日本の漢文教育の改善に向けて，韓国における漢字・漢文教育の現状について，イタリアにおける漢字・漢語の教育と学習）

『『老子』にまなぶ人間の自信』　井出元監修　ポプラ社　2010.2　124p　22cm（10代からよむ中国古典）〈文献あり　索引あり〉1400円　①978-4-591-11468-1　Ⓝ124.22
|目次|1章 自然であればいい（知る者は言わず，言う者は知らず。―下篇，多言は数、窮す、中を守るに如かず。―上篇，知りて知らずとするは上なり。知らずして知るとするは病なり。―下篇 ほか），2章 水のようにやわらかでいい（上善は水の若し。水は善く万物を利して而も争わず。衆人の悪む所に処る。故に道に幾し。―上篇，天下水より柔弱なるは莫し。而も堅強を攻むる者、これに能く勝る莫し。―下篇，天下の至柔は、天下の至堅を馳騁す。有る無きものは、間無きに入る。吾れ是を以て無為の益あることを知る。―下篇 ほか），3章 自信を持てばいい（学を為せば日、に益し、道を為せば日、に損ず。これを損じて又た損じ、以て無為に至る。無為にして為さざるは無し。―上篇，無為を為し、無事を事とし、無味を味わう。―下篇，物は壮なれば即ち老ゆ。是れを不道と謂う。不道は早く已む。―下篇 ほか）
|内容|『老子』をよむと自分が見えてくる背伸びしない自分になれる。心がどんどんやわらかになる。音読に最適。10代のための新シリーズ。

『『礼記』にまなぶ人間の礼』　井出元監修　ポプラ社　2010.1　124p　22cm（10代からよむ中国古典）〈文献あり　索引あり〉1400円　①978-4-591-11068-3　Ⓝ123.4
|目次|1章 礼ってどんなもの？（礼は回れる

中国の古典

を釈て、美質を増す。―礼器篇、山に居て魚鼈を以て礼と為し、沢に居て鹿豕を以て礼と為すは、之を礼を知らざるものと謂う。―礼器篇、嘉肴有りと雖も、食わざれば其の旨きを知らざるなり。至道有りと雖も、学ばざれば其の善きを知らざるなり。―学記篇 ほか）、2章 思いやりの心ってどんなもの？（出ずるに必ず告げ、反えれば必ず面す。―曲礼篇、妄に人を説ばしめず、辞費せず。―曲礼篇、身を修め言を践む、之を善行と謂う。―曲礼篇 ほか）、3章 礼は人のためのもの（先生に侍坐するときは、先生問えば、終りて則ち對う。―曲礼篇、父召すときは諾すること無かれ。先生召すときは諾すること無かれ。―曲礼篇 ほか）
[内容]『礼記』って、おもしろいぞ。だれも教えてくれない礼のルーツがここにある。古典なのにすらすら読める、古典なのに声に出して読みやすい。10代のための新シリーズ。

『漢文を学ぶ 6』 栗田亘著 童話屋 2009.11 75p 15cm （小さな学問の書 12）286円 ①978-4-88747-099-6 Ⓝ827.5
[目次] 天知る、地知る、我知る、子知る。。苗を揠き助け長ぜしむ。。雑乱紛糾を解く者は控捲せず。。夙に興き夜に寝ぬ。。習い性となる。爰矜頠躓して木枝を失う。。朝三暮四、語訛れば黙すること固に好し。。一歩は一歩よりも高し。。知は行の始め、行は知の成るなり。〔ほか〕

『漢文を学ぶ 5』 栗田亘著 童話屋 2009.5 75p 15cm （小さな学問の書 11）286円 ①978-4-88747-093-4 Ⓝ827.5
[目次] 人にして義なく、ただ食らうのみならば、これ鶏狗なり。。春秋に義戦なし。。造物は涯りあり、しかして人情は涯りなし。。蛾を憐れみて燈を点ぜず。。漁夫の利、弟子、入りてはすなわち孝、出でてはすなわち弟。。孟武伯孝を問う。子曰く、父母はただ其の疾をこれ憂う。。養いて教えざるは、父の過なり。。君の読むところのものは、古人の糟魄のみ。。十読は一写にしかず。積善の家には必ず余慶あり。。水を渡りまた水を渡り 花を看また花を見る。愚公、山を移す。。陥すべからざるの楯と陥らざるなきの矛とは、世を同じくして立つべからず。。蝦蟇日夜鳴けども、人これを聴かず。。進むには名を求めず、退くには罪を避けず。。春秋に富む。。綸言汗の如し
[内容] 五年の沈黙を破って円熟の五冊目が出

来た。栗田亘の筆は沈々と冴えこの乱心の時代を切る。「己の欲せざる所は、人に施すこと勿れ」で始まった「漢文を学ぶ」は今、弱りきった日本人の魂に喝を入れる。

『素読・暗唱のための言葉集―こころの輝きを見つけよう』 まほろば教育事業団企画編集 明成社 2008.11 64p 26cm （まほろばシリーズ 3）800円 ①978-4-944219-79-7 Ⓝ918
[目次] 1 和歌、俳句―美しい日本の詩歌、2 国の歩みと偉人たちの言葉、3 親しまれてきた漢文、漢詩、4 日本の唱歌

『受験生のための一夜漬け漢文教室』 山田史生著 筑摩書房 2008.10 190p 18cm （ちくまプリマー新書 93）780円 ①978-4-480-68781-4 Ⓝ820
[目次] 第1章 日本語と漢字との切ない関係（漢字がやってきたぞ、漢字って使いにくい、一語・一音節・一字 ほか）、第2章 これがわかれば漢文は読める（日本語として考える、まず主語＋述語から、ひっくり返って読む ほか）、第3章 すこしだけ背伸びしてみよう（者と所とにこだわる、まずは者を調べよう、つぎに所を考えよう ほか）
[内容]「漢文？ パス！」という多くの受験生に送る苦手克服の虎の巻。漢文は日本語だという基本をおさえれば、センター試験レベルなら一晩で楽勝。効果絶大の個人授業。

『心を磨く漢詩・漢文』 国語力才能開発研究会編集責任 大阪 登竜館 2008.7 63p 26cm Ⓝ921

『中国の故事民話 漢民族編 3』 沢山晴三郎訳, 沢山生也編・画 農山漁村文化協会 2007.3 108p 22cm 1429円 ①978-4-540-06340-4 Ⓝ388.22
[目次] しっぽの欠けた李さん, 牛になったなまぐさぼうず, 妹をさがす鳥, 天の川はどうしてできたか, 劉公山

『中国の故事民話 少数民族編 3』 沢山晴三郎訳, 沢山生也編・画 農山漁村文化協会 2007.3 101p 22cm 1429円 ①978-4-540-06343-5 Ⓝ388.22
[目次] 田にしどの（ミャオ族）, くじゃくビルとサル（チベット族）, 三人のゲンジャ（チベット族）, 魔女の宮殿（チベット族）, タマンズとタルチャラル（チベット族）

子どもの本 日本の古典をまなぶ2000冊　217

『中国の故事民話　漢民族編 2』沢山晴三郎訳，沢山生也編・画　農山漁村文化協会　2007.3　104p　22cm　1429円
Ⓘ978-4-540-06339-8　Ⓝ388.22
[目次]一簇花をたずねて，山追いのムチ，野鶏嶺，赤いはらかけのニンジンこぞう，趙州橋

『中国の故事民話　少数民族編 2』沢山晴三郎訳，沢山生也編・画　農山漁村文化協会　2007.3　110p　22cm　1429円
Ⓘ978-4-540-06342-8　Ⓝ388.22
[目次]アダと魔王の金髪（カザフ族），ナスルチン・アパンチの話（ウイグル族），英雄エリ・クルバン（ウイグル族）

『中国の故事民話　漢民族編 1』沢山晴三郎訳，沢山生也編・画　農山漁村文化協会　2007.3　107p　22cm　1429円
Ⓘ978-4-540-06338-1　Ⓝ388.22
[目次]黒いロバ，八兄弟のかたきうち，かくれ草，ねんぐ，あめ人形，一丈三尺のニラとのこぎりびきのカボチャ

『中国の故事民話　少数民族編 1』沢山晴三郎訳，沢山生也編・画　農山漁村文化協会　2007.3　106p　22cm　1429円
Ⓘ978-4-540-06341-1　Ⓝ388.22
[目次]ジャランジャラン（モンゴル族），バラケンツァンとえんま大王（ミャオ族），食べそこなった朝ごはん（チュアン族），阿牛（チュアン族），とわられたお月さま（チュアン族），アピチャのこうずい（サニ族），よみがえった黒底バア（ヌン族）

『漢文を学ぶ 4』栗田亘著　童話屋　2004.9　75p　15cm　（小さな学問の書 8）286円　Ⓘ4-88747-046-0　Ⓝ827.5
[目次]他山の石，以て玉を攻くべし。花発けば風雨多し人生別離足る，吾日に三たび吾が身を省みる。径路窄き処は，一歩を留めて人の行くに与う。高山に登らざれば，天の高きを知らざるなり。当に三余を以てすべし。入るを量りて以て出ずるを為す。人の小過を責めず，人の隠私を発かず，人の旧悪を念わず。三人行けば，必ず我が師有り，蝸牛角上何事かを争う〔ほか〕
[内容]なになに？「たまにはテレビを消そう。自分の目で『見て』みよう。」なんとこれ紀元前三世紀の韓非子「犬馬難。鬼魅最易。」を敷衍したものだ。テレビを受け身で

眺めているうちに，それが実物とはちがう疑似映像だということをつい忘れてしまう。自分の意志で「自分から」「見るつもりで」「見る」ことが大事。

『中国千古万古物語』藤浪葉子著　碧天舎　2004.9　101p　22cm　1000円
Ⓘ4-88346-786-4　Ⓝ913.6
[目次]盤瓠，葫蘆兄妹，女媧，華胥の国，麋君，顓頊，彭祖，帰墟の神山，炎帝，馬の皮を着た蚕神，織女と牽牛，愚公
[内容]「三皇五帝」ってなあに？ お隣の国・中国に伝わる不思議なお話の数々。好奇心いっぱいの子どもたちに読んでほしい，やさしい言葉で書かれたこれまでにない中国の神話集。

『漢文を学ぶ 3』栗田亘著　童話屋　2003.12　75p　15cm　（小さな学問の書 7）286円　Ⓘ4-88747-038-X　Ⓝ827.5
[目次]人間到る処青山有り，孟母三遷，人を玩べば徳を喪い，物を玩べば志を喪う。良薬は口に苦し。忠言は耳に払らう。先ず隗より始めよ。巧言令色，鮮し仁。帰去りなんいざ，田園将に蕪れんとす。胡ぞ帰らざる。過ちて改めざる，是を過ちと謂う。君子は諸を己に求め，小人は諸を人に求む。鳥は宿る，池中の樹，僧は敲く，月下の門〔ほか〕
[内容]「漢文を学ぶ」第三巻目をお届けする。目次を散見するに耳の痛い話が多い。「子曰，過而不改，是謂過矣」過ちを改めざる，是を過ちと謂う。「子曰，君子求諸己，小人求諸人」まず自分自身を反省せよ。なんでもかんでも他人のせいにするな。いずれも孔子の「論語」からだ。読んでいると，雷親爺に叱られたようないい気分になる。

『漢文を学ぶ 2』栗田亘著　童話屋　2003.5　75p　15cm　（小さな学問の書 6）286円　Ⓘ4-88747-035-5　Ⓝ827.5
[目次]少年老い易く学成り難し，五十歩を以て百歩を笑う。春眠暁を覚えず，精神一到，何事か成らざらん。衣食足りて礼節を知る。苟に日に新たに，日日に新たに，又日に新たなれ。一を聞いて十を知る。燕雀安くんぞ鴻鵠の志を知らんや。瓜田に履を納れず，李下に冠を正さず。〔ほか〕

『漢文を学ぶ 1』栗田亘著　童話屋　2002.12　75p　15cm　（小さな学問の

中国の古典

書 5）286円　①4-88747-031-2　Ⓝ827.5
目次 己の欲せざる所は、人に施すこと勿れ。、家書万金に抵る。山高きが故に貴からず、樹有るを以て貴しと為す。、春は百花有り、秋は月有り、夏は涼風有り、冬は雪有り、夜郎自大、一視同仁、小人の過つや必ず文る。、君子は豹変す。、桑田変じて海と成る。〔ほか〕
内容 「子どもたち、漢文を学ぼう」。前天声人語の名筆栗田亘が、漢籍の奨めを、子どもたちに向けて書き下ろした。

『対訳漢文法読本』　茂木雅夫編著　〔横浜〕　一幸堂　1998.7　109p　19cm　952円　①4-9980650-0-9

『中国ふしぎ話—原色版中国古典説話全集8　鬼を売った男　亀と蛇の妖術』　鄭凱軍, 銭継偉, 陳明鈞画, 吉丁, 斉林文, 趙非訳　舵社　1995.9　1冊　22cm　980円　①4-8072-6209-2
目次 鬼を売った男（吉丁）、亀と蛇の妖術（斉林）

『中国ふしぎ話—原色版中国古典説話全集7　怖い化けの皮　二人の小仙人』　陳巽如, 江健文画, 裘為, 歌風文, 趙非訳　舵社　1995.9　1冊　22cm　980円　①4-8072-6208-4
目次 怖い化けの皮（裘為）、二人の小仙人（歌風）

『中国ふしぎ話—原色版中国古典説話全集6　幽霊の恩返し　鮫の涙と真珠』　史俊, 劉健画, 朱慶坪, 伊元紋文, 趙非訳　舵社　1995.9　1冊　22cm　980円　①4-8072-6207-6
目次 幽霊の恩返し（朱慶坪）、鮫の涙と真珠（伊元紋）

『中国ふしぎ話—原色版中国古典説話全集5　織姫と牛飼い　巻き貝の仙女』　王祖民, 王琥, 沈斌画, 陸鹿, 瀟雨文, 趙非訳　舵社　1995.9　1冊　22cm　980円　①4-8072-6206-8
目次 織姫と牛飼い（陸鹿）、巻き貝の仙女（瀟雨）

『中国ふしぎ話—原色版中国古典説話全集4　花咲か爺さん　風神と花の精』　黄培中, 呉民画, 谷雨, 黄亦波文, 趙非訳　舵社　1995.9　1冊　22cm　980円　①4-8072-6205-X
目次 花咲か爺さん（谷雨）、風神と花の精（黄亦波）

『中国ふしぎ話—原色版中国古典説話全集3　壁抜けの名人　狐退治の智恵』　董小明, 蔡皋画, 季人, 荘原文, 趙非訳　舵社　1995.9　1冊　22cm　980円　①4-8072-6204-1
目次 壁抜けの名人（李人）、狐退治の智恵（庄原）

『中国ふしぎ話—原色版中国古典説話全集2　雷さまの太鼓　大鶴と小賢人』　于水, 李全華画, 莫聞, 海島文, 趙非訳　舵社　1995.9　1冊　22cm　980円　①4-8072-6203-3
目次 雷さまの太鼓（莫聞）、大鶴と小賢人（海島）

『中国ふしぎ話—原色版中国古典説話全集1　五穀の神さま　壺中の爺さん』　呂勝中, 陶山傑画, 雪原, 谷雨文, 趙非訳　舵社　1995.9　1冊　22cm　980円　①4-8072-6202-5
目次 五穀の神さま（雪原）、壺中の爺さん（谷雨）

『史記』　司馬遷原作, 渡部武訳　国土社　1990.9　229p　22cm　（世界の名作全集 27）　1600円　①4-337-20427-X

『漢文の読みかた』　奥平卓著　岩波書店　1988.9　204,6p　18cm　（岩波ジュニア新書）　580円　①4-00-500147-5
目次 1 初歩の散文—基本的な語法を中心に、2 中級の散文—副詞・接続詞などを中心に、3 詩を読む—さまざまな詩体
内容 漢文はどうも苦手だ、という声を耳にします。けれど訓読のこつを学べば、それほど難しくはありません。この本は、七夕伝説、杜子春などの物語から、史記のさまざまな列伝、季白・杜甫などのすぐれた詩文におよぶ豊富な用例で、漢文の基本的な約束ごとや語法をやさしく説明します。楽しみながら学べる漢文入門。

『中国の神話―天地を分けた巨人』　君島久子著　筑摩書房　1983.2　210p　20cm　（世界の神話）　980円

『漢語の知識』　一海知義著　岩波書店　1981.1　220,6p　18cm　（岩波ジュニア新書）　530円

## 漢詩

『絵で見てわかるはじめての漢文　2巻　漢詩』　加藤徹監修　学研教育出版,学研マーケティング〔発売〕　2014.2　47p　30cm　〈文献あり〉　2500円　Ⓘ978-4-05-501037-5,978-4-05-811293-9　Ⓝ827.5

[目次]『漢詩』とはどんなもの？，漢詩はいつごろ作られたの？，中国の詩人ってどんな人たち？，原文にトライ！　声に出して読んでみよう！　1　春暁　孟浩然の詩―春眠暁を覚えず，原文にトライ！　声に出して読んでみよう！　2　静夜思　李白の詩―牀前月光を看る，原文にトライ！　声に出して読んでみよう！　3　春望　杜甫の詩―国破れて山河在り，原文にトライ！　声に出して読んでみよう！　4　酒に対す　白居易の詩―蝸牛角上何事をか争う，原文にトライ！　声に出して読んでみよう！　5　元二の安西に使いするを送る　王維の詩―渭城の朝雨軽塵を浥し，原文にトライ！　声に出して読んでみよう！　6　海棠渓　薛涛の詩―春は風景をして仙霞を駐まらしめ，原文にトライ！　声に出して読んでみよう！　7　天を夢む　李賀の詩―老兎寒蟾天色に泣き〔ほか〕

『漢詩のえほん』　坪内稔典監修　くもん出版　2013.12　63p　31cm　（絵といっしょに読む国語の絵本　4）　1800円　Ⓘ978-4-7743-2196-7　Ⓝ921

[内容]　絵を見ながら，「漢詩」を，たのしく音読。いま教育現場では，わが国の言語文化に触れて，感性・情緒をはぐくむことが重要視されています。その素材として，時代をこえて受け継がれてきた「俳句・俳諧」「和歌・短歌」「詩」「漢詩・漢文」「古典」などが取り上げられ，日本語のよさを感じながら，音読や暗唱を繰り返すなかで，子どもたちは豊かな感受性をはぐくんでいきます。そし

て，その手助けとなるのが，情景を思い浮かべやすい，すてきなイラスト。本書は，絵を見ながら，「漢詩」を，たのしく音読・暗唱をするために制作されました。

『漢詩―時をこえるうた』　八木章好著, すずき大和絵　国土社　2012.2　143p　22cm　〈索引あり　文献あり〉　2000円　Ⓘ978-4-337-21602-0　Ⓝ921

[目次]　第1章　心をうつす風景（春暁，江南の春，胡隠君を尋ね　ほか），第2章　人生のよろこびとかなしみ（山中にて幽人と対酌す，酒に対す，元二の安西に使ひするを送る　ほか），第3章　戦乱の世を生きる（垓下の歌，七歩の詩，春望　ほか）

[内容]　この本は，はじめて「漢詩」と出会うあなたのために，(1) 声に出して読む (2) 絵で楽しく学ぶ―ふたつのステップで，うたいつがれてきた名詩をやさしく紹介します。李白や杜甫など，個性的な詩人たちとの出会いを楽しみながら，はるかな時をこえて，あなたの心にひびくうたを見つけてください。

『活用型「漢詩暗唱スキル」ステップワーク　高学年』　瀬川栄志監修，金久慎一編著　明治図書出版　2011.3　145p　26cm　2400円　Ⓘ978-4-18-084013-7

[目次]　序章　「活用型スキル」は「生きる力」を育む言語行動力である―日本人形成の教育理念に基づく「活用型国語力」の習得法，1　古典教育の変遷と漢詩（古典教材の読みを楽しむ，古典教育の変遷，時代を超えて生き続けている漢詩），2　活用型国語学力を育成する漢詩指導（古典教材「漢詩」授業の増大，新しい視点に立つ漢詩の授業），3　活用型「漢詩暗唱スキル」授業の構想（漢詩スキル指導で大切にしたい力），4　活用型「漢詩暗唱スキル」ステップワークの展開（自然をうたう（五年）（夏夜涼を追う）（夏夜），春の季節をうたう（五年）（春暁）（春夜）（田園楽七首其六）ほか）

『活用型「漢詩暗唱スキル」ステップワーク　中学年』　瀬川栄志監修，金久慎一編著　明治図書出版　2011.3　129p　26cm　2260円　Ⓘ978-4-18-083921-6

[目次]　序章　「活用型スキル」は「生きる力」を育む言語行動力である―日本人形成の教育理念に基づく「活用型国語力」の習得法，1　古典教育の変遷と漢詩（古典教材の読みを楽しむ，古典教育の変遷，時代を超えて生き続けている漢詩），2　活用型国語学力を育成

する漢詩指導（古典教材「漢詩」授業の増大，新しい視点に立つ漢詩の授業），3 活用型「漢詩暗唱スキル」授業の構想（漢詩スキル指導で大切にしたい力），4 活用型「漢詩暗唱スキル」ステップワークの展開（愛・友情をうたう（遊子吟），季節をうたう（江南の春）ほか），5 その他，中学年児童に読ませたい漢詩

『活用型「漢詩暗唱スキル」ステップワーク 低学年』　瀬川栄志監修，金久慎一編著　明治図書出版　2011.3　147p　26cm　2460円　Ⓘ978-4-18-083812-7
目次　序章「活用型スキル」は「生きる力」を育む言語行動力である―日本人形成の教育理念に基づく「活用型国語力」の習得法，1 古典教育の変遷と漢詩（古典教材の読みを楽しむ，古典教育の変遷，時代を超えて生き続けている漢詩），2 活用型国語学力を育成する漢詩指導（古典教材「漢詩」授業の増大，新しい視点に立つ漢詩の授業），3 活用型「漢詩暗唱スキル」授業の構想（漢詩スキル指導で大切にしたい力），4 活用型「漢詩暗唱スキル」ステップワークの展開（低学年の学習指導のねらい，ことばのひびきやリズムを体で楽しむ例，ことばのひびきやリズムを体で楽しもう），5 その他，低学年児童に読ませたい漢詩

『小学生からの漢詩教室　2』　三羽邦美著　瀬谷出版　2010.7　103p　26cm　（国語力upシリーズ 2）　1400円　Ⓘ978-4-902381-17-7　Ⓝ921
目次　1 粒粒辛苦，2 鸛鵲楼に登る，3 江南の春，4 桃花流水，5 春のながめ，6 望湖楼の雨，7 別れの朝，8 一片の氷心，9 砂漠の旅，10 楓橋の夜

『声に出そうはじめての漢詩　3　生きかたのうた』　全国漢文教育学会編著，鴨下潤絵　汐文社　2009.3　47p　21×22cm　2000円　Ⓘ978-4-8113-8543-3　Ⓝ921.4
目次　漢詩ってなに？，子夜呉歌（李白），秦淮に泊す（杜牧），絶句（杜甫），竹里館（王維），香炉峰下新たに山居を卜し草堂初めて成り偶たま東壁に題す（白居易），春望（杜甫），秋浦の歌（李白），岳陽楼に登る（杜甫），桂林荘雑詠諸生に示す（広瀬淡窓）〔ほか〕

『声に出そうはじめての漢詩　2　旅のうた』　全国漢文教育学会編著，鴨下潤絵　汐文社　2009.2　47p　21×22cm　2000円　Ⓘ978-4-8113-8542-6　Ⓝ921.4
目次　漢詩ってなに？，磧中の作（岑参），涼州詞（王翰），元二の安西に使するを送る（王維），峨眉山月の歌（李白），早に白帝城を発す（李白），静夜思（李白），黄鶴楼にて孟浩然の広陵に之くを送る（李白），芙蓉楼にて辛漸を送る（王昌齢），楓橋夜泊（張継），天草洋に泊す（頼山陽）

『声に出そうはじめての漢詩　1　自然のうた』　全国漢文教育学会編著，鴨下潤絵　汐文社　2009.2　47p　21×22cm　2000円　Ⓘ978-4-8113-8541-9　Ⓝ921.4
目次　漢詩ってなに？，春暁（孟浩然），江南の春（杜牧），廬山の瀑布を望む（李白），山亭夏日（高駢），湖上に飲す，初めは晴れ後に雨ふる（蘇軾），汾上秋に驚く（蘇頲），鸛鵲楼に登る（王之渙），鹿柴（王維），山行（杜牧），江雪（柳宗元）

『小学生からの漢詩教室』　三羽邦美著　瀬谷出版　2009.2　95p　26cm　（国語力upシリーズ 1）　1400円　Ⓘ978-4-902381-14-6　Ⓝ921
目次　1 胡隠君を尋ねて，2 春の朝，3 絶句，4 柴の柵，5 川の雪，6 春の夜，7 朝早く白帝城を発って，8 山荘の夏の日，9 山道，10 涼州のうた
内容　名文にふれる味わう書いてみる。漢詩のなかには，宝物のような美しい名句がたくさんあります。こどものころに，良いことばをたくさん覚えることで，文章を書く力がつきます。声に出して読み，なぞって書いてみましょう。おとうさん，おかあさん，おじいちゃん，おばあちゃんもご一緒にどうぞ。

『国破れて山河あり―漢詩』　斎藤孝編著，早乙女道春絵　草思社　2005.4　1冊（ページ付なし）　21×23cm　（声に出して読みたい日本語 子ども版 9）　1000円　Ⓘ4-7942-1396-4　Ⓝ921.4

『売炭翁』　白居易原作，岑竜再話・絵　新世研　2004.3　1冊　24×24cm　〈本文：中国語〉　2761円　Ⓘ4-88012-558-X
内容　炭を売るおじいさんは，終南山（中国・西安の南方）で薪をとり，炭を焼く。顔は，ちりと灰で汚れに汚れ，指は真っ黒。炭を売っては，わずかなお金で服や食べ物を

手に入れる。少しでも多くの炭が売れることを願って、もっと寒くなれと祈る毎日。ある晩、一尺の雪が積もった。おじいさんは、期待を胸に炭を売りに出るが、宮廷の使者に会い、全ての炭を献上するようにと命令されてしまう。

『漢詩入門』 一海知義著 岩波書店 2003.6 210p 18cm （岩波ジュニア新書）〈第9刷〉 780円 ①4-00-500304-4

[目次] 桃と花嫁—『詩経』「桃夭」，世は溷れ濁りて—『楚辞』「離騒」，虞よ虞よ若を一項羽「垓下の歌」，人生百年—古詩十九首，スズメの歌—曹植「野田黄雀行」，歳月人を待たず—陶淵明「雑詩」，悠然として南山を見る—陶淵明「飲酒」，天地悠悠—陳子昂「幽州台に登る歌」，ワシガサイフニゼニガアル—賀知章「袁氏の別業に題す」，春眠暁を覚えず—孟浩然「春暁」〔ほか〕

[内容] 『枕草子』や『源氏物語』など、王朝時代から日本人にこよなく愛されてきた漢詩は、一見とっつきにくいが、実はたいへん面白い。友情の詩、別離の詩、戦争の詩、大自然を歌った詩など、その「心」は今日なお新鮮で、私たちの心を深く揺さぶる。本書は歴代の代表的名作を紹介、かつ脚韻や平仄についての「Q&A」を付した。

『孝女白菊』 富田千秋画 講談社 2003.3 1冊 26cm （新・講談社の絵本 20） 1500円 ①4-06-148270-X

『El Viejo Carbonero』 白居易原作，岑竜再話・絵，エドゥアルド・カンペロ訳 新世研 2003.2 1冊 24×24cm 〈本文：スペイン語〉 2761円 ①4-88012-496-6

[内容] 炭を売るおじいさんは、終南山（中国・西安の南方）で薪をとり、炭を焼く。顔は、ちりと灰で汚れに汚れ、指は真っ黒。炭を売っては、わずかなお金で服や食べ物を手に入れる。少しでも多くの炭が売れることを願って、もっと寒くなれと祈る毎日。ある晩、一尺の雪が積もった。おじいさんは、期待を胸に炭を売りに出るが、宮廷の使者に会い、全ての炭を献上するようにと命令されてしまう。『炭焼きのおじいさん』スペイン語版絵本。

『O Velho Vendedor de Carvao』 白居易原作，岑竜再話・絵，マルレネ・ペルリンジェイロ訳 新世研 2003.2 1冊 24×24cm 〈本文：ポルトガル語〉 2761円 ①4-88012-526-1

[内容] 炭を売るおじいさんは、終南山（中国・西安の南方）で薪をとり、炭を焼く。顔は、ちりと灰で汚れに汚れ、指は真っ黒。炭を売っては、わずかなお金で服や食べ物を手に入れる。少しでも多くの炭が売れることを願って、もっと寒くなれと祈る毎日。ある晩、一尺の雪が積もった。おじいさんは、期待を胸に炭を売りに出るが、宮廷の使者に会い、全ての炭を献上するようにと命令されてしまう。『炭焼きのおじいさん』ポルトガル語版絵本。

『炭焼きのおじいさん』 白居易原作，岑竜再話・絵，ふせまさこ文 新世研 2002.9 1冊 24×24cm 1600円 ①4-88012-132-0

[内容] 炭を売るおじいさんは、終南山（中国・西安の南方）で薪をとり、炭を焼く。顔は、ちりと灰で汚れに汚れ、指は真っ黒。炭を売っては、わずかなお金で服や食べ物を手に入れる。少しでも多くの炭が売れることを願って、もっと寒くなれと祈る毎日。ある晩、一尺の雪が積もった。おじいさんは、期待を胸に炭を売りに出るが、宮廷の使者に会い、全ての炭を献上するようにと命令されてしまう。

『The Old Charcoal Man』 白居易原作，岑竜再話・絵，ライオン・リース，ヨーコ・リース英訳 新世研 2002.9 1冊 24×24cm 2761円 ①4-88012-901-1

『漢詩故事物語 1』 寺尾善雄著 河出書房新社 2000.11 209p 22cm （生きる心の糧 第2期 13） 3700円 ①4-309-61413-2

[目次] 黄河を下る詩（黄河の水、流れて尽くる時無し，雲は秦嶺に横たわりて、家、何くにか在る），揚子江を下る詩（千里の江陵、一日に還る，呉楚、東南に坼け、乾坤、日夜浮かぶ），塞外の詩（平沙万里、人煙を絶つ）

『漢詩入門』 一海知義著 岩波書店 1998.6 210,8p 18cm （岩波ジュニア新書）〈索引あり〉 700円 ①4-00-500304-4

[目次] 桃と花嫁—『詩経』「桃夭」，世は溷れ濁りて—『楚辞』「離騒」，虞よ虞よ若を一項

羽「垓下の歌」，人生百年―古詩十九首，スズメの歌―曹植「野田黄雀行」，歳月人を待たず―陶淵明「雑詩」，悠然として南山を見る―陶淵明「飲酒」，天地悠悠―陳子昂「幽州台に登る歌」，ワシガサイフニゼニガアル―賀知章「袁氏の別業に題す」，春眠暁を覚えず―孟浩然「春暁」〔ほか〕

内容 『枕草子』や『源氏物語』など、王朝時代から日本人にこよなく愛されてきた漢詩は、一見とっつきにくいが、実はたいへん面白い。友情の詩、別離の詩、戦争の詩、大自然を歌った詩など、その「心」は今日なお新鮮で、私たちの心を深く揺さぶる。本書は歴代の代表的名作を紹介、かつ脚韻や平仄についての「Q&A」を付した。

## 論語

『絵で見てわかるはじめての漢文　4巻　論語』　加藤徹監修　学研教育出版，学研マーケティング〔発売〕　2014.2　47p　30cm　〈文献あり〉　2500円　①978-4-05-501039-9,978-4-05-811293-9　Ⓝ827.5

目次 『論語』は、こんな本．孔子が生きた春秋時代は、こんな時代．『論語』にその思想が語り継がれる孔子ってこんな人．原文にトライ！　声に出して読んでみよう！　1―子貢問いて曰わく、一言にして以て．原文にトライ！　声に出して読んでみよう！　2―子曰わく、学びて時に之を習う．原文にトライ！　声に出して読んでみよう！　3―孔子曰わく、益者三友、損者三友あり．原文にトライ！　声に出して読んでみよう！　4―子曰わく、之を知る者は．原文にトライ！　声に出して読んでみよう！　5―子曰わく、学びて思わざれば則ち罔し．原文にトライ！　声に出して読んでみよう！　6―子曰わく、利に放りて行えば．原文にトライ！　声に出して読んでみよう！　7―子曰わく、徳は孤ならず．〔ほか〕

『論語のえほん』　坪内稔典監修　くもん出版　2014.1　63p　30cm　（絵といっしょに読む国語の絵本　6）　1800円　①978-4-7743-2198-1　Ⓝ123.83

内容 いま教育現場では、わが国の言語文化に触れて、感性・情緒をはぐくむことが重要視されています。その素材として、時代をこえて受け継がれてきた「俳句・俳諧」「和歌・短歌」「詩」「漢詩・漢文」「古典」などが取り上げられ、リズムを感じながら、音読や暗唱を繰り返すなかで、子どもたちは豊かな感受性をはぐくんでいきます。そして、その手助けとなるのが、情景を思い浮かべやすい、すてきなイラスト。本書は、絵を見ながら、「論語」を、たのしく音読・暗唱をするために制作されました。

『心を育てるこども論語塾』　安岡定子, 田部井文雄著　ポプラ社　2013.11　127p　21cm　〈『こども論語塾　1～その3』（明治書院　2008～2010年刊）に新たに追加、合本　イラスト：たむらかずみ　索引あり〉　1100円　①978-4-591-13671-3　Ⓝ123.83

目次 1章　仁―思いやりの心，2章　学びとは1―好きなこと、楽しいことから，3章　人とのつながり―いつも誰かに支えられて，4章　行い―今日の自分をふり返ってみよう，5章　学びとは2―新たな挑戦、自分の目標，6章　理想の人―正しい道を選べるように，7章　生き方―迷った時、くじけそうな時

内容 声に出してくり返し読むうち、自ら考え、行動する力が育つ。―『論語』のことばは、一生の宝物。思いやりの心が育つ。自ら考える力をつける。シリーズ累計30万部のロングセラー、新たな章句を加えて1冊に！

『ゆりあと読もう　はじめての論語』　ならゆりあ著, 竹内貴久雄編　小学館　2013.10　95p　26cm　〈付属資料：CD1〉　1700円　①978-4-09-227168-5

目次 必ず仲間はいる，怪・力・乱・神を語らず，口先だけではダメ！，正直に生きよう，君子が競えば、徳を高める生活，ひとり占めはダメ！，財産より人が大切，言うべきこと、言わざること、楽しむことが最高〔ほか〕

内容 「論語少女」ゆりあが選んだ38の孔子の教えにわかりやすい解説とゆりあの感想がいっぱい！

『beポンキッキーズの論語―子や孫と読みたい日常語訳』　beポンキッキーズ著, 加地伸行監修, 小島毅編　産経新聞出版, 日本工業新聞社〔発売〕　2013.5　195p　19cm　1000円　①978-4-8191-1210-9　Ⓝ123.83

|目次| 第1章 よく生きるために（あれこれ迷わない。くよくよしない。びくびくしない。―知者は惑わず、仁者は憂えず、勇者は懼れず。悪いことはしない。一人の生くるや、直たれ。 ほか）、第2章 人と人との約束（友だちにバカといってはいけません。一己の欲せざる所は、人に施すこと勿れ。人間にとって、いちばん大事なことは。一夫子の道は、忠恕のみ。 ほか）、第3章 もっと学びたい人へ（これはもう覚えたと思っても、それで終わりではありません。―学びで時に之を習う。学ぶと分からないこと・疑問がでてきます。―博く学んで篤く志し、切に問うて近く思う。 ほか）、第4章 人に求められる人（ゆったりと気持ちを落ちつけて、穏やかに。―和もて貴しと為す。自分勝手や、わがままをおさえて。―己に克ちて礼に復す。 ほか）
|内容| いじめ問題、生き方、幸せ…答えがないときに読みたい当たり前だけど大切なこと。「ほかのものに怒っている気持ちをぶつけてはいけません。」「あれこれ迷わない。くよくよしない。びくびくしない。」…心に響く言葉がいっぱい。

『尾木ママと読むこどもの論語』 尾木直樹編著　学研教育出版, 学研マーケティング〔発売〕　2012.12　63p　25×20cm　〈付属資料：CD1〉1500円　①978-4-05-203629-3
|目次| 第1章 一生の友だちは、どこにいる？（素敵な人は、必ずいい友だちに恵まれる―「徳は孤ならず。必ず鄰あり。」　いろいろな友だちと仲良くなろう！―「君子は周して比せず、小人は比して周せず。」 ほか）、第2章 学んで、遊んで、自分らしさを発見！（興味・関心を広げて、未来を広げる―「吾れ十有五にして学に志す。三十にして立つ。四十にして惑わず。五十にして天命を知る。六十にして耳順う。七十にして心の欲する所に従って、矩を踰えず。」。自分から"よくしよう"と考えてみることが大事―「如之何、如之何と日わざる者は、吾れ如之何ともすること末きのみ。」 ほか）、第3章 「思いやり」って、なんだろう？（自分がされて嫌なことは、人にしない―「其れ恕か。己の欲せざる所、人に施すこと勿かれ。」カタチより、愛や心を込めよう！―「人にして仁ならずんば、礼を如何。」 ほか）、第4章 心の大きな人になろう！（人への思いやりが、人としての正しさ―「君子は義に喩り、小人は利に喩る。」失敗は、成功へのステップ―「過ちて改めざる、是れを過つと謂う。」 ほか）

|内容| 強くてやさしい心が育つ。いじめをふきとばす。尾木ママ論語には愛と勇気と希望がいっぱい。

『親子で楽しむ庄内論語』　「庄内論語」選定委員会編　［鶴岡］　鶴岡市教育委員会　2012.6　64p　21cm　Ⓝ123.83

『故事成語・論語・四字熟語―きみの日本語、だいじょうぶ？』　山口理著　偕成社　2012.3　207p　22cm　（国語おもしろ発見クラブ）〈索引あり　文献あり〉　1500円　①978-4-03-629840-2　Ⓝ824
|目次| 故事成語, 論語, 四字熟語
|内容| 中国のむかし話からできた「故事成語」。孔子の言葉をまとめた中国を代表する書物「論語」。四つの漢字だけで深い意味を持つ「四字熟語」。この巻では、日本語と密接なかかわりのある中国から生まれた言葉を中心に紹介しよう。小学校中学年から。

『論語―心をみがくことば』　八木章好著, すずき大和絵　国土社　2012.3　143p　22cm　〈文献あり〉　2000円　①978-4-337-21601-3　Ⓝ123.83
|目次| 第1章 どうして勉強するの？（学びて時に之を習ふ、赤た説ばしからずや。―学ぶことは楽しいこと, 学びて思はざれば則ち罔し。思ひて学ばざれば則ち殆し。―しっかり学び、じっくり考える, 性相近きなり。習ひ相遠きなり。―だれだって努力したい ほか）、第2章 勇気を出して、正しく行動しよう（君子は義に喩り、小人は利に喩る。―損得よりも大切なもの, 君子は事に敏にして言に慎む。―行動はすばやく、発言は注意ぶかく, 人遠き慮り無ければ、必ず近き憂ひ有り。―先のこともよく考えて ほか）、第3章 思いやりをひろげよう（仁者は必ず勇有り。勇者は必ずしも仁有らず。―ほんとうの勇気って？, 巧言令色、鮮なきかな仁。―口先ばかりの人はいやだな, 其れ恕か。―思いやりがいちばん大切 ほか）
|内容| 声に出して読む、絵で楽しく学ぶ、ふたつのステップで、「論語」の名言をやさしく紹介。

『ピカピカ論語―こころをピカピカにする、親子で読みたい美しいことば』　斎藤孝著　パイインターナショナル　2011.6　63p　25cm　〈絵：大塚いちお〉　1600円　①978-4-7562-4097-2　Ⓝ123.

83

|目次| 勉強が楽しくなる！（学びて時にこれを習う、亦た説ばしからずや。、これを知る者はこれを好む者に如かず。これを好む者はこれを楽しむ者に如かず。ほか）、友だちがたくさんできる！（朋あり、遠方より来たる、亦た楽しからずや。、人の己れを知らざるを患えず、人を知らざるを患う。ほか）、心がピカピカになる！（今女は画れり。、過ちて改めざる、是れを過ちと謂う。ほか）、夢をかなえよう！（匹夫も志しを奪うべからざるなり。、吾十有五にして学に志す。三十にして立つ。四十にして惑わず。五十にして天命を知る。 ほか）

|内容| こころがピカピカになる、斎藤孝先生の論語の授業！こころにとめておきたい約30の教えを、わかりやすく解説。

『子どものための教室論語—心に刻む日めくり言葉』 論語研究教師の会著 さくら社 2011.3 1冊（ページ付なし） 13×20cm 750円 ①978-4-904785-45-4 Ⓝ123.83

『子供が育つ「論語」』 瀬戸謙介著 致知出版社 2010.11 226p 20cm〈文献あり〉 1400円 ①978-4-88474-904-0 Ⓝ123.83

『親子で読むはじめての論語—子どもに伝えたい大切なことば60』 佐久協監修 成美堂出版 2010.9 127p 24cm〈文献あり〉 1000円 ①978-4-415-30902-6 Ⓝ123.83

|目次| 親を大切に（父母在せば、遠く遊ばず。、父母の年は知らざるべからず。 ほか）、友だちと仲よく（君士は周して比せず、賢を見ては斉しからんことを思い、 ほか）、学ぶことの楽しみ（学びて時にこれを習う、故きを温めて新しきを知る、 ほか）、思いやりの心を持とう（…己れの欲せざる所は人に施すこと勿かれ。、仁に当たりては、師にも譲らず。 ほか）、正しい行いをするために（過ぎたるは猶お及ばざるがごとし。、…義を見て為ざるは勇なきなり。 ほか）

|内容| 『論語』にのっていることばを読んでみると、「なるほどっ！」とか「いいこと言うなー」と思うかもしれません。反対に、「そんなことないよ」とか「えらそうなこと言っちゃって！」と思うとこだって、きっとあるでしょう。大切なのは、みなさんが昔の人のことばを読んで、何かを感じることだと思います。そして何かのときにふと、「孔子はああ言ってたけど、自分はこだと思うなあ」と考えるきっかけになればうれしいです。

『みんなの論語塾』 安岡定子著 講談社 2010.9 94p 20cm （15歳の寺子屋）〈文献あり〉 1000円 ①978-4-06-216329-3 Ⓝ123.83

|目次| はじめに 『論語』はきみの心を支えてくれる，『論語』の世界へようこそ，さあ、論語塾の時間です！（家族、ともだち、先生―人間関係に悩んだときは、学ぶことは楽しいこと、挫折しそうになったときは、すてきな人、理想の生き方を目指しませんか、将来のことが不安になったら）、おわりに 仁はすてきなおとなの必須アイテム

|内容| 『論語』は心の伴走者！ 論語ブームの仕掛け人がきみに送るエール。

『こどもと楽しむマンガ論語』 なかさこかずひこ！絵，打越竜也監修 ブティック社 2010.8 80p 26cm （ブティック・ムック no.889） 1000円 ①978-4-8347-5889-4 Ⓝ123.83

『まんがde論語 下巻』 広瀬幸吉原案，吉良川良吉シナリオ，山崎大紀漫画 新装版 学校図書 2010.6 171p 21cm〈文献あり〉 900円 ①978-4-7625-0898-1 Ⓝ123.83

|目次| 君子は和して同ぜず。小人は同じて和せず。（子路第十三）、利に放りて行えば、怨み多し。（里仁第四）、甯武士、邦に道あれば則ち知なり。（公冶長第五）、之を知る者は之を好む者に如かず。（雍也第六）、知者は水を楽しみ、仁者は山を楽しむ。（雍也第六）、我れ三人行えば、必ず我が師を得。（述而第七）、郷人皆之を好せば何如。（子路第十三）、剛毅木訥、仁に近し。（子路第十三）、教えざる民を以て戦うは、是れ之を棄つと謂う。（子路第十三）、貧しくして怨むこと無きは難く、富みて驕ること無きは易し。（憲問第十四）〔ほか〕

|内容| 中国四千年の思想が、現代社会に生きるヒントを与えてくれるマンガとして登場。中・高生から大人まで楽しく学べる。

『まんがde論語 上巻』 広瀬幸吉原案，吉良川良吉シナリオ，山崎大紀漫画 新装版 学校図書 2010.6 171p 21cm

〈文献あり〉900円　ⓘ978-4-7625-0897-4　Ⓝ123.83
[目次] 巧言令色，鮮なし仁。(学而第一)，学びて時に之を習う，亦た説ばしからずや。(学而第一)，父在せば其の志を観，父没すれば其の行いを観る。(学而第一)，人の己れを知らざるを患えず，人を知らざることを患う。(学而第一)，吾れ十有五にして学に志す。三十にして立つ。四十にして惑わず。(為政第二)，今の孝は是れ能く養うを謂う。(為政第二)，其の以す所を視，其の由る所を観，其の安んずる所を察すれば，人焉んぞ廋さんや。(為政第二)，故きを温めて新しきを知る。以て師と為るべし。(為政第二)，君子は器ならず。(為政第二)，先ず其の言を行い，而して後に之に従う。(為政第二)〔ほか〕
[内容] 渇いた心に潤いを与える孔子のメッセージがわかりやすいマンガとして現代に蘇りました。中・高生から大人まで楽しく学べる。

『子供が喜ぶ「論語」』　瀬戸謙介著　致知出版社　2010.5　206p　20cm　〈文献あり〉1400円　ⓘ978-4-88474-885-2　Ⓝ123.83
[目次] 第1章 高い志を持って生きよう(成功する人間とはどういう人だろう？，自分の命よりも大切なものとはなんだろう？　ほか)，第2章 正しい生き方を見つけよう(自分の生き方を大切にしよう，目の前の得することに飛びついてはいけない　ほか)，第3章 切磋琢磨できる友達をつくろう(いい友達がいる人とはどんな人だろう？，仲良しとしてはどういうことだろう？　ほか)，第4章 学ぶ目的を考えよう(立派な人間に必要なものとはなんだろう？，どうすれば勉強が身につくのだろう？　ほか)，第5章 充実した人生を生きよう(いいものと悪いものを見分ける目を養おう，常に礼儀を大切にして行動しよう　ほか)
[内容] 自立心，忍耐力，気力，礼儀が身につく20章。子供が驚くほど変わる奇跡の「論語」授業。

『小学生のための論語─声に出して、わかって、おぼえる！』　斎藤孝著　PHP研究所　2010.5　110p　21cm　1200円　ⓘ978-4-569-77812-9　Ⓝ123.83
[目次] 第1章 どのように生きたらいいんだろう？(もう限界と思ったとき─今女は画れり，自分さえ得ならいい？─利に放りて行えば，怨み多し　ほか)，第2章 勉強ができるようになりたい(どうして勉強するの？─学べば則ち固ならず，昔のことを学ぶ理由─故きを温めて新しきを知る　ほか)，第3章 友だちと仲良くするにはどうしたらいいんだろう？(友だちを大切にしよう─朋あり，遠方より来たる，亦た楽しからずや，どんな友だちを選ぶ？─己れに如かざる者を友とすること無かれ　ほか)，第4章 世の中の役に立つ人になりたい(人生はどう進むの？─吾れ十有五にして学に志す。三十にして立つ。四十にして惑わず。五十にして天命を知る，勇ましい人になりたい─勇にして礼なければ則ち乱る　ほか)
[内容] 心の奥までぐっと入ってくる『論語』の知恵は，一生の宝になります！　本書の『論語』のことばは，まず声に出して読んで下さい。

『論語の教科書─一日一話親子で学ぶやさしい論語三十一撰』　須藤明実著　明徳出版社　2010.2　82p　26cm　800円　ⓘ978-4-89619-720-4　Ⓝ123.83
[目次] 言葉は正確に，人として生きる，本当のよろこびとは，上手な言葉より，心のこもった言葉で，一日一日を大切に，親に孝行を，自己中心的な考え方はいけないこと，学ぶとは，自分できちんと考えること，自分こそ他の人を正しく知る努力が大切，昔の人の教えを大切に，今に生かす，言い訳は，恥ずかしいものです，人生という人の道，その道しるべとして〔ほか〕

『こども論語塾─親子で楽しむ　その3』　安岡定子著，田部井文雄監修　明治書院　2010.1　61p　22cm　1500円　ⓘ978-4-625-66416-8　Ⓝ123.83
[目次] 1 何のために学ぶのか(理想に向かって学ぶ，まず，ひとつのことをやりとげよう　ほか)，2 信じ合い，思いやる(仲よくできると，みんなが楽しい，人と人との結びつきを大切に　ほか)，3 バランスの取れた人になる(バランスよく身につける，知識ばかりではダメ　ほか)，4 理想に向かって生きる(行動がともなわなければ恥ずかしい，あきらめたらそこで終わり　ほか)
[内容] つらいとき，迷ったとき，くじけそうになったとき，『論語』はあなたを支える力になります。

『『論語』にまなぶ人間の品位』　井出元監修　ポプラ社　2009.12　124p　22cm　(10代からよむ中国古典)　〈文献あり

索引あり〉 1400円 ①978-4-591-11067-6 Ⓝ123.83
目次 1章 品位ってどんなもの？（苗にして秀でざる者あり。秀でて実らざる者あり。（子罕篇），巧言令色鮮なし仁。（学而篇），如之何、如之何と日わざる者は、吾れ如之何ともすること末きのみ。（衛霊公篇）ほか），2章 君子ってどんな人？（仁者は難きを先にして獲るを後にす、仁と謂うべし。（雍也篇），これを知るを知ると為し、知らざるを知らずと為せ。是れ知るなり。（為政篇），民の義を務め、鬼神を敬してこれを遠ざく、知と謂うべし。（雍也篇）ほか），3章 よろこびを感じる心（老者はこれを安んじ、朋友はこれを信じ、少者はこれを懐けん。（公冶長篇），徳は孤ならず。必らず隣あり。（里仁篇），丘や幸いあれ、苟くも過ちあれば、人必らずこれを知る。（述而篇）ほか）
内容 『論語』って、むずかしくないよ！ 孔子は大昔のひと。だけど、言葉は今に生きている。古典なのにすらすら読める古典なのに声に出して読みやすい10代のための新シリーズ。

『絵でわかるかんたん論語—声に出して読む』 根本浩著，ナガイトモコ絵 金の星社 2009.6 159p 20cm 1300円 ①978-4-323-07155-8 Ⓝ123.83
目次 勉強する時に役立つ言葉，毎日をしっかり生きるのに役立つ言葉，みんなをまとめる時に役立つ言葉，思いやりを持つ時に役立つ言葉，人生に役立つ言葉，親孝行に役立つ言葉
内容 子曰く…これを愛して能く労すること勿からんや。学びてこれを習う、亦た説ばしからずや。巧言令色鮮し仁。父母に事うるには幾くに諫めん。古代中国で、「人としての正しい道」を説いた孔子。その言葉の数々をやさしい解説と楽しいイラストで紹介。

『ピーワンちゃんの寺子屋—こども論語教室』 樫野紀元著 ［東京］ 悠雲舎,金融ブックス〔発売〕 2009.6 84p 22cm 〈原画作成：樫野友利奈〉 953円 ①978-4-904192-16-0 Ⓝ123.83

『子供と声を出して読みたい『論語』百章 続』 岩越豊雄著 致知出版社 2009.3 236p 20cm 〈続のサブタイトル：より良い人生をおくるために 文献あり〉 1400円 ①978-4-88474-843-2 Ⓝ123.83

目次 『論語』の素読について，学而第一「学」ということ，為政第二「孝」ということ，八佾第三「弟(悌)」ということ，里仁第四「徳」ということ，公冶長第五「仁」ということ，雍也第六「礼」ということ，述而第七「楽」ということ，泰伯第八「文」ということ，子罕第九「信」ということ，郷党第十「行」ということ，先進第十一〜尭曰第二十「忠恕」ということ

『こども論語塾—親子で楽しむ その2』 安岡定子著，田部井文雄監修 明治書院 2009.2 61p 22cm 1500円 ①978-4-625-66412-0 Ⓝ123.83
目次 1 行（おこない）—毎日の行いの中で目標にしたいこと（親孝行って、なんだろう？—孟武伯、孝を問う。子曰わく、「父母は唯其の疾を之れ憂う。」，心豊かな人になるために—子曰わく、「詩に興り、礼に立ち、楽に成る。」 ほか），2 友（とも）—お友だちと楽しく過ごすために（一緒にがんばる仲間を大切にする—曽子曰わく、「君子は文を以て友を会し、友を以て仁を輔く。」，自分より相手のことを考える—子曰わく、「利に放りて行えば、怨み多し。」 ほか），3 学（まなぶ）—自分から進んで学ぶ気持ちが大切です（知ったかぶりはしない—子曰わく、「由、女に之を知るを誨えんか。之を知るを之を知ると為し、知らざるを知らずと為す。是れ知るなり。」，生まれた時はみんな同じ—子曰わく、「教え有りて類無し。」 ほか），4 仁（じん）—あなたのまわりにいる人を大切にしましょう（言葉よりも心が大切—子曰わく、「剛毅木訥、仁に近し。」，どんな時も心に仁を！—子曰わく、「苟しくも仁に志せば、悪しきこと無きなり。」 ほか）
内容 大好評『こども論語塾』待望の続編！ 思いやりの気持ち、あきらめずに続けること、『論語』には、こどもに伝えたい大切な言葉がぎっしり！ 思いやりの気持ちを一歩深めた「親孝行」や「友達関係」「豊かな心の育て方」などのテーマも取り上げました。

『はじめてであう論語 3 学問編』 全国漢文教育学会編著 汐文社 2008.3 79p 22cm 1500円 ①978-4-8113-8473-3 Ⓝ123.83
目次 子曰わく、吾十有五にして…，子曰わく、学びて時に…，曽子曰わく、吾日に吾が身を…，子曰わく、学びて思わざれば…，子曰く、憤せざれば…，子曰く、故きを温めて…，子曰く、三人行えば…，子曰く、由、

論語　　　　　　　　　　　　　　　中国の古典

女に之を知るを…，子曰く，之を知る者は…，子　子貢に謂いて曰わく…，哀公問う，弟子孰か学を…，子曰く，朝に道を聞かば…

『はじめてであう論語　2　友だち編』全国漢文教育学会編著　汐文社　2008.3　79p　22cm　1500円　Ⓘ978-4-8113-8472-6　Ⓝ123.83

目次　子曰わく，性は相近き…，子曰わく，巧言令色…，子曰わく，剛毅木訥…，孔子曰わく，益者三友…，子曰わく，過ちて改めざる…，子曰わく，忠信を主とし…，子貢問いて曰わく，一言にして…，樊遅仁を問う。子曰わく…，子曰わく，不仁者は，以て久しく…，子曰わく，唯だ仁者のみ能く…，伯牛疾有り。子之を問う…，子路曰わく，願わくは子の志…

内容　本書では，全部で十二の言葉をとりあげています。みなさんにとって身近な「友だち」について，孔先生（孔子）がさまざまなことを教えてくれます。

『はじめてであう論語　1　家族編』全国漢文教育学会編著　汐文社　2008.3　79p　22cm　1500円　Ⓘ978-4-8113-8471-9　Ⓝ123.83

目次　子曰わく，弟子，入りては則ち孝…，子曰わく，今の孝は，是れ能く…，孝なるかな惟れ孝…，子曰わく，父母は唯だ其の疾を…，子曰わく，父母在せば遠く…，子曰わく，父母の年は…，子曰わく，父在せば其の志を観…，孔子対えて曰わく，君は君たり…，子夏曰わく，商之を聞く…，子曰わく，才も不才も，亦各々，曽子疾有り。門弟子を召して…，子曰く，己の欲せざる所は…

『こども論語塾―親子で楽しむ』安岡定子著，田部井文雄監修　明治書院　2008.2　61p　22cm　1500円　Ⓘ978-4-625-66408-3　Ⓝ123.83

目次　1「学ぶ」とはどういうことでしょう（昔の人の教えを大切にする―子曰わく，「故きを温ねて新しきを知れば，以って師と為るべし。」，自分なりの考えを持つ―子曰く，「学びて思わざれば，則ち罔し。思いて学ばざれば，則ち殆し。」　ほか），2　どのように毎日を過ごしたらよいのでしょう（今日の自分をふりかえってみる―曽子曰わく，「吾日に吾が身を三省す。"人の為に謀りて，忠ならざるか。朋友と交わりて信ならざるか。習わざるを伝えしか。"」，相手から理解されるより，相手のことを理解する―子

わく，「人の己を知らざるを患えず。人を知らざるを患う。」　ほか），3　いちばん大切なもの，それは「仁（思いやり）」です（うわべだけの言葉は，心に届かない―子曰わく，「巧言令色，鮮し仁。」，わかり合える仲間は，きっといる―子曰わく，「徳は孤ならず，必ず隣有り。」　ほか），4　理想の人＝君子とは，どんな人なのでしょう（「それは正しいことだろうか」と，自分で自分に問いかける―子曰わく，「君子は義に喩り，小人は利に喩る。」，100の言葉より，1の行動―子曰わく，「君子は言に訥にして，行に敏ならんことを欲す。」　ほか）

内容　『論語』全体約五百章から，短くわかりやすい言葉二十章を選び出した，『論語』の入り口に立つ入門の書。そのどれをとってみても，だれの心にもひびく内容が融かしこまれている。

『子供と声を出して読みたい『論語』百章―人の品格を磨くために』岩越豊雄著　致知出版社　2008.1　220p　20cm　1400円　Ⓘ978-4-88474-801-2　Ⓝ123.83

目次　今なぜ『論語』なのか，学而第1―「学」ということ，為政第2―「徳」ということ，八佾第3―「礼」ということ，里仁第4―「仁」ということ，公冶長第5―「剛」ということ，雍也第6―「敬」ということ，述而第7―「譲」ということ，泰伯第8―「任」ということ，子罕第9―「命」ということ，郷党第10―「行」ということ，先進第11―堯曰第20―「言」ということ

『12歳からの人づくり―『論語』で伸ばす学力と徳力』高橋鍵弥著　致知出版社　2006.2　265p　19cm　1300円　Ⓘ4-88474-737-2　Ⓝ159.7

目次　第1章　自己を確立する（スーパーエリートへの道，切磋琢磨　ほか），第2章　能力を開発する（脳と心，自らを限る者　ほか），第3章　心を高める（過ちを改める，こだわりを捨てる　ほか），第4章　良い種を育てる（気づかざる過ち，君子と小人　ほか），第5章　未来へ羽ばたく（変化はチャンス，社会とともに生きる　ほか）

内容　人格を磨けば学力は伸びる。

『朋有り遠方より来たる―論語』［孔子］［著］，斎藤孝編著，大滝まみ絵　草思社　2004.8　1冊（ページ付なし）　21×23cm　（声に出して読みたい日本語　子

中国の古典　　　　　　　　　　　　　　　　　　　　　　　　　　　論語

ども版 3)　1000円　①4-7942-1332-8　Ⓝ123.83

『論語のこころ　巻5　君子』　日本キッズスクール協会,登竜館編　第2版　大阪　登竜館　2002.6　21p　26cm　Ⓝ123.83

『論語のこころ　巻4　礼儀』　日本キッズスクール協会,登竜館編　第2版　大阪　登竜館　2002.6　21p　26cm　Ⓝ123.83

『論語のこころ　巻10　論語抄　その5』　日本キッズスクール協会,登竜館編　大阪　登竜館　2001.11　21p　26cm　Ⓝ123.83

『論語のこころ　巻9　論語抄　その4』　日本キッズスクール協会,登竜館編　大阪　登竜館　2001.11　21p　26cm　Ⓝ123.83

『論語のこころ　巻8　論語抄　その3』　日本キッズスクール協会,登竜館編　大阪　登竜館　2001.11　21p　26cm　Ⓝ123.83

『論語のこころ　巻7　論語抄　その2』　日本キッズスクール協会,登竜館編　大阪　登竜館　2001.11　21p　26cm　Ⓝ123.83

『論語のこころ　巻6　論語抄　その1』　日本キッズスクール協会,登竜館編　大阪　登竜館　2001.11　21p　26cm　Ⓝ123.83

『論語のこころ　巻1　学ぶ』　日本キッズスクール協会,登竜館編　第4版　大阪　登竜館　2001.5　21p　26cm　Ⓝ123.83

『論語のこころ　巻3　思いやり』　日本キッズスクール協会,登竜館編　第2版　大阪　登竜館　2000.6　21p　26cm　Ⓝ123.83

『論語のこころ　巻2　孝行』　日本キッズスクール協会,登竜館編　第2版　大阪　登竜館　2000.6　21p　26cm　Ⓝ123.83

『まんがde論語　第2巻』　広瀬幸吉原案,吉良川良吉シナリオ,山崎大紀漫画　学習研究社　2000.4　171p　22cm　1100円　①4-7625-0896-9

目次　君子は和して同ぜず。小人は同じて和せず。―子路第十三、利に放より行えば、怨み多し。―里仁第四,之を知る者は之を好む者に如かず。―雍也第六,知者は水を楽しみ、仁者は山を楽しむ。―雍也第六,我れ三人行えば、必ず我が師を得。―述而第七,郷人皆之を好せば何如。―子路第十三,剛木訥、仁に近し。―子路第十三,教えざる民を以て戦うは、是れ之を棄つと謂う。―子路第十三,貧しくて怨むこと無きは難く、富みて驕ること無きは易し。―憲問第十四〔ほか〕

内容　"子曰く、之を知るものは之を好むものに如かず" "孔子曰く、生まれながらにして之を知るものは上なり"など全30編を現代に置き換えて、楽しくためになるマンガになりました。中・高生から大人まで楽しく学べる待望の書。

『まんがde論語　第1巻』　広瀬幸吉原案,吉良川良吉シナリオ,山崎大紀漫画　学習研究社　2000.4　171p　22cm　1100円　①4-7625-0895-0

目次　巧言令色、鮮なし仁。―学而第一,学びて時に之を習う、亦た説ばしからずや。―学而第一,父在せば其の志を観、父没すれば其の行いを観る。―学而第一,人の己れを知らざることを患えず、人を知らざることを患う。―学而第一,吾れ十有五にして学に志す。三十にして立つ。四十にして惑わず。―為政第二,今の孝は是れ能く養うを謂う。―為政第二,故きを温めて新しきを知る。以て師と為るべし。―為政第二,君子は器ならず。―為政第二,先ず其の言を行い、而して後に之に従う。―為政第二〔ほか〕

内容　"朋あり、遠方より来る、また楽しからずや" "故きを温めて新しきを知れば、以て師となるべし" "子曰く、巧言令色鮮なし仁"など全30編を現代に置き換えて、楽しくためになるマンガになりました。中・高生から大人まで楽しく学べる待望の書。

子どもの本　日本の古典をまなぶ2000冊　229

# 小説

## ◆封神演義

『ナージャ海で大あばれ―「封神演義」より』　泉京鹿訳　中国出版トーハン　2011.1　1冊（ページ付なし）　30cm（中国のむかしばなし 3）　1380円
①978-4-7994-0002-9　Ⓝ726.6

『封神演義　下　降魔封神の巻』　許仲琳著，渡辺仙州編訳，佐竹美保絵　偕成社　1998.12　311,53p　19cm　1600円
①4-03-744370-8

内容　悪行非道の限りを尽くす商の紂王に対して、立ちあがった周は、商の都である朝歌をめざして攻めのぼる。しかし、朝歌までは五つの関所を突破しなければならず、各関所にはその勇猛ぶりで名を馳せた守将たちが周軍を待ちかまえていた。周軍、商軍の両陣営のすぐれた武人、道人、仙人たちの魂が、つぎつぎに封神台へと飛ぶ。古代中国を舞台にした戦記ファンタジー。

『封神演義　中　仙人大戦の巻』　許仲琳著，渡辺仙州編訳，佐竹美保絵　偕成社　1998.12　305p　19cm　1600円　①4-03-744360-0

内容　今から三千年前の商の時代。文王亡きあとの周を受けついだ武王は仙界からおくられた姜子牙を丞相とし、また、あらたに仙界からすぐれた道士を迎える。商の大将軍とうたわれた黄飛虎も味方に加わり、つぎつぎに攻めくる商軍から、西岐城を守りとおす。商軍ではついに、聞仲太師が討伐隊を指揮することになった。天命は商にあるのか、それとも周に…。古代中国を舞台にした戦記ファンタジー。

『封神演義　上　妖姫乱国の巻』　許仲琳著，渡辺仙州編訳，佐竹美保絵　偕成社　1998.11　325p　19cm　1600円　①4-03-744350-3

内容　千年狐の化身・妲己に惑わされ、忠臣たちや、はては妻である姜皇后まで殺してしまう紂王。乱心したこの紂王に反旗をひるがえし西伯侯・姫昌はたちあがる。姫昌には、仙界から強力な仙人が軍師として、お

くりこまれた。その名は姜子牙。太公望である。姜子牙は、人界と仙界から、あらたなる世界、神界をつくるべく、密命をおびていた。三千年前の古代中国ファンタジー。

## ◆三国志

『コミック版三国志　5　五丈原の落星』　能田達規漫画，渡辺義浩監修　ポプラ社　2014.3　160p　22×16cm　1200円
①978-4-591-13915-8

内容　曹操の息子・曹丕は、献帝から帝位をうばい「魏」を建国した。漢の皇統である劉備は、漢の帝位を継承し「蜀漢」を建国する。皇帝に即位した劉備は、孔明や趙雲の制止を振りきって、関羽・張飛の仇である「呉」への進軍を決意する。長きにわたって繰り広げられた、英雄たちの熱き戦いの物語がここに完結！

『コミック版三国志　4　三国の争い』　能田達規漫画，渡辺義浩監修　ポプラ社　2013.11　159p　22×16cm　1200円
①978-4-591-13657-7

内容　赤壁の戦いで曹操軍をやぶった劉備は、荊州と益州を平定し、ついにみずからの国を得る。ここに天下は劉備、曹操、孫権の三人の英雄によって治められることとなった。三国時代に突入し、天下統一をめぐる戦いは、ますます激しさをましていく！

『コミック版三国志　3　三国鼎立』　能田達規漫画，渡辺義浩監修　ポプラ社　2013.7　159p　21cm　1200円　①978-4-591-13519-8

内容　袁紹をほろぼし北方を平定した曹操は、荊州の劉備、揚州の孫権がいる南方の征伐を開始する。これに対し劉備は軍師の孔明を孫権のもとへ送り、孫権との同盟を成立させた。そして劉備・孫権の同盟軍は、曹操の大軍を長江の赤壁の地でむかえうつ！

『コミック版三国志　2　赤壁の戦い』　能田達規漫画，渡辺義浩監修　ポプラ社　2013.3　159p　22×16cm　1200円
①978-4-591-13377-4

目次　劉備の独立と敗北，官渡の戦い（前編），関羽千里行，孫策から孫権へ，官渡の戦い（後編），劉備、初めての軍師を得る，三顧の礼，博望坡の戦い，長坂坡の戦い，孫権の決断，周瑜の孔明暗殺計画，赤壁の戦い・反間の計，赤壁の戦い・十万本の矢

『コミック版三国志　1　桃園の誓い』　能田達規漫画，渡辺義浩監修　ポプラ社　2013.1　159p　21cm　1200円　①978-4-591-13198-5

内容　今から一八〇〇年前の二世紀末、後漢王朝の力がおとろえをみせると、各地で争いがおこり世はみだれ始めた。漢王室の血をひく劉備は、苦しむ民衆のために、猛将の関羽・張飛とともに立ち上がり、群雄のひとりとして天下をめざす。熱き野望をいだく男たちの物語が今始まる。

『三国志　5　完結編』　神楽坂淳作，フカキショウコ絵　集英社　2012.6　189p　18cm　（集英社みらい文庫　か-2-5）　620円　①978-4-08-321097-6　Ⓝ913.6

内容　三国志完結編！　おれは劉備。赤壁の戦いは孔明の作戦により劉備軍・呉軍の勝利、曹操の敗走で幕を閉じた。おれたちは国を三つに分ける計画を進めるため、荊州、益州を手に入れようとするが、周瑜、曹操がその前に立ちはだかる。しかし新たに猛将・黄忠、馬超や、孔明に並ぶ軍師・龐統を加えたおれたちなら漢王朝を立て直せる！　英雄たちの戦い、ついにクライマックス！　小学中級から。

『三国志　4』　神楽坂淳作，フカキショウコ絵　集英社　2012.4　189p　18cm　（集英社みらい文庫　か-2-4）　600円　①978-4-08-321086-0　Ⓝ913.6

内容　わたしは周瑜。80万という強大な曹操軍が、我が孫権軍に攻めてくる…！　孫権様は"開戦派"と"降伏派"との間で揺れている。しかし最強の水軍を持つ我々に"降伏"という文字はないっ！　そこへ現れた劉備軍の軍師・孔明という男…。劉備軍の活躍はうわさには聞いていたが、手を組むといっても簡単に信用できるものか!?この国の命運をにぎる"赤壁の戦い"がついに始まる！

『三国志　3』　神楽坂淳作，フカキショウコ絵　集英社　2012.2　204p　18cm　（集英社みらい文庫　か-2-3）　600円　①978-4-08-321072-3　Ⓝ913.6

内容　わたしの名前は趙雲。呂布が極悪非道な将軍、董卓を倒したが、戦はいまだ続いている。その中、曹操が才智を発揮。曹操は帝を利用して勢力を拡大させつつあった。わたしは劉備殿のもとに身を寄せて、帝のためにともに戦うことにした。知略にすぐれ、大軍を率いる曹操軍に対抗するため、わたしたちは"伏竜"というなぞの軍師（戦略家）を探す旅に出た…！　小学中級から。

『三国志　2』　神楽坂淳作，フカキショウコ絵　集英社　2011.10　189p　18cm　（集英社みらい文庫　か-2-2）　580円　①978-4-08-321049-5　Ⓝ913.6

内容　わたしの名は曹操。黄巾賊を倒して数年が過ぎたが、都は董卓に支配され、国は再び混乱と恐怖におちいっていた。そこでわたしは董卓討伐の連合軍を結成しようと、各地に呼び掛けた。そして、かつてともに戦った劉備、孫堅たち英雄が再び集まった。しかし、わたしたちの行く手には、董卓軍の猛将・呂布がたちはだかる！　果たしてわれら連合軍に勝機はあるのか!?小学中級から。

『三国志　10　見果てぬ夢』　小前亮文　理論社　2011.8　189p　19cm〈画：中山けーしょー〉　950円　①978-4-652-07240-0　Ⓝ913.6

内容　死してなお、諸葛亮の想いは生きていた！　その意志を継ぎ、成都への帰還をめざす姜維は、魏延の反乱や、司馬懿の追撃に苦しみながらも、諸葛亮が残した計略によって窮地を脱する。そして蜀は、漢朝復興へ向け再起をはかる。魏では司馬氏が権力の座を固め、好機を待つ。夢と野望が渦巻く中、ついに最終決戦がはじまる。

『三国志　9　秋風五丈原』　小前亮文　理論社　2011.8　189p　19cm〈画：中山けーしょー〉　950円　①978-4-652-07239-4　Ⓝ913.6

内容　魏を倒し、漢を再興する一亡き劉備の志を受け継ぐ諸葛亮は、機が熟すのを待っていた。呉と同盟を結び、南蛮の反乱を平定する。魏では曹丕が倒れ、若い曹叡が跡を継ぐ。北伐へ向け、ついに起つときが来た！　士気上がる蜀軍。しかし、その行く手に文武両道の天才児・姜維が立ちはだかった。

『三国志　8　復讐の東征』　小前亮文　理論社　2011.5　187p　19cm〈各巻の並列タイトル：An Eastern Expedition for Revenge　画：中山けーしょー〉　950円　①978-4-652-07238-7　Ⓝ913.6

内容　同盟を結んだ孫権、曹操が荊州を攻める―成都からの報せに、この地を守る関羽が動く。先に樊城を奪い、曹操軍の南進を

阻むはずが、陸遜の計略に領土を奪われ、命を落とす。荊州進攻、孫権討伐をゆずらぬ劉備と張飛。死期を悟り、後継者選びに腐心する曹操。乱世をくぐり抜けてきた漢たちに秋が迫る。

『三国志 1』 神楽坂淳作，フカキショウコ絵 集英社 2011.4 205p 18cm 〈集英社みらい文庫 か-2-1〉 580円 ⓘ978-4-08-321013-6 Ⓝ913.6
 内容 おれの名は劉備。今、おれの住む平和な村が揺れている。一本の立て札が立ったのだ。そこには「黄巾賊と戦う戦士を集めている」と書いてある。黄巾賊は天下征服を狙う悪党集団だ。やつらが襲いに来る…戦いたいが、村の人たちを危険にさらすかも…。そんなとき、大男が現れて言った。「一緒に戦おう」って!?おれたちで村を守ってやる! 時代を越えて読み継がれる歴史小説、スタート! 小学中級から。

『三国志英雄列伝』 小沢章友作，山田章博絵 講談社 2011.4 251p 18cm 〈講談社青い鳥文庫 157-6〉（並列シリーズ名：AOITORI BUNKO〉 620円 ⓘ978-4-06-285204-3 Ⓝ913.6
 内容 「三国志」でもとくに人気の高い英雄たちの物語を集めた短編集。みんなから尊敬され、愛された将軍・劉備、最強の武将として名高い関羽、知略あふれる孔明、の3人の少年時代からの成長の日々を描いた3編と、「三国志」の中でも「伝説」の戦いを描いた2編を収録。三国志の入門にぴったりの一冊で、なおかつ読んだことがある人にも興味深い話がいっぱいです。小学上級から。

『三国志絵本』 唐亜明文，于大武絵画 岩波書店 2011.4 3冊 23×30cm 5500円 ⓘ978-4-00-204264-0
 内容 十万本の矢 七たび孟獲をとらえる 空城の計

『三国志絵本 空城の計』 唐亜明文，于大武絵 岩波書店 2011.4 32p 23×30cm 1600円 ⓘ978-4-00-111225-2
 内容 せまり来る敵軍十五万! 孔明は、なんと城を開け放つように命じます。

『三国志絵本 十万本の矢』 唐亜明文，于大武絵画 岩波書店 2011.4 1冊 23×30cm 〈第2刷〉 1700円 ⓘ4-00-110636-1
 内容 十万の矢を3日以内に用意する? ふっかけられた無理難題に、孔明の知略がさえわたる—『三国志演義』のエピソードを絵本化。

『三国志絵本 七たび孟獲をとらえる』 唐亜明文，于大武絵 岩波書店 2011.4 72p 23×30cm 2200円 ⓘ978-4-00-111224-5
 内容 暴れまわる南蛮の王・孟獲vs天才軍師・孔明。虎や象の軍隊に、火を吹く戦車! 大迫力の絵本。

『21世紀版少年少女世界文学館 第24巻 三国志』 羅貫中著，駒田信二訳 講談社 2011.3 348p 20cm 〈企画編集：井上靖 年表あり〉 1400円 ⓘ978-4-06-283574-9 Ⓝ908.3
 内容 荒れはてた祖国に平和を。正義の男が戦いに立ちあがる。「三人で力と心を一つにして、国のためにつくそう!」劉備、関羽、張飛の誓いが、悪政から民衆を救う。蜀を漢の正統を継ぐものとし魏を簒奪者とする民衆の観点に立ち、それまでの「三国志」説話のストーリーを骨子として、「三国志」劇のストーリーをも取り入れ、正史の『三国志』を参照して、民間説話の中の荒唐無稽な個所を訂正し集大成した、24巻240回、登場人物477名、総字数約89万字におよぶ大長編小説。

『三国志 燕虎物語』 畠智慧作 大日本絵画 2010.12 1冊 29×21cm （とびだししかけえほん） 3500円 ⓘ978-4-499-28351-9
 内容 「三国志」の時代—その群雄割拠の時代を、知恵と勇気と友情をもって生き抜いた義兄弟の物語の、そのまた始まりの物語のポップアップえほん。力強くもこまやかに、情景を生き生きと描写したイラスト、大迫力のしかけが圧巻。おおしま国際手づくり絵本コンクール2009最優秀賞受賞作品（射水市大島絵本館主催）。

『三国志 7 五虎大将軍』 小前亮文 理論社 2010.7 179p 19cm 〈各巻の並列タイトル：Five Tiger Generals 画：中山けーしょー〉 895円 ⓘ978-4-652-07237-0 Ⓝ913.6

|内容| 天下三分の計を果たすため益州に攻めこむ劉備。曹操に涼州を奪われた馬超がその行く手を阻む。是が非でも合肥を領土に加えたい孫権は、大軍を擁し、張遼率いる曹操軍に襲いかかる。曹操が王位についたとの報せを受けた劉備は、漢王朝復興のため打倒曹操の決意を新たにする。蜀の旗のもと、漢たちは強大な敵に挑み続ける。蜀の旗に集いし漢たちの熱き戦い。怒濤の第7弾。

『三国志 6 決意の入蜀』 小前亮文 理論社 2010.5 179p 19cm〈各巻の並列タイトル：Resolution to Confront Shu 画：中山けーしょー〉895円 ①978-4-652-07236-3 Ⓝ913.6
|内容| 周瑜と諸葛亮、天才軍師二人の活躍により、赤壁の戦いに勝利した孫権、劉備の同盟軍。かたや大敗を喫した曹操は南征を一時諦め、涼州を治める馬騰に新たな謀略を仕掛ける。亡き父の復讐を誓い、曹操に牙をむく馬超。病に犯されつつも知力の限りを尽くす周瑜。天下三分の実現に、劉備は蜀を目指す。

『三国志 5 赤壁の戦い』 小前亮文 理論社 2010.3 181p 19cm〈各巻の並列タイトル：The battle of red cliff 画：中山けーしょー〉895円 ①978-4-652-07235-6 Ⓝ913.6
|内容| 孫権軍との同盟をはかる諸葛亮（孔明）は、劉備の軍師として孫家の拠点、柴桑へ旅立つ。曹操との全面対決にためらいを見せる孫権だが、周瑜らの決意に触れ、ついに開戦を宜言する。諸葛亮と周瑜、二人の天才を擁する同盟軍が、圧倒的な軍勢を誇る曹操を赤壁にて迎え撃つ。

『三国志―ものがたり英雄叙事詩 下 秋風五丈原』 古川薫著 ほるぷ出版 2010.3 341p 20cm〈付（1枚）：主要登場人物 文献あり〉1800円 ①978-4-593-53472-2 Ⓝ913.6
|内容| 英雄・劉備の志を受け継ぎ、三国割拠の形勢を打破すべく、名軍師・諸葛孔明が最後の戦いをいどむ。

『三国演義―中国名作新漫画 第10巻 諸葛亮の北伐』 羅貫中原作，陳維東脚本，梁小竜漫画，[川合章子][訳・文]，[島崎晋][訳]，中国社会科学院監修 学研パブリッシング，学研マーケティング〔発売〕 2010.2 192p 22cm〈年表あり〉 1800円 ①978-4-05-500733-7, 978-4-05-811122-2 Ⓝ726.1

『三国演義―中国名作新漫画 第9巻 後漢の滅亡』 羅貫中原作，陳維東脚本，梁小竜漫画，[川合章子][訳・文]，[島崎晋][訳]，中国社会科学院監修 学研パブリッシング，学研マーケティング〔発売〕 2010.2 184p 22cm〈年表あり〉 1800円 ①978-4-05-500732-0, 978-4-05-811122-2 Ⓝ726.1

『三国演義―中国名作新漫画 第8巻 関羽の最期』 羅貫中原作，陳維東脚本，梁小竜漫画，[川合章子][訳・文]，[島崎晋][訳]，中国社会科学院監修 学研パブリッシング，学研マーケティング〔発売〕 2010.2 192p 22cm〈年表あり〉 1800円 ①978-4-05-500731-3, 978-4-05-811122-2 Ⓝ726.1

『三国演義―中国名作新漫画 第7巻 三国鼎立』 羅貫中原作，陳維東脚本，梁小竜漫画，[川合章子][訳・文]，[島崎晋][訳]，中国社会科学院監修 学研パブリッシング，学研マーケティング〔発売〕 2010.2 192p 22cm〈年表あり〉 1800円 ①978-4-05-500730-6,978-4-05-811122-2 Ⓝ726.1

『三国演義―中国名作新漫画 第6巻 周瑜の死』 羅貫中原作，陳維東脚本，梁小竜漫画，[川合章子][訳・文]，[島崎晋][訳]，中国社会科学院監修 学研パブリッシング，学研マーケティング〔発売〕 2010.2 192p 22cm〈年表あり〉 1800円 ①978-4-05-500729-0,978-4-05-811122-2 Ⓝ726.1

『三国演義―中国名作新漫画 第5巻 赤壁の戦い』 羅貫中原作，陳維東脚本，梁小竜漫画，[川合章子][訳・文]，[島崎晋][訳]，中国社会科学院監修 学研パブリッシング，学研マーケティング〔発売〕 2010.2 192p 22cm〈年表あり〉 1800円 ①978-4-05-500728-3,

978-4-05-811122-2 Ⓝ726.1

『三国演義―中国名作新漫画 第4巻 官渡の戦い』 羅貫中原作，陳維東脚本，梁小竜漫画，[川合章子][訳・文]，[島崎晋][訳]，中国社会科学院監修 学研パブリッシング，学研マーケティング〔発売〕 2010.2 200p 22cm〈年表あり〉 1800円 Ⓘ978-4-05-500727-6，978-4-05-811122-2 Ⓝ726.1

『三国演義―中国名作新漫画 第3巻 奸雄・曹操』 羅貫中原作，陳維東脚本，梁小竜漫画，[川合章子][訳・文]，[島崎晋][訳]，中国社会科学院監修 学研パブリッシング，学研マーケティング〔発売〕 2010.2 192p 22cm〈年表あり〉 1800円 Ⓘ978-4-05-500726-9，978-4-05-811122-2 Ⓝ726.1

『三国演義―中国名作新漫画 第2巻 呂布の戦い』 羅貫中原作，陳維東脚本，梁小竜漫画，[川合章子][訳・文]，[島崎晋][訳]，中国社会科学院監修 学研パブリッシング，学研マーケティング〔発売〕 2010.2 192p 22cm〈年表あり〉 1800円 Ⓘ978-4-05-500725-2，978-4-05-811122-2 Ⓝ726.1

『三国演義―中国名作新漫画 第1巻 乱世（らんせ）の狼煙』 羅貫中原作，陳維東脚本，梁小竜漫画，[川合章子][訳・文]，[島崎晋][訳]，中国社会科学院監修 学研パブリッシング，学研マーケティング〔発売〕 2010.2 192p 22cm〈年表あり〉 1800円 Ⓘ978-4-05-500724-5，978-4-05-811122-2 Ⓝ726.1

『三国志 7（死生の巻）』 小沢章友作，山田章博絵 講談社 2010.2 165p 18cm （講談社青い鳥文庫 510-7―Go！ go！）〈並列シリーズ名：Aoitori bunko〉 505円 Ⓘ978-4-06-285139-8 Ⓝ913.6

内容 魏の曹操と密約を結んでいた呉の孫権に荊州をおそわれ、関羽を失った劉備軍。悲しみにくれ、関羽の復讐を優先させようとする劉備に、孔明は冷静な作戦を伝えよ

うとするが…。追いこまれた蜀は、もう一度、勢いを取りもどせるのか!?魏・呉・蜀の三国の戦いも、いよいよクライマックスへ！ 壮大な長編歴史ロマン、怒涛の完結編！ 小学中級から。

『三国志 6（流星の巻）』 小沢章友作，山田章博絵 講談社 2009.12 157p 18cm （講談社青い鳥文庫 510-6―Go！ go！）〈並列シリーズ名：Aoitori bunko〉 505円 Ⓘ978-4-06-285130-5 Ⓝ913.6

内容 ついに三国のうちの一国、蜀を手にいれた劉備軍。しかし、それは魏の曹操、呉の孫権との新たな戦いのはじまりにすぎなかった。漢中の地を曹操、孫権との激しい争いのすえ手にいれ、漢中王を名のった劉備だったが、それもつかの間、今度は関羽の守る荊州に曹操と密約を結んだ孫権の手がのびてくる！ 長編歴史ドラマ、いよいよクライマックスへ！ 小学中級から。

『三国志 4 伏竜の飛翔』 小前亮文 理論社 2009.12 183p 19cm〈画：中山けーしょー〉 895円 Ⓘ978-4-652-07234-9 Ⓝ913.6

内容 亡き父・孫堅、兄・孫策の遺志を継ぎ、周瑜らとともに江東を守る決意をする孫権。荊州に身を寄せた劉備は、軍師を求め、臥竜と呼ばれる賢人のもとを訪れる。着々と南征の準備をはじめる曹操―。五十万を超す大軍が劉備と荊州に牙をむく。

『三国志 3 関羽千里行』 小前亮文 理論社 2009.10 178p 19cm〈画：中山けーしょー〉 895円 Ⓘ978-4-652-07233-2 Ⓝ913.6

内容 呂布を倒し、勢力を不動のものとした曹操に漢王朝再建を願う劉備は、反旗をひるがえす。しかし、総勢二十万を越す曹操軍の前には、劉備軍はなすすべもなく、離散してしまう。袁紹のもとに身を寄せる劉備、野に下った張飛、曹操に降伏した関羽。一袁紹と曹操、両雄激突の時が迫る。

『三国志―ものがたり英雄叙事詩 上 赤壁の戦い』 古川薫著 ほるぷ出版 2009.10 367p 20cm 1800円 Ⓘ978-4-593-53471-5 Ⓝ913.6

内容 美女と豪傑がおりなす乱世のロマン、

中国の古典　　　　　　　　　　　　　　　　　　　　　　　　　　　　小説

直木賞作家が詩情ゆたかに語る「ものがたり英雄叙事詩・三国志」。

『三国志　5（大願の巻）』　小沢章友作，山田章博絵　講談社　2009.9　157p　18cm　（講談社青い鳥文庫 510-5―Go！　go！）〈並列シリーズ名：Aoitori bunko〉　505円　ⓘ978-4-06-285113-8　Ⓝ913.6

内容　赤壁の戦いで曹操軍を破り、勢いにのる劉備は、孔明の戦略により、荊州を手に入れる。荊州をめぐり、呉との緊張が高まるなか、天下三分の計を完成させるため、劉備は益州にも兵を進め、蜀の地をうかがう。軍師龐統の死など、苦難を乗り越え進軍する劉備軍はついに一国を手に入れることができるのか!?壮大な歴史ロマン、ついに大願の巻に！　小学中級から。

『三国志　4（火炎の巻）』　小沢章友作，山田章博絵　講談社　2009.7　164p　18cm　（講談社青い鳥文庫 510-4―Go！　go！）〈並列シリーズ名：Aoitori bunko〉　505円　ⓘ978-4-06-285100-8　Ⓝ913.6

内容　荊州十数万の民をつれて、百万の曹操軍に追われる劉備…。江東では、孔明の知略により、呉の孫権と水軍都督、周瑜が曹操軍に戦いをいどむにいたる。孔明とならびたつ軍師、龐統の"連環の計"、周瑜の"苦肉の策"、東風を祈る孔明。戦いはついに、赤壁に!!当世最高の軍師諸葛孔明の知略、策略に目がはなせない、火炎の巻！

『三国志　2　天上の舞姫』　小前亮文　理論社　2009.7　174p　19cm　〈画：中山けーしょー〉　895円　ⓘ978-4-652-07232-5　Ⓝ913.6

内容　長安に遷都した董卓の横暴は、激しさを増す。暴虐に耐えかねた王允は、養女・貂蝉を使い、董卓を討ち取るための、計略をめぐらせる。一方、人材を募り、急速に力をつける曹操は、制圧に向かった先で、劉備との再会を果たす。そしてついに、十万を超す大軍をようして、古今無双の豪傑・呂布との決戦に挑む―。

『三国志　1　桃園の誓い』　小前亮文　理論社　2009.5　179p　19cm　〈画：中山けーしょー〉　895円　ⓘ978-4-652-07231-8　Ⓝ913.6

内容　満開の桃花の下、義兄弟の契りを交わした、劉備、関羽、張飛の三人は旅だちを決意する。時は、農民が貧苦にあえぐ後漢末期の中国。黄巾賊討伐の義勇軍に参加した劉備たちは、戦火を通じて、曹操や孫堅、呂布ら英傑との運命的な出会いを果たしていく…。

『三国志　3（激闘の巻）』　小沢章友作，山田章博絵　講談社　2009.4　157p　18cm　（講談社青い鳥文庫 510-3―Go！　go！）〈並列シリーズ名：Aoitori bunko〉　505円　ⓘ978-4-06-285089-6　Ⓝ913.6

内容　最高権力者となった曹操は、ついに河北四州を擁する袁紹と激突する！　天下分け目の激闘の行方はいったいどうなるのか…!?一方、国を失い、曹操に追われた劉備は、荊州の劉表をたよって、落ちのびていく。そこで、劉備は、当世最高の軍師、諸葛孔明と出会い、天下三分の計をさずけられる。天下の覇をきそう、英雄たちの命がけの激闘編。

『三国志　2（風雲の巻）』　小沢章友作，山田章博絵　講談社　2009.2　157p　18cm　（講談社青い鳥文庫 510-2―Go！　go！）〈並列シリーズ名：Aoitori bunko〉　505円　ⓘ978-4-06-285077-3　Ⓝ913.6

内容　徐州を得た劉備だったが、梟雄呂布により、国をうばわれてしまう。淮南には偽皇帝袁術が立ち、乱世は混迷を深めていた。そんなとき、曹操は漢の皇帝をむかえいれ、着々と勢力を拡大していた。曹操とむすび、呂布と戦う劉備ら三兄弟だが、戦いが熾烈をきわめた。一国をめぐる、男たちの熱き戦いの結末はいかに―!?小学中級から。

『三国志　1（飛竜の巻）』　小沢章友作，山田章博絵　講談社　2008.12　156p　18cm　（講談社青い鳥文庫 510-1）　505円　ⓘ978-4-06-285068-1　Ⓝ913.6

内容　いまから約1800年前、後漢の時代末期。中国の地は戦乱にまみれ、人々の苦しみがつづいていた。そこに、乱世をすくうべく、三人の英雄が立ちあがった！　漢の皇帝の血をひく劉備玄徳は、関羽雲長、張飛翼徳と義兄弟の契りをむすび、世をすくう英雄となる日を夢見て、義勇兵をひきいて出陣!!歴史大河ロマンが、いまはじまる！　小学中級から。

子どもの本　日本の古典をまなぶ2000冊　　235

『三国志群雄ビジュアル百科』 渡辺義浩監修 ポプラ社 2008.5 303p 21cm 〈年表あり〉 1800円 Ⓘ978-4-591-10338-8 Ⓝ923.5

[目次] 第1章 魏の武将たち（曹操，張遼 ほか），第2章 呉の武将たち（孫権，孫策 ほか），第3章 蜀の武将たち（劉備，関羽 ほか），第4章 各国の豪傑・功臣たち（呂布，張角 ほか），付録〈三国志演義年表，三国志演義物語の舞台 ほか〉

[内容] 不朽の名作『三国志演義』から，有名武将141人をよりすぐって収録。描きおろしのカラーイラストをはじめ，レーダーチャートによる能力分析やマップ付の合戦解説などで，名将たちの活躍を再現。"破竹の勢い"などの故事成語の由来も紹介。

『三国志武将大百科―ビジュアル版 3（蜀の巻）』 渡辺義浩監修 ポプラ社 2008.3 175p 22cm 〈年表あり〉 1650円 Ⓘ978-4-591-10081-3 Ⓝ923.5

[目次] 第1章 蜀の武将たち（劉備，関羽，張飛，諸葛亮 ほか），第2章 西南の名将たち（劉璋，劉焉，張任，張松 ほか）

[内容] 中国大陸の西方に建国された蜀。漢帝国の皇族の血を引く劉備を中心とし，知勇に優れた人物がそろっている

『三国志武将大百科―ビジュアル版 2（呉の巻）』 渡辺義浩監修 ポプラ社 2008.3 175p 22cm 〈年表あり〉 1650円 Ⓘ978-4-591-10080-6 Ⓝ923.5

[目次] 第1章 呉の武将たち（孫権，孫策，周瑜，甘寧 ほか），第2章 各国の豪傑・功臣たち（呂布，張角，董卓，馬騰 ほか）

[内容] 中国大陸の東南に建国された呉。江東一帯をおさめた孫家を中心とし，水軍による戦闘を得意とした勢力。

『三国志武将大百科―ビジュアル版 1（魏の巻）』 渡辺義浩監修 ポプラ社 2008.3 175p 22cm 〈年表あり〉 1650円 Ⓘ978-4-591-10079-0 Ⓝ923.5

[目次] 第1章 魏の武将たち（曹操，張遼，荀彧，許褚 ほか），第2章 北方の名将たち（袁紹，田豊，顔良，文醜 ほか）

[内容] 中国の中心地で勢力を広げた魏の国の武将たちを掲載。英雄・曹操をはじめ，天下統一をはたす晋の武将も収録。

『三国志 5（五丈原の秋風）』 三田村信行文 ポプラ社 2006.6 331p 18cm （ポプラポケット文庫 106-5）〈絵：若菜等＋Ki〉 660円 Ⓘ4-591-09295-X Ⓝ913.6

[内容] 劉備から蜀を託された孔明。魏・呉・蜀，三国のあらそいがはげしさを増すなか，蜀は孔明の知謀できりぬけていく。しかし，天才・孔明も時の流れとともに天命にはさからえず…。はたして蜀の運命は？ 時代をかけぬけた英雄たちの戦いの物語が，ついに完結！ 中学生向け。

『三国志 4（三国ならび立つ）』 三田村信行文 ポプラ社 2006.4 326p 18cm （ポプラポケット文庫 106-4）〈絵：若菜等＋Ki〉 660円 Ⓘ4-591-09219-4 Ⓝ913.6

[内容] 孫権とともに赤壁の戦いで曹操を破った劉備が，つぎにめざしたのは蜀だった。天下を三分し，世の中を平和におさめるという「天下三分の計」はついになるのか？ 義兄弟とともに乱世をたたかいぬいた劉備がたどりついたところは―？ 中学生向け。

『三国志 3（燃える長江）』 三田村信行文 ポプラ社 2006.1 322p 18cm （ポプラポケット文庫 106-3）〈絵：若菜等＋Ki〉 660円 Ⓘ4-591-09033-7 Ⓝ913.6

[内容] 孔明を軍師としてむかえ，勢いにのりはじめた劉備。孫権は，劉備らと手をむすび，強敵曹操との戦いを決意した。そして一両軍はついに決戦のときをむかえる！ 天才軍師，孔明の知謀が奇跡をよぶか？ 物語はいよいよ佳境に。

『三国志 2（天下三分の計）』 三田村信行文 ポプラ社 2005.11 286p 18cm （ポプラポケット文庫 106-2）〈絵：若菜等＋Ki〉 660円 Ⓘ4-591-08924-X Ⓝ913.6

[内容] 都にのぼって天下統一をねらう曹操。いっぽう，黄河の北で勢力をひろげる袁紹。天下をめぐる英雄たちの戦いは，いよいよ白熱をおびる。天才軍師，孔明をむかえ，劉備・関羽・張飛の義兄弟に，運命は味方するか。

『三国志 1（群雄のあらそい）』 三田村信行文 ポプラ社 2005.10 282p

18cm （ポプラポケット文庫 106-1）
〈絵：若菜等＋Ki〉 660円　Ⓘ4-591-08854-5　Ⓝ913.6

内容 時は二世紀末の後漢の世。みだれた世の中を立てなおすため、無類の武将、関羽・張飛とともに立ちあがった青年、劉備。熱い野望をいだいた群雄が、天下をめぐって、あらそいの火花を散らす。一英雄たちの息をのむ戦いの物語が、いまはじまる。

『三国志　4（天命帰一の巻）』［羅貫中］［原作］，渡辺仙州編訳，佐竹美保絵　偕成社　2005.4　405p　20cm　1600円
Ⓘ4-03-744290-6　Ⓝ923.5

内容 「白帝城、南蛮平定、北伐、そして司馬一族の台頭」劉備から蜀をまかされた諸葛孔明は南蛮を平定するため、みずから軍をひきいて出陣。南蛮王・孟獲を七たびとらえて七たびはなち、心服させる。魏の都を攻めおとすべく孔明は北伐を開始。「出師の表」を献上し、天水・安定・南安の三郡をとり、また魏の知将・姜維を仲間にくわえる。魏では重臣・司馬懿が政権を掌握しつつあった…。

『三国志　3（三国鼎立の巻）』［羅貫中］［原作］，渡辺仙州編訳，佐竹美保絵　偕成社　2005.4　385p　20cm　1600円
Ⓘ4-03-744280-9　Ⓝ923.5

内容 「南郡攻略戦、西涼の馬超登場、劉備の婚礼、蜀侵攻、そして麦城」曹操の大軍を破った劉備と孔明がつぎにめざすのは、荊州南部と蜀。赤壁のたたかいで勢いにのった劉備軍は荊州南部攻略で黄忠と魏延を味方につけた。蜀侵攻にあたっては鳳雛とよばれる賢人・龐統を軍師に迎え、西涼の馬超をも仲間にする。ここに関羽・張飛・趙雲・黄忠・馬超の「蜀の五虎将」が勢揃いする。劉備はさらに漢中をとり、漢中王を名のる。しかし乱世の英傑たちにも天命の時が近づいていた…。

『三国志　2（臥竜出盧の巻）』［羅貫中］［原作］，渡辺仙州編訳，佐竹美保絵　偕成社　2005.4　425p　20cm　1600円
Ⓘ4-03-744270-1　Ⓝ923.5

内容 「官渡大戦、諸葛孔明登場、そして赤壁のたたかい」朝廷崩壊のあとの混乱のなか、曹操は天下統一にむけて独走態勢にはいる。それを阻止する袁紹軍。揚州の孫策も地の利をいかして力をつけていた。いっぽう劉備は荊州の劉表のもとに身を寄せ、不遇をかこっていたが、隆中に若き賢人・諸葛孔明の存在を知り、三顧の礼をもって孔明をむかえる…。

『三国志早わかりハンドブック』　渡辺仙州編著，佐竹美保絵　偕成社　2005.4　104,92p　19cm　1000円　Ⓘ4-03-744300-7　Ⓝ923.5

目次 戦史でわかる「三国志」，三国志あれこれ（中国と異民族，三国時代の政治体制，官職早わかり表，十干十二支，登場人物おもしろ組みあわせ），「出師の表」，三国志年表，三国志英雄たちの系譜，度量衡，三国志人物事典（1）

内容 偕成社版『三国志』（全4巻）に登場するすべての人物に対する紹介です。その数500人余！ そのうちの228人は佐竹美保画伯によるキャラクター画付き。三国志には丞相、都督、大将軍、執金吾などいろいろな官職がでてきます。どのような地位でどんな役割をになっていたのか、でてくる官職を五十音順でわかりやすく説明。偕成社版『三国志』（全4巻）の戦いの流れにそって物語の概略を紹介。諸葛孔明が蜀の天子劉禅にあてて上奏した「出師の表」を原文と日本語訳を対訳にして掲載。偕成社版『三国志』（全4巻）の物語の流れがすぐに検索できる『三国演義』をベースにした年表。

『三国志　1（英傑雄飛の巻）』［羅貫中］［原作］，渡辺仙州編訳，佐竹美保絵　偕成社　2005.3　453p　20cm　1600円
Ⓘ4-03-744260-4　Ⓝ923.5

内容 「乱世は黄巾賊の乱と共に始まった」貧苦にあえぐ農民が増加する漢王朝末期。大規模な農民一揆「黄巾賊の乱」を鎮圧すべく朝廷は、盧植、皇甫嵩、朱儁などを派遣。若き日の劉備・関羽・張飛、そして曹操、孫堅なども兵をひきいて、鎮圧軍に名乗りをあげる。

『五丈原の秋風』［羅貫中］［原作］，三田村信行文，若菜等,Ki絵　ポプラ社　2003.4　303p　22cm　（三国志 5）　1300円　Ⓘ4-591-07600-8　Ⓝ923.5

内容 劉備から蜀を託された孔明。魏・呉・蜀、三国のあらそいがはげしさを増す中、蜀は孔明の知謀できりぬけていくが、天才・孔明も時の流れと天命にはさからえず…。はたして蜀の運命は？ 時代をかけぬけた英雄たちの戦いの物語が、ついに完結。

『三国ならび立つ』　[羅貫中][原作]，三田村信行文，若菜等，Ki絵　ポプラ社　2003.3　303p　22cm　(三国志 4)　1300円　Ⓘ4-591-07489-7　Ⓝ923.5

|内容| 孫権とともに，赤壁の戦いで曹操を破った劉備が，つぎにめざしたのは，蜀だった。天下を三分し，世の中を平和におさめるという「天下三分の計」は，ついになるのか？　義兄弟とともに乱世をたたかいぬいた劉備が，たどりついたところは…？　中国の大地を舞台にくりひろげられる，壮大な歴史物語「三国志」の決定版・第四巻。

『燃える長江』　[羅貫中][原作]，三田村信行文，若菜等，Ki絵　ポプラ社　2003.1　295p　22cm　(三国志 3)　1300円　Ⓘ4-591-07454-4　Ⓝ923.5

|内容| 孔明を軍師としてむかえ，勢いにのりはじめた劉備。孫権は，劉備らと手をむすび，強敵曹操との戦いを決意した。そして一両軍はついに決戦のときをむかえる！　天才軍師，孔明の知謀が奇跡をよぶか？　物語はいよいよ佳境に！　中国の大地を舞台にくりひろげられる，壮大な歴史物語「三国志」の決定版・第三巻。

『天下三分の計』　[羅貫中][原作]，三田村信行文，若菜等，Ki絵　ポプラ社　2002.12　263p　22cm　(三国志 2)　1300円　Ⓘ4-591-07372-6　Ⓝ923.5

|内容| 都にのぼって天下統一をねらう曹操。いっぽう，黄河の北で勢力をひろげる袁紹。天下をめぐる英雄たちの戦いは，いよいよ白熱をおびる。天才軍師，孔明をむかえ，劉備・関羽・張飛の義兄弟に，運命は味方するか？　中国の大地をくりひろげられる，壮大な歴史物語「三国志」の決定版・第二巻。

『群雄のあらそい』　[羅貫中][原作]，三田村信行文，若菜等，Ki絵　ポプラ社　2002.11　263p　22cm　(三国志 1)　1300円　Ⓘ4-591-07337-8　Ⓝ923.5

『三国志　下』　羅貫中作，小川環樹，武部利男編訳　新版　岩波書店　2000.11　336p　19cm　(岩波少年文庫)　760円　Ⓘ4-00-114534-0

|内容| 玄徳は志なかばで病死し，栄華をきわめた曹操も死ぬ。玄徳の志を継いだ軍師孔明もまた，秋風の吹く五丈原で没する。戦乱の時代をいろどった英雄たちは，つぎつぎと世を去り，やがて司馬炎の天下統一へと向かう。中学以上。

『三国志　中』　羅貫中作，小川環樹，武部利男編訳　新版　岩波書店　2000.11　354p　19cm　(岩波少年文庫)　760円　Ⓘ4-00-114533-2

|内容| 玄徳の蜀，曹操の魏，孫権の呉と，天下は三国の対立時代に入る。ある時は，思いがけない策略で人の裏をかき，ある時は，並はずれた力で相手を圧倒しながら，波瀾万丈の戦いは続く。中学以上。

『三国志　上』　羅貫中作，小川環樹，武部利男編訳　新版　岩波書店　2000.11　313p　19cm　(岩波少年文庫)　720円　Ⓘ4-00-114532-4

|内容| うちつづく戦乱に苦しむ人民を見て，玄徳(劉備)は関羽・張飛と兄弟のちぎりを結び，軍師孔明をむかえて天下統一をめざす。英雄と豪傑が入りみだれ，力のかぎりをつくして戦う勇壮なドラマがここに始まる。中学以上。

『三国志』　羅貫中原作，蛭田充漫画　ほるぷ出版　1996.4　183p　22cm　(まんがトムソーヤ文庫—コミック世界名作シリーズ)　Ⓘ4-593-09496-8

『三国志—三国志演義』　羅貫中作，三上修平訳　集英社　1995.3　141p　21cm　(子どものための世界文学の森 26)　880円　Ⓘ4-08-274026-0

|内容| およそ千八百年まえ，広い中国をかけまわり，力をきそいあった英雄たちがいた。天下をひとりじめにしようとする曹操，人びとが幸せにくらせる国をつくろうとする劉備と関羽・張飛。ちえの力で劉備を助ける諸葛孔明。劉備と孔明は，どんな作戦とちえで，曹操の野望にいどみ，理想の国をつくるのか。小学生向き。

『三国志事典』　立間祥介，丹羽隼兵著　岩波書店　1994.6　210,6p　18cm　(岩波ジュニア新書 240)　720円　Ⓘ4-00-500240-4

|内容| 孔明が策し，関羽・張飛が駆ける，胸おどる英雄たちの時代。その時代を描いた

大著「三国志」「三国志演義」に登場する、代表的な人物、事件、地名、さらに慣用句をわかりやすく解説。さまざまな人物がいれかわりたちかわり登場し、広大な国土を駆けめぐる大スペクタクルを読み、理解するのに役立つ一冊。

『三国志 3 望雲の巻』 羅貫中原作, 斉藤洋文, 園田光慶絵 講談社 1991.6 197p 18cm （講談社KK文庫 A7-3） 680円 ①4-06-199016-0

内容 諸葛孔明をむかえ、最強の軍団をつくった劉備。だが、曹操も孫権も負けてはいない。広大な大地を舞台に、国盗りゲームの完結編。

『ああ、白帝城』 生越嘉治文, 西村達馬絵 あすなろ書房 1991.4 109p 21cm （子ども版 三国志 8） 980円 ①4-7515-1598-5

内容 この第8巻では、いままで活躍していた主要な登場人物が、つぎつぎに死んでしまいます。関羽、張飛、曹操、そして劉備までが姿を消していくのです。けれども、関羽、張飛の代わりには息子が、曹操のあとには仲達が、さらに劉備の亡きあとは（遺児の劉禅を助ける忠臣の）孔明が、これからのドラマを盛り上げてくれます。小学校中学年から。

『五丈原に星おちて』 生越嘉治文, 西村達馬絵 あすなろ書房 1991.4 107p 23×16cm （子ども版 三国志 10） 980円 ①4-7515-1600-0

内容 親子で楽しめる中国の歴史読み物。知恵と勇気の人間ドラマ。小学校中学年から。

『ふしぎの国の大戦争』 生越嘉治文, 西村達馬絵 あすなろ書房 1991.4 109p 21cm （子ども版 三国志 9） 980円 ①4-7515-1599-3

『五丈原の秋風』 王矛, 王敏文, 孫彬, 張奇駒絵, あずまたつお訳 岩崎書店 1991.3 31p 30cm （三国志絵巻 12） 1300円 ①4-265-03422-5

内容 孔明は、魏の仲達との知恵をきそった数かずのいくさのすえ、五丈原に秋風のふくころ、ついにやまいをえて、世をさった。みずからの「喪を秘せ」と側臣に命じ、死をかけた策略により、仲達はついに軍をひく。

「死せる孔明、生ける仲達をはしらす」である。—時はながれ、おおくの英雄が死に、三国の壮大なドラマも、ここに幕となる。全12巻の完結。

『三国志 2 臥竜の巻』 羅貫中原作, 斉藤洋文, 園田光慶絵 講談社 1991.3 198p 18cm （講談社KK文庫 A7-2） 680円 ①4-06-199013-6

内容 "劉備、関羽、張飛、3人そろえば敵なし"のはずなのに、大きな戦では負けてばかり。「なんとかして、すぐれた軍師がほしい！」三顧の礼をつくして諸葛孔明をむかえるまでを、3人のおもしろ語りでつづる『三国志』の第2巻。

『英雄のさいご』 王矛, 王敏文, 孫彬, 張奇駒絵, あずまたつお訳 岩崎書店 1991.2 31p 30cm （三国志絵巻 10） 1300円 ①4-265-03420-9

内容 孫権らの手におち、関羽も張飛もむなしく死んでいった。老将・黄忠もいくさのさなか、戦死してしまう。曹操逝き、劉備もまたやまいにたおれ、英雄、勇将たちは次ぎと世をさっていく。劉備は孔明にじぶんの子・劉禅のゆくすえをたのんだ。わかき蜀の新帝・劉禅は孔明をたよりにおもうのである。孔明は蜀と呉の連合をなしとげたが、南方の蛮王が、国境をこえてせめてきた。孔明は南方へむけて出陣する。

『孔明の奮戦』 王矛, 王敏文, 孫彬, 張奇駒絵, あずまたつお訳 岩崎書店 1991.2 31p 30cm （三国志絵巻 11） 1300円 ①4-265-03421-7

内容 孔明は南蛮国王・孟獲をうたんと、軍をひきいて益州の南部へむかった。あえなく孟獲はいけどりにされたが、孔明は酒や食糧をあたえて、ときはなした。しかし、それにもこりず、たびたび孟獲は孔明にいくさをしかけて、七度とらえられ七度はなたれた。ついに孔明の大恩にかんじ、孟獲はこうふくをちかうのだった。いっぽう魏帝の死をきいた孔明は「いまこそ魏うつべし」と大軍をひきいて、出陣した。敵将・夏侯楙がむかえうつ。さて、いくさのゆくえは？ 孔明の策は？

『蜀の国をしたがえる』 生越嘉治文, 西村達馬絵 あすなろ書房 1991.2 109p 21cm （子ども版 三国志 7）

980円　①4-7515-1597-7

|内容| 親子で楽しめる中国の歴史読み物。知恵と勇気の人間ドラマ。小学校中学年から。

『三つどもえのあらそい』　生越嘉治文,西村達馬絵　あすなろ書房　1991.2　109p　21cm　(子ども版 三国志 6)　980円　①4-7515-1596-9

|内容| 親子で楽しめる中国の歴史読み物。知恵と勇気の人間ドラマ。小学校中学年から。

『孔明にほんろうされる周瑜』　王矛,王敏文,孫彬,張奇駒絵,あずまたつお訳　岩崎書店　1991.1　1冊　30cm　(三国志絵巻 7)　1300円　①4-265-03417-9

|内容| いきおいにのる呉軍の大将・周瑜は、劉備のうごきが気にかかる。曹軍の支配する南郡城をせめるあたり、周瑜はじぶんがせめることを劉備に主張するのだった。ただ、城がおちぬときは「劉備がせめてもよい」とぎゃくにやくそくさせられる。しかし、いくさはまけてしまう。そこで、まず夷陵城をおとすことにする。一進一退をくりかえす、たたかいのすえ、周瑜はじぶんが死んだことにして曹軍の曹仁をさそいだし勝利する。だが、そのあいだに南郡城は孔明にとられ、襄陽も関羽の手におちてしまう。つぎに孫権の妹と劉備をけっこんさせて、劉備を呉国にひきとめようとするが、孔明の策により、これも失敗してにげられてしまう。孔明と知力のあらそいをえんじた周瑜は、孔明にはとてもかなわないと、悲嘆のうち血をはいて死んでいくのだった。

『三国・虎視たんたん』　王矛,王敏文,孫彬,張奇駒絵,あずまたつお訳　岩崎書店　1991.1　1冊　30cm　(三国志絵巻 9)　1300円　①4-265-03419-5

|内容| 蜀の太守となった劉備は、曹操より蜀をまもるため孔明と策をねる。劉備は軍をうごかし曹操とのいくさをするが、なかなか勝負はつかなかった。一方、きのうまで連合していた呉の孫権は、蜀とはもとをわかち、こんどは魏と連合して、劉備軍にむかっているなど、世はまさに割拠のようすをていしていた。蜀・魏・呉の三国、それぞれのおもわくをひめて、たたかいのひぶたがきられた。そんななか、関羽のひきいる荊州城は、呉軍によりあっけなくやぶれてしまう。わずかの手勢とともに小城に援軍をまつ関羽。さて、その運命は、はたまた蜀のゆくえは…。

『三国志　1　虎狼の巻』　羅貫中原作,斉藤洋文,園田光慶絵　講談社　1991.1　167p　18cm　(講談社KK文庫　A7-1)　680円　①4-06-199008-X

|内容| 漢の王室の血をひく劉備、半月刀を使いこなす大男の関羽、気のいい豪傑の張飛。乱れた世に、義兄弟のちぎりをむすんだ3人がおもしろく語る『三国志』の決定版。

『赤壁の大勝利』　生越嘉治文,西村達馬絵　あすなろ書房　1991.1　109p　21cm　(子ども版 三国志 5)　980円　①4-7515-1595-0

|内容| 親子で楽しめる中国の歴史読み物。知恵と勇気の人間ドラマ。小学校中学年から。

『劉備、蜀をとる』　王矛,王敏文,孫彬,張奇駒絵,あずまたつお訳　岩崎書店　1991.1　1冊　30cm　(三国志絵巻 8)　1300円　①4-265-03418-7

|内容| 〈赤壁のたたかい〉いらい、曹操はひっそりしていた。しかし、曹操はなお、蜀をねらっていた。その蜀は五斗米教というあやしい宗教の教主・張魯にもねらわれていた。蜀の将軍・劉璋は張魯のこうげきから蜀をまもろうと、部下の張松を曹操にちょくせつ、つかわした。しかし、曹操はこれでは蜀にもどれぬと、劉備のたすけをもとめて、荊州へとむかった。劉備にあついもてなしをうけた張松は、蜀をとることを進言した。蜀にもどった張松は、劉備のせいじつな人がらを、劉璋にはなした。蜀の劉陽は、曹操、張魯の手におちるよりはと、劉備をむかえることになるが…さて、そうかんたんに蜀が手にはいるのか?

『赤壁の死闘　天下を三つにわける』　王矛,王敏文,孫彬,張奇駒絵,あづまたつお訳　岩崎書店　1990.12　1冊　30cm　(三国志絵巻 6)　1300円　①4-265-03416-0

|内容| 孔明は孫権を出馬させることに成功したが、孫権軍の大将・周瑜は孔明をゆだんのならない人物と、けいかいして、難問をつきつけてきた。「三日で十万本の矢をつくれ」と。孔明はおのれの首にかけて、うけあい、いともかんたんに十万の矢をあつめてしまう。孔明の智謀に周瑜はあらためて、かんする。そして、心より周瑜は孔明につ

ぎの策を相談するのだった。つぎつぎにおこる難題に、孔明の策はさえわたるが…さて、曹軍とのいくさのゆくえは、赤壁でのたたかいは、いかに？

『さかまく黄河』　生越嘉治文，西村達馬絵　あすなろ書房　1990.11　109p　21cm　（子ども版　三国志　3）　980円　Ⓘ4-7515-1593-4

『三人のかたい約束』　生越嘉治文，西村達馬絵　あすなろ書房　1990.11　109p　21cm　（子ども版　三国志　1）　980円　Ⓘ4-7515-1591-8

『将軍たちの激論　曹軍きたる』　王矛，王敏文，孫彬，張奇駒絵　あずまたつお訳　岩崎書店　1990.11　31p　30cm　（三国志絵巻　5）　1300円　Ⓘ4-265-03415-2

内容　曹操軍におわれ、劉備たちは江夏におちのびていった。曹操軍は呉の国境にもせまってきていた。劉備は生きぬくため、曹操軍を呉の孫権にむけさせようとかんがえていたところ、孫権の重臣・魯粛が劉備をたずねてきて孔明を使者としてつかわすよう要請してきた。曹操軍にこうふくするか、たたかうか、まよう孫権とその重臣たちにむかって、孔明は兵をあげるよう、策をめぐらし、諸将に論戦をいどむのだった。さて、呉の孫権は立つのか？　曹操軍は目前にせまっている。孔明の智謀やいかに？

『戦いのうずをくぐって』　生越嘉治文，西村達馬絵　あすなろ書房　1990.11　109p　21cm　（子ども版　三国志　2）　980円　Ⓘ4-7515-1592-6

『竜をむかえる』　生越嘉治文，西村達馬絵　あすなろ書房　1990.11　109p　21cm　（子ども版　三国志　4）　980円　Ⓘ4-7515-1594-2

『劉備脱出　長坂坡のたたかい』　王矛，王敏文，孫彬，張奇駒絵　あずまたつお訳　岩崎書店　1990.9　31p　26cm　（三国志絵巻　4）　1300円　Ⓘ4-265-03414-4

内容　孔明のみごとな策により勝利をえた劉備だったが、再度の曹操軍のこうげきに、兵はちりぢりとなり、100騎ほどの兵をのこすのみとなった。そのさなか、趙雲のすがたがみえなくなった。趙雲は主君・劉備の夫人と子どもをさがしもとめて戦場をさまよっていた。ぶじ救出した趙雲は劉備のもとに帰ってきた。一方、曹操軍とのたたかいがまたはじまり、長坂坡で対峙する両軍であった。―さて、劉備軍のかつやくやいかに？

『三国志―大いなる飛翔』　西園悟文　偕成社　1990.8　190p　18cm　600円　Ⓘ4-03-790910-3

内容　魏、呉、蜀の三国が入り乱れ、覇を競った時代―。劉備、諸葛亮、曹操らの英雄豪傑が割拠し、戦いと権謀術数が果てしなく続けられた…。戦乱の世に天下統一をめざす男たちの物語。

『呉書　三国志　3　帝の巻　孫権伝』　斉藤洋作，モンキー・パンチ絵　講談社　1990.7　167p　19cm　（歴史英雄シリーズ）　880円　Ⓘ4-06-204953-8　Ⓝ913

目次　1　秋の夕ぐれ，2　船中の軍議，3　沙羨の戦い，4　五花馬，5　二つの病，6　よばれて于吉仙人，7　遺言と閲兵，8　時間かせぎ，9　江夏攻め，10　諸葛亮，11　赤壁の戦いと、その後の呉

内容　父・孫堅と兄・孫策のあとをついだ孫権。栄光の帥旗を手にし、平和な新しい国づくりにスタートした。小学校上級から。

『呉書　三国志　2　王の巻　孫策伝』　斉藤洋作，モンキー・パンチ絵　講談社　1990.6　175p　19cm　（歴史英雄シリーズ）　880円　Ⓘ4-06-204952-X　Ⓝ913

内容　父・孫堅が討ち死にしたとき、オレ（孫策）は17歳だった。国内の反乱をおさえる力がまだなかったオレを、母や弟を親類にあずけ、放浪の旅に出るしかなかった。オレにのこされていたのは、父の家来の椿普、黄蓋、韓当の3人だけ。袁術のもとに身をよせたオレは、ここで、戦のやり方を実戦でおぼえ、すぐれた家来をたくさん持つことができた。父の形見の玉爾とひきかえに千人の兵をかりて、袁術のもとをはなれたオレは、生涯の親友で、知将の周瑜を得て、連戦連勝！　気がつくと、江東の小覇王とよばれていた。小学上級から。

『呉書　三国志　1　将の巻　孫堅伝』　斉藤洋作，モンキー・パンチ絵　講談社　1990.5　175p　19cm　（歴史英雄シ

リーズ）880円　①4-06-204951-1　Ⓝ913
|内容| 民衆をたいせつにした長沙の太守孫堅は、諸国の豪傑がしぜんに集う人望をそなえた大将。が、戦場では、一変した勇猛さを見せた。それが孫堅の悩みでもあったが…。小学上級から。

『天下分けめの戦い』　羅貫中作，竹崎有斐文，白川三雄絵　あかね書房　1990.3　157p　21cm　（三国志 3）950円　①4-251-06049-0
|内容| 「北の曹操、南の孫権、そして、将軍の西蜀が三本柱となって、勢力のつりあいができます。そして、やがては天下をねらう機会も生まれてきます。」と孔明に説かれ、劉備の心は青空を見るような気がしました。今から約1800年前の中国。英雄たちの大ロマン。小学中級以上向。

『英雄、戦いの日び』　羅貫中作，竹崎有斐訳，白川三雄絵　あかね書房　1989.11　141p　21cm　（三国志 2）950円　①4-251-06048-2
|内容| 「いま天下で英雄といえるのは、このわしと貴公だけじゃよ。」と、曹操に言われたものの、劉備は曹操にとらわれの身です…。今から約千八百年前の中国。波乱の毎日をおくる英雄たちの壮大なロマン。小学中級以上向。

『乱世の英雄たち』　羅貫中作，竹崎有斐文，白川三雄絵　あかね書房　1989.7　141p　21cm　（三国志 1）950円　①4-251-06047-4
|内容| 「力をあわせて助けあい、民を助け、国をすくう心をわすれず。」と兄弟の約束をした、劉備、関羽、張飛。3人は乱れた世に、旗あげをしましたが…。今から約1800年前の中国。野望うずまく大陸をかけめぐる英雄たちの壮大なロマン！　小学中級以上向。

『三国志』　羅貫中著，駒田信二訳，井上洋介絵　講談社　1989.6　285p　18cm　（講談社青い鳥文庫 101-1）500円　①4-06-147187-2
|内容| 劉備、関羽、張飛の胸のすくような大かつやく。諸葛孔明の目をみはるような才知。やがては、ほろんでいくこれらの英雄たちに心からの同情と声援をおくりたくな

る、物語のおもしろさ。『三国志』は、時代をこえて、語りつがれ、読みつがれ、子どもたちを夢中にさせた中国の雄大な歴史小説なのです。

『三国志』　羅貫中著，駒田信二訳　講談社　1986.12　348p　23cm　（少年少女世界文学館 24）1400円　①4-06-194324-3
|内容| 敗れていった者におくる、喝采と涙の物語。この物語は、蜀を正統とみなし、魏を帝位を奪い取ったものとする立場で語られています。したがって魏の曹操は悪玉、蜀の劉備は善玉としてあつかわれ、諸葛孔明は宰相としてはもちろんのこと、武将としてもきわめて知謀にたけた理想的人物として描かれています。はなばなしい活躍をしながら、不運にも敗れていった人たちに対する同情。それが世の人々の素直な気持ちでしょう。この物語のおもしろさはその点にあると思われます。

『三国志―中国古典』　柴田錬三郎著　改訂新版　偕成社　1982.11　339p　19cm　（少年少女世界の名作 42）680円　①4-03-734420-3

◆水滸伝

『水滸伝―ジュニア版　10　「ついに最後の決戦」の巻』　平川陽一編著，施耐庵原作，若菜等，Ki画　汐文社　2006.3　205p　22cm　1500円　①4-8113-8066-5　Ⓝ913.6

『水滸伝―ジュニア版　9　「魔法と魔法の対決」の巻』　平川陽一編著，施耐庵原作，若菜等,Ki画　汐文社　2006.2　196p　22cm　1500円　①4-8113-8065-7　Ⓝ913.6

『水滸伝―ジュニア版　8　「女将軍を捕まえろ」の巻』　平川陽一編著，施耐庵原作，若菜等,Ki画　汐文社　2006.1　201p　22cm　1500円　①4-8113-8064-9　Ⓝ913.6

『水滸伝―ジュニア版　7　「人食い虎を退治」の巻』　平川陽一編著，施耐庵原作，若菜等,Ki画　汐文社　2005.12　193p　22cm　1500円　①4-8113-8063-0　Ⓝ913.6

『水滸伝―ジュニア版 6 「梁山泊に英雄集まる」の巻』 平川陽一編著, 施耐庵原作, 若菜等,Ki画 汐文社 2005.11 199p 22cm 1500円 Ⓘ4-8113-8062-2 Ⓝ913.6

『水滸伝―ジュニア版 5 「悪人を成敗」の巻』 平川陽一編著, 施耐庵原作, 若菜等,Ki画 汐文社 2005.1 193p 22cm 1500円 Ⓘ4-8113-7877-6 Ⓝ913.6

『水滸伝―ジュニア版 4 「梁山泊はわれらの城」の巻』 平川陽一編著, 施耐庵原作, 若菜等,Ki画 汐文社 2004.12 201p 22cm 1500円 Ⓘ4-8113-7876-8 Ⓝ913.6

『水滸伝―ジュニア版 3 「財宝をいただく」の巻』 平川陽一編著, 施耐庵原作, 若菜等,Ki画 汐文社 2004.10 187p 22cm 1500円 Ⓘ4-8113-7875-X Ⓝ913.6

『水滸伝―ジュニア版 2 「豪傑が大活躍」の巻』 平川陽一編著, 施耐庵原作, 若菜等,Ki画 汐文社 2004.9 191p 22cm 1500円 Ⓘ4-8113-7874-1 Ⓝ913.6

『水滸伝―ジュニア版 1 「地の下から英雄が飛び出した」の巻』 平川陽一編著, 施耐庵原作, 若菜等,Ki画 汐文社 2004.6 194p 22cm 1500円 Ⓘ4-8113-7873-3 Ⓝ913.6

『水滸伝』 嵐山光三郎文, 施耐庵原作, 譚小勇絵, 井上ひさし, 里中満智子, 椎名誠, 神宮輝夫, 山中恒編 講談社 1998.8 365p 19cm （痛快 世界の冒険文学 11） 1500円 Ⓘ4-06-268011-4

内容 ある者はいわれのない罪で辺境に流され、またある者は理不尽な権力にさからい、追われる身となった。高い志をもちながら、社会からはみだし、梁山泊に集った「ならず者」たち。その数、百八人。民をしいたげる悪徳官僚たちに、敢然と反旗をひるがえした豪傑たちの活躍をえがく、中国が生んだ熱血大河ドラマ。

『水滸伝』 施耐庵原作, 中沢圭夫訳・文 ぎょうせい 1995.2 185p 22cm （新装少年少女世界名作全集 39）〈新装版〉1300円 Ⓘ4-324-04366-3

『水滸伝』 施耐庵著, 立間祥介訳, 井上洋介絵 講談社 1986.5 321p 18cm （講談社青い鳥文庫） 490円 Ⓘ4-06-147198-8

内容 北宋の時代の中国に, 人望あつい指導者宋江のもとに集まった108人の英雄豪傑たち。いれずみ和尚の魯智深, 虎退治の武松, 青面獣の楊志など, いずれも腕自慢の熱血漢ばかりが, 官軍相手にくりひろげる胸のすくような活躍。妖術合戦や武器を使っての戦法合戦など, 痛快で雄大なスケールをもつ中国の歴史小説。

『水滸伝』 施耐庵原作, 中沢圭夫訳・文 ぎょうせい 1983.1 185p 22cm （少年少女世界名作全集 39）1200円

◆西遊記

『なぜ孫悟空のあたまには輪っかがあるのか？』 中野美代子著 岩波書店 2013.9 207p 18cm （岩波ジュニア新書 753）820円 Ⓘ978-4-00-500753-0 Ⓝ923.5

目次 1 龍より強く金属に弱い孫悟空, 2 三蔵のお供は虎からサルへ, 3 『西遊記』ができるまで, 4 お供の弟子たち, 全員集合！, 5 いざ, 西天取経の旅へ！, 6 脇役たちもおもしろい, 7 苦難のかずかず, 乗りこえて, 8 時間と空間を自由にまたぐ, 9 『西遊記』はなぜ数字にこだわるのか？

内容 孫悟空の武器である如意金箍棒の端っこには, かれのあたまの輪っかと似た輪っかがはまっています。これには実は, 深いわけがあるのです。玄奘三蔵の史実の旅から約900年もかかって, 明の時代に完成した『西遊記』。その謎に満ちた世界を, みなさんと一緒に読み解いていきます。

『西遊後記 1 還の巻』 斉藤洋作, 広瀬弦絵 理論社 2013.4 205p 21cm 1500円 Ⓘ978-4-652-20014-8 Ⓝ913.6

目次 黒眼白竜, 消えた翠蘭

内容 そのころ―三蔵法師は長安の都で, 天竺から持ち帰ったお経を訳していた。一方, 孫悟空は水簾洞に戻って, 退屈な日々を過ごしていた。ふと思い立ち, 三蔵法師のい

る寺を訪ねてみた悟空は、そこで奇妙な話を耳にする…。あの「西遊記」の、その後を語るミステリー・アドベンチャー「西遊後記」第一弾。

『西遊記』　呉承恩原作，小沢章友文，山田章博絵　新装版　講談社　2013.3　269p　18cm　（講談社青い鳥文庫　91-2）　650円　①978-4-06-285347-7　Ⓝ923.5

内容　石から生まれた猿の孫悟空。天界で大暴れして、五百年もの間、五行山にとらわれの身となる。そこを救いだしてくれた三蔵法師のおともとして、遠い遠い西にある西天に尊いお経をもとめて旅する大冒険活劇。くいしんぼうの猪八戒、クールな沙悟浄、ちょっとなまいきな竜馬をひき連れ、つぎつぎとあらわれる妖魔を相手に戦いをくりひろげる。小学中級から。

『そんごくう』　マノル文，田中実絵　河出書房新社　2012.11　42p　17×18cm　（かわでのえほん―せかいめいさくアニメえほん　8）　381円　①978-4-309-68008-8　Ⓝ726.6

『西遊記　10（迷の巻）』　［呉承恩］［原著］，斉藤洋文，広瀬弦絵　理論社　2012.2　163p　21cm　（［斉藤洋の西遊記シリーズ］　［10］）　1400円　①978-4-652-01167-6　Ⓝ913.6

内容　孫悟空は以前、人をあやめたことを理由に、三蔵法師から破門を言い渡されたことがある。そのときは、妖怪から三蔵を救い出し、弟子に復帰したが、またしても、あやまちを繰り返してしまう。盗賊団の男たちを、勢いあまって殺してしまったのだ。悟空は、ふたたび破門!?そして、二度と許されることはないのか…？　世界最強のファンタジー・アドベンチャー「西遊記」第10弾。

『あばれんぼうのそんごくう』　泉京鹿訳　中国出版トーハン　2011.6　1冊（ページ付なし）　30cm　（中国のむかしばなし　4）　1380円　①978-4-7994-0003-6　Ⓝ726.6

『21世紀版少年少女世界文学館　第23巻　西遊記』　呉承恩著，君島久子訳　講談社　2011.3　354p　20cm　〈企画編集：井上靖〉　1400円　①978-4-06-283573-2　Ⓝ908.3

内容　聖僧と三人の珍妙な弟子が教典を求めて天竺に旅立った。悟空の術が、たび重なるピンチを救う。多種多様な妖怪変化による奇想天外な物語、壮大なロマン。

『西遊記　9（妖の巻）』　［呉承恩］［原著］，斉藤洋文，広瀬弦絵　理論社　2010.8　182p　21cm　（［斉藤洋の西遊記シリーズ］　［9］）　1400円　①978-4-652-01166-9　Ⓝ913.6

内容　孫悟空たちの一行は、西梁女人国にやってきた。この国は、その名のとおり女ばかりで、男がひとりもいない。そのかわり、子母河という川が流れていて、その水を飲んだ女たちは、おなかに子どもができるのだという。そんなことはまったく知らない玄奘三蔵と猪八戒が、子母河の水を飲んでしまった…。世界最強のファンタジー・アドベンチャー「西遊記」第9弾。

『西遊記―子ども版　7　お釈迦さまのもとへ』　［呉承恩］［原作］，桜井信夫文，佐藤やゑ子絵　あすなろ書房　2009.12　110p　23cm　1300円　①978-4-7515-2587-6　Ⓝ913.6

目次　すでに十四年の年月，香油をぬすむにせ仏，月宮殿の仙女とウサギ，妖怪ではないけれど，お釈迦さまのもとへ

内容　仏の国「天竺国」までやってきた三蔵法師一行。目的地、雷音寺を目前に、ひと波乱、ふた波乱！　十四年に渡る旅の果て、一行は、無事、経典を手にすることができるのか―。

『西遊記―子ども版　6　まちかまえる三魔王』　［呉承恩］［原作］，桜井信夫文，佐藤やゑ子絵　あすなろ書房　2009.10　110p　23cm　1300円　①978-4-7515-2586-9　Ⓝ913.6

内容　神通力にすぐれた魔王が三びき、その子分の妖怪が四万八千びきもいるというおそろしい山にさしかかった。雲にとびのり、偵察にでかけた孫悟空を待ちうけるのは…。

『西遊記―子ども版　5　にせ寺・にせ仏の妖怪』　［呉承恩］［原作］，桜井信夫文，佐藤やゑ子絵　あすなろ書房　2009.10　109p　23cm　1300円　①978-

4-7515-2585-2　Ⓝ913.6

[内容] 三蔵法師一行は，猪八戒のがんばりで八百里から千里も続くいばらの山をぶじに越え，旅路をいそぐ。だいぶ西へと近づいたころ，西天の雷音寺によく似た寺が見えてきた。しかし，一見ありがたそうなこの寺は…。

『西遊記―子ども版　4　ふたりの孫悟空』〔呉承恩〕〔原作〕，桜井信夫文，佐藤やゑ子絵　あすなろ書房　2009.9　110p　23cm　1300円　Ⓘ978-4-7515-2584-5　Ⓝ913.6

[内容] 追いはぎどもからお師匠さまを守るため，また人を殺してしまった孫悟空。三蔵法師からきびしくしかられ，南海の観音さまのもとへ相談にいくのだが，そのあいだに地上には，にせものの孫悟空があらわれて…。

『西遊記―子ども版　3　子どもがいけにえ』〔呉承恩〕〔原作〕，桜井信夫文，佐藤やゑ子絵　あすなろ書房　2009.8　110p　23cm　1300円　Ⓘ978-4-7515-2583-8　Ⓝ913.6

[目次] 死んだ国王が生きかえる，三蔵法師がさらわれる，ワニ・トラ・シカ・カモシカの精，子どもたちがいけにえに

[内容] 大河のほとりのおやしきでひと夜の宿をたのんでみると，今夜，ふたりの子どもをいけにえとして川の大王にささげるのだという。おどろいた三蔵法師一行は，すぐに孫悟空と猪八戒を身代わりにさしだすことにするのだが…。

『西遊記―子ども版　2　金角大王，銀角大王』〔呉承恩〕〔原作〕，桜井信夫文，佐藤やゑ子絵　あすなろ書房　2009.7　110p　23cm　1300円　Ⓘ978-4-7515-2582-1　Ⓝ913.6

[内容] お釈迦さまの怒りにふれ，五百年ものあいだ五行山の下にとじこめられた孫悟空。通りかかった三蔵法師に助けられ，旅のお供となるものの，おそろしい妖魔がつぎつぎと襲いかかる。

『西遊記―子ども版　1　孫悟空たんじょう』〔呉承恩〕〔原作〕，桜井信夫文，佐藤やゑ子絵　あすなろ書房　2009.7　110p　23cm　1300円　Ⓘ978-4-7515-2581-4　Ⓝ913.6

[内容] サルの身でありながら，不老長生に，72変化の術を手にしたスーパーモンキー孫悟空。三蔵法師を守るため，つぎからつぎへと襲いかかる妖魔を相手に，神通力を使って，地上で天上で大あばれ。

『西遊記　8（怪の巻）』〔呉承恩〕〔原著〕，斉藤洋文，広瀬弦絵　理論社　2009.3　179p　21cm　（〔斉藤洋の西遊記シリーズ〕〔8〕）　1400円　Ⓘ978-4-652-01158-4　Ⓝ913.6

[内容] 通天河近くの屋敷で，法事がいとなまれていた。そこに立ち寄った三蔵法師一行が聞いたところ，この法事は，これから死ぬもののための追善供養なのだという。近くのやしろにまつられている霊感大王が，年に一度の祭礼のたびに，子どものいけにえを要求してくるのだった。「子どもが死なずにすむようにしてやろう」と，悟空は秘策を考えた…。世界最強のファンタジー・アドベンチャー「西遊記」第8弾。

『西遊記　第8巻　三蔵一行，ついに天竺に至る』邱永漢著，村上豊画　魁星出版，学灯社〔発売〕　2008.1　234p　19cm　1800円　Ⓘ978-4-312-01026-1

[内容] さまざまな苦難をくぐり抜け，三蔵法師と三人の弟子は西への旅を急ぐ。途中，滅法国に信教の自由をもたらし，隠霧山では豹の化物を退治し，鳳仙郡では干魃に苦しむ人々を救って，一行はついに天竺国に入った。しかし，天竺にも多数の妖魔が巣くっていた―玉華県では，九頭の獅子を首領とする魔軍に，悟空の如意棒，八戒の熊手，沙悟浄の宝丈，といった三種の神器を盗まれてしまう。金平府では人民の膏血を搾り取る三匹の牛の精を蹴散らし，蔵にしまい込んであった金銀財宝を取り戻し人々を救った。さらに災難は続く。三蔵が，天竺国王の王女の婿に選ばれてしまったのだ…。

『西遊記　7（竜の巻）』〔呉承恩〕〔原作〕，斉藤洋文，広瀬弦絵　理論社　2008.1　197p　21cm　1300円　Ⓘ978-4-652-01155-3　Ⓝ913.6

[内容] 三蔵法師の一行が通りがかった車遅国では，五百人もの仏教の僧侶が，道士たちの下男として苦役を強いられていた。二十年前のある出来事をきっかけに，天から使わせられた三人の道士が力をもつようになったのだという。僧侶たちは，やがて天竺へ

子どもの本　日本の古典をまなぶ2000冊　　245

『そんごくう』 呉承恩原作，平田昭吾著 ブティック社 2008.1 45p 17×18cm （よい子とママのアニメ絵本 20―せかいめいさくシリーズ）〈第26刷〉 381円 ①4-8347-7020-6 Ⓝ726.6

『西遊記 6（王の巻）』 ［呉承恩］［原作］，斉藤洋文，広瀬弦絵 理論社 2007.9 235p 21cm 1400円 ①978-4-652-01154-6 Ⓝ913.6

内容 天竺へ向かって旅をつづける道中、一行が泊まった寺で、三蔵法師は、おかしな夢を見た。夢に現れた男が言うには「余は、ある道士によって井戸に落とされ溺死した烏鶏国の国王で、現在の国王はその道士がなりすました、にせ者だ」という。これはただの夢か、それとも、ほんとうか？　孫悟空は真実をたしかめようと烏鶏国の城へ向かった…。世界最強のファンタジー・アドベンチャー「西遊記」第6弾。

『西遊記　第7巻　三弟子、妖怪を取りおさむ』 邱永漢著，村上豊画　魁星出版，学灯社〔発売〕　2007.7　237p　19cm 1800円　①978-4-312-01025-4

内容 いつしか秋も過ぎ、冬も越して、また緑の芽を吹く春の季節がやってきた。西へ急ぐ三蔵法師一行の行く手を、突然、嶮しい山がさえぎった。「山高ケレバ妖怪有リ」の諺どうり、そこには沢山の妖怪たちが待ちうけていた。女郎蜘蛛の化身、七仙姑の繰り出す蜘蛛の糸でぐるぐる巻きにされて吊されたり、大ムカデの化けた道士に騙され、毒を一服盛られて九死に一生の目にあったり、獅子と象と大鵬の魔物に捕らえられて、蒸篭むしにされそうになったり一行は、次つぎと襲ってくる妖怪たちと戦いながら、苦難の旅を続けていく。ある時、三蔵が仏心をおこして、悟空の忠告も聞かずに一人の女を助けたために、その女、実は無底洞の女怪に三蔵法師はさらわれて、あわや童貞喪失の危機に…。

『西遊記』 呉承恩原作，胡芳芳文，岸田登美子訳，デニス・ゴルディフ絵　金の星社　2007.6　64p　22cm　1200円

①978-4-323-07092-6　Ⓝ923.5

内容 石から生まれた石ザル、その名も孫悟空！　天上界でやりたい放題の大あばれ、ついには山にとじこめられてしまった悟空だが、三蔵法師に助けられ、猪八戒、沙悟浄らとともに、天竺をめざす旅にでる一。中国の大長編冒険小説、『西遊記』がこの一冊でぜんぶ読める。

『西遊記　第6巻　火焔山、芭蕉扇の闘い』 邱永漢著，村上豊画　魁星出版，学灯社〔発売〕　2007.6　232p　19cm　1800円 ①978-4-312-01023-0

内容 炎暑きびしい夏もすぎ、秋風の立つ季節がやってきたというのに、蒸されるような暑さの火焔山に、三蔵法師一行はさしかかった。この山の炎は、翠雲山芭蕉洞に住む羅刹女の秘蔵の品、芭蕉扇であおげば、なんなく消えるという話を、悟空が聞きだしてきた。羅刹女は鉄扇公主ともいい、牛魔王の女房で、紅孩児の母親である。かくして、悟空・八戒と牛魔王、羅刹女、そして牛魔王の妾・玉面公主を混じえての芭蕉扇をめぐる死闘がはじまった。双方、十二変化の術を駆使して闘うが、いっこうに勝負がつかない。そこへ如来の仏兵、玉帝の天兵たちが助け太刀にやってきた。妖怪たちは、李天王の照魔鏡に正体を照らし出され、ついに降参する。牛魔王の正体は大きな白牛、玉面公主は狸だった…。

『西遊記　第5巻　観音菩薩、通天河に金魚を釣る』 邱永漢著，村上豊画　魁星出版，学灯社〔発売〕　2007.5　241p　19cm　1800円　①978-4-312-01021-6

『西遊記　第4巻　三蔵法師、三大仙と法力を競う』 邱永漢著，村上豊画　魁星出版，学灯社〔発売〕　2007.4　237p　19cm　1800円　①978-4-312-01020-9

内容 烏鶏国の国王に化けた妖魔を追い払い、三蔵法師主従は西への旅を続ける。と、一行の前に、子供の姿をした恐るべき妖怪・紅孩児が現れた一。この妖怪は、かつて孫悟空が兄弟の契りを結んだ牛魔王と羅刹女の一人息子。口から炎、鼻から煙、両眼からも火陥を噴き出し、さすがの三弟子も手を焼いた。悟空は牛魔王に化けて、紅孩児の栖・火雲洞に入るが、見破られ、普陀山の観音菩薩に助けを求めた。さすがの紅孩児も観音には適わず、受戒して観音に弟子入りし善財童子と名乗る。次いで黒水河の大鰐

『西遊記　第3巻　金角、銀角、山を移す』邱永漢著，村上豊画　魁星出版，学灯社〔発売〕　2007.3　245p　19cm　1800円　Ⓘ978-4-312-01018-6

内容　三千年に一度花が咲き、三千年に一度実を結ぶという不老長寿の仙果・人参果のなる樹を、孫悟空は如意棒で根こそぎにしてしまった。樹を生きかえらせろ、と鎮元大仙に迫られた悟空は、窮余の一策、観音菩薩の助けを求めて南海へ飛んだ。観音が浄瓶から甘露水を注ぐと、不思議や、枯樹から緑の枝葉が生い茂ってきた…。旅の途上で、次々に妖怪を打ち殺した悟空は、ついに三蔵法師の怒りを買い、破門されて花果山へ帰る。悟空を追放した一行が白虎嶺を越えた所で、三蔵は妖魔・黄袍怪に捕えられてしまう。八戒は雲に乗り、一路、花果山へ向う。八戒の口八丁で儀来心をくすぐられた悟空は、怒り心頭に発して…。

『西遊記　第2巻　三蔵法師は天竺をめざす』邱永漢著，村上豊画　魁星出版，学灯社〔発売〕　2007.2　237p　19cm　1800円　Ⓘ978-4-312-01016-2

内容　唐の長安から天竺へ取経の旅に出た三蔵法師は、五行山で石牢にとじこめられていた孫悟空を助けだし、弟子にする。途中、黒熊の精・黒大王と錦襴袈裟の争奪戦を演じた悟空と三蔵は、烏斯蔵国の高老荘で、大耳で大飯食らいの豚男・猪八戒をこらしめ、二番目の弟子とした。さらに旅を続ける三蔵主従は、貂の怪物・黄風大王を退治して後、渺々たる大河・流沙河にさしかかった。と、急に大波が湧きおこり、九つの髑髏をかけた妖怪が現れた…。

『西遊記　第1巻　孫悟空、大いに天界を騒がす』邱永漢著，村上豊画　魁星出版，学灯社〔発売〕　2007.1　230p　19cm　1800円　Ⓘ978-4-312-01015-5

内容　天地開闢のその昔、東勝神州、傲来国は花果山の山頂。仙石が霊気をえて石の卵から一匹の石猿が生まれた。石猿は猿たちの王となるが無情を感じて旅に出て仙人に七十二変化の術を学び、孫悟空と名乗る。やがて天界に召されて「斉天大聖」に任ぜられるが、仙桃、仙酒、仙丹を食い、天帝の怒りを買う。悟空は十万の天兵からなる追討軍を蹴散らすが、ついに釈迦如来の手で五行山に閉じこめられた…。スーパースター孫悟空誕生！　伸縮自在の如意棒を小脇にかかえ、觔斗雲に乗れば十万八千里をひとっ飛び！　新鮮な文章と挿絵で甦る『西遊記』。

『西遊記　5（宝の巻）』　［呉承恩］［原作］，斉藤洋文，広瀬弦絵　理論社　2006.11　196p　21cm　1300円　Ⓘ4-652-01153-9　Ⓝ913.6

内容　ついに破門を言い渡された孫悟空は、しかたなく故郷の水簾洞に帰ってきた。そのおかげで水簾洞には昔の活気がよみがえったが、悟空はときどき、かつての師匠・三蔵法師を思い出し、無事に天竺へ向かっているのだろうか、などと考えてしまう。案の定、そのころ三蔵法師の一行は、妖怪にとらわれの身となっていた…。世界最強のファンタジー・アドベンチャー「西遊記」第5弾。

『西遊記』　平田昭吾翻案著作，大野豊画　サンスポ開発，産経新聞出版〔発売〕　2006.8　24p　19×21cm　（世界の名作童話　動く絵本　6）〈付属資料：DVD1，本文：日英両文〉　952円　Ⓘ4-902970-46-5

内容　西遊記は、仏教の尊さを説きながらも、手に汗にぎる冒険の面白さと豊かな空想力で世界中の人々に読まれている中国の傑作小説です。

『西遊記　4（仙の巻）』　［呉承恩］［原作］，斉藤洋文，広瀬弦絵　理論社　2006.3　190p　21cm　1300円　Ⓘ4-652-01152-0　Ⓝ913.6

内容　玄奘三蔵と弟子の孫悟空、猪八戒、さらには三番目の弟子となった沙悟浄も加わって、天竺へ向かう旅はつづく。一行がやってきたのは、五荘観という道教の寺院。その庭には、人参果と呼ばれる不思議な木があって、食べると、寿命がのびるというのだが…。この木をめぐって、孫悟空がまたしても大騒動を巻き起こす。世界最強のファンタジー・アドベンチャー「西遊記」第4弾。

『西遊記　3（天地が舞台の孫悟空）』　吉本直志郎文　ポプラ社　2005.12　256p　18cm　（ポプラポケット文庫　056-3）〈絵：原ゆたか　1989年刊の新装版〉　660円　Ⓘ4-591-08995-9　Ⓝ913.6

内容　西方浄土の天竺へ、お経の本をもとめ

て十年あまりも旅をつづけてきた三蔵法師の一行は、妖怪たちとの数多くのたたかいの苦難をこえて、ついに釈迦如来のもとへ―。孫悟空の大冒険、ここに完結！ 小学校上級～。

『西遊記　2（妖怪変化なにするものぞ）』吉本直志郎文　ポプラ社　2005.12　288p　18cm　（ポプラポケット文庫056-2）〈絵：原ゆたか　1988年刊の新装版〉660円　Ⓘ4-591-08994-0　Ⓝ913.6

|内容| 三蔵法師のお供で西天に向かう、孫悟空、猪八戒、沙悟浄の一行。その前に立ちはだかる妖怪妖魔―。悟空が勝つか、はたまた妖怪たちか？　予想もつかない展開が、文句なしにおもしろい!!小学校上級～。

『西遊記　1（おれは不死身の孫悟空）』吉本直志郎文　ポプラ社　2005.12　272p　18cm　（ポプラポケット文庫056-1）〈絵：原ゆたか　1988年刊の新装版〉660円　Ⓘ4-591-08993-2　Ⓝ913.6

|内容| はるかな昔、四方を海にかこまれた花果山の山頂に、何億年も陽や風にさらされ続けた、大きな石があった。ある日突然、石がわれて、一ぴきの金色の石猿がこの世に生まれた―その名は孫悟空！　七十二変化の術を会得した悟空は、仏典を授かりにいく三蔵法師のお供となり、いざ天竺へ。奇想天外、天衣無縫の大冒険が、ここに始まる!!小学校上級～。

『西遊記　3（水の巻）』［呉承恩］［原作］，斉藤洋文，広瀬弦絵　理論社　2005.4　174p　21cm　1300円　Ⓘ4-652-01149-0　Ⓝ913.6

|内容| 天竺へ経を取りに行く、玄奘三蔵の弟子となり、お供をさせられることになった孫悟空。二番目の弟子となった猪八戒も加わり、西へ向かう一行の旅はつづく。しかし、その行く手には、さまざまな魔物や妖怪たちが、立ちはだかっていた。こわいもの知らずの孫悟空といえども、油断は禁物だ…。世界最強のファンタジー・アドベンチャー「西遊記」第3弾。

『西遊記　2（地の巻）』［呉承恩］［原作］，斉藤洋文，広瀬弦絵　理論社　2004.11　190p　21cm　1300円　Ⓘ4-652-01148-2　Ⓝ913.6

|内容| 大暴れの限りを尽くした孫悟空だったが、ついには、その反省のため、五行山に封じこめられてしまった。そして、五百年の歳月が流れ…、観音菩薩のはからいで、ようやく救い出してもらったが、そのかわりに、天竺へ経を取りにいく僧・玄奘三蔵の弟子となり、お供をさせられることになった。孫悟空の修行の旅がはじまる。世界最強のファンタジー・アドベンチャー「西遊記」第2弾。

『西遊記　1（天の巻）』［呉承恩］［原作］，斉藤洋文，広瀬弦絵　理論社　2004.6　173p　21cm　1300円　Ⓘ4-652-01147-4　Ⓝ913.6

|内容| 山のいただきの石から、美しい猿が生まれた。やがてその猿は、猿たちの王になった。そして、修行によって不老不死になり、さまざまな仙術を身につけた。こわいもの知らずの猿は、地上で大暴れ…。いや、地上だけではもの足りず、天界にまで乗りこんでいった。その猿の名は、孫悟空。この物語の主人公だ。世界最強のファンタジー・アドベンチャー「西遊記」がはじまる。

『西遊記　下』呉承恩作，君島久子訳，瀬川康男画　福音館書店　2004.1　419p　17cm　（福音館文庫）　800円　Ⓘ4-8340-0994-7　Ⓝ923.5

|内容| 手を替え品を替え襲いかかってくる妖怪変化の群れ。事もあろうに、偽物の悟空が現れるに至って万策尽き果てた悟空は、普陀落山に観音菩薩の助力を求めます。そして、女人国で妖しい美女に誘われ、その真仮を問われる三蔵。八十一の災厄患難を切り抜けた師弟四人は、遂に雷音寺にたどり着き、満願をはたします。

『西遊記　中』呉承恩作，君島久子訳，瀬川康男画　福音館書店　2004.1　401p　17cm　（福音館文庫）　800円　Ⓘ4-8340-0993-9　Ⓝ923.5

|内容| 幾山河、厳しい旅を続ける師弟の行く手を陥む魔物は数知れず。叱られつつも身を挺して三蔵を護る健気な悟空、ときに欲得に溺れて道を外してしまうが、憎めない愛嬌者の猪八戒、一途でひたすら師に仕える生真面目な沙悟浄－唐の皇帝太宗の命を奉じた真経を求める旅は苦難に満ち、四人の前に遙かにつづくのでした。

『西遊記　上』呉承恩作，君島久子訳，瀬川康男画　福音館書店　2004.1

406p 17cm （福音館文庫）800円
①4-8340-0992-0 Ⓝ923.5

|内容| 如意棒を片手に勤斗雲にうちまたがれば、ひとっ飛び十万八千里をゆく、ご存じ孫悟空の物語。天宮を騒がせ、お釈迦様に五行山下に閉じこめられた悟空は、五百年後に縁あって三蔵法師に救われ、猪八戒と沙悟浄と共に、仏典を求めて天竺雷音寺へと取経の旅にのぼります。はたして、いかなる運命が待ち受けているのでしょうか。

『孫悟空』 本田庄太郎画，千葉幹夫文・構成 講談社 2002.4 45p 26cm （新・講談社の絵本 13）1500円 ①4-06-148263-7

『西遊記 下』 呉承恩作，伊藤貴麿編訳 新版 岩波書店 2001.11 385p 19cm （岩波少年文庫）760円 ①4-00-114549-9

|内容| 唐の国からはるばる仏典を求めてやってきた三蔵法師たちは、ついに霊山の頂上に到着する。そして、大事をなしとげた三蔵法師・孫悟空・猪八戒・沙悟浄はそれぞれ新たな道へ―大冒険旅行の完結編。中学以上。

『西遊記 中』 呉承恩作，伊藤貴麿編訳 新版 岩波書店 2001.11 374p 19cm （岩波少年文庫）760円 ①4-00-114548-0

|内容| 三蔵法師と、孫悟空・猪八戒・沙悟浄の一行は、あるときは、国王の病を治すために妙薬を作り、またあるときは、妖怪たちを退治し、困難を切り抜けながら旅を続ける。中学以上。

『西遊記 上』 呉承恩作，伊藤貴麿編訳 新版 岩波書店 2001.11 345p 19cm （岩波少年文庫）720円 ①4-00-114547-2

|内容| 花果山の石から生まれた孫悟空は、72通りの変化の術を使って、縦横無尽の大活躍。インドへ経典を取りに行く三蔵法師を助け、はるかな冒険の旅へ。日本でも古くから親しまれつづけてきた中国四大奇書の一。中学以上。

『西遊記 下 西天取経の巻』 渡辺仙州編訳，佐竹美保絵 偕成社 2001.3 247,21p 19cm 1400円 ①4-03-744400-3

|内容| 天竺国の雷音寺にある経典 "三蔵の法"を手に入れるべく、西天をめざした唐三蔵と悟空は、道中、さまざまな妖魔に出会う。天竺への取経の旅は、すなわち妖魔との戦いの旅でもあった。戦った妖魔のうち、豚の妖魔・猪八戒、破戒僧の沙悟浄、そして、西海竜王の三男・白竜が、悟空たちの旅の仲間となった。この巻では、悟空と互角に戦う猿の妖魔や、牛魔王とその妻・羅刹女、托塔李天王の娘と名のる地湧夫人が登場。また、白竜は、元婚約者の万聖公主をめぐって、九頭虫と宿命の対決。悟空たちは、無事、経典を手に入れられるのだろうか!?巻末には「西遊記」の登場人物を五十音順に紹介、人物事典とした。小学中級〜中学生まで。

『西遊記 上 悟空誕生の巻』 渡辺仙州編訳，佐竹美保絵 偕成社 2001.3 236p 19cm 1400円 ①4-03-744380-5

|内容| 海に浮かぶ花果山のいただき、卵形の大きな石が爆発し、猿がとびだした。この石猿、生まれてまもないというのに、美しい金色の毛につつまれ、その図体は人の背丈ほどもある。またたくまに、花果山の猿たちの王となり、みずからを美猴王と名のり、不老不死の術を得るために、仙人の元で修行、孫悟空という名をもらい、三十六の棒術と七十二の変化の術などを習得する。地下におりては、東海竜王の宝、如意棒を手に入れ、閻魔王と対決。天界にあがっては、斉天大聖と名のり、傍若無人なふるまい。弼馬温という役職がとるにたりない職とわかるや、こんどは大あばれ。中国でもっとも愛される「西遊記」の天上編。

『そんごくう』 呉承恩作，柳川茂文，清水義治絵 永岡書店 1999 43p 15×15cm （世界名作アニメ絵本 16）352円 ①4-522-18116-7

『西遊記』 呉承恩原作，本西鶏介監修，谷真介文，橋本幸規絵 小学館 1998.12 103p 27cm （小学館世界の名作 14）1600円 ①4-09-250014-9

|内容| 魔物を相手に悟空が大暴れ！ 世界の名作。

『そんごくうたびのおわりのまき』 呉承恩原作，上地ちづ子脚本，夏目尚吾画 童心社 1995.11 16p 39×28cm （童心社のかみしばい―ゆたかなこころ

シリーズ）　1850円　Ⓘ4-494-08717-3

[内容] 長く苦しかった旅もやっとおわりに近づいた時，そんごくうたちは，如意棒をはじめ大切な武器をうばわれてしまった。うばったのは，九つの頭をもつ獅子の妙怪だ。

『西遊記』　呉承恩原作，中沢聖夫訳・文　ぎょうせい　1995.2　189p　22cm　（新装少年少女世界名作全集 40）〈新装版〉1300円　Ⓘ4-324-04367-1

『西遊記』　武田雅哉編・訳　第三文明社　1991.7　257p　22cm　（少年少女希望図書館 19）　1100円　Ⓘ4-476-11219-6

『そんごくう・シンドバッドの冒険』　呉承恩原作，木暮正夫文，馬場のぼる，池田浩彰絵　講談社　1991.4　96p　28×22cm　（講談社のおはなし童話館 2）　1300円　Ⓘ4-06-197902-7
[目次] そんごくう（呉承恩），シンドバッドの冒険

『少年少女世界名作の森　19　西遊記』　呉承恩著，舟崎克彦訳，石倉欣二絵　集英社　1990.9　222p　22cm　980円　Ⓘ4-08-285019-8
[内容] 石から生まれた孫悟空。三蔵法師のお供をして，はるか天竺へ旅立った。仲間は沙悟浄，猪八戒。如意棒を持って大あばれ。

『ぽこぽんのゆかいな西遊記』　サンリオ　1990.6　72p　22cm　（サンリオ世界名作館）　1010円　Ⓘ4-387-90093-8
[内容] サンリオキャラクターがくり広げるゆかいで楽しい名作の世界。ぽこぽんとゆかいななかまたちのぼうけんのたび。

『西遊記　下』　呉承恩著，小山澄夫訳　春陽堂書店　1989.5　269p　15cm　（春陽堂くれよん文庫）　440円　Ⓘ4-394-60012-X
[内容] 孫悟空，猪八戒，沙悟浄の三人の弟子と三蔵法師の一行は，天竺（インド）を目ざし旅を続けますが，数かずの妖怪と災難が一行を待ち受けます。なんでもとかすひょうたんの中に閉じこめられたり，がんじがらめにしばられたり，さんざんな目に合います。たくさんの妖怪，苦難に出あいながら，最後には，めでたく天竺にたどりついたのです。

『西遊記　上』　呉承恩著，小山澄夫訳　春陽堂書店　1989.5　265p　15cm　（春陽堂くれよん文庫）　440円　Ⓘ4-394-60011-1
[内容] 昔，この世界の東の果ての海中に，花果山という美しい島がありました。ある日その島の大きな岩が破裂して，一ぴきの石ザルが生まれました。この石ザルは，山奥で修行を重ねて，孫悟空という名をもらい，不老長生，変化変身の術を診につけます。三蔵法師というえらいお坊さんのお供をして，猪八戒と沙悟浄の二人とともにインドへの遠い旅へ…。

『西遊記　3　天地が舞台の孫悟空』　呉承恩作，吉本直志郎文，原ゆたか絵　軽装新書判　ポプラ社　1989.4　254p　18cm　（ポプラ社文庫 C90）　500円　Ⓘ4-591-02951-4
[内容] スーパーヒーロー孫悟空が縦横無尽の大活躍。小学中級以上。

『西遊記・空とぶ悟空』　桂英澄文，石倉欣二絵　新学社・全家研　1989.4　157p　22cm　（少年少女こころの図書館 28）　1100円

『西遊記　2　妖怪変化なにするものぞ』　呉承恩作，吉本直志郎文，原ゆたか絵　ポプラ社　1988.11　286p　18cm　（ポプラ社文庫 C82）　480円　Ⓘ4-591-02807-0
[内容] 面白すぎて，ごめん。笑って死んでもお代は返しません。吉本版・西遊記。

『そんごくう　ぼうけんへん』　呉承恩原作，スタジオジュニオ絵，竹林亜紀文　扶桑社　1988.11　46p　15×20cm　（ひらけ！　ポンキッキめいさくわーるど）　480円　Ⓘ4-594-00369-9

『そんごくう　わんぱくへん』　呉承恩原作，スタジオジュニオ絵，竹林亜紀文　扶桑社　1988.10　44p　15×20cm　（ひらけ！　ポンキッキめいさくわーるど）　480円　Ⓘ4-594-00352-4

『西遊記　1　おれは不死身の孫悟空』　呉承恩作，吉本直志郎文，原ゆたか絵　ポ

プラ社　1988.7　270p　18cm　（ポプラ社文庫　C78）　480円　①4-591-02849-6

『そんごくう』　呉承恩作，木暮正夫文，中島潔絵　ポプラ社　1988.1　141p　22cm　（こども世界名作童話 13）　680円　①4-591-02613-2
　内容　石からうまれた、さるのそんごくう。三ぞうほうしをたすけて、ちょ八かい、さごじょうとともに、とおく天じくまで旅にでることになりました。そんごくうは、仙人におそわった72とおりの術で大あばれ。さてさて、どんな事件がおこるやら…？

『そんごくう』　呉承恩原作，きたがわさちひこ文，ながはらたつや絵　国土社　1987.12　71p　22cm　（こどもせかい名作）　680円　①4-337-01111-0
　内容　この「そんごくう」は、中国の小説『西遊記』をもとにした就学前後の小さい子からでも読める童話です。唐の高僧、玄奘三蔵（602～662）がインドまで仏教の経本の原典を求めて苦難の大旅行をした史実は、いろいろな玄奘伝、玄奘筆の『大唐西域記』に描かれ、やがて、それは伝説になり、講釈、読物、戯曲になり、天西取経よりも孫悟空の奇想天外の大あばれに変わってふくらんでいきました。

『西遊記』　呉承恩著，君島久子訳　講談社　1987.5　354p　22cm　（少年少女世界文学館 第23巻）　1400円　①4-06-194323-5

『そんごくう』　呉承恩原作，小宮山みのり文，原ゆたか絵　講談社　1987.5　48p　23cm　（アニメ世界めいさく）　580円　①4-06-192020-0
　内容　三蔵法師のおともで、旅にでた孫悟空。元気いっぱいの孫悟空のまえに、つぎからつぎへとばけものやようかいがあらわれます。

『孫悟空、牛魔王とたたかうの巻』　竹崎有斐文，白川三雄絵　あかね書房　1987.5　141p　21cm　（西遊記 4）　780円　①4-251-06058-X
　内容　さて、いよいよ大づめ。行くてには火焔山が立ちふさがり、魔物が三蔵を食おうとまちかまえています。ぶじ天竺へつけるでしょうか。

『孫悟空、金角銀角と術くらべの巻』　竹崎有斐文，白川三雄絵　あかね書房　1987.2　141p　21cm　（西遊記 3）　780円　①4-251-06057-1
　内容　さあ、いよいよ金角銀角大王相手のたたかいがはじまるよ。さて、孫悟空はどうするか？孫悟空たちをおそう妖怪が次つぎ登場！

『孫悟空、三蔵の弟子になるの巻』　竹崎有斐文，白川三雄絵　あかね書房　1986.12　141p　21cm　（西遊記 2）　780円　①4-251-06056-3
　内容　孫悟空は如意棒、八戒はまぐわ、ブンブンふりまわして、怪物をはさみうちにせめたてます！三蔵のおともをして旅に出た孫悟空が大活躍！

『孫悟空、天界で大あばれの巻』　竹崎有斐文，白川三雄絵　あかね書房　1986.9　140p　21cm　（西遊記 1）　780円　①4-251-06055-5
　内容　「おれは孫悟空だ！混世魔王をひねりつぶしにきた。でてきて勝負しろ。」72の変化の術を身につけた、さるの王、孫悟空が大かつやく！

『そんごくう』　平田昭吾著，大野豊画　永岡書店　1986.5　43p　15×15cm　（名作アニメ絵本シリーズ）　350円

『そんごくう』　呉承恩原作，西山敏夫文，箕田源二郎絵　改訂版　偕成社　1986.3　126p　23×20cm　（カラー版・世界の幼年文学 7）　980円　①4-03-408070-1
　内容　そんごくうは、石から生まれたふしぎなさる。空をとんだり、すがたをけしたり、いろんなじゅつがつかえるさるです。おそろしい魔物たちとたたかいながら、さんぞうほうしをまもってインドへ旅をします。世界に名高い中国の名作「西遊記」を小学低学年むきにまとめたお話です。

『そんごくう』　平田昭吾企画・構成・文，井上智画　ポプラ社　1986.1　44p　18×19cm　（世界名作ファンタジー）　450円　①4-591-02167-X

小説　　　　　　　　　　　　　　　　　　　　　　　　　　　　中国の古典

『西遊記』　陳舜臣監修，陳舜臣日本語，Maynard Eric Hess英語，李庚絵　ラボ教育センター　1985.12　113p　28cm　(Sounds in kiddyland series 18)〈他言語標題：The westward odyssey　英文併記〉Ⓝ4-924491-69-1，4-89811-050-9　Ⓝ923.5

『西遊記―こども版　巻10　仏になった孫悟空』　桜井信夫文，萱登祥絵　あすなろ書房　1985.5　110p　23cm　880円　Ⓝ923

『English is fun　第14巻　孫悟空』　小川睦子文，折内美佐江絵　オレンジ・ポコ　1985.4　31p　31cm　(オレンジ絵本名作シリーズ)　840円　Ⓝ4-900359-27-0

『西遊記―こども版　巻9　三大魔王とたたかう孫悟空』　桜井信夫文，萱登祥絵　あすなろ書房　1985.4　108p　23cm　880円　Ⓝ923

『西遊記―こども版　巻8　牛魔王とたたかう孫悟空』　桜井信夫文，萱登祥絵　あすなろ書房　1985.4　109p　23cm　880円　Ⓝ923

『西遊記―こども版　巻7　子づくり妖怪とたたかう孫悟空』　村山庄三文，萱登祥絵　あすなろ書房　1985.1　110p　23cm　880円　Ⓝ923

『西遊記―こども版　巻6　砂漠の幽霊館とたたかう孫悟空』　村山庄三文，萱登祥絵　あすなろ書房　1985.1　112p　23cm　880円　Ⓝ923

『西遊記―こども版　巻5　魔炎とたたかう孫悟空』　村山庄三文，萱登祥絵　あすなろ書房　1984.12　109p　23cm　880円　Ⓝ923

『西遊記―こども版　巻4　金角・銀角とたたかう孫悟空』　村山庄三文，萱登祥絵　あすなろ書房　1984.11　110p　23cm　880円　Ⓝ923

『西遊記―こども版　巻3　巨大ナマズとたたかう孫悟空』　村山庄三文，萱登祥絵　あすなろ書房　1984.10　110p　23cm　880円　Ⓝ923

『西遊記―こども版　巻2　黒んぼう妖怪とたたかう孫悟空』　村山庄三文，萱登祥絵　あすなろ書房　1984.10　110p　23cm　880円　Ⓝ923

『西遊記―こども版　巻1　石から生まれた孫悟空』　村山庄三文，萱登祥絵　あすなろ書房　1984.10　110p　23cm　880円　Ⓝ923

『そんごくう』　呉承恩さく，桂木寛子ぶん，小林与志え　金の星社　1984.2　77p　22cm　(せかいの名作ぶんこ)　580円　Ⓝ4-323-00646-2

『西遊記』　呉承恩原作，高木彬光著　改訂新版　偕成社　1983.12　306p　19cm　(少年少女世界の名作 43)　680円　Ⓝ4-03-734430-0

『世界名作絵ものがたり　11　そんごくう―中国の名作』　集英社　1983.6　125p　23cm〈監修：円地文子ほか〉680円　Ⓝ4-08-258011-5

『西遊記』　呉承恩原作，舟崎克彦訳，石倉欣二絵　集英社　1982.11　141p　22cm　(少年少女世界の名作 27)　480円

『西遊記』　呉承恩原作，中沢堅夫訳・文　ぎょうせい　1982.9　189p　22cm　(少年少女世界名作全集 40)　1200円

◆聊斎志異

『パオアルのキツネたいじ』　蒲松齢原作，心怡再話，蔡皋絵，中由美子訳　徳間書店　2012.10　1冊　27×20cm　1400円　Ⓝ978-4-19-863502-2
　内容　あやしいキツネがおかあさんのところに…ぼくが化けギツネをたいじしてやる！おかあさんを助けようとがんばる，勇敢な男の子パオアルのお話。5才～。

『中国怪奇物語　5　菊とコオロギ』　大沢

中国の古典　　　　　　　　　　　　　　　　　　　　小説

昇作，玉川真人絵　汐文社　1996.2
142p　21cm　1600円　ⓘ4-8113-0295-8

『中国怪奇物語　4　魔法使いと少年』　大沢昇作，千明孝一絵　汐文社　1996.2　142p　21cm　1600円　ⓘ4-8113-0294-X

『中国怪奇物語　3　キツネの恩返し』　大沢昇作，ヒロナガシンイチ絵　汐文社　1996.2　146p　21cm　1600円　ⓘ4-8113-0293-1

『中国怪奇物語　2　未知の国へ大冒険』　大沢昇作，斎藤美樹絵　汐文社　1995.12　150p　22cm　1600円　ⓘ4-8113-0292-3
|目次| 夜叉国で料理屋を開く，将軍になった女夜叉，竜に乗った若者，仙人の住む島，ウェン先生は運が良いのか悪いのか，亀の甲らのベッド，美しいは醜い，醜いは美しい，竜宮でお婿さんになる

『中国怪奇物語　1　ユーレイの活躍の巻』　大沢昇作，張恢絵　汐文社　1995.12　148p　22cm　1600円　ⓘ4-8113-0291-5
|内容| 舞台は，清の時代や中国・山東省のいなか町。プー先生は，貧しい子どもたちを集めて毎夜学校を開き，怪しくも夢あふれる話を語る。

『中国の不思議な物語』　蒲松齢作，上野山賀子編訳　偕成社　1994.4　239p　19cm　（偕成社文庫 3197）　700円　ⓘ4-03-651970-0
|目次| 瞳のなかの小人，壁抜けの術，ウズラくらべ，梨の種，守護霊はさいころの精，首をすげかえる話，酒のみ友だち，姉と妹の嫁入り，トラにさらわれた弟，西の国からきた僧，キツネの宴会，紅玉〈ホンユイ〉の愛，鼻からでてきた化け物，壁の絵，大成〈ダアツン〉の妻・珊瑚，悪ふざけ，鬼と戦う，洞庭湖〈ドンテインフー〉の美女，トラにでた逮捕状，キツネ合戦，九年間の休暇，あほうの幸せ，みにくい瑞雲〈ルイイン〉，生きかえった僧，子どもの幽霊
|内容| 中国がまだ清という国だった頃、蒲松齢という人が中国に伝わる不思議な話、恐い話を、一生かかってあつめました。『聊斎志異』という本です。その本には妖怪の話、幽霊の話、霊界の話などが約450話、はいっ

ています。その中から特別に不思議な話ばかり25話をえらびました。小学上級以上向。

『死霊（シリョウ）の恋』　蒲松齢作，新谷雅樹文，三五康治絵　ポプラ社　1987.1　174p　18cm　（ポプラ社文庫 54—怪奇・推理シリーズ）　420円　ⓘ4-591-02421-0
|目次| 死霊の恋，化けの皮，おいかけてくる死体，王六郎，菊の精
|内容| 本書は，蒲松齢の世界的に有名な怪異短篇小説集「聊斎志異」から代表的な作品を選んだものである。

子どもの本　日本の古典をまなぶ2000冊　253

# 日本近代文学

『小学生までに読んでおきたい文学 1 おかしな話』 松田哲夫編 あすなろ書房 2014.3 245p 22×14cm 1800円 ①978-4-7515-2741-2 Ⓝ908
|目次| 猫の事務所(宮沢賢治)、詩人(モーム)、時そば(桂三木助)、ハリー(サローヤン)、悪魔(星新一)、ゾッとしたくて旅に出た若者の話(グリム)、猫の親方あるいは長靴をはいた猫(ペロー)、もてなし(カポーティ)、そんなこたないす(L.ヒューズ)、酒虫(芥川龍之介)、壁抜け男(エーメ)、たたみ往生(中島らも)、夢たまご(半村良)、手品師(豊島与志雄)

『雨ニモマケズ 名文をおぼえよう』 NHKEテレ「にほんごであそぼ」制作班編、斎藤孝監修 金の星社 2014.2 47p 26×23cm (NHK Eテレ「にほんごであそぼ」) 2800円 ①978-4-323-04441-5
|目次| 「雨ニモマケズ」(作/宮沢賢治)、「走れメロス」より(作/太宰治)、「吾輩は猫である」冒頭(作/夏目漱石)、「サーカス」(作/中原中也)、「いろは歌」、「やまなし」より(作/宮沢賢治)、「芭蕉七部集」より(作/松尾芭蕉)、「七番日記」より(作/小林一茶)、「徒然草」序段(作/兼好法師)、「方丈記」冒頭(作/鴨長明)〔ほか〕

『小学生までに読んでおきたい文学 2 かなしい話』 松田哲夫編 あすなろ書房 2014.1 239p 22cm 1800円 ①978-4-7515-2742-9 Ⓝ908
|目次| 蜘蛛の糸(芥川竜之介/著)、天国からの脱落(ブッツァーティ/著,関口英子/訳)、幸せの王子(ワイルド/著,矢川澄子/訳)、ジュール伯父(モーパッサン/著,河盛好蔵/訳)、福の神(星新一/著)、笑い虫のサム(サローヤン/著,吉田ルイ子/訳)、手(S.アンダソン/著,大津栄一郎/訳)、みにくいアヒルの子(アンデルセン/著,山室静/訳)、少女(マンスフィールド/著,崎山正毅/訳)、ガラスの少女像(T.ウィリアムズ/著,志村正雄/訳)、胡桃割り(永井竜男/著)、ある手品師の話(小熊秀雄/著)、生命の法則(J.ロンドン/著,大津栄一郎/訳)

『小学生までに読んでおきたい文学 3 こわい話』 松田哲夫編 あすなろ書房 2013.12 247p 22cm 1800円 ①978-4-7515-2743-6 Ⓝ908
|目次| 蛇(夏目漱石/著)、淋しい場所(A.ダーレス/著,永井淳/訳)、溺れかけた兄妹(有島武郎/著)、水浴(コストラーニ/著,徳永康元/訳)、沼(小松左京/著)、蝿取紙(E.テイラー/著,小野寺健/訳)、女主人(R.ダール/著,開高健/訳)、園芸上手(R.クロフト=クック/著,橋本槙矩/訳)、爪(アイリッシュ/著,阿部主計/訳)、復讐(三島由紀夫/著)、牡丹灯記(瞿宗吉/著,岡本綺堂/訳)、スフィンクス(ポー/著,丸谷才一/訳)、なにかが起こった(ブッツァーティ/著,脇功/訳)、スミスの滅亡(ブラックウッド/著,南条竹則/訳)

『芸術するのは、たいへんだ!?』 倉田百三、高村光雲、林芙美子、与謝野晶子、坂口安吾、宮城道雄、高浜虚子、正岡容、竹久夢二、二代目市川左団次、森律子、岸田国士作 くもん出版 2013.11 157p 20cm (読書がたのしくなるニッポンの文学—エッセイ) 〈他言語標題：It's Hard to Do Art,isn't It？〉 1200円 ①978-4-7743-2185-1 Ⓝ914.68
|目次| 芸術上の心得(倉田百三)、店はじまっての大作をしたはなし(高村光雲)、わたしの仕事(林芙美子)、文学に志す若き婦人たちに(与謝野晶子)、ラムネ氏のこと(坂口安吾)、山の声(宮城道雄)、俳句への道(高浜虚子)、落語の魅力(正岡容)、わたしが歩いてきた道(竹久夢二)、千里も一里(二代目市川左団次)、女優としての苦しみと喜び(森律子)、俳優の素質(岸田国士)
|内容| 文学、美術、音楽…。芸術に生きるのもラクじゃない!?苦難をものともせず、己の道をひた走る彼らをつき動かした、熱情とは？ 十代のキミへ。

日本近代文学

『小学生までに読んでおきたい文学　4　たたかう話』　松田哲夫編　あすなろ書房　2013.11　247p　22cm　1800円　①978-4-7515-2744-3　⑩908
目次　ナイチンゲール（アンデルセン/著，山室静/訳），こうのとりになったカリフ（ハウフ/著，高橋健二/訳），力づく（W.C.ウィリアムズ/著，宮本陽吉/訳），注射（森茉莉/著），インディアンの村（ヘミングウェイ/著，高見浩/訳），黒猫（島木健作/著），イヴァン・ベリンのあやまち（ヨフコフ/著，真木三三子/訳），勝負事（菊池寛/著），この四十年（ロフツ/著，小野寺健/訳），夜の客（宇野信夫/著），西部に生きる男（星新一/著），盗賊の花むこ（グリム/著，池内紀/訳），ピレートゥー（チャンダル/著，謝秀麗/訳），戦の歌（ブッツァーティ/著，関口英子/訳）

『だから、科学っておもしろい!!』　杉田玄白，牧野富太郎，森鷗外，斎藤茂吉，寺田寅彦，中谷宇吉郎，小酒井不木，石原純，南方熊楠作　くもん出版　2013.11　155p　20cm　（読書がたのしくなるニッポンの文学—エッセイ）〈他言語標題：Science is Golden！〉 1200円　①978-4-7743-2184-4　⑩914.68
目次　蘭学事始（杉田玄白），若き日の思い出（牧野富太郎），サフラン（森鷗外），蚕（斎藤茂吉），化け物の進化（寺田寅彦），イグアノドンの唄（中谷宇吉郎），科学的研究と探偵小説（小酒井不木），新しさを求むる心（石原純），巨樹の翁の話（南方熊楠）
内容　何気ないできごと、身近なできごとも視点を、ちょっと変えて見てみたら…。"科学する心"をもてば、きっと世界が広がるはず。毎日が、もっと楽しくなっていくはず。十代のキミへ。

『とっておきの笑いあります！ もう一丁!!』　小川未明，槙本楠郎，島崎藤村，太宰治，菊池寛，宮沢賢治，夏目漱石作　くもん出版　2013.11　161p　20cm　（読書がたのしくなるニッポンの文学）〈他言語標題：What a Laugh,Once Again！〉 1200円　①978-4-7743-2181-3　⑩913.68
目次　殿さまの茶わん（小川未明），母の日（槙本楠郎），忠実な水夫（島崎藤村），貧の意地（太宰治），恩を返す話（菊池寛），植物医師（宮沢賢治），吾輩は猫である・一（夏目漱石）
内容　文学はマジメなものばかり、ではない。クスクス。ニヤリ。フフフ。笑える文学も、いっぱいあるんだ。十代のキミへ。

『みんな、くよくよ悩んでいたって…!?』　太宰治，菊池寛，林芙美子，室生犀星，坂口安吾，島崎藤村，芥川竜之介，柳田国男，寺田寅彦，和辻哲郎作　くもん出版　2013.11　157p　20cm　（読書がたのしくなるニッポンの文学—エッセイ）〈他言語標題：Seems Like Everyone Had Something to Worry About…〉 1200円　①978-4-7743-2183-7　⑩914.68
目次　諸君の位置（太宰治），わたしの日常道徳（菊池寛），わたしの先生（林芙美子），わたしの履歴書（室生犀星），恋愛論（坂口安吾），三人の訪問者（島崎藤村），葬儀記（芥川竜之介），猿の皮（柳田国男），子猫（寺田寅彦），すべての芽を培え（和辻哲郎）
内容　生きていれば、いろいろあるさ。出会いも、別れも、喜びも、悲しみも、全部まとめて"人生"じゃないか！ 十代のキミへ。

『小学生までに読んでおきたい文学　6　すごい話』　松田哲夫編　あすなろ書房　2013.10　253p　22cm　1800円　①978-4-7515-2746-7　⑩908
目次　ねずみと小鳥とソーセージ（ヤーコブ・グリム，ヴィルヘルム・グリム/著，池内紀/訳），ある夜（広津和郎/著），冬を越したハチドリ（サローヤン/著，関汀子/訳），宅妖/小官人（蒲松齢/著，柴田天馬/訳），ちんちん小袴（小泉八雲/著，池田雅之/訳），小鬼のコレクション（ブラックウッド/著，南条竹則/訳），夢応の鯉魚（上田秋成/著，石川淳/訳），杜子春（芥川竜之介/著），追放者（E.ハミルトン/著，中村融/訳），ヴァルドマル氏の病症の真相（ポー著，富士川義之/訳），蛇精（岡本綺堂/著），お月さまと馬賊（小熊秀雄/著），山彦（マーク・トウェイン/著，滝口直太郎/訳），かけ（チェーホフ/著，原卓也/訳），岩（E.M.フォースター著，小野寺健/訳），コロンブレ（ブッツァーティ/著，竹山博英/訳）

『小学生までに読んでおきたい文学　5　ともだちの話』　松田哲夫編　あすなろ書房　2013.10　255p　22cm　1800円　①978-4-7515-2745-0　⑩908
目次　友だち（星新一/著），画の悲み（国木田

独歩著)，故郷(魯迅著，竹内好訳)，納豆合戦(菊池寛著)，牛乳時代(中島らも著)，クジャクヤママユ(ヘッセ著，岡田朝雄訳)，子供の領分(吉行淳之介著)，シシフシュ(ボルヒェルト著，小松太郎訳)，みちのく(岡本かの子著)，ある小さな物語(モルナール著，徳永康元訳)，苺の季節(コールドウェル著，横尾定理訳)，ボライ(タゴール著，牧野月士訳)，菊の花(中野重治著)，堅固な対象(V・ウルフ著，西崎憲訳)

『はじめてであう日本文学　3　食にまつわる話』　紀田順一郎監修　成美堂出版　2013.4　223p　22cm　800円　①978-4-415-31525-6　Ⓝ913.68
[目次] 餓鬼の飯(壺井栄)，砂糖の用い方(獅子文六)，フランドン農学校の豚(宮沢賢治)，小僧の神様(志賀直哉)，陰翳礼讃(抄)(谷崎潤一郎)，芋粥(芥川竜之介)，蒲鉾(内田百閒)，風琴と魚の町(林芙美子)，うどんの岡惚れ(泉鏡花)
[内容] この本に収められた「食にまつわる話」は、食べ物が豊かでなかった時代に書かれたものばかりです。それだけに、食べ物への思いがこもっているので、心に残る話が多く、文章の味わいも深いといえるでしょう。

『はじめてであう日本文学　2　奇妙な物語』　紀田順一郎監修　成美堂出版　2013.4　223p　22cm　800円　①978-4-415-31524-9　Ⓝ913.68
[目次] 羅生門(巌谷小波)，黒い人と赤いそり(小川未明)，象の鼻―『知恵の一太郎』より(江戸川乱歩)，果心居士(小泉八雲)，藤の実(寺田寅彦)，不思議な魚(室生犀星)，猫めいう話(森銑三)，谷(宮沢賢治)，幻覚の実験―『妖怪談義』より(柳田国男)，手品師(豊島与志雄)，アグニの神(芥川竜之介)，白馬(川端康成)，星を造る人(稲垣足穂)，硝子戸の中　二十二、三十八(夏目漱石)
[内容] 「奇妙な物語」とは、珍しく、不思議な話のことです。この本では、昔から伝説や奇談として語り伝えられてきた話から、現代の科学でも説明できない現象についての話まで、「奇妙な物語」をたくさん集めてみました。

『はじめてであう日本文学　1　ぞっとする話』　紀田順一郎監修　成美堂出版　2013.4　223p　22cm　800円　①978-4-415-31523-2　Ⓝ913.68

[目次] 注文の多い料理店(宮沢賢治)，迷い路(小川未明)，魔術(芥川竜之介)，道連(内田百閒)，耳なし芳一のはなし(小泉八雲)，薔薇の幽霊(川端康成)，かくれんぼ(吉屋信子)，花火(三島由紀夫)，モナリサ―『永日小品』より(夏目漱石)，鏡地獄(江戸川乱歩)
[内容] 恐怖心は原始時代から人類が抱いてきた古くて強い感情です。それだけに、恐怖の表現は難しいといわれています。一流の作家たちが、腕によりをかけた「ぞっとする話」を集めてみました。

『日本の名作「こわい話」傑作集』　Z会監修解説，平尾リョウ絵　集英社　2012.8　208p　18cm　(集英社みらい文庫　あ-4-1)〈作：芥川竜之介ほか〉620円　①978-4-08-321111-9　Ⓝ913.68
[目次] 雪女(小泉八雲/作，田部隆次/訳)，ろくろ首(小泉八雲/作，田部隆次/訳)，耳無芳一の話(小泉八雲/作，戸川明三/訳)，吉備津の釜(上田秋成/作，奥山景布子/訳)，赤いろうそくと人魚(小川未明/作)，蜘蛛の糸(芥川竜之介/作)，酒虫(芥川竜之介/作)，牛人(中島敦/作)，異妖編(岡本綺堂/作)，貉(小泉八雲/作，戸川明三/訳)，『耳袋』(根岸鎮衛/作，奥山景布子/訳)，『夢十夜』(夏目漱石/作)，『冥途』(内田百閒/作)
[内容] 「私のことを誰かに話したら、殺しに行きますよ」猛吹雪の山小屋の中で、少年・巳之吉に迫る怖ろしい美女を描く小泉八雲の『雪女』。暗い夜道、背中に背負っている子供が、次々と不吉な予感を話し出す、夏目漱石の『夢十夜』。たったひとつの善い行いのおかげで、地獄から抜け出せそうになるが…芥川竜之介の『蜘蛛の糸』。ほか、文豪たちによる「こわい話」をぎゅっと13編集めた勉強にもなる傑作集。小学上級・中学から。

『10分で読める音読二年生』　対崎奈美子，中島晶子選　学研教育出版，学研マーケティング〔発売〕　2012.7　165p　21cm　800円　①978-4-05-203566-1　Ⓝ918
[目次] 春(うるうるぷるるん！(宇部京子，絵・熊本奈津子)，土(金子みすゞ，絵・とよたかずひこ)ほか)，夏(茶つみ(文部省唱歌，絵・こころ美保子)，雲(山村暮鳥，絵・正一)ほか)，秋(竹とんぼ(金子みすゞ，絵・村田エミコ)，バスの歌(佐藤義美，絵・もりあやこ)ほか)，冬(ちいさなゆき(まど・みちお，絵・たかすかずみ)，

日本近代文学

たき火（巽聖歌、絵・長田恵子）ほか

『10分で読める音読一年生』 対崎奈美子，中島晶子選 学研教育出版，学研マーケティング〔発売〕 2012.7 151p 21cm 800円 ①978-4-05-203565-4 Ⓝ918
目次 春（春ですよ（茶木滋、絵・スズキトモコ），うたにあわせてあいうえお（工藤直子、絵・とよたかずひこ）ほか），夏（すいか（佐藤義美、絵・こしたかのりこ），なぞ（金子みすゞ、絵・清重伸之）ほか），秋（あの山この山（与田凖一、絵・正一），りんご（北原白秋、絵・正一）ほか），冬（白いぼうし（金子みすゞ、絵・たかすかずみ），ピーナッツ（北原白秋、絵・もりあやこ）ほか

『斎藤孝のイッキによめる！ 小学生のための夏目漱石×太宰治』 夏目漱石,太宰治［著］，斎藤孝編 講談社 2012.3 283p 21cm 1000円 ①978-4-06-217575-3 Ⓝ913.6
目次 坊っちゃん（夏目漱石），夢十夜（夏目漱石），永日小品（夏目漱石），吾輩は猫である（夏目漱石），走れメロス（太宰治），葉桜と魔笛（太宰治），黄金風景（太宰治），眉山（太宰治），斜陽（太宰治）
内容 朝の10分間読書にぴったり。「坊っちゃん」「走れメロス」ほか，全9作品を収録。

『こども「学問のすすめ」』 斎藤孝著 筑摩書房 2011.11 111p 21cm 1500円 ①978-4-480-87846-5 Ⓝ370
目次 第1章 どうして勉強するんだろう（「天は人の上に人を造らず、人の下に人を造らず」といへり，賢人と愚人との別は，学ぶと学ばざるとによりて出来るものなり ほか），第2章 あなたの夢は何ですか（蟻の門人となるなかれ，一人にてこの日本国を維持するの気力を養ひ，ほか），第3章 まわりの人や，お金とのつきあい方（およそ人間に不徳の箇条多しといへども，フランキリンいへることなり，ほか），第4章 日本で生きるってどういうことだろう（人に依頼する者は，必ず人を恐る。独立の気力なき者は，国を思ふこと深切ならず ほか）
内容 生きるための「背骨」を身につける。勉強，人生，人間関係，すべてが学べる日本最強の教育書。

『ピカピカ名文—こころをピカピカにする，親子で読みたい美しいことば』 斎藤孝著 パイインターナショナル 2011.11 63p 25cm〈絵：大塚いちお 年表あり〉 1600円 ①978-4-7562-4154-2 Ⓝ918
目次 風の又三郎—どっどどどどうどどどうどどどう，つけたしことば—驚き桃の木山椒の木，寿限無—寿限無寿限無，五劫のすりきれ，十二支—子丑寅卯辰巳，十二か月—睦月如月弥生，土佐日記—男もすなる日記といふものを，ごはん炊きの歌—始めちょろちょろ中々わっくわっ，いちじく人参—無花果人参山椒に椎茸，桜門五三桐—絶景かな，絶景かな，竹取物語—いまは昔，竹取の翁といふもの有けり〔ほか〕
内容 声に出して読みたくなる約30の名文を，わかりやすく解説。

『伊豆の踊子 野菊の墓』 川端康成,伊藤左千夫作，牧村久実絵 講談社 2011.5 162p 18cm（講談社青い鳥文庫 154-2）〈並列シリーズ名：AOITORI BUNKO〉 580円 ①978-4-06-285217-3 Ⓝ913.6
目次 伊豆の踊子，野菊の墓
内容 「初恋」は清く，せつなく，美しいもの—。日本の文学史上に燦然と輝く2作品を，牧村久実先生の挿絵で。伊豆を旅する旅回りの踊り子と，一人の男子学生の淡い初恋を描いた『伊豆の踊子』。もうすぐ都会の学校へ行ってしまう政夫と，いとこの民子の一途な思いを描いた『野菊の墓』。時間がたってもけっして色あせない，初恋の物語を2編収録。小学上級から。

『中学生までに読んでおきたい日本文学 10 ふしぎな話』 松田哲夫編 あすなろ書房 2011.3 279p 22cm 1800円 ①978-4-7515-2630-9 Ⓝ918.6
目次 死なない蛸（萩原朔太郎），全骨類の少女たち（寺山修司），化粧（川端康成），愛撫（梶井基次郎），心（夏目漱石），尽頭子（内田百閒），どんぐりと山猫（宮沢賢治），怪夢（抄）（夢野久作），おーいでてこーい（星新一），侵入者（梅崎春生），美神（三島由紀夫），魔術（芥川竜之介），秘密（谷崎潤一郎），立札（豊島与志雄），名人伝（中島敦），黄漠奇聞（稲垣足穂），解説 人間の想像力が生みだしたもの（松田哲夫）
内容 夢の世界はあるのかな？ 名作短編がぎっしりつまった一冊。

子どもの本 日本の古典をまなぶ2000冊 257

日本近代文学

『中学生までに読んでおきたい日本文学 9 食べる話』 松田哲夫編 あすなろ書房 2011.3 283p 22cm 1800円 ①978-4-7515-2629-3 Ⓝ918.6
目次 くらし(石垣りん), 鮨(岡本かの子), 小僧の神様(志賀直哉), 芋粥(芥川竜之介), 茶粥の記(矢田津世子), 冷や飯に沢庵(子母沢寛), 野道(幸田露伴), いのちのともしび(深沢七郎), ビスケット(森茉莉), 幻の料理(種村季弘), 富士屋ホテル(古川緑波), 大喰いでなければ(色川武大), ごはん(向田邦子), 枇杷/夏の終わり(武田百合子), 注文の多い料理店(宮沢賢治), 解説 食卓で演じられる味わい深いドラマ(松田哲夫)
内容 ミートソースかナポリタンか? 名作短編がぎっしりつまった一冊。

『中学生までに読んでおきたい日本文学 8 こわい話』 松田哲夫編 あすなろ書房 2011.2 287p 22cm 1800円 ①978-4-7515-2628-6 Ⓝ918.6
目次 蛙の死(萩原朔太郎), 夢十夜 第三夜(夏目漱石), 豹鯉(内田百閒), 白昼夢(江戸川乱歩), 箪笥(半村良), 桜の森の満開の下(坂口安吾), 牛人(中島敦), 利根の渡(岡本綺堂), 三浦右衛門の最後(菊池寛), 剃刀(志賀直哉), 瓶詰地獄(夢野久作), 鏡(星新一), 鉄路に近く(島尾敏雄), お守り(山川方夫), トカトントン(太宰治), 解説 底の知れないものはおそろしい(松田哲夫)
内容 ほんとうにこわいのは誰だ。名作短編がぎっしりつまった一冊。

『中学生までに読んでおきたい日本文学 7 こころの話』 松田哲夫編 あすなろ書房 2011.2 283p 22cm 1800円 ①978-4-7515-2627-9 Ⓝ918.6
目次 自分の感受性くらい(茨木のり子), 多摩川探検隊(辻まこと), 清兵衛と瓢箪(志賀直哉), ひとり博打(色川武大), 少年の悲哀(国木田独歩), あくる朝の蟬(井上ひさし), 童謡(吉行淳之介), 山月記(中島敦), 入れ札(菊池寛), 刺青(谷崎潤一郎), 志賀寺上人の恋(三島由紀夫), 雀(太宰治), ある"共生"の経験から(石田吉郎), 髪(幸田文), おくま嘘歌(深沢七郎), 解説 傷つきやすい暴れん坊を飼いならす(松田哲夫)
内容 いつか、わかる時がくるのかな? 名作短編がぎっしりつまった一冊。

『中学生までに読んでおきたい日本文学 6 恋の物語』 松田哲夫編 あすなろ書房 2011.1 303p 22cm 1800円 ①978-4-7515-2626-2 Ⓝ918.6
目次 練習問題(阪田寛夫), うけとり(木山捷平), 初恋(尾崎翠), 燃ゆる頬(堀辰雄), 三原色(三島由紀夫), 人間椅子(江戸川乱歩), カチカチ山(太宰治), 好色(芥川竜之介), 藤十郎の恋(菊池寛), 土佐源氏(宮本常一), 解説 本当にもてる人ってどういう人?(松田哲夫)
内容 ドキドキするのはどこなんだ? 名作短編がぎっしりつまった一冊。

『中学生までに読んでおきたい日本文学 5 家族の物語』 松田哲夫編 あすなろ書房 2011.1 275p 22cm 1800円 ①978-4-7515-2625-5 Ⓝ918.6
目次 おばあちゃん(金子光晴), 洟をたらした神(吉野せい), 唐薯武士(海音寺潮五郎), 母を恋うる記(谷崎潤一郎), 小さき者へ(有島武郎), 終焉(幸田文), 同居(吉村昭), かわうそ(向田邦子), 最後の一日(遠藤周作), 葬式の名人(川端康成), へんろう宿(井伏鱒二), 黄金風景(太宰治), 風琴と魚の町(林芙美子), 解説 目に見えない絆に結ばれて(松田哲夫)
内容 言わなくてもわかってほしい。名作短編がぎっしりつまった一冊。

『中学生までに読んでおきたい日本文学 4 お金物語』 松田哲夫編 あすなろ書房 2010.12 293p 22cm 1800円 ①978-4-7515-2624-8 Ⓝ918.6
目次 告別式(山之口貘), 経済原理(山本周五郎), 塩百姓(獅子文六), 小さな王国(谷崎潤一郎), マネー・エイジ(星新一), 貧の意地(太宰治), 寝押(中戸川吉二), 清貧の書(林芙美子), 陶古の女人(室生犀星), 無恒債者無恒心(内田百閒), 高瀬舟(森鷗外), 解説 いつもそばにいる無口な友だち(松田哲夫)
内容 あればいいってもんじゃない。名作短編がぎっしりつまった一冊。

『中学生までに読んでおきたい日本文学 3 おかしい話』 松田哲夫編 あすなろ書房 2010.12 287p 22cm 1800円 ①978-4-7515-2623-1 Ⓝ918.6
目次 夜までは(室生犀星), 蝗の大旅行(佐藤春夫), 虫のいろいろ(尾崎一雄), カンチク先生(小沼丹), 泥坊三昧(内田百閒), 自

## 日本近代文学

転車日記(夏目漱石)、対話(砂について)(山本周五郎)、村のひと騒ぎ(坂口安吾)、あたま山(林家正蔵)、酢豆腐(桂文楽演、飯島友治編)、芝浜(桂三木助演、飯島友治編)、大発見(森鷗外)、日本人の微笑(小泉八雲、田代三千稔訳)、来訪者(星新一)、解説 バラエティに富んだ笑いの文学(松田哲夫)
[内容] 笑うのは人間だけなんだよ。名作短編がぎっしりつまった一冊。

『日本の文豪―こころに響く言葉 3 太宰治・三島由紀夫ほか』 長尾剛著 汐文社 2010.12 86p 20cm〈文献あり〉1500円 ①978-4-8113-8704-8 Ⓝ910.26
[目次] 私を殴れ。たった一度だけ、ちらと君を疑った。「先生、軍人好かんの？」「うん。漁師や米屋のほうが好き」。私は、自分の胃が夢見るのを知っていた。菓子パンや最中を夢見るのを。私の精神が宝石を夢見ているあいだも、それが頑なに、菓子パンや最中を夢見るのを。恋、と書いたら、あと書けなくなった。骨肉を分け合った親兄弟と、元は他人であった妻とが、等しいものとは信じ難い。男は、もはや孤独を怖れる必要がなかったのです。彼自らが孤独自体でありました。読本でも話でもない、なま身のこの体で、じかにそういうことを教えられたんだ。「それは、世界がゆるさない」「世間じゃない。あなたが、ゆるさないのでしょう」。「このお屋敷に『お蚕ぐるみ』でいるから、いいけれど、あなたは『外の風』に当たったら、すぐ参ってしまうわよ」「そうなってもいいからこそ出たい―という気持ちになれないのが、情けないの」。富士には、月見草がよく似合う。〔ほか〕

『中学生までに読んでおきたい日本文学 2 いのちの話』 松田哲夫編 あすなろ書房 2010.11 293p 22cm 1800円 ①978-4-7515-2622-4 Ⓝ918.6
[目次] 表札(石垣りん)、碁石を呑んだ八っちゃん(有島武郎)、梨花(吉野せい)、山椒大夫(森鷗外)、島の果て(島尾敏雄)、鶴(長谷川四郎)、夏の花(原民喜)、魚服記(太宰治)、極楽急行(海音寺潮五郎)、チョウチンアンコウについて(梅崎春生)、解説 はかないからこそ愛おしい(松田哲夫)
[内容] ぼちぼち考えてみようかな。名作短篇がぎっしりつまった一冊。

『中学生までに読んでおきたい日本文学

1 悪人の物語』 松田哲夫編 あすなろ書房 2010.11 283p 22cm 1800円 ①978-4-7515-2621-7 Ⓝ918.6
[目次] 囈語(山村暮鳥)、昼日中老賊譚(森銑三)、鼠小僧次郎吉(芥川竜之介)、毒もみのすきな署長さん(宮沢賢治)、悪人礼賛(中野好夫)、少女(野口冨士男)、善人ハム(色川武大)、ある抗議書(菊池寛)、停車場で(小泉八雲、平井呈一訳)、見えない橋(吉村昭)、山に埋もれたる人生ある事(柳田国男)、解説 君は悪人を見たか？(松田哲夫)
[内容] 悪いやつほどおもしろい。名作短篇がぎっしりつまった一冊。

『日本の文豪―こころに響く言葉 2 芥川竜之介・谷崎潤一郎ほか』 長尾剛著 汐文社 2010.11 87p 20cm〈文献あり〉1500円 ①978-4-8113-8703-1 Ⓝ910.26
[目次] きっとみんなのほんとうのさいわいをさがしに行く。おまえは、この世界へ生まれてくるかどうか、よく考えた上で返事をしろ。おい、地獄さ行くんだで！、我々は人間よりも不幸である。人間は河童ほど進化していない。今も見えておりますのは、三十年来眼の底に染みついた、あの懐かしいお顔ばかりでございます。一度でもこのくらい憎むべき言葉が、人間の口を出たことがあろうか。今でも別におまえのことを怒ってはいないんだ。人々の不幸をどうにかして切り抜けることができると、今度はこっちで何となく物足りないような気がする。私は生きることが苦しくなると、故郷というものを考える。雪のような肌が燃え爛れるのを見のがすな。黒髪が火の粉になって舞い上がるさまも、よう見ておけ。〔ほか〕

『日本の文豪―こころに響く言葉 1 夏目漱石・森鷗外ほか』 長尾剛著 汐文社 2010.8 89p 20cm〈文献あり〉1500円 ①978-4-8113-8702-4 Ⓝ910.26
[目次] 吾輩は猫である。名前はまだない。わたしのことは構わないで、おまえ一人ですることを、わたしと一緒にするつもりでしておくれ。全く、私は皆さんを欺いていたのです。そして美しく見張った目の底には、無限の残惜しさが含まれているようであった。のんきと見える人々も、心の底を叩いてみると、どこか悲しい音がする。人間は好き嫌いで働くものだ。論法で働くものじゃない。真に民子は野菊の様な児で

日本近代文学

あった。, さみしい時はさみしがるがいい。運命がおまえを育てているのだよ。, 智に働けば角が立つ。情に棹させば流される。意地を通せば窮屈だ。とかくに人の世は住みにくい。かくのごとくに先から先へと考えてみれば, 人はどこまで行って踏み止まることができるものやら分からない。〔ほか〕

『「名作」で鍛えるトコトン考える力』 宮川俊彦著 毎日新聞社 2010.8 219p 20cm 1500円 ①978-4-620-32011-3 Ⓝ019.2

[目次] 第1講 「親切」を考える, 第2講 「幸福・生き方」を考える, 第3講 「約束」を考える, 第4講 「賢さ」を考える, 第5講 「愛情・友情」を考える, 第6講 「社会・集団」を考える, 第7講 「自分」を考える, 第8講 「変化」を考える, 第9講 「見ること」を考える, 第10講 「神・運命」を考える

[内容] 「オオカミ少年」、「裸の王様」、「走れメロス」、「笠地蔵」…古今東西の一度は読んだことのある名作物語をもう一度読み直します。今まで誰も教えてくれなかった名作の読み方に触れながら, 読者のみなさんは自分だけの「考え方」を養うことができるでしょう。二百万人の生徒を指導してきた作文のプロが贈る特別授業がここに。

『オールカラー名文・名句でおぼえる小学校の漢字1006字』 笹原宏之監修 ナツメ社 2009.9 271p 24cm〈文献あり〉 1890円 ①978-4-8163-4754-2 Ⓝ811.2

[目次] 俳句・短歌の章, 古典・漢詩の章, 詩・うたの章, 物語・映画のセリフの章, 格言・名文の章, ことわざ・慣用句・四字熟語・故事成語・言葉遊びの章, 日本国憲法の章

[内容] 小学校の漢字1006字の部首・画数・筆順・読み・用例・成り立ちが学習できる。ぜひ知っておきたい名文・名句・有名な言葉、楽しいイラストが満載。言葉の意味や作者についての解説も充実。

『13歳からの脳にいい話—1日5分音読のすすめ』 百瀬昭次著 コスモトゥーワン 2009.6 146p 19cm 1300円 ①978-4-87795-164-1 Ⓝ159.7

[目次] 1 可能性を信じて挑戦しよう!(「出会い」にはチャンスの芽が隠れている, いまのすべては未来のためにある, 「向上心」を大切にしよう, 「世に生を得るは事を成すにあり」, 心の働きの偉大さを知ろう, 発想こそ成功の種, 失敗は成功のための大切なステップ, スランプは飛躍の前兆である, 逆境を楽しむ, 世界の未来はわたしたちが描く夢にかかっている), 2 自分を見つめてみよう!(ほんとうの自分を発見しよう, 能力に限界はない, 「考える」能力を磨こう, 世の中に対して前向きなイメージをもとう, 孤独では生きていけない, 「F型人間」から「S型人間」へ, ほんとうの競争相手は自分自身, モノを大切にする心を育てよう, 日本人としてのプロ意識をもとう, 相手を苦しめることは自分を苦しめること), 3 教えられるよりみずから学びとろう(時間の無駄遣いに気をつけよう, 自然が教えてくれる六つの道理, 言葉の使い方に注意しよう, テレビとの上手な付き合い方, 「教えてもらう」から「学びとる」へ, 「くり返すこと」「継続すること」の真価, 読書はなぜ大事なのか, 受験は人生の縮図, 黄金期を大切にしよう)

[内容] 大人が十代の子どもに「これはいい本だよ」とすすめることが少なくなりました。この本で人生を学んだと言える本をもたない大人も増えています。この本には、ほんとうは子どもが聞いてみたいこと、ほんとうは大人が子どもに伝えたいことがとてもわかりやすく書かれています。

『いま、戦争と平和を考えてみる。』 太宰治, 峠三吉, 永井隆, 林芙美子, 原民喜, 宮沢賢治作 くもん出版 2009.2 173p 20cm (読書がたのしくなる・ニッポンの文学) 1000円 ①978-4-7743-1405-1 Ⓝ913.68

[目次] 烏の北斗七星(宮沢賢治), 十二月八日(太宰治), 原爆詩集(峠三吉), 夏の花(原民喜), この子を残して(永井隆), 旅情の海(林芙美子), 作品によせて(小寺美和)

[内容] おおぜいが傷つき、悲しみ、恐怖におびえる戦争を、人はなぜ、くりかえすのだろう。いつか、気がすむときがおとずれるのだろうか…。あなたが生まれる前の日本で何があったのか、文学を通して見つめてきた作品群。十代から。

『家族って、どんなカタチ?』 芥川竜之介, 有島武郎, 菊池寛, 太宰治, 中戸川吉二, 牧野信一, 横光利一作 くもん出版 2009.2 157p 20cm (読書がたのしくなる・ニッポンの文学) 1000円 ①978-4-7743-1401-3 Ⓝ913.68

[目次] 勝負事(菊池寛), 親孝行(牧野信一), 杜子春(芥川竜之介), 桜桃(太宰治), イボ

日本近代文学

夕の虫(中戸川吉二),笑われた子(横光利一),小さき者へ(有島武郎),作品によせて(増田栄子)
|内容| いっしょに暮らしている。だから、家族なのか。血のつながりがある。それが、家族なのか。きずなとは、いったい何だろう…。人にとって大切だけれど複雑な思いの「家族」について描かれた作品群。十代から。

『21世紀版少年少女日本文学館 3 ふるさと・野菊の墓』 島崎藤村,国木田独歩,伊藤左千夫著 講談社 2009.2 263p 20cm〈年譜あり〉1400円 ①978-4-06-282653-2 Ⓝ913.68
|目次| 島崎藤村(ふるさと,伸び支度),国木田独歩(鹿狩,忘れえぬ人々),伊藤左千夫(野菊の墓)
|内容| 「民さんは野菊のような人だ。」政夫と民子の淡い恋心と悲しい別れを描き、映画やドラマでもたびたび取り上げられた伊藤左千夫の代表作「野菊の墓」。牧歌的な郷愁を誘う藤村の「ふるさと」。初めての狩りにのぞむ、少年の感性の目覚めを描いた独歩の「鹿狩」などを収録。

『21世紀版少年少女日本文学館 1 たけくらべ・山椒大夫』 樋口一葉,森鷗外,小泉八雲著,円地文子,平井呈一訳 講談社 2009.2 269p 20cm〈年譜あり〉1400円 ①978-4-06-282651-8 Ⓝ913.68
|目次| 樋口一葉(たけくらべ),森鷗外(山椒大夫,高瀬舟,最後の一句,羽鳥千尋),小泉八雲(耳なし芳一のはなし,むじな,雪おんな)
|内容| 短い生涯のなか、女性らしい視点で社会を見つめつづけた一葉。あふれでる西洋文明の知識を駆使し、数々の格調高い作品を残した鷗外。西洋人でありながら、だれよりも日本人の魂を愛した八雲。日本が新しい時代に踏み出した明治期を代表する三作家の傑作短編。

『ひとしずくの涙、ほろり。』 芥川竜之介,鈴木三重吉,太宰治,寺田寅彦,新美南吉,林芙美子,宮沢賢治,横光利一作 くもん出版 2009.2 157p 20cm (読書がたのしくなる・ニッポンの文学) 1000円 ①978-4-7743-1403-7 Ⓝ913.68
|目次| 美しい犬(林芙美子),よだかの星(宮沢賢治),巨男の話(新美南吉),ざんげ(鈴木三重吉),団栗(寺田寅彦),おぎん(芥川竜之介),黄金風景(太宰治),春は馬車に乗って(横光利一),作品によせて(井田恵子)
|内容| 涙とともに、すべてが終わるわけではない。悲しい涙をながして、はじめて始まる、美しい人生がある。十代から。

『まごころ、お届けいたします。』 岡本かの子,岡本綺堂,竹久夢二,豊島与志雄,中島敦,宮沢賢治,森鷗外作 くもん出版 2009.2 157p 20cm (読書がたのしくなる・ニッポンの文学) 1000円 ①978-4-7743-1404-4 Ⓝ913.68
|目次| キンショキショキ(豊島与志雄),日輪草(竹久夢二),虔十公園林(宮沢賢治),利根の渡(岡本綺堂),家霊(岡本かの子),名人伝(中島敦),最後の一句(森鷗外),作品によせて(水越規容子)
|内容| これだけはゆずれない。そんな思いが、もしあれば、人は、人を大切にできる。大切にされた人は、また違うだれかを、もっと大切にできる。何かを心から願い、まごころを込めて追い求めた人々の物語群。十代から。

『ようこそ、冒険の国へ!』 芥川竜之介,海野十三,押川春浪,小酒井不木作 くもん出版 2009.2 157p 20cm (読書がたのしくなる・ニッポンの文学) 1000円 ①978-4-7743-1402-0 Ⓝ913.68
|目次| 恐竜艇の冒険(海野十三),頭蓋骨の秘密(小酒井不木),トロッコ(芥川竜之介),幽霊小屋(押川春浪),作品によせて(松本直子)
|内容| 急げ、走れ。うしろをふりかえるな。勇気と知恵をたずさえて、恐怖の世界にたちむかえ。急げ、走れ、まだ見ぬ地平は、もうすぐ、そこだ。明日の自分に勇気をくれる―困難を乗りこえるために必要なものは何かを教え、考えさせてくれる―冒険小説集。十代から。

『斎藤孝のピッカピカ音読館―想像力を広げる名作集』 斎藤孝指導 小学館 2008.12 160p 21cm 950円 ①978-4-09-253095-9 Ⓝ913.68
|目次| 『おかゆのおなべ』―グリムどうわより(斎藤洋/編著),『だんなも、だんなも、大だんなさま』―イギリスの昔話(石井桃子

日本近代文学

/編訳)、『アナンシと五』―ジャマイカのみんわ(内田莉莎子/訳)、『星をもらった子』(今江祥智/作)、『へびとおしっこ』(椋鳩十/作)、『だいくとおに』(松谷みよ子/文)、『四季の詩』(山村暮鳥/ほか詩)、『ほらばなし』(寺村輝夫/文)、『ベロ出しチョンマ』(斎藤隆介/作)

[内容] 外国のお話、日本のお話、四季の詩・他。リズムよく音読することで、「文字」→「言葉」→「文章」と段階的におもしろさを学んでいきます。小学校低学年向き。

『子どもに伝えたい日本の名作―建長寺・親と子の土曜朗読会から』 伊藤玄二郎著, 安藤早紀絵, 牧三千子朗読 鎌倉かまくら春秋社 2008.11 158p 21cm〈付属資料：CD1〉 1400円 ①978-4-7740-0415-0

[目次] よだかの星(宮沢賢治)、清兵衛と瓢箪(志賀直哉)、赤いろうそくと人魚(小川未明)、吾輩は猫である(夏目漱石)、泣いた赤おに(浜田広介)、走れメロス(太宰治)、きつねの窓(安房直子)、きんしゃりょえもん(阿川弘之)、一房の葡萄(有島武郎)、岡の家(鈴木三重吉)、片耳の大鹿(椋鳩十)、一郎次、二郎次、三郎次(菊池寛)、小さなお客さん(あまんきみこ)、あしたの風(壷井栄)、青いオウムと痩せた男の子の話(野坂昭如)、山椒大夫(森鷗外)、ハボンスの手品(豊島興志雄)、太陽と花園(秋田雨雀)、魔女の宅急便(角野栄子)、玉虫厨子の物語(平塚武二)、おぼえていろよ おおきな木(佐野洋子)、蜘蛛の糸(芥川竜之介)、オホーツクの海に生きる(戸川幸夫・戸川文)、はらぺこおなべ(神沢利子)、花さき山(斎藤隆介)、うんこ(三木卓)、やさしいライオン(やなせたかし)、雀のおやど(島崎藤村)、ブンとフン(井上ひさし)、建長寺むかし話「狸和尚の死」

[内容] 「建長寺・親と子の土曜朗読会」で読まれた30作品を紹介。

『斎藤孝のイッキによめる！ 音読名作選 小学3年生』 斎藤孝編 講談社 2008.7 127p 22cm 1000円 ①978-4-06-214826-9 Ⓝ913.68

[目次] 銀河鉄道の夜(宮沢賢治/著)、十五少年漂流記(ジュール・ベルヌ/作, 那須辰造/訳)、老人と海(アーネスト・ヘミングウェイ/作, 福田恒存/訳)、ハックルベリー・フィンの冒険(マーク・トウェーン/作, 斉藤健一/訳)、てれすこ―落語(前川康男/著)、石川啄木―短歌、走れメロス(太宰治/著)、三銃士(アレクサンドル・デュマ/作, 桜井成夫/訳)、坊っちゃん(夏目漱石/著)、二十四の瞳(壷井栄/著)、飛ぶ教室(エーリッヒ・ケストナー/作, 山口四郎/訳)、ギルガメシュ王さいごの旅(ルドミラ・ゼーマン/作, 松野正子/訳)、なめとこ山の熊(宮沢賢治/著)、サーカス(中原中也/著)、マクベス(ウィリアム・シェイクスピア/作, 福田恒存/訳)、モモ(ミヒャエル・エンデ/作, 大島かおり/訳)、赤毛のアン(L.M.モンゴメリー/作, 掛川恭子/訳)、ああ無情(ビクトル・ユーゴー/作, 塚原亮一/訳)、一休和尚―講談(大日本雄弁会講談社/作)、杜子春(芥川竜之介/著)

『斎藤孝のイッキによめる！ 音読名作選 小学2年生』 斎藤孝編 講談社 2008.7 127p 22cm 1000円 ①978-4-06-214825-2 Ⓝ913.68

[目次] ルドルフとイッパイアッテナ(斉藤洋/著)、飴だま(新美南吉/著)、ドン・キホーテ(ミゲル・デ・セルバンテス/作, 安藤美紀夫/訳)、星の王子さま(サン・テグジュペリ/作, 三田誠広/訳)、そこつ長屋―落語(前川康男/著)、雨ニモマケズ(宮沢賢治/著)、ふしぎの国のアリス(ルイス・キャロル/作, 高杉一郎/訳)、クリスマスキャロル(チャールズ・ディケンズ/作, こだまともこ/訳)、霧のむこうのふしぎな町(柏葉幸子/著)、海底2万マイル(ジュール・ベルヌ/作, 加藤まさし/訳)、宝島(ロバート・ルイス・スチーブンソン/作, 飯島淳秀/訳)、種田山頭火―俳句、八郎(斎藤隆介/著)、三国志(小沢章友/文)、夏の夜の夢(ウィリアム・シェイクスピア/作, 福田恒存/訳)、ドリトル先生アフリカゆき(ヒュー・ロフティング/作, 井伏鱒二/訳)、巌窟王(アレクサンドル・デュマ/作, 矢野徹/訳)、リトルプリンセス(フランセス・ホジソン・バーネット/作, 曽野綾子/訳)、猿飛佐助―講談(大日本雄弁会講談社/作)、吾輩は猫である(夏目漱石/著)、グスコーブドリの伝記(宮沢賢治/著)

『斎藤孝のイッキによめる！ 音読名作選 小学1年生』 斎藤孝編 講談社 2008.7 127p 22cm 1000円 ①978-4-06-214824-5 Ⓝ913.68

[目次] やまなし(宮沢賢治/著)、ペンギンたんけんたい(斉藤洋/著)、おしゃべりなたまごやき(寺村輝夫/著)、うそつき村―落語(前川康男/著)、トム・ソーヤーの冒険(マーク・トウェーン/作, 飯島淳秀/訳)、手

## 日本近代文学

ぶくろを買いに(新美南吉/著)，あらしのよるに(きむらゆういち/著)，風の又三郎(宮沢賢治/著)，竜の子太郎(松谷みよ子/著)，エーミールと大どろぼう(アストリッド・リンドグレーン/作,尾崎義/訳)，ずいずいずっころばし―わらべうた，小林一茶―俳句，しあわせの王子(オスカー・ワイルド/作,神宮輝夫/訳)，クレヨン王国の12か月(福永令三/著)，西遊記―講談(大日本雄弁会講談社/作)，透明人間(H.G.ウェルズ/作,福島正美,桑沢慧/訳)，たのしいムーミン一家(トーベ・ヤンソン/作,山室静/訳)，わらいだけ―落語(前川康男/著)，虫の音楽会(与謝野晶子/著)，猫(萩原朔太郎/著)

『**読んでおきたい日本の名作―斎藤孝の音読館**』 斎藤孝指導 小学館 2008.7 255p 21cm 1100円 ①978-4-09-253094-2 Ⓝ913.68
|目次| 『セロ弾きのゴーシュ』(宮沢賢治)，『魔術』(芥川竜之介)，『おじいさんのランプ』(新美南吉)，『ぶしょうもの』(鈴木三重吉)，『少年駅伝夫』(鈴木三重吉)，『走れメロス』(太宰治)，『坊っちゃん』(夏目漱石)，『入れ札』(菊池寛)
|内容| 時代を超えて読み継がれる日本の名作8編。小学校中・高学年向き。

『**教科書からできる群読シリーズ―台本集 第3巻 高学年編**』 江戸川群読教育研究会編，重松菊乃イラスト 汐文社 2008.3 119p 27cm 2200円 ①978-4-8113-8486-3 Ⓝ809.4
|目次| 1 詩(山頂，蔵王の山に，心に太陽を持て ほか)，2 卒業式・イベントに(地球のこどもたちへ，出発するのです，「新しい道に向かって―卒業式台本」)，3 物語・説明文と短歌・俳句(宇宙人の宿題，赤神と黒神，サクラソウとトラマルハナバチ ほか)

『**教科書からできる群読シリーズ―台本集 第2巻 中学年編**』 江戸川群読教育研究会編，重松菊乃イラスト 汐文社 2008.3 99p 27cm 2200円 ①978-4-8113-8485-6 Ⓝ809.4
|目次| 1 詩(夕日がせなかをおしてくる(阪田寛夫)，お祭り(北原白秋))，2 江戸川児童の詩(うどん作り，校庭の木とぼく・わたし，四年二組のなかまたち)，3 物語(三年とうげ(李錦玉)，つり橋わたれ(長崎源之助)，ちいちゃんのかげおくり(あまんきみこ))

『**教科書からできる群読シリーズ―台本集 第1巻 低学年編**』 江戸川群読教育研究会編，重松菊乃イラスト 汐文社 2008.4 107p 27cm 2200円 ①978-4-8113-8484-9 Ⓝ809.4
|目次| 1 ことばあそびと詩(かずとかんじ，いろんなおとのあめ，たんぽぽ，おがわのマーチ，うわさばなし，ひかるまんげつ，いるか)，2 ものがたり(おむすびころりん，お手がみ，子どものすきな神さま，きつねのおきゃくさま，かさこじぞう，めっきらもっきらどおんどん，くじらぐも)
|内容| 読み方を工夫すると声がひびきあって楽しいもの。作品の中にいろいろな人や動物などが出て来るもの。大勢で読んだ方が迫力が出るものなど，群読に向いている作品を選んで収録。

『**日本の文学**』 西本鶏介監修 ポプラ社 2008.3 207p 29cm (ポプラディア情報館) 6800円 ①978-4-591-10089-9，978-4-591-99950-9 Ⓝ910.2
|目次| 1章 奈良～平安時代，2章 鎌倉～安土桃山時代，3章 江戸時代，4章 明治～昭和時代前期，5章 昭和時代後期以降，児童文学の作家たち，資料編
|内容| 日本の古典文学作品を，時代順に解説。作品の成り立ちや内容がくわしくわかります。明治時代から現代までの作家を多数紹介。児童文学作家をふくめ，幅広くとりあげました。写真資料やコラムが豊富で，文学についての知識が，より深まります。巻末には，学習の参考になる文学館の案内をつけました。

『**生きるって、カッコワルイこと？― ways of life**』 芥川竜之介,有島武郎,梶井基次郎,菊池寛,新美南吉,宮沢賢治,森鷗外,横光利一作 くもん出版 2007.12 157p 20cm (読書がたのしくなる・ニッポンの文学) 1000円 ①978-4-7743-1345-0 Ⓝ913.68
|目次| 蜜柑(芥川竜之介)，一房の葡萄(有島武郎)，猫の事務所(宮沢賢治)，牛をつないだ椿の木(新美南吉)，形(菊池寛)，蠅(横光利一)，檸檬(梶井基次郎)，高瀬舟(森鷗外)，作品によせて(小寺美和)

『**恋って、どんな味がするの？―so many people,so many loves**』 芥川竜之介,伊藤左千夫,鈴木三重吉,太宰治,新美南吉,

宮沢賢治, 森鷗外作　くもん出版　2007.
12　147p　20cm　(読書がたのしくな
る・ニッポンの文学)　1000円　①978-4-
7743-1341-2　Ⓝ913.68
　[目次]　花を埋める(新美南吉), 葉桜と魔笛
(太宰治), お時儀(芥川竜之介), 黒髪(鈴
木三重吉), 新万葉物語(伊藤左千夫), シグ
ナルとシグナレス(宮沢賢治), じいさんば
あさん(森鷗外), 作品によせて(増田栄子)

『とっておきの笑いあり☒！—what a
laugh！』　芥川竜之介, 巌谷小波, 岡本一
平, 菊池寛, 太宰治, 豊島与志雄, 宮沢賢
治, 森鷗外作　くもん出版　2007.12
149p　20cm　(読書がたのしくなる・
ニッポンの文学)　1000円　①978-4-
7743-1344-3　Ⓝ913.68
　[目次]　泥坊(豊島与志雄), 鼻(芥川竜之介),
三角と四角(巌谷小波), 注文の多い料理店
(宮沢賢治), 女房の湯治(岡本一平), 牛鍋
(森鷗外), 畜犬談(太宰治), 身投げ救助業
(菊池寛), 作品によせて(福田実枝子)

『不思議がいっぱいあふれだす！—full of
wonders and mysteries！』　芥川竜之
介, 小山内薫, 久米正雄, 小泉八雲, 太宰
治, 豊島与志雄, 夏目漱石, 夢野久作作
くもん出版　2007.12　157p　20cm
(読書がたのしくなる・ニッポンの文
学)　1000円　①978-4-7743-1343-6
Ⓝ913.68
　[目次]　卵(夢野久作/著), 梨の実(小山内薫/
著), 天狗笑い(豊島与志雄/著), 耳なし芳
一(小泉八雲/著, 戸川明三/訳), 握飯になる
話(久米正雄/著), 夢十夜(第一夜, 第六
夜, 第九夜)(夏目漱石/著), 魔術(芥川竜
之介/著), 魚服記(太宰治/著), 作品によ
せて(水越規容子/著)

『ほんものの友情、現在進行中！—power
of friendship』　菊池寛, 国木田独歩, 太
宰治, 新美南吉, 堀辰雄, 宮沢賢治作　く
もん出版　2007.12　149p　20cm　(読
書がたのしくなる・ニッポンの文学)
1000円　①978-4-7743-1342-9　Ⓝ913.
68
　[目次]　正坊とクロ(新美南吉), 画の悲しみ
(国木田独歩), なめとこ山の熊(宮沢賢
治), 走れメロス(太宰治), ゼラール中尉
(菊池寛), 馬車を待つ間(堀辰雄), 作品に

よせて(井田恵子)

『声で味わう「五月の風」—自己表現とし
ての朗読』　国土社　2007.4　94p
24cm　(子ども朗読教室　声に出す・声
で読む・言葉の力を育てるために　6年
生　田近洵一監修, 牛山恵ほか編)
1800円　①978-4-337-52206-0　Ⓝ809.4

『声に気持ちをのせて「風に言葉」—効果
的な声の表現』　国土社　2007.4　94p
24cm　(子ども朗読教室　声に出す・声
で読む・言葉の力を育てるために　5年
生　田近洵一監修, 牛山恵ほか編)
1800円　①978-4-337-52105-6　Ⓝ809.4

『ことばっておもしろい「はるのおと」—
ことばを意識した朗読』　国土社　2007.
3　98p　24cm　(子ども朗読教室　声に
出す・声で読む・言葉の力を育てるため
に　2年生　田近洵一監修, 牛山恵ほか
編)　1800円　①978-4-337-52102-5
Ⓝ809.4

『じょうずによめるよ「こんにゃくにんに
く」—声をだす楽しさ』　国土社　2007.
3　98p　24cm　(子ども朗読教室　声に
出す・声で読む・言葉の力を育てるため
に　1年生　田近洵一監修, 牛山恵ほか
編)　1800円　①978-4-337-52101-8
Ⓝ809.4

『声に出して楽しく読もう「わんぱく・お
てんば宣言」—聞き手を意識した朗読』
国土社　2007.1　102p　24cm　(子ど
も朗読教室　声に出す・声で読む・言葉
の力を育てるために　3年生　田近洵一
監修, 牛山恵ほか編)　1800円　①978-4-
337-52103-2　Ⓝ809.4
　[目次]　楽しく声に出して読もう(田近洵一),
わんぱくおてんばせんげん, 物売り, けんか
がうつる(寺村輝夫), すずめとからす—バ
ングラディシュの民話(松岡享子), みみず
のみみ(まど・みちお), 月のうごきとみち
かけ(小林実), ドングリの成熟(七尾純),
砂鉄とじしゃくのなぞ(板倉聖宣), ぼくの
先生は、ちょっとへん〔ほか〕

『音読・朗読・暗唱・群読—名詩・名文に

## 日本近代文学

『チャレンジ』　工藤直子,高木まさき監修　光村教育図書　2006.11　63p　27cm　（光村の国語読んで、演じて、みんなが主役！　1）　3200円　Ⓣ978-4-89572-732-7,4-89572-732-7　Ⓝ809.4

『懐かしんで書く日本の名作』　甲斐睦朗監修　講談社　2006.7　161p　21cm　1200円　Ⓣ4-06-213522-1

目次　夏目漱石『草枕』―山路を登りながら、こう考えた。、川端康成『伊豆の踊子』―道がつづら折になって、いよいよ、芥川竜之介『杜子春』―ある日の日暮れです。唐の都、太宰治『走れメロス』―メロスは激怒した。必ず、かの、菊池寛『形』―摂津半国の主であった松山新介の、森鷗外『高瀬舟』―いつの頃であったか。多分江戸で、幸田露伴『五重塔』―紺とはいへど汗に穢め風に化りて、島崎藤村『夜明け前』―木曽路はすべて山の中である。、有島武郎『生まれいづる悩み』―私が君に始めて会ったのは、私が、志賀直哉『城の崎にて』―山手線の電車に跳飛ばされて怪我をした。〔ほか〕

内容　名文を「なぞり書く」本！　福沢諭吉の、夏目漱石の、宮沢賢治の、あの一節を「声に出して」懐かしみ「なぞり書きして」覚え、子供や孫たちに伝えたい国語教科書に載った日本の名作。

『みんなに聞いてもらおう「でえことごんぼう」―朗読の技術入門』　国土社　2006.6　107p　24cm　（子ども朗読教室　声を出す・声を読む・言葉の力を育てるために　4年生　田近洵一監修,牛山恵ほか編）　1800円　Ⓣ4-337-52104-6　Ⓝ809.4

目次　声の出し方を工夫して、金魚売り、いわし売り、大根売り・ごぼう売り、たまご売り、あいうえお、かにむかし、長ぐつをはいたねこ、氷の上に小さいおおかみの子が転んだ―アイヌのわらべうた、年めぐり〔ほか〕

『サイコ』　江戸川乱歩,岡本綺堂,芥川竜之介著　ポプラ社　2006.3　190p　20cm　（ホラーセレクション　8　赤木かん子編）〈他言語標題：Psycho〉　1000円　Ⓣ4-591-09079-5　Ⓝ913.68

目次　屋根裏の散歩者（江戸川乱歩）、番町皿屋敷（岡本綺堂）、地獄変（芥川竜之介）

『不思議ものがたり』　小山内薫,豊島与志雄,芥川竜之介著　小金井　ネット武蔵野　2005.7　183p　22cm〈挿し絵：村田高,中川淳,太田大八〉　1143円　Ⓣ4-944237-53-7　Ⓝ913.68

目次　小山内薫（石の猿,平気の平左）、豊島与志雄（キンショキショキ,黒桜,泥棒,天狗笑い,夢の卵）、芥川竜之介（杜子春,魔術,蜘蛛の糸）

『日本の童話名作選―明治・大正篇』　講談社文芸文庫編　講談社　2005.5　307p　15cm　（講談社文芸文庫）　1300円　Ⓣ4-06-198405-5

目次　こがね丸（巌谷小波）、二人むく助（尾崎紅葉）、金時計（泉鏡花）、山の力（国木田独歩）、絶島通信（押川春浪）、金魚のお使（与謝野晶子）、納豆合戦（菊池寛）、魔術（芥川竜之介）、一房の葡萄（有島武郎）、ふるさと（抄）（島崎藤村）、鳩と鷲（武者小路実篤）、蝗の大旅行（佐藤春夫）、壺作りの柿丸（吉田絃二郎）、白雲石（室生犀星）、大きな蝙蝠傘（竹久夢二）、日輪草（竹久夢二）

内容　明治・大正期、近代文学の黎明と共に子どもの文学にも一大変革が起きた。親から子に語られる昔話や外国童話の翻案に代り、紅葉・鏡花等錚々たる文豪達が競って筆を執り、子どもへの愛に溢れた香気高い童話が数多く生み出された。日本の童話の嚆矢とされる巌谷小波『こがね丸』始め、押川春浪、与謝野晶子、菊池寛、芥川竜之介、有島武郎、島崎藤村、佐藤春夫、竹久夢二等一五名の珠玉の童話を精選。

『雨ニモマケズ―にほんごであそぼ』　斎藤孝著　集英社　2005.4　302p　15×15cm　1400円　Ⓣ4-08-780409-7　Ⓝ918

目次　雨ニモマケズ風ニモマケズ、あらまあ、金ちゃん、すまなかったねえ、汚れつちまつた悲しみに、朝焼小焼だ大漁だ、メロスは激怒した、知らざあ言って聞かせやしょう、ややこしや、吾れ十有五にして、祇園精舎の鐘の声、春はあけぼの〔ほか〕

内容　番組監修の斎藤孝が、NHK教育テレビ『にほんごであそぼ』の名文の解説本を書きました。

『知っておきたい日本の名作文学・文学者』　井関義久監修　学習研究社　2005.4　207p　21cm　900円　Ⓣ4-05-202164-9

|目次| 第1部 まんが文学者列伝（森鷗外，夏目漱石，樋口一葉，宮沢賢治 ほか），第2部 あらすじでみる名作文学（「当世書生気質」（坪内逍遥）「浮雲」（二葉亭四迷），「五重塔」（幸田露伴）「金色夜叉」（尾崎紅葉）「武蔵野」（国木田独歩）「不如帰」（徳冨蘆花），「高野聖」（泉鏡花）「怪談」（小泉八雲） ほか）

『メロスは激怒した吾輩は猫である―近代文学』 斎藤孝編著，土屋久美絵 草思社 2005.4 1冊（ページ付なし） 21×23cm （声に出して読みたい日本語 子ども版 7） 1000円 ⓘ4-7942-1394-8 ⓝ913.6

『一冊で読む日本の名作童話』 小川義男編著 小学館 2004.11 223p 21cm 1200円 ⓘ4-09-387530-8
|目次| 第1章 童話の夜明け―明治（十二月の苺（巌谷小波），金魚のお使（与謝野晶子）），第2章 「赤い鳥」がもたらした創作の息吹―大正（蜘蛛の糸（芥川竜之介），二人の兄弟（島崎藤村），納豆合戦（菊池寛），一房の葡萄（有島武郎），おもちゃの蝙蝠（佐藤春夫），赤い蠟燭と人魚（小川未明），岡の家（鈴木三重吉），一夜の宿（山村暮鳥），ごん狐（新美南吉）），第3章 子どもたちの半数が農家に生まれていた―昭和初期（欲しくない指輪（徳永直），瓦斯灯と子供（川崎大治），きんぴら（槙本楠郎），お母さんの思い出（室生犀星），捕虜の子（吉田絃二郎），よだかの星（宮沢賢治），泣いた赤おに（浜田広介），赤いペン皿（岡野博），金の梅銀の梅（坪田譲治）），第4章 戦争と平和の童話 一戦中・戦後（白い封筒（吉田甲子太郎），煉瓦の煙突（下畑卓），峠の一本松（壺井栄），片耳の大鹿（椋鳩十），椿（川端康成））
|内容| 明治から昭和まで，とくに大正時代以降は，わが国の童話や児童文学の黄金時代だったのではないでしょうか。雑誌「赤い鳥」を中心に，芥川竜之介，菊池寛など，一流の作家たちが子どものための作品を執筆しました。この流れのなかで，小川未明，坪田譲治，新美南吉，浜田広介などのすぐれた作家が誕生しました。その成果は戦後にも引き継がれ，多くのすぐれた作家が作品を生み出しています。本書では，それらの作品のなかから，四十八編を選び，その作品のもつ息吹そのものを感じていただきたいという思いから，二十七編は全文を掲載しました。

『どっどどどどうど雨ニモマケズ』 宮沢賢治［原作］，斎藤孝編著，下田昌克絵 草思社 2004.8 1冊（ページ付なし） 21×23cm （声に出して読みたい日本語 子ども版 1） 1000円 ⓘ4-7942-1330-1 ⓝ911.56
|内容| 音読で賢治のリズムをからだに入れてみよう。賢治の文章をいっそう味わい深く読む。

『こくごであそぼ―本が好きになる本』 斎藤孝著 文芸春秋 2004.4 142p 22cm 1200円 ⓘ4-16-365790-8 ⓝ908.3
|目次| ナスレッディン・ホジャのわらい話，黄太郎青太郎，びんぼうがみ，大どろぼうホッツェンプロッツ，ドリトル先生アフリカゆき，寿限無，星の王子さま，ムジナ，くもの糸

『みんなで朗読してみよう』 松丸春生編・著，井上ひいろ絵 汐文社 2004.4 79p 22cm （朗読って楽しい 3） 1600円 ⓘ4-8113-7842-3 ⓝ809.4
|目次| バオバブの木ものがたり（松丸春生著），ランプの夜（新美南吉著），雨ふり小僧（手塚治原作，西川小百合脚色），飛べる空の国（松丸春生著）

『声に出して楽しんで読もう―日本語の美しさを味わい国語力を高める　6年生』 小森茂監修　学習研究社　2004.3　87p　23cm　1500円　ⓘ4-05-202033-2,4-05-810740-5　ⓝ809.4
|目次| 4月 春の朝に…，5月 なまいきなねこ，6月 家族へのメッセージ，7月 神様たちの話―『古事記』より，8月 ぶきみ〜な話，9月 しずかな秋，10月 先生のこと，11月 今と昔の物語，12月 百人一首に挑戦！，1月 有名な『平家物語』って？，2月 友だち，3月 出発！

『声に出して楽しんで読もう―日本語の美しさを味わい国語力を高める　5年生』 小森茂監修　学習研究社　2004.3　87p　23cm　1500円　ⓘ4-05-202032-4,4-05-810740-5　ⓝ809.4
|目次| 4月 春の美しさ，5月 母の気持ち・母への気持ち，6月 いたそうな話，7月 日本のおばけ，8月 ボケとつっこみ，9月 月を見る，10月 ヘンな話，11月 恋する心，12月 百人一首に挑戦！，1月 ふるさとを思う，2

## 日本近代文学

月 雪の降る日に…, 3月 冬から春へ…

『声に出して楽しんで読もう―日本語の美しさを味わい国語力を高める 4年生』
小森茂監修 学習研究社 2004.3 87p 23cm 1500円 Ⓘ4-05-202031-6,4-05-810740-5 Ⓝ809.4
目次 4月 春に息をのむ, 5月 大好きだよ (わが子を思う), 6月 幸せって?, 7月 こわいけどドキドキ, 8月 海を感じる, 9月 秋の夕ぐれ…, 10月 あこがれ, 11月 友だちと自分, 12月 そうなんだ, 1月 七福神って, 言える?, 2月 なんだかさみしい, 3月 有名な「出だし」覚えちゃおう

『声に出して楽しんで読もう―日本語の美しさを味わい国語力を高める 3年生』
小森茂監修 学習研究社 2004.3 87p 23cm 1500円 Ⓘ4-05-202030-8,4-05-810740-5 Ⓝ809.4
目次 4月 早口言葉ぺらぺらぺら, 5月 ぐん, ぐん, 6月 動物を見ていると, 7月 海の歌, 8月 いのち, 9月 やさし〜く, 10月 よだれが出そう, 11月 なりきってみよう, 12月 旅する気分で, 1月 日本全国お正月の歌, 2月 雪の道を行く, 3月 きょうだいの話

『声に出して楽しんで読もう―日本語の美しさを味わい国語力を高める 2年生』
小森茂監修 学習研究社 2004.3 87p 24cm 1500円 Ⓘ4-05-202029-4,4-05-810740-5 Ⓝ809.4
目次 4月 いろいろ数え歌, 5月 発見, 6月 お父さん, 7月 むか〜し, むかし…, 8月 元気!, 9月 外国の詩を読もう, 10月 大きい, 小さい, 11月 ほらふきくらべ, 12月 キラキラ, 1月 いろはがるたをおぼえよう, 2月 雪の詩, 3月 うれしいなあ

『声に出して楽しんで読もう―日本語の美しさを味わい国語力を高める 1年生』
小森茂監修 学習研究社 2004.3 87p 23cm 1500円 Ⓘ4-05-202028-6,4-05-810740-5 Ⓝ809.4
目次 4月 こんな春だもの, 5月 おかあさん, 6月 友だちとあそぼう, 7月 どうぶつのおはなし, 8月 むかしばなしをよもう, 9月 秋にさわると…, 10月 山の中で, 11月 つぎはなあに?, 12月 おぼえてじまんしよう, 1月 大きなこえで元気よく, 2月 おはなし, 3月 あそびうた

『物語を朗読してみよう』 松丸春生編著, 井上ひいろ絵 汐文社 2004.3 79p 22cm (朗読って楽しい 2) 1600円 Ⓘ4-8113-7841-5 Ⓝ809.4
目次 やまなし(宮沢賢治), かばの子ヒポー(松丸春生), さくらばば(茨木のり子), くたくたくった(寺村輝夫), 風になるとき(松丸春生)

『ちびまる子ちゃんの音読暗誦教室―子どもたちとすべての大人のために』 斎藤孝著, さくらももこキャラクター原作 集英社 2003.10 220p 19cm 1100円 Ⓘ4-08-780381-3 Ⓝ809.4
目次 くり返してくり返して音読(音読で言葉を身体化します, 呼吸法で声の張りを出す ほか), 初級編(また見つかった(アルチュール・ランボー), 桜の樹の下には(梶井基次郎) ほか), 中級編(宮本武蔵(吉川英治), コレガ人間ナノデス(原民喜) ほか), 上級編(変身(フランツ・カフカ), 徒然草(吉田兼好) ほか), 達人編(ゲティスバーグ演説(エイブラハム・リンカーン), 元始, 女性は太陽であった(平塚らいてう) ほか), 暗誦――一生名文とともに(ゴールは暗誦, 名文が感情を豊かにする ほか)

『斎藤孝の日本語プリント 名文編―声に出して, 書いて, おぼえる!』 斎藤孝著 小学館 2003.8 64枚 21×30cm 800円 Ⓘ4-09-837441-2

『現代文学名作選』 中島国彦監修, 大塚隆夫[ほか]編著 明治書院 2003.4 244p 21cm 781円 Ⓘ4-625-65304-5 Ⓝ913.68
目次 坊っちゃん(夏目漱石著), 山椒大夫(森鷗外著), あいびき(ツルゲーネフ著, 二葉亭四迷訳), たけくらべ(樋口一葉著), 武蔵野(国木田独歩著), 鼻(芥川竜之介著), 清兵衛と瓢箪(志賀直哉著), よだかの星(宮沢賢治著), 山椒魚(井伏鱒二著), 刺青(谷崎潤一郎著), セメント樽の中の手紙(葉山嘉樹著), 夏の靴(川端康成著), 桜の樹の下には(梶井基次郎著), 名人伝(中島敦著), 待つ(太宰治著), 春の日のかげり(島尾敏雄著), 幸福(安岡章太郎著), 蛍川(宮本輝著), 駝鳥(筒井康隆著), 離さない(川上弘美著)

『ランプで書いた物語―古典的作家三人

集』 松本 郷土出版社 2002.7 418p 22cm （信州・こども文学館 第1巻） 小宮山量平監修，和田登責任編集，小西正保［ほか］編） ①4-87663-571-4
[目次] 童話集『ふるさと』より（島崎藤村），童話集『おさなものがたり』より（島崎藤村），童話集『力餅』より（島崎藤村），童話集『幼きものに』より（島崎藤村），初旅（塚原健二郎），銀の匙（中勘助），解説（牛丸仁）

『日本の名作文学案内—これだけは読んでおきたい』 三木卓監修，石川森彦，高瀬直子漫画，笠原秀，川田由美子，小松みどり，鈴木啓史，和田進文 集英社 2001.10 287p 21cm〈年表あり〉1600円 ①4-08-288082-8
[目次] 明治の名作文学（吾輩は猫である・夏目漱石—ユーモアと批判精神，坊っちゃん・夏目漱石—まっすぐで短気な青年 ほか），大正の名作文学（羅生門・芥川龍之介—都の闇に生きる，鼻・芥川龍之介—自分の姿と他人の目 ほか），昭和の名作文学1（キヤラメル工場から・佐多稲子—貧しい勤労少女，放浪記・林芙美子—たくましさをもつ詩情 ほか），昭和の名作文学2（潮騒・三島由紀夫—小島に生まれた恋，金閣寺・三島由紀夫—偉大な存在への愛憎 ほか）
[内容] 明治・大正・昭和の傑作小説101編を精選。書き出し，あらすじをすべて紹介し，作家紹介も充実した，目で見てわかる文学案内。

『日本文学のうつりかわり』 井関義久監修 学習研究社 2001.2 64p 27cm（国語っておもしろい 5）2500円 ①4-05-201378-6
[目次] 古典文学のながれ（『万葉集』，『古今和歌集』，『新古今和歌集』 ほか），近代文学のながれ（坪内逍遥/二葉亭四迷/樋口一葉，島崎藤村，夏目漱石 ほか），近代文学地図，全国の文学館

『日本ジュニア文学名作全集 10』 日本ペンクラブ編，井上ひさし選 汐文社 2000.3 221p 20cm 1600円 ①4-8113-7337-5
[目次] 山びこ学校（無着成恭／編），風信器（大石真／著），ツグミ（いぬいとみこ／著），馬ぬすびと（平塚武二／著）

『日本ジュニア文学名作全集 9』 日本ペンクラブ編，井上ひさし選 汐文社 2000.3 213p 20cm 1600円 ①4-8113-7336-7
[目次] 子供のための文学のこと（中野重治），小さな物語（壺井栄），ふたりのおばさん（室生犀星），ラクダイ横丁（岡本良雄），たまむしのずしの物語（平塚武二），彦次（長崎源之助），山芋（大関松三郎），原爆の子（抄）（長田新），八郎（抄）（斎藤隆介）

『日本ジュニア文学名作全集 8』 日本ペンクラブ編，井上ひさし選 汐文社 2000.3 206p 20cm 1600円 ①4-8113-7335-9
[目次] 走れメロス（太宰治），山の太郎熊（椋鳩十），嘘（新美南吉），ぼくはぼくらしく（前川康男），おじいさんのランプ（新美南吉），鉄工所の二少年（吉田甲子太郎），花のき村と盗人たち（新美南吉），桃太郎出陣（百田宗治），軍曹の手紙（下畑卓）

『日本ジュニア文学名作全集 7』 日本ペンクラブ編，井上ひさし選 汐文社 2000.3 219p 20cm 1600円 ①4-8113-7334-0
[目次] ごん狐（新美南吉），ちかてつ工事（巽聖歌），魔法（坪田譲治），トンネル路地（岡本良雄），蛙（林芙美子），綴方教室（抄）（豊田正子），港の子供たち（武田亜公），秋空晴れて（朝日壮吉），八号館（岡本良雄）

『日本ジュニア文学名作全集 6』 日本ペンクラブ編，井上ひさし選 汐文社 2000.3 209p 20cm 1600円 ①4-8113-7332-4
[目次] オッベルと象—ある牛飼いがものがたる（宮沢賢治），奇術師のかばん（塚原健二郎），メーデーごっこ（槙本楠郎），或る日の鬼ケ島（江口渙），ドンドンやき（猪野省三），月夜のわたばたけ（後藤楢根），乗合馬車（千葉省三），級長の探偵（川端康成），欲しくない指輪（徳永直），太陽と少年（酒井朝彦），子供の会議（塚原健二郎），面（横光利一），グスコーブドリの伝記（宮沢賢治）

『日本ジュニア文学名作全集 5』 日本ペンクラブ編，井上ひさし選 汐文社 2000.3 214p 20cm 1600円 ①4-8113-7333-2
[目次] 蕗の下の神様（宇野浩二），鳩と鷲（武

## 日本近代文学

者小路実篤)，赤い蠟燭と人魚(小川未明)，蝿の大旅行(佐藤春夫)，山椒魚(井伏鱒二)，手品師(豊島与志雄)，狸(広津和郎)，注文の多い料理店(宮沢賢治)，虎ちゃんの日記(千葉省三)，「北風」のくれたテーブルかけ(久保田万太郎)，日蝕の日(田山花袋)，天狗笑(豊島与志雄)

『日本ジュニア文学名作全集 4』 日本ペンクラブ編，井上ひさし選　汐文社　2000.3　207p　20cm　1600円　①4-8113-7331-6

[目次] いたずら小僧日記(佐々木邦)，金魚(田山花袋)，清坊と三吉(吉田絃二郎)，杜子春(芥川竜之介)，一房の葡萄(有島武郎)，監督判事(秋田雨雀)

『日本ジュニア文学名作全集 3』 日本ペンクラブ編，井上ひさし選　汐文社　2000.3　193p　20cm　1600円　①4-8113-7330-8

[目次] カナリヤ塚(徳田秋声)，山の力(国木田独歩)，絶島通信(押川春浪)，真似師吉兵衛(岩野泡鳴)，金魚のお使(与謝野晶子)，供食会社(幸田露伴)，蜘蛛の糸(芥川竜之介)，一郎次，二郎次，三郎次(菊池寛)，蝙蝠の話(島崎藤村)，小僧の神様(志賀直哉)，詩人の夢(青木茂)

[内容] 謎の提示，その謎の解明，謎が解けたときの快感とともにもたらされる人間存在への深い洞察，これが名作の条件なのだ。ここにおさめられた作品は，「名作」と銘打って集めたのだから当然ではあるけれど，どれもこれも謎の提示において，すぐれている。簡単に云えば，「これ，どうして？」「これ，どうなるの？」と読者を強く吸引するのである。

『日本ジュニア文学名作全集 2』 日本ペンクラブ編，井上ひさし選　汐文社　2000.3　225p　20cm　1600円　①4-8113-7329-4

[目次] 坊っちゃん(夏目漱石)，山椒大夫(森鷗外)

『日本ジュニア文学名作全集 1』 日本ペンクラブ編，井上ひさし選　汐文社　2000.3　211p　20cm　1600円　①4-8113-7328-6

[目次] 親敵討腹鞍(朋誠堂喜三次/作，恋川春町/画)，虚言八百万人伝(方屋本太郎/作，北尾重政/画)，順廻絵名題家莫切自根金生木(唐来参和/唐来参和/作，千代女/画)，こがね丸(巌谷小波/著)，慢心男(幸田露伴/著)，糞谷(泉鏡花/著)，木賃宿(江見水蔭/著)

『野菊の墓―ほか』 島崎藤村，伊藤左千夫著　講談社　1995.9　211p　19cm（ポケット日本文学館 13）1000円　①4-06-261713-7

[目次] ふるさと(島崎藤村)，野菊の墓(伊藤左千夫)

[内容]「民さんは何がなし野菊のような人だ…」政夫の淡い感情のめばえから哀しい運命をたどることになる民子との純愛を描いた青春の墓標。感動の名作「野菊の墓」と牧歌的な郷愁を誘う藤村の「ふるさと」を収録。

『たけくらべ　山椒大夫』 樋口一葉著，円地文子訳，森鷗外著　講談社　1995.5　229p　19cm　（ポケット日本文学館 5）1000円　①4-06-261705-6

[目次] たけくらべ，山椒大夫，高瀬舟，最後の一句，羽鳥千尋

[内容] 遊廓に隣接する下町・大音寺前。胸の内を秘したまま，少年は町を去り，少女は大人になった。ゆれうごく思春期の微妙な心理をあざやかに描きだした樋口一葉の代表作「たけくらべ」と，文豪，森鷗外の短編四作を収録。

『小さな文学の旅―日本の名作案内』 漆原智良作，岩淵慶造画　金の星社　1995.4　257p　20cm　1800円　①4-323-01874-6

[目次] 坊っちゃん―夏目漱石，たけくらべ―樋口一葉，耳なし芳一の話―小泉八雲，野菊の墓―伊藤左千夫，清兵衛と瓢箪―志賀直哉，羅生門―芥川竜之介，高瀬舟―森鷗外，友情―武者小路実篤，一房の葡萄―有島武郎，赤いろうそくと人魚ほか―小川未明〔ほか〕

[内容] 楽しく読める文学入門書。夏目漱石から大江健三郎まで21人の作家の25の名作ストーリー，鑑賞，作家のプロフィール，エピソード，代表作，年譜を掲載。

『ジュニア文学名作図書館―全国小学国語掲載作品ダイジェスト』 友人社　1993.11　239p　19cm〈監修：木暮正夫〉1500円　①4-946447-29-6

[内容] 本書は，このたび改訂された六出版社

日本近代文学

(大阪書籍、学校図書、教育出版、東京書籍、日本書籍、光村図書)の小学校国語科教科書の中から100編を選び出し、作品の持つ雰囲気をそこなわないよう配慮しながら、その梗概・概要をできるだけわかりやすく紹介しました。

『作家事典』　ポプラ社　1993.4　151p　26cm　(教科書にでてくる詩や文の読みかた・つくりかた 10)　1650円　①4-591-04436-X

内容　この作家事典は、みなさんが小学校4年から6年の国語の教科書でであう『物語』『詩』『短歌』『俳句』『説明文』の作者と、ぜひ知っていてほしい作家たちを取り上げました。生まれた年、(死んだ年)、経歴やおもな作品をわかりやすく解説しています。

『今日も待ちぼうけ—作家たちの青春日記』　小田切秀雄編　創隆社　1991.10　259p　18cm　(創隆社ジュニア選書 8)　〈『青春日記』加筆・改題書〉　720円　①4-88176-075-0

目次　1 今日も、今日も待ちぼうけでした—立原道造　その日その日、2 反逆児だい—いいや反逆児だい—新美南吉　自由日記、3 自分は今人生の岐路に立っている—太宰治　大正15年日記、4 俺も男だ、潔く退こう—大宅壮一　中学生日記、5 タイムは飛ぶごとくすぎて—石川啄木　秋瓸笛語・渋民日記、6 何よりもまず、ヒュマニティだ—中原中也　精神哲学の巻、7 人間だから悲しいんだ！—黒島伝治　軍隊日記、8 鷗外・一葉・武郎の日記—森鷗外・独逸日記　樋口一葉・塵の中　有島武郎・観想録

内容　日記は心の記録。日々の生活へのいらだちやあせり、未来への希望と不安、異性へのあこがれ、そして若さだけが持ちうるおごりにも似た自負心…。立原道造、新美南吉、太宰治、石川啄木、大宅壮一、中原中也、黒島伝治ら十人の、若き日の日記を通して浮き彫りにされるさまざまな青春像。

『名作に学ぶ生き方　東洋編』　稲垣友美著　あすなろ書房　1990.3　77p　23cm　(名言・名作に学ぶ生き方シリーズ 5)　1500円　①4-7515-1385-0

目次　『西遊記』呉尚恩　『坊っちゃん』夏目漱石、『小さき者へ』有島武郎、『凪』魯迅、『白い鳥』鈴木三重吉、『野ばら』小川未明、『旅人と提灯』秋田雨雀、『次郎物語』下村湖人、『ある日の鬼ヶ島』江口渙

『真実一路』山本有三、『蜘蛛の糸』芥川竜之介、『ビルマの竪琴』竹山道雄、『大造爺さんと雁』椋鳩十、『走れメロス』太宰治

『くもの糸—ほか10編』　小学館　1989.8　111p　27cm　(日本おはなし名作全集 第10巻)〈監修：高橋健二、金田一春彦〉　1230円　①4-09-238010-0

目次　くもの糸(芥川竜之介)、つるのふえ(林芙美子)、童謡(北原白秋)、木こりとその妹(久保田万太郎)、おさなものがたり(島崎藤村)

内容　神話・昔話から近代童話まで1度は読んでおきたい日本のお話。

『ふるさと　野菊の墓』　島崎藤村、伊藤左千夫著　講談社　1987.1　277p　22cm　(少年少女日本文学館 第3巻)　1400円　①4-06-188253-8

目次　ふるさと(島崎藤村)、伸び支度(島崎藤村)、鹿狩(国木田独歩)、忘れえぬ人々(国木田独歩)、野菊の墓(伊藤左千夫)

内容　心の奥で、なにかが変わりはじめる少年の日々。藤村・独歩・左千夫が自らの少年時代をふりかえる、自伝的青春の書。

『たけくらべ　山椒大夫』　樋口一葉著、円地文子訳、森鷗外著　講談社　1986.12　285p　22cm　(少年少女日本文学館 第1巻)　1400円　①4-06-188251-1

目次　たけくらべ(樋口一葉)、山椒大夫(森鷗外)、高瀬舟(森鷗外)、最後の一句(森鷗外)、羽鳥千尋(森鷗外)、耳なし芳一のはなし(小泉八雲)、むじな(小泉八雲)、雪おんな(小泉八雲)

内容　背のびをしながら、大人になる子どもたち。下町に住む子どもたちのありのままの姿を描いた『たけくらべ』をはじめ、明治の名作8編を収録。

『日本キリスト教児童文学全集　第2巻のぞみの国—島崎藤村・沖野岩三郎・有島武郎・吉田絃二郎・賀川豊彦集』　島崎藤村ほか著　教文館　1983.11　204p　22cm　1800円

『日本キリスト教児童文学全集　第1巻着物のなる木—巌谷小波・久留島武彦・若松賤子集』　巌谷小波ほか著　教文館　1983.4　194p　22cm　1800円

270

日本近代文学　　　　　　　　　　　　　　　　　　　　　　　　　　　　　　小泉八雲

『日本の近代文学―名作への招待』　上笙一郎編・著　岩崎書店　1982.4　165p　22cm　（岩崎少年文庫）1100円

## 小泉八雲

『怪談―日本のこわい話』　小泉八雲作，西田佳子訳，みもり絵　角川書店，角川グループパブリッシング〔発売〕　2013.1　191p　18cm　（角川つばさ文庫　Fこ1-1）620円　①978-4-04-631287-7　Ⓝ933.6
目次　ムジナ，耳なし芳一，雪女，ろくろ首，人を食う鬼，お貞の話，鏡と鐘，十六ざくら，ほうむられたひみつ，力ばか，おしどり，阿芸之助のゆめ，うばざくら，えんま大王，黄金の鯉，鳥取のふとんの話，鏡のおとめ
内容　日本のこわ～い話がいっぱい！小泉八雲が日本で集めた，おばけ，ゆうれい，不思議な話。小学生に読みやすく訳した17の物語！ぜったいに，読んでおきたい名作『怪談』の決定版！小学中級から。

『津波 TSUNAMI！』　キミコ・カジカワ再話，エド・ヤング絵，小泉八雲原作　グランまま社　2011.10　1冊　30×24cm　1600円　①978-4-906195-63-3
内容　高台へいそげ！村びとをすくえ。この恐ろしさを，伝えつづけなければ。小泉八雲の「生神様」をキミコ・カジカワが再話化した絵本作品。

『津波!!稲むらの火その後』　高村忠範文・絵　汐文社　2011.8　31p　30cm　1800円　①978-4-8113-8817-5

『新・小泉八雲暗唱読本―英語・日本語対訳版』　小泉八雲［著］，常松正雄校閲，村松真吾編　改訂版　松江　八雲会　2009.10　109p　26cm〈他言語標題：A new book of recitations from the writings of Lafcadio Hearn〉1500円　Ⓝ933.6

『怪談小泉八雲のこわ～い話　10　おしどり―その他五編』　小泉八雲原作，高村忠範絵・文　汐文社　2009.9　135p　22cm　1400円　①978-4-8113-8621-8　Ⓝ913.6
目次　おしどり，蠅の話，お亀の話，ちんちん小袴，よみがえり，おばあさんとだんごと鬼の話

『怪談小泉八雲のこわ～い話　9　死者の影（「伊藤則資の話」より）子捨ての話　若がえりの泉　鮫人の恩返し　雉子の話』　小泉八雲原作，高村忠範絵・文　汐文社　2009.9　135p　22cm　1400円　①978-4-8113-8620-1　Ⓝ913.6
目次　死者の影―「伊藤則資の話」より，子捨ての話，若がえりの泉，鮫人の恩返し，雉子の話

『怪談小泉八雲のこわ～い話　8　化け蜘蛛　水あめを買う女　鏡の乙女　勝五郎の転生記　興義和尚の話』　小泉八雲原作，高村忠範絵・文　汐文社　2009.9　135p　22cm　1400円　①978-4-8113-8619-5　Ⓝ913.6
目次　化け蜘蛛，水あめを買う女，鏡の乙女，勝五郎の転生記，興義和尚の話

『怪談小泉八雲のこわ～い話　7　亡霊（「宿世の恋」より）生霊　死霊　かけひき』　小泉八雲原作，高村忠範絵・文　汐文社　2009.8　135p　22cm　1400円　①978-4-8113-8618-8　Ⓝ913.6
目次　亡霊―「宿世の恋」より，生霊，死霊，かけひき

『怪談小泉八雲のこわ～い話　6　死骸にまたがった男　鳥取のふとんの話　黒い手（「因果話」より）猫を描いた少年　帰ってきた死者』　小泉八雲原作，高村忠範絵・文　汐文社　2009.8　137p　22cm　1400円　①978-4-8113-8617-1　Ⓝ913.6
目次　死骸にまたがった男，鳥取のふとんの話，黒い手―「因果話」より，猫を描いた少年，帰ってきた死者

『耳なし芳―――八雲怪談傑作集　雪女―八雲怪談傑作集』　小泉八雲作，保永貞夫

訳, 黒井健絵　新装版　講談社　2008.8　253p　18cm　（講談社青い鳥文庫 66-4）　570円　①978-4-06-285033-9　Ⓝ933.6

[目次] 耳なし芳一, 雪女, むじな, おしどり, 鳥取のふとん, ろくろ首, 乳母ざくら, 果心居士の幻術, 羽を折られた天狗, 十六ざくら, えんま大王の前で, 人を食う鬼, 茶わんの中の顔, やなぎの木の霊, ちんちん小ばかま, 王の願い, 力ばか, がま, 氏神のやくそく, かがみの少女

[内容] 琵琶を弾きながら、源平の物語をみごとに語る芳一は、平家の怨霊にとりつかれてしまいます。芳一を守るため、おしょうは芳一の体じゅうにお経を書きますが、両耳だけ書き落としてしまい…。（『耳なし芳一』）表題の『耳なし芳一』や『雪女』をはじめ、のっぺらぼう、ろくろ首など、今も読みつがれている小泉八雲の怪談・奇談20話を収録。小学上級から。

『津波からみんなをすくえ！―ほんとうにあった「稲むらの火」　浜口梧陵さんのお話』　環境防災総合政策研究機構監修, 和歌山県教育委員会企画・制作, クニ・トシロウ作, ケイ・タロー絵　文渓堂　2006.11　1冊　26cm　1000円　①4-89423-514-5

[内容] 江戸時代のおわりごろ、村に津波がおしよせたとき、浜口梧陵さんが、人びとのいのちをすくうために、おこなったことは？ そして、津波の被害から村を立て直すためにおこなったことは？ お話とQ&Aで学ぶ「津波へのそなえ」。

『耳なし芳一』　小泉八雲原作, 船木裕文, さいとうよしみ絵　小学館　2006.3　31p　26cm　1400円　①4-09-727852-5　Ⓝ913.6

[内容] 今を去ること七百年あまり昔、下関の壇の浦で源平の戦いがありました。平氏と源氏との長い争いに決着をつけるべき最後の一戦でした。ラフカディオ・ハーンこと小泉八雲の名作を初めて真っ向勝負の絵本に。

『怪談』　小泉八雲著, 山本和夫訳　ポプラ社　2005.10　220p　18cm　（ポプラポケット文庫 372-1）〈1980年刊の新装改訂〉　570円　①4-591-08864-2　Ⓝ933.6

[目次] 耳なし芳一の話, オシドリ, うばザクラ, ある鏡とつり鐘の話, 食人鬼, ムジナ, ろくろ首, 雪おんな, 青柳物語, 安芸之助の夢, 約束をはたした話, 果心居士の話, 梅津忠兵衛の話, 茶わんの話, ハエの話, 草ヒバリ, 乙吉のだるま, 鳥取のふとん物語

[内容] 八雲は、本を読んだり、人と話しあったりして、それを作品にまとめました。こういう作品を、再話文学といいます。話の種は、古い本や、世間につたわる話、すなわち、伝説や民話などですが、それに、小泉八雲の世界観や人生観を織りこんだのでした。傑作十八編を収録。

『津波から人びとを救った稲むらの火―歴史マンガ 浜口梧陵伝』　「歴画浜口梧陵伝」編集委員会監修, 環境防災総合政策研究機構企画・制作, クニトシロウ作・画　文渓堂　2005.9　151p　21cm　1200円　①4-89423-453-X

[目次] 1 江戸, 2 銚子, 3 師匠, 4 故郷, 5 津波襲来, 6 稲むらの火, 7 津波のつめあと, 8 堤防建設, 9 危機, 10 堤防完成

[内容] 江戸時代末期の安政元年（一八五四年）、巨大地震によってひきおこされた大津波が村むらをおそったとき、避難場所の目印にと、貴重な稲むらに火をつけ、多くの人びとを救ったひとりの男がいた…浜口梧陵である。戦前・戦中、不朽の防災テキストといわれた「稲むらの火」のモデルとなった浜口梧陵。その真実の姿が、今、ここにあきらかにされる。読んで見て学ぶ「津波への備え」。

『津波!!命を救った稲むらの火』　小泉八雲原作, 髙村忠範文・絵　汐文社　2005.4　1冊　31×22cm　1400円　①4-8113-7891-1

『怪談小泉八雲のこわ～い話　5　雪女―その他三編』　小泉八雲原作, 髙村忠範文・絵　汐文社　2004.11　125p　22cm　1400円　①4-8113-7914-4　Ⓝ913.6

[目次] 雪女, ほうむられた秘密, 梅津忠兵衛, 常識

『怪談小泉八雲のこわ～い話　4　やぶられた約束―その他二編』　小泉八雲原作, 髙村忠範文・絵　汐文社　2004.9　139p　22cm　1400円　①4-8113-7913-6　Ⓝ913.6

[目次] やぶられた約束, まもられた約束, 和解

『怪談小泉八雲のこわ～い話　3　幽霊滝の伝説―その他二編』　小泉八雲原作，高村忠範文・絵　汐文社　2004.7　143p　22cm　1400円　①4-8113-7880-6　Ⓝ913.6
[目次]　幽霊滝の伝説，忠五郎の話，果心居士
[内容]　『幽霊滝の伝説』『忠五郎の話』『果心居士』の三編を収録。

『怪談小泉八雲のこわ～い話　2　食人鬼―その他二編』　小泉八雲原作，高村忠範文・絵　汐文社　2004.7　128p　22cm　1400円　①4-8113-7879-2　Ⓝ913.6
[目次]　食人鬼，ムジナ，青柳ものがたり

『怪談小泉八雲のこわ～い話　1　耳なし芳一　ろくろ首』　小泉八雲原作，高村忠範文・絵　汐文社　2004.6　127p　22cm　1400円　①4-8113-7878-4　Ⓝ913.6
[目次]　耳なし芳一，ろくろ首

『MAIS FORTE QUE A MORTE』　ラフカディオ・ハーン原作，太田大八絵，斎藤裕子再話，マルレネ・ペルリンジェイロ訳　新世研　2003.10　1冊　28×27cm　〈本文：ブラジル・ポルトガル語〉2761円　①4-88012-504-0
[内容]　渡し守の息子リエンは、おさななじみの美しい娘チュンファンと結婚したいと思っていました。でもチュンファンの父親は、娘を領主さまと結婚させるため、リエンをだまして村を出て行かせます。がっかりしたリエンは、くるったように舟をこいで川を下って行きました。やがて日は暮れ、リエンが川の土手で野宿の準備をしていると、やみの中を飛ぶように走ってくる白い人影が…むかしの中国に伝わる、ふしぎなふしぎな物語です。

『雪女　夏の日の夢』　ラフカディオ・ハーン作，脇明子訳　岩波書店　2003.3　254p　18cm　（岩波少年文庫）680円　①4-00-114563-4　Ⓝ933.6
[目次]　耳なし芳一の話，ムジナ，雪女，食人鬼，お茶のなかの顔，常識，天狗の話，弁天さまの情け，果心居士の話，梅津忠兵衛の話，鏡の乙女，伊藤則資の話，東洋の土をふ

んだ日（抄），盆踊り（抄），神々の集う国の都（抄），夏の日の夢

『愛は死よりも…』　ラフカディオ・ハーン原作，太田大八絵，さいとうゆうこ再話　新世研　2002.8　1冊　28×27cm　1600円　①4-88012-133-9
[内容]　渡し守の息子リエンは、おさななじみの美しい娘チュンファンと結婚したいと思っていました。でもチュンファンの父親は、娘を領主さまと結婚させるため、リエンをだまして村を出て行かせます。がっかりしたリエンは、くるったように舟をこいで川を下って行きました。やがて日は暮れ、リエンが川の土手で野宿の準備をしていると、やみの中を飛ぶように走ってくる白い人影が…むかしの中国に伝わる、ふしぎなふしぎな物語です。

『JOURNEY FROM BEYOND』　ラフカディオ・ハーン原作，太田大八絵，斎藤裕子再話　新世研　2002.8　1冊　28×27cm　〈本文：英文〉2761円　①4-88012-909-7
[内容]　渡し守の息子リエンは、おさななじみの美しい娘チュンファンと結婚したいと思っていました。でもチュンファンの父親は、娘を領主さまと結婚させるため、リエンをだまして村を出て行かせます。がっかりしたリエンは、くるったように舟をこいで川を下って行きました。やがて日は暮れ、リエンが川の土手で野宿の準備をしていると、やみの中を飛ぶように走ってくる白い人影が…むかしの中国に伝わる、ふしぎなふしぎな物語です。

『雪女』　小泉八雲作，平井呈一訳，伊勢英子絵　偕成社　2000.2　35p　29cm　（日本の童話名作選）1600円　①4-03-963740-2
[内容]　ある寒い夕暮のこと、ふたりの木こりがひどい吹雪にあいました。ふたりはとりあえず、渡し守の小屋に逃げこんで、入り口の戸をしっかり締め、頭からみのをかぶってごろりと横になりました。いつとはなしに眠りこんだ顔に雪があたって、驚いた若い方の男が目をさますと、締めたはずの入り口の戸があいていて、白装束の女が、年老いた方の男の上にかがみこんで、白い息を吹きかけています。と、きゅうに、その女がふりむいて若者の方に身をかがめてきました。見れば女の目は、ぞっとするほど怖ろ

# 小泉八雲

しい。だが顔は、ひじょうに美しい…。日本の伝説・奇談に魅せられた小泉八雲の傑作物語。伊勢英子が絵本化。

『怪談』 ラフカディオ・ハーン著, 森一訳 勉誠出版 1998.10 193p 19cm （大衆「奇」文学館 3） 1200円 ⓘ4-585-09065-7
|目次| 耳無し芳一の話, 鴛鴦, お貞の話, うばざくら, 策略, 鏡と鐘のこと, 食人鬼, 貉, 轆轤首, 死んだ秘密, 雪女, 青柳の話, 十六桜, 阿騎之助の夢, 力ばか, 向日葵, 蓬莱
|内容| 怪奇・怨念。恐怖とサスペンス。日本人は恐ろしい。よみがえるミステリィ。

『怪談―芳一ものがたり』 小泉八雲原作 金の星社 1998.1 93p 22cm （アニメ日本の名作 9） 1200円 ⓘ4-323-05009-7
|内容| むかし、瀬戸内海の海岸・壇の浦で、平氏と源氏のはげしいたたかいがあった。海のもくずと消えた平氏の悲しいさいごを、びわをひきながら語る、盲目の芳一。浜辺にひびきわたるびわの音にひかれ、ある夜、芳一のところに客がやってきた…。小学校三・四年生から。

『怪談』 小泉八雲原作, 日野日出志漫画 ほるぷ出版 1996.4 181p 22cm （まんがトムソーヤ文庫―コミック世界名作シリーズ） ⓘ4-593-09495-X

『ラフカディオ・ハーン3篇』 ラフカディオ・ハーン原作, ラボ教育センター制作局訳, 上野憲男絵 新版 ラボ教育センター 1995.6 87p 30cm （Sounds in kiddyland series 9）〈他言語標題：The story of Mimi-nashi-Hoichi and two other stories 英文併記〉 ⓘ4-924491-78-0,4-89811-050-9 Ⓝ933.6
|目次| 耳なし芳一, 鏡の精, 鮫人のなみだ

『怪談』 つのだじろう著 中央公論社 1995.3 274p 19cm （マンガ日本の古典 32） 1262円 ⓘ4-12-403310-9

『ヘルンとセツの玉手箱―小泉八雲とその妻の物語』 藤森きぬえ作, 梅川和男絵 文渓堂 1992.7 144p 21cm 1500円 ⓘ4-938618-57-5

|目次| 初めて聞く名前, サギの紋, 母の夢, 西田千太郎, スクランブル・エグ, キツネ, 人柱, 宍道湖の夕日, 献身, 雪女, 武家屋敷の日々, 結婚式, 美保の関, 黄泉の国へ, さようなら松江, 熊本の暮らし, 隠岐, 黒サンゴのたばこ入れ, 青い目の男の子, 帰化, 耳なし芳一, 国籍の溝, 出雲への旅
|内容| 明治時代、帰化法ができる以前、ひとりのイギリス人作家が日本人女性と結婚した。日本を愛し「耳なし芳一」など多くの日本怪談を残したラフカディオ・ヘルン（小泉八雲）とその妻セツである。セツの献身、ヘルンとセツが二人三脚で多くの作品を残すまでを描いた作品。

『耳なし芳一・雪女―八雲怪談傑作集』 小泉八雲作, 保永貞夫訳, 小林敏也絵 講談社 1992.6 250p 18cm （講談社青い鳥文庫 66-3） 520円 ⓘ4-06-147360-3
|目次| 耳なし芳一, 雪女, むじな, おしどり, 鳥取のふとん, ろくろ首, 乳母ざくら, 果心居士の幻術, 羽をおられた天狗, 十六ざくら, えんま大王の前で, 人を食う鬼, 茶わんの中の顔, やなぎの木の霊, ちんちん小ばかま, 玉の願い, 力ばか, がま, 氏神のやくそく, かがみの少女
|内容| 平家の怨霊から芳一を守るため、おしょうは芳一のからだじゅうに、経文を書きますが、両耳だけが残ってしまい…。（「耳なし芳一」）。ふぶきの夜にあらわれたおそろしい女は、美しい娘となって青年の前にふたたび姿を見せる。（「雪女」）。日本の文化を西欧に紹介した小泉八雲の怪談の傑作20話を収録。小学上級から。

『『怪談』をかいたイギリス人―小泉八雲』 木暮正夫文, 岩淵慶造絵 岩崎書店 1992.4 103p 26cm （伝記 人間にまなぼう 3） 2400円 ⓘ4-265-05403-X
|目次| ふしぎの国、日本へ, 父と母と子, ゆうれいのでるへや, シンシナティの新聞記者, ニューオーリンズの博覧会, まっさきにお寺見物, 家では、きものにたび, 出雲にちなんで, "八雲", 『怪談』をのこして日本の土に

『怪談―小泉八雲怪奇短編集』 小泉八雲作, 平井呈一訳 偕成社 1991.7 254p 19cm （偕成社文庫 3155） 700円 ⓘ4-03-651550-0
|目次| ムジナ, 幽霊滝の伝説, 雪女, 茶わん

の中, 安芸之介の夢, 和解, 常識, ほうむられた秘密, 鏡のおとめ, 食人鬼, 梅津忠兵衛, おかめの話, 忠五郎の話, まもられた約束, やぶられた約束, 果心居士, 青柳ものがたり, ろくろ首, 耳なし芳一の話

|内容| 最愛の妻が, 実は昔であった雪の精だったという話(雪女), うたたねしているあいだに, べつの人生を生きてしまった男の話(安芸之介の夢), 幽霊になって約束を果した侍の話(まもられた約束), 前妻の亡霊に呪い殺される若い後妻の話(やぶられた約束)など, 日本に古くからつたわる怪奇物語19編。小学上級以上向。

『怪談』 ハーン著, 亀山竜樹訳 春陽堂書店 1980.6 238p 16cm (春陽堂少年少女文庫—世界の名作・日本の名作) 340円

## 坪内逍遙

『すくなびこな—児童劇』 坪内逍遥作, 浜口久仁子構成 [出版地不明] 小沢共子 2007.2 1冊(ページ付なし) 21cm 〈共同刊行：熱海稲門会ほか〉 300円 Ⓝ912.6

『坪内逍遥の国語読本—原文、振り仮名、現代語訳つき。』 阿部正恒現代語訳 バジリコ 2006.12 186p 21cm 1500円 Ⓘ4-86238-023-9

|目次| 天然物の利用, 蒸気機関の発明, 親ごころ, 海流, 大鳴門, 手, 狩野元信, 染料, 領主の新衣, 羽衣〔ほか〕

|内容| 明治33年に, 坪内逍遥が本名の坪内雄蔵の名で著作, 編集したやさしい文語体の高等小学校用教科書。科学から哲学, 人情話にまで及ぶクロスオーバーの心躍る不思議な日本語世界。

## 森鷗外

『現代語で読む舞姫』 森鷗外作, 高木敏光現代語訳 理論社 2012.5 150p 19cm (現代語で読む名作シリーズ 1) 1200円 Ⓘ978-4-652-07993-5 Ⓝ913.6

|目次| 舞姫, うたかたの記, 文づかい

|内容| 『舞姫』—ベルリン留学中の青年は, 貧しい踊り子エリスに恋をする。社会的地位を失ってでも, この愛に生きるべきか？ 青年は苦悩する。『うたかたの記』—画学生は, かつて助けた花売り娘を想い続けていた。ミュンヘンで再会したその娘マリーには, 国王との暗い因縁があった。『文づかい』—若い士官はドイツ貴族の城で, 友人の許嫁イーダに出会う。そして彼女から, 人に知られず届けてほしいと, 一通の手紙を渡された。

『舞姫—森鷗外珠玉選』 森鷗外作, 森まゆみ訳, 土屋ちさ美絵 講談社 2011.2 193p 18cm (講談社青い鳥文庫 112-2) 〈並列シリーズ名：AOITORI BUNKO 年譜あり〉 600円 Ⓘ978-4-06-285195-4 Ⓝ913.6

|目次| 舞姫, 山椒大夫, 高瀬舟, 杯, 文づかい, 解説(森まゆみ)

|内容| 明治時代, 国の期待を背負ってドイツへ留学した青年豊太郎は, ベルリンの街でエリスという美しい少女と恋に落ちた。ふたりを待ち受ける運命とは。青春の熱くはかない恋を描いた『舞姫』ほか, つらい人生をけなげに生きる姉弟・安寿と厨子王の物語「山椒大夫」など, 文豪森鷗外の情緒あふれる物語5編を収録。不朽の名作を読みやすい現代語訳で！ 小学上級から。

『高瀬舟・山椒大夫』 森鷗外著 舵社 2005.6 175p 21cm (デカ文字文庫) 580円 Ⓘ4-8072-2210-4

|目次| 高瀬舟, 魚玄機, じいさんばあさん, 寒山拾得, 堺事件, 山椒大夫

『山椒大夫 高瀬舟』 森鷗外著 改訂 偕成社 2004.6 225p 19cm (偕成社文庫) 700円 Ⓘ4-03-850060-8 Ⓝ913.6

|目次| 山椒大夫, 高瀬舟, 金貨, 堺事件, 阿

部一族．解説（荒正人著）

『高瀬舟』　森鷗外著　全国学校図書館協議会　1999.1　23p　19cm　（集団読書テキスト B2　全国SLA集団読書テキスト委員会編）〈年譜あり〉155円　①4-7933-8002-6

『舞姫』　森鷗外原作　金の星社　1997.11　93p　22cm　（アニメ日本の名作 8）1200円　①4-323-05008-9
内容　野心をいだいて海をわたり、はるかドイツへとやってきた青年、太田豊太郎。仕事のあいまには大学で学び、意欲にみちた生活を送っていた。だが、ある雪のふる夕暮れ、ぐうぜんに出会ったうつくしい少女エリスが、豊太郎の運命をかえていく。エリスはおどり子—舞姫だった。小学校3・4年生から。

『山椒大夫』　森鷗外原作，小早川杏漫画　ほるぷ出版　1996.4　183p　22cm　（まんがトムソーヤ文庫—コミック世界名作シリーズ）①4-593-09495-X

『山椒大夫・高瀬舟』　森鷗外著，清水耕蔵絵　講談社　1986.11　197p　18cm　（講談社青い鳥文庫 112-1）420円　①4-06-147209-7
目次　金貨，杯，木精，堺事件，山椒大夫，最後の一句，高瀬舟
内容　父をたずねる旅に出た、安寿・厨子王と母は、人買いにだまされ、別れ別れになった。姉弟は、山椒大夫のところへ売られ、毎日つらい仕事をさせられた。父母と会うために、安寿は厨子王を一人で都に逃がした。やがて出世し、国守となった厨子王は、母をさがしに行く。「山椒大夫」をはじめ、「高瀬舟」「堺事件」「金貨」など、森鷗外の名作7編を収録。

『山椒大夫』　森鷗外著　創隆社　1984.10　204p　18cm　（近代文学名作選）〈新装版〉430円

# 伊藤左千夫

『現代語で読む野菊の墓』　伊藤左千夫作，城島明彦現代語訳　理論社　2012.9　137p　19cm　（現代語で読む名作シリーズ 3）1200円　①978-4-652-07998-0　Ⓝ913.6
内容　政夫が中学生の時、病気がちな母親を手伝うため、二つ年上の従姉・民子が、家に同居していた。政夫と民子は、幼い頃から大の仲良しだった。しかし、世間体を気にする大人たちに二人の仲を注意され、かえって互いを異性として意識しはじめる。ある秋の日、野菊の咲く道で二人は互いの想いを伝え合う。

『野菊の墓』　伊藤左千夫著　改版　全国学校図書館協議会　2005.5　78p　19cm　（集団読書テキスト B9　全国SLA集団読書テキスト委員会編）〈年譜あり〉220円　①4-7933-8063-8　Ⓝ913.6

『野菊の墓』　伊藤左千夫原作　金の星社　1996.11　93p　22cm　（アニメ日本の名作 2）1236円　①4-323-05002-X
内容　「民さんは野菊のような人だ。」政夫と、二さい年上の、いとこの民子は、まるできょうだいのように仲のよい間がらだった。子どものように、むじゃきに遊んでいたふたりに、やがて恋がめばえる。だが、世間体を気にする大人たちに、ふたりの恋はじゃまされて…。小学校三・四年生から。

『野菊の墓』　伊藤左千夫原作，清水めぐみ漫画　ほるぷ出版　1996.4　182p　22cm　（まんがトムソーヤ文庫—コミック世界名作シリーズ）①4-593-09495-X

『野菊の墓』　伊藤左千夫著，鴇田幹絵　講談社　1986.9　233p　18cm　（講談社青い鳥文庫）420円　①4-06-147207-0
目次　野菊の墓，伊藤左千夫の歌，隣の嫁，春の潮
内容　15歳の政夫と二つ年上のいとこ民子のひたむきな初恋—。農村の封建的な風習によってひきさかれた少年少女の悲恋をはかなくも美しい小説にして、いまなお読者を

こころよい感傷にさそう不朽の名作「野菊の墓」。ほかに自伝風小説「隣の嫁」、「春の潮」、明治歌壇に新風をふきこんだ左千夫の短歌数編を収録。

『野菊の墓』 伊藤左千夫著 創隆社 1984.9 211p 18cm （近代文学名作選） 430円

## 正岡子規

『子規と考える言葉・人・ふるさと─「ふるさと松山学」子規の俳句と人生に学ぼう 中学校』 松山市教育委員会編 第2版 松山 松山市教育委員会 2012.3 99p 26cm〈年譜あり〉 Ⓝ375

『のぼさんと学ぶ俳句と言葉─「ふるさと松山学」子規の俳句と人生に親しもう 2 小学校4-6年』 松山市教育委員会編 第2版 松山 松山市教育委員会 2012.3 99p 26cm〈年譜あり〉 Ⓝ375

『のぼさんと学ぶ俳句とことば─「ふるさと松山学」子規の俳句と人生にふれよう 1 小学校1-3年』 松山市教育委員会編 第2版 松山 松山市教育委員会 2012.3 67p 26cm Ⓝ375

『正岡子規ものがたり』 楠木しげお作, 村上保絵 教育出版センター 1993.5 138p 21cm （ジュニア・ノンフィクション 34） 1200円 Ⓘ4-7632-4133-8
[目次] 1「青びょうたん」の男の子, 2 軍談がすき, 3 松山では間にあわない, 4 あこがれの東京, 5 ベースボール（野球）, 6 血をはいて子規となる, 7 やっぱり俳句をやろう, 8 俳句の革新, 9 命がけの従軍, 10 漱石のいる松山, 11 子規派俳句のいきおい, 12 短歌の革新, 13 病床の子規, 14 糸瓜咲いて

## 夏目漱石

『坊っちゃん』 夏目漱石作, 後路好章編, ちーこ挿絵 角川書店, 角川グループホールディングス〔発売〕 2013.5 214p 18cm （角川つばさ文庫 Fな3-1）〈カバー絵：長野拓造〉 580円 Ⓘ978-4-04-631314-0 Ⓝ913.6
[内容]「親ゆずりの無鉄砲で、子どもの時から損ばかりしている」そんな坊っちゃんがなんと中学校の先生に!? 住みなれた東京をはなれて、着いた先は四国の松山。先生も生徒も変人ばっかりで、教師生活はどたばた事件の連続！ 東京に残してきた母がわりの清のことも気になって…。坊っちゃんがのどかな田舎で大騒動を巻き起こす！ 読んでおきたい名作決定版！ 小学上級から。

『現代語で読む坊っちゃん』 夏目漱石作, 深沢晴彦現代語訳 理論社 2012.11 207p 19cm （現代語で読む名作シリーズ 4） 1300円 Ⓘ978-4-652-08004-7 Ⓝ913.6
[内容] 子どものころから無鉄砲な東京育ちの「坊っちゃん」は、中学校の教師になって四国の田舎町にやってきた。赴任早々、生徒たちの悪ふざけに遭い、卑怯な手口が許せないと腹を立てる。教師の中にも、陰でずるいことをしている者がいる。坊っちゃんは、無鉄砲と正義感をつらぬいて、不正に立ち向かっていく。

『坊っちゃん』 夏目漱石作, 森川成美構成, 優絵 集英社 2011.5 269p 18cm （集英社みらい文庫 な-2-1） 570円 Ⓘ978-4-08-321020-4 Ⓝ913.6
[内容] 体は小さくっても、思いきりの良さは天下一品の江戸っ子 "坊っちゃん"。生まれ故郷をあとにして、むかった先は、遠く離れた四国の中学校。数学の先生として、教師生活をスタートさせてみたものの、そこには個性的な服装や性格の先生や、手ごわい生徒たちがあふれていた。そんな彼らを相手に、"坊っちゃん"が親ゆずりのむてっぽうで数々の大騒動を巻き起こす！ 小学中級から。

『吾輩は猫である 下』 夏目漱石作 講

談社　2009.6　363p　18cm　（講談社青い鳥文庫）〈第54刷〉670円　Ⓘ4-06-147183-X

[内容] 中学の英語教師苦沙弥先生の家の飼い猫「吾輩」が猫の目をとおして見た人間社会を風刺したユーモア小説。この家に集まる友人の詩人、哲学者、美学者など明治の文化人が皮肉の精神で語る東西文化比較論、自覚心論、女性論…。文豪漱石の高い知性と道義心あふれる処女作。

『吾輩は猫である　上』　夏目漱石作　講談社　2009.6　371p　18cm　（講談社青い鳥文庫）〈第61刷〉670円　Ⓘ4-06-147182-1

[内容] 中学の英語教師で、なんにでもよく手を出したがる、胃弱の珍野苦沙弥先生と、その家に出入りする美学者迷亭、教え子の水島寒月、詩人志望の越智東風など——明治の人間社会を、飼い猫の目をとおして、ユーモラスに諷刺した、漱石の最初の長編小説。

『21世紀版少年少女日本文学館　2　坊っちゃん』　夏目漱石著　講談社　2009.2　253p　20cm〈年譜あり〉1400円　Ⓘ978-4-06-282652-5　Ⓝ913.68

[目次] 坊っちゃん，文鳥，永日小品（柿，火鉢，猫の墓，山鳥，行列）

[内容] 親譲りの無鉄砲——。一本気な江戸っ子「坊っちゃん」が四国・松山の中学校の先生に。くせのある同僚教師と生意気な生徒たちのなか、持ち前の反骨精神で真正直に走り続ける痛快物語。時代を超えて愛されつづける漱石の傑作と、彼の才能が凝縮された短編二作を収録。

『漱石の殺したかった女——『虞美人草』の謎　「漱石先生お久しぶりです」より』　赤木かん子編，半藤一利著　ポプラ社　2008.4　30p　21cm　（ポプラ・ブック・ボックス　剣の巻 11）Ⓘ978-4-591-10196-4　Ⓝ910.268

『吾輩は猫である（抄）』　赤木かん子編，夏目漱石著　ポプラ社　2008.4　31p　21cm　（ポプラ・ブック・ボックス　王冠の巻 3）Ⓘ978-4-591-10208-4　Ⓝ913.6

『坊っちゃん』　夏目漱石作，北島新平画　金の星社　2008.3　312p　18cm（フォア文庫）〈第49刷〉660円　Ⓘ978-4-323-01010-6

[目次] 坊っちゃん，二百十日

[内容] 親ゆずりの無鉄砲で、子どものときから損ばかりしている主人公・坊っちゃんは、物理学校を卒業すると数学の教師となって、四国の中学へ赴任した。そこに待ちうけていたのは、生徒たちの執拗ないたずらであり、教師仲間の卑怯なはかりごと。正義の血に燃える坊っちゃんには、どうしても許すことができない…。他に『二百十日』を収録。

『坊っちゃん』　夏目漱石作，福田清人編　新装版　講談社　2007.10　247p　18cm　（講談社青い鳥文庫　69-4）〈絵：にしけいこ　年譜あり〉570円　Ⓘ978-4-06-148789-5　Ⓝ913.6

[内容]「親ゆずりのむてっぽうで、子どものときから、そんばかりしている。」そんな純情で江戸っ子かたぎの坊っちゃんが、東京から中学の先生として、はるばる四国へ。俗な教師の赤シャツ、野だいこ、ちょっと弱気なうらなり、正義漢の山あらしなど、ユニークな登場人物にかこまれて、坊っちゃんの新人教師生活は…!?夏目漱石のユーモア小説の傑作!!小学上級から。

『坊っちゃん』　夏目漱石著，福田清人編　講談社　2006.6　235p　18cm　（講談社青い鳥文庫）〈第62刷〉580円　Ⓘ4-06-147125-2

[内容] 正義漢だが親ゆずりの一本気、純情な江戸っ子かたぎの坊っちゃんが、東京から中学の先生として、はるばる四国にやってきた。いたずら盛りの生徒や俗な教師の赤シャツ、野だいこなどになって立ちむかう…。文豪・漱石の痛快なユーモア小説の名編。小学上級から。

『吾輩は猫である』　夏目漱石文，武田美穂絵，斎藤孝編　ほるぷ出版　2006.1　1冊　22×22cm　（声にだすことばえほん）1200円　Ⓘ4-593-56051-9

[内容]「吾輩は猫である。名前はまだ無い。」猫の目を通して人間社会をユーモアたっぷりに描いた名作が、愉快な絵本になりました。夏目漱石の文体はそのままに、猫の日常を中心に物語を抜粋。日本語の名文を声にだして楽しんで下さい。

日本近代文学　　　　　　　　　　　　　　　　　　　　　　　夏目漱石

『坊っちゃん』　夏目漱石著　ポプラ社　2005.10　218p　18cm　（ポプラポケット文庫 375-1）〈1978年刊の新装改訂〉570円　Ⓘ4-591-08867-7　Ⓝ913.6

内容 「坊っちゃん」は夏目漱石のたくさんの作品の中でも、代表作といってよい作品の一つです。素朴な正義感をむき出しに行動しつつ、周囲の人々にまことに鋭敏に愛憎の念をぶっつける“坊っちゃん”の中の坊っちゃんは、漱石のこうした一面、正義を求める心をみることができるのです。

『吾輩は猫である　下』　夏目漱石著　ポプラ社　2005.10　386p　18cm　（ポプラポケット文庫 375-3）〈1980年刊の新装改訂〉660円　Ⓘ4-591-08869-3　Ⓝ913.6

『吾輩は猫である　上』　夏目漱石著　ポプラ社　2005.10　390p　18cm　（ポプラポケット文庫 375-2）〈1980年刊の新装改訂〉660円　Ⓘ4-591-08868-5　Ⓝ913.6

『こころ　後編』　夏目漱石著　舵社　2005.8　194p　21cm　（デカ文字文庫）600円　Ⓘ4-8072-2207-4

『こころ　前編』　夏目漱石著　舵社　2005.8　197p　21cm　（デカ文字文庫）600円　Ⓘ4-8072-2206-6

『坊っちゃん』　夏目漱石著　舵社　2005.8　195p　21cm　（デカ文字文庫）600円　Ⓘ4-8072-2201-5

『坊っちゃん』　夏目漱石作　小学館　2004.7　318p　21cm　（斎藤孝の音読破 1　斎藤孝校注・編）800円　Ⓘ4-09-837581-8　Ⓝ913.6

『坊っちゃん』　夏目漱石作　岩波書店　2002.5　205p　18cm　（岩波少年文庫）640円　Ⓘ4-00-114554-5

内容 四国の中学に数学の教師として赴任した江戸っ子の坊っちゃん。校長の〈狸〉や教頭〈赤シャツ〉は権力をふりかざし、中学生たちはいたずらで手に負えない。ばあやの清を懐かしみながら、正義感に燃える若い教師の奮闘の日々が始まる。中学以上。

『夏目漱石―『坊っちゃん』をかいた人』　桜井信夫作，鴇田幹絵　岩崎書店　1997.5　136p　18cm　（フォア文庫）560円　Ⓘ4-265-06308-X

目次 江戸っ子の『坊っちゃん』、いつもひとりぼっちの子、漱石と名づけて、東京をはなれて、イギリスに留学、作品をかきはじめる、博士号はいらない

内容 『坊っちゃん』という小説のタイトルは、きいたことがあるでしょう。『坊っちゃん』は正義感あふれる先生で、悪をこらしめる、ゆかいな小説です。小学生にもひろくよまれています。では、この本をかいた「夏目漱石」という作家は、どんな人だったのでしょうか。「文豪」というわれるのは、どうしてでしょうか。漱石の一生にそのカギがひめられています。千円札にえがかれている肖像画の人・夏目漱石の伝記。

『坊っちゃん』　夏目漱石原作　金の星社　1996.11　93p　22cm　（アニメ日本の名作 1）1236円　Ⓘ4-323-05001-1

内容 おれは、親ゆずりの無鉄砲で、子どものときから損ばかりしている。小学校の同級生に「弱虫」とからかわれて、二階からとびおりたこともあった。そして、これも無鉄砲な性格から、教師として四国の松山へいく話をひきうけてしまったが…。松山って、いったいどんなところなんだ？　小学校三・四年生から。

『吾輩は猫である　下』　夏目漱石作，司修絵　偕成社　1996.7　399p　19cm　（偕成社文庫）700円　Ⓘ4-03-652130-6

内容 英語教師苦沙弥先生の家にまよいこんだ一匹の猫の独白で語られる人間社会のあれこれ…作家・漱石の名を世にしらしめたユーモアあふれる傑作長編。くわしい語注を付した読みやすい決定版。(上・下2巻)小学上級から。

『吾輩は猫である　上』　夏目漱石作，司修絵　偕成社　1996.7　371p　19cm　（偕成社文庫）700円　Ⓘ4-03-652120-9

内容 「吾輩は猫である。名前はまだない。…」この書き出しではじまる夏目漱石の処女作は発表されるや大評判となった。一匹の飼い猫の目をとおして人間社会を風刺的に描き現代まで読みつがれている名作。(上・下2巻)小学上級から。

子どもの本 日本の古典をまなぶ2000冊　279

『坊っちゃん』 夏目漱石原作，高梨鉄平漫画 ほるぷ出版 1996.4 186p 22cm （まんがトムソーヤ文庫―コミック世界名作シリーズ） ⓘ4-593-09495-X

『吾輩は猫である』 夏目漱石原作，緒方都幸漫画 ほるぷ出版 1996.4 183p 22cm （まんがトムソーヤ文庫―コミック世界名作シリーズ） ⓘ4-593-09495-X

『吾輩は猫である 下』 夏目漱石著 講談社 1995.6 341p 19cm （ポケット日本文学館 8） 1200円 ⓘ4-06-261708-0
[内容] 捨て猫の「吾輩」が見た世界とは。猫の視点から人間社会を批評する斬新な方法と、全編にあふれるユーモアと風刺で、夏目漱石の名を世にしらしめた長編の代表作。

『吾輩は猫である 上』 夏目漱石著 講談社 1995.6 424p 19cm （ポケット日本文学館 7） 1400円 ⓘ4-06-261707-2
[内容] 猫の目に映った人間社会は。痛烈に風刺しながらも、上質のユーモアセンスが光る、娯楽大作。

『坊っちゃん』 夏目漱石著 講談社 1995.4 235p 19cm （ポケット日本文学館 1） 1000円 ⓘ4-06-261701-3
[目次] 坊っちゃん，文鳥

『夏目漱石―いまも読みつがれる数々の名作を書き、人間の生き方を深く追究しつづけた小説家』 三田村信行著 偕成社 1994.3 218p 21cm （伝記 世界を変えた人々 20） 1500円 ⓘ4-03-542200-2
[目次] 文豪・漱石，夏目金之助の誕生，里子から養子に，中学をやめ、二松学舎へ，漢学から洋学へ，文学をこころざす，親友・正岡子規，日清戦争，英語の教師として松山へ，熊本へ，そして結婚，二年間のイギリス留学，一ぴきの猫，作家・漱石の誕生，文学にむかうはげしい決意，「修善寺の大患」，不安な神経，『道草』の世界，漱石はつねに新しい〔ほか〕
[内容] それぞれの人の生涯史となっており、その業績と人間像が、いきいきと魅力的に、わかりやすく書かれています。小学中級か

ら大人まで。

『『坊っちゃん』をかいた人―夏目漱石』 桜井信夫文，鍋田幹絵 岩崎書店 1992.4 99p 26cm （伝記 人間にまなぼう 10） 2400円 ⓘ4-265-05410-2
[目次] 江戸っ子の『坊っちゃん』、いつもひとりぼっちの子、漱石と名づけて、東京をはなれて、イギリスに留学、作品をかきはじめる、博士号はいらない、略年表

『坊っちゃん』 夏目漱石著 春陽堂書店 1989.5 239p 15cm （春陽堂くれよん文庫） 400円 ⓘ4-394-60001-4
[内容] おっちょこちょいで、けんかっ早い、坊っちゃんが、先生になって四国のいなかの中学に勤めることになりました。江戸っ子の正義漢で、いいことはいい、悪いことは悪いとズバズバ言ってのけ、それをすぐ行動に移す性格です。のんびりしていてずるがしこい先徒や先生には、とてもがまんがなりません。ゆかいなあだ名をつけたり、珍騒動の連続です。

『坊っちゃん』 夏目漱石著 偕成社 1988.11 234P 26cm （偕成社文庫 3157） 450円 ⓘ4-03-651570-5
[内容] 正義感が強くて、まっ正直な〈坊っちゃん〉が、新任教師として、四国の中学校に赴任した。江戸っ子の坊っちゃんが、田舎の生徒たちや、先輩教師たちを相手にまきおこす、珍騒動のかずかず。おとなから子どもまで、幅広く愛読されてきた、夏目漱石の不滅の青春文学。小学上級から。

『吾輩は猫である 下』 夏目漱石作，小沢良吉画 金の星社 1988.3 363p 18cm （フォア文庫 C079） 500円 ⓘ4-323-01060-5
[内容] 苦沙味先生の家のいそうろう猫は、名前もつけてもらえない。性格がだんだん人間に近づいて、無精でわがままになった。主人があいかわらず貧乏性なのに同情しながら、将来の世の中が不安になる。上巻に引き続き、猫の目を通して、人間のたてまえと本音、そして近代化が進む社会の矛盾を、きびしく、ゆかいに描く漱石文学の傑作。

『吾輩は猫である 下』 夏目漱石著 講談社 1988.3 347p 22cm （少年少女日本文学館 第28巻） 1400円 ⓘ4-

06-188278-3

『吾輩は猫である　上』　夏目漱石作，小沢良吉画　金の星社　1988.3　362p　18cm　（フォア文庫 C078）　500円　Ⓒ4-323-01059-1

内容　1匹の猫が、英語教師の苦沙弥先生の家に住みついた。ちっとも猫らしくなくて、りくつ屋で、好奇心が旺盛だ。主人は頑固者で、いつもみんなにからかわれている。人間の表に出ない心の内を、猫のおしゃべりが皮肉っぽく語る。作者漱石が、実際に飼っていた猫をモデルに書いた、ユーモアの文明批評たっぷりの長編小説決定版。

『吾輩は猫である　上』　夏目漱石著　講談社　1988.2　424p　22cm　（少年少女日本文学館 27）　1400円　Ⓒ4-06-188277-5

内容　"吾輩は猫である。名前はまだない"。で、始まるこの作品は文豪漱石の代表的名作、日本人の必読の本である。

『坊っちゃん』　夏目漱石著　講談社　1985.10　269p　22cm　（少年少女日本文学館 第2巻）　1400円　Ⓒ4-06-188252-X

目次　坊っちゃん，文鳥，永日小品

『坊っちゃん』　夏目漱石著　創隆社　1984.10　285p　18cm　（近代文学名作選）〈新装版〉　430円

『吾輩は猫である　下』　夏目漱石著　金の星社　1981.10　313p　20cm　（日本の文学 23）　900円　Ⓒ4-323-00803-1

『吾輩は猫である　上』　夏目漱石著　金の星社　1981.10　315p　20cm　（日本の文学 22）　900円　Ⓒ4-323-00802-3

『坊ちゃん　2』　夏目漱石原作，モンキー・パンチ原画　双葉社　1980.12　136p　23cm　（名作アニメ図書館）　980円

『坊ちゃん　1』　夏目漱石原作，モンキー・パンチ原画　双葉社　1980.11　141p　23cm　（名作アニメ図書館）　980円

『こころ』　夏目漱石著　ポプラ社　1980.10　302p　18cm　（ポプラ社文庫）　660円　Ⓒ4-591-00946-7

『吾輩は猫である　下』　夏目漱石著　ポプラ社　1980.5　310p　18cm　（ポプラ社文庫）　700円　Ⓒ4-591-00932-7

『吾輩は猫である　上』　夏目漱石著　ポプラ社　1980.5　308p　18cm　（ポプラ社文庫）　700円　Ⓒ4-591-00931-9

## 幸田露伴

『五重塔』　幸田露伴作　小学館　2005.4　302p　21cm　（斎藤孝の音読破 4　斎藤孝校注・編）　800円　Ⓒ4-09-837584-2　Ⓝ913.6

『田中芳樹の運命　二人の皇帝』　田中芳樹著，幸田露伴原作　講談社　2002.5　248p　19cm　（シリーズ・冒険 3）〈『運命　二人の皇帝』再編集・改題書〉　1200円　Ⓒ4-06-270113-8

内容　田中芳樹が幸田露伴の名作『運命』を翻案。

『運命―二人の皇帝』　田中芳樹文，幸田露伴原作，皇名月絵，井上ひさし，里中満智子，椎名誠，神宮輝夫，山中恒編　講談社　1999.3　291p　19cm　（痛快 世界の冒険文学 18）　1500円　Ⓒ4-06-268018-1

内容　1398年、明の太祖洪武帝が崩御したあと、二十二歳の建文帝が即位した。心やさしく、気弱な若き皇帝の地位をかためんとする側近たちは、実力のある皇帝の叔父たちを追いつめる。やがて、叔父のひとり燕王がおこす「靖難の役」。中国悠久の歴史の中で、皇帝の座をめぐり、甥と叔父との激烈な戦いがはじまる。

## 巌谷小波

『小波お伽全集　第15巻(立志篇)』　復刻版　本の友社　1998.12　448p　23cm　〈原本：吉田書店出版部小波お伽全集刊行会昭和9年刊　肖像あり〉　①4-89439-170-8

『小波お伽全集　第14巻(教訓篇)』　復刻版　本の友社　1998.12　450p　23cm　〈原本：吉田書店出版部小波お伽全集刊行会昭和9年刊　肖像あり〉　①4-89439-170-8

『小波お伽全集　第13巻(対話篇)』　復刻版　本の友社　1998.12　440p　23cm　〈原本：吉田書店出版部小波お伽全集刊行会昭和9年刊〉　①4-89439-170-8

『小波お伽全集　第12巻(寓話篇)』　復刻版　本の友社　1998.12　438,22,4p　23cm　〈原本：千里閣(小波お伽全集刊行会)昭和5年刊　肖像あり〉　①4-89439-170-8

『小波お伽全集　第11巻(伝説篇)』　復刻版　本の友社　1998.12　458p　23cm　〈原本：千里閣(小波お伽全集刊行会)昭和5年刊　肖像あり〉　①4-89439-170-8

『小波お伽全集　第10巻(口演篇)』　復刻版　本の友社　1998.12　460p　23cm　〈原本：千里閣(小波お伽全集刊行会)昭和5年刊　肖像あり〉　①4-89439-170-8

『小波お伽全集　第9巻(少年短篇)』　復刻版　本の友社　1998.12　462p　23cm　〈原本：千里閣(小波お伽全集刊行会)昭和5年刊〉　①4-89439-170-8

『小波お伽全集　第8巻(少女短篇)』　復刻版　本の友社　1998.12　456p　23cm　〈原本：千里閣(小波お伽全集刊行会)昭和5年刊　肖像あり〉　①4-89439-170-8

『小波お伽全集　第7巻(歌謡篇)』　復刻版　本の友社　1998.12　460p　23cm　〈原本：千里閣(小波お伽全集刊行会)昭和4年刊〉　①4-89439-170-8

『小波お伽全集　第6巻(長話篇)』　復刻版　本の友社　1998.12　464p　23cm　〈原本：千里閣(小波お伽全集刊行会)昭和4年刊〉　①4-89439-170-8

『小波お伽全集　第5巻(少年篇)』　復刻版　本の友社　1998.12　460p　23cm　〈原本：千里閣(小波お伽全集刊行会)昭和4年刊〉　①4-89439-170-8

『小波お伽全集　第4巻(芝居篇)』　復刻版　本の友社　1998.12　458p　23cm　〈原本：千里閣(小波お伽全集刊行会)昭和4年刊〉　①4-89439-170-8

『小波お伽全集　第3巻(短話篇)』　復刻版　本の友社　1998.12　478,8p　23cm　〈原本：千里閣(小波お伽全集刊行会)昭和4年刊〉　①4-89439-170-8

『小波お伽全集　第2巻(少女篇)』　復刻版　本の友社　1998.12　450p　23cm　〈原本：千里閣(小波お伽全集刊行会)昭和3年刊〉　①4-89439-170-8

『小波お伽全集　第1巻(怪奇篇)』　復刻版　本の友社　1998.12　462p　23cm　〈原本：千里閣(小波お伽全集刊行会)昭和3年刊　肖像あり〉　①4-89439-170-8

## 国木田独歩

『武蔵野』　国木田独歩著　創隆社　1984.10　204p　18cm　(近代文学名作選)　〈新装版〉　430円

## 樋口一葉

『**現代語で読むたけくらべ**』 樋口一葉作,山口照美現代語訳 理論社 2012.8 182p 19cm (現代語で読む名作シリーズ 2) 1200円 ①978-4-652-07997-3 Ⓝ913.6
目次 たけくらべ,にごりえ

『**樋口一葉ものがたり**』 日野多香子作,山本典子絵 鎌倉 銀の鈴社 2010.1 174p 22cm (ジュニア・ノンフィクション) 〈第4刷〉 1165円 ①978-4-87786-515-3
目次 第1章 ぬれ仏おはします…,第2章 萩の舎の門,第3章 作家をめざして,第4章 どん底のくらしの中で,第5章 名声,そして死,終章 不死鳥のように

『**門—「千年の夢」より**』 赤木かん子編,斎藤なずな著 ポプラ社 2008.4 43p 21cm (ポプラ・ブック・ボックス 剣の巻 8) ①978-4-591-10193-3 Ⓝ910.268

『**ちびまる子ちゃんの樋口一葉**』 さくらももこキャラクター原作,高橋由佳利漫画 集英社 2005.6 207p 19cm (満点人物伝) 〈第3刷〉 880円 ①978-4-08-314027-5
目次 第1章 「萩の舎」—蔵の中の読書,第2章 「雪の日」—小説家への道,第3章 「別れ」—真の小説とは?,第4章 「塵の中」—「たけくらべ」の世界,第5章 「奇跡の十四か月」—なつの最後の家
内容 日本の女性で初めて,小説を書くことを仕事にした樋口一葉。はげしく生きぬいた24年の感動の生涯。

『**たけくらべ**』 樋口一葉原作 金の星社 1997.4 93p 22cm (アニメ日本の名作 4) 1200円 ①4-323-05004-6
内容 美しい美登利と,まじめな信如。たがいに好意をもちながら,子どもたちの間の対立が,二人の心をすれちがわせていた。そんなある日,祭りの夜におこったできごとが,美登利の心を深く傷つけ,二人をますます遠ざけていく…。不朽の名作を,アニメとやさしい文章で,楽しく読みやすく!!小学校3・4年生から。

## 岡本綺堂

『**くらしっくミステリーワールド—大きな活字で読みやすい本 オールルビ版 2 岡本綺堂集**』 岡本綺堂著 リブリオ出版 2005.6 257p 22cm 〈第6刷〉 3800円 ①4-89784-494-0
目次 十五夜御用心,金の蠟燭,菊人形の昔,利根の渡

『**世界怪談名作集 下**』 岡本綺堂編訳 新装版 河出書房新社 2002.6 338p 15cm (河出文庫) 570円 ①4-309-46223-5
目次 北極星号の船長(ドイル),廃宅(ホフマン),聖餐祭(フランス),幻の人力車(キップリング),上床(クラウフォード),ラザルス(アンドレーフ),幽霊(モーパッサン),鏡中の美女(マクドナルド),幽霊の移転(ストックトン),牡丹灯記(瞿宗吉)
内容 堪能な英語力により世界の怪談を自家薬篭中のものとし,名作を渉猟した綺堂の怪談傑作選。

『**世界怪談名作集 上**』 岡本綺堂編訳 新装版 河出書房新社 2002.6 300p 15cm (河出文庫) 540円 ①4-309-46222-7
目次 貸家(リットン),スペードの女王(プーシキン),妖物(ビヤース),クラリモンド(ゴーチェ),信号手(ディッケンズ),ヴィール夫人の亡霊(デフォー),ラッパチーニの娘(ホーソーン)
内容 『半七捕物帳』で有名な岡本綺堂は怪談の名手でもあった。名アンソロジスト振りを発揮した本書で,極上の語りによるとっておきの怖い話をご賞味あれ。

『**三河町の半七—津の国屋 他**』 岡本綺堂著 岩崎書店 2001.4 199p 20×16cm (世界の名探偵 8) 1300円

## 島崎藤村

Ⓘ4-265-06738-7
[目次] 津の国屋，雪だるま，三つの声
[内容] 津の国屋という大きな酒屋のひとり娘，お雪が17歳になったときのことです。お雪の常磐津の女師匠，文字春が暗い夜道で，幽霊のような娘につきまとわれました。その気味の悪い娘は「津の国屋へ行く」と言うのです。その後，文字春の心配どおり，津の国屋に不幸が続きます。津の国屋の主人夫婦をうらんで死んだ娘の話を聞いた文字春は…。江戸の魅力あふれる怪談話の捕物帳。他『雪だるま』『三つの声』を収録。

### 島崎藤村

『初恋』 島崎藤村詩，かわかみたかこ絵，斎藤孝編 ほるぷ出版 2009.10 1冊 22×22cm （声にだすことばえほん） 1200円 Ⓘ978-4-593-56662-4
[内容] 恋の芽生えと喜び，切なさをうたった，島崎藤村の名詩「初恋」。詩のイメージを色鮮やかにコラージュのイラストで表現した，美しく切ない気持ちがよみがえる絵本。

『ふるさと—少年の読本』 島崎藤村著，北島新平絵 小金井 ネット武蔵野 2003.11 139p 27cm 1400円 Ⓘ4-944237-51-0 Ⓝ913.6

『えのきのみ』 島崎藤村作，井上洋介絵 チャイルド本社 1988.12 38p 25cm （チャイルド絵本館—日本の名作） 500円

『少年少女のための日本名詩選集 1 島崎藤村』 島崎藤村作，萩原昌好編 あすなろ書房 1986.8 77p 23×19cm 1200円

### 徳田秋声

『秋声少年少女小説集』 徳田秋声著 金沢 徳田秋声記念館 2013.7 295p 15cm （徳田秋声記念館文庫） 800円 Ⓝ913.6
[目次] 今，今，えらがり鯛蛸，蝴蝶，釋き松，花の精，土耳其王の所望，カナリヤ塚，明朝の望，目なし児，十二王子，蛍のゆくえ，瘤佐市，めぐりあい，解題

### 泉鏡花

『絵本化鳥』 泉鏡花ぶん，中川学ゑ，東雅夫監修 国書刊行会 2012.11 71p 19×27cm 1900円 Ⓘ978-4-336-05544-6 Ⓝ913.6
[内容] 「はねのはえたうつくしい人はどこにいるの？」少年のかたりで綴られた幻視の世界—文豪と気鋭の画家が繰りひろげる妖しくも美しい未知なる絵物語。

『化鳥・きぬぎぬ川—泉鏡花小説集』 泉鏡花著 第三文明社 1989.12 286p 19cm （21C文庫 8） 890円 Ⓘ4-476-11608-6
[目次] 化鳥，処方秘箋，雪の翼，女仙前記，きぬぎぬ川，雪霊記事，十三娘，駒の話，絵本の春，貝の穴に河童の居る事
[内容] 江戸文芸の伝統につながる泉鏡花の文化は，怪しくも美しい幻想美の世界へ読者をいざなう。三百をこえる作品の中から殊玉の短編を選りすぐり，現代の読者にも読みやすいよう工夫をこらして編集した。

### 与謝野晶子

『薔薇と花子—童謡集』 与謝野晶子著，上笙一郎編 春陽堂書店 2007.12 276p 20cm （与謝野晶子児童文学全集 6（童謡・少女詩篇）） 〈年譜あり〉 2400円 Ⓘ978-4-394-90254-6 Ⓝ913.6
[目次] 童謡，少年少女詩，我が子詩，校歌，歌曲，附録（晶子の随筆より）（私の宅の子

供，光の病気，二人の子，我子の教育，子供達の入学，少年少女の読物，新作の童謡に就て，中等教育の男女共学，中等教育と国文読本），解説（上笙一郎）

**『私の生い立ち—自伝』** 与謝野晶子著，上笙一郎編　春陽堂書店　2007.12　270p　20cm　（与謝野晶子児童文学全集 5（少女小説篇））2400円　①978-4-394-90253-9　Ⓝ913.6

目次 少女小説（六枚の着物，五つの貝，国世と少女達，松の木，蛍の捜し物，石と少女，天の菊作り，右の人左の人，大阪の家，月夜，ある春のこと，山の道，山の中の学生），私の生い立ち，私の見たる少女（南さん，おとくの奉公ぶり，商家に生れたあや子さん1-2，巴里のエレンヌさん，楠さん，おさやん，山太郎のおみきさん，伊予生れの渡辺さん，紀州のおふかさん，随想〈諸誌より〉（他の褒める歌には感心が出来ませんでした，私はひとりぼっちでした，与謝野晶子女史の生立），婦人百人一首，解説（上笙一郎）

**『環の一年間—少女小説集』** 与謝野晶子著，上笙一郎編　春陽堂書店　2007.10　302p　20cm　（与謝野晶子児童文学全集 4（少女小説篇））2400円　①978-4-394-90252-2　Ⓝ913.6

目次 環の一年間，少女小説（明治四十三～大正六年）（雀の学問，花簪の箱，さくら草，長い小指，おむかい，紫の帯，少女と蒲公英，巴里の子供，鼠と車，お山の先生，敏子と人形，新らしい鶴と亀，二羽の雀，霜ばしら，お師匠さま，鬼の名前，馬の絵，森の中のお仕度，よい眼鏡，とんだこと，隣の花，馬に乗った花，お礼の舟，お留守番，川の水，長い会の客，お迎い，芳子の煩悶），解説（古沢夕起子）

**『流されたみどり—童話集』** 与謝野晶子著，上笙一郎編　春陽堂書店　2007.10　310p　20cm　（与謝野晶子児童文学全集 3（童話篇））2400円　①978-4-394-90251-5　Ⓝ913.6

目次 短篇童話（明治四四～昭和四年）（五人囃のお散歩，欲のおこり，アイウエオの鈴木さん，名が上げたい文ちゃん，玉子の車，トッカビイとチンミョング，流されたみどり，神様の玉，菊の着物，北と南，鴨の氷滑り，新しい心の袋，文ちゃんの見た達磨，鳩のあやまち，梟の思いつき，津くしん坊，自動車とお文，おとり鳥，文ちゃんの街歩き，牛丸，母と子，敬いの手紙，解らないこと，子供と猫，虫眼鏡，としを借りた話，いろいろのお客，鉛筆から，麦藁摘み，五郎助の話，正平さんと飛行機，老人と狐，雨と子供，小い時，二疋の蟻，子供と白犬，文ちゃんのお見舞，与謝の海霞の織混ぜ，名まえがえ，夢の蛙，小人のお丹さん，太陽の家，物見台），解説（上笙一郎）

**『少年少女—童話集』** 与謝野晶子著，上笙一郎編　春陽堂書店　2007.7　302p　20cm　（与謝野晶子児童文学全集 2（童話篇））2400円　①978-4-394-90250-8　Ⓝ913.6

目次 おとぎばなし 少年少女（金ちゃん蛍，女の大将，燕はどこへ行った，鶯の先生，金魚のお使，お化うさぎ，虫の病院，お留守番，山あそび，ニコライと文ちゃん，金ちゃん蛍，女の大将，燕はどこへ行った，鶯の先生，金魚のお使，お化うさぎ，虫の病院，お留守番，山あそび，ニコライと文ちゃん，虫の音楽会，蛍のお見舞，紅葉の子供，芳子の虫歯，伯母さんの襟巻，蛙のお舟，美代子と文ちゃんの歌，贈りもの，ほととぎす笛，こけ子とこっ子，文ちゃんの朝鮮行，衣裳もちの鈴子さん，うなぎ婆さん，三疋の犬の日記，赤い花，鬼の子供，早口），短編童話（明治四〇年から四四年）（ぽんぽんさん，お腹の写真，二つの玉子，お池の雨，蜻蛉のリボン，お月見のお客様，蓮の花と子供，お日様好きとお月様好き，わるもの鳥，風の神の子，お蔵の煤掃，お祖母さんのお年玉，黄色の土瓶・上，黄色の土瓶・下），解説（古沢夕起子著）

内容 「子どもをのんびり素直に育てたい」と、毎夜わが子に語った物語の数々。生き生きとした子どもたちや小さな動物たちの繰り広げる童話の世界は、11人の子どもを育てた母晶子の、あふれんばかりの愛情のたまものである。生前に短篇をまとめた童話集『おとぎばなし少年少女』ほか数編を収録。

**『八つの夜—長編童話』** 与謝野晶子著，上笙一郎編　春陽堂書店　2007.7　310p　20cm　（与謝野晶子児童文学全集 1（童話篇））2400円　①978-4-394-90249-2　Ⓝ913.6

目次 八つの夜，うねうね川，行って参ります，解説（古沢夕起子著），晶子＝その児童文化的側面（上笙一郎著）

内容 12歳の少女綾子が、8人の少女に変身して次々と思いもよらぬ経験をする『八つ

の夜』、"人生修行"の旅に出た11歳の藤太郎が、危機一髪を乳母の機転によって救われる『行ってまいります』など、少年少女に向けた晶子の長編童話を収録。情熱の歌人・与謝野晶子の知られざるもう一つの顔。

『三匹の犬の日記』 与謝野晶子作, つよしゆうこ絵 架空社 2007.3 1冊 19×27cm 1300円 ①978-4-87752-149-3

『金魚のお使い』 与謝野晶子著 大阪 和泉書院 1994.9 207p 21cm 1500円 ①4-87088-683-9

『童話 環の一年間』 与謝野晶子著 大阪 和泉書院 1994.9 199p 21cm 1500円 ①4-87088-682-0

目次 1 さくら草, 2 花かんざしの箱, 3 神様の玉, 4 二羽の雀, 5 お師匠さま, 6 馬に乗った花, 7 川の水, 8 天の菊作り, 9 環の一年間, 10 私の生いたち・西瓜灯篭

内容 11人の子の母親であった歌人・晶子の子育て童話。

## 北原白秋

『日本語を味わう名詩入門 7 北原白秋』 北原白秋[著], 萩原昌好編, メグホソキ画 あすなろ書房 2011.10 87p 20cm 1500円 ①978-4-7515-2647-7 Ⓝ911.568

目次 「わが生いたち」より, 空に真っ赤な, 片恋, 海雀, 薔薇二曲, 雪に立つ竹, 雪後, 雪後の声, 庭の一部, 雀よ, 風, 落葉松, 露, あてのない消息, 言葉, 五十音, 空威張, 赤い鳥小鳥〔ほか〕

内容 雑誌「赤い鳥」に創刊から関わり、「赤い鳥小鳥」など、今なお歌いつがれる、多くの童謡を残した北原白秋。詩、短歌、童謡と幅広い分野で活躍した詩人の代表作をわかりやすく紹介します。

『あたしのまざあ・ぐうす』 ふくだじゅんこ絵, 北原白秋訳 冨山房インターナショナル 2011.5 1冊 21cm 1800円 ①978-4-905194-10-1

内容 詩人、童謡作家・北原白秋×絵本作家・ふくだじゅんこが織りなす、美しくも摩訶不思議なまざあぐうすの世界。

『マザー・グース—銅版画絵本 ナーサリーライム』 北原白秋訳, 倉部今日子画 [鎌倉] アトリエ水平線 2008.5 35p 20×22cm 〈英語併記〉 1600円 ①978-4-9907500-0-8 Ⓝ931

『声に出して読もう! 北原白秋の童謡』 北原白秋[著], 向山洋一監修, TOSS著 金の星社 2007.3 39p 30cm (読む・聞く・感じる! 美しい童謡と唱歌) 3000円 ①978-4-323-05592-3 Ⓝ911.56

目次 赤い鳥小鳥, ゆりかごのうた, 雨ふり, とおせんぼ, からたちの花, 五十音, からまつ, 待ちぼうけ, 雨, 曼珠沙華, ちゃっきりぶし, 砂山, この道, 城ヶ島の雨, 空に真っ赤な, 少女の歌, ペチカ, かえろかえろ

『とんぼの眼玉』 北原白秋著 日本図書センター 2006.4 131p 21cm (わくわく! 名作童話館 2)〈画:清水良雄ほか〉2400円 ①4-284-70019-7 Ⓝ911.56

目次 蜻蛉の眼玉, 夕焼とんぼ, 八百屋さん, お祭, のろのお医者, ほうほう蛍, 鳰の浮巣, 金魚, 雨

『日本童謡ものがたり』 北原白秋著 河出書房新社 2003.6 240p 22cm 1600円 ①4-309-01553-0 Ⓝ911.5

目次 ワラビとムジナ, つむぎ車の音, ねんねのおもり, 青ブドウ, この子のかわいさ, ボタン, ボタンの庭から, もりがつらさに, 与勘兵衛だこ, おはかのアヤメ〔ほか〕

内容 文部省唱歌がきりすててしまった、日本人の生活に根ざしたこどもたちのなまのことばと感情がひびいてくるわらべ唄の数々を、童謡研究・創作の第一人者である詩人・北原白秋があじわう、童謡鑑賞の珠玉の名著。

『からたちの花がさいたよ』 北原白秋作, 与田凖一編 岩波書店 1995.6 325p 18cm (岩波少年文庫) 700円 ①4-00-112126-3

内容 向然の四季折々の美しさをうたった童

謡のなかから、「あめふり」「砂山」「待ちぼうけ」など、長く愛唱されてきた作品を収め、初山滋氏の透明感あふれる挿絵を添えて贈る愛蔵用の一冊。小学上級以上。

『子どもの心をうたった詩人―北原白秋』
鶴見正夫文，こさかしげる絵　岩崎書店　1992.4　103p　26cm　（伝記 人間にまなぼう 7）2400円　①4-265-05407-2
[目次]童謡「砂山」，トンカジョンはぴいどろびん，南の風のふくまま，ウォーター・ヒアシンス，からたちの小道，本をよむよろこび，きらいな数学，大火にまきこまれた家，さよなら，ふるさと，花ひらく詩と歌と，日本の童謡，ああ，ふるさと柳川，略年表

『北原白秋ものがたり―この世の虹に』
楠木しげお作，友添泰典絵　教育出版センター　1989.1　147p　21cm　（ジュニア・ノンフィクション 29）1000円　①4-7632-4128-1
[目次]1 白秋会，2 柳川のジョン，3 第二のふるさと，4 文学へのときめき，5 福岡の北原白秋，6 さようなら柳川，7 歩みでた詩人，8「五足の靴」，9 はじめての詩集，10 柳川をうたう，11 うすむらさきの桐の花，12 三崎での新生，13 葛飾のハクションおじさん，14 かずかずの「白秋童謡」，15 小田原の父親白秋，16 羽ばたく白秋，17 天の目かくし，白秋文学碑めぐり

『少年少女のための日本名詩選集　2　北原白秋』　北原白秋作，萩原昌好編　あすなろ書房　1986.8　77p　23×19cm　1200円

『マザア・グウス』　北原白秋訳，渡辺三郎絵　チャイルド本社　1982.11　30p　25cm　（チャイルド絵本館―世界の名作）500円　①4-8054-7214-6

『からたちの花』　北原白秋ほか著，岸田耕造絵，赤い鳥の会編　小峰書店　1982.9　79p　22cm　（赤い鳥名作童話）780円　①4-338-04811-5

# 石川啄木

『われ泣きぬれて蟹とたわむる』　石川啄木［著］，斎藤孝編著，小林治子絵　草思社　2005.4　1冊（ページ付なし）21×23cm　（声に出して読みたい日本語子ども版 8）1000円　①4-7942-1395-6　Ⓝ911.56

『一握の砂』　石川啄木原作，小山田つとむ漫画　ほるぷ出版　1996.4　183p　22cm　（まんがトムソーヤ文庫―コミック世界名作シリーズ）①4-593-09495-X

『石川啄木―薄幸の歌人』　有佐一郎著　日本書房　1986.4　250p　19cm　（小学文庫）420円　①4-8200-0195-7
[目次]啄木の父，渋民村，小学校，ユニオン会，詩集「あこがれ」，北海道へ，「一握の砂」，みじめな死

# 書名索引

## 【あ】

ああ、白帝城（生越嘉治） ……………… 239
アイヌの神話トーキナ・ト（津島佑子） ……… 83
アイヌの民話（木村まさお） ……………… 84
アイヌのユーカラ（浅井亨） ……………… 85
アイヌラックル物語（安藤美紀夫） ……… 85
愛は死よりも…（ラフカディオ・ハーン） 273
青おにとふしぎな赤い糸（岩神愛） ……… 79
青葉の笛（あまんきみこ） ………………… 99
赤い海賊船（川村たかし） ………………… 65
赤い花・白い花（河崎啓一） ……………… 85
赤い輪の姫の物語（安藤美紀夫） ………… 85
秋の季語事典（石田郷子） ……………… 143
秋山記行（駒込幸典） …………………… 132
あくびおしえます（柳家弁天） ………… 201
赤穂浪士（高橋千剣破） ………………… 211
あさきゆめみし（大和和紀） ………… 92, 93
朝焼小焼だゆあーんゆよーん（斎藤孝）… 138
足利尊氏と楠木正成（海城文也） ……… 105
吾妻鏡（竹宮恵子） ………………… 95, 96
あたしのまざぁ・ぐうす（ふくだじゅんこ）
 ……………………………………………… 286
安達ケ原の鬼婆（渡辺弘子） ……… 177, 178
頭をひねってことば遊び（白石範孝） …… 28
あたま山（斉藤洋） ……………………… 189
新しい国語科教育（岩﨑淳） ……………… 2
あばれんほうのそんごくう（泉京鹿）… 244
アマテラス（東逸子） …………………… 73
あまのいわと（照沼まりえ） ……………… 73
天の岩戸（西野綾子） …………………… 76
あめつちのうた 神話かるた絵ことば（酒井
 倫子） …………………………………… 74
雨ニモマケズ（斎藤孝） ………………… 265
雨ニモマケズ 名文をおぼえよう（NHK E
 テレ「にほんごであそぼ」制作班） …… 254
あやかし草子（那須正幹） ……………… 118
嵐山光三郎の徒然草 三木卓の方丈記（嵐
 山光三郎） ……………………………… 127
安寿と厨子王（菊田智） ………………… 209
安寿姫と厨子王丸（須藤重） …………… 208
「暗唱・五色百人一首・視写」指導（椿原正
 和） ……………………………………… 137
暗誦百人一首（吉海直人） ……………… 151
安善寺物語（小板橋武） ………………… 97
安珍と清姫（一色悦子） ………………… 178
安珍と清姫の物語 道成寺（松谷みよ子）… 178
安楽寺松虫姫鈴虫姫ものがたり（鶴田一郎）
 ……………………………………………… 174

## 【い】

生きていくための短歌（南悟） ………… 157
いきもの歳時記（古舘綾子） …………… 141
生き霊ののろい（三田村信行） …………… 67
生きるって、カッコワルイこと？（芥川竜之
 介） ……………………………………… 263
イザナギとイザナミ（照沼まりえ） ……… 73
石川啄木（有佐一郎） …………………… 287
伊豆の踊子 野菊の墓（川端康成） …… 257
和泉式部日記（いがらしゆみこ） ……… 132
伊勢物語（後藤長男） …………………… 90
伊勢物語（長谷川孝士） ………………… 90
伊勢物語（柳川創造） …………………… 90
いそがばまわれ（いもとようこ） ………… 19
イソポカムイ（四宅ヤエ） ………………… 85
イソポカムイ（藤村久和） ………………… 82
いたずらとんちこぞうの笑噺 ………… 202
一握の砂（石川啄木） …………………… 287
市川染五郎の歌舞伎（市川染五郎） …… 183
いちがんこく（川端誠） ………………… 194
1行読んで書いておぼえる四字熟語（藁谷久
 三） ………………………………………… 47
一竜斎貞水の歴史講談（一竜斎貞水）… 212, 213
一冊で読む日本の名作童話（小川義男）… 266
一茶物語（駒込幸典） …………………… 169
1分で音読する古典（横山験也） ………… 4
1分で読める江戸のこわい話（加納一朗）… 204
1分で読める江戸の笑い話（加納一朗）… 204
井戸の中のコンピューター（関英雄） …… 36
いなばのしろうさぎ ……………………… 76
いなばのしろうさぎ（いもとようこ） …… 71
いなばの白ウサギ（谷真介） ……………… 72
いなばの白うさぎ（照沼まりえ） ………… 73
イナバの白うさぎ（西野綾子） …………… 76
犬さん、目玉をくださいな（柳家弁天）… 200
犬の目（桂米平） ………………………… 187
犬も歩けば…（吉川豊） ………………… 27
犬もあるけば夢しばい（関英雄） ………… 35
祈りのちから（寮美千子） ……………… 133
井原西鶴集（三木卓） …………………… 117
井原西鶴名作集 雨月物語（井原西鶴）… 117, 119
いま、戦争と平和を考えてみる。（太宰治）… 260
今どき ことわざランド（高嶋和男） …… 38
いま何刻だい？ がらぴい、がらぴい、風車
 （斎藤孝） ……………………………… 192
イメージ力を高める俳句・川柳の指導（瀬川
 栄志） …………………………………… 138
妹背山婦女庭訓（橋本治） ………… 181, 208

イラスト子ども川柳(熊田松雄) ……… 174
イラスト子ども短歌(NHK学園) ……… 158, 159
イラスト子ども俳句(炎天寺) ……… 168, 169
イラストことわざ辞典(学研辞典編集部) ……… 42
イラストことわざ辞典(金田一春彦) ……… 30
イラスト図解古事記(三浦佑之) ……… 79
イラストで学ぶ「話しことば」(日本話しことば協会) ……… 32
いろどり古事記(中山千夏) ……… 80

## 【う】

外郎売(長野ヒデ子) ……… 181
浮世床(古谷三敏) ……… 118
雨月物語(上田秋成) ……… 119, 120
雨月物語(金原瑞人) ……… 118
雨月物語(木原敏江) ……… 119
雨月物語(こばやし将) ……… 120
雨月物語(佐藤さとる) ……… 119
雨月物語(立原えりか) ……… 119
雨月物語(古田足日) ……… 119, 210
雨月物語 宇治拾遺物語—ほか(上田秋成) ……… 108
うさたろうのばけもの日記(せなけいこ) ……… 134
宇治拾遺ものがたり(川端善明) ……… 115
宇治拾遺物語(市毛勝保) ……… 115
宇治拾遺物語(那須田稔) ……… 115
うしろすがた(村井康司) ……… 164
うそなき(内田麟太郎) ……… 178
歌ってみるみる覚える 九九・ことわざ・えと(学研教育出版) ……… 13
歌と絵でつづる「超早おぼえ」百人一首(佐藤天哉) ……… 152
美しく青き道頓堀川(桂三枝) ……… 192
馬の耳に念仏(はたこうしろう) ……… 25
生まれかわり(寮美千子) ……… 134
海をわたった村芝居(中繁彦) ……… 183
海からきた怪神(香川茂) ……… 73
ウミサチとヤマサチ(西野綾子) ……… 75
ウミサチヒコヤマサチヒコ(照沼まりえ) ……… 73
海さちひこ山さちひこ(たかしよいち) ……… 76
海幸彦 山幸彦(西本鶏介) ……… 72
うみひこやまひこ(与田準一) ……… 72
うらみかさなる四谷怪談(木暮正夫) ……… 181, 199
運命(田中芳樹) ……… 281

## 【え】

英雄、戦いの日び(羅貫中) ……… 242

英雄のさいご(王矛) ……… 239
エタシペカムイ(四宅ヤエ) ……… 84
エタシペカムイ(藤村久和) ……… 82
越後からの雪だより(松永義弘) ……… 68
越後・月潟 角兵衛獅子ものがたり(江部保治) ……… 208
絵で見てわかるはじめての漢文(加藤徹) ……… 53, 216, 220, 223
絵で見てわかるはじめての古典(田中貴子) ……… 71, 85, 97, 107, 120, 128, 130, 150, 171, 174
絵で見るたのしい古典 ……… 68
絵で見るたのしい古典(萩原昌好) ……… 75, 89, 94, 102, 114, 122, 128, 173
絵で読む日本の古典(田近洵一) ……… 87, 91, 97, 127, 170
絵でわかるかんたん論語(根本浩) ……… 227
絵でわかる「慣用句」(どりむ社) ……… 18
絵でわかる「ことわざ」(どりむ社) ……… 20
絵でわかる「百人一首」(どりむ社) ……… 151
絵でわかる「四字熟語」(どりむ社) ……… 45
江戸小ばなし(岡本和明) ……… 203, 204
江戸の怪談絵事典(近藤雅樹) ……… 59
江戸のホラー(志村有弘) ……… 134
江戸の笑い(興津要) ……… 205
江戸のわらい話(山住昭文) ……… 205
えのきのみ(島崎藤村) ……… 284
エピソードでおぼえる!百人一首おけいこ帖(天野慶) ……… 148
鬼のかいぎ(立松和平) ……… 110
絵本歌舞伎(中山幹雄) ……… 183
絵本化鳥(泉鏡花) ……… 284
絵本 コノハナサクヤヒメ物語(縷衣香) ……… 72
えほん寄席 奇想天外の巻(桂文我) ……… 207
えほん寄席 滋養強壮の巻(小野トモコ) ……… 207
えほん寄席 伸縮自在の巻 ……… 207
えほん寄席 鮮度抜群の巻(片岡鶴太郎) ……… 207
えほん寄席 馬力全開の巻 ……… 207
えほん寄席 抱腹絶倒の巻(柳亭市馬) ……… 207
えほん寄席 満員御礼の巻(桂文我) ……… 208
えほん寄席 愉快痛快の巻(桂文我) ……… 208
えんぎかつぎのだんなさん(桂文我) ……… 194
えんにち奇想天外(斎藤孝) ……… 48

## 【お】

おーいぽぽんた(茨木のり子) ……… 138, 139
おーいぽぽんた(大岡信) ……… 138
王子のきつね(土門トキオ) ……… 186
旺文社全訳学習古語辞典(宮腰賢) ……… 70
旺文社全訳古語辞典(宮腰賢) ……… 70

| | |
|---|---|
| おおおかさばき（川端誠） | 190 |
| 大岡裁き（西野辰吉） | 66 |
| 大鏡（市毛勝麿） | 95 |
| 大鏡（那須田淳） | 95 |
| おおかみピイトントン！（知里幸恵） | 84 |
| 大喜利ドリル（中根ケンイチ） | 206 |
| オオクニヌシ（小室孝太郎） | 77 |
| おおくにぬしのぼうけん（福永武彦） | 72 |
| 大塩焼け（乾谷敦子） | 65 |
| 大庭みな子の枕草子（大庭みな子） | 129 |
| 大わらい！　子ども落語（川又昌子） | 199 |
| 大笑い！　東海道は日本晴れ!!　 | 120, 121 |
| お金の国（木暮正夫） | 35 |
| お菊のゆうれい番町皿屋敷（木暮正夫） | 109, 128 |
| オキクルミのぼうけん（萱野茂） | 84 |
| 沖縄から考える「伝統的な言語文化」の学び論（村上呂里） | 1 |
| 尾木ママと読むこどもの論語（尾木直樹） | 224 |
| おくのほそ道（岸田恋） | 172 |
| おくのほそ道（長谷川孝士） | 172 |
| おくのほそ道（松尾芭蕉）　169, 171～173 |  |
| 奥の細道（伊東章夫） | 171 |
| 奥の細道（上野洋三） | 172 |
| 奥の細道（すずき大和） | 171 |
| 奥の細道（松尾芭蕉） | 172 |
| 奥の細道（矢口高雄） | 172 |
| 奥の細道を読もう（藤井囶彦） | 172 |
| おくのほそ道の世界（横井博） | 173 |
| おくのほそ道の旅（萩原恭男） | 172 |
| おくのほそ道　百人一首一など（松尾芭蕉） | 61 |
| 小倉百人一首（猪股静弥） | 155 |
| 小倉百人一首（田辺聖子）　150, 154 |  |
| おしりをつねってくれ（柳家弁天） | 200 |
| おそろしいよみの国（たかしよいち） | 77 |
| おそろしすさまじ酒呑童子（木暮正夫） | 109 |
| おちくぼ姫物語（岡信子）　90, 91 |  |
| 落窪物語（越水利江子） | 90 |
| 落窪物語（花村えい子） | 90 |
| 落窪物語（氷室冴子） | 90 |
| 落窪物語（三越左千夫） | 86 |
| おっこったんまんきんたん（柳家弁天） | 200 |
| おっと合点承知之助（斎藤孝） | 29 |
| おっとっと！　おっちょこちょいの笑噺 | 203 |
| おとぎ草子（大岡信）　115, 116 |  |
| おとぎ草子（小沢章友） | 116 |
| お伽草子（晃月秋実） | 116 |
| 御伽草子（西本鶏介） | 116 |
| 御伽草子（二反長半） | 116 |
| 御伽草子（やまだ紫） | 116 |
| 御伽草子　仮名草子（粟生こずえ） | 61 |
| おとぎ草子　山椒太夫―ほか（清水義範） | 109 |

| | |
|---|---|
| おとなもびっくりの子どもたち（たかしま風太） | 188 |
| おどる美少女のひみつ（滝沢馬琴） | 125 |
| おなかもよじれるおもしろばなし（福井栄一） | 61 |
| 鬼・鬼婆の怪談（川村たかし） | 62 |
| 鬼と天狗のものがたり（志村有弘） | 113 |
| 鬼にされた男（三田村信行） | 67 |
| 鬼のいぬまの火の用心（関英雄） | 36 |
| 鬼の首引き（岩城範枝） | 180 |
| おにのめん（川端誠） | 195 |
| 小野小町（松本徹） | 145 |
| おばけがヒュードロ　熟語の話（木暮正夫） | 52 |
| おばけ長屋（斉藤洋） | 191 |
| おばけにょうぼう（内田麟太郎） | 133 |
| おはなしで身につく四字熟語（福井栄一） | 44 |
| お話は音楽　今昔物語（西山春枝） | 114 |
| おぼえておきたい漢字熟語事典（北山竜） | 52 |
| おぼえておきたいきまりことば「慣用句」事典（内田玉男） | 38 |
| おぼえておきたい短歌100（萩原昌好） | 160 |
| おぼえておきたい俳句100（小林清之介） | 170 |
| おぼえる！　学べる！　たのしい四字熟語（青山由紀） | 43 |
| 想いが届くあの人のことば（押谷由夫） | 135 |
| 思いやりのやさしさ（清少納言） | 129 |
| おもしろからだことば（石津ちひろ） | 29 |
| おもしろ古典教室（上野誠） | 63 |
| おもしろことわざまんが館（やまだ三平） | 38 |
| おもしろ日本古典ばなし115（福井栄一） | 61 |
| おもしろ野鳥俳句50（小林清之介） | 167 |
| おもしろ落語図書館（三遊亭円窓）　197, 198 |  |
| おもしろ落語ランド（桂小南）　194, 201 |  |
| 親から子へ語り継ぎたい日本の神話（伊東利和） | 71 |
| 親子でおぼえることわざ教室（時田昌瑞） | 16 |
| 親子でおぼえる百人一首（新藤協三） | 150 |
| 親子で覚える百人一首（熊谷さとし） | 155 |
| 親子でおぼえる四字熟語教室（師尾喜代子） | 44 |
| 親子で楽しむこどもことわざ塾（西田知己） | 19 |
| 親子で楽しむこども短歌教室（米川千嘉子） | 157 |
| 親子で楽しむこども短歌塾（松平盟子） | 157 |
| 親子で楽しむこども俳句教室（仙田洋子） | 163 |
| 親子で楽しむこども俳句塾（大高翔） | 163 |
| 親子で楽しむ庄内論語（「庄内論語」選定委員会） | 224 |
| 親子で楽しむ短歌・俳句塾（岩越豊雄） | 136 |
| 親子で挑戦！　おもしろ「ことわざ」パズル（学習パズル研究会） | 27 |
| 親子で学ぶはじめての俳句（宇多喜代子） | 160 |

おやこ　　　　　　　　書名索引

親子で読むはじめての論語(佐久協) ……… 225
親子で読める日本の神話(出雲井晶) ……… 74
親子で読もう実語教(斎藤孝) ……………… 58
おやこ寄席(桂文我) ………………………… 207
親と子のための沖縄古典文学(平山良明) … 68
親野智可等の楽勉カルタブック ことわざ
　(親野智可等) ……………………………… 21
オールカラー名文・名句でおぼえる小学校
　の漢字1006字(笹原宏之) ……………… 260
おろちもまいったあばれ神スサノオ(木暮
　正夫) ……………………………………… 82
お笑い！ 大喜利(高村忠範) ……………… 206
お笑いの達人になろう！ ………………… 188
音声言語指導のアイデア集成(高橋俊三) … 10
音声言語授業の年間計画と展開 小学校編
　(巳野欣一) ………………………………… 10
音声言語の教材開発と指導事例(岩手県小
　学校国語教育研究会) …………………… 11
音声言語の教材開発と指導事例(愛媛国語
　研究会) …………………………………… 11
音声言語の教材開発と指導事例(鹿児島県
　小学校教育研究会国語部会) …………… 11
音声言語の教材開発と指導事例(熊本市小
　学校国語教育研究会) …………………… 11
音声言語の教材開発と指導事例(東京都小
　学校国語教育研究会) …………………… 11
音声言語の教材開発と指導事例(浜松音声
　言語教育研究会) ………………………… 11
音声言語の指導(本堂寛) …………………… 12
音声コミュニケーションの教材開発・授業
　開発(高橋俊三) ………………………… 9, 10
音読で国語力を確実に育てる(高橋俊三) … 9
音読の響き合う町(高橋俊三) ……………… 8
音読・朗読・暗唱を活用する指導(岩崎保）
　　…………………………………………… 12
音読・朗読・暗唱・群読(工藤直子) …… 264
音読・朗読・暗唱で国語力を高める(瀬川栄
　志) ………………………………………… 8
音読・朗読の指導 ………………………… 4
陰陽師 安倍晴明(志村有弘) ……………… 66
陰陽師しにものぐるいになるの巻(沼野正
　子) ……………………………………… 112
陰陽師すご腕をはっきするの巻(沼野正子）
　　………………………………………… 111
陰陽師ふしぎな術をつかうの巻(沼野正子）
　　………………………………………… 112
おん霊のたたり(三田村信行) ……………… 67

【か】

外国のことわざ(北村孝一) ………………… 29
怪談(小泉八雲) ……………… 271, 272, 274

怪談(つのだじろう) ……………………… 274
怪談(ハーン) ……………………………… 275
怪談(ラフカディオ・ハーン) …………… 274
『怪談』をかいたイギリス人(木暮正夫) … 274
怪談小泉八雲のこわ～い話(小泉八雲) ‥ 271～273
怪談皿屋敷(三田村信行) ………………… 67
怪談牡丹灯籠(金原瑞人) ………………… 205
書いて覚える四字熟語(卯月啓子) ………… 43
ガイドブック おくのほそ道(和順高雄) … 172
怪力少年がやってきた(滝沢馬琴) ……… 125
かえるの平家ものがたり(日野十成) ……… 99
かえんだいこ(川端誠) …………………… 187
顔のことわざ探偵団(国松俊英) …………… 34
雅楽(高橋秀雄) …………………………… 176
書きかたがわかるはじめての文章レッスン
　(金田一秀穂) …………………………… 135
柿くえば鐘が鳴るなり(斎藤孝) ………… 166
かぎばあさんのことわざ教室(手島悠介) … 38
かきやまぶし(内田麟太郎) ……………… 179
学習俳句・短歌歳時記(藤森徳秋) … 144, 145
学習まんが四字熟語(前沢明) ……………… 50
学生ことわざ辞典(教学研究社編集部) …… 39
かぐやひめ ……………………………… 87～89
かぐやひめ(あさくらせつ) ………………… 89
かぐやひめ(あらかわしずえ) ……………… 88
かぐやひめ(いもとようこ) …………… 87, 88
かぐやひめ(岩崎京子) ……………………… 88
かぐやひめ(卯月泰子) ……………………… 90
かぐやひめ(円地文子) ……………………… 88
かぐやひめ(桜井信夫) ……………………… 88
かぐやひめ(スタジオアップ) ……………… 89
かぐやひめ(谷真介) …………………… 88, 90
かぐやひめ(中島和子) ……………………… 89
かぐやひめ(早野美智代) …………………… 89
かぐやひめ(平田昭吾) ………………… 87～89
かぐやひめ(舟崎克彦) ……………………… 87
かぐやひめ(横田弘行) ……………………… 89
かぐやひめ(吉田喜昭) ……………………… 90
かぐや姫(織田観潮) ………………………… 88
かぐや姫(川内彩友美) ……………………… 88
かぐや姫(中村和子) ………………………… 89
陰山メソッド徹底反復「音読プリント」(陰
　山英男) ………………………………… 4, 8
陰山メソッド徹底反復熟語プリント(陰山
　英男) ……………………………………… 46
かずのかずかず 熟語の話(木暮正夫) …… 52
風の回天童子(東尾嘉之) …………………… 65
風の神とオキクルミ(萱野茂) ……………… 84
家族って、どんなカタチ？(芥川竜之介) … 260
かたつむり(内田麟太郎) ………………… 179
勝海舟(杉田幸三) …………………………… 66
学研全訳古語辞典(金田一春彦) ……… 69, 70

書名索引　　　　　　　　きよう

学校百科・はじめてみる伝統芸能
　………………… 177, 183, 199, 208, 209
活用型「漢詩暗唱スキル」ステップワーク
　高学年（瀬川栄志）……………… 220
活用型「漢詩暗唱スキル」ステップワーク
　中学年（瀬川栄志）……………… 220
活用型「漢詩暗唱スキル」ステップワーク
　低学年（瀬川栄志）……………… 221
活用力を育てる音声、作文、言語、古文・漢
　文の授業アイデアベスト70（全国国語授
　業研究会）………………………… 7
悲しい犬やねん（桂三枝）…………… 191
仮名手本忠臣蔵（竹田出雲）………… 211
仮名手本忠臣蔵（橋本治）…… 182, 211
歌舞伎（市川染五郎）………………… 182
歌舞伎（原道生）……………………… 182
歌舞伎（ふじたあさや）……………… 183
歌舞伎（籾山千代）…………………… 183
歌舞伎へどうぞ（諏訪春雄）………… 183
歌舞伎をみる（西山松之助）………… 183
歌舞伎と舞踊（石橋健一郎）………… 183
歌舞伎入門（古井戸秀夫）…………… 182
かぶきの本（国立劇場調査養成部）… 181
がまの油（斎藤孝）…………………… 175
上方落語こばなし絵本（もりたはじめ）… 187
神さまの力くらべ（たかしよいち）… 77
神さまのびょうぶ（門山幸恵）……… 83
かみなり（内田麟太郎）……………… 179
カミナリのくれた怪力（加藤輝治）… 110
カムイチカプ（藤村久和）…………… 83
カムイチカプ（四宅ヤエ）…………… 85
がむしゃら落語（赤羽じゅんこ）…… 183
カメレオンはいく（本信公久）……… 166
唐糸草子（駒込幸典）………………… 117
唐糸草子（信州大学教育学部附属長野中学
　校創立記念事業編集委員会）…… 117
カラス（桂三枝）……………………… 191
からすが教えた道（たかしよいち）… 76
からだことば絵事典（ことばと遊ぶ会）… 24
からたちの花（北原白秋）…………… 287
からたちの花がさいたよ（北原白秋）… 286
からだの国（木暮正夫）……………… 35
からんころんぼたん灯篭（木暮正夫）… 69
かるかやと紅葉（駒込幸典）………… 176
かわいい子にはちょっとぼうけん（関英雄）
　……………………………………… 37
皮をはがれた白うさぎ（たかしよいち）… 77
考えを伝える随筆を書く物語を書く詩を書
　く短歌・俳句を作る（髙木まさき）… 135
考える力をのばす！　読解力アップゲーム
　（青山由紀）……………………… 79
考える豚（桂三枝）…………………… 191
漢語の知識（一海知義）……………… 220

漢語名言集（奥平卓）………………… 57
漢詩（八木章好）……………………… 220
漢字をくみあわせる（下村昇）……… 51
漢字・漢語・漢文の教育と指導（堀誠）… 216
漢詩故事物語（寺尾善雄）…………… 222
漢字と熟語（井関義久）……………… 49
漢詩入門（一海知義）………………… 222
漢詩のえほん（坪内稔典）…………… 220
完全絵図解説　百人一首大事典（吉海直人）… 152
感動！発見！創造！10分間俳句ノート（小
　山正見）…………………………… 162
がんばりやの作太郎（ふるさと偉人絵本館
　編集委員会）……………………… 63
漢文を学ぶ（栗田亘）………… 217, 218
漢文の読みかた（奥平卓）…………… 219
完訳用例古語辞典（金田一春彦）…… 71
慣用句・ことわざ……………………… 13
慣用句ショウ（中川ひろたか）……… 14
慣用句なんてこわくない！（前沢明）… 38
慣用句びっくりことば事典…………… 34

## 【き】

きえた権大納言（ほりかわりまこ）… 110
祇王（木下順二）……………………… 99
祇園精舎（山本孝）…………………… 99
義経記（岸田恋）……………………… 106
義経記（久保喬）……………………… 96
季節・暦・くらしのことば（江川清）… 25
木曽義仲物語（駒込幸典）…………… 102
北原白秋ものがたり（楠木しげお）… 287
きつねのハイクンテレケ（知里幸恵）… 83
紀伊国屋文左衛門（小田淳）………… 66
希望をつなぐ七色通信（安達知子）… 19
木ぼりのオオカミ（萱野茂）………… 84
君になりたい（穂村弘）……………… 158
教科書が教えない日本の神話（出雲井晶）… 73
教科書からできる群読シリーズ（江戸川群
　読教育研究会）…………………… 263
教科書にでてくる詩や文の読みかた・つく
　りかた……………………………… 140
教科書にでてくる短歌（柳川創造）… 160
教科書にでてくる俳句（後藤長男）… 170
きょうから日記を書いてみよう（向後千春）
　……………………………………… 132
狂言（茂山宗彦）……………………… 179
狂言（山崎有一郎）…………………… 180
狂言えほん つうほざる（もとしたいづみ）… 178
狂言えほん くさびら（もとしたいづみ）… 179
狂言えほん ぶす（もとしたいづみ）… 179
狂言の大研究（茂山千五郎）………… 178

子どもの本　日本の古典をまなぶ2000冊　　295

狂言・謡曲(今江祥智) ……………… 176
教室俳句で言語活動を活性化する(岡篤) …… 163
京都故事物語(奈良本辰也) …………… 54, 55
今日も待ちぼうけ(小田切秀雄) ……… 270
清盛(木下順二) ………………………… 102
金魚のお使い(与謝野晶子) …………… 286
金銭教育のすすめ(武長脩行) ………… 194
金田一先生と日本語を学ぼう(金田一秀穂)
 ……………………………………… 13, 58
金田一先生と学ぶ小学生のためのまんがこ
 とわざ大辞典(金田一秀穂) ………… 19
金田一先生と学ぶ小学生のためのまんが四
 字熟語大辞典(金田一秀穂) ………… 45
銀のしずくランラン…(知里幸恵) ……… 83

## 【く】

クイズ漢字熟語(草野公平) …………… 50
クイズ ことわざ(内田玉男) ………… 32
クイズでひねるだじゃれ川柳(高村忠範) …… 173
国生み神話(広岡徹) …………………… 71
国破れて山河あり(斎藤孝) …………… 221
くもの糸 ………………………………… 270
くもんの四字熟語カード(本堂寛) …… 50
くらしっくミステリーワールド(岡本綺堂)
 ……………………………………… 283
栗本薫の里見八犬伝(栗本薫) ………… 125
グループでおぼえることわざ(三省堂編修
 所) ……………………………………… 31
グループでおぼえる四字熟語(三省堂編修
 所) ……………………………………… 49
クレヨンしんちゃんのまんが慣用句まるわ
 かり辞典(臼井儀人) ………………… 15
クレヨンしんちゃんのまんがことばことわ
 ざ辞典(永野重史) …………………… 32
クレヨンしんちゃんのまんがことわざクイ
 ズブック(永野重史) ………………… 28
クレヨンしんちゃんのまんがことわざ辞典
 (臼井儀人) …………………………… 14
クレヨンしんちゃんのまんがことわざ辞典
 (永野重史) …………………………… 32
クレヨンしんちゃんのまんが四字熟語辞典
 (臼井儀人) …………………………… 47
群雄のあらそい(羅貫中) ……………… 238

## 【け】

芸術するのは、たいへんだ!?(倉田百三) …… 254
けちくらべ(土門トキオ) ……………… 186

化鳥・きぬぎぬ川(泉鏡花) …………… 284
ケマコシネカムイ(四宅ヤエ) ………… 85
ケマコシネカムイ(藤村久和) ………… 83
ケロ吉くんの楽しい川柳入門(北野邦生) …… 173
言語感覚を育てる音読・朗読・暗唱(東京都
 中野区立鷺宮小学校) ……………… 13
犬士、はなればなれに(滝沢馬琴) …… 125
源氏物語(赤塚不二夫) ………………… 93
源氏物語(冴木奈緒) …………………… 94
源氏物語(中井和子) …………………… 93
源氏物語(長谷川法世) ………………… 93
源氏物語(紫式部) ………………… 91〜94
源氏物語(柳川創造) …………………… 94
源氏物語 紫の結び(荻原規子) ……… 91
現代語で読むたけくらべ(樋口一葉) … 283
現代語で読む野菊の墓(伊藤左千夫) … 276
現代語で読む坊っちゃん(夏目漱石) … 277
現代語で読む舞姫(森鷗外) …………… 275
現代子ども俳句歳時記(金子兜太) …… 143
現代文学名作選(中島国彦) …………… 267
検定クイズ100 ことわざ(検定クイズ研究
 会) ……………………………………… 17
検定クイズ100 四字熟語(検定クイズ研究
 会) ……………………………………… 45
源平合戦物語(遠藤寛子) ……………… 101
源平盛衰記(福田清人) ………………… 103
源平盛衰記(三田村信行) ……………… 103
元禄の嵐(木原清志) …………………… 211

## 【こ】

恋するこころは昔も今も(山本直英) … 65
恋って、どんな味がするの?(芥川竜之介)
 ……………………………………… 263
恋の歌、恋の物語(林望) ……………… 64
語彙力アップおもしろ言葉がいっぱい!(な
 がたみかこ) ………………………… 26
項羽(片山清司) ………………………… 177
孝行手首(大島妙子) …………………… 187
好色五人女(牧美也子) ………………… 118
孝女白菊(富田千秋) …………………… 222
孔明にほんろうされる周瑜(王矛) …… 240
孔明の奮戦(王矛) ……………………… 239
声を届ける(髙橋俊三) ………………… 7
声で味わう「五月の風」 ………………… 264
声に気持ちをのせて「風に言葉」 ……… 264
声に出して書く日本の詩歌(甲斐睦朗) … 8
声に出して楽しく読もう「わんぱく・おて
 んば宣言」 …………………………… 264
声に出して楽しんで読もう(小森茂) … 266, 267

| | |
|---|---|
| 声に出して読む文学（筑波大学附属小学校国語研究部） | 2 |
| 声に出して読もう！ 北原白秋の童謡（北原白秋） | 286 |
| 声に出そう四季の短歌・俳句（岩越豊雄） | 135 |
| 声に出そうはじめての漢詩（全国漢文教育学会） | 221 |
| ゴエモンにはまけないぞ（柳家弁天） | 201 |
| ごきげんなくいしんぼうの笑噺 | 203 |
| 古今・新古今の秀歌100選（田中登） | 145 |
| 国語漢字・熟語650（学研） | 48 |
| 国語 慣用句・ことわざ | 15 |
| 国語慣用句・ことわざ224（学研） | 27 |
| こくごであそぼ（斎藤孝） | 266 |
| 国語であそぼう！（佐々木瑞枝） | 14, 43, 53, 134 |
| 国語の力（村田伸宏） | 3 |
| 国語要点ランク順慣用句・ことわざ210（学研） | 34 |
| 国語要点ランク順四字熟語288（学研） | 51 |
| 国語 四字熟語 | 43 |
| 国語四字熟語162（学研） | 48 |
| 国性爺合戦（円地文子） | 210 |
| 国性爺合戦（橋本治） | 181, 209 |
| ごくらくらくご（桂文我） | 194 |
| こころ（夏目漱石） | 279, 281 |
| 心を育てるこども論語塾（安岡定子） | 223 |
| 心をそだてるはじめての落語101 | 189 |
| 心をそだてる松谷みよ子の日本（にっぽん）の神話（松谷みよ子） | 71 |
| 心を磨く漢詩・漢文（国語力才能開発研究会） | 217 |
| こころをゆさぶる言葉たちを。（島崎藤村） | 134 |
| こころにズッキン 熟語の話（木暮正夫） | 52 |
| こころのひらくとき（竹内てるよ） | 140 |
| 古今著聞集（阿刀田高） | 109 |
| 故事おもしろ話（出井州忍） | 57 |
| 古事記（石ノ森章太郎） | 81 |
| 古事記（神野志隆光） | 80 |
| 古事記（那須田淳） | 78 |
| 古事記（橋本治） | 81 |
| 古事記（長谷川孝士） | 81 |
| 古事記（稗田阿礼） | 81, 82 |
| 古事記（松本義弘） | 80 |
| 古事記（森有子） | 81 |
| 古事記（柳川創造） | 81 |
| 古事記（与田凖一） | 79 |
| 古事記神々の詩（湯川英男） | 80 |
| 『古事記』がよくわかる事典（所功） | 78 |
| 古事記・日本書紀ものがたり | 75 |
| 古事記びっくり物語事典（ムロタニ・ツネ象） | 81 |
| 古事記・風土記（与田凖一） | 73 |
| 古事記物語（鈴木三重吉） | 79, 80 |
| 古事記物語（福田清人） | 82 |
| 古事記物語（福永武彦） | 81, 82 |
| 故事成語ものがたり（笠原秀） | 55 |
| 故事成語・論語・四字熟語（山口理） | 53, 224 |
| 五七五でみにつく1年生のかん字（田中保成） | 164 |
| 五七五でみにつく2年生のかん字（田中保成） | 164 |
| 五七五でみにつく3年生の漢字（田中保成） | 163 |
| 五七五でみにつく4年生の漢字（田中保成） | 163 |
| 五七五でみにつく5年生の漢字（田中保成） | 163 |
| 五七五でみにつく6年生の漢字（田中保成） | 163 |
| こしもぬけちゃうびっくりばなし（福井栄一） | 61 |
| 五重塔（幸田露伴） | 281 |
| 五丈原に星おちて（生越嘉治） | 239 |
| 五丈原の秋風（羅貫中） | 237 |
| 五丈原の秋風（王矛） | 239 |
| 五色百人一首であそぼう！（小宮孝之） | 152, 153 |
| 呉書 三国志（斉藤洋） | 241 |
| 古典が好きになる（青山由紀） | 1 |
| 古典がもっと好きになる（田中貴子） | 64 |
| 古典から現代まで126の文学 | 10 |
| 古典との対話（串田孫一） | 12 |
| 古典のえほん（坪内稔典） | 58 |
| 古典の入門期における学習指導の研究（石島勇） | 11 |
| 古典の名作絵事典（どりむ社） | 60 |
| ことばっておもしろい「はるのおと」 | 264 |
| ことばの達人（石田佐久馬） | 33, 50 |
| 言葉の力をつける俳句単元の計画と指導（藤井圀彦） | 165 |
| 子どもを伸ばす音読革命（松永暢史） | 9 |
| こども「学問のすすめ」（斎藤孝） | 257 |
| 子供が育つ「論語」（瀬戸謙介） | 225 |
| 子供が創る「音読・朗読・群読」の学習（全国小学校国語教育研究会） | 11 |
| 子どもが夢中になる「ことわざ」のお話100（福井栄一） | 18 |
| 子どもが喜ぶことわざのお話（福井栄一） | 26 |
| 子供が喜ぶ「論語」（瀬戸謙介） | 226 |
| こども講談 青空晴之助 紅白鬼の巻（杉山亮） | 213 |
| こども講談 青空晴之助 千匹狼の巻（杉山亮） | 213 |
| こども講談 青空晴之助 虎王の巻（杉山亮） | 213 |
| こども講談 青空晴之助 鼻大蛇の巻（杉山亮） | 214 |
| こども講談 青空晴之助 平気蟹の巻（杉山亮） | 213 |
| こども講談 お花咲太郎（杉山亮） | 212 |

こども　　　　　　　　　　　　書名索引

こども講談　ついてる月次郎(杉山亮)……… 212
こども講談　はっけよい鯉太(杉山亮)……… 212
こども講談　昔屋話吉おばけ話　梅の巻(杉山亮)……………………………………… 213
こども講談　昔屋話吉おばけ話　竹の巻(杉山亮)……………………………………… 214
こども講談　昔屋話吉おばけ話　松の巻(杉山亮)……………………………………… 214
こども講談　用寛さん本伝　開眼の巻(杉山亮)……………………………………… 213
こども講談　用寛さん本伝　修行の巻(杉山亮)……………………………………… 214
こども講談　用寛さん本伝　出発の巻(杉山亮)……………………………………… 214
こども講談　用寛さん本伝　奮闘の巻(杉山亮)……………………………………… 214
こども講談　用寛さん本伝　望郷の巻(杉山亮)……………………………………… 214
こども古典落語(小島貞二)………… 199, 202
子どもことわざ辞典(庄司和晃)……………… 31
子どもでもかんたん！「名言・格言」がわかる本(国語学習研究会)…………………… 54
子供と声を出して読みたい美しい日本の詩歌(土屋秀学)………………………… 137
子供と声を出して読みたい『論語』百章(岩越豊雄)……………………… 227, 228
こどもと楽しむマンガ論語(なかさこかずひこ！)………………………………… 225
子供に語ってみたい日本の古典怪談(野火迅)……………………………………………… 64
子どもに語る日本の神話(三浦佑之)………… 71
子どもに伝えたい日本の名作(伊野玄二郎)……………………………………………… 262
子どもにもかんたん！「四字熟語」がわかる本(国語教育研究会)……………………… 48
子どもの心をうたった詩人(鶴見正夫)…… 287
子どものこころ五七五(宇部功)…………… 173
子どものための教室論語(論語研究教師の会)……………………………………… 225
こどものはいく(坂田直彦)………………… 167
こども俳句歳時記(柳川創造)……………… 144
こども俳句歳時記………………………… 145
こども俳句歳時記(金子兜太)……… 142, 143
子ども寄席(柳亭燕路)……………………… 206
子ども落語(柳亭燕路)……………………… 202
子ども落語家りんりん亭りん吉(藤田富美恵)……………………………………… 184
こども落語塾(林家たい平)………………… 184
こども論語塾(安岡定子)………… 226～228
ことわざ(木下памяти茂)……………… 41, 42
ことわざ(倉島節尚)…………… 22, 47, 54
ことわざ(槌田満文)………………………… 32
ことわざ絵事典(ことばと遊ぶ会)………… 24

ことわざ絵本(五味太郎)……………… 41, 42
ことわざ絵本(西本鶏介)…………………… 24
ことわざおもしろ探偵団(国松俊英)… 35, 38
ことわざ親子で楽しむ300話(山主敏子)… 39, 40
ことわざ・漢字遊びの王様(田近洵一)…… 23
ことわざ・慣用句(山口理)………………… 16
ことわざ・慣用句おもしろ辞典(村山学)… 41
ことわざ・慣用句クイズ(北原保雄)… 20, 21
ことわざ・慣用句のひみつ(井関義久)…… 23
ことわざ・故事成語・慣用句(井関義久)… 54
ことわざ・故事成語・慣用句を中心とした学習指導事例集(花田修一)…………… 2
ことわざ辞典(川嶋優)……………………… 31
ことわざ辞典(時田昌瑞)…………………… 29
ことわざショウ(中川ひろたか)……… 18, 25
ことわざ大発見(川路一清)………………… 39
ことわざで遊ぶ(伊藤高雄)………………… 29
ことわざとことば遊び(金田一春彦)……… 27
ことわざにこうそはない？(木下哲生)…… 33
ことわざに学ぶ生き方(荒井洌)…………… 39
ことわざに学ぶ生き方(稲垣友美)…… 39, 57
ことわざのえほん(西本鶏介)……… 23, 28
ことわざのお話100(やすいすえこ)……… 33
ことわざの大常識(江口尚純)……………… 28
ことわざの探検(時田昌瑞)………………… 29
ことわざの秘密(武田勝昭)………………… 30
ことわざまんが(藤井ひろし)……………… 24
ことわざものがたり　一年生(西本鶏介)… 31, 33
ことわざものがたり　二年生(西本鶏介)… 30, 33
ことわざ物語　三年生(西本鶏介)… 30, 33
コノハナサクヤヒメ(西原綾子)…………… 75
小林一茶(高村忠範)……………………… 166
こぶとり爺さん(青山克弥)……………… 113
古文・漢文を中心とした学習指導事例集(花田修一)………………………………… 3
5分で音読する古典(横山験也)……………… 4
5分で読める江戸のこわい話(加納一朗)… 205
5分で読める江戸の笑い話(加納一朗)…… 205
5分で落語のよみきかせ(小佐田定雄)… 191, 192
古文の読みかた(藤井貞和)………………… 69
コミック版三国志(能田達規)……… 230, 231
こわくておかしいおばけ話(たかしま風太)……………………………………… 188
今昔ものがたり(杉浦明平)……… 111, 113
今昔物語(浅野晃)………………………… 115
今昔物語(小沢章友)……………………… 114
今昔物語(桂木寛子)……………………… 115
今昔物語(川崎大治)……………………… 111
今昔物語(桜田吾作)……………………… 113
今昔物語(長尾剛)………………………… 111
今昔物語(長谷川孝士)…………………… 112
今昔物語(服藤早苗)……………………… 113

書名索引　さんひ

今昔物語（水木しげる） ………… 113, 114
今昔物語（水藤春夫） ……………… 113
今昔物語（源隆国） ………… 114, 115
今昔物語（柳川創造） ……………… 114
今昔物語　宇治拾遺物語（大沼津代志） …… 108
今昔物語集（今道英治） …………… 114
今昔物語集（杉本苑子） …………… 114
今昔物語集（令丈ヒロ子） ………… 110
今昔物語集の世界（小峯和明） …… 113
こんなにあった！国語力が身につくことわざ1000（学習国語研究会） ……… 18
こんなにあった！国語力が身につく四字熟語1000（学習国語研究会） ……… 46

【さ】

西鶴諸国ばなし（井原西鶴） ……… 117
西鶴名作集（藤本義一） …………… 118
サイコ（江戸川乱歩） ……………… 265
斎藤孝のイッキによめる！音読名作選小学1年生（斎藤孝） ……………… 262
斎藤孝のイッキによめる！音読名作選小学2年生（斎藤孝） ……………… 262
斎藤孝のイッキによめる！音読名作選小学3年生（斎藤孝） ……………… 262
斎藤孝のイッキによめる！小学生のための夏目漱石×太宰治（夏目漱石） …… 257
斎藤孝の親子で読む古典の世界（斎藤孝） …… 2
斎藤孝の親子で読む詩・俳句・短歌・童謡（斎藤孝） ……………………… 136
斎藤孝の親子で読む百人一首（斎藤孝） …… 151
斎藤孝の声に出して楽しく学ぶ漢文（斎藤孝） ………………………… 216
斎藤孝の日本語プリント　百人一首編（斎藤孝） ………………………… 153
斎藤孝の日本語プリント　名文編（斎藤孝） …… 267
斎藤孝の日本語プリント　四字熟語編（斎藤孝） …………………………… 49
斎藤孝のピッカピカ音読館（斎藤孝） …… 261
西遊記（邱永漢） …………… 245〜247
西遊記（呉承恩） …………… 244〜252
西遊記（桜井信夫） ………………… 252
西遊記（武田雅哉） ………………… 250
西遊記（陳舜臣） …………………… 252
西遊記（平田昭吾） ………………… 247
西遊記（村山庄三） ………………… 252
西遊記（吉本直志郎） ………… 247, 248
西遊記（渡辺仙州） ………………… 249
西遊記・空とぶ悟空（桂英澄） …… 250
西遊後記（斉藤洋） ………………… 243
蔵王っ子茂吉せんせい（斎藤幸郎） …… 158
さかまく黄河（生越嘉治） ………… 241
坂本龍馬（泉淳） …………………… 66
サキサキ（穂村弘） ………………… 158
サギとり（桂文我） ………………… 195
さくでんさんの笑い話（おかもとさよこ） …… 197
さくらんぼ（今江祥智） …………… 187
サケとわかもの（鈴木トミエ） …… 85
小波お伽全集 ……………………… 282
作家事典 …………………………… 270
里見八犬伝（曲亭馬琴） …………… 126
里見八犬伝（栗本薫） ……………… 126
里見八犬伝（鈴木邑） ……………… 125
里見八犬伝（滝沢馬琴） …… 124, 125, 127
真田十勇士　猿飛佐助（後藤竜二） …… 214
真田幸村（大河内翠山） …………… 211
ザ・ニンジャ猿飛佐助（嵐山光三郎） …… 214
さよなら動物園（桂三枝） ………… 190
更級日記（見月秋実） ……………… 133
更級日記（菅原孝標女） …………… 133
三国演義（羅貫中） ………… 233, 234
三国・虎視たんたん（王才） ……… 240
三国志（小沢章友） ………… 234, 235
三国志（神楽坂淳） ………… 231, 232
三国志（小前亮） …………… 231〜235
三国志（柴田錬三郎） ……………… 242
三国志（西園悟） …………………… 241
三国志（古川薫） …………… 233, 234
三国志（三田村信行） ……………… 236
三国志（羅貫中） …………… 237〜240, 242
三国志英雄列伝（小沢章友） ……… 232
三国志絵本（唐亜明） ……………… 232
三国志絵本　空城の計（唐亜明） … 232
三国志絵本　十万本の矢（唐亜明） … 232
三国志絵本　七たび孟獲をとらえる（唐亜明） …………………………… 232
三国志．燕虎物語（畠智慧） ……… 232
三国志群雄ビジュアル百科（渡辺義浩） …… 236
三国志事典（立間祥介） …………… 238
三国志早わかりハンドブック（渡辺仙州） …… 237
三国志武将大百科（渡辺義浩） …… 236
三国ならび立つ（羅貫中） ………… 238
山椒大夫（森鷗外） ………………… 276
山椒大夫　高瀬舟（森鷗外） ……… 275
山椒大夫・高瀬舟（森鷗外） ……… 276
さんすうこわいぞ（柳家弁天） …… 200
三省堂こどもことわざじてん（三省堂編修所） ……………………………… 28
三省堂全訳基本古語辞典（鈴木一雄） … 70, 71
三省堂例解小学ことわざ辞典（川嶋優） …… 19
三省堂例解小学四字熟語辞典（田近洵一） …… 43, 44
三人のかたい約束（生越嘉治） …… 241
三匹の犬の日記（与謝野晶子） …… 286

子どもの本　日本の古典をまなぶ2000冊　299

3分で読める江戸のこわい話（加納一朗）……… 205
3分で読める江戸の笑い話（加納一朗）……… 205

## 【し】

詩歌・唱歌・芸能を中心とした学習指導事例集（花田修一）………………………… 3
詩をつくろう（石毛拓郎）………………… 140
詩を読む学習 導入詩から群読まで（梅田芳樹）……………………………………… 138
詩を朗読してみよう（松丸春生）………… 139
詩が大すきになる教室（西口敏治）……… 140
鹿とサケと水の神さま（鈴木トミエ）……… 85
史記（司馬遷）……………………………… 219
子規と考える言葉・人・ふるさと（松山市教育委員会）……………………………… 277
四季のことば絵事典（荒尾禎秀）………… 141
四季のことば100話（米川千嘉子）……… 144
試験に強くなる漢字熟語事典（楠高治）…… 52
試験に役立つ まんがことわざ・慣用句事典（国広功）………………………………… 31
試験に役立つ まんが四字熟語事典（国広功）…………………………………………… 49
地獄・あの世の怪談（川村たかし）……… 62
じごくのそうべえ（田島征彦）…………… 195
地獄めぐり 鬼の大宴会（沼野正子）……… 60
地獄めぐり 針山つなわたり（沼野正子）… 60
地獄より鬼たちがあらわれるの巻（沼野正子）……………………………………… 112
地獄はめちゃらくちゃらの巻（沼野正子）… 111
四十七士（神保ππ世）…………………… 211
辞書びきえほん クイズブック100ことわざ 漢字………………………………………… 15
辞書びきえほん ことわざ（陰山英男）…… 21
しちどぎつね（たじまゆきひこ）………… 189
知っているときっと役に立つ古典学習クイズ55（杉浦重成）……………………………… 6
知っているときっと役に立つ四字熟語クイズ109（大原綾子）……………………… 49
知っておきたい慣用句（五十嵐清治）……… 17
知っておきたい慣用句（面谷哲郎）………… 17
知っておきたいことわざ（三省堂編修所）… 30
知っておきたい日本の名作文学・文学者（井関義人）……………………………… 265
知っておきたい百人一首（三省堂編修所）… 154
知っておきたい四字熟語（桐生りか）……… 46
知っておきたい四字熟語（三省堂編修所）… 49, 51
知ってびっくり！ ことわざはじまり物語（汐見稔幸）………………………………… 17
10分で読める音読一年生（対崎奈美子）… 257
10分で読める音読二年生（対崎奈美子）… 256
10分でわかる！ ことわざ（青木伸生）…… 14
10分でわかる！ 四字熟語（柏野和佳子）… 43
十返舎一九（桜井正信）…………………… 122
信濃道中記（駒込幸典）…………………… 122
信濃の詩歌（駒込幸典）…………………… 140
信濃の詩歌（滝沢貞夫）…………………… 140
信濃の説話（駒込幸典）…………………… 109
信濃の説話（滝沢貞夫）…………………… 108
しにがみさん（野村たかあき）…………… 193
詩のえほん（坪内稔典）…………………… 134
詩の授業で「人間」を教える（西郷竹彦）… 138
信太の狐（さねとうあきら）……………… 208
シマフクロウとサケ（宇梶静江）………… 83
しまめぐり（桂文我）……………………… 185
写真で見る俳句歳時記（長谷川秀一）… 142, 143
写真で読み解くことわざ大辞典（倉島節尚）………………………………………… 17
写真で読み解く四字熟語大辞典（江口尚純）………………………………………… 44
舎利（片山清司）…………………………… 177
13歳からの脳にいい話（百瀬昭次）……… 260
秋声少年少女小説集（徳田秋声）………… 284
10代のための古典名句名言（佐藤文隆）…… 53
12歳からの人づくり（高橋鍵弥）………… 228
十二支のことわざえほん（高畠純）………… 25
授業 俳句を読む、俳句を作る（青木幹勇）… 162
熟語クイズの王様（赤堀貴彦）……………… 45
熟語で覚える漢字力560（中学受験専門塾アクセス国語指導室）……………………… 47
熟語のひみつ大研究（神林京子）…………… 50
熟語博士の宇宙探険（五味太郎）…………… 43
じゅげむ（川端誠）………………………… 197
じゅげむ（土門トキオ）…………………… 186
寿限無（斎藤孝）…………………………… 193
受験生のための一夜漬け漢文教室（山田史生）……………………………………… 217
酒呑童子（川村たかし）…………………… 116
ジュニアのための万葉集（根本浩）……… 146
ジュニア文学名作図書館…………………… 269
俊寛（木下順二）……………………………… 99
俊寛（松谷みよ子）…………………………… 99
春色梅児誉美（酒井美羽）………………… 118
小学館全文全訳古語辞典（北原保雄）……… 70
小学国語新しい詩・短歌・俳句の解き方（桐杏学園）…………………………………… 139
小学ことわざ辞典（福武書店辞典部）……… 41
小学 自由自在Pocket ことわざ・四字熟語（深谷圭助）…………………………… 14, 43
小学生からの漢詩教室（三羽邦美）……… 221
小学生からの慣用句教室（よこたきよし）… 15, 16
小学生からのことわざ教室（よこたきよし）………………………………………… 14, 18

書名索引　　　　　　　　　　すいこ

小学生からの万葉集教室（三羽邦美）……… 146
小学生からの四字熟語教室（よこたきよし）
　…………………………………………… 44
小学生のイラストことわざ辞典（有泉喜弘）
　…………………………………………… 42
小学生の絵で見ることわざ辞典（阿久根靖夫）
　…………………………………………… 42
小学生の学習ことわざ辞典（教育研究所）… 42
小学生のことわざ絵事典（どりむ社編集部）
　…………………………………………… 28
小学生の新レインボーことばの結びつき辞典（金田一秀穂）……………………… 21
小学生の新レインボー「熟語」辞典（学研辞典編集部）………………………………… 48
小学生のための言志四録（いわむら一斎塾）
　…………………………………………… 60
小学生のためのことわざをおぼえる辞典（川嶋優）……………………………………… 16
小学生のための論語（斎藤孝）……………… 226
小学生の俳句歳時記（金子兜太）……… 142, 143
小学生のまんが慣用句辞典（金田一秀穂）… 26
小学生のまんがことわざ辞典（金田一春彦）
　…………………………………………… 27
小学生のまんが俳句辞典（藤井圀彦）…… 166
小学生のまんが百人一首辞典（神作光一）… 152
小学生のまんが四字熟語辞典（金田一春彦）
　…………………………………………… 48
小学生の名作ガイドはかせ（宮津大蔵）… 64
小学生のやさしい俳句（醍醐育宏）……… 170
小学生の四字熟語絵事典（どりむ社編集部）
　…………………………………………… 48
小学生までに読んでおきたい文学（松田哲夫）……………………………… 254, 255
小学校 音読・朗読・黙読（石田佐久馬）… 12
小学校国語科 教室熱中！「伝統的な言語文化」の言語活動アイデアBOOK（渡辺春美）……………………………………… 1
小学校国語『伝統的な言語文化』の授業ガイド（大熊徹）………………………………… 6
小学校国語 みんなで親しむ「伝統的な言語文化」（植松雅美）……………………… 3
小学校 古典指導の基礎・基本（田中洋一）… 3
小学校「古典の扉をひらく」授業アイデア24（田中洋一）……………………………… 2
小学校 知っておきたい古典名作ライブラリー32選（石塚修）……………………… 6
小学校で覚えたい古文・漢文・文語詩の暗唱50選（大越和孝）………………………… 7
将軍たちの激論 曹軍きたる（王矛）…… 241
常識のことわざ探偵団（国松俊英）……… 34
じょうずによめるよ「こんにゃくにんにく」…………………………………………… 264
少年少女（与謝野晶子）…………………… 285
少年少女ことわざ辞典 ……………………… 42

少年少女世界名作の森 …………………… 250
少年少女のための合浦奇談（弘前市立弘前図書館）………………………………… 110
少年少女のための日本名詩選集（北原白秋）
　………………………………………… 287
少年少女のための日本名詩選集（島崎藤村）
　………………………………………… 284
少年少女版 日本妖怪ばなし（川端誠）… 69
少年太閤記（吉川英治）…………………… 107
少年平家物語（壺田正一）………………… 100
食肉・食人鬼の怪談（川村たかし）……… 62
蜀の国をしたがえる（生越嘉治）………… 239
知らざあ言って聞かせやしょう（河竹黙阿弥）……………………………………… 182
知らざあ言って絶景かな（斎藤孝）……… 175
調べて学ぶ日本の伝統 …………………… 175
死霊（シリョウ）の恋（蒲松齢）………… 253
新・奥の細道を読もう（藤井圀彦）……… 172
新学習指導要領対応 たのしい俳句の授業（西田拓郎）………………………………… 165
新教材・伝統的な言語文化をどう授業化するか（日本言語技術教育学会）……………… 2
新・小泉八雲暗唱読本（小泉八雲）……… 271
新国語科の重点指導（市毛勝雄）……… 5, 6
新古典文法（長尾高明）…………………… 66
新釈古事記（抄）（赤木かん子）………… 80
新釈諸国百物語（篠塚達徳）……………… 63
心中天網島（里中満智子）………………… 210
信長公記（小島剛夕）……………………… 96
死んでも懲りないおかしな人びとの巻（沼野正子）………………………………… 111
新八犬伝（石山透）…………………… 123, 124
新・百人一首をおぼえよう（佐佐木幸綱）… 155
新編弓張月（三田村信行）…………… 122, 123
新迷解ポケモンおもしろことわざ（げゑせんうえの）………………………………… 24
―新迷解―もっと！ ポケモンおもしろことわざ（げゑせんうえの）…………………… 16
新レインボーことわざ絵じてん …………… 30
新レインボーことわざ辞典（学研辞典編集部）………………………………………… 31
新レインボー写真でわかる慣用句辞典 … 17
新レインボー写真でわかることわざ辞典… 21
新レインボー写真でわかる四字熟語辞典… 45
新・わかりやすい日本の神話（出雲井晶）… 74

【す】

水滸伝（嵐山光三郎）……………………… 243
水滸伝（施耐庵）…………………………… 243
水滸伝（平川陽一）…………………… 242, 243

子どもの本 日本の古典をまなぶ2000冊　**301**

## 【す】(続き)

数字のことわざ探偵団（国松俊英） …… 35
菅江真澄の信濃の旅（駒込幸典） …… 133
菅原伝授手習鑑（沼野正子） …… 210
菅原伝授手習鑑（橋本治） …… 181, 210
好きこそ物の…（吉川豊） …… 26
すくなびこな（坪内逍遥） …… 275
スサノオ（小室孝太郎） …… 77
スサノオのオロチたいじ（たかしよいち） …… 77
すっきりわかる！〈江戸〜明治〉昔のことば大事典 …… 70
隅田川（片山清司） …… 177
炭焼きのおじいさん（白居易） …… 222

## 【せ】

星座ジュニア …… 157
政治・産業・社会のことば（江川清） …… 22
青春俳句をよむ（復本一郎） …… 166
清少納言（遠藤寛子） …… 130
清少納言と紫式部（奥山景布子） …… 91, 128
西洋故事物語（阿部知二） …… 54, 55
世界一なぞめいた日本の伝説・奇譚（鳥遊まき） …… 108
世界怪談名作集（岡本綺堂） …… 283
世界名作絵ものがたり …… 77, 90, 252
世界名作童話全集 …… 77
関ヶ原の戦い（中村晃） …… 66
赤壁の死闘 天下を三つにわける（王矛） …… 240
赤壁の大勝利（生越嘉治） …… 240
世間胸算用（桃山奈子） …… 118
瀬戸内寂聴の源氏物語（瀬戸内寂聴） …… 93
せなかもぞくぞくこわいはなし（福井栄一） …… 61
セミ神さまのお告げ（宇梶静江） …… 83
善光寺縁起（駒込幸典） …… 109
全国怪談めぐり（木暮正夫） …… 68
戦後における俳句教材史の研究（柴田奈美） …… 170
せんりゅうのえほん（西本鶏介） …… 173

## 【そ】

漱石の殺したかった女（赤木かん子） …… 278
そうだったのか！ 四字熟語（ねじめ正一） …… 42
そうべえふしぎなりゅうぐうじょう（たじまゆきひこ） …… 185
曽我兄弟（砂田弘） …… 106
曾我兄弟（布施長春） …… 106
曾我物語（きりぶち輝） …… 106

続「おぼえておきたい」俳句100（小林清之介） …… 168
続・ことわざのえほん（西本鶏介） …… 26
そこにいますか（穂村弘） …… 158
素読・暗唱のための言葉集（まほろば教育事業団） …… 217
そばせい（川端誠） …… 192
染五郎と読む歌舞伎になった義経物語（市川染五郎） …… 181
空をとんだ茶わん（那須田稔） …… 115
空とぶ鉢（寮美千子） …… 133
空に立つ波（竹西寛子） …… 147
それゆけ八犬士！（滝沢馬琴） …… 125
ぞろぞろ（斉藤洋） …… 190
そんごくう（呉承恩） …… 246, 249〜252
そんごくう（平田昭吾） …… 251
そんごくう（マノハ） …… 244
孫悟空（本田庄太郎） …… 249
孫悟空、牛魔王とたたかうの巻（竹崎有斐） …… 251
孫悟空、金角銀角と術くらべの巻（竹崎有斐） …… 251
孫悟空、三蔵の弟子になるの巻（竹崎有斐） …… 251
そんごくう・シンドバッドの冒険（呉承恩） …… 250
そんごくうたびのおわりのまき（呉承恩） …… 249
孫悟空、天界で大あばれの巻（竹崎有斐） …… 251

## 【た】

鯛（桂三枝） …… 192
体験！ 子ども寄席（古今亭菊千代） …… 206
太閤記（古田足日） …… 106
太閤秀吉（轟龍造） …… 107
大道芸・寄席芸（大野桂） …… 208
大盗賊石川五右衛門（長尾剛） …… 211, 212
太平記（石崎洋司） …… 103
太平記（小島法師） …… 105, 106
太平記（さいとうたかを） …… 104, 105
太平記（長谷川孝士） …… 104
太平記（花岡大学） …… 104
太平記（平岩弓枝） …… 105
太平記（福田清人） …… 105
太平記（松本義弘） …… 104
太平記（村松定孝） …… 105
太平記（森詠） …… 104
太平記（森藤よしひろ） …… 105
太平記（柳川創造） …… 105
太平記（吉沢和夫） …… 104
太平記・千早城のまもり（花岡大学） …… 105

| 太平記物語（吉沢和夫） | 105 |
|---|---|
| 対訳漢文法読本（茂木雅夫） | 219 |
| 平知盛（木下順二） | 103 |
| 高瀬舟（森鷗外） | 276 |
| 高瀬舟・山椒大夫（森鷗外） | 275 |
| 高橋治のおくのほそ道（高橋治） | 167 |
| たがや（川端誠） | 190 |
| だから、科学っておもしろい!!（杉田玄白） | 255 |
| だくだく血がでたつもり（柳家弁天） | 199 |
| たけくらべ（樋口一葉） | 283 |
| たけくらべ　山椒大夫（樋口一葉） | 269, 270 |
| 武田信玄と信濃（駒込幸典） | 96 |
| 竹取物語（石井睦美） | 87 |
| 竹取物語（市毛勝雄） | 87 |
| 竹取物語（今西祐行） | 86 |
| 竹取物語（岸名沙月） | 89 |
| 竹取物語（時海結以） | 59 |
| 竹取物語（長尾剛） | 87 |
| 竹取物語（長谷川孝士） | 88 |
| 竹取物語（宮脇紀雄） | 89 |
| 竹取物語（森山京） | 88 |
| 竹取物語（柳川創造） | 89 |
| 竹取物語　伊勢物語（大沼津代志） | 86 |
| 竹取物語　伊勢物語（北杜夫） | 87 |
| 竹取物語　伊勢物語（倉本由布） | 86 |
| 田沢湖のむかしばなし（まつださちこ） | 133 |
| 戦いのうずをくぐって（生越嘉治） | 241 |
| 忠度（木下順二） | 102 |
| 忠盛（木下順二） | 99 |
| たたりにたたる天神・道真（木暮正夫） | 69 |
| 田中芳樹の運命　二人の皇帝（田中芳樹） | 281 |
| たなからぼたもち（いもとようこ） | 20 |
| たぬきのサイコロ（桂文我） | 196 |
| たのきゅう（川端誠） | 194 |
| たのしいことわざ（北村孝一） | 15 |
| 楽しい"伝統的な言語文化"の授業づくり1・2年（大森修） | 5 |
| 楽しい"伝統的な言語文化"の授業づくり3・4年（大森修） | 5 |
| 楽しい"伝統的な言語文化"の授業づくり5・6年（大森修） | 5 |
| 楽しい俳句の授業アイデア50（小山正見） | 161 |
| 楽しく演じる落語　教室でちょいと一席（桂文刃） | 190 |
| たのしく学ぶことわざ辞典（林四郎） | 31 |
| 楽しく学べる川柳・俳句づくりワークシート（中村健一） | 136 |
| 楽しむ四字熟語（奥平卓） | 52 |
| 旅の人　芭蕉ものがたり（楠木しげお） | 173 |
| 食べ物のことわざ探偵団（国松俊英） | 34 |
| たべられるおなら（柳家弁天） | 200 |
| 玉をもった勇士たち（滝沢馬琴） | 126 |
| 環の一年間（与謝野晶子） | 285 |
| タマゴやきにしっぽがある（柳家弁天） | 200 |
| 玉井（片山清司） | 72, 177 |
| 田村操の朗読教室（田村操） | 7 |
| だれでも読める古事記（柳沢秀一） | 80 |
| 単位・数え方・色・形のことば（江川清） | 25 |
| 短歌を楽しむ（栗木京子） | 159 |
| 短歌をつくろう（栗木京子） | 157 |
| 短歌をつくろう（佐佐木幸綱） | 160 |
| 短歌のえほん（坪内稔典） | 156 |
| 短歌・俳句（中村幸弘） | 137 |
| 短歌・俳句・川柳が大すき（宮崎楯昭） | 140 |
| 短歌はどう味わいどう作るか（中嶋真二） | 158 |

## 【ち】

| ちいさな神さま（西野綾子） | 76 |
|---|---|
| 小さな文学の旅（漆原智良） | 269 |
| 近松名作集（近松門左衛門） | 210 |
| 近松門左衛門集（諏訪春雄） | 210 |
| 近松門左衛門名作集　東海道四谷怪談（近松門左衛門） | 180, 210 |
| 力いっぱいきりぎりす（村井康司） | 164 |
| 力を合わせて戦えば（滝沢馬琴） | 125 |
| ちからじまんの神さま（西野綾子） | 76 |
| 力のつく古典入門学習50のアイディア（教育文化研究会） | 8 |
| ちきゅうをいれるおけ（柳家弁天） | 201 |
| ちきゅうにやさしいことば（上田日差子） | 164 |
| 地のそこの国（西野綾子） | 76 |
| ちはやと覚える百人一首（末次由紀） | 150 |
| ちびまる子ちゃんの暗誦百人一首（さくらももこ） | 153 |
| ちびまる子ちゃんの音読暗誦教室（斎藤孝） | 267 |
| ちびまる子ちゃんの慣用句教室（川嶋優） | 29 |
| ちびまる子ちゃんの古典教室（さくらももこ） | 1 |
| ちびまる子ちゃんのことわざ教室（さくらももこ） | 31 |
| ちびまる子ちゃんの続ことわざ教室（さくらももこ） | 21 |
| ちびまる子ちゃんの続四字熟語教室（さくらももこ） | 44 |
| ちびまる子ちゃんの短歌教室（さくらももこ） | 158 |
| ちびまる子ちゃんの俳句教室（さくらももこ） | 167 |
| ちびまる子ちゃんの樋口一葉（さくらももこ） | 283 |

ちびまる子ちゃんの四字熟語教室（さくら
　　ももこ）……………………………… 49
チビヤクカムイ（四宅ヤエ）……………… 85
チビヤクカムイ（藤村久和）……………… 82
ちゃっくりがきぃふ（桂文我）…………… 194
チャレンジ！ことわざ大王101（横山験也）
　　……………………………………… 27
宙をとぶ首（三田村信行）………………… 67
中学受験国語要点ランク順俳句・短歌・詩
　　152（学研）………………………… 139
中学生までに読んでおきたい日本文学（松
　　田哲夫）……………………… 257〜259
中学入試でる順ポケでる国語漢字・熟語（旺
　　文社）…………………………… 45, 48
中学入試でる順ポケでる国語慣用句・こと
　　わざ（旺文社）………………… 20, 28
中学入試でる順ポケでる国語四字熟語、反
　　対語・類義語（旺文社）…………… 45
中学入試にでることわざ慣用句四字熟語400
　　（日能研）…………………… 23, 47
中学入試まんが攻略bon！ 四字熟語（まつ
　　もとよしひろ）……………………… 48
中国怪奇物語（大沢昇）……………… 252, 253
中国からやってきた故事・名言（北本善一）
　　……………………………………… 56
中国故事物語（駒田信二）…………… 54, 56
中国千古万古物語（藤浪菓子）…………… 218
中国の故事民話（沢山晴三郎）……… 217, 218
中国の神話（君島久子）…………………… 220
中国の不思議な物語（蒲松齢）…………… 253
中国ふしぎ話………………………………… 219
中国名言故事物語（寺尾善雄）……… 55, 56
忠臣蔵（平川陽一）………………………… 211
超人力がばくはつするの巻（沼野正子）… 112
ちょっとまぬけなわらい話（たかしま風太）
　　……………………………………… 187
地理・地図・環境のことば（江川清）…… 23

## 【つ】

使ってみたくなる言い回し1000（深谷圭
　　助）………………………………… 23
月へいった女の子（鈴木トミエ）………… 85
月夜と鬼のふえ（柴野民三）……… 110, 131
作ってみようらくらく短歌（今野寿美）… 159
作ってみようらくらく俳句（辻桃子）…… 167
堤中納言物語（坂田靖子）………………… 95
堤中納言物語　うつほ物語（千刈あがた）… 86
津波 TSUNAMI！（キミコ・カジカワ）… 271
津波!!稲むらの火その後（高村忠範）…… 271
津波!!命を救った稲むらの火（小泉八雲）… 272

津波から人びとを救った稲むらの火（「歴画
　　浜口梧陵伝」編集委員会）………… 272
津波からみんなをすくえ！（環境防災総合
　　政策研究機構）……………………… 272
坪内逍遙の国語読本（阿部正恒）………… 275
徒然草（今道英治）………………………… 131
徒然草（兼好法師）………………………… 131
徒然草（柴野民三）………………………… 131
徒然草（バロン吉元）……………………… 131
徒然草（吉田兼好）………………………… 131
徒然草　方丈記（嵐山光三郎）…………… 127
徒然草　方丈記（兼好法師）……………… 127

## 【て】

できたてピカピカ 熟語の話（木暮正夫）… 52
てのひらの味（村井康司）………………… 164
手毬と鉢の子（新美南吉）………………… 156
天下三分の計（羅貫中）…………………… 238
天下分けめの戦い（羅貫中）……………… 242
伝記に学ぶ生き方（稲垣友美）…………… 57
天狗の恩がえし（片山清司）……………… 177
てんぐの酒もり（桂文我）………………… 195
てんぐの人さらい（三田村信行）………… 67
天鼓（片山清司）…………………………… 177
天才林家木久扇のだじゃれことばあそび100
　　（林家木久扇）……………………… 185
転失気（桂かい枝）………………………… 187
伝統芸能（新谷尚紀）……………………… 175
伝統芸能（三隅治雄）……………………… 175
「伝統的な言語文化」を活かす言語技術（日
　　本言語技術教育学会）……………… 7
「伝統的な言語文化」を深める授業力とは
　　（日本言語技術教育学会）………… 4
伝統的な言語文化ワーク（大森修）……… 7
天に舞う蝶（藤井まさみ）………………… 65

## 【と】

東海道中ひざくりげ（十返舎一九）……… 122
東海道中膝栗毛（北本善一）……………… 122
東海道中膝栗毛（越水利江子）…………… 120
東海道中膝栗毛（十返舎一九）……… 121, 122
東海道中膝栗毛（谷真介）………………… 121
東海道中膝栗毛（土田よしこ）…………… 121
東海道中膝栗毛（宮脇紀雄）……… 117, 121
東海道膝栗毛（十返舎一九）……………… 122
東海道四谷怪談（上杉可南子）…………… 181
東海道四谷怪談（田口章子）……………… 180

東海道四谷怪談（沼野正子） ............ 180
東儀秀樹の雅楽（東儀秀樹） ............ 176
どうぐ屋（桂文我） .................... 195
峠の狸レストラン（桂三枝） ............ 190
道成寺（片山清司） .................... 178
どうぶつ句会（あべ弘士） .............. 167
動物故事物語（実吉達郎） ........... 55, 56
どうぶつゾロゾロ 熟語の話（木暮正夫） .... 52
どうぶつの国（木暮正夫） ............... 35
動物のことわざ探偵団（国松俊英） ........ 38
どうぶつはいくあそび（きしだえりこ） .. 168
童話お能物語（内柴秀文） .............. 178
童話 環の一年間（与謝野晶子） ......... 286
ときそば（川端誠） .................... 189
時そば（土門トキオ） .................. 186
とくべえとおへそ（桂文我） ............ 193
土佐日記（紀貫之） .................... 133
土佐日記　更級日記（森山京） .......... 132
読解のための新古典文法（小町谷照彦） ... 65
とっておきのはいく（村上しいこ） ...... 162
とっておきの笑いあり□（芥川竜之介） .. 264
とっておきの笑いあります！もう一丁!!（小
　川未明） ........................... 255
とてもおかしな動物たち（たかしま風太）
　　　　　　　　　　　　　　　　　..... 188
どっどどどどうど雨ニモマケズ（宮沢賢治）
　　　　　　　　　　　　　　　　　..... 266
とびちった八つの玉（滝沢馬琴） ........ 126
富岡日記（駒込幸典） .................. 132
富岡日記（信州大学教育学部附属長野中学
　校創立記念事業編集委員会） .......... 133
トムとジェリーのまんが「ことわざ」辞典
　（ワーナー・ブラザースコンシューマー
　プロダクツ） ......................... 13
朋有り遠方より来たる（孔子） .......... 228
知盛（木下順二） ...................... 102
ドラえもんのことわざ辞典（栗岩英彦） 32, 38
ドラえもんのまんが百人一首（佐藤喜久雄）
　　　　　　　　　　　　　　　　　..... 155
とらぬたぬきのペア旅行（関英雄） ....... 36
とりかえばや物語（田辺聖子） ........... 95
鳥のことわざ探偵団（国松俊英） ......... 35
とはずがたり（いがらしゆみこ） ........ 132
どんぐりトリオの背くらべ（関英雄） ..... 37
飛んで火に入ることわざばなし（福井栄一）
　　　　　　　　　　　　　　　　　...... 22
とんぼの眼玉（北原白秋） .............. 286

【な】

流されたみどり（与謝野晶子） .......... 285

中西進の万葉みらい塾（中西進） ........ 147
なげいたコオロギ（桜井信夫） .......... 174
ナージャ海で大あばれ（泉京鹿） ........ 230
なぜ孫悟空のあたまには輪っかがあるのか？
　（中野美代子） ...................... 243
懐かしんで書く日本の名作（甲斐睦朗） .. 265
なったなったジャになった（柳家弁天） .. 200
納豆の大ドンブリ（穂村弘） ............ 158
夏の季語事典（石田郷子） .............. 143
夏目漱石（桜井信夫） .................. 279
夏目漱石（三田村信行） ................ 280
なよたけのかぐやひめ（秦恒平） ......... 89
なるほど！ ことわざじてん（ことばハウ
　ス） ................................. 18
なるほど！ 四字熟語じてん（ことばハウ
　ス） ................................. 45
南総里見八犬伝（杉浦明平） ............ 124
南総里見八犬伝（砂田弘） .............. 124
南総里見八犬伝（滝沢馬琴） ....... 123〜125
南総里見八犬伝（長崎源之助） .......... 125
南総里見八犬伝（森有子） .............. 126

【に】

二字熟語なんてこわくない！（川村晃生） ... 50
21世紀版少年少女古典文学館（興津要） ... 79,
　86, 90, 92, 95, 98, 104, 107, 111, 117, 118, 120,
　123, 127, 128, 145, 164, 176, 180, 202, 209
21世紀版少年少女世界文学館 ...... 232, 244
21世紀版少年少女日本文学館 ....... 261, 278
にせニセことわざずかん（荒井良二） ..... 27
日本一古い本 古事記びっくり物語事典（ム
　ロタニツネ象） ....................... 82
日本キリスト教児童文学全集 ............ 270
日本語を味わう名詩入門 ................ 286
日本語を楽しもう（永井順国） .......... 139
日本故事物語（池田弥三郎） ......... 55, 56
日本古典のすすめ（岩波書店編集部） ..... 66
日本ジュニア文学名作全集（日本ペンクラ
　ブ） ............................ 268, 269
日本人を育てた物語（『日本人を育てた物語』
　編集委員会） ......................... 59
日本人の心のふるさと（吉田敦彦） ....... 75
日本神話入門（阪下圭八） .............. 80
にほんたんじょう（岸田衿子） ........... 72
日本童謡ものがたり（北原白秋） ........ 286
日本の美しい言葉と作法（野口芳宏） ...... 2
日本の恐ろしい話（須知徳平） ........... 63
日本の音と楽器（小柴はるみ） .......... 175
日本のおばけ話（神戸淳吉） ............. 63
日本の怪ぶつ話（木暮正夫） ............. 64

日本の神さまたちの物語（奥山景布子）……… 78
日本の近代文学（上笙一郎）……… 271
日本のこわい話（須知徳平）……… 64
日本の神話（赤羽末吉）……… 74, 77
日本の神話（小島瓔礼）……… 77
日本の神話（平山忠義）……… 72
日本の神話（松谷みよ子）……… 73
日本の神話（吉田敦彦）……… 73
日本の神話（与田凖一）……… 74
日本の童話名作選（講談社文芸文庫）……… 265
日本のふしぎ話（土家由岐雄）……… 63
日本の文学（西本鶏介）……… 263
日本の文豪（長尾剛）……… 259
日本の祭りと芸能（芳賀日出男）……… 175, 176
日本の名作「こわい話」傑作集（Z会）……… 256
日本の名作文学案内（三木卓）……… 268
日本のゆうれい話（二反長半）……… 63
日本ふしぎ物語集（谷真介）……… 109
日本文学のうつりかわり（井関義久）……… 268
日本文学の古典50選（久保田淳）……… 65, 69
日本霊異記（景戒）……… 110
日本霊異記（柳川創造）……… 110
日本霊異記　宇治拾遺物語（三田村信行）……… 108
日本歴史故事物語 ……… 55, 56
にゃんの助といっしょに学ぶ！生きるヒントがつまったことわざ350（溝本摂）……… 16
入門俳句事典（石田郷子）……… 167
人形芝居と文楽（後藤静夫）……… 209
人形浄瑠璃（ふじたあさや）……… 209

【ね】

ねこ古典ばん（雨田光弘）……… 139
ねこにこばん（いもとようこ）……… 20
ねこのことわざえほん（高橋和枝）……… 24
猫の茶わん（桂かい枝）……… 187
ねこの手もかりたいケイおばさん（関英雄）……… 37
ねんてん先生の俳句の学校（坪内稔典）……… 162, 163

【の】

能（籾山千代）……… 178
能（山崎有一郎）……… 177
能　狂言（別役実）……… 177
能・狂言（今西祐行）……… 176
能と狂言（児玉信）……… 176
野菊の墓（伊藤左千夫）……… 276, 277
野菊の墓（島崎藤村）……… 269

のこりものにはふくがある（いもとようこ）……… 18
のっぺらぼう（土門トキオ）……… 186
のぼさんと学ぶ俳句とことば（松山市教育委員会）……… 277
のぼさんと学ぶ俳句と言葉（松山市教育委員会）……… 277
野村万斎の狂言（野村万斎）……… 180
のらくろの川柳まんが（山根赤鬼）……… 174
呪われた恋占い（桂木寛子）……… 120
のんきでゆかいな町人たち（たかしま風太）……… 188
のんびりなまけものの笑噺 ……… 203

【は】

俳句えほん　うちへ帰ろう（塩沢幸子）……… 165
俳句えほん　この空の下で（山県照江）……… 165
俳句をつくろう（藤井圀彦）……… 170
俳句を作ろう（坂田直彦）……… 161
俳句を作ろう（増山至風）……… 161
俳句を読もう（藤井圀彦）……… 168
ハイク犬（石津ちひろ）……… 165
俳句・川柳ひみつ事典（阿木二郎）……… 141
俳句・短歌がわかる ……… 139
俳句・短歌・百人一首（山口理）……… 134
俳句童話集（三木雄司）……… 166
俳句に見る日本人の心（須見実）……… 139
はいくのえほん（西本鶏介）……… 166, 167
はいくのえほん（鈴木寿雄）……… 169
俳句のえほん（坪内稔典）……… 160
俳句の授業をたのしく深く（西田拓郎）……… 161
俳句のすすめ（築城百々平）……… 162
俳句はいかが（五味太郎）……… 169
売炭翁（白居易）……… 221
パオアルのキツネたいじ（蒲松齢）……… 252
葉隠（黒鉄ヒロシ）……… 67
墓場にとぶ火の玉（三田村信行）……… 67
白鳥になった王子（たかしよいち）……… 76
白鳥は死なず（佐野美津男）……… 77
化け蛇・化け狐などの怪談（川村たかし）……… 62
ばけものつかい（川端誠）……… 199
はじめてであう短歌の本（桜井信夫）……… 159, 160
はじめてであう日本文学（紀田順一郎）……… 256
はじめてであう俳句の本（桜井信夫）……… 169, 170
はじめてであう論語（全国漢文教育学会）……… 227, 228
はじめての古事記 ……… 78
はじめての古事記（竹中淑子）……… 78
はじめての日本神話（坂本勝）……… 78
橋本治の古事記（橋本治）……… 80
芭蕉（伊馬春部）……… 173

走れ！ どんこ岩(難波利三) ………… 65
鉢かづき(あまんきみこ) ………… 116
鉢かづき・酒呑童子(石黒吉次郎) ……… 116
鉢かつぎ姫(広川操一) ………… 116
鉢の木(たかしよいち) ………… 177
八犬伝(滝沢馬琴) ………… 126
初恋(島崎藤村) ………… 284
はつてんじん(川端誠) ………… 197
初天神(林家とんでん平) ………… 196
花実の咲くまで(堀口順子) ………… 184
はなよりだんご(いもとようこ) ………… 20
母恋いくらげ(柳家喬太郎) ………… 184
母のバリカン(山本たけし) ………… 166
早おぼえ試験によくでる漢字熟語(国語基
　礎学力研究会) ………… 50
早おぼえ四字熟語(津田貞一) ………… 51
林家木久蔵の子ども落語(林家木久蔵) … 196, 197
林家正蔵と読む落語の人びと、落語のくら
　し(林家正蔵) ………… 189
薔薇と花子(与謝野晶子) ………… 284
春の季語事典(石田郷子) ………… 143
春の苑紅にほふ(高岡市万葉歴史館) ………… 146
春の日や庭に雀の砂あひて(リチャード・ル
　イス) ………… 168
春はあけぼの(清少納言) ………… 129
春はあけぼの祇園精舎の鐘の声(斎藤孝) ………… 64
ハローキティのかぐやひめ ………… 88
伴一孝「向山型国語」で力をつける(伴一
　孝) ………… 8
番町皿屋敷(四代目旭堂南陵) ………… 212

【ひ】

ピカピカ俳句(斎藤孝) ………… 162
ピカピカ名詩(斎藤孝) ………… 136
ピカピカ名文(斎藤孝) ………… 257
ピカピカ論語(斎藤孝) ………… 224
火から生まれた王子たち(たかしよいち) ………… 77
光源氏の君(弥谷まゆ美) ………… 93
樋口一葉ものがたり(日野多香子) ………… 283
日暮硯(駒込幸典) ………… 68
悲劇の皇子(中尾進彦) ………… 73
秘すれば花なり(名言)(斎藤孝) ………… 54
ビッキーとポッキーのはいくえほん(あら
　しやまこうざぶろう) ………… 161
ひとことで音読する古典(横山験也) ………… 4
ひとしずくの涙、ほろり。(芥川竜之介) ………… 261
ひとめあがり(川端誠) ………… 188
百人一首 ………… 154
百人一首(名田恵子) ………… 149
百人一首(長谷川孝士) ………… 155

百人一首(柳川創造) ………… 155, 156
百人一首をおぼえよう(佐佐木幸綱) ………… 156
「百人一首」かるた大会で勝つための本(カ
　ルチャーランド) ………… 151
百人一首故事物語(池田弥三郎) ………… 154
百人一首大事典(吉海直人) ………… 152
百人一首で楽しもう(藤子・F・不二雄) ………… 149
百人一首の大常識(栗栖良紀) ………… 153
100年俳句計画(夏井いつき) ………… 165
百句おぼえて俳句名人(向山洋一) ………… 165
表現力・思考力も身に付く伝統的な言語文
　化の授業づくり(難波博孝) ………… 5
標準ことわざ慣用句辞典(旺文社) ………… 16
ひょろびりのももひき(柳家弁天) ………… 201
ヒョロンボ戦記(並河尚美) ………… 65
ヒーロー＆ヒロインに会おう！ 古典を楽し
　むきっかけ大図鑑(斎藤孝) ………… 58, 59
ピーワンちゃんの寺子屋(樫野紀元) ………… 227

【ふ】

笛吹童子(橋本治) ………… 66
部活で俳句(今井聖) ………… 161
不思議がいっぱいあふれだす！(芥川竜之
　介) ………… 264
ふしぎな刀のゆくえ(滝沢馬琴) ………… 126
ふしぎなかわりものの笑噺 ………… 203
ふしぎなへんてこ話(たかしま風太) ………… 188
ふしぎの国の大戦争(生越嘉治) ………… 239
不思議ものがたり(小山内薫) ………… 265
富士山うたごよみ(俵万智) ………… 157
ぶす(内田麟太郎) ………… 179
ふたりでひとり(桂文我) ………… 187
冬・新年の季語事典(石田郷子) ………… 143
ふるい怪談(京極夏彦) ………… 131
旧(ふるい)怪談―耳袋より(京極夏彦) ………… 132
ふるさと(島崎藤村) ………… 284
ふるさとをよむ俳句(飯田竜太) ………… 168
ふるさと　野菊の墓(島崎藤村) ………… 270
ふるさとの神話(高内壮介) ………… 77
古だぬきの化けの皮(滝沢馬琴) ………… 125
ふんだりけったりクマ神さま(はなたにな
　お) ………… 82
文ちゃんの百人一首(保泉弘史) ………… 152
文楽(平島高文) ………… 209

【へ】

平安文学でわかる恋の法則(高木和子) ……… 59

へいけ　　　　　　　書名索引

平家物語（石崎洋司） ……………… 96
平家物語（生越嘉治） ………… 100, 101
平家物語（岸田恋） ………………… 102
平家物語（北村謙次郎） …………… 103
平家物語（木村次郎） ……………… 98
平家物語（小前亮） ………………… 96
平家物語（関英雄） ………………… 100
平家物語（高野正巳） ……………… 101
平家物語（弦川琢司） ……………… 98
平家物語（時海結以） ……………… 97
平家物語（長谷川孝士） …………… 100
平家物語（柳川創造） ……………… 102
平家物語（山下明生） ……………… 99
平家物語（横山光輝） ……………… 101
平家物語（吉村昭） ……………… 101, 102
平家物語を読む（永積安明） …… 98, 103
平家物語紀行（小林美和） ………… 100
平家物語　平清盛（那須田淳）… 96, 97
ぺったんぺったん白鳥がくる（穂村弘） … 158
ベネッセ全訳コンパクト古語辞典（中村幸弘） ……………………………… 71
ヘルンとセツの玉手箱（藤森きぬえ）… 274
へんなゆめ（たじまゆきひこ） …… 187

【ほ】

ポイヤウンペ物語（安藤美紀夫） … 85
方丈記（鴨長明） …………………… 130
方丈記　徒然草（浜野卓也） ……… 127
封神演義（許仲琳） ………………… 230
亡霊（葉山修平） …………………… 119
ぼうれいとりつく耳なし芳一（木暮正夫）… 96
ぼく、歌舞伎やるんだ！（光丘真理）… 181
ぼくの人生落語だよ（林家木久蔵） … 193, 202
ぼくはへいたろう（小沢正） ……… 134
ぼこぼんのことわざ絵じてん ……… 39, 40
ぼこぼんのゆかいな西遊記 ………… 250
星の林に月の船（大岡信） ………… 138
牡丹灯籠（赤木かん子） …………… 205
牡丹灯籠（さねとうあきら） ……… 205
坊っちゃん（夏目漱石） …………… 281
坊っちゃん（夏目漱石） ……… 277〜281
『坊っちゃん』をかいた人（桜井信夫） … 280
ポピーの夢（遠藤冨子） ……… 166, 167
ほらあなにかくれた神さま（たかしよいち） ……………………………………… 77
ほらあなの中の怪物（滝沢馬琴） … 125
ボールコロゲテ（村井康司） ……… 164
ポルトガル銃の秘密（松木修平） … 65
本選び術 ……………………………… 11

本をもっと楽しむ本（塩谷京子） … 60
ほんものの友情、現在進行中！（菊池寛） … 264

【ま】

マイ辞典ワーク …………………… 15
舞姫（森鷗外） ………………… 275, 276
舞う心（赤木かん子） ……………… 177
枕草子（赤塚不二夫） ……………… 129
枕草子（黒沢弘光） ………………… 130
枕草子（清少納言） …………… 129, 130
枕草子（森有子） …………………… 130
枕草子　更級日記（清少納言）… 129, 133
まごころ、お届けいたします。（岡本かの子） ……………………………… 261
孫のための古事記ものがたり（岸純子） … 82
マザア・グウス（北原白秋） ……… 287
正岡子規ものがたり（楠木しげお） … 277
マザー・グース（北原白秋） ……… 286
またまた大わらい！　子ども落語（川又昌之） …………………………………… 199
まちがいさがし（このみひかる） … 32
まちがいだらけの言葉づかい（瀬尾七重）… 34, 51
松尾芭蕉（高村忠範） ……………… 171
松谷みよ子の本（松谷みよ子） …… 74
真二つ（山田洋次） ………………… 186
まぼろしの白いクマ（西野綾子） … 75
豆しばカードブック　ことわざ（学研教育出版） ………………………………… 15
豆しばカードブック　百人一首（学研教育出版） ……………………………… 150
まんが　慣用句なんでも事典（山田繁雄） … 32
マンガ教科書ことわざ辞典（新学習指導研究会） …………………………… 41
まんがことわざ辞典（らくがき舎） … 42
まんがことわざ100事典（田森庸介）… 33
まんが短歌なんでも事典（須藤敬） … 159
まんが　超速理解　四字熟語（高橋隆介）… 50
まんがで覚えることわざ（三省堂編修所）… 24
マンガでおぼえることわざ・慣用句（斎藤孝） ……………………………………… 14
マンガでおぼえる小学ことわざ辞典（旺文社） ………………………………… 42
マンガで覚える図解百人一首の基本（吉海直人） ……………………………… 150
まんがで覚える天下無敵の四字熟語（金英）… 46
まんがで覚える百人一首（三省堂編修所） … 151
マンガでおぼえる四字熟語（斎藤孝） … 43
まんがで覚える四字熟語（三省堂編修所） … 47

308

まんがで学習『奥の細道』を歩く(萩原昌好) ………………………………………… 173
まんがでべんきょう ことばものしり事典(武田恭宗) ………………………………… 41
まんがでべんきょう ことばものしり事典(馬場正男) ………………………………… 41
まんがで学ぶ慣用句(山口理) …………………… 18
まんがで学ぶ故事成語(八木章好) ……………… 53
まんがで学ぶことわざ(青山由紀) ……………… 22
まんがで学ぶ俳句・短歌(白石範孝) …………… 137
まんがで学ぶ百人一首(小尾真) ………………… 152
まんがで学ぶ四字熟語(山口理) ………………… 48
まんがで読む古事記(竹田恒泰) ………………… 77
まんがで読む古事記草薙神剣(久松文雄) …… 78
まんがで読む百人一首(吉海直人) ……………… 149
まんがde論語(広瀬幸吉) …………………… 225, 229
マンガでわかる小学生のことわざじてん(梅沢実) ………………………………………………… 26
まんが俳句なんでも事典(石塚修) ……………… 169
マンガ塙保己一(花井泰子) ……………………… 61
まんが版小倉百人一首(浅野拓) ………………… 155
まんが百人一首事典(山田繁雄) ………………… 156
まんが百人一首と競技かるた(浅野拓) ……… 153
まんが百人一首なんでも事典(堀江卓) ……… 155
まんが百人一首入門(川村晃生&カゴ直利) …………………………………………………… 156
マンガ百人一首物語 ……………………… 147, 148
マンガ平家物語(イセダイチケン) ……………… 97
マンガ平家物語(舘尾冽) ………………………… 97
マンガ枕草子(中空朋美) ………………………… 128
まんがまるごと小倉百人一首 …………………… 155
まんがよく使うことば「慣用句」事典(よだひでき) ………………………………………… 14
まんが四字熟語辞典(よだひでき) ……………… 44
まんが四字熟語なんでも事典(関口たか広) …………………………………………………… 51
まんが四字熟語100事典(松本好博) …………… 51
まんじゅうこわい(桂かい枝) …………………… 187
まんじゅうこわい(桂文我) ……………………… 196
まんじゅうこわい(川端誠) ……………………… 199
まんじゅうこわい(斉藤洋) ……………………… 193
まんじゅうこわい(土門トキオ) ………………… 186
万葉集(大岡信) …………………………………… 145
万葉集(長谷川孝士) ……………………………… 147
万葉集(古橋信孝) ………………………………… 147
万葉集(水沢遥子) ………………………………… 147
万葉集歳時記(吉野正美) ………………………… 147
萬葉集物語(森岡美子) …………………………… 147
万葉風土記(猪股静弥) …………………………… 147

【み】

三河町の半七(岡本綺堂) ………………………… 283
三河物語(安彦良和) ……………………………… 67
身がわり観音(品川京一) ………………………… 111
みそ豆(林家とんでん平) ………………………… 197
三つかぞえて(村井康司) ………………………… 164
三つどもえのあらそい(生越嘉治) ……………… 240
光村の国語はじめて出会う古典作品集(青山由紀) ……………………… 4, 60, 61, 137, 174
光村の国語わかる、伝わる、古典のこころ(青山由紀) ……………………………… 21, 53, 61
光村の国語わかる、伝わる、古典のこころ(工藤直子) ……………………………………… 137
水戸黄門(松尾政司) ……………………………… 66
源義経(二階堂玲太) ……………………………… 106
ミニモニ。じゅげむ(なかむらじん) …………… 193
耳なし芳一(小泉八雲) …………………………… 272
耳なし芳一・雪女(小泉八雲) …………………… 274
耳なし芳一——八雲怪談傑作集 雪女——八雲怪談傑作集(小泉八雲) ……………… 271
みょうがやど(川端誠) …………………………… 184
みんなが知りたい！いろんな「熟語」がわかる本(国語教育研究会) ……………………… 47
みんなが知りたい！「ことわざ」がわかる本(国語学習研究会) ………………………… 26
みんな、くよくよ悩んでいたって…!?(太宰治) ………………………………………………… 255
みんなで朗読してみよう(松丸春生) …………… 266
みんなに聞いてもらおう「でえことごんぼう」 ………………………………………………… 265
みんなの論語塾(安岡定子) ……………………… 225
民話に学ぶ生き方(荒井冽) ……………………… 57

【む】

むかしの言葉(山口理) …………………………… 59
昔のことば絵事典(どりむ社) …………………… 70
昔話・神話・伝承を中心とした学習指導事例集(花田修一) ………………………………… 3
「昔話、神話・伝承」の指導のアイデア30選(大越和孝) ……………………………………… 7
むかしむかしの鬼物語(小沢章友) ……………… 108
ムクリの嵐(那須正幹) …………………………… 65
向山型国語＝暗唱・漢字文化・五色百人一首(向山洋一) ……………………………………… 8
武蔵野(国木田独歩) ……………………………… 282
虫のことわざ探偵団(国松俊英) ………………… 34

虫めずる姫ぎみ(いまぜきのぶこ) ……… 95
虫めづる姫ぎみ(森山京) ……………… 95
息子たちに聞かせたい故事・昔の人の話(大
　岡久晃) ……………………………… 53
ムーミン村(溝口博子) ………………… 161
紫式部(柳川創造) ……………………… 94
紫式部(山主敏子) ……………………… 94
紫式部(山本藤枝) ……………………… 94
村松友視の東海道中膝栗毛(村松友視) … 121

## 【め】

名句を読んで写して楽しくつくる俳句ワー
　クシート集(小山正見) ……………… 162
名言に学ぶ生き方(稲垣友美) ………… 57
「名作」で鍛えるトコトン考える力(宮川俊
　彦) …………………………………… 260
名作に学ぶ生き方(稲垣友美) ………… 270
名詩に学ぶ生き方(稲垣友美) ………… 140
めぐろのさんま(川端誠) ……………… 195
目指せ！国語の達人 魔法の「音読ネタ」50
　(堀裕嗣) ……………………………… 1
めだま(山田洋次) ……………………… 188
メロスは激怒した吾輩は猫である(斎藤孝)
　……………………………………… 266

## 【も】

燃える長江(羅貫中) …………………… 238
燃える砦(浜野卓也) …………………… 65
物語を朗読してみよう(松丸春生) …… 267
ものぐさ太郎(肥田美代子) …………… 115
門(赤木かん子) ………………………… 283
文覚(もんがく)(木下順二) …………… 103

## 【や】

八木重吉のことば(沢村修治) ………… 134
やさしくてよくわかる俳句の作り方(小林
　清之介) ……………………………… 170
やじきた東海道の旅(宮脇紀雄) ……… 122
弥次さん喜多さん(来栖良夫) ………… 122
弥次さん喜多さんのお笑いにほんご塾(斎
　藤孝) ………………………………… 121
八つの夜(与謝野晶子) ………………… 285
柳家花緑の落語(柳家花緑) …………… 195
ヤマタノオロチ(照沼まりえ) ………… 73
ヤマタノオロチ(西野綾子) …………… 76

やまたのおろち(羽仁進) ……………… 72
ヤマトタケル(那須正幹) ……………… 80
ヤマトタケル(西野綾子) ……………… 75
ヤマトタケル(浜田けい子) …………… 74
ヤマトタケル(松田稔) ………………… 73
山盛りの十七文字(藤原和好) ………… 166
闇をかけるがいこつ(三田村信行) …… 67
ややこしや寿限無寿限無(斎藤孝) …… 192

## 【ゆ】

幽霊・怨霊の怪談(川村たかし) ……… 62
ゆうれい美女(三田村信行) …………… 68
ゆかいな10分落語(山口理) ……… 184, 185
ゆかいな川柳五・七・五(萩原昌好) … 174
ユーカラの祭り(塩沢実信) …………… 85
雪女(小泉八雲) ………………………… 273
雪女　夏の日の夢(ラフカディオ・ハーン)
　……………………………………… 273
ゆく河の流れは絶えずして(鴨長明) … 130
弓の名人為朝(矢代和夫) ……………… 123
ゆりあと読もう　はじめての論語(ならゆり
　あ) …………………………………… 223
百合若大臣(たかしよいち) …………… 175

## 【よ】

夜明けの落語(みうらかれん) ………… 184
妖怪ぞろぞろ俳句の本(古舘綾子) …… 161
妖怪にのろわれた村(三田村信行) …… 67
妖怪・化け物の怪談(川村たかし) …… 62
妖怪変化人にとりつくの巻(沼野正子) … 112
ようこそ、冒険の国へ！(芥川竜之介) … 261
よくばりわるものの笑噺 ……………… 203
よくわかる慣用句(山口仲美) ………… 28
よくわかる短歌(山口仲美) …………… 159
よくわかる俳句(山口仲美) …………… 168
よくわかる百人一首(山口仲美) ……… 154
よくわかる四字熟語(山口仲美) ……… 50
与謝蕪村(高村忠範) …………………… 166
四字熟語 ………………………………… 42
四字熟語集(奥平卓) …………………… 52
四字熟語ショウ(中川ひろたか) …… 44, 47
四字熟語なんてこわくない！(前沢明) … 52
四字熟語の大常識(日本語表現研究会) … 49
四字熟語のひみつ(青木伸生) ………… 42
四字熟語プリント(大達和彦) ………… 45
四字熟語問題集(国語問題研究会) …… 51
四字熟語ワンダーランド(藤井圀彦) … 48

四字熟語100 ……………………… 51
吉田簑太郎の文楽(吉田簑太郎) ………… 209
義経(木下順二) ……………………… 102
義経千本桜(沼野正子) ……………… 210
義経千本桜(橋本治) …………… 182, 211
義経と弁慶(谷真介) ………………… 106
義仲(木下順二) ……………………… 102
吉村昭の平家物語(吉村昭) …………… 100
寄席芸・大道芸(小沢昭一) …………… 208
四谷怪談(さねとうあきら) …………… 180
四谷怪談(高橋克彦) ………………… 180
読み聞かせ子どもにウケる「落語小ばなし」
　(小佐田定雄) ……………………… 188
黄泉のくに(谷真介) …………………… 72
4コマまんがでわかることわざ150(よだひ
　でき) ……………………………… 25
4コマまんがでわかることわざ160(よだひ
　でき) ……………………………… 17
よんだ100人の気持ちがよくわかる！百人
　一首(柏野和佳子) ………………… 149
読んでおきたい日本の古典(中西進) …… 59
読んでおきたい日本の名作(斎藤孝) … 263
読んでみようわくわく短歌(今野寿美) … 159
読んでみようわくわく俳句(辻桃子) … 168

## 【ら】

『礼記』にまなぶ人間の礼(井出元) ……… 216
楽あれば…(吉川豊) …………………… 26
落語(柳家花緑) ……………………… 191
落語を楽しもう(石井明) ……………… 196
落語が教えてくれること(柳家花緑) … 185
落語・口上・決めぜりふ・ショートコント
　(工藤直子) ………………………… 190
らくごで笑学校(斉藤洋) ……………… 184
落語とお笑いのことば遊び(白石範孝) … 193
落語と私(桂米朝) …………………… 191
らくご長屋(岡本和明) …………… 190～193
落語ものがたり事典(勝川克志) ……… 185
羅城門(かじゆみた) ………………… 113
羅生門(日野多香子) ………………… 110
ラフカディオ・ハーン3篇(ラフカディオ・
　ハーン) …………………………… 274
乱世の英雄たち(羅貫中) ……………… 242
ランプで書いた物語 …………………… 267

## 【り】

理科・算数・生物のことば(江川清) …… 22

竜をむかえる(生越嘉治) ……………… 241
劉備、蜀をとる(王矛) ………………… 240
劉備脱出 長坂坡のたたかい(王矛) …… 241
霊異記のお話(日野紘美) ……………… 110
良寛(大森光章) ……………………… 156
良寛 うたの風光(谷川敏朗) ………… 156
りょうかんさま(子田重次) …………… 156
良寛坊物語(相馬御風) ………………… 156

## 【れ】

例解学習ことわざ辞典(小学館国語辞典編
　集部) …………………………… 30, 34
レインボーことわざ辞典(学研辞典編集部)
　……………………………………… 34
歴史と文化を調べる(次山信男) ……… 175
歴史・文化・行事のことば(江川清) …… 23
レッツらっくごー！ ぷぷぷ編(桂文我) … 190
レッツらっくごー！ わはは編(桂文我) … 190

## 【ろ】

『老子』にまなぶ人間の自信(井出元) …… 216
朗読を楽しもう(松丸春生) …………… 12
ろくろ首(斉藤洋) …………………… 193
論語(八木章好) ……………………… 224
『論語』にまなぶ人間の品位(井出元) …… 226
論語のえほん(坪内稔典) ……………… 223
論語の教科書(須藤明実) ……………… 226
論語のこころ(日本キッズスクール協会) … 229

## 【わ】

わが子に贈る日本神話(福永真由美) …… 79
和歌の読みかた(馬場あき子) ………… 146
和歌・俳句と百人一首(井関義久) …… 139
吾輩は猫である(夏目漱石) ……… 277～281
吾輩は猫である(抄)(赤木かん子) …… 278
和歌ものがたり(佐佐木信綱) ………… 146
若山牧水ものがたり(楠木しげお) …… 157
わくわくことば挑戦四字熟語(三省堂編修
　所) ………………………………… 50
わくわくすることわざ(学研教育出版) … 13
禍を転じて…(吉川豊) ………………… 25
わざわざことわざ(五味太郎) ………… 16
わざわざことわざ ことわざ事典(国松俊
　英) …………………………… 19, 20

子どもの本 日本の古典をまなぶ2000冊　**311**

わたく　　　　　　　書名索引

私の生い立ち（与謝野晶子） ……………… 285
わたしたちの歳時記 ………………… 144
ワニ（桂三枝） ……………………… 191
わにざめになったおきさき（たかしよいち）
　　　………………………………………… 76
笑い話・落語の王様（田近洵一） …………… 189
笑う門には…（吉川豊） ……………… 27
わらえる!!やくだつ??ことわざ大全集（なが
　　たみかこ） …………………… 17
わらしべ長者（水藤春夫） ………………… 114
われ泣きぬれて蟹とたわむる（石川啄木） … 287

## 【ABC】

beポンキッキーズの論語（beポンキッキー
　　ズ） ………………………………… 223
El Biombo de los Dioses（門山幸恵） …… 83
El Viejo Carbonero（白居易） ………… 222
English is fun ……………………… 252
Golden Dawn and Silver Sunset（門山幸
　　恵） ……………………………… 84
JOURNEY FROM BEYOND（ラフカデ
　　ィオ・ハーン） ………………… 273
MAIS FORTE QUE A MORTE（ラ フ
　　カディオ・ハーン） ……………… 273
NHKおじゃる丸ことわざ辞典（藤田隆美） … 30
O Velho Vendedor de Carvao（白居易）
　　……………………………………… 222
The Old Charcoal Man（白居易） ……… 222

312

# 事項名索引

事項名索引　　　　　こてん

## 【あ】

アイヌ神話　→アイヌ神話・民話 ……………… 82
アイヌ民話　→アイヌ神話・民話 ……………… 82
赤穂浪士　→仮名手本忠臣蔵 ………………… 211
浅井 了意　→牡丹灯籠 ……………………… 205
吾妻鏡　→吾妻鏡 ……………………………… 95
在原 業平　→伊勢物語 ………………………… 90
暗唱　→古典全般 ……………………………… 1
安珍と清姫　→道成寺 ………………………… 178
石川 五右衛門　→講談 ……………………… 211
石川 啄木　→石川啄木 ……………………… 287
泉 鏡花　→泉鏡花 …………………………… 284
伊勢物語　→伊勢物語 ………………………… 90
伊藤 左千夫　→伊藤左千夫 ………………… 276
稲生 武太夫　→稲生物怪録 ………………… 134
稲生物怪録　→稲生物怪録 …………………… 134
井原 西鶴　→井原西鶴 ……………………… 117
巌谷 小波　→巌谷小波 ……………………… 282
上田 秋成　→雨月物語 ……………………… 118
ウエペケレ　→アイヌ神話・民話 …………… 82
浮世草子　→浮世草子 ……………………… 117
宇治拾遺物語　→宇治拾遺物語 ……………… 115
雨月物語　→雨月物語 ……………………… 118
歌がるた　→百人一首 ……………………… 147
宇津保物語　→物語 …………………………… 85
絵巻物　→絵巻物 …………………………… 133
お岩　→東海道四谷怪談 ……………………… 180
大鏡　→大鏡 …………………………………… 95
大喜利　→大喜利 …………………………… 206
大伴 家持　→万葉集 ………………………… 146
太 安万侶　→古事記 ………………………… 77
岡本 綺堂
　→牡丹灯籠 ……………………………… 205
　→岡本綺堂 …………………………… 283
奥の細道　→松尾芭蕉 ……………………… 170
小倉百人一首　→百人一首 ………………… 147
落窪物語　→落窪物語 ………………………… 90
御伽草子　→御伽草子 ……………………… 115
お伽噺　→巌谷小波 ………………………… 282
音楽　→雅楽 ………………………………… 176
音読　→古典全般 ……………………………… 1

## 【か】

怪談
　→日本の古典 …………………………… 58
　→耳嚢 ………………………………… 131
　→東海道四谷怪談 ……………………… 180
　→小泉八雲 …………………………… 271
　→岡本綺堂 …………………………… 283
雅楽　→雅楽 ………………………………… 176
かぐや姫　→竹取物語 ………………………… 87
柏 生甫　→稲生物怪録 ……………………… 134
仮名手本忠臣蔵　→仮名手本忠臣蔵 ……… 211
歌舞伎　→歌舞伎 …………………………… 181
鴨 長明　→方丈記 …………………………… 130
唐糸草子　→御伽草子 ……………………… 115
漢詩　→漢詩 ………………………………… 220
漢文　→中国の古典 ………………………… 216
慣用句　→ことわざ・慣用句 ………………… 13
義経記　→義経記 …………………………… 106
紀行文学
　→日記・紀行文学 …………………… 132
　→松尾芭蕉 …………………………… 170
季語事典　→歳時記・季語事典 …………… 141
北原 白秋　→北原白秋 ……………………… 286
紀 貫之
　→土佐日記 …………………………… 133
　→古今和歌集 ………………………… 147
許 仲琳　→封神演義 ………………………… 230
景戒　→日本霊異記 ………………………… 110
狂言　→狂言 ………………………………… 178
曲亭 馬琴
　→椿説弓張月 ………………………… 122
　→南総里見八犬伝 …………………… 123
近代文学　→明治文学 ……………………… 254
国木田 独歩　→国木田独歩 ………………… 282
鳩留尊仏薩薩縁起　→絵巻物 ……………… 133
軍記物　→軍記物語・軍記物 ………………… 96
軍記物語　→軍記物語・軍記物 ……………… 96
戯作　→戯作 ………………………………… 118
兼好法師　→徒然草 ………………………… 130
源氏物語　→源氏物語 ………………………… 91
源平盛衰記　→源平盛衰記 ………………… 103
呉 承恩　→西遊記 …………………………… 243
小泉 八雲　→小泉八雲 ……………………… 271
孔子　→論語 ………………………………… 223
口上　→歌舞伎 ……………………………… 181
幸田 露伴　→幸田露伴 ……………………… 281
講談　→講談 ………………………………… 211
古今和歌集　→古今和歌集 ………………… 147
古語辞典　→古語辞典 ………………………… 69
こころ　→夏目漱石 ………………………… 277
古事記　→古事記 ……………………………… 77
故事成語　→故事成語 ………………………… 53
小島法師　→太平記 ………………………… 103
古典（中国）　→中国の古典 ………………… 216
古典（日本）　→日本の古典 ………………… 58

子どもの本 日本の古典をまなぶ2000冊　**315**

## こてん　事項名索引

古典全般　→古典全般 ……………………… 1
ことわざ　→ことわざ・慣用句 ……………… 13
小咄　→咄本 …………………………………… 202
古文　→日本の古典 …………………………… 58
今昔物語　→今昔物語 ………………………… 110

### 【さ】

歳時記　→歳時記・季語事典 ………………… 141
斎藤 茂吉　→短歌 ……………………………… 156
西遊記　→西遊記 ……………………………… 243
真田十勇士　→講談 …………………………… 211
更級日記　→更級日記 ………………………… 133
三国志　→三国志 ……………………………… 230
山椒大夫　→森鷗外 …………………………… 275
三蔵法師　→西遊記 …………………………… 243
施 耐庵　→水滸伝 ……………………………… 242
詩歌
　　→詩歌 ………………………………………… 134
　　→島崎藤村 …………………………………… 284
　　→北原白秋 …………………………………… 286
信貴山縁起絵巻　→絵巻物 …………………… 133
十返舎 一九　→東海道中膝栗毛 ……………… 120
辞典（古語）　→古語辞典 …………………… 69
耳嚢　→耳嚢 …………………………………… 131
島崎 藤村　→島崎藤村 ………………………… 284
熟語　→四字熟語 ……………………………… 42
少女小説　→与謝野晶子 ……………………… 284
小説（中国）　→小説 ………………………… 230
浄瑠璃　→浄瑠璃 ……………………………… 208
神話（アイヌ）　→アイヌ神話・民話 ……… 82
神話（中国）　→中国の古典 ………………… 216
神話（日本）　→日本神話 …………………… 71
水滸伝　→水滸伝 ……………………………… 242
随筆　→随筆 …………………………………… 127
菅原伝授手習鑑　→菅原伝授手習鑑 ………… 210
菅原 道真　→菅原伝授手習鑑 ………………… 210
菅原考標女　→更級日記 ……………………… 133
成語　→故事成語 ……………………………… 53
清少納言　→枕草子 …………………………… 128
説話（中国）　→中国の古典 ………………… 216
説話文学　→説話文学 ………………………… 107
川柳　→川柳 …………………………………… 173
曽我兄弟　→曽我物語 ………………………… 106
曽我物語　→曽我物語 ………………………… 106
素読　→中国の古典 …………………………… 216
孫 悟空　→西遊記 ……………………………… 243

### 【た】

太閤記　→太閤記 ……………………………… 106
大道芸　→寄席 ………………………………… 206
太平記　→太平記 ……………………………… 103
高瀬舟　→森鷗外 ……………………………… 275
滝沢 馬琴
　　→椿説弓張月 ………………………………… 122
　　→南総里見八犬伝 …………………………… 123
たけくらべ　→樋口一葉 ……………………… 283
竹田 出雲（二世）　→竹田出雲（二世）…… 210
竹取物語　→竹取物語 ………………………… 87
短歌
　　→歳時記・季語事典 ………………………… 141
　　→短歌 ………………………………………… 156
　　→伊藤左千夫 ……………………………… 276
　　→正岡子規 ………………………………… 277
　　→石川啄木 ………………………………… 287
近松 門左衛門　→近松門左衛門 ……………… 209
中国の古典　→中国の古典 …………………… 216
忠臣蔵　→仮名手本忠臣蔵 …………………… 211
勅撰和歌集　→古今和歌集 …………………… 147
椿説弓張月　→椿説弓張月 …………………… 122
堤中納言物語　→堤中納言物語 ……………… 95
坪内 逍遙　→坪内逍遙 ………………………… 275
鶴屋 南北　→東海道四谷怪談 ………………… 180
徒然草　→徒然草 ……………………………… 130
伝統芸能　→伝統芸能 ………………………… 174
伝統的な言語文化　→古典全般 ……………… 1
東海道中膝栗毛　→東海道中膝栗毛 ………… 120
東海道四谷怪談　→東海道四谷怪談 ………… 180
道成寺　→道成寺 ……………………………… 178
東大寺大仏縁起絵巻　→東大寺大仏縁起絵巻… 133
童謡
　　→与謝野晶子 ………………………………… 284
　　→北原白秋 ………………………………… 286
童話　→与謝野晶子 …………………………… 284
徳田 秋声　→徳田秋声 ………………………… 284
土佐日記　→土佐日記 ………………………… 133
舎人親王　→日本神話 ………………………… 71
豊臣 秀吉　→太閤記 …………………………… 106
とりかへばや物語　→とりかへばや物語 …… 95

### 【な】

夏目 漱石　→夏目漱石 ………………………… 277
南総里見八犬伝　→南総里見八犬伝 ………… 123

事項名索引　　わかや

にごりえ　→樋口一葉 ……………………… 283
日記文学　→日記・紀行文学 ……………… 132
日本書紀　→日本神話 ………………………  71
日本神話　→日本神話 ………………………  71
日本の古典　→日本の古典 …………………  58
文法（日本）　→日本の古典 ………………  58
日本文学　→明治文学 ……………………… 254
日本霊異記　→日本霊異記 ………………… 110
人形浄瑠璃　→浄瑠璃 ……………………… 208
根岸 鎮衛　→耳嚢 ………………………… 131
能　→能 …………………………………… 177
能楽　→能楽 ……………………………… 176
野菊の墓　→伊藤左千夫 …………………… 276

【は】

俳句
　　→歳時記・季語事典 …………………… 141
　　→俳句 …………………………………… 160
　　→正岡子規 …………………………… 277
化物婚礼絵巻　→絵巻物 …………………… 133
八犬伝　→南総里見八犬伝 ………………… 123
咄本　→咄本 ……………………………… 202
ハーン, ラフカディオ　→小泉八雲 ……… 271
半七捕物帳　→岡本綺堂 …………………… 283
稗田 阿礼　→古事記 ………………………  77
樋口 一葉　→樋口一葉 …………………… 283
百人一首　→百人一首 …………………… 147
藤原 定家　→百人一首 …………………… 147
風土記　→日本神話 ………………………  71
文楽　→文楽 ……………………………… 209
平家物語　→平家物語 ………………………  96
蒲 松齢　→聊斎志異 ……………………… 252
方丈記　→方丈記 ………………………… 130
封神演義　→封神演義 …………………… 230
牡丹灯籠　→牡丹灯籠 …………………… 205
坊っちゃん　→夏目漱石 …………………… 277

【ま】

舞姫　→森鷗外 …………………………… 275
枕草子　→枕草子 ………………………… 128
正岡 子規　→正岡子規 …………………… 277
松尾 芭蕉　→松尾芭蕉 …………………… 170
万葉集　→万葉集 ………………………… 146
源 隆国　→今昔物語 ……………………… 110
源 為朝　→椿説弓張月 …………………… 122
源 義経
　　→義経記 ……………………………… 106

　　→義経千本桜 ………………………… 210
虫愛づる姫君　→堤中納言物語 ……………  95
紫式部　→源氏物語 ………………………  91
室町物語　→御伽草子 …………………… 115
明治文学　→明治文学 …………………… 254
物語　→物語 ………………………………  85
森 鷗外　→森鷗外 ………………………… 275

【や】

弥次喜多　→東海道中膝栗毛 ……………… 120
ユーカラ　→アイヌ神話・民話 ……………  82
謡曲　→能 ………………………………… 177
与謝野 晶子　→与謝野晶子 ……………… 284
四字熟語　→四字熟語 ……………………  42
吉田 兼好　→徒然草 ……………………… 130
義経千本桜　→義経千本桜 ………………… 210
寄席芸　→寄席 …………………………… 206
四谷怪談　→東海道四谷怪談 ……………… 180

【ら】

羅 貫中　→三国志 ………………………… 230
落語　→落語 ……………………………… 183
良寛　→良寛 ……………………………… 156
聊斎志異　→聊斎志異 …………………… 252
歴史（日本）　→日本の古典 ………………  58
歴史物語　→歴史物語 ………………………  95
朗読　→古典全般 ……………………………   1
論語　→論語 ……………………………… 223

【わ】

和歌　→和歌 ……………………………… 145
吾輩は猫である　→夏目漱石 ……………… 277
若山 牧水　→短歌 ………………………… 156

子どもの本 日本の古典をまなぶ2000冊　**317**

## 子どもの本 日本の古典をまなぶ2000冊

2014年7月25日 第1刷発行

発 行 者／大高利夫
編集・発行／日外アソシエーツ株式会社
〒143-8550 東京都大田区大森北1-23-8 第3下川ビル
電話 (03)3763-5241(代表) FAX(03)3764-0845
URL http://www.nichigai.co.jp/
発 売 元／株式会社紀伊國屋書店
〒163-8636 東京都新宿区新宿3-17-7
電話 (03)3354-0131(代表)
ホールセール部(営業) 電話 (03)6910-0519

電算漢字処理／日外アソシエーツ株式会社
印刷・製本／光写真印刷株式会社

不許複製・禁無断転載　《中性紙三菱クリームエレガ使用》
<落丁・乱丁本はお取り替えいたします>
**ISBN978-4-8169-2489-7**　　**Printed in Japan, 2014**

本書はディジタルデータでご利用いただくことができます。詳細はお問い合わせください。

## 子どもの本シリーズ

児童書を分野ごとにガイドするシリーズ。子どもたちにも理解できる表現を使った見出しのもとに関連の図書を一覧。基本的な書誌事項と内容紹介がわかる。図書館での選書にはもちろん、総合的な学習・調べ学習にも役立つ。

### 子どもの本 楽しい課外活動2000冊
A5・330頁　定価（本体7,600円＋税）　2013.10刊
特別活動・地域の活動・レクリエーションについて書かれた本2,418冊を収録。

### 子どもの本 教科書にのった名作2000冊
A5・380頁　定価（本体7,600円＋税）　2013.3刊
「蜘蛛の糸」（芥川龍之介）、「十五少年漂流記」（ヴェルヌ）、「いのち」（日野原重明）など、小学校の国語教科書にのった作品が読める本2,215冊を収録。

### 子どもの本 美術・音楽にふれる2000冊
A5・320頁　定価（本体7,600円＋税）　2012.7刊
「美術館に行ってみよう」「オーケストラについて知ろう」など、美術・音楽について書かれた本2,419冊を収録。

### 子どもの本 国語・英語をまなぶ2000冊
A5・320頁　定価（本体7,600円＋税）　2011.8刊
国語・英語教育の場で「文字」「ことば」「文章」について書かれた本2,679冊を収録。

### 子どもの本 社会がわかる2000冊
A5・350頁　定価（本体6,600円＋税）　2009.8刊
世界・日本の地理、政治・経済・現代社会について書かれた本2,462冊を収録。

### 子どもの本 伝記を調べる2000冊
A5・320頁　定価（本体6,600円＋税）　2009.8刊
「豊臣秀吉」「ファーブル」「イチロー」など、伝記2,237冊を収録。

---

データベースカンパニー
日外アソシエーツ　〒143-8550　東京都大田区大森北1-23-8
TEL.(03)3763-5241　FAX.(03)3764-0845　http://www.nichigai.co.jp/